Charlotte Jacobi
Die Villa am Elbstrand

PIPER

Zu diesem Buch

Allen Widerständen ihrer strengen Großmutter zum Trotz holt die Reederei-Erbin Anna Nieland 1914 ihre Brieffreundin Sofie Brix zu sich nach Hamburg. Sie möchte der jungen Melkerstocher ein besseres Leben bieten – und gewinnt mit ihr zugleich eine Anstandsdame, die Annas Treffen mit ihrem Verehrer, dem attraktiven Gideon Meseritz, wohlwollend zulässt. Als Gideon jedoch freiwillig auf einem Kriegsschiff anheuert, gerät Annas gesamte Zukunftsplanung aus den Fugen. Sie ist fest entschlossen, die Reederei ihres Vaters vor dem Untergang zu bewahren und zu zeigen, dass Frauen durchaus hart arbeiten können. Doch um die Reederei zu retten, braucht sie die Unterstützung ihrer Freundin Sofie, die mittlerweile in den Kriegswirren auf See ihren Beitrag fürs Vaterland leistet …

Charlotte Jacobi ist das gemeinsame Pseudonym des Autorenduos Eva-Maria Bast und Jørn Precht.
Die Überlinger Journalistin Eva-Maria Bast ist Leiterin der Bast Medien GmbH, der Stuttgarter Hochschulprofessor Jørn Precht ist Drehbuchautor für Kino- und Fernsehproduktionen. Beide haben zahlreiche Sachbücher und zeitgeschichtliche Romane veröffentlicht und Preise gewonnen.

Charlotte Jacobi

Die Villa am Elbstrand

Roman

PIPER

Mehr über unsere Autoren und Bücher:
www.piper.de

FSC
www.fsc.org
MIX
Papier aus verantwortungsvollen Quellen
FSC® C083411

Originalausgabe
ISBN 978-3-492-31351-3
1. Auflage November 2018
4. Auflage Januar 2019

Umschlaggestaltung: Johannes Wiebel | punchdesign
Umschlagabbildung: Johannes Wiebel unter Verwendung von shutterstock.com und Richard Jenkins Photography
Satz: Kösel Media GmbH, Krugzell
Gesetzt aus der Adobe Garamond
Druck und Bindung: CPI books GmbH, Leck
Printed in the EU

Übersicht der wichtigsten Personen

Familie Brix

Hans-Uwe Brix (* 20. 09. 1872 in Flensburg), Melker
Erna Brix (* 21. 03. 1874 in Tastrup), seine Frau
Wilhelm »Willy« Brix (* 25. 01. 1895 in Rüde bei Glücksburg), deren Sohn
Sofie Luise Brix (* 30. 03. 1896 in Flensburg), deren Tochter

Familie Nieland

Christian Nieland (* 14. 04. 1874 in Wilhelmshaven), Reeder
Burkhard Nieland (* 08. 02. 1892 in Hiddensee), sein Sohn
Edith Henriette Nieland (* 28. 01. 1896 in Hamburg), seine Tochter
Anna Christine Nieland (* 08. 04. 1897 in Hamburg), seine Tochter
Gudrun Konstanze Nieland (* 30. 01. 1853 in Neumünster), seine Mutter
Teresa Nieland, geborene Rocha (* 05. 11. 1872 in Lissabon), seine Schwägerin
Hinnerk Carlos Nieland (* 28. 05. 1895 in Schleswig), sein Neffe

Angestellte

Elfriede Iwersen (* 07. 10. 1856 in Soltau), Hauswirtschafterin

Lina Hedwig Flechsig (* 10. 05. 1868 in Frankfurt am Main), Kammerzofe

Marie Dahlke (* 25. 08. 1870 in Leipzig), Köchin

Ursula »Ursel« Mankiewicz (* 04. 05. 1897 in Hamburg), Dienstmädchen

Paul Wessels (* 01. 05. 1894 in Altona), Chauffeur

Sonstige

Franz Thomsen (* 20. 11. 1895 in Nieby), Hotelpage

Gideon Julius Meseritz (* 01. 04. 1890 in Altona), Vertriebsleiter der Reederei

Capitán Javier Esteban Arévalo (* 27. 11. 1864 in Iquique, Chile), Salpeterbaron

Karl »Kalle« Dieckmann (* 07. 05. 1894 in Kappeln), Offiziersanwärter

Ramiro Marco Torres (* 28. 02. 1891 in Viña del Mar, Chile), Kriegskorrespondent

Karoline »Karo« Iwersen (* 05. 04. 1892 in Pinneberg), Putzfrau und Sängerin

Morten Heger (* 06. 12. 1850 auf Lyngør, Norwegen), Fischer

Hedda Heger (* 11. 08. 1873 in Kristiania, heute: Oslo), seine Schwiegertochter

Emma Wenz (* 30. 03. 1902 in Hamburg), Barmädchen

Wilhelm Pohlig (* 20. 11. 1885 in Werl), Kapitän

Maximilian »Max« Timmlein (* 27. 08. 1895 in Poppenbüttel), Schiffszimmermann

TEIL 1

1912 bis 1914

1

Bisher war es ein sorgloser Sommer gewesen, voller müßiger Stunden am Ostseestrand, voller Kinderlachen und Wärme. Doch während die Kleinen vor Vergnügen quietschend in die Wellen rannten, während man sich auf der Sonnenterrasse des Glücksburger Strandhotels noch kühles Bier und heißen Tee servieren ließ, hatte das Ende der entspannten Stunden bereits begonnen.

Sofie Brix bemerkte die Rauchwolken, die aus dem Dachgeschoss des Südflügels drangen, zunächst nicht. Die milde Brise spielte mit den blonden Locken des sechzehnjährigen Mädchens, als es von der Hotelküche in Richtung der Sonnenterrasse schlenderte.

An diesem Dienstag, den 20. August 1912, hatte der Großbauer Sofie einmal mehr beauftragt, mit ihrem Fahrrad eine zusätzliche Lieferung Wurst, Fleisch, Obst und Eier ins Hotel zu bringen – alles für das Abendessen der fast drei Dutzend fein gekleideten Sommerfrischler, die dort abgestiegen waren. Viele der weit gereisten Damen und Herren, die ihr wie Abenteurer von fernen Gestaden vorkamen, genossen auf der Terrasse des Hotels noch den malerischen Blick auf den Flensburger Ostseefjord in der Abendsonne. Wie gern hätte Sofie selbst die ganze Welt bereist, wie gern die Auslagen in den Geschäften der Alsterarkaden in Hamburg bewundert, wäre über die Champs-Élysées geschlendert oder hätte gar die Freiheitsstatue in New York bestiegen. Doch über die Förderegion war die Melkerstochter bisher noch nicht hinausgekommen.

Am vorletzten Sonntag war das Luftschiff *Hansa* über Flensburg gekreist, und wie viele andere Schaulustige hatte auch Sofie zusammen mit ihrem ein Jahr älteren Bruder Willy und dessen bestem Freund Kalle bestaunen können, welche Wunder in diesen modernen Zeiten möglich waren. Normalerweise bekamen sie hier, in ihrer verschlafenen Gegend im äußersten Norden des Reiches, natürlich kaum etwas zu Gesicht davon. So blieben ihr nur die Abenteuer aus zweiter Hand. Und genau deshalb verbrachte sie gern ein wenig Zeit in der Nähe der Terrasse, um den für sie fremden Dialekten und Sprachen der Menschen zu lauschen, die über ferne Orte und merkwürdige Zeitgenossen plauderten. Teils heitere, teils ernstere und bisweilen sogar tragische Geschichten waren das, die man sich hier erzählte, doch ein Thema beherrschte die Gespräche nach wie vor besonders häufig: der riesige britische Dampfer, der im April auf der Fahrt nach Amerika im Eismeer gesunken war. Tausende Passagiere waren ertrunken, das wusste Sofie nicht nur durch die Erzählungen der Gäste, sondern auch aus dem Artikel in den *Flensburger Nachrichten*, den sie ihren Eltern im Frühjahr vorgelesen hatte.

»Ich kenne die Schwester dieser Engländerin sehr gut. Ihre Tochter war nach der Katastrophe verschwunden. Sie hatte gehofft, dass das Kind es in ein anderes Rettungsboot geschafft hat«, erzählte eine Dame, die das »R« rollte, wie es im Frankenland üblich war. »Aber das arme Mädchen muss wohl ertrunken sein.«

Sofie reckte den Hals, um die Frau besser ausmachen zu können. Es war eine braunhaarige Matrone, auf deren Kopf ein lächerlich wirkendes blaues Hütchen saß.

»Die Ärmste!«, rief ihre Gesprächspartnerin, eine dünne

Blonde mit verkniffenem Mund und hessischem Dialekt. »Das eigene Kind zu überleben ist ja schlimm genug, aber zu wissen, dass es da unten treibt, im eisigen Grab …«

Sofie erschauderte. Jedes Mal, wenn sie von den schrecklichen Geschichten über die *Titanic* hörte, bekam ihre sonst so große Abenteuerlust einen Dämpfer.

Schließlich schlug die Kirchturmuhr in Glücksburg und riss sie aus ihren Gedanken. Es war schon sieben Uhr, höchste Zeit also für den Heimweg. Sofie ging zu ihrem Fahrrad, das sie gegen einen der sorgfältig getrimmten Ginsterbüsche neben der Einfahrt gelehnt hatte. Als sie sich jedoch noch ein letztes Mal zum Strandhotel umblickte, erstarrte sie: Flammen schlugen aus dem Dachstuhl! Schnell rannte sie zurück in die Küche, um das Personal zu informieren.

»Feuer! Das Dach! Es brennt!«

»Ohauehaueha!«, rief die Köchin aufgebracht im Dialekt der hiesigen Region und eilte mit Sofie im Schlepptau hinaus, um sich vom Wahrheitsgehalt der Warnung zu überzeugen.

Auch einige der Gäste auf der Sonnenterrasse hatten bemerkt, dass etwas nicht stimmte. Sie erhoben sich von ihren Stühlen und blickten besorgt zum Dach des Hauses hinauf.

Die Köchin wandte sich an einen der Portiers: »Schnell! Ruft die Feuerwehr!« Und mit den Worten »Ich muss die anderen warnen« eilte sie zurück in Richtung Küche.

Sofie wollte ihr gerade folgen, da wurde sie angerempelt. Sie drehte sich um und stand einem schlanken, nobel gekleideten Herrn mit gepflegtem Schnauzbart gegenüber. Doch statt der erwarteten Entschuldigung stieß er nur nervös hervor: »Ich suche meine Tochter. Haben Sie eine junge Frau mit dunklen Haaren gesehen? Etwa in Ihrem Alter?«

Sofie schüttelte hastig den Kopf. Sie wunderte sich, dass der Mann sie siezte. Aber ihr Körper hatte in den letzten Monaten tatsächlich einen großen Entwicklungssprung getan. Beim Blick in den Spiegel war sie oft selbst noch erstaunt, wie fraulich sie geworden war.

»Anna! Anna! Wo bist du?« Die verzweifelten Rufe des Mannes gingen im Aufheulen des Alarmhorns und dem Lärm der anderen Gäste unter.

Ein Koch rannte mit einem großen Topf zum Meer, um Wasser zu holen. Sofie dachte bei sich, dass diese Maßnahme zwar gut gemeint, aber sinnlos war, denn das Feuer breitete sich in dem Holzbau offensichtlich viel zu schnell aus.

Ein Fenster im Dachgeschoss wurde aufgerissen, und ein dunkel gelocktes Mädchen streckte den Kopf heraus. Es schrie aus Leibeskräften um Hilfe.

Der Mann, der noch immer dicht neben Sofie stand, erstarrte. »Anna!«, rief er entsetzt.

Bestürzt blickte Sofie hinauf zu der angsterfüllten jungen Frau und überlegte fieberhaft, was sie tun konnte. Aus dem Augenwinkel sah sie den Hotelbesitzer herbeieilen.

»Herr Nieland!«, rief der Direktor und hielt den hochgestellten Herrn am Ärmel fest, da dieser Anstalten machte, in das brennende Gebäude zu rennen. »Bitte beruhigen Sie sich. Meine Mitarbeiter sind schon dabei, den Gästen zu helfen. Sie selbst sollten hierbleiben und nichts riskieren.«

Doch der Mann hörte ihm nicht zu, sondern riss sich los und stürzte ins Haus.

Nieland? Sofie fragte sich, ob es sich hierbei um die bekannte Reederfamilie aus Hamburg handelte, über die häufiger in der Zeitung berichtet wurde.

Plötzlich war aus dem Hotel ein lautes Poltern zu hören, gefolgt von einem spitzen Schrei. Starr vor Schreck, beobachtete Sofie, wie Teile des Dachs einstürzten. Sie schlug entsetzt die Hände vors Gesicht – auch weil sie das Gebäude, in dem sie vergangenen Sommer als Zimmermädchen ausgeholfen hatte, gut genug kannte, um zu wissen, dass der Fluchtweg des Mädchens nun endgültig abgeschnitten war.

Ein Portier trug den benommenen Herrn Nieland aus dem Haus. Er sei von einem herabfallenden Balken getroffen worden, hieß es. Währenddessen diskutierten zwei weitere Hotelmitarbeiter aufgebracht, was man tun könne, um die Reederstochter zu retten. Denn die Feuerwehr war immer noch nicht eingetroffen, und es gab auch keine Leiter, die bis in den dritten Stock reichte.

Das eigene Kind zu überleben ist ja schlimm genug … Der traurige Satz der hessischen Dame von der Terrasse kam Sofie unvermittelt wieder in den Sinn. Nein, dieses Schicksal sollte der arme Herr Nieland nicht erleiden müssen! Es durfte einfach nicht sein, dass seine Tochter dort oben starb! Sofie kam eine Idee: der Wäscheschacht! Der im Nordflügel des Gebäudes befindliche gemauerte Schacht war einst als zweites Kaminrohr angelegt worden, aber nie als solches zum Einsatz gekommen. Stattdessen hatte das Personal ihn benutzt, um schmutzige Tischdecken, Bettlaken, Bezüge und Handtücher bequem zu den Waschzubern in den Keller zu befördern.

Sofie rannte um das Gebäude herum und öffnete mit zitternden Händen die Kellertür. Sie wollte gerade hineingehen, als jemand sie an der Schulter packte. Erschrocken fuhr sie herum und blickte in das Gesicht des Pagen, der ihr wegen seines hübschen Äußeren schon mehrfach aufgefallen war.

»Franz!«

»Was willst du denn da drin, Sofie? Bist du lebensmüde?« Er starrte sie ängstlich an. »Der ganze Südflügel steht schon in Flammen!«

»Eben! Das *Süd*-Treppenhaus ist eingestürzt. Das Mädchen verbrennt da oben, ich will durch den Schacht rauf – und dann zu ihr rüberlaufen, um sie zu retten.«

»Kommt nicht infrage«, erklärte Franz. »Ich gehe selbst.«

»Du passt nicht durch, ich aber schon.«

Der Page stellte sich ihr in den Weg. »Ich lasse dich nicht da rein. Das kann ich nicht.«

»Gut.« Sofie blickte ihm entschlossen in die Augen. »Aber dann bist *du* für den Tod der jungen Frau verantwortlich.« Sie bemerkte sein Zögern und setzte nach. »Ich weiß, was ich tue, Franz. Ich bin diesen Schacht schon zigmal hochgeklettert, wenn sich Wäschestücke darin verhakt haben.«

Widerwillig trat der Page zur Seite. »Bitte pass auf dich auf«, bat er. »Dein Vater kommt bestimmt gleich mit der freiwilligen Feuerwehr. Der lyncht mich, wenn …«

Aber Sofie hörte ihn nicht mehr, sie war schon durch die Kellertür geschlüpft und eilte in die Waschküche. Mit einem Ruck öffnete sie die große Eisenklappe zum Schacht und spähte hinauf. Deutlich nahm sie den Rauchgeruch wahr, der durch alle Ritzen drang.

Ich muss es zumindest versuchen, dachte sie und griff nach einer der kleinen Stahlsprossen, die entlang der inneren Wand des Schachtes angebracht waren und dem Schornsteinfeger wohl als Kletterhilfe hätten dienen sollen. Immer wieder waren Wäschestücke an ihnen hängen geblieben, und Sofie, damals noch die Schlankeste und Kleinste unter dem Personal, hatte hinaufklettern und sie holen müssen. Jetzt war sie dankbar für die Metallbügel, über die sie sich früher so oft geärgert hatte.

Sie holte tief Luft und stieg dann flink den Schacht hinauf, vorbei an den Klappen, die in den ersten und zweiten Stock führten. Unterwegs pflückte sie mit einer Hand ein hängen gebliebenes Leinentuch von einer der Sprossen und legte es sich über die Schulter. Offensichtlich hatte niemand das Wäschestück vermisst.

Endlich war Sofie bei der dritten und obersten Luke angekommen und stieß sie auf. Der Rauch, der ihr mit einem Mal entgegenquoll, brannte ihr stechend in den Augen. Hastig kletterte sie aus dem Schacht und band sich das ergatterte Tuch als Atemschutz vors Gesicht. Dann rannte sie in den Südflügel. Sie fand das Zimmer, in dem das Mädchen verzweifelt rufend am Fenster stand. Die Flammen hatten sie nach einem vergeblichen Fluchtversuch wieder dorthin zurückgetrieben.

»Anna Nieland?«, sagte Sofie eindringlich.

Die zierliche Dunkelhaarige fuhr zu ihr herum.

»Ich bin hier, um Ihnen zu helfen. Wir müssen uns beeilen!«

»Oh, Gott sei Dank!«, rief das Mädchen unter Tränen.

»Wir müssen wirklich los«, wiederholte Sofie. »Sonst sterben wir hier drinnen.«

»Aber das Treppenhaus brennt und …«, setzte Anna Nieland schluchzend an, doch ihre Retterin unterbrach sie sofort: »Sie müssen mit mir durch den Schacht im Nordflügel hinunterklettern. Hören Sie? Tun Sie jetzt genau das, was ich Ihnen sage.«

Die Reederstochter sah Sofie mit großen, ängstlichen Augen an und nickte.

»Kommen Sie!« Sofie zog sie hinter sich her und deutete auf die Öffnung des Wäscheschachts.

Anna Nieland zögerte. Es ging steil nach unten, und es war stockdunkel.

»Schnell!«, drängte Sofie hustend. »Da sind Metalltritte in die Mauer eingelassen, die führen bis ganz nach unten. Das schaffen Sie, ist nicht schwer.«

Anna Nieland verlor kein weiteres Wort und stieg durch die Luke hinab in die Dunkelheit.

Auf halbem Weg hörten die Mädchen von oben ein entsetzliches Grollen. Erneut drang dicker Qualm in den Schacht herein, glimmende Holzspäne wehten umher und verfehlten sie nur knapp. Anna Nieland schrie auf und kletterte schneller. Sofie folgte ihr, so rasch sie konnte.

Außer Atem kamen die beiden schließlich unten an und hasteten von der Waschküche aus hustend in Richtung Ausgang – da stürzte auch schon krachend ein Teil der Decke ein.

2

Das Feuerhorn war bereits um kurz nach sieben Uhr abends in Glücksburgs Straßen zu hören gewesen, doch Willy Brix, der um diese Zeit noch auf dem abgelegenen Bauernhof der Petersens beschäftigt war, hatte es nicht mitbekommen. Erst zwei Stunden später fuhr der blonde Siebzehnjährige auf seinem Heimweg mit dem Fahrrad am Glücksburger Wasserschloss vorbei. Im Abendlicht sah das weiße, sich im See spiegelnde Renaissancegebäude mit seinen vier achtseitigen Türmen besonders romantisch aus. Aber Willy, der unterwegs zur Kate seiner Eltern in Rüde war, schenkte dem für ihn alltäglichen Anblick kaum Beachtung. Er trat in die Pedale, denn er hatte Kohldampf. Bratkartoffeln hatte ihm die Mutter zum Abendessen versprochen, und er hoffte auf ein, zwei Spiegeleier. Wenn er ganz viel Glück hatte, würde es sogar ein bisschen Speck dazu geben.

Noch während er den königlichen Rosengarten passierte, rannte plötzlich jemand vor ihm auf die Straße. Willy bremste scharf und unterdrückte einen Fluch. Beinahe hätte er die hochgewachsene, knochige Postbotin Dine Jürgensen wegen ihres unerwarteten Auftauchens umgefahren. Doch der Ärger war schnell vergessen, als die Frau, die nicht umsonst den Spitznamen »Glücksburger Morgenpost« trug, ihm gewohnt sensationslüstern die Botschaft entgegenschleuderte: »Das Strandhotel brennt!«

Willy entgleisten die Gesichtszüge. Sofie! Seine Schwester

war von Bauer Petersen vor über zwei Stunden zum Strandhotel geschickt worden. Nicht auszudenken, wenn …

»Das Personal und die Glücksburger Wehr konnten nichts ausrichten«, fuhr die geschwätzige Briefträgerin hastig fort. Die Nachbarbrandwehren aus Bockholm, Rüde, Ringsberg und Fruerlund seien ebenso zu Hilfe geeilt wie die Berufsfeuerwehr Flensburgs. Das Feuer habe sich aber noch vor deren Ankunft auf das gesamte Haus ausgebreitet, weshalb der Schaden verheerend sein musste.

Willy löste seinen Blick vom ausgemergelten Gesicht Dine Jürgensens und schaute in Richtung Küste, von wo tatsächlich dicke Rauchwolken in den Abendhimmel emporstiegen. Ohne ein weiteres Wort schob er sein Rad um die konsternierte Postbotin herum, stieg in die Pedale und raste in Richtung des Strands von Sandwig, wo sich das Hotel befand. Dorthin, wo er seine Schwester vermutete.

Am Ufer angekommen, bot sich Willy ein schrecklicher Anblick: Das ganze Gebäude stand in Flammen, zahllose Menschen rannten aufgeregt umher. In der Ostsee lag das Kriegsschulschiff *König Wilhelm* vor Anker und schoss aus vier Rohren Wasser auf das brennende Hotel. Feuerwehrmänner bedienten vor dem Gebäude eine Dampfspritze.

Willy schleuderte sein Fahrrad in die Hecke, rannte im Zickzack durch die Menge der Helfer und aufgeregten Gäste – und direkt in die Arme seines besten Freundes Karl Dieckmann, der von Dutzenden seiner Marinekameraden umringt war. Willy packte ihn am Kragen seiner Uniform, was er unter normalen Umständen nie gewagt hätte.

»Kalle!«, rief er besorgt. »Hast du meine Schwester gesehen?«

»Nein«, erwiderte der, während er sich aus dem Griff seines

Freundes befreite und zu einer Pumpe ging. »Wir sind gerade erst aus Mürwik angerückt.«

In diesem Moment brach ein weiterer Gebäudeteil zusammen und schleuderte Feuergarben in die Luft. Im auflodernden Schein der Flammen erblickte Willy schließlich eine hagere Gestalt unter den Männern der freiwilligen Feuerwehr: Hans-Uwe Brix.

»Vater! Hast du Sofie gesehen?«

»Das kannst du wohl sagen«, antwortete der vierzigjährige Brix senior mit glasigem Blick. »Die tapfere Deern liegt gleich da hinten am Wasser – auf dem Steg bei der Krankenschwester.«

Während sein Vater pflichtbewusst einige aus dem Hotel gerettete Gepäckstücke außer Reichweite von Rauch und Funken brachte, stürmte Willy aufgeregt los.

»Sofie! Alles in Ordnung?« Er kniete sich neben seiner Schwester nieder, und zu seiner Erleichterung richtete diese sofort den Oberkörper auf. Er wollte sie umarmen, doch Sofie stöhnte vor Schmerz und wehrte seine Berührungen ab.

»Keine Sorge, mir geht es gut«, beteuerte sie und wandte sich an die Krankenschwester: »Frau Jensen, darf ich *bitte* aufstehen? Danke für die Brandsalbe, aber ich möchte nach Anna Nieland sehen.«

Die rundliche und streng wirkende Pflegerin verzog missbilligend den Mund. Doch Sofie hatte Glück: Ein Marineoffizier mit einer Brandwunde an der rechten Hand kam genau in diesem Moment auf den Steg zu und wollte behandelt werden. Sofie nutzte die Gelegenheit und eilte, dicht gefolgt von ihrem protestierenden Bruder, wieder in Richtung Flammenmeer. Viele Schaulustige standen dort im gespenstisch erhellten Dunkel, um das traurige Ende des Hotels zu erleben. Trompetensignale, gellende Bootsmannspfeifen und laute Kommandorufe konnten das unheimliche Knistern, Prasseln und Knacken vor ihnen kaum übertönen.

»Wer ist denn Anna Nieland?«, fragte Willy seine Schwester.

»Na, die Tochter des bekannten Hamburger Reeders«, erklärte Sofie und musste kurz husten. »Hab sie aus dem Feuer geholt. Der Weg vorne raus war versperrt. Als ich sie durch den Hinterausgang hinausgebracht hatte, ist sie ohnmächtig geworden.« Etwas peinlich berührt, gab sie zu: »Und dann war ich selbst kurz weg.«

Willy glotzte seine Schwester ungläubig an. »*Du* hast sie aus dem Feuer geholt?«

»Sofie!«, hörten sie plötzlich die scharfe Stimme ihres Vaters. »Was hast du hier zu suchen? Ich hab dir doch gesagt, du sollst …«

»Ich will wissen, was mit Anna Nieland ist!«, insistierte das Mädchen trotzig.

»Ihr Vater ist mit ihr ins Krankenhaus nach Flensburg gefahren«, mischte sich in diesem Moment kein Geringerer als der Hoteldirektor ins Gespräch ein. »Herr Nieland hat eine Platzwunde an der Stirn. Dank dir geht es seiner Tochter aber gut, sie braucht bloß Ruhe.« Er musterte sie wohlwollend. »Genauso wie du, kleine Heldin!«

Sofie war froh, dass man sie im Feuerschein nicht erröten sehen konnte.

»Du hast gehört, was der Herr Direktor sagt«, ermahnte sie ihr Vater mit verdächtig brüchiger Stimme. Rasch flüchtete der gerührte Melker sich daraufhin in einen strengeren Tonfall, mit dem er seinen Sohn anfuhr: »Du bringst sie mir sicher ins Bett, Wilhelm! Sofort!«

Willy salutierte ironisch. »Zu Befehl, Kaptein!«

***

»Sofie, mien Deern, wach auf, du hast Besuch.« Eine vertraute Stimme weckte die Melkerstochter am nächsten Vormittag, nachdem sie lang und tief geschlafen hatte. Sie öffnete die Augen und sah in das wettergegerbte, liebevolle Gesicht ihrer gütigen, stets so tüchtigen Mutter, die ihre kleine Kate immer blitzsauber hielt und es geschafft hatte, aus dem einst schäbigen reetgedeckten Häuschen ein gemütliches Zuhause zu machen. In der Nacht zuvor hatte sie noch darüber geschimpft, dass sich ihre Tochter derart in Gefahr gebracht hatte, mittlerweile überwog allerdings der Stolz über deren heldenhafte Tat.

Nun bemerkte Sofie den riesigen Blumenstrauß, der auf dem Nachtschrank stand.

»Der ist von der jungen Dame, die du gerettet hast«, berichtete Erna Brix. »Sie wartet in der Stube auf dich.«

Das Mädchen fuhr erschrocken auf und unterdrückte dabei einen Schmerzenslaut. »Anna Nieland? Sie ist hier?«, versicherte sie sich aufgebracht. »Ich muss doch furchtbar aussehen!«

»Du siehst aus wie eine Lebensretterin«, kam es von der Tür. Anna Nieland hatte, angelockt durch die Stimmen von Mutter und Tochter, neugierig den Kopf hereingestreckt. »Darf ich eintreten?«

»Natürlich«, erwiderte Sofie etwas überfordert.

»Ich mache dir einen Kakao, meine Lütte«, bot ihre Mutter an und räumte den Stuhl für den vornehm gekleideten Gast.

Kakao an einem Mittwoch? Sie muss ja wirklich *sehr* erleichtert sein, dachte Sofie, während Fräulein Nieland, die selbst bereits eine dampfende Tasse in Händen hielt, sich zu ihr setzte.

»Sehr lecker«, lobte die Reederstochter, bevor Erna Brix den Raum verließ. Dann sah sie sich in dem winzigen, aber aufgeräumten Kämmerchen, das mit Sofies größten Schätzen – ausgemusterten Büchern aus der Flensburger Bibliothek – gesäumt war, um. »Gemütlich habt ihr es hier.«

Selbst wenn Anna Nieland ihr dieses Kompliment nur aus Höflichkeit gemacht haben sollte, so war Sofie doch dankbar, dass der ungewöhnliche Besuch dadurch etwas weniger peinlich wirkte. »Geht es Ihnen gut?«, erkundigte sie sich, um von ihren beschämt geröteten Wangen abzulenken.

»Ja, dank dir! Nenn mich doch bitte Anna, ja?«

»Wie haben S… wie hast du mich gefunden?«

»Tja, gewusst, wie!« Anna schmunzelte zufrieden. »Ich habe den Hoteldirektor gefragt. Er konnte mir eure Adresse geben, weil du ja für ihn gearbeitet hast letzten Sommer. Hat übrigens in den höchsten Tönen von dir geschwärmt, der gute Mann.«

»Der Arme«, entfuhr es Sofie. »Sein schönes Hotel komplett in Schutt und Asche.«

»Aber immerhin ist keiner schlimm verletzt. Dank dir. Ich war da oben wirklich verloren. Wenn du nicht gewesen wärst …« Da versagte ihre Stimme, und Sofie begriff, dass unter dem fröhlichen Plappern der Reederstochter immer noch der Schock darüber saß, dass sie gestern um ein Haar bei lebendigem Leib verbrannt wäre.

»Aber ich war ja da.« Instinktiv griff Sofie nach Annas Hand und drückte sie aufmunternd.

»Danke.« Das Mädchen lächelte verlegen und zog ein spitzenbesetztes Tuch aus ihrer Rocktasche, um sich die Augen zu wischen.

»Weiß man denn, wie das Feuer entstanden ist?«, erkundigte sich Sofie.

»Die Brandkommission meint, ein Kurzschluss in der elektrischen Lichtzuführung sei schuld gewesen.«

In diesem Moment klopfte es, und Erna Brix trat erneut ein, um ihrer Tochter den versprochenen Kakao zu bringen.

»Deine Mutter ist wirklich lieb«, meinte Anna, nachdem sich diese wieder zurückgezogen hatte. »Und so stolz auf dich. Dein Bruder Wilhelm auch. Ich hab ihn vorhin getroffen, bevor er zum Großbauern musste. Ein schnittiger junger Mann, dem laufen die Mädchen sicher reihenweise nach, oder?«

Sofie schmunzelte. »Einige ja. Aber er hat nur Bücher über Schiffe und Technik im Kopf.«

»Die Jungs sind eben echte Spätentwickler«, bemerkte Anna belustigt.

Sofie musste glucksen, so hatte sie das noch nie gesehen. »Hast du denn auch Geschwister?«, fragte sie.

Nun erfuhr Sofie, dass das fünfzehnjährige Nesthäkchen der Reederei-Dynastie eine dickköpfige, ein Jahr ältere Schwester hatte, die den schönen Künsten zugeneigt war, und einen patriotischen großen Bruder, der gerade ein Studium der Nationalökonomie begonnen hatte. Annas Mutter war bereits gestorben. Aber es gab noch eine strenge Großmutter. Fasziniert lauschte Sofie auch den Berichten über Annas Bildungsreisen nach Italien, Frankreich, England, ja sogar nach Griechenland.

Im Nu war es Zeit für das Mittagessen, und die Reederei-Erbin musste zurück zu ihrem Vater. Doch sie versprach der Melkerstochter: »Wir sehen uns wieder, Sofie Brix, Ehrenwort!«

3

Die Bahngleise zogen sich wie ein in der Junisonne schimmerndes Band durch die Wiesen und Felder. Die Landschaft war so flach und weit, dass der blaue Horizont mit den weißen Schäfchenwolken nahezu endlos wirkte.

Die inzwischen achtzehnjährige Sofie Brix war vor einer guten Stunde vom neuen Glücksburger Bahnhof aus losgefahren, aber noch sah alles nach Heimat aus. Ihr Blick schweifte ziellos umher, verharrte gelegentlich auf einem fernen Baum, bis die Eisenbahn an ihm vorübergerattert war, oder auf einer Herde schwarz-weißer Kühe, die denen ähnelten, die ihr Vater täglich für den Großbauern molk. Dann erregte ein Vogel ihre Aufmerksamkeit, der neben dem Zug herglitt. Sofie lächelte. Ob er ihr eine Nachricht von zu Hause überbringen wollte?

»Kommt ein Vogel geflogen, setzt sich nieder auf mein' Fuß«, summte sie leise. »Hat ein' Zettel im Schnabel, von der Mutter einen Gruß.« Bei dem mit Kindheitserinnerungen verbundenen Lied wurde sie wehmütig.

Am Morgen hatte sie sich von ihrer Mutter verabschiedet. Erna Brix hatte das Gesicht ihrer Tochter zwischen ihre rauen, roten Hände genommen, mit den Daumen über deren Wangen gestrichen und geflüstert: »Nun wirst du also bei feinen Leuten wohnen. Vergiss deine alten Eltern nicht.«

Der Vater hatte ihr schon am Abend zuvor Lebewohl gesagt. Er musste früh zu seiner Arbeit auf dem Bauernhof aufbrechen und hatte seine Tochter nicht wecken wollen. Gesprochen hatte er kaum etwas – Hans-Uwe Brix war kein Mann großer Worte und zeigte auch nur selten Gefühle. Obwohl Sofie wusste, dass ihr Vater sie über alles liebte, konnte sie sich nicht daran erinnern, jemals von ihm umarmt worden zu sein. Deshalb war sie umso überraschter darüber gewesen, dass er sie beim Abschied kurz und heftig an sich gezogen hatte. »Mach's gut, mien Deern«, hatte er gemurmelt und ihr verlegen auf den Rücken geklopft.

Selbst ihr immer betont männlich auftretender Bruder Willy hatte sich zu einer linkischen Umarmung herabgelassen. Sie solle ja nicht auf die Idee kommen, in Hamburg wieder die Heldin zu spielen und ihr Leben zu riskieren, hatte er gemahnt.

Doch auch wenn sie ihre Familie schmerzlich vermissen würde, bereute Sofie ihre Entscheidung nicht. Zwei Jahre war es nun her, dass sie in den Wäscheschacht geklettert war und Anna Nieland aus dem brennenden Hotel geholt hatte. Die beiden Mädchen hatten daraufhin eine Brieffreundschaft begonnen, und seither waren Annas Nachrichten Sofies Fenster zur Welt gewesen. Dass die Nielands viel mehr Geld hatten als ihre eigene Familie, konnte sie freilich nie vergessen – zumal Christian Nieland ihr aus Dankbarkeit für die Rettung seiner Tochter fünfzig Mark hatte zukommen lassen. Sofie musste immer noch den Kopf schütteln, wenn sie an diese Summe dachte. Fünfzig Mark, das war für die Familie Brix ein unermesslicher Reichtum! Das Geld hatte sie buchstäblich davor bewahrt, Hunger zu leiden, denn der Hotelbrand hatte sich als schwerer Schlag für den Glücksburger Fremdenverkehr erwiesen und somit auch für die Landwirte, die ihn belieferten. Großbauer Petersen hatte Hans-Uwe Brix sogar vorübergehend entlassen müssen. Über anderthalb Jahre hatte die Krise gedauert. Die Einwohner Glücksburgs hofften nun darauf, dass das vor einem Monat wiedereröffnete Kurhotel die ersehnten Touristen und Einkünfte zurück in ihre Gegend brachte.

Sofie griff in ihre Rocktasche und zog den inzwischen schon recht zerknitterten Brief hervor, der vor zwei Wochen im Briefkasten gelegen und ihr Leben auf den Kopf gestellt hatte.

Villa Nieland, 13. Juni 1914

Meine liebe Sofie,
danke für Deine schnelle Antwort. Ich möchte Dich gerne immer um mich haben. Vater meinte, dass Du – nimm mir meine Wortwahl bitte nicht übel – in recht einfachen Verhältnissen lebst und es Dir deshalb verwehrt sei, gewisse Privilegien zu genießen. Vielleicht kann meine Familie – kann ich – Dir dadurch, dass wir Dir diese Privilegien ermöglichen, einen kleinen Teil von dem zurückgeben, was Du für uns getan hast. Ich würde mich sehr freuen, wenn Du als meine Gesellschafterin bei uns in Hamburg in der Villa Nieland leben würdest. Was meinst Du dazu? Lass es mich bald wissen.
Deine Anna

Sosehr sie sich auch über das Angebot freute, hatte Sofie zunächst doch gezögert, ihrer Freundin zu antworten. Konnte sie ihre hart arbeitenden Eltern wirklich im Stich lassen, um selbst ein besseres Leben zu führen? Hatte sie überhaupt das Zeug dazu, sich an Annas Seite in der feinen Gesellschaft zu bewegen, ohne sich und die Nielands bis auf die Knochen zu blamieren? Aber nach einer schlaflosen Nacht hatte sie beschlossen, die Einladung anzunehmen, wenn ihre Eltern es erlauben würden. Schließlich war es schon immer ihr Traum gewesen, ihre Heimat einmal zu verlassen und Abenteuer an entfernten Orten zu erleben – deshalb durfte sie nun, da sie diese Chance endlich bekommen sollte, nicht zaudern. Sie hatte sich klargemacht, dass es ihr in Hamburg auch gewiss an nichts fehlen würde, daher könnte sie jedes zusätzliche Geld ihrer Familie zukommen lassen.

Während die Häuser um sie herum höher wurden und sich immer dichter drängten – man eine erste Ahnung von Hamburg, dem »Tor zur Welt«, bekommen konnte –, wich Sofies Unsicherheit zunehmend staunender Begeisterung. Leise stimmte sie die letzte Strophe des Liedes an, das sie vor Stunden begonnen hatte: »Lieber Vogel, flieg weiter, nimm ein' Kuss mit und ein' Gruß. Denn ich kann dich nicht begleiten, weil ich hierbleiben muss.«

Der Zug kam mit lautem Quietschen zum Stehen. Aufgeregt griff Sofie nach ihrer kleinen Reisetasche aus abgewetztem Leinen, dann stieß sie die Abteiltür auf und trat auf den Bahnsteig hinaus. Etwas beklommen blickte sie sich um. Man würde sie abholen, hatte Anna telegrafiert. Doch sie konnte im geschäftigen Treiben der Fahrgäste und Bahnbediensteten niemanden ausmachen, der sich für sie interessierte. Unsicher wie jemand, der nach Wochen an Bord eines Schiffes zum ersten Mal wieder festen Boden unter den Füßen spürt, ging Sofie ein paar wackelige Schritte zwischen den einschüchternd elegant gekleideten Menschen auf dem Bahnsteig.

»Fräulein Brix?« Sie hörte eine ihr unbekannte Stimme hinter sich und wirbelte herum. Da stand ein junger Mann in Chauffeursuniform und grinste sie frech an.

»Ja.« Sofie lächelte zaghaft zurück.

»Ist das Ihr ganzes Gepäck?« Er deutete mit dem Kinn auf

Sofies alte Leinentasche. Sie schämte sich und dachte, dass der schmucke Fahrer für gewöhnlich bestimmt die vornehmen, großen Koffer seiner Herrschaft transportierte.

»Ja«, sagte sie erneut und fügte, weil ihr nichts anderes einfiel, hinzu: »Das ist alles.«

»Na, dann wollen wir mal«, rief der junge Mann gut gelaunt. »Ich bin übrigens Paul.«

»Sofie.« Sie folgte ihm durch den Hamburger Durchgangsbahnhof, der, wie sie gelesen hatte, vor gut sieben Jahren in Betrieb genommen worden war.

Es dauerte einige Zeit, bis sie den Ausgang der Halle mit den vielen Gleisen erreichten. Wie gigantisch alles war! Sofie war sich schon mondän vorgekommen, als sie in Glücksburg am neuen, vergleichsweise winzigen Bahnhof gestanden hatte. Vor dem imposanten Gebäude wurde ihr klar, dass Paul sie keineswegs mit der Kutsche, sondern mit einem Automobil abholte. *Natürlich* mit einem Automobil, sie hätte es wissen müssen! Schon vor dem Strandhotel in ihrer Heimat hatte sie oft die Motorfahrzeuge der Reichen bestaunt. Und nun sollte sie also tatsächlich selbst in einem fahren!

»Du kommst von der Ostsee?«, fragte Paul im Plauderton, während er ihre Tasche verstaute.

»Ja, Glücksburg.«

»Ich war auch schon da oben«, berichtete der Fahrer stolz. »Meine Tante hat einen Dänen geheiratet und ist nach Kolding gezogen. Ganz schön dort.«

»Ja, das stimmt«, bestätigte Sofie. »Aber hier ist es bestimmt aufregender.«

Paul lachte. »Das kann man wohl sagen.«

Während der knapp zehn Kilometer langen Fahrt kam Sofie aus dem Staunen nicht mehr heraus. Sie bewunderte die schönen Häuserfassaden der Hamburger Innenstadt, die elegant gekleideten Damen am Straßenrand und die noblen Herren mit ihren Aktentaschen, die alle sehr wichtig aussahen und es ausgesprochen eilig hatten. In Glücksburg war es gemächlicher zugegangen. Elegant gekleidet waren dort nur die Urlauber und allenfalls noch der Hoteldirektor, der Arzt oder der Bestatter.

Paul lenkte das Automobil am südlichen Rand von Altona entlang in Richtung des Vorortes Othmarschen. Auf der Flussseite der prächtigen Elbchaussee befand sich schließlich das Grundstück der Nielands. Es war laut Paul über zweieinhalb Quadratkilometer groß und reichte terrassenförmig bis an den Strand von Övelgönne hinunter. Der Wagen fuhr durch ein schmiedeeisernes Tor auf die bekieste Zufahrt zur Nordseite der Villa, die Sofies neues Zuhause werden sollte. Sie war eingeschüchtert angesichts all der Pracht: Mit seinen Türmchen sah das Gebäude aus wie ein wahrhaftiges Schloss. Die Nielands verbargen ihren Reichtum nicht. Warum sollten sie auch? Sie waren anderen gegenüber schließlich immer sehr großzügig, das hatte Sofie ja am eigenen Leib erfahren.

Rechts und links des Wegs wuchsen Rosen in ordentlich geharkten Beeten. Vor dem Gebäude weitete sich die Zufahrt zu einem Rondell, in dessen Mitte ein Springbrunnen in Form eines steinernen Segelschiffs stand.

»Das ist die *Ohle Deern*«, erklärte Paul. »Der erste Segler, den die Reederei gebaut hat.«

»Wunderschön.« Sofie fiel auf, dass der junge Chauffeur sehr stolz auf seinen Arbeitgeber zu sein schien. Es war aber auch alles äußerst beeindruckend.

Zu ihrer Enttäuschung parkte Paul den Wagen nicht vor den Stufen, die sich zu dem mächtigen Nordportal erhoben, sondern fuhr um das Gebäude herum und hielt vor einer wesentlich kleineren Tür. Der Personaleingang, wie beim

Hotel in Glücksburg, vermutete Sofie. Was hatte sie denn erwartet? Dass die Familie Nieland zu ihrer Begrüßung am Eingang Spalier stehen, sie wie eine verlorene Tochter in Empfang nehmen und ihr anschließend ein reichhaltiges Mahl an einer mit Leinen und Silber gedeckten Tafel servieren würde? Ja, gestand sie sich ein, insgeheim hatte sie genau das gehofft, zumindest aber gedacht, dass Anna sie bei ihrer Ankunft begrüßen würde. Hatte es in ihrem Brief nicht so geklungen, als könne die wohlhabende junge Frau es kaum erwarten, sie zu sehen? Von einer Anstellung als Gesellschafterin war die Rede gewesen. Sofie hatte sich vorgestellt, dass Gesellschafterinnen mit den feinen Herrschaften zu Tisch saßen und mit abgespreiztem kleinen Finger Tee tranken wie die Damen auf der Hotelterrasse. Nun aber wurde sie vom Chauffeur durch den Personaleingang der imposanten Villa hineingebracht – und ein mulmiges Gefühl beschlich sie.

4

In der geräumigen Küche sah sich Sofie einer streng wirkenden Dame mit einem sehr dünnen Mund gegenüber, die sie abschätzig von oben bis unten beäugte. Paul schien seinerseits Respekt vor der Frau zu haben, denn er ergriff rasch die Flucht.

»So«, konstatierte die Frau, nachdem sie ihre Musterung beendet hatte. Es klang wie ein Vorwurf. »Du bist also das Mädchen von der Küste, das sich Fräulein Anna als *Gesellschafterin*« – sie betonte das Wort, als handle es sich um etwas Unanständiges – »erwählt hat. Ich bin Fräulein Flechsig, die Zofe der Hausherrin, der gnädigen Frau Nieland. Ich hoffe, du hältst dich nicht für etwas Besseres, nur weil du mit den Herrschaften speisen wirst. Dein Zimmer ist oben unter dem Dach, so wie die Zimmer der anderen Bediensteten auch.«

Das waren viele Neuigkeiten auf einmal. Sie würde also doch mit der Familie Nieland essen, dachte Sofie, und im nächsten Moment: Ich habe doch gar nichts Passendes anzuziehen! Da Fräulein Flechsig offensichtlich auf eine Antwort wartete, versicherte sie: »Selbstverständlich halte ich mich nicht für etwas Besseres. Ich bin ja so dankbar, hier sein zu dürfen.« Schließlich schenkte sie der Kammerzofe ein freundliches Lächeln. Die junge Melkerstochter hatte gelernt, dass man ihr meist freundlicher gegenübertrat, wenn sie ihr Gegenüber gewinnend anstrahlte. Selbst der Vater konnte ihr dann nicht mehr böse sein, und auch Franz Thomsen, der Page aus dem Hotel, hatte immer besonders charmant zurückgegrinst. Sofie tat es leid, dass sie Franz in nächster Zeit nicht mehr sehen würde. Sie wusste nicht, wie es war, verliebt zu sein, aber nach allem, was sie von ihren älteren Freundinnen in der Schule gehört hatte, war es wohl exakt so ein Gefühl.

Leider zeigte Sofies Lächeln bei Fräulein Flechsig nicht die erhoffte Wirkung – im Gegenteil. Täuschte sie sich, oder blickte die Zofe sogar noch verkniffener drein? Verbitterte alte Jungfer, dachte Sofie trotzig. Von dir lasse ich mir meine Ankunft hier nicht verderben!

Eine etwas mollige Dame mit gutmütigem Gesicht und silbernen Locken betrat die Küche und stellte sich sehr freundlich und mit sanfter Stimme als Elfriede Iwersen vor. Sie erinnerte Sofie an ihre eigene Großmutter und war ihr sofort sympathisch.

»Ganz herzlich willkommen hier, mein Kind«, begrüßte die liebenswerte Alte den Neuankömmling. »Du hast Fräulein Anna gerettet, und dafür sind wir dir zu Dank verpflichtet. *Alle.*«

War das etwa ein Seitenhieb auf die eisig dreinblickende Zofe gewesen?

»Wenn du irgendwelche Fragen hast, kannst du jederzeit zu mir kommen«, bot Frau Iwersen ihr an. »Ich bin die Hauswirtschafterin.«

Damit war also auch Fräulein Flechsig der harmlos wirkenden Grauhaarigen unterstellt, welche nun den Kopf in den Flur hinausstreckte und »Ursel?« rief.

Fast augenblicklich erschien ein dralles Mädchen mit rosigen Wangen und zu einem Kranz geflochtenen blonden Zöpfen.

»Sei so lieb und zeige der neuen Gesellschafterin von Fräulein Anna ihr Zimmer.«

Ursel nickte beflissen und wandte sich an Sofie. »Komm,

hier entlang!« Sie strich sich die weiße Schürze glatt und stieg die schmale Holztreppe empor, die hinter der Küche in die oberen Stockwerke führte. Sofie folgte ihr.

»Lass dich von der Flechsig nicht einschüchtern«, flüsterte das Dienstmädchen verschwörerisch, als sie außer Hörweite waren. »Die ist ein schrecklicher Drache. Und sie ist eifersüchtig auf dich. Sie findet es unerhört, dass ein Bauernmädchen …« Ursel sah Sofie entschuldigend an. »Na ja, dass ein Bauernmädchen mit den Herrschaften speisen darf. Das widerspricht der ›natürlichen Ordnung‹, sagt sie.«

»Aber Frau Iwersen ist nett, nicht wahr?«, vergewisserte sich Sofie.

»Oh, ja, sie ist ein Engel«, schwärmte Ursel. »Außerdem kann sie prima rechnen und ist wahnsinnig klug. Bevor sie hier als Kindermädchen angefangen hat, war sie sogar mal Mathematiklehrerin. Als Fräulein Anna groß genug war, hat sie dann die alte Haushälterin ersetzt – die hat angeblich im Garten der Schlag getroffen. Dann gibt es noch unsere Köchin Frau Dahlke, die ist klein und quirlig, aber genauso lieb. Der Gärtner und der Butler reden nicht viel mit uns Frauen, sie wohnen aber auch gar nicht hier in der Villa, sondern haben ihre Zimmer wie unser lieber Fahrer Paul über der Remise drüben.«

Sofie wusste wieder nicht, was sie antworten sollte. Aber sie war erleichtert, dass die schwatzhafte Ursel so freundlich zu ihr war.

»Du hast also Fräulein Anna das Leben gerettet«, sagte die nun bewundernd. »Das ist ja so unglaublich mutig! Ich muss jetzt gleich wieder hinunter, aber später erzählst du mir, wie du das gemacht hast, ja?« Ihre Wangen hatten sich vor Aufregung noch mehr gerötet und leuchteten wie kleine Feuermale durch das dämmerige Treppenhaus.

»Gern«, antwortete Sofie. »Später kann ich dir alles genauer erzählen.«

»Wir teilen uns eine Kammer, weißt du?«, plapperte Ursel weiter. »Da haben wir die ganze Nacht zum Plaudern.« Sie kicherte. »Na ja, vielleicht nicht die ganze Nacht, ich muss schließlich morgens früh raus, um das Frühstück für die Herrschaften vorzubereiten – und für dich.« Sie schenkte Sofie einen flüchtigen Blick. »Schon komisch, irgendwie. Wir teilen uns eine Kammer, und trotzdem mache ich für dich Frühstück.«

Sofie erschrak. Sollte etwa auch Ursel neidisch sein?

Das Stubenmädchen aber schien die Situation eher amüsant zu finden, denn nun kicherte sie erneut. »Mit den Herrschaften sollst du speisen, aber du bekommst ein Zimmer im Dienstbotentrakt, zusammen mit der Dienstmagd. Ich habe gehört, wie sich die Nielands deswegen gestritten haben.« Sie schlug sich auf den Mund. »Oje, das hätte ich nicht sagen dürfen, entschuldige!«

»Doch«, bat Sofie. »Das zu wissen ist wichtig für mich, bitte.«

Ursel senkte ihre Stimme zu einem Flüstern. »Na gut, aber erst, wenn wir in unserer Kammer sind.«

Die Mädchen waren unter dem Dach angekommen und liefen durch einen langen, schmalen Flur, von dem mehrere einfache Holztüren abgingen.

»Hier ist es.« Ursel öffnete eine davon, und die beiden Frauen traten ein.

Die Kammer war klein und eng, aber sauber. Auf beiden Seiten des Dachfensters stand je ein schmales Feldbett mit einem Nachtkästchen, in der Mitte befanden sich ein Holztisch und ein Stuhl.

Ursel deutete auf den Schrank neben der Tür. »Den teilen wir uns: du die rechte Hälfte, ich die linke.«

Sofie nickte. »Ich habe gar nichts Schickliches anzuziehen«, bekannte sie beklommen. »Dabei soll ich doch nachher mit den Herrschaften zu Abend essen.«

»Fräulein Anna hat ein Kleid für dich rauslegen lassen.« Ursel deutete auf eines der beiden Betten.

Sofie hielt den Atem an. Das Kleid, das darauf lag, war aus schimmernder, himmelblauer Seide, es hatte genau die Farbe ihrer Augen. Andächtig nahm sie es in die Hände. So etwas Schönes hatte sie noch nie getragen. Das Mieder war mit winzigen Perlen bestickt, der Rock fiel weit und weich bis zu den Knöcheln. Deshalb also hatte sich Anna im vorletzten Brief nach ihrer Kleidergröße erkundigt! Sie presste den Stoff an die Brust und drehte sich zu Ursel um.

»Erzählst du mir jetzt, warum die Herrschaften wegen mir gestritten haben?«

»Na ja.« Ursel war verlegen. »Es waren vor allem Fräulein Anna und Herr Nieland, die sich dafür eingesetzt haben, dass du kommst. Annas Großmutter meinte, dass du – wenn überhaupt – als zweites Hausmädchen arbeiten solltest. Fräulein Anna fand das unmöglich. Sie hat Frau Nieland richtig angefaucht. ›So wenig ist dir also das Leben deiner Enkelin wert!‹, hat sie geschimpft. Tja, und dann hat die gnädige Frau schließlich nachgegeben.«

»Oh«, seufzte Sofie und hatte mit einem Mal schreckliche Sehnsucht nach ihrem Zuhause.

Ursel zuckte die Achseln. »Jedenfalls hat Fräulein Anna durchgesetzt, dass du mit den Herrschaften isst. Die gnädige Frau wiederum hat darauf beharrt, dass du dann wenigstens hier bei den Dienstboten schläfst.«

»Woher weißt du das alles?«, fragte Sofie.

»Also«, wand sich Ursel, »nicht, dass du denkst, ich lausche! Es ist eher so, dass die Herrschaften unsereins gar nicht bemerken. Wenn ich in der Nähe Staub wische, dann ist das für sie manchmal so, als gehöre ich zur Einrichtung. Dabei höre ich manchmal eben auch die Gespräche der Herrschaften. So, nun muss ich aber rasch los, sonst schimpft Fräulein Flechsig. Um sieben gibt es im Salon unten Abendessen. Sei lieber pünktlich!« Damit war sie aus dem Zimmer geeilt und hatte die Tür hinter sich zugezogen.

Sofie hingegen blieb allein in ihrer Dachkammer zurück. Mit einem himmelblauen Seidenkleid in der Hand, von dem sie keine Ahnung hatte, wie um alles in der Welt sie es anziehen sollte.

Kurz darauf klopfte es.

»Herein?«, rief sie unsicher.

Die Tür flog auf – und Anna Nieland eilte ihr mit ausgestreckten Armen entgegen. Ein großer Stein fiel Sofie vom Herzen, und ihre Laune besserte sich augenblicklich.

Die Reederstochter war ihrerseits aufrichtig erfreut. »Meine Liebste! Wie wunderbar, dass du endlich da bist! Gut siehst du aus, du bist richtig erwachsen geworden!«

»Du auch«, erwiderte Sofie leise und blickte die Brieffreundin bewundernd an. »Und so schön!«

Anna wirkte in der Tat nicht mehr wie das Mädchen, das sie einst aus den Flammen gerettet hatte. Sie nahm Sofie das Kleid aus der Hand und hielt es prüfend vor deren Körper. »Trifft es deinen Geschmack?«

»Natürlich. Aber darf ich es wirklich leihen?«

»Nein, nicht leihen, das ist doch ein *Geschenk.*« Anna duldete keinen Widerspruch und bot zu Sofies Erleichterung an, ihr beim Anziehen behilflich zu sein. »Aber vorher muss ich dir noch unbedingt meinen Lieblingsort zeigen.«

»Das Turmzimmer, wo du immer hingehst, wenn du nachdenken willst?«, wusste Sofie aus den Briefen ihrer Freundin.

Die Reederstochter strahlte. »Genau. Es ist etwas seltsam, dass jemand so viel über einen weiß, den man erst zum dritten Mal trifft. Aber irgendwie auch schön!«

»Das finde ich auch«, stimmte Sofie zu.

Wenig später saßen die beiden jungen Frauen zusammen auf dem winzigen Balkon des Turmzimmers der Villa Nieland. Die Aussicht auf die in der Abendsonne glitzernde Elbe war noch beeindruckender, als Sofie es sich vorgestellt hatte.

»Ich hatte so gehofft, dass es dir gefällt«, sagte Anna und wies mit dem Finger auf das gegenüberliegende Ufer. »Das da drüben ist die Halbinsel Waltershof, da wird der Hafen erweitert, und das daneben ist Finkenwärder.«

»Eure Villa ist wirklich wunderschön.«

»Mein Großvater hat das Grundstück vor über dreißig Jahren gekauft«, erzählte Anna. »Vater ließ das Haus dann vor zehn Jahren umbauen und erweitern.«

»Hast du deinen Großvater noch kennengelernt?«, fragte Sofie.

Anna schüttelte den Kopf. »Er ist wenige Tage nach meiner Geburt im Griechisch-Türkischen Krieg gefallen. Damals war er auf Kreta, als Berater für die türkische Militärführung. Dann haben die Griechen die Insel überfallen. Mehr weiß ich leider nicht, Großmutter spricht nicht gern über diese Zeit.«

Irgendwo schlug eine Kirchturmuhr zweimal.

»Halb sieben«, rief Anna unternehmungslustig. »Lass uns in dein Zimmer gehen und dich einkleiden.«

Sofie atmete tief durch. Nun war es also so weit: Sie würde erstmals Annas gesamter Familie gegenübertreten.

5

Sofie kam sich in ihrem teuren neuen Kleid ein wenig wie eine Hochstaplerin vor, als sie an Annas Seite die Treppe hinabschritt. Dabei warf sie der zierlichen Reederstochter aus den Augenwinkeln einen bewundernden Blick zu. Anna hatte sich ebenfalls noch schnell für das Abendessen umgezogen. Mit ihrem hochgesteckten Haar, dem dunkelroten Kleid, dessen besticktes Oberteil eng geschnitten war und sich in der Taille zu einem glockenförmigen Rock weitete, sowie dem dazu passenden Schmuck sah ihre Freundin atemberaubend schön aus.

Sie betraten den Salon der Villa, und Sofie war vollkommen überwältigt von all der Pracht, die sich ihr darbot: Der von funkelnden Kronleuchtern erhellte, holzvertäfelte Raum war geschmückt mit aufwendig gewobenen Gobelins, üppiger Auslegeware in leuchtenden Farben und mehreren Ölgemälden, die Schifffahrtsmotive zeigten. Noch mehr schüchterte sie allerdings die äußerst elegante ältere Dame ein, die in einem riesigen Ohrensessel saß wie eine Königin auf ihrem Thron. Sofie schluckte. Das konnte nur Annas sechzigjährige Großmutter Gudrun Nieland sein – jene Frau, die sich laut Dienstmädchen Ursel dagegen ausgesprochen hatte, sie als Gesellschafterin aufzunehmen.

»Komm, ich stelle dich vor«, kündigte Anna da auch schon an und zog ihre Lebensretterin hinter sich her.

Sofie versuchte sich nervös an einem Knicks, nicht wissend,

was man von ihr an Begrüßungsformalitäten erwartete. Die ältere Dame mit den wachen Augen schien jedoch nur wenig begeistert. Sie nickte Sofie kühl zu, als Anna feierlich verkündete: »Großmutter, das ist sie: meine Lebensretterin!«

»Willkommen, Fräulein Brix«, sagte die Hausherrin und ließ sich zu einem dünnen Lächeln herab. »Wir sind alle sehr dankbar für das, was Sie für uns getan haben.« Sie brachte das in einem Tonfall hervor, in dem man ein Kind lobte, das ein hübsches Bild gemalt hatte. »Und nun profitieren Sie ja selbst davon, indem Sie bei uns leben dürfen und lernen, wie man sich in der Gesellschaft zu benehmen hat.« Sie wandte selbstgerecht den Blick ab und murmelte dann: »Mit etwas Glück.«

Sofie öffnete den Mund, um etwas auf diesen Vorwurf zu erwidern. Als hätte sie Anna nur deshalb aus den Flammen gerettet, um sich selbst einen Vorteil zu verschaffen!

Anna warf ihrer Großmutter einen wütenden Blick zu und setzte ihrerseits an, etwas zu sagen. Doch Sofie, die einen weiteren Streit um ihre Person verhindern wollte, erwiderte ergeben: »Ich bin Ihnen wirklich sehr dankbar, gnädige Frau.«

Anna funkelte ihre Großmutter noch einmal verstimmt an und zog ihre Freundin dann weiter zum Kamin, wo ein etwas älterer Herr in einem Ohrensessel zwei jungen Männern auf einem Sofa gegenübersaß. Sofie erkannte in ihm den Reeder Christian Nieland wieder.

Als der sie erblickte, sprang er auf und eilte ihr die wenigen Schritte, die sie noch trennten, entgegen. »Sofie!«, rief er. »Wie schön, dass Sie hier sind!«

Schüchtern schüttelte sie seine ausgestreckte Hand.

»Sie sind ja eine richtig hübsche junge Frau geworden«, staunte der Reeder und wandte sich dann zu den zwei Männern um, die sich ebenfalls vom Sofa erhoben hatten. »Darf ich Ihnen meinen Sohn Burkhard vorstellen?«

Der ältere der beiden, ein gut aussehender, hochgewachsener Zweiundzwanzigjähriger mit etwas zu langen braunen Haaren, braunen Augen und einem provokanten Grinsen deutete eine Verbeugung an.

Sofie errötete. Ihre Knie wurden weich, als sich ihre Blicke trafen. Glücklicherweise lenkte Christian Nieland ihre Aufmerksamkeit aber sogleich auf den anderen jungen Herrn.

»Und das ist mein Neffe Hinnerk.«

Hinnerk Nieland lächelte Sofie freundlich an. Er hatte große grüne Augen und pechschwarzes Haar, das ihm in widerspenstigen Strähnen ins Gesicht fiel, als er ihre Hand ergriff.

»Mit seinen neunzehn Jahren ist Hinnerk der wohl jüngste kaufmännische Leiter in ganz Hamburg«, erklärte Anna und zwinkerte ihrem Cousin schmunzelnd zu.

Noch weniger, als Hinnerks Alter mit seiner hohen Position in der Reederei vereinbar schien, passte sein nordischer Name zu seinem südländischen Aussehen, fand Sofie. Und wie ein Büromensch sah er auch nicht aus, eher wie ein Sportler. Von Anna wusste sie aber, dass der freundliche junge Mann sich besonders für Musik und Kunst interessierte. »Feingeistig und sehr intelligent« hatte die Brieffreundin ihren Cousin und besten Freund genannt.

»Schön, dass Sie gekommen sind, Sofie. Ich habe natürlich schon viel von Ihrer Heldentat gehört«, sagte Hinnerk herzlich und wandte sich schließlich in ernsterem Tonfall erneut an seinen Onkel: »Wenn diese Sache nun auch so glimpflich ausgeht wie der Hotelbrand damals, können wir uns glücklich schätzen.«

»Ich fürchte, das wird nicht der Fall sein«, murmelte der Reeder. »Die Lage ist durchaus prekär. Das wird eher ein Flächenbrand.«

Die drei Herren waren nun wieder ganz in ihr Gespräch vertieft und schenkten den beiden jungen Frauen keine weitere Beachtung mehr.

»Mach dir nichts draus, bei Politik vergessen sie alles um sich herum – vor allem, wenn es um so etwas Heikles wie ein Attentat geht«, raunte Anna Sofie zu. »In Sarajevo hat jemand den Thronfolger des Kaisers von Österreich ermordet. Vater ist schon den ganzen Tag völlig aus dem Häuschen.«

»Du meine Güte, wie schrecklich«, flüsterte Sofie. »Wo ist das denn, Sarajevo?« Im selben Moment hätte sie sich auf die Zunge beißen wollen. Sie musste ihre Unwissenheit ja nicht gleich allzu deutlich kundtun und hätte es stattdessen später irgendwann nachlesen können.

Zu ihrer Erleichterung zuckte Anna mit den Schultern. »Irgendwo in Österreich-Ungarn«, antwortete sie leise. »Da war ich auch noch nie.«

»Und warum ist dein Vater so aufgeregt? Kannte er den Thronfolger?« In Sofies Vorstellung standen die Nielands mit allen Monarchen der Welt auf Du und Du.

Doch Anna winkte ab. »Natürlich nicht.« Sie zog ihre Freundin ein Stückchen zur Seite, außer Hörweite der Männer. »Aber Vater ist sich sicher, dass das Attentat zu einem Krieg führen wird.«

Sofie erschrak. Krieg? Allein das Wort weckte in ihr das gleiche angstvolle Gefühl wie seinerzeit die Erzählungen über die *Titanic*.

Anna bemerkte Sofies Unbehagen. »Mach dir keine Sorgen. Ich glaube, die brauchen nur etwas, worüber sie politisieren können.«

»Wir müssten ja von allen guten Geistern verlassen sein, wenn wir einen Krieg gegen die Russen oder gar die Engländer riskieren würden!«, warf Hinnerk in der Diskussion mit seinem Onkel und seinem Vetter gerade lautstark ein, und Sofie stimmte ihm innerlich zu.

»Na, na, nun mal sachte«, mahnte ihn Burkhard, der Sofie so faszinierte. »Dass es früher oder später mal zu einer Klopperei kommen muss, das ist doch sonnenklar wie ein blank geputztes Bullauge.«

»Das wäre heller Wahnsinn«, beharrte Hinnerk. »Wer gewinnt denn dabei? Wir können den Engländern nichts, und sie uns genauso wenig. Wir würden uns nur gegenseitig die Kriegsflotten zerstören – und den Handel.«

Burkhard gab seinem Cousin einen freundschaftlichen Klaps auf den Hinterkopf. »Du Friedensapostel!«

»Jawohl, und stolz darauf«, erwiderte Hinnerk grinsend, und obgleich er ein gutes Stück kleiner war als sein Vetter, drehte er ihm mit erstaunlicher Kraft spielerisch den Arm auf den Rücken.

Gudrun Nieland räusperte sich mit einem rügenden Blick. Sofie ging davon aus, dass die strenge Dame ein derart gewaltsames Geplänkel allenfalls in einer Burschenschaft akzeptabel gefunden hätte, nicht aber vor dem Abendessen im Salon.

Hinnerk ließ Burkhard los und meinte dann etwas leiser: »Man muss sich von dem Gedanken freimachen, dass der Krieg irgendeinen Selbstzweck hat. Wiedergeburt der Nation oder irgend so ein Unfug.«

»Willst du bestreiten, dass ein Krieg zur Auffrischung des Blutes nützlich ist?«, fragte Burkhard kämpferisch. »Wohin kommen wir denn ohne ihn? Wo führt die innere Unzufriedenheit hin, die ewige Nörgelei im Reich? Sollen wir weiter alle Unverschämtheiten einstecken? Uns unseren Platz an der Sonne streitig machen lassen? Deutschland ist ein rohstoffarmes Land. Wir müssen expandieren. Auch der deutsche Arbeiter möchte in Lohn und Brot stehen. Willst du, dass wir uns im Mauseloch verkriechen, während die Engländer sich zu den Herren der Welt ausrufen?«

»Blöde Chauvinisten-Schlagworte!«, kommentierte Hinnerk. »Du hast deine Weisheit wohl aus der *Allgemeinen Rundschau* oder ähnlichen nationalistischen Schrei- und Radaublättern, Vetterchen. ›Auffrischung des Blutes?‹ Ist unser Volk denn so entartet? Wir brauchen keinen Krieg, wir sind doch auch so recht unternehmungslustig und gesund.«

Sofie waren Burkhards Argumente schon öfter zu Ohren gekommen, sie hatte auch in ihrem Heimatdorf an der Ostsee eine zunehmende Deutschtümelei und immer mehr Hass auf andere Nationen gespürt. Doch gerade weil sie schon im Strandhotel die Erfahrung gemacht hatte, dass es unter allen Nationalitäten sowohl nette als auch grässliche Menschen gab, konnte Sofie ausgrenzendes Hochhalten des eigenen Volkes nicht nachvollziehen. Sie träumte schließlich davon, viele Länder zu bereisen und die Menschen dort kennenzulernen. Doch nun musste sie es erst mal durch das Abendessen schaffen, das in diesem Moment mit einem Glöckchen angekündigt wurde.

Anna führte ihre neue Gesellschafterin zu einem Stuhl an dem großen Esstisch, der sich glücklicherweise direkt neben ihrem eigenen und weit entfernt von Gudrun Nielands Platz an der Stirnseite des Tisches befand.

Wie sich herausstellte, wurde das erste Abendmahl in der Villa Nieland für Sofie gleich in mehrfacher Hinsicht zu einer Herausforderung – angefangen damit, nach dem richtigen Besteck zu greifen und es korrekt zu halten. Zum Glück stand ihr Anna auch hierbei hilfreich zur Seite.

»Du musst es der Reihenfolge nach von außen nach innen nehmen, für jeden Gang gibt es neues Besteck«, flüsterte sie ihr zu.

Trotz dieser hilfreichen Erinnerung ihrer Freundin blieb das Essen eine Feuerprobe für die frischgebackene Gesellschafterin. Ständig wurden neue, ihr bislang unbekannte Speisen aufgetragen. Zudem war es ihr auch höchst unangenehm, von Ursel bedient zu werden, die den alten Butler beim Servieren unterstützte. Am schwersten fiel es ihr aber, nicht dauernd zu Burkhard Nieland hinüberzusehen, der ihr direkt gegenübersaß. Sie bemerkte, dass auch er häufig über den Tisch zu ihr linste, und das verunsicherte sie zutiefst. Dreimal hatten sich ihre Blicke schon ineinander verhakt, zwar nur für Sekunden, doch die hatten schon ausgereicht, um Sofies Herz zum Rasen zu bringen. So hatte sich das beim Hotelpagen Franz nicht angefühlt.

Was sie ebenfalls beunruhigte, war das Wort »Krieg«, das gleich mehrfach während der Tischgespräche fiel. Es klang hart und kalt, es schmeckte regelrecht nach Grauen und Blut. Zumindest für Sofie. Mochte der Begriff für den Großteil der Bevölkerung auch nur schöne Uniformen, Ruhm und fliehende Feinde bedeuten, so hatte sie selbst von ihrem Großvater anderes gehört. Der hatte vor seiner Tätigkeit als Leuchtturmwärter von Holnis den linken Arm im Deutsch-Dänischen Krieg verloren. Von der Entscheidungsschlacht an den Düppeler Schanzen hatte er furchtbare Geschichten erzählt. Oft hatte Sofie ihn zum Flensburger Friedhof begleitet, um mit ihm Blumen für seine gefallenen Kameraden auf deren Gedenkgräber zu legen. Noch fünfzig Jahre danach litt der mittlerweile pensionierte alte Mann unter den Folgen seiner Kriegserlebnisse.

Sofie erschauderte. In der Hoffnung, dass niemand ihr kurzes Zittern bemerkt hatte, blickte sie auf – direkt in Burkhards dunkle Augen.

6

Sofie gähnte, während sie mit müden Augen aus dem Fenster des Automobils blickte und den geschäftigen Morgenverkehr in der Hamburger Innenstadt beobachtete, durch den Chauffeur Paul sie und Anna gekonnt kutschierte.

Ursel hatte ihr Versprechen vom Vortag wahr gemacht und bis in den frühen Morgen hinein mit ihr »geplaudert«. Anfangs war Sofie froh darüber gewesen. Denn nach dem Abendessen mit den Nielands war sie viel zu aufgewühlt, um an Schlaf auch nur denken zu können. Vor allem Burkhards Blicke waren noch Stunden später in ihrem Kopf herumgegeistert. Doch irgendwann hatte das muntere Plappern ihrer Zimmergenossin einschläfernd auf sie gewirkt, und schließlich war sie wie durch ein Wiegenlied sanft in einen Traum hinübergeglitten. Am Morgen, als Sofie wieder aufgewacht war, hatte Ursel das Zimmer längst verlassen. Sie hoffte, dass das Dienstmädchen es ihr nicht übel genommen hatte, dass sie während ihres Gesprächs weggedämmert war.

Am Jungfernstieg wandte sich Anna an Paul und bat ihn, anzuhalten. »Den Rest gehen wir zu Fuß, da sind wir schneller.«

Der Fahrer ließ die beiden jungen Frauen aussteigen und lächelte wie schon am Tag zuvor, als er Sofie am Bahnhof abgeholt hatte. Das Mädchen fragte sich, ob der Chauffeur aus Unsicherheit grinste oder ob er sich einfach nur permanent darüber freute, einen solch noblen Wagen lenken zu dürfen.

Anna eilte los, sie wollte Sofie die Reederei und vor allem ihren Schwarm Gideon Meseritz zeigen.

»Er ist der kreative Kopf des Unternehmens«, erklärte Anna, »und außerdem ein ganz famoser Mensch!«

»Wohnt seine Familie auch in Hamburg?«, fragte Sofie, während sie auf dem Weg zum Rathausmarkt an den Alsterarkaden, dem wunderschönen überdachten Verbindungsgang mit weißen Säulen, vorbeigingen.

»Nein, Gideons Eltern sind leider vor vierzehn Jahren bei einem Zugunglück gestorben«, erklärte die Nieland-Tochter. »Der Arme war damals erst zehn. Das verbindet uns natürlich ein bisschen, ich habe meine Mutter ja auch verloren, als ich noch klein war.«

»War er dann im Waisenhaus?«, erkundigte sich Sofie voller Mitleid.

»Zum Glück nicht. Seine Tante hat ihn zu sich nach Schlesien in ihre Familie geholt. Ihr Mann ist Rabbiner. Mit siebzehn ist Gideon dann zur Ausbildung in unsere Reederei gekommen.«

»Rabbiner …«, wiederholte Sofie. »Ist Gideon denn auch Jude?«

»Ja, das ist er. Interessant, nicht wahr?«, meinte Anna verliebt. »Wie ein Rabbi sieht er allerdings nicht aus, eher wie ein Wikinger.«

Gerade wollte Sofie etwas entgegnen, als der Anblick eines imposanten Sandsteingebäudes mit grünem Kupferdach und einem über hundert Meter hohen Turm ihre gesamte Aufmerksamkeit auf sich lenkte. »Das Rathaus«, staunte sie leise und erinnerte sich an die Abbildungen des Gebäudes, die sie in einem Reiseführer über Hamburg gesehen hatte. Fasziniert wollte sie stehen bleiben, um die reich geschmückte Fassade zu bewundern, doch ihre Freundin zog sie ungeduldig weiter.

»Komm, das besichtigen wir an einem anderen Tag ganz ausführlich, versprochen. Jetzt wartet Gideon schon auf uns!«

Wenig später erreichten Anna und Sofie das herrschaftliche Gebäude an der Rolandsbrücke, in dem sich der Hauptsitz der Reederei befand.

Der alte Pförtner freute sich augenscheinlich sehr, die Reederstochter zu sehen. »Moin, Fräulein Nieland«, rief er strahlend, und Anna erwiderte den Gruß. Auch andere Mitarbeiter, denen die beiden auf ihrem Weg durch das Foyer begegneten, nickten ihnen freundlich zu.

»Alle hier wissen, dass ich schon seit Kindertagen davon träume, in der Reederei zu arbeiten«, erzählte die Nieland-Tochter auf ihrem Weg durch das prachtvolle Treppenhaus, an dessen Wänden imposante Gemälde von Transportsegelschiffen und Konstruktionspläne moderner Dampfer hingen. »Und alle finden es gut. Bis auf meinen Vater.«

»Weil du eine Frau bist?«, mutmaßte Sofie.

Anna nickte frustriert. »Natürlich soll Burkhard einmal alles übernehmen. Dabei interessiert ihn die Reederei gar nicht! Der würde viel lieber Kriegsflotten führen als eine Firma. Deshalb ist er ja auch zur Marine gegangen, bevor er mit dem Studium begonnen hat.«

Sie waren vor dem Büro des Vertriebsleiters angekommen, und Anna klopfte kurz an. Ohne eine Antwort abzuwarten, trat sie ein. Sofie folgte ihr zögernd.

Ein Mann Mitte zwanzig saß am Schreibtisch und blickte auf. Sofie verstand augenblicklich, wie es ihm gelungen war, Anna derart den Kopf zu verdrehen. Gideon Meseritz war hochgewachsen und blond, sein von sinnlichen Lippen umrahmtes Lächeln wirkte charmant, und sein Blick für Anna strahlte Wärme und Liebe aus.

»Gideon, das ist meine Brieffreundin, Sofie Brix.«

»Ah, die Lebensretterin von Glücksburg. Ich habe mal Urlaub in der Gegend gemacht. Ich liebe die Steilküste von Holnis«, sagte er, was ihn in Sofies Augen gleich noch sympathischer machte. »Der alte Ziegelei-Besitzer dort ist ein Freund meines Onkels.« Er erhob sich, um ihr die Hand zu schütteln.

Sie lächelte. »Ja, das Kliff ist schön. Mein Großvater war ganz in der Nähe Leuchtturmwärter.«

»Das ist nicht dein Ernst!«, rief Anna plötzlich, doch sie meinte damit nicht die Geschichte über Sofies Großvater. Ihr Blick war auf einen Plakatentwurf auf Gideons Schreibtisch gefallen. »GROSSE PÖTTE, GROSSES HERZ«, stand dort unter der Zeichnung eines modernen Transportdampfschiffes der Nieland-Reederei.

»Nicht gut?«, fragte Gideon unsicher.

Anna schüttelte vehement den Kopf. »Außerhalb Norddeutschlands wird man bei dem Wort ›Pott‹ an Nachttöpfe denken statt an Schiffe!«

Gideon runzelte die Stirn. »Dein Vater scheint es auch nicht zu mögen.«

»Hat er das gesagt?«, wunderte sich Anna.

»Ziemlich deutlich, ja«, gestand Gideon niedergeschlagen.

Anna schürzte die Lippen. »Was macht Nieland besser als andere Reedereien?«, fragte sie den jungen Vertriebsleiter versonnen.

»Na ja, dass uns die Lieferung unserer Kunden wichtig ist. Sehr wichtig sogar. Für sie machen wir alles möglich. Und wir sind immer pünktlich«, zählte Gideon auf. »Aber natürlich behauptet das die Konkurrenz auch von sich.«

»Ihre Lieferung – unsere Leidenschaft«, platzte Anna heraus.

Gideon starrte erst sie, dann das Plakat an. »Das ist es! Mensch, das ist perfekt!«

Er schrieb die Worte auf ein Stück Papier, und Sofie bewunderte die schöne Schrift, die Gideon leicht von der Hand zu gehen schien.

Da betrat, ohne anzuklopfen, Christian Nieland den Raum. Er war in Begleitung eines braun gebrannten, etwa fünfzig Jahre alten Mannes mit weißem Anzug und Hut. Beim Anblick der beiden jungen Frauen im Büro seines Vertriebsleiters zog der Reeder die Stirn kraus. »Was machst du denn schon wieder hier, Anna?«, fragte er streng.

Ehe seine Tochter antworten konnte, stellte ihr Vater den korpulenten Herrn an seiner Seite vor: »Meseritz, Anna, Fräulein Sofie, das ist Capitán Javier Esteban Arévalo aus Iquique. Einer unserer Hauptlieferanten von chilenischem Salpeter.«

Arévalo, dessen aufdringliches Rasierwasser den Raum erfüllte, begrüßte die Anwesenden in nicht ganz akzentfreiem, aber erstaunlich gutem Deutsch. Besonders freundlich verneigte er sich vor Sofie, worüber diese sich etwas wunderte. Er musterte sie auch dann noch seltsam gebannt, als Christian Nieland bereits das Thema gewechselt hatte. Der Blick des Reeders war nämlich auf das Plakat gefallen, über das Gideon Annas Werbespruch gelegt hatte.

»Großartig, Meseritz! Das passt ja nun ganz famos zu uns«, lobte er. »›Ihre Lieferung – unsere Leidenschaft!‹ Da haben Sie endlich voll ins Schwarze getroffen.«

»Nicht ich«, gestand Gideon. »Die Idee stammt von Ihrem werten Fräulein Tochter.«

Einerseits bewunderte Sofie Gideon Meseritz für seine Ehrlichkeit, andererseits hatte sie Angst vor der Reaktion Christian Nielands. Doch der Patriarch beließ es bei einem abfälligen Blick und einem knappen: »Aha.«

Anna ließ ihn jedoch nicht so leicht davonkommen: »Siehst du, Papa, du solltest es dir noch mal überlegen, ob du mich nicht doch hier arbeiten lassen willst.« Sie strahlte ihren Vater an und fügte dann selbstbewusst hinzu: »Sonst entgeht der Reederei wirklich etwas.«

»Eher friert die Hölle zu, als dass eine Nieland-Frau arbeiten muss«, bestimmte der Reeder knapp.

»Von *müssen* kann keine Rede sein«, berichtigte Anna. »Ich *will*. Und ich habe ja nicht vor, mit dem Schweißgerät zu agieren, sondern mit Worten. Du sagst selbst immer, dass wir Frauen uns darauf besonders gut verstehen.«

»Raus jetzt mit euch, macht einen Einkaufsbummel«, unterbrach der Reeder sie gereizt. »Wir haben mit Capitán Arévalo etwas Geschäftliches zu besprechen, bevor er wieder abreisen muss.«

Ehe die jungen Frauen gehen konnten, wandte sich der chilenische Salpeterhändler an Sofie. »Verzeihen Sie, dass ich Sie die ganze Zeit über so angestarrt habe, aber Sie sehen meiner Tochter unglaublich ähnlich.«

Das war es also. Sofie wusste nicht recht, was sie auf diese Aussage entgegnen sollte. »Vielen Dank. Lebt Ihre Tochter in Chile?«, fragte sie arglos.

Doch Arévalo schüttelte betrübt den Kopf. »Sie starb mit sechzehn Jahren an einer Blutvergiftung. Ein harmloser Holzsplitter im Fuß, dann eine Entzündung …«

»Das tut mir sehr leid.« Sofie wollte einerseits das Thema wechseln, das ihr viel zu privat erschien, anderseits aber auch nicht unhöflich sein. »Sind Sie zum ersten Mal in Hamburg?«

»*Sí*«, sagte der Chilene. »Ich besuche meinen alten Freund Henry Sloman. Haben Sie von ihm gehört?«

Tatsächlich hatte Sofie erst jüngst einen Artikel über den Salpetermillionär gelesen, als sie sich vor Antritt ihrer neuen

Anstellung über die Geschäftsfelder der Nielands informiert hatte. »Ja, er hat in Tocopilla die Salpeterfabrik *Gute Hoffnung* eröffnet, dadurch ein Vermögen gemacht und ist vor etwa fünfzehn Jahren nach Hamburg zurückgekehrt.«

Arévalo nickte anerkennend. »Mein Freund hat über fünfzig Millionen gemacht, richtig. Aber ich selbst bin auch nicht arm, hübsches Kind.« Der Salpeterbaron zwinkerte ihr zu. »Chile ist wunderschön. Möchten Sie mich vielleicht einmal besuchen? Ich würde Ihnen die Überfahrt bezahlen – selbstverständlich erster Klasse.«

Sofie war von diesem Angebot völlig überrumpelt und brachte nur ein »Ähm, ich …« hervor.

Anna rettete sie. »Ich befürchte, meine Gesellschafterin ist in Hamburg unabkömmlich, Señor Arévalo. Auf Wiedersehen.«

Mit diesen Worten nahm sie Sofie am Arm und verließ das Büro. Im Gehen hörten sie noch, wie Capitán Arévalo Christian Nieland etwas in seiner Muttersprache fragte.

»Was hat er gesagt?«, erkundigt sich Sofie bei Anna, die augenschcinlich etwas Spanisch zu verstehen schien.

»Er findet dich zauberhaft«, erklärte die kichernd. »Er wollte wissen, ob Vater etwas dagegen hätte, wenn er dich adoptiert.«

Sofie sah Anna erschrocken an. »Wie unheimlich.«

»Dieser Arévalo ist ein eitler Gockel«, befand ihre Freundin. »Hat Papa schon öfter erzählt. Aber er ist eben einer seiner wichtigsten Geschäftspartner. Ich würde den bei Preisverhandlungen um den Finger wickeln. Irgendwann werde ich hier arbeiten, wart's nur ab.«

7

»Anna, warte auf mich!« Sofie sah sich hilflos im Gewimmel der Passanten auf dem Rathausplatz um. Die Reederstochter wollte an diesem Freitag Ende Juli die Besichtigung des eindrucksvollen Rathauses nachholen, die sie ihrer Gesellschafterin ja kurz nach der Ankunft vor einem Monat versprochen hatte. Doch in der aufgebrachten Menschenmasse hatte Sofie ihre Freundin und deren Cousin Hinnerk aus den Augen verloren. Jemand hatte sie unsanft gestoßen, und so war sie in eine große Gruppe johlender und schwitzender Männer gestolpert. Inmitten der eng beieinanderstehenden Menschen fühlte sie die vage Angst, zerquetscht zu werden. Mit diesem Gedränge hatte sie nicht gerechnet – bei keinem ihrer bisherigen Besuche in der Innenstadt war es je so voll gewesen. Woher kamen heute nur all diese aufgewühlten Passanten? Erst nach mehreren Minuten fand sie Anna wieder. Diese drängte sich zwischen zwei der Herren durch, um ihre Freundin am Ärmel zu packen und zu sich zu ziehen.

»Hinnerk ist da vorne.« Die Reederstochter zeigte zu ihrem Cousin, der seinerseits versuchte, sich durch den Menschenauflauf zu kämpfen. Er hatte einmal mehr seine Beziehungen spielen lassen und den beiden Frauen sogar eine Sonderführung durch für die Öffentlichkeit unzugängliche Räume des Rathauses versprochen. Hinnerk kannte wirklich überall jemanden. Vor zwei Wochen hatten sie mit ihm die Oper am Dammtor besucht und dank seiner Bekanntschaft mit dem

Intendanten sogar hinter die Kulissen schauen dürfen. Letzten Sonntag wiederum war es ihnen durch einen mit Annas Vetter befreundeten Wärter in Hagenbecks Tierpark ermöglicht worden, die exotischen Wesen aus nächster Nähe zu besichtigen. Euphorisch hatte Sofie ihrer Familie geschrieben, dass sie dort sogar einen Elefanten gefüttert hatte. Anna kannte all das bereits, aber indem sie es ihrer begeisterten Gesellschafterin zeigte, sah sie es selbst noch mal mit neuen Augen und hatte ihrerseits wieder Freude daran. Und nun sollte also ein mit Hinnerk gut bekannter Stadtrat ihnen die Geheimnisse des Rathauses der mächtigen Hansestadt enthüllen. Doch zunächst mussten sie es überhaupt bis zum Gebäude schaffen!

»Man kommt da einfach nicht durch. Heute macht das keinen Sinn«, stellte Hinnerk irgendwann resigniert fest und gab das Drängeln auf.

Unter großem Jubel näherte sich schließlich der Grund für all das Schieben und Quetschen: Zahlreiche Soldaten kamen anmarschiert. An ihrer Spitze ritt ein Offizier, der haltmachte, um laut und feierlich die kaiserliche Verordnung zur drohenden Kriegsgefahr zu verlesen. Eine Kapelle spielte *Deutschland, Deutschland über alles*, und alle Anwesenden stimmten euphorisch mit ein.

Der jungen Frau von der Ostseeküste, die noch nie so viele Menschen hatte zusammen singen hören, lief es eiskalt den Rücken hinunter.

***

Ein spitzer Schrei gellte aus Richtung der Küche durch die Villa.

Sofie war gerade auf dem Weg in die Eingangshalle, als sie

ihn vernahm. Dort wollte sie eigentlich den Brief an ihre Eltern, den sie nach dem geplatzten Rathausbesuch fertiggestellt hatte, in die Postschale legen. Hastig steckte sie den Umschlag nun stattdessen in ihre Rocktasche und eilte in Richtung Küche.

Das Bild, das sich ihr dort bot, war grotesk, und Sofie musste sich sehr zusammenreißen, um nicht lauthals loszulachen: An einem Regal stand Gudrun Nieland. Sie hier in der Küche zu sehen war schon ungewöhnlich genug, doch zudem waren die sorgfältig toupierte Hochsteckfrisur sowie die gesamte Kleidung der Dame des Hauses voller Mehl. Sie hustete, und das weiße Pulver stäubte um sie herum.

»Gnädige Frau«, rief Sofie und eilte zu ihr. »Kann ich Ihnen helfen?«

In diesem Moment kam Fräulein Flechsig mit einem Telegramm in der Hand hereingeeilt. Beim Anblick ihrer mehlbepuderten Herrin wurde sie blass. »Was ist denn hier passiert?« Sie warf Sofie einen strafenden Blick zu, als wäre die schuld an dem Desaster.

»Frau Dahlke und Ursel sind einkaufen«, fauchte Großmutter Nieland. »Ich wollte mir selbst von den Pastetchen nehmen, da fiel der Mehlkrug herunter. Ich konnte ihn noch auffangen. Aber gestaubt hat es natürlich. Wer stellt ein zerbrechliches Gefäß überhaupt derart nah an den Rand?«

Sie richtete sich zu voller Größe auf – ihre Würde mochte durch ihr Missgeschick gelitten haben, nicht jedoch ihr Stolz. Dann musterte sie Fräulein Flechsig von oben bis unten, als wäre sie es, die über und über mit Mehl bestäubt war. Dabei fiel ihr das Papier auf, das ihre Zofe in den Händen hielt. »Was haben Sie da?«

»Ein Telegramm für Sie, gnädige Frau«, antwortete die Bedienstete etwas hilflos. »Von Herrn Nieland.«

»Wenn mein Sohn extra eine Depesche schickt, muss es dringend sein. Lesen Sie vor!«, verlangte die Patriarchin. »Sie sehen ja, dass meine Augen beeinträchtigt sind.« Gereizt fuhr sie sich über die mehligen Wimpern.

Sofie bemerkte, dass Fräulein Flechsig bei der Aufforderung ihrer Herrin errötete. »Ich …«

»Was ist denn, Fräulein Flechsig?«, rief die alte Frau Nieland ungeduldig. »Wollen Sie hier Wurzeln schlagen? Ich muss mich waschen gehen und würde das gerne umgehend erledigen und nicht erst in einer Stunde. Nun lesen Sie schon!«

Sofie kannte die hilflose Reaktion Fräulein Flechsigs von ihren Eltern. Beide konnten nicht lesen und schreiben, was ihnen ungemein peinlich war. Die Nachrichten ihrer Tochter musste ihnen daher Willy vorlesen. Reflexartig tastete sie nach dem Schreiben in ihrer Rocktasche. In ihren bisherigen vier Briefen hatte Sofie nur von den schönen und spannenden Seiten ihres Lebens in Hamburg erzählt. Um ihre Familie nicht zu beunruhigen, hatte sie nichts davon geschrieben, wie sehr Fräulein Flechsig sie drangsalierte, wie sie jeden Abend von ihr belehrt wurde, dass sie sich mal wieder »unmöglich« benommen oder unangemessen mit den Herrschaften gesprochen habe.

Doch nun stand die Zofe stammelnd vor Gudrun Nieland und war mit einem Mal ganz kleinlaut. Obwohl Fräulein Flechsig sie so oft gepiesackt hatte, tat sie Sofie nun doch leid. Fieberhaft überlegte Sofie, wie sie der Kammerzofe aus der Patsche helfen konnte, da erinnerte sie sich an eine Ausrede, die ihre Mutter öfter gebrauchte.

»Fräulein Flechsig hat ihre Lesebrille nicht auf, gnädige Frau!«, rief sie jetzt, nahm der überrumpelten, aber dankbaren Zofe das Telegramm ab und las vor: »Bin bei Vizeadmiral Scheel im Reichsmarineamt. Bleibe über Nacht in Kiel.

Morgen Punkt sieben Uhr abends bitte gesamte Familie und Personal im Garten versammeln. Gibt Neuigkeiten, die alle betreffen!«

»Das heißt wohl, dass es Krieg gibt«, ertönte Burkhard Nielands Stimme von der Küchentür. »Endlich!«

Sofie drehte sich nach ihm um. Offenbar war er bei seiner Rückkehr von der Universität durch den Schrei der Großmutter angelockt worden, er trug noch seine Sommerjacke und hatte seine Aktentasche in der Hand.

Sofie fragte sich, ob er richtiglag. Stand nun auch Deutschland ein Krieg bevor?

»Dein Vater wird uns schon wissen lassen, was er vom Vizeadmiral erfahren hat«, entgegnete Gudrun Nieland hoheitsvoll und verließ die Küche – vorbei an ihrem schmunzelnden Enkel, der frech kommentierte: »Neue Frisur, Großmutter?«

»Warten Sie, gnädige Frau. Ich helfe Ihnen«, beeilte sich Fräulein Flechsig zu sagen und folgte der Hausherrin aus dem Zimmer hinaus. Im Türrahmen drehte sie sich jedoch nochmals zu Sofie um und deutete mit den Lippen ein stummes »Danke« an.

Die junge Gesellschafterin blieb mit Burkhard in der Küche zurück und wusste vor lauter Verlegenheit gar nicht, wie sie sich verhalten sollte. Bisher war sie noch nie mit ihm alleine gewesen.

Sie senkte den Blick und sagte unsicher: »Dann werde ich mich ans Aufräumen machen.«

»Fräulein Flechsig kann nicht lesen, stimmt's?«, fragte Burkhard unvermittelt, während Sofie damit begann, die Folgen des Malheurs zusammenzukehren.

»Keine Angst, ich hab mir das schon länger gedacht, ich verrate die Alte schon nicht«, versprach er. »Aber warum haben *Sie* sie gedeckt? Der Drache triezt Sie doch, seit Sie hier sind, Fräulein Brix.«

Sofie hatte das Mehl inzwischen auf das Kehrblech gefegt und schüttete es in den Müll. »Meine Eltern haben auch nie Lesen gelernt«, gestand sie leise. »Und sie schämen sich oft deswegen.« Das hatte sie Außenstehenden noch nie erzählt. Sie wunderte sich, dass sie dem Nieland-Sohn gegenüber so viel Vertrauen empfand.

»Und warum können *Sie* es dann so gut?«, fragte Burkhard. »Das Lesen?«

»Da, wo ich herkomme, sind Zeitungen und Bücher das einzige Fenster zur Welt«, erklärte Sofie.

»Und die interessiert Sie – die weite Welt«, konstatierte Burkhard.

Sein neugieriger Blick machte Sofie noch nervöser, und so war sie erleichtert, als eine kleine, aber energiegeladene Dame in die Küche gestürmt kam. Sie mochte um die vierzig Jahre alt sein, war extravagant gekleidet, braun gebrannt und wirkte mit ihren von weißen Strähnen durchzogenen pechschwarzen Locken ausgesprochen exotisch. Momentan schien sie allerdings sehr aufgebracht zu sein, und ihre dunklen Augen waren verweint. Sofie hatte die Frau noch nie zuvor gesehen, aber sie schien der Familie nahezustehen.

»Burkhard!«, rief sie mit südländischem Akzent. »Wo ist dein Vater? Ich muss sofort mit ihm sprechen!«

»Er ist bis morgen in Kiel«, berichtete Burkhard und bot der Frau galant seinen Arm an. »Aber komm erst mal mit in den Salon. Kann *ich* dir vielleicht helfen, Tante Teresa? Du bist ja ganz aufgelöst.« Er schenkte Sofie ein letztes Lächeln und führte die aufgebrachte Frau in Richtung Treppe.

Sofie blickte ihnen nach und hörte, wie Burkhards Tante panisch auf ihn einredete: »Alle sprechen davon, dass es Krieg geben soll. Mein Hinnerk darf nicht eingezogen werden. Dein Vater muss das um jeden Preis verhindern. Sonst …«

Den Rest des Gesprächs konnte Sofie nicht mehr verstehen, doch Christian Nielands dramatisch klingendes Telegramm und die Worte der Frau hatten ihre eigene Angst wieder auflodern lassen. Krieg! Also doch!

8

Am nächsten Abend stand Sofie bereits um Viertel vor sieben auf der Terrasse der Villa. Der Tisch im Garten war mit Sektgläsern und Gebäck eingedeckt worden, weshalb sie sich fragte, ob der Grund für die große Zusammenkunft nicht vielleicht doch ein unerwartet erfreulicher war. Sie nutzte die Zeit bis zum Eintreffen der anderen und las einen Brief, den sie von Capitán Arévalo bekommen hatte. Darin entschuldigte sich der Salpeterbaron erneut bei ihr dafür, dass er sich bei ihrem Treffen in der Reederei so unschicklich verhalten habe. Er vermisse seine Tochter so sehr, und Sofies Anblick sei deshalb Balsam für seine Seele gewesen. Vielleicht wolle sie ja wirklich einmal das schöne Chile besuchen, wenn der leidige Krieg, der ihn nun früher als geplant zurück in die Heimat getrieben habe, wieder beendet sei.

Sofie fand es sehr höflich, was Arévalo ihr da schrieb, und da er seine Adresse im fernen Iquique beigelegt hatte, beschloss sie, ihm gleich nach dem Familientreffen zu antworten. Sie steckte das Schreiben in ihre Rocktasche und blickte beunruhigt zur Gartenlaube hinüber, hinter die Anna ihren Gideon gleich nach dessen Ankunft gelockt hatte. Die beiden waren bereits verdächtig lange dort. Sofie seufzte. Wie sollte sie den Herrschaften Annas und Gideons Verschwinden erklären? Schließlich war es ihre Aufgabe als Gesellschafterin, dafür zu sorgen, dass die Reederei-Erbin den Anstand wahrte.

Als Sofie Schritte hinter sich hörte, zuckte sie erschrocken zusammen. Doch zu ihrer Erleichterung waren es nur Ursel und Paul, die in den blühenden Garten hinaustraten. Der Fahrer grinste ausnahmsweise nicht. Kein Wunder, hatte Sofie doch Gerüchte unter dem Personal gehört, es werde als Folge des Kriegsausbruchs Kündigungen geben. Der angespannten Stimmung zum Trotz bemerkte sie jedoch amüsiert, wie Paul immer wieder auf Ursels große Brüste linste. Sofort wanderten ihre Gedanken wieder zur Gartenlaube, wo Gideon möglicherweise gerade Annas körperliche Vorzüge inspizierte. Zu ihrer Erleichterung kamen die Turteltäubchen in diesem Moment jedoch aus ihrem Versteck hervor. Gideon rückte sich verschämt den Anzug zurecht, und Anna flüsterte ihm schelmisch zu: »Gibt es etwas Romantischeres als wilde Küsse in so einem schönen Garten?«

»Wenig«, erwiderte er. »Aber eigentlich wollte ich dir schon bei meiner Ankunft etwas sehr Wichtiges mitteilen. Ich habe mit deinem Vater gesprochen, und …«

Weiter kam er nicht, denn Anna fiel ihm vor den Augen der Dienerschaft mit einem glücklichen Kiekser um den Hals.

Gideon wurde mit Schrecken klar, dass seine Angebetete ihn missverstanden hatte. Anna ging wohl davon aus, er habe um ihre Hand angehalten. Gerade wollte er ihr erklären, dass der Inhalt seines Gesprächs mit ihrem Vater ein völlig anderer gewesen sei, da kam Gudrun Nieland aus der Villa geschritten. Ihr folgten ihre Zofe, die gut einen Kopf kleinere Köchin Frau Dahlke mit ihren karottenroten Haaren und die Hausverwalterin Frau Iwersen.

Annas Großmutter trug einen Sonnenschirm und schlug damit nach einigen in der Abendsonne herumschwirrenden Mücken. »Punkt sieben Uhr abends hat es im Telegramm geheißen«, betonte sie gereizt. »Das wäre es nun.«

Wie aufs Stichwort ertönte männliches Stimmengewirr aus dem Haus. Und da kamen sie auch schon: Christian Nieland und sein Sohn Burkhard, dessen Anblick in Sofie wie immer eine ihr unerklärliche Sehnsucht auslöste. Den beiden Männern folgten Hinnerk sowie jene untersetzte Südländerin, die Burkhard am Vortag Tante Teresa genannt hatte. Inzwischen hatte Sofie von Anna erfahren, dass es sich bei der Dame um Christian Nielands Schwägerin handelte, die Witwe seines verstorbenen Bruders und Mutter Hinnerks. Die Frau war Portugiesin, was das südländische Aussehen ihres Sohnes erklärte. Kriegsverluste kannte Teresa Nieland aus eigener leidvoller Erfahrung, denn ihr Ehemann Philip war beim Aufstand in Deutsch-Südwestafrika vor acht Jahren gefallen. Daher habe sie ihren Schwager angefleht, nun zumindest Hinnerk vor der Front zu bewahren.

»Meine Lieben«, begann Christian Nieland feierlich, nachdem er mit einem Löffel gegen ein Glas geklopft hatte. »Die meisten von euch wissen es bereits: Kurz nach der Kriegserklärung Österreich-Ungarns an Serbien wurde auch Russland in Kampfbereitschaft versetzt. Deutschland hat dem Zarenreich nun seinerseits den Krieg erklärt. Dabei wird es freilich nicht bleiben, das ist sonnenklar. Vor zwei Stunden hat unsere Regierung die Generalmobilisierung Deutschlands angeordnet. Um es kurz zu machen: Burkhard und ich werden ab nächster Woche mit der Kaiserlichen Marine der mächtigen Grand Fleet Großbritanniens trotzen. Gleich morgen früh geht es für uns nach Wilhelmshaven.«

Sofie ahnte, dass Applaus erwartet wurde, aber außer Gudrun, die als Einzige euphorisch »Bravo« rief, waren alle zu geschockt oder besorgt. Was sollte aus der Familie werden ohne die beiden Männer im Haus? Auch wenn sie es sich selbst nicht so recht eingestehen wollte, gefiel Sofie der Gedanke überhaupt nicht, dass sich Burkhard in ein ungewisses Schicksal begab.

»Ich bitte euch alle, in dieser gewiss sehr kurzen Bewährungsprobe auf meine Mutter zu hören«, appellierte der Patriarch. »Sie wird euch mit Rat und Tat zur Seite stehen, wo ich es vorerst nicht kann. Und Anna«, als er sich seiner offensichtlich unter Schock stehenden Tochter zuwandte, zuckte diese erschrocken zusammen, »da die internationale Lage im Moment einem Pulverfass gleicht, habe ich deiner Schwester nach Barcelona telegrafiert. Noch gibt sich König Alfonso neutral, aber wer weiß, wie lange. Edith wird ihren Sprachaufenthalt dort beenden und in den nächsten Tagen zurückkehren. Kümmere dich bitte darum, dass sie sich hier wieder gut zurechtfindet. Ihr Frauen solltet in nächster Zeit nach Möglichkeit die Innenstadt meiden. Die Stimmung ist aufgeheizt, das Gedränge auf dem Rathausmarkt gestern war bestimmt nur ein kleiner Vorgeschmack. Viele haben bereits mit Hamsterkäufen begonnen und versuchen, ihr gesamtes Geld abzuheben. Wir dürfen jetzt nicht auch noch in Panik verfallen.«

»Du kannst nicht gehen«, rief Anna mit brechender Stimme. »Was soll denn aus der Firma werden?«

»Deine Sorge um die Reederei ehrt dich, mein Kind«, erklärte Christian ernst. »Unser Unternehmen wird als kriegswichtig eingestuft werden, also brauchen wir in der Tat eine kluge und besonnene Leitung.« Er legte die Hand auf die Schulter seiner Schwägerin. »Diesbezüglich hat mir unsere liebe Teresa dankenswerterweise eine vorzügliche Lösung auf dem Silbertablett serviert. Ich werde meinem prächtigen Neffen Hinnerk vorübergehend die Firmenleitung übertragen. Er mag jung sein, aber das macht er durch Fleiß, Intelligenz und Loyalität wett. Die Reederei ist bei ihm in besten Händen.«

Hinnerk senkte den Blick. Anna wusste, dass er sich wie ein

Drückeberger fühlte, weil seine Mutter ihm um jeden Preis die Front ersparen wollte. Andererseits hielt er den Krieg aber auch für großen Unfug.

»Natürlich ist Hinnerk großartig«, wandte Anna sich nun aufgebracht an ihren Vater. »Aber es geht um dich und Burkhard! England hat die stärkste Flotte der Welt, gegen sie zu ziehen ist Selbstmord! Warum müsst ihr uns das antun? Wir haben doch schon Mutter verloren.«

Ein Glas zerschellte klirrend auf dem Gartentisch. Bestürzt stellte Sofie fest, dass Gudrun Nieland es zornig auf die Platte geschleudert hatte.

»Wie kannst du es wagen, so mit deinem Vater zu sprechen?«, fauchte sie aufgebracht. »Sei nicht so defätistisch, das schickt sich in keiner Weise für deine Stellung! Was gelten unsere Werte noch, wenn jeder sich aus Angst und Egoismus zurückhält? Sollen die Nieland-Männer etwa zu Hause bleiben, während alle anderen tapfer gegen den Feind ziehen? Ein Mann gehört in diesen Tagen an die Front.«

»Gideon …« Anna blickte hilflos zu dem Mann, den sie liebte.

»Deine Großmutter hat recht«, erwiderte der jedoch. »Das Opfer deines Vaters und deines Bruders für unser Land ist absolut lobenswert.« Zu ihrem Entsetzen fügte er dann auch noch hinzu: »Ich habe heute Nachmittag ebenfalls den Antrag gestellt, auf einem Kriegsschiff in Wilhelmshaven anzuheuern. Auch ich will meinen Beitrag zu einem raschen Sieg leisten. Ich habe zwar keine militärische Ausbildung, kann an Bord aber in der Schreibstube helfen.«

Anna hätte nicht mehr Schmerz empfinden können, wenn Gideon sie mit der Faust niedergeschlagen hätte. Sie stürzte ins Haus. Sofie folgte ihr sofort. Es war ihr egal, ob das schicklich war oder nicht, ihre Freundin brauchte sie jetzt.

Sofie fand Anna wie erwartet am Fenster ihres Turmzimmers und nahm sie tröstend in den Arm.

»Kein Wort hat er mir gesagt davon, dass er vorhat zu gehen«, brachte die Reederstochter schluchzend hervor.

Es klopfte an der Tür.

»Verschwinde!«, rief sie mit brechender Stimme, dennoch trat Gideon ein.

»Ich weiß, wie du dich jetzt fühlen musst, Liebling.«

»Nein, das weißt du erst, wenn dich die erste englische Kugel trifft – mitten ins Herz! Verschwinde!«

»Anna …«, setzte Sofie an, wurde jedoch sofort von der Reederstochter unterbrochen. »Geh du bitte auch!«, forderte sie ungewohnt hart. »Ich will jetzt wirklich allein sein.«

Traurig und ein wenig verletzt verließen Sofie und Gideon den Raum. Während er bedrückt und mit hängenden Schultern die Treppe hinunterging, lehnte sie sich noch für einen Augenblick gegen die Wand und dachte über all den Streit nach, der heute die Villa heimgesucht hatte.

Später auf dem Weg in die Küche fiel ihr Blick zufällig durch den Türspalt in die Bibliothek. Dort sah sie Gudrun Nieland sitzen, die, sich unbeobachtet wähnend, das Gesicht in den Händen vergrub und weinte. Sofie war bestürzt, selbst die sonst so stoische Witwe in einem derartigen Zustand zu sehen. Mochte der Rest Deutschlands auch in Feierlaune sein und ein rasches, siegreiches Ende des Konflikts erwarten, Gudrun Nieland wusste all ihrem zur Schau getragenen Patriotismus zum Trotz, was die heute angeordnete Mobilmachung bedeutete. Schließlich hatte sie bereits ihren Mann und ihren Erstgeborenen an militärische Konflikte verloren. Dieser neue Krieg zerstörte bereits, bevor auch nur ein Schuss gefallen war.

***

Am wolkenverhangenen Sonntagmorgen verließ Anna Nieland ihr Zimmer nicht und schob als Grund dafür starke Kopfschmerzen vor.

»Der Streit mit Herrn Meseritz geht ihr wohl sehr an die Nieren«, mutmaßte Sofie, als sie in der Küche Frau Dahlke und Frau Iwersen besorgt davon erzählte. »Außerdem ist ihr Vater heute in aller Herrgottsfrühe nach Wilhelmshaven abgereist, ohne sich zu verabschieden, das macht es bestimmt auch nicht leichter für sie.« Tatsächlich konnte Sofie die Enttäuschung Annas nachvollziehen, denn auch Burkhard war ohne jedes Abschiedswort verschwunden.

Die quirlige kleine Köchin, die sich bereits für den Kirchgang umgezogen hatte und nun in der Abstellkammer nach ihrem Regenschirm suchte, schlug vor, Fräulein Anna Kakao zu bringen. Doch Sofie hatte der Freundin vorhin durch die verschlossene Zimmertür genau das bereits angeboten – ohne Erfolg.

Die alte Hausdame brachte eine andere Idee vor: »Dahlien sind ihre Lieblingsblumen. Vielleicht magst du ihr ja einen Strauß hinstellen?«

»Eine wunderbare Idee«, fand Sofie. »Aber darf ich dem Gärtner einfach so ins Handwerk pfuschen?«

»Ganz gewiss. Dafür sind die Blumen doch gepflanzt worden – damit sie den Herrschaften Freude bereiten«, meinte Frau Iwersen.

Und Frau Dahlke ergänzte: »Direkt hier unter unserem Küchenfenster gibt es genug für ein schönes buntes Sommersträußchen. Beeil dich aber lieber, bevor es wieder zu regnen anfängt.«

Sofie befolgte den Rat und eilte hinaus, um im feuchten Beet ein paar Dahlien zu pflücken. Sie war erleichtert, zumindest ein wenig für ihre beste Freundin tun zu können.

»Sind die für einen Verehrer?«

Die junge Frau fuhr herum – und blickte in das ihr so lieb gewordene Gesicht Burkhards.

»Herr Nieland«, stammelte sie überrascht, sprang auf und zupfte mit der freien Hand verlegen an ihrem Rock. »Ich dachte, Sie wären schon fort.«

»Das dachte ich auch. Aber unser Paul werkelt noch am Automobil herum. Da stimmt offenbar etwas nicht mit dem Motor«, mutmaßte er. »Und? Für wen sind denn nun die Blumen?«

Sofie wunderte sich etwas darüber, dass er auf einer Antwort bestand. War er etwa eifersüchtig? Was bildest du dir ein, du dumme Kuh, Burkhard Nieland interessiert sich nicht für dich, schalt sie sich selbst sogleich. Ihm hingegen antwortete sie: »Die sind für Fräulein Anna. Zur Aufmunterung.«

»Das ist lieb von Ihnen«, befand er sanft. »Mein kleines Schwesterchen macht sich jedoch völlig unnötig Sorgen um uns. Die Engländer werden mit wehenden Fahnen untergehen. Aber ich wollte Sie nicht beim Pflücken stören.«

»Sie stören nicht«, versicherte sie. »Ich wollte die Blumen sowieso gerade in der Küche ins Wasser stellen.«

»Darf ich Sie begleiten?«, fragte Burkhard unnötigerweise. Als ob die Gesellschafterin seiner Schwester dem Hausherrn etwas erlauben müsste! »So langsam werde ich hungrig«, erklärte er.

Sofie holte eine Vase aus einem der Küchenschränke hervor und stellte die Dahlien hinein. Aus dem Augenwinkel beobachtete sie dabei amüsiert, wie Burkhard sich mit einem Brotmesser abmühte. »Soll ich etwas Brot für Sie zubereiten?«, erkundigte sie sich. »Frau Dahlke ist mit Frau Iwersen zum

Gottesdienst gegangen. Sie kommt erst in einer Stunde wieder zurück.«

Burkhard bedankte sich artig, und Sofie schmierte und belegte ihm liebevoll zwei große Käsebrote. Doch gerade hatte der Reeders-Sohn in das erste gebissen, als Paul auch schon durch den Personaleingang kam und verkündete, dass der Motor wieder laufe.

Burkhard bemerkte den neidischen Blick des Fahrers auf das zweite Käsebrot und drückte es ihm sogleich in die Hand. »Als Belohnung«, erklärte er zwinkernd. »Fräulein Sofie, würden Sie mir vielleicht noch die Ehre erweisen, mit hinauszukommen und mir zum Abschied ein wenig hinterherzuwinken?«

»Sehr gern«, antwortete Sofie strahlend.

Kaum näherten sie sich jedoch dem Automobil, erstarb das Motorengeräusch wieder. Paul fluchte mit vollem Mund und machte sich gerade erneut daran, den Motor zu überprüfen, als es anfing, in Strömen zu regnen. Burkhard und Sofie suchten hastig Schutz in dem kleinen Geräteschuppen neben der Garage. Darin waren sie gezwungen, so dicht beieinanderzustehen, dass Sofie den Atem des künftigen Marinesoldaten auf ihrer Stirn spüren konnte und Gänsehaut bekam. Sie blickte auf – direkt in seine braunen Augen. Sofie meinte, Sehnsucht in ihnen zu lesen. Oder unterstellte sie ihm nur ihre eigenen Gefühle? Da spürte sie sanft seine Hand an ihrer.

»Werden Sie mich ein wenig vermissen?«, fragte Burkhard mit weicher Stimme. Obwohl in seinem Ton Zärtlichkeit lag, suchte sie weiterhin nach Spuren seiner sonst üblichen Ironie. War seine Frage wirklich ernst gemeint? Sie beschloss, in jedem Fall aufrichtig zu antworten.

»Ja, Herr Nieland. Das werde ich.«

Gerade glaubte Sofie, er nähere sich mit seinem Gesicht

dem ihren – da brachte Paul den Motor wieder in Gang. Triefnass, aber triumphierend kam der junge Chauffeur zu ihnen an den Geräteschuppen geeilt. »Jetzt aber«, versicherte er.

»Wir sehen uns bald wieder«, versprach Burkhard Sofie. »Ich freue mich schon darauf.«

»Ich mich auch«, hauchte sie mit brüchiger Stimme. »Alles Gute und viel Glück!«

Galant küsste Burkhard zum Abschied ihre Hand und stieg auf den Beifahrersitz des Wagens. Sofie winkte ihm lange nach. Erst als das Automobil nicht mehr zu sehen war, merkte sie, dass der Sommerregen sie völlig durchnässt hatte. Die Hochstimmung, in die sie durch die ungewohnte Nähe zu ihrem Schwarm versetzt worden war, wich nun, da er fort war, kühler Ernüchterung. Ja, sie war ihm so nah gekommen wie nie zuvor, doch nun erwartete ihn da draußen der Feind. Fröstelnd ging sie in Richtung des Hauses. Sie würde beten, dass Burkhard Nieland mit seiner Verharmlosung des Krieges recht behalten und gesund zurückkehren würde.

Wenig später stand Sofie mit dem Dahlienstrauß vor Annas Zimmer und atmete durch. Schließlich klopfte sie behutsam an.

»Herein«, kam es von der anderen Seite der Tür. Es klang unerwartet freundlich.

Zögernd trat Sofie ein.

Als die an ihrem Schminktisch sitzende Anna die Blumen in der Hand ihrer Gesellschafterin sah, lächelte sie zu deren Erleichterung endlich wieder. »Meine Liebe, wie schön! Vielen Dank!«, freute sie sich. »Stell die Dahlien doch bitte dort ans Fenster. Irgendwann wird ja wohl wieder die Sonne für sie scheinen.«

Sofie kam Annas Bitte nach. Das Nieland-Mädchen kramte

indes ein kleines Amulett aus einem ihrer Schmuckkästchen hervor und reichte es der Gesellschafterin. »Schau mal, das habe ich von meiner Mutter bekommen, als ich noch klein war.«

Sofie nahm das Schmuckstück entgegen und öffnete den Anhänger. Darin befand sich die Fotografie eines Kindes.

»Wie süß! Bist du das?«

Anna nickte. »Als Dreijährige. Mir hat das Medaillon immer Glück gebracht. Nun soll Gideon es haben.« Ein Schatten legte sich über ihre Züge, als sie hinzufügte: »Ich glaube, er wird es brauchen können. Eigentlich wollte ich es ihm heute vorbeibringen, aber seine Hauswirtin meinte am Telefon, er sei bis morgen ins Rheinland gefahren. Er wird sich dort wohl von seiner Tante Emilie verabschieden.«

»Ich dachte, Gideon hat seine Kindheit bei ihr in Schlesien verbracht?«, vergewisserte sich Sofie.

»Hat er, aber inzwischen ist Gideons Onkel als Rabbiner nach Elberfeld im Rheinland gewechselt«, brachte sie Anna auf den neuesten Stand. »Dann habe ich Hinnerk angerufen. Er hat mir erzählt, dass Gideon am Dienstag noch einmal in die Reederei kommt. Er muss seinen Nachfolger in der Werbeabteilung einlernen … bevor er auf sein Kriegsschiff geht.«

Sofie strich tröstend über Annas Rücken.

»Ich will ihm das Amulett übermorgen in die Reederei bringen«, sagte sie und sah flehend zu Sofie auf. »Begleitest du mich bitte? Ich weiß nicht, wie er nach meinen harschen Worten reagieren wird. Und ich möchte nach dem Abschied nicht alleine sein.«

»Natürlich«, antwortete die Gesellschafterin. »Aber wird dein Vater nicht böse werden? Er hat uns doch verboten, in die Stadt zu gehen.«

»Ach, der ist ja nun schon in Wilhelmshaven«, beschwichtigte Anna. »Und was er nicht weiß …«

Sofie hoffte, dass auch Gudrun Nieland nichts von ihrem Ungehorsam erfahren würde.

9

Um den Chauffeur Paul nicht in ihr geheimes Abenteuer mit hineinzuziehen, nahmen Anna und Sofie am Dienstagvormittag eine Kutsche zur Reederei. Dort erfuhren die beiden Frauen, dass Gideon Meseritz sich noch in einer Besprechung mit seinem Nachfolger befand und diesen im Anschluss sofort zum Kaffeetrinken in den Alsterpavillon ausführen wollte. Anna schien darüber nicht unglücklich und schlug Sofie vor, dort auf ihn zu warten. »Das ist mein Lieblingscafé. Gideon und ich sind uns darin zum ersten Mal nähergekommen«, erzählte sie Sofie auf dem Weg zum Jungfernstieg. »Da wird die Versöhnung bestimmt gelingen.«

Am Alsterpavillon angekommen, wunderten sich die beiden Frauen über einen rotgesichtigen Mann, der in dem überfüllten Café auf einer Bank stand und übertrieben laut aus einem Extrablatt vorlas. Viele der zahlreichen Gäste lauschten interessiert, einige schienen sich aber eher gestört zu fühlen, ein merklich gereizter Mann verließ mit seiner Begleiterin sogar kopfschüttelnd das Lokal. Anna nutzte die Gelegenheit und steuerte sogleich zielstrebig auf den frei gewordenen Tisch zu. Sie setzte sich so, dass sie den Eingang gut im Auge behalten konnte, Sofie wiederum ließ sich ihr gegenüber nieder.

Der Wirt, ein untersetzter Herr in den Fünfzigern, kam mit angestrengter Miene zu ihnen an den Tisch. »Moin, Fräulein Nieland. Ich entschuldige mich für den übereifrigen

Herrn dort. Ich habe den ›Vaterlandsfreunden‹ ja immer gern einen Stammtisch frei gehalten für ihre Treffen, aber so langsam gehen mir diese Nationalisten auf die Nerven. Naja, was will man machen?«, sagte er resigniert. »Sind halt alle im Deutschland-Fieber zurzeit. Für Sie wie immer heiße Schokolade mit Sahne, Fräulein Nieland?«

»Ja, für meine Freundin ebenso. Und später kann es sein, dass wir noch Champagner brauchen«, meinte Anna zuversichtlich.

»Oh, das tut mir leid. Champagner schenken wir nicht mehr aus«, erklärte der Wirt bedauernd. »In diesen Tagen könnte so ein Luxus zornige Gemüter hervorrufen.«

»Verstehe«, sagte Anna enttäuscht.

Während sie auf ihren Kakao warteten, fixierte die Reederstochter sehnsuchtsvoll den Eingang, und Sofie blätterte in einer Zeitung. Deutschland hatte kaum zwei Tage nach dem offiziellen Kriegsbeginn mit Russland nun auch Frankreich den Krieg erklärt. Die deutsche Militärführung hatte Belgien vergeblich mehrfach aufgefordert, den Kaiserlichen Truppen den Durchmarsch zu gewähren. Großbritannien hatte wiederum das Deutsche Reich angemahnt, die belgischen Grenzen zu respektieren. Trotzdem waren die deutschen Stoßtrupps vor einem Tag in das Land einmarschiert, und dessen Armee, hieß es, leiste erbitterten Widerstand. Die Briten hatten daraufhin die diplomatischen Beziehungen zum Deutschen Reich abgebrochen – was laut des Zeitungsartikels gleichbedeutend mit einer Kriegserklärung war. Sofie wurde von heftiger Sorge um Burkhard und Christian Nieland erfasst. Krieg gegen Russland, Frankreich, Belgien und Großbritannien! Dafür brauchte man natürlich Geld. Die sozialdemokratische Reichstagsfraktion in Berlin hatte deshalb beschlossen, dem von der deutschen Regierung geforderten Kriegskredit in der astronomischen Höhe von fünf Milliarden Mark zuzustimmen. Selbst die Gewerkschaften sicherten eine Unterstützung der Mobilmachungspläne zu – und sei es zum Preis eines kriegsbedingten Lohnstopps.

In der Zeitung fand Sofie auch einen Aufruf, notleidende Soldatenfamilien mit sogenannten »Brocken« zu unterstützen. Damit waren sowohl Geld- als auch Sachspenden gemeint, beispielsweise in Form von Kleidung oder Möbeln. Sofie blätterte weiter auf eine ganzseitige Anzeige der Fürst-Bismarck-Quelle:

DEUTSCHE, TRINKT DEUTSCHES WASSER!
Meidet ausländische Tafelwässer und solche, deren Betriebe mit ausländischem, insbesondere englischem Gelde arbeiten.

Die junge Gesellschafterin runzelte die Stirn. Das vom Wirt festgestellte »Deutschland-Fieber« machte offenbar auch nicht vor Werbung für Nahrungsmittel halt.

Doch die Kriegseuphorie war nicht gänzlich ungebrochen. Sofie hörte, wie am Nebentisch ein junger Mann mit dunklem Backenbart seinem Sitznachbarn zuraunte: »Unser nobler Kaiser schickt uns doch direkt zur Schlachtbank.«

Anna bekam davon nichts mit, sie hielt weiterhin sehnsuchtsvoll Ausschau nach ihrem Schwarm.

»Ich glaube nicht, dass Gideon noch kommt, meine Liebe«, brachte Sofie schließlich behutsam hervor. »Meinst du nicht, wir sollten besser zurück in die Villa fahren, bevor deine Großmutter unsere Abwesenheit bemerkt?«

Aber ihre Freundin schüttelte den Kopf. »Ich gebe jetzt nicht auf«, erwiderte sie trotzig. »Wir warten. Er wird sicher gleich auftauchen. Ich muss ihm den Glücksbringer einfach geben. Einen Abschied im Zorn ertrage ich nicht.«

Sofie wollte sich gerade vorbeugen, um ihre Hand tröstend auf die ihrer Freundin zu legen, da platzte dem Wirt wegen des rotgesichtigen Redners der Kragen.

»Hören Sie doch endlich auf! Sie haben das jetzt schon sechs Mal vorgelesen«, schnauzte der Gastronom ihn an. Er hatte kaum zu Ende gesprochen, als ein Gast in Uniform aufsprang und ihn am Kragen packte.

»Volksverräter!«, lallte er. »Das sind die Worte des Kaisers!«

Entsetzt wurden Sofie und Anna nun Zeuge, wie sich ein Pulk stark alkoholisierter Patrioten prügelnd und tretend auf den armen Wirt stürzte. Einige Kriegsgegner mischten sich ein, und im Nu war eine schlimme Keilerei im Gange. Stühle flogen durch den Raum, Palmenkübel wurden umgekippt, Gläser und Spiegel gingen klirrend zu Bruch.

»Runter!«, rief Sofie und zog Anna unter den Tisch. Dort kauerten die zwei verängstigten jungen Frauen auf dem Boden, der von verschütteten Getränken bald ganz nass und klebrig war. Als ein im Kampf gestürzter Mann die beiden in ihrem Versteck unter dem Tisch entdeckte, befürchtete Sofie, er würde nun auf sie losgehen. Die lähmende Angst wich selbst dann noch nicht von ihnen, als ein Trupp Schutzmänner das Lokal stürmte und zu räumen begann. Einer der Gendarmen brachte die beiden Mädchen schließlich in Sicherheit. Draußen vor dem Pavillon umarmten sich die Freundinnen zitternd.

Dass schon die ersten Kriegstage die Menschen derart entfesselten, war wohl nur ein kleiner Vorgeschmack auf die grässlichen Dinge, die passieren würden, wenn sie einander schwer bewaffnet auf dem Felde oder zur See gegenüberstanden, dachte Sofie.

Eine Stunde später saß Sofie stumm neben Anna im Salon beim Tee. Die jungen Frauen hatten sich nach ihrer Rückkehr in die Villa ihrer verschmutzten Kleidung entledigt und sich umgezogen. Keine von beiden hatte Lust zu reden. Sie waren erschöpft und standen noch unter dem Eindruck des eben Erlebten.

Mit zittrigen Händen griff Sofie nach ihrer Tasse. Die Bilder der Ausschreitungen im Café, die Mordlust, die sie in den Augen der Menschen gesehen hatte, wollten ihr einfach nicht aus dem Kopf gehen. Bedrückt rührte sie in ihrem Tee, als Fräulein Flechsig eintrat und Anna einen Besucher meldete. Dabei lächelte sie Sofie sogar kurz zu. Seit der Ausrede mit der Lesebrille war die einst so gestrenge Zofe wesentlich freundlicher zu ihr.

»Herr Meseritz für Sie, gnädiges Fräulein«, teilte sie mit.

Annas Trübsal war sofort wie weggeblasen. »Wundervoll«, rief sie und klatschte in die Hände. »Bitte lassen Sie ihm Tee und etwas Gebäck bringen.«

»Sehr wohl.«

»Ich werde mich in den Sessel am Fenster zurückziehen und Sticken üben«, sagte Sofie und verzog seufzend das Gesicht. Die alte Frau Nieland hatte sehr deutlich gemacht, dass sie sich diese Fähigkeit als gute Gesellschafterin aneignen müsse.

Dass Sofie nun am Fenster stickte, war eine angenehme Lösung für die nervöse Anna: So blieb ihre Gesellschafterin weiterhin im Raum und der von Großmutter Gudrun geforderte Anstand somit nach außen gewahrt, gleichzeitig aber war sie weit genug entfernt, um Gideon und Anna etwas Privatsphäre zu gewähren.

Kaum hatte Sofie am Fenster Platz genommen und sich ihrer verhassten Handarbeit gewidmet, als auch schon Annas

Verehrer in der Tür erschien. Aus dem Augenwinkel konnte sie beobachten, wie die Reederstochter beim Anblick des blonden Hünen erstrahlte, ihn zum Sofa führte und ihm schließlich das Medaillon ihrer verstorbenen Mutter übergab. Gideon hielt Annas Hand dabei einen Moment zu lange fest. Dann flüsterte er ihr etwas zu, und sie begann unter Tränen zu lächeln. All das dauerte nur einige Augenblicke – und mehr Zeit blieb den beiden auch nicht, denn nun wurde die Salontür aufgerissen, und Anna schrie erfreut auf. Eine schlanke junge Frau mit kupferfarbenem Haar und Sommersprossen im hübschen Gesicht rauschte herein. Anna sprang auf und fiel der Besucherin um den Hals.

»Edith!«, rief sie. »Endlich bist du da! Wie war Barcelona?«

»Zu kurz«, befand die Rothaarige. »Dieser dämliche Krieg.«

Sofie musterte Annas ein Jahr ältere Schwester neugierig.

»Willkommen zurück, Edith«, sagte nun Gideon, offenbar etwas verstimmt. »Aber dämlich ist nicht der Krieg selbst, sondern wohl eher unsere Gegner, nicht wahr?«

»Darf ich dich daran erinnern, dass *unsere* Truppen in Belgien eingefallen sind?«, erwiderte Edith angriffslustig. »Und das *ohne* vorherige Kriegserklärung.«

Sofie beobachtete, wie Gideons Ausdruck, der Anna gegenüber noch so zärtlich gewesen war, sich veränderte. Wut beherrschte nun seine Züge – eine Wut, die er allerdings zu zügeln versuchte, schließlich wusste er, dass es sich nicht gehörte, eine Dame anzufahren. Dennoch entgegnete er in etwas schärferem Ton: »Deutschland handelt jetzt in Notwehr. An der Ostgrenze rechnet Frankreich mit einem Angriff, dort erwartet uns schweres Geschütz. Überraschen können wir sie nur von Norden her – über das Territorium der Belgier. Aber die haben sich unsere Erklärungen ja nicht anhören wollen und uns rigoros den Durchmarsch verweigert.«

Edith ließ sich nicht beirren. »Warum sollten sie auch darauf eingehen? Es sind ja nicht sie, die das Völkerrecht mit Füßen treten. Die belgische Neutralität ist seit siebzig Jahren vertraglich festgelegt!«

Sofie staunte. Politik sei Sache der Männer, hatte ihre Mutter immer betont, aber hier stand nun eine junge Dame und kannte sich derart gut aus! Sie sprach nicht wie Anna und viele andere Frauen nur von der Angst um ihre Liebsten, vielmehr brachte sie stichhaltige Argumente vor, die den Sinn und die Rechtmäßigkeit des Krieges generell infrage stellten. Sie wusste sogar von Verträgen, die vor sieben Jahrzehnten abgeschlossen worden waren!

»Dieser alte Fetzen Papier kann aber nicht auf die aktuelle Situation angewandt werden«, ereiferte sich Gideon.

»Das hat der britische Botschafter offenbar anders gesehen, denn wegen dieses ›Fetzens Papier‹ ziehen die Engländer jetzt gegen uns ins Feld«, hielt Edith lautstark dagegen. »Wir haben einen Krieg über mehrere Kontinente am Hals. Ich brauche dir ja wohl nicht zu sagen, was das für die Reederei bedeutet. Für all unsere Schiffe, die in England vor Anker liegen – oder in den britischen Kolonien.«

Sofie sah, dass Anna immer unglücklicher dreinblickte. Ein paarmal hatte sie versucht, das Wort zu ergreifen, war aber von ihrer streitlustigen Schwester stets daran gehindert worden. Rasch legte die Gesellschafterin deshalb ihre Stickerei beiseite und ging zu den anderen hinüber. »Wissen Sie denn schon, auf welches Schiff Sie gehen werden, Herr Meseritz?«, fragte sie, bevor Gideon Edith antworten konnte.

Die ältere Nieland-Tochter funkelte die ihr fremde junge Frau irritiert an. »Und wer sind *Sie*?«

»Das ist Fräulein Brix aus Glücksburg, meine Lebensretterin und nun auch Gesellschafterin«, beeilte sich Anna, dankbar über den Themenwechsel, zu sagen. »Sofie, das ist meine Schwester. Der rebellische Bücherwurm!«

Gideon hatte keine Lust mehr, die Diskussion mit Edith fortzusetzen, und wandte sich lieber an die Freundin Annas: »Um Ihre höfliche Frage zu beantworten, Fräulein Brix: Ich werde zu Christian und Burkhard Nieland auf das Großlinienschiff SMS *Nassau* gehen. Dort arbeite ich dann in der Schreibstube.«

»Vater kennt den Kapitän der *Nassau* aus seiner Zeit im Reichsmarineamt«, fügte Anna hinzu. »Noch liegen sie glücklicherweise in Wilhelmshaven vor Anker.«

Sofie war erleichtert. War die Gefahr für Gideon, Christian und Burkhard Nieland dann gar nicht so groß wie befürchtet? Vielleicht blieb der Seekrieg ja auch ganz aus – spätestens bis Weihnachten, so hieß es, sollte der deutsche Sieg ohnehin errungen sein.

»Das Geschwader kann aber jederzeit zum Einsatz kommen«, machte Gideon die in ihr aufkeimenden Hoffnungen wieder zunichte. »Die Briten werden versuchen, ihre Vormachtstellung zur See auszunutzen, und wir werden uns das nicht gefallen lassen.«

»Selbstverständlich werden wir das nicht«, erklang nun scharf die Stimme von Annas Großmutter Gudrun, die in der Tür des Salons erschienen war. »Edith, darf ich wissen, warum hier eine Lautstärke herrscht wie auf dem Fischmarkt? Ist dir die spanische Hitze zu Kopf gestiegen?«

»Aber Großmutter, seit wann ist denn der Krieg eine leise Zeit?«, entgegnete Edith mit ironischem Grinsen. »Ich freue mich im Übrigen auch, dich wiederzusehen.«

Gudrun ignorierte die Provokation ihrer Enkelin und ließ sich von Gideon die Hand küssen. »Mein lieber, tapferer Herr Meseritz. Morgen geht es nun also auch für Sie los?«

Annas Freund bestätigte, dass er in der Tat gleich in der Frühe nach Wilhelmshaven abreisen werde, und musste Gudrun daraufhin versprechen, ihren Sohn und ihren Enkel herzlich zu grüßen. Die Patriarchin betonte nochmals, wie stolz sie auf »ihre tapferen Männer« sei. »Für uns Frauen im sicheren Heimathafen ist es natürlich leicht, feige und weltfremd die großen Friedensapostel zu spielen. Besser wissen ist immer einfacher als selbst machen.«

Nach dieser Spitze Gudrun Nielands gegen ihre Enkelin rauschte Edith beleidigt aus dem Raum.

10

»Wo ist denn Edith?«, erkundigte sich Sofie am nächsten Morgen beim Frühstück.

Anna zuckte mit den Schultern. Sie war immer noch verstimmt, dass ihre Schwester Gideons Besuch verdorben hatte. Nach Ediths Streit mit der Großmutter hatte diese Anna und ihren Liebsten nicht mehr allein gelassen, und er war recht schnell verabschiedet worden.

»Wahrscheinlich wälzt sie irgendwelche Bücher«, murmelte sie.

Sofie blickte Anna forschend an. Die Freundin schien nicht nur verärgert, sie wirkte auch unendlich traurig. Ihre Augen waren verweint, ihr Essen blieb unangetastet. Da auch Großmutter Nieland nicht zum Frühstück erschienen war – sie pflegte die erste Mahlzeit des Tages zumeist allein mit der Morgenzeitung in dem kleinen Erker in ihrem Zimmer einzunehmen –, konnten die jungen Frauen offen sprechen.

»Ist es wegen Gideon?«, mutmaßte Sofie.

Anna nickte.

»Was hat er dir denn gestern zugeflüstert, als du ihm das Amulett gegeben hast? Ihr habt so glücklich gewirkt.«

»Ja, bis Edith zurückkam«, erwiderte Anna bitter, doch dann huschte ein Lächeln über ihr Gesicht. »Er hat seinem Onkel angekündigt, mich ihm vorzustellen. Gleich bei seinem ersten Landurlaub. Und danach will er an Bord bei Vater um meine Hand anhalten.«

Bevor Sofie ihr gratulieren konnte, betrat Ursel den Raum. Sie trug ein kleines Silbertablett, auf dem ein Telegramm für die Nieland-Tochter lag.

»Von Gideon?«, stieß die aufgeregt hervor. Doch das Telegramm war nicht von ihrem Schwarm. »Es ist von Hinnerk«, wunderte sich Anna. »Er bittet mich um Hilfe in der Reederei. Ich soll sofort zu ihm kommen.« Sie sah ihrer Gesellschafterin in die Augen. »Ich hätte gern, dass du mich begleitest.«

Sofie bemerkte, dass Annas Wangen vor Aufregung gerötet waren, als sie die schwere Tür des Reedereigebäudes aufstieß. Sollte ausgerechnet ein Krieg der Freundin den lang ersehnten Traum von der Arbeit im Familienunternehmen erfüllen? Bald saßen sie mit Hinnerk, dessen grüne Augen vor Müdigkeit kleiner als sonst wirkten, an einem langen Besprechungstisch.

»Ich sehe große Probleme auf die Firma zukommen«, erklärte er.

Annas Hochstimmung verflog sichtlich. »Glaubst du, unsere Schiffe werden durch die Kampfhandlungen zerstört?«

Hinnerk klopfte mit dem Füllfederhalter nervös auf die Tischplatte. »Das vorerst eher nicht, aber unsere Flotte ist in aller Welt verstreut. Die Schiffe liegen in Asien, in Südamerika, Frankreich und England. Die ersten haben die Briten bereits beschlagnahmt.«

Also hat Annas Schwester Edith doch recht gehabt, dachte Sofie bei sich.

»Dass sie damit gegen internationales Recht verstoßen, ist den Engländern scheinbar egal«, rief Anna empört. »Wir müssen alles tun, um unsere Schiffe zurückzuholen! Die Presse soll darüber berichten – die neutralen Staaten müssen Großbritannien dafür verurteilen!«

Hinnerk nickte anerkennend. »Gute Idee, Anna. Ich schaffe das alles aber nicht allein. Ich bin so damit beschäftigt, den Betrieb irgendwie aufrechtzuerhalten, ich kann mich nicht auch noch um die internationalen Korrespondenzen kümmern. Ich brauche dich hier. Jeden Tag.«

»In welcher Funktion?«, hakte Anna nach.

»Zunächst als Beraterin direkt an meiner Seite«, erläuterte Hinnerk seine Pläne. »Du hast gute Ideen und sprichst vier Sprachen. Wir werden neue Märkte erschließen müssen.«

»Du weißt, wie Papa darüber denkt«, gab die jüngste Nieland-Tochter zu bedenken. »Er würde es nicht erlauben.« Sie zögerte kurz und fügte dann grinsend hinzu: »Andererseits ist er jetzt weit weg, und die Zeiten haben sich geändert.«

»Am Ende wird er über seine zahlreichen Kanäle in der Belegschaft erfahren, was in seiner Reederei vor sich geht, darauf kannst du Gift nehmen«, warnte Hinnerk. »Und auch unsere Großmutter wird dich fragen, wohin du immer gehst, wenn du hier arbeitest.«

Anna nickte. »Ich werde mich schon durchsetzen«, sagte sie zuversichtlich und strich sich eine ihrer dunklen Locken aus dem Gesicht. »Am besten bespreche ich das am Abend gleich mit ihr. Aber jetzt packen wir erst mal hier an. Wenn ich recht verstanden habe, gibt es ja jede Menge zu tun!« Ihr Blick fiel auf ihre Freundin. »Ich möchte Sofie im Übrigen immer dabeihaben«, erklärte sie Hinnerk. »Wenn ich den ganzen Tag hier bin, würde sie alleine in der Villa vor Langeweile sterben. Und bei uns in der Reederei gibt es jede Menge interessanter Tätigkeiten. Hättest du etwas dagegen, meine Liebe?«

»Natürlich nicht!«, antwortete die Gesellschafterin sofort.

Hinnerk war sehr erleichtert über die doppelte Unterstützung, die ihm nun zuteilwerden sollte. »Fräulein Eisenhut kümmert sich um die Korrespondenzen. Dabei kann sie sicher Hilfe brauchen. Sie wird Sofie alles zeigen. Gesetzt den Fall, unsere Großmutter ist einverstanden.«

Gudrun Nieland reagierte erstaunlich wohlwollend auf Annas Anliegen. »*Das* ist die richtige Haltung«, lobte sie. »Unsere Männer kämpfen an der Front, da ist es an uns Frauen, zu Hause Verantwortung zu übernehmen.« Sie musterte ihre jüngste Enkelin anerkennend. »Ich bin sicher, dass auch dein Vater das so sehen wird. Ich werde ihm sogleich schreiben.«

Anna fiel ein Stein vom Herzen. Wenn selbst ihre Großmutter sich auf ihre Seite stellte, konnte der Vater doch nichts dagegen einzuwenden haben. Selbst wenn er sich Mühe gab, einen anderen Anschein zu erwecken: Christian Nieland tat eigentlich immer genau das, was seine Mutter wollte.

Auch Sofie freute sich. Noch vor zwei Monaten hatte sie auf Bauernhöfen ausgeholfen, und nun sollte sie im Büro einer weltweit agierenden Reederei arbeiten. Sie konnte es kaum erwarten, in ihrem wöchentlichen Brief den Lieben daheim davon zu berichten.

***

Willy Brix war voller Vorfreude. Für den Abend war er in Flensburg mit seinem besten Freund verabredet. Karl Dieckmann war inzwischen Deckoffizier, versuchte aber dennoch, ihn mindestens einmal in der Woche zu treffen, bevor der Krieg ihn fortbeordern würde.

Die beiden hatten sich vor über drei Jahren kennengelernt, als Willy mit Sofie nach Westerholz gefahren war, um einen an der Ostseeküste gestrandeten Finnwal zu bestaunen. Unter den zahlreichen Schaulustigen war damals auch Kalle gewesen, der Sofie und Willy erklärt hatte, dass es ihm und seinen

Marinekameraden nicht gelungen war, den zwanzig Meter langen Koloss mit ihrem Schiff ins Meer zurückzuziehen. Die beiden jungen Männer hatten rasch festgestellt, dass sie das Interesse für Nautik einte – und der Traum davon, selbst zur See zu fahren. Seit dieser ersten Begegnung hatte sich zwischen Kalle und Willy eine solide Freundschaft entwickelt, auf die Letzterer ziemlich stolz war. Dass sich ein Offiziersanwärter mit einem Bauernjungen abgab, war ja eher unüblich.

Da Kalle wesentlich gesprächiger war als Willy, redete bei ihren Treffen hauptsächlich er – in erster Linie über irgendwelche Mädchen, für die er gerade schwärmte, deren Kapriolen er aber nicht verstand. Willy stellte dann meist ein paar Mutmaßungen an, um das Verhalten der jungen Damen irgendwie zu erklären, und Kalle war stets hellauf begeistert davon.

»Darauf wäre ich nie gekommen«, pflegte er zu sagen. »Du verstehst die Frauen so viel besser als ich.«

Auch das war erstaunlich, denn außer mit seiner Schwester hatte Willy kaum näher mit der Damenwelt zu tun gehabt. Dennoch fand er das Verhalten des weiblichen Geschlechts weitaus weniger mysteriös als sein Freund. Zur Belohnung für seine guten Ratschläge ließ Kalle ihn öfter ans Steuer des Automobils seiner Familie. Der technisch begabte Willy hatte sich als Naturtalent erwiesen und großen Spaß am Fahren.

Wie immer trafen sich die beiden jungen Männer in der fast zweihundert Jahre alten Seefahrerkneipe *Om de Eck*, die sich in einem windschiefen Fachwerkhaus in der Nähe des Flensburger Nordermarkts befand, und wie immer trug Willy sein bestes Hemd, um mit Kalles Uniform mithalten zu können. Diesmal hatte der junge Offiziersanwärter jedoch unerfreuliche Nachrichten: Er hatte den Befehl erhalten, sich am kommenden Montag nach Wilhelmshaven auf die SMS *Ariadne* zu begeben.

»Technisch ist sie nicht gerade das Gelbe vom Ei«, meinte er. »Aber das Kommando hat Kapitän Seebohm, ein guter Mann. Wir sollen mit ein paar anderen Kleinen Kreuzern unsere Patrouillen bei Helgoland sichern. So weit in der Nordsee darf man den Engländern natürlich keine freie Fahrt lassen.«

Willy war so traurig über den bevorstehenden Abschied, dass er seinem Freund kaum zuhörte und nur noch geistesabwesend in sein Bier starrte. Das blieb dem jungen Deckoffizier natürlich nicht verborgen – und brachte ihn auf eine Idee.

11

Tags darauf begleitete die etwas nervöse Sofie ihre Freundin zur Reederei.

»Das Maschinenschreiben bringt dir Fräulein Eisenhut bei. Sie ist Hinnerks neue Sekretärin«, erklärte ihr die Nieland-Tochter. »Bevor Papa in den Krieg gezogen ist, hat sie für ihn gearbeitet.«

Fräulein Eisenhut war verblüffend jung, kaum älter als Sofie selbst. Ihre kastanienbraunen Haare hatte sie zu einem Knoten gebunden, sodass man mehr von ihrem hübschen, aber immer etwas ängstlich wirkenden Gesicht sah. Die adrett gekleidete Schreibkraft begegnete ihrer neuen Gehilfin mit äußerster Skepsis. Und Sofie begriff auch ziemlich schnell, warum: Fräulein Eisenhut sah in ihr eine Bedrohung, und zwar nicht hinsichtlich ihres Postens, sondern in Bezug auf Hinnerk Nieland. Sie beobachtete, wie die Sekretärin im Umgang mit ihrem Vorgesetzten häufig errötete. Letzteres kannte sie ja auch von sich selbst im Zusammenhang mit Burkhard. Fräulein Eisenhut zitterte in Hinnerks Gegenwart sogar und verschüttete Kaffee – was zu noch heftigerem Erröten führte. Der frisch ernannte Reedereichef schien das allerdings gar nicht zu bemerken.

Sofie schmunzelte und ahnte instinktiv, was sie tun musste, um Fräulein Eisenhut für sich einzunehmen. »Sie sind wirklich eine sehr hübsche junge Frau«, schmeichelte sie, als die Sekretärin völlig aufgelöst aus Hinnerks Büro kam. »Und so geschickt mit der Schreibmaschine! Wenn ich das nur halb so gut könnte wie Sie. Der junge Herr Nieland ist ja ganz begeistert von all Ihren Fertigkeiten, das kann man ganz deutlich spüren.«

Fräulein Eisenhut strahlte. »Meinen Sie wirklich?«

»Natürlich!«, bekräftigte Sofie. »Er kann aber auch gottfroh sein, dass er Sie hat. Ich hoffe, Ihnen eines Tages das Wasser reichen zu können, sodass ich mein gnädiges *Fräulein Anna*« – sie betonte absichtlich, dass sie für die Reederstochter arbeitete und nicht für deren Cousin – »ebenso zufriedenstellen kann wie Sie Ihren Vorgesetzten.«

Das Eis war gebrochen. Von da an unterwies Fräulein Eisenhut Sofie mit großem Eifer in den Künsten des Maschinenschreibens und der Stenografie – und platzte beinahe vor Stolz, als Hinnerk im Vorbeigehen bemerkte, froh über eine derart kompetente Kraft im Haus sein zu können, die Anfängerinnen so rasch einlernte. Über die Arbeit hinaus schien er allerdings nicht das geringste Interesse an der armen jungen Frau zu zeigen.

Als sie abends durch die Korridore in Richtung Ausgang gingen, erzählte Sofie Anna mit gedämpfter Stimme von ihren Eindrücken.

Diese lachte und antwortete ebenso leise: »Ja, das arme Fräulein Eisenhut ist nur *eine* junge Dame in einer längeren Reihe vergeblich hoffender Verehrerinnen.«

»Wieso? Ist Hinnerk bereits einer anderen versprochen?«, fragte Sofie arglos.

Anna schmunzelte. Inzwischen waren sie am Portal angelangt; auf der gegenüberliegenden Straßenseite wartete bereits der ewig grinsende Paul, um sie nach Hause zu bringen. Sofie fürchtete, dass sie seine Dienste sicherlich nicht mehr lange in Anspruch würden nehmen können, da auch er bestimmt bald eingezogen würde. Dann gäbe es wohl selbst für ihn nichts mehr zu lachen.

Die Nieland-Tochter blieb stehen, bevor sie in Hörweite des Chauffeurs kamen. Erst jetzt antwortete sie auf Sofies Frage: »Nein, Hinnerk ist keiner *anderen* versprochen«, erwiderte sie ausweichend und fügte dann zögernd hinzu: »Gar keiner *Frau*, um genau zu sein.«

Sofie sah sie fragend an.

Anna blickte sich vorsichtig um. »Es muss unbedingt unter uns bleiben. Aber dir kann ich ja vertrauen.« Sie räusperte sich. »Mein Vetter ist ›tragisch veranlagt‹«, wisperte sie kaum hörbar. »So wie Fürst zu Eulenburg.«

Sofie hatte vom Skandal um den Vertrauten des Kaisers vor ein paar Jahren gehört. Dem Fürsten war vorgeworfen worden, er wäre etwas zu angetan von seinen männlichen Freunden gewesen. Sofie hatte das nie verstanden. Wieso sollte ein Mann freiwillig auf die Gründung einer eigenen Familie verzichten? Wieso sich selbst Schimpf und Schande aussetzen, die vollständige gesellschaftliche Ächtung riskieren? Genau diese Fragen stellte sie nun Anna.

Die warf erneut einen kurzen Blick hinüber zu Paul und bemerkte dann: »Weißt du, Liebe hat noch nie nach gesellschaftlichen Regeln gefragt. Aber das ist jetzt weder der richtige Ort noch der richtige Zeitpunkt, um darüber zu sprechen.«

Sofie nickte versonnen. Sie musste an ihre eigenen verwirrenden Gefühle für Burkhard Nieland denken. Zu ihrer Überraschung schien Anna ihre Gedanken zu lesen.

»Manchmal verraten uns unsere Blicke. Dir blieben meine für Gideon nicht verborgen, mir deine für meinen Bruder übrigens auch nicht.«

Sofie blickte beschämt zu Boden. Sie hätte nicht gedacht, dass sie so leicht zu durchschauen war. Doch Anna lächelte nur und beugte sich vor, um die Freundin auf die Wange zu küssen.

»In einer besseren Welt wärst du meine Schwägerin. Und in der Welt, mit der wir gerade vorliebnehmen müssen, würde ich meine Freunde nie verraten. Hinnerk weiß das, und du wirst es auch wissen. Aber jetzt komm! Bevor wir dem armen Paul noch mehr Anlass für wilde Vermutungen geben. Er platzt fast vor Neugierde, weil er unbedingt wissen will, worüber wir uns austauschen.«

***

Den ganzen Tag über hatte Willy entsetzlich schlechte Laune, während er seiner Arbeit bei Großbauer Petersen nachging. Jedes Mal, wenn er daran dachte, dass nun die Langeweile in sein Leben zurückkehren und er Kalle vielleicht nie wiedersehen würde, versetzte es ihm einen Stich.

In der Nacht zuvor hatte sein Freund sich mit einer linkischen Mischung aus Schulterklopfen und Umarmung von ihm verabschiedet und ihm ein »Kopf hoch« zugemurmelt. »Unkraut vergeht nicht, Willy. Die Beefs sind feige, ich komm schon wieder zurück.«

Ein riesiger Kloß im Hals hatte Willy an einer Antwort gehindert. Dieses gottverdammte Attentat! Warum musste es nur diesen dämlichen Krieg geben? Wütend stieß er die Forke in den Mist.

»Versteckt sich da ein Engländer drin? Oder auf wen hast du es abgesehen?«, rief plötzlich eine vertraute Stimme hinter ihm. Er fuhr herum und stand einem grinsenden Kalle gegenüber.

Willy war es zwar etwas peinlich, von ihm ausgerechnet hier, im stinkenden Kuhstall, gesehen zu werden, aber seine

Neugier und Freude überwogen. Das ließ er sich freilich nicht anmerken und fragte stattdessen mit der typischen zwischen ihnen herrschenden Ironie: »Was machst du denn hier? Suchst du nach Gastgeschenken für die Feinde? Oder haben sie die Hosen schon voll und den Krieg abgesagt?«

»Nee«, grinste Kalle. »Aber das werden sie bestimmt bald. Du kommst nämlich mit – zur Abschreckung!«

Willy starrte ihn an. »Was?«

»Du kommst mit mir auf die SMS *Ariadne*«, bekräftigte Kalle, und Willy begriff, dass der Freund nicht scherzte.

»Suchen die jemanden fürs Latrinenputzen?«, fragte er spöttisch. »Arbeiterkinder sind doch nicht zur Offiziersausbildung zugelassen.«

»An Offiziersanwärtern fehlt es denen auch nicht, die Marineschule hier hatte im März über dreihundert Neubewerber. Aber Heizer werden gebraucht!«

»Heizer?«

»Das lernst du schnell, so viel Technikverstand wie du hast. Und wenn du erst mal an Bord bist, kannst du dich prima hocharbeiten. Du solltest dich nur waschen und was anderes anziehen, wenn du beim Oberheizer vorstellig wirst.«

Willy ahnte nun, wie sich Sofie gefühlt haben musste, als Anna Nielands Brief mit dem Stellenangebot gekommen war. Falls Kalle ihn nicht doch foppte, würde sich nun auch *sein* Leben komplett verändern. Künftig könnte er den Freund täglich sehen, und sein Traum von der Seefahrt würde sich endlich erfüllen. Gewiss, es war nicht ungefährlich, ausgerechnet jetzt anzuheuern, aber Willy teilte die Zuversicht seines Kameraden, dass bis spätestens Weihnachten alles siegreich entschieden sein würde.

***

Großmutter Nieland war aufs Äußerste verärgert: Edith kam zu spät zum Abendessen! Anna versuchte, sie mit Berichten aus der Firma abzulenken, doch auch die waren nicht unbedingt geeignet, die Laune der Patriarchin zu heben.

»Papa hat vor zwei Jahren unsere ersten beiden Bananenkühlschiffe bestellt«, erzählte sie. »Jetzt sind sie fertiggestellt und können wegen des Krieges gar nicht in Fahrt kommen. Ein finanzielles Desaster!«

Ehe Gudrun Nieland dies kommentieren konnte, kam Edith hereingestürzt – zehn Minuten nach der vereinbarten Zeit und obendrein ganz und gar nicht für ein feines Essen gekleidet.

»Um das gleich einmal klarzustellen«, empfing die Hausherrin ihre Enkelin, »ich werde nicht zulassen, dass die Sitten aufgeweicht werden, nur weil die Männer auf See sind. Im Gegenteil. Es ist jetzt sogar erst recht unsere Pflicht, unsere Werte hochzuhalten.« Sie sah Edith streng an. Diese erwiderte ihren Blick trotzig. »Ich erwarte, dass ihr alle in angemessener Kleidung und auf die Minute pünktlich zum Abendessen erscheint.«

Sofie senkte den Kopf. Es war ihr peinlich, Zeugin dieser Szene geworden zu sein. Edith jedoch schien sie gar nicht wahrzunehmen. Noch stehend, entgegnete sie: »Nein, Großmutter. Ich werde weder in passender Kleidung noch pünktlich erscheinen. Ich werde, um genau zu sein, gar nicht mehr erscheinen, ich habe mich nämlich zum Lazarettdienst in Wilhelmshaven gemeldet.«

Gudrun Nieland reagierte ganz anders als am Vorabend beim Gespräch mit Anna.

»Das wirst du wieder absagen!«, fauchte sie. »Der Kaiser selbst hat erklärt, dass es völlig unschicklich ist, wenn Frauen sich am Krieg beteiligen.«

»Ich habe schon immer gewusst, dass du Anna mir vorziehst«, erwiderte die rothaarige junge Frau wütend.

»Edith!«, rief ihre Schwester empört. »Das stimmt doch gar nicht!«

»Und warum wirst du dann gelobt, wenn du in die Firma gehst und Männerarbeit leistest, und ich werde gescholten, wenn ich Einsatz für unser Vaterland zeigen will?«

»Das ist etwas völlig anderes«, erklärte Gudrun Nieland knapp.

»Dann ist es also doch nicht unschicklich, wenn Frauen arbeiten?«

»Es ist immer ein unerhörter Zustand«, räumte die Patriarchin ein. »Aber in dem Fall müssen wir den Erhalt der Reederei über die Regeln der Schicklichkeit stellen.«

»Ich kann nicht erkennen, warum es wichtiger sein sollte, die eigene Firma zu retten, als unseren Soldaten zu helfen«, widersprach Edith. »Die Verletzten werden uns Frauen brauchen können – und wer weiß, vielleicht sind unter den Verwundeten eines Tages sogar Burkhard oder Papa.«

»Und du denkst, du wirst all das Leid dort ertragen können?«, rief die alte Dame. »Das ist etwas anderes als die romantischen Dramen in deinen Büchern, Kind.«

Edith funkelte sie wütend an. »Besser wissen ist immer leichter als selbst machen«, wiederholte die Enkelin die Worte, welche die Großmutter ihr nach der Rückkehr aus Spanien an den Kopf geworfen hatte. »Und ich werde jetzt machen.«

Mit dieser Ankündigung schritt Edith hoch erhobenen Hauptes aus dem Raum. Anna und ihre Gesellschafterin blieben betreten mit der Hausherrin zurück.

Und dann murmelte diese doch tatsächlich: »Wer hätte Edith so viel Schneid zugetraut.«

Die beiden jungen Frauen wechselten einen erstaunten Blick. Hatte Gudrun Nieland gerade etwa geschmunzelt?

In diesem Moment kam Ursel verschüchtert herein. »Sof…, ich meine, Fräulein Brix, da ist ein Besucher für Sie am Haupteingang«, verkündete sie, und keiner war verblüffter als Sofie selbst. Sie wusste, dass es unschicklich war, sich so einfach von der Tafel zu erheben, und warf einen unsicheren Blick in Richtung der Patriarchin.

Die allerdings verdrehte nur die Augen und machte eine abfällige Handbewegung: »Nun gehen Sie schon! Darauf kommt es jetzt auch nicht mehr an.«

Vor dem Haupteingang erwartete Sofie zu ihrer großen Überraschung ihr Bruder Willy. Erfreut fiel sie ihm um den Hals – so gut es der Seesack über seiner Schulter zuließ.

»Was führt dich hierher?«, wollte sie wissen. »So schnieke bist du sonst nur für die Kirche angezogen.«

»Und du siehst aus wie eine reiche Petuhtante«, neckte Willy seine Schwester mit dem Begriff für die feinen alten Damen auf den Fördedampfern ihrer Heimat.

»Was willst du mit dem Seesack?«

»Ich bin auf dem Weg nach Wilhelmshaven. Kalle hat mir einen Posten als Heizer auf der SMS *Ariadne* besorgt.«

»Du ziehst auch in den Krieg?«, rief Sofie entgeistert.

»Na ja, ob der Krieg zur See wirklich kommt, wird sich erst noch herausstellen«, beruhigte Willy.

Da fiel Sofie wieder ein, wo sie sich befanden.

»Komm mit zum Personaleingang, ich glaube, ich darf hier gar keine Besucher empfangen«, erklärte sie hastig.

»Grüß dich, Wilhelm«, hörte das Geschwisterpaar da jedoch bereits Annas Stimme hinter sich. »Komm doch herein! Ihr müsst nicht hier draußen stehen.«

Anna führte die beiden in die Bibliothek, in der sich Willy gleich begeistert umsah. Wie konnte sich jemand nur so viele eigene Bücher leisten? Sogar sein Lieblingsbuch, Gorch Focks *Seefahrt ist not*, welches erst zwei Jahre zuvor erschienen war, entdeckte er zwischen den schweren Wälzern.

Die Reederstochter ließ das Geschwisterpaar dezent allein, wies jedoch Ursel an, ihnen Kakao zu servieren. Nach kurzer Zeit kehrte die Hausangestellte mit einer dampfenden Kanne in die Bibliothek zurück und schenkte den beiden ein. Willy strahlte das Mädchen dankbar an, woraufhin es sich mit hochrotem Kopf zurückzog. Sofie schmunzelte. Ihr Bruder schien immer noch völlig arglos, was seine Wirkung auf Frauen betraf. Wie grauenhaft und sinnlos wäre es, wenn dieser hübsche junge Kerl bald kalt und grau im Seemannsgrab enden würde.

Willy erahnte wie so oft die Gedanken seiner Schwester und beschwor erneut die einhellige Hoffnung, dass schon alles nicht so schlimm werden würde.

»Da wäre ich mir lieber nicht zu sicher«, hörten sie plötzlich eine Stimme aus einem der Ohrensessel, aus dem sich gleich darauf eine elegante junge Frau mit kupferfarbenem Haar erhob.

»Oh, Fräulein Nieland!« Sofie war es peinlich, Annas Schwester nicht vorher bemerkt zu haben. »Das ist mein Bruder Wilhelm. Er ist auf der Durchreise nach …«

»… nach Wilhelmshaven, das habe ich gehört. Ich bin Edith Nieland, Annas Schwester. Ich würde Ihnen gern ein Buch schenken, wenn Sie einverstanden sind, Wilhelm.« Die junge Frau nahm einen Band mit grauem Umschlag aus dem Regal und drückte ihn dem verdutzten Willy in die Hand.

»Lesen Sie es – und dann überdenken Sie hoffentlich Ihre

Entscheidung.« Mit diesen Worten nickte sie den Geschwistern zu und verließ die Bibliothek.

Willy starrte erst Edith Nieland entgeistert nach, dann auf den Buchumschlag. »*Der Zusammenbruch – Die Seeschlacht bei Borkum und Helgoland*«, las er seiner Schwester vor. »*Von einem deutschen Marineoffizier.*«

Sofie nahm ihm den Band ab und schlug ihn auf. Nachdem sie den Inhalt überflogen hatte, erklärte sie ihrem Bruder: »Das Buch verfolgt den Zweck, vor einem Krieg zu warnen, im Besonderen vor einem Krieg, bei dem wir nichts gewinnen, nur alles verlieren würden. Das wäre ein Krieg gegen England! Es soll eine Mahnung sein, uns nicht durch chauvinistische Hetzerei in einen Kampf mit unseren blutsverwandten Vettern hineinreißen zu lassen …« Sie hielt inne, blätterte weiter und entdeckte zahlreiche Zeichnungen schrecklicher Gefechtsszenen auf See. »Vielleicht solltest du das wirklich mal lesen«, meinte sie beklommen.

12

Nur wenige Wochen später, am Freitag, den 28. August 1914, brach Edith Nieland nach Wilhelmshaven auf. In Kürze sollte dort ihre Ausbildung zur Lazarettschwester beginnen. Sie hatte nur das Nötigste in ihren kleinen Koffer gepackt, denn von nun an würde sie ja ohnehin den Großteil der Zeit ihre Schwesternuniform tragen. Die dickköpfige Nieland-Tochter hatte nachts kaum ein Auge zubekommen, viel zu aufgeregt war sie, diesen Schritt tatsächlich zu wagen.

Müde und doch aufgekratzt, schlich Edith am Morgen die Treppe hinab. Sie hatte Paul gebeten, den Mercedes schon für sieben Uhr früh bereitzuhalten, denn sie ging davon aus, dass um diese Zeit alle noch schliefen und sie so um einen tränenreichen Abschied von ihrer Familie herumkommen würde. Doch als Edith am Fuß der Treppe ankam und die Empfangshalle betrat, wurde sie nicht nur vom Fahrer erwartet, sondern auch von Anna und Sofie, Großmutter Gudrun, deren Kammerzofe Fräulein Flechsig, der Köchin, der alten Hauswirtschafterin Frau Iwersen und Ursel. Kaum hatte Edith diesen Anblick verdaut, trat zudem ihr Bruder aus dem Salon.

»Na, Schwesterchen, wollen wir uns zu Ehren des Kaisers ins Abenteuer stürzen?«, fragte er grinsend.

Sofie musterte Burkhard schwärmerisch: In seiner nachtblauen Uniform wirkte er kantiger und männlicher als sonst. Seine braunen Haare trug er außerdem etwas kürzer und mit Pomade frisiert.

»Was machst du denn hier?«, brachte Edith überwältigt hervor.

»Na, dich abholen. Sonderurlaub. Die Engländer sind so feige und faul, bei uns in Wilhelmshaven herrscht Ferienstimmung. Und der arme Paul hätte sowieso nicht ganz bis zum Lazarett fahren dürfen«, erklärte er. »Außerdem kann ich dir so auch gleich dabei helfen, deinen Passierschein für Wilhelmshaven zu organisieren. Ohne den kommst du in der Stadt nämlich nicht weit.«

Edith küsste ihren Bruder dankbar auf die Wange und verabschiedete sich dann gerührt von allen. Sie freute sich, dass ihre Großmutter ihr anerkennend den Rücken tätschelte und der Enkelin so auch ohne Worte klarmachte, dass sie stolz auf sie war. Nachdem sie Anna an sich gedrückt hatte, die der Schwester den Streit mit ihrem Gideon natürlich längst verziehen hatte, reichte sie Sofie zum Abschied die Hand und fragte sie, ob deren Bruder nun doch auf sein Kriegsschiff gegangen sei.

Die Gesellschafterin nickte betrübt. »Leider ja. Er wollte einfach bei seinem besten Freund bleiben.«

***

Der frischgebackene Heizer Willy Brix stieg um neun Uhr früh auf das Hauptdeck der SMS *Ariadne* hinauf, um einen Augenblick lang frische Luft zu schnappen. Auf der Jade, wo sie an diesem Morgen auf Vorposten lagen, herrschte dichter Nebel. In den zwei Wochen, in denen er bereits auf dem Schiff diente, war es bisher ruhig geblieben, aber heute befanden sie sich in Alarmbereitschaft – diese Nachricht war sogar bis zu den Heizern in deren stickige Welt unter Deck durchgedrungen.

Das Buch, das Edith Nieland Willy geschenkt hatte, ließ ihn tatsächlich daran zweifeln, ob es gut war, sich freiwillig in diesen gefährlichen Seekrieg zu begeben. Doch im Augenblick sah es noch nicht danach aus, als würden sich die in dem Werk beschriebenen Schreckensszenarien bewahrheiten. Die Engländer hatten sich bisher still verhalten. Daher zuckte Willy erschrocken zusammen, als er in der Ferne plötzlich Geschützdonner hörte. Er hoffte zunächst, es handle sich vielleicht nur um Übungsschüsse. Aber als sein Freund Kalle über das Deck eilte, um ihm hastig mitzuteilen, was er in Erfahrung gebracht hatte, zerstörte er Willys Hoffnung.

»Notruf von der *Stettin*. Der Kapitän will, dass wir ihnen zu Hilfe kommen«, verriet er ihm leise sein eigentlich nicht fürs Maschinenpersonal gedachtes Wissen.

Die Engländer waren also tatsächlich in die Bucht eingedrungen. Laut Kalle hätte der Feind für diesen Angriff keinen schlimmeren Zeitpunkt wählen können, denn die deutschen Seestreitkräfte in der Nordsee seien an diesem Morgen denkbar ungünstig verteilt. »Unsere drei Kreuzer auf dem Vorposten sind die schwächsten der ganzen Flotte«, klärte er Willy auf. »Einer davon ist auch noch spärlich bewaffnet. Es könnten also allenfalls zwei auf Zerstörer-Jagd gehen.«

Mit Höchstfahrt lief die *Ariadne* aus – und auf ihrem Kurs wurde der Kanonendonner zu Willys Beunruhigung immer lauter. Irgendwo schien der Kampf bereits heftig zu toben. Sosehr es ihm auch missfiel, die Geschehnisse nicht mehr mit eigenen Augen verfolgen zu können – er musste wieder zurück auf seinen Posten im vorderen Heizraum. Dort berichtete er seinen Kameraden, was er von Kalle erfahren hatte. Wider Erwarten löste der Bericht bei den kampfbereiten Heizern Jubelrufe aus. Es ging also los! Doch bereits Minuten später war von oben kein Gefechtslärm mehr zu hören, und die

Männer begannen enttäuscht zu brummen und über die »feigen Engländer« zu fluchen.

»Die deutsche Marine muss die Briten nur mal zu fassen bekommen«, meinte ein Heizer. »Dann ist es nicht nur mit der Warterei, sondern auch mit dem Krieg endlich vorbei.« Zustimmendes Gemurmel folgte. Willy konnte die kühne Vermutung seiner Kameraden jedoch nicht teilen.

***

Edith saß im Mercedes ihres Bruders, den er von Hamburg nach Wilhelmshaven lenkte. Burkhard versuchte, seine merklich nervöse Schwester zu beruhigen, indem er ihr vorschwärmte, wie großartig vorbereitet der Marinesanitätsdienst in den Krieg zog. Sie war von seiner deutschtümelnden Prahlerei wie gewohnt eher abgestoßen, doch ihm entging dies in seiner Euphorie völlig.

»Personell sind die Lazarette der Marine wesentlich besser aufgestellt als die des Feldheeres. Schon zu Friedenszeiten hat das Personal die Versorgung von Verwundeten an Bord intensiv geübt«, erklärte er. »Die Infrastruktur ist vorbildlich, die Ausstattung technisch auf der Höhe der Zeit. Selbst neueste therapeutische Verfahren wie das Röntgen oder die Anästhesie sind für unsere Schiffslazarette schon fest eingeplant«, berichtete Burkhard.

»Und du meinst, die Engländer haben all das nicht getan?«, fragte sie skeptisch.

Burkhard schüttelte den Kopf. »Die Beefs sind sich ihrer Sache viel zu sicher.«

Edith schluckte eine Bemerkung hinunter. Ihr Bruder war immerhin über zweihundert Kilometer gefahren, um sie aus Hamburg abzuholen, da wollte sie keinen Streit mit ihm vom

Zaun brechen. Doch sie sah sich einfach nicht imstande, die Engländer zu hassen. Sie hatte das Volk stets als kultiviert, freundlich und humorvoll wahrgenommen. In Barcelona hatte sie ein reizendes junges Ehepaar aus London kennen- und schätzen gelernt. Gemeinsam hatten sie Ausstellungen und Museen besucht, waren Essen und Tanzen gewesen. Beim Abschied jedoch hatte der Kriegsausbruch unangenehm zwischen ihnen gestanden. Und nun stellte Burkhard die Briten als selbstbewusste Kriegstreiber dar, die vor lauter Überheblichkeit die Versorgung ihrer Verwundeten nicht ausreichend planten. Die Deutschen hingegen, meinte er, seien nicht so blauäugig. Die ohnehin bereits großzügige Anzahl an Marinelazaretten in der Deutschen Bucht werde seit dem Kriegsbeginn schnell vergrößert, um selbst mit hohem Verwundetenaufkommen umgehen zu können. »Das Lazarett in Wilhelmshaven ist schon seit über vierzig Jahren in Betrieb, aber man muss davon ausgehen, dass es bald so ausgelastet sein wird wie noch nie zuvor.«

Edith nickte ernst. Je näher sie ihrem neuen Einsatzort kamen, desto mehr Angst bekam sie vor ihrer eigenen Courage. War sie, die sie bisher nur Bücher gelesen und Bildungsreisen unternommen hatte, überhaupt geeignet für den Sanitätsdienst? Welche Gräuel würden sie dort wohl erwarten?

13

Erst nach dem Mittagessen traf Willy Kalle wieder, der auf dem Oberdeck der *Ariadne* wie immer noch rasch ein »Verdauungszigarettchen« rauchte, wie er es nannte. In den letzten Stunden habe sich die Befehlslage des Öfteren geändert, verriet der junge Deckoffizier seinem Freund. Inzwischen fuhren sie nicht mehr der *Stettin*, sondern der SMS *Mainz* zu Hilfe.

»Die hat gefunkt, dass sie von englischen Panzerkreuzern gejagt wird«, sagte Kalle und schnippte den Rest seiner Zigarette in die Nordsee.

»Panzerkreuzer?«, wiederholte Willy erschrocken. »Die sind uns doch haushoch überlegen!« Er hatte seinen Satz kaum beendet, da ertönte erneut Kanonendonner.

»Das kam von backbord voraus«, stellte Kalle fest. Sie sahen im Dunst in der Ferne die vagen Umrisse zweier Kriegsschiffe. Geschosse blitzten auf. Offenbar feuerten sie aufeinander. »Aber wer ist da jetzt wer? Verdammter Nebel. Ich muss auf meinen Posten.«

Auch Willy kletterte hastig hinunter zu den anderen Heizern und erzählte den Neugierigen aufgeregt, was an der Oberfläche gerade vor sich ging. Sie waren dankbar, dass ihr Kamerad mit einem der Offiziere befreundet war und sie so Dinge erfuhren, die sie normalerweise nicht mitgeteilt bekommen hätten.

Der Oberheizer erlaubte Willy sogar, nochmals an Deck zu

gehen. »Wenn dich jemand fragt, sag, du bist auf meinen Befehl hin Brandsalbe holen«, riet er. »Und du kommst schnell wieder runter und berichtest, wenn es was Neues gibt.«

Das ließ sich der junge Heizer nicht zweimal sagen. Wenn es ihm heute womöglich an den Kragen ging, wollte er zumindest jede Entwicklung im Blick haben, statt im Heizraum eingesperrt davon überrascht zu werden.

Just als er an Deck der gerade nach Steuerbord drehenden *Ariadne* klettern wollte, schlug ein Geschoss so dicht vor dem Bug des Kleinen Kreuzers auf, dass eine hohe Wassersäule über ihm zusammenbrach. Auch Willy, der noch halb in der Luke steckte, war sofort durchnässt und konnte das Salz der Nordsee schmecken. Er schüttelte sich, nach Luft schnappend.

Nun feuerte ihr Kleiner Kreuzer seinerseits Sprenggeschosse in Richtung des Feindes. Ein Schiff der Briten wurde getroffen, da heulte als Antwort auch schon die nächste feindliche Granate auf die *Ariadne* zu – und traf! Kreischend bohrte sich das Geschoss in die Bordwand und explodierte donnernd. Die Druckwelle im Inneren des Schiffes krachte mit brachialer Wucht gegen die Platten des Oberdecks. Willy, der im Begriff gewesen war, aus der Luke zu steigen, stand mit seinem rechten Bein noch auf der Leiter. Sein linker Fuß jedoch, der sich bereits auf der Decksplatte befand, wurde von der Kompressionswelle erwischt. Ein grässlicher Schmerz erfasste seine linke Ferse und fraß sich das gesamte Bein hinauf. Seine Kameraden, die sich mit beiden Beinen auf Deck befunden hatten, hatte es noch schlimmer erwischt – sie waren regelrecht in die Luft gehoben worden und wieder auf dem Metall gelandet, wo sie unter Schmerzensschreien liegen blieben. Willy versuchte sich aufzurappeln, um ihnen zu Hilfe zu eilen, konnte allerdings zunächst selbst nicht mehr auftreten, so weh tat sein linkes Bein. Er robbte zur Reling und zog sich daran hoch, um wieder zum Stehen zu kommen. Doch als er dann nach unten blickte, stellte er entsetzt fest, dass das Geschoss die Bordwand knapp über der Wasseroberfläche über eine Länge von fünfzehn Metern aufgerissen hatte und im Kohlenbunker des vorderen Kesselraums detoniert war. Direkt bei seinen Heizerkameraden!

***

Nach mehreren Stunden Fahrt kamen Edith und ihr Bruder endlich in Wilhelmshaven an. Burkhard kümmerte sich, wie versprochen, sogleich um ihren Passierschein, danach übergab er sie einer braunhaarigen Krankenschwester mit kantigen, eher männlich wirkenden Gesichtszügen und verabschiedete sich rasch.

»Grüß dich, Edith, ich bin Oberschwester Adelheid, du kannst aber gerne Heidi zu mir sagen«, stellte sich die Pflegerin mit der dunkelsten Stimme vor, die Edith je bei einer Frau gehört hatte. Die Oberschwester führte sie durch das Lazarett, das sich zu ihrem Erstaunen als vollwertige, mit zivilen Krankenhäusern durchaus vergleichbare Klinik mit Hunderten von Betten erwies. Hier widme man sich nicht nur der Behandlung Verwundeter, erklärte Heidi ihr, sondern auch der Ausbildung des Sanitätspersonals sowie der Bereitstellung und Verwaltung der dort gelagerten Ausrüstung. »Es gibt Gerüchte, dass die erste Schlacht unmittelbar bevorsteht«, verriet die Oberschwester mit gesenkter Stimme, und Edith hoffte inständig, dass sie sich irrte. »Die Verwundeten sollen nach Möglichkeit schon an Bord der Schiffe vorversorgt werden. Die sind dafür bestens ausgestattet. Die Grundsätze des Sanitätsgefechtsdienstes kennt unser Personal auf den Kriegsschiffen in- und auswendig. Lernst du auch noch. Die Regeln beschreiben unter anderem die Aufgaben in den Verbandsräumen, die Erstbehandlung – alles ist ganz genau vorgegeben. Auch der Abtransport zu uns ins Lazarett. Man bringt die Verletzten in diesen Dingern hierher.« Sie deutete auf eine Transporthängematte.

Darin sollten die Kranken gebracht werden? Edith fühlte sich an erbeutete Insekten in einem Spinnwebkokon erinnert und biss sich beklommen auf die Unterlippe.

***

Der Schmerz in Willys linker Ferse wurde immer unerträglicher, und die Berichte seiner aus den unteren Decks heraufströmenden Kameraden waren nicht gerade dazu angetan, ihn aufzuheitern: Durch die Torpedoexplosion, deren Druckwelle ihn und die anderen Matrosen verletzt hatte, waren die Kohlen im Lager in Brand geraten. Ein Feuer, das man nicht erstickt bekam. Zu allem Übel waren fünf der acht Kessel der *Ariadne* ausgefallen.

»Mehr als fünfzehn Knoten schaffen wir mit den restlichen dreien nicht«, japste der Oberheizer.

»Dann sind wir für die Engländer leichte Beute!«, erkannte Willy in Panik.

Wie aufs Stichwort glitt in diesem Moment schon der zweite feindliche Schlachtkreuzer aus dem Nebel heraus und begann seinerseits auf die *Ariadne* zu feuern. Die Geschosse krachten durch sämtliche Aufbauten, Stahlwände wurden wie Butterbrotpapier zerrissen.

Alles in Willy schrie Flucht, aber wohin? Nirgendwo auf dem Schiff gab es noch einen sicheren Ort! Ein Treffer über ihm zerfetzte die Spitze des vorderen Schornsteins. Eisenstücke wurden durch die Luft geschleudert und hagelten Funken sprühend aufs Deck. Immer neue Explosionen übertönten die anschwellenden Schreie verletzter und sterbender Seemänner. Das geschieht gerade wirklich, musste sich Willy fassungslos klarmachen. Die einst so stolze SMS *Ariadne* verwandelte sich vor seinen Augen in einen Ort des Massensterbens. Ausgerechnet die Tatsache, dass der schöne Kreuzer immer neu hatte aussehen sollen, wurde seiner Besatzung nun zum Verhängnis. Denn der im Laufe der Jahre mehrere Schichten dick gewordene Anstrich mit Ölfarbe hatte am hinteren Schiffsteil Feuer gefangen. Rasend schnell breiteten sich die prasselnden Flammen überall aus.

Willy sah Kalle mit dem Ersten Offizier an der Spitze eines Löschtrupps zum Schiffsheck rennen. Im Laufen trafen sich die Blicke der beiden Freunde kurz, da detonierte krachend eine Granate inmitten der Truppe. Willy, der kurzzeitig nichts mehr außer einem hohen, schrillen Pfeifton hörte, humpelte mit letzter Kraft hinüber, um nach seinem Freund zu sehen. Fassungslos starrte er auf das Blut und die Gliedmaßen der in Stücke gerissenen Männer. Dann fand er Kalle, der mit leeren Augen gen Himmel starrte. Sein Unterleib war verschwunden. Willy spürte einen rasenden Schmerz des Verlustes in sich aufsteigen, der ihn vollends benommen machte. Wenigstens hatte sein Freund nicht leiden müssen. Mit einer seltsamen inneren Ruhe dachte Willy: Hoffentlich geht das bei mir gleich auch so schnell.

***

Am frühen Abend stieg Sofie aus dem Automobil der Nielands, das Chauffeur Paul in der Hoheluftchaussee geparkt hatte. Der Lebensmittellieferant der Familie Nieland, Kolonialwarenhändler Julius Boldt, hatte noch am späten Nachmittag per Telegramm mitgeteilt, dass einige der von Frau Dahlke bestellten Waren eingetroffen waren. Da die Köchin allerdings ihren freien Abend hatte, hatte man Sofie gebeten, die ersehnte Lieferung abzuholen. Gleich beim Betreten des Ladens bemerkte sie die schlechte Stimmung zwischen dem Händler und seiner jungen Frau Johanna.

»Mein Mann hat sich freiwillig gemeldet«, flüsterte sie der Gesellschafterin zu, als sie deren fragenden Blick bemerkte. »Dabei ist unser zweites Kind unterwegs. Was soll denn aus uns werden ohne ihn?«

Sofie konnte nur einmal mehr der Hoffnung Ausdruck verleihen, dass es bald schon vorbei sein solle mit dem Krieg. Ihre eigenen Zweifel verschwieg sie der jungen Mutter gegenüber lieber.

Bepackt mit zwei großen Papiertüten voller Lebensmittel, wollte Sofie kurze Zeit später zum Wagen zurückkehren, als plötzlich jemand ihren Namen rief. Ein Mann in ihrem Alter, offenbar selbst zu so später Stunde noch auf dem Weg zum Laden, hatte sie bemerkt.

»Franz!«, erkannte Sofie verblüfft. Den Pagen aus dem Glücksburger Strandhotel hatte sie seit dem Frühjahr nicht mehr gesehen.

Franz kam zu ihr geeilt, nahm ihr eine Tüte ab und schüttelte ihr hocherfreut die Hand. »Willy hat erzählt, du arbeitest jetzt bei den reichen Nielands«, rief er. »Das hast du dir wirklich verdient!«

»Danke! Und wie geht es dir? Bist du nicht mehr im Hotel? Was machst du in Hamburg?«, löcherte Sofie den Freund aus der Heimat mit Fragen.

Franz Thomsen berichtete, er arbeite inzwischen als Koch in der Kommandantur in Altona. Die Arbeit sei in Ordnung – zwar nicht so schön wie seinerzeit im Hotel, aber seit dem Wiederaufbau sei der alte Glanz dort auch nie wieder eingekehrt. Zudem habe der Direktor viel Personal entlassen müssen, daher sei er froh gewesen, als ihm ein Oberst von der freien Stelle in Hamburg berichtet hatte.

Eine Hupe riss die beiden aus ihrem Gespräch. Chauffeur Paul wollte Sofie offenbar signalisieren, dass ihm die Zeit zu lang wurde.

»Ich muss leider schon weiter«, erklärte sie bedauernd.

Franz zog daraufhin einen Bleistift heraus und schrieb seine Adresse auf ein Stück Papiertüte. »Wenn du mal etwas trinken gehen und plaudern magst, melde dich, ich würde mich sehr freuen.«

Sofie nahm den Zettel und bedankte sich. »Ich versuch es«, sagte sie vage. Als Franz ihr die Tüten zum Automobil gebracht hatte, winkte er ihnen noch lange lächelnd nach.

»Ein Verehrer?«, fragte Paul.

»Zu Hause mal, ja, das ist aber schon lange her«, antwortete Sofie nachdenklich. Ja, überlegte sie, der schöne Franz Thomsen hatte sich bereits in den Wochen vor ihrer Abreise sehr interessiert an ihr gezeigt. Deshalb wäre es vielleicht besser, sich nicht mit ihm zu treffen. Sie war viel zu verliebt in Burkhard Nicland. Daher wollte sie Franz keine falschen Hoffnungen machen. Gegen falsche Hoffnungen war sie selbst freilich ebenfalls alles andere als gefeit, diesbezüglich gab sie sich keinen Illusionen hin. Aber das Wichtigste war, dass Burkhard da draußen auf See nichts passierte. Und ihrem Bruder Willy natürlich auch nicht!

14

Willy Brix stand bereits eine Weile apathisch bei den gefallenen Matrosen, da packte ihn einer der Maschinisten an der Schulter. »Hier ist nichts mehr zu machen, Junge. Die Kameraden sind für uns gestorben. Wir müssen ihre Mission zu Ende bringen. Komm, hilf uns beim Löschen!«

Willy folgte dem Mann humpelnd. Tränen liefen ihm über das Gesicht, teils aus Trauer um Kalle, teils vor Schmerz, weil er immer wieder gezwungen wurde, seinen verletzten linken Fuß zu belasten. Sie mussten feststellen, dass auch die Wasserleitung zerstört worden war. Gegen die Flammen, die sich gierig immer weiter durch das Schiff fraßen, war folglich nichts mehr auszurichten. Zudem feuerte der Feind nahezu ohne Unterlass schwere Geschosse auf sie.

»Im unserem eigenen Torpedoraum ist gleich bei Gefechtsbeginn eine Granate krepiert«, hörte Willy einen Offizier zum Maschinisten sprechen. »Wir sind so gut wie wehrlos. Höchstens der Qualm könnte uns noch retten.«

Willy verstand, was der Offizier meinte: Die schwer verwundete *Ariadne* zog eine gewaltige schwarze Rauchwolke hinter sich her, die sie für den Feind offenbar immer schwerer sichtbar machte. Kurz flackerte die Hoffnung in ihm auf, dass ihnen so tatsächlich eine Fluchtmöglichkeit gewährt werden könnte, doch der Maschinist machte sie gleich zunichte.

»Für eine Flucht wird unser Schiff wohl nicht mehr lange genug durchhalten«, mutmaßte er. »Noch laufen die Maschinen zwar, aber durch das Leck im Torpedoraum dringt immer mehr Wasser ein.«

»Die drehen ab«, bemerkte da ein Maat.

Tatsächlich konnte Willy abseits der Rauchwolke sehen, dass die englischen Schiffe die Verfolgung offenbar beendet und einen anderen Kurs eingeschlagen hatten. »Die denken wohl, wir sind sowieso verloren«, knurrte der Maschinist.

Willy konnte dieser mutmaßlichen Einschätzung der Briten leider nur zustimmen, denn inzwischen hatte auch der vordere Teil des Kreuzers geräumt werden müssen.

»Abteilung eins und zwei sind noch unten eingesperrt«, berichtete ein Obermaat, der von dort gerettet worden war. Die Augen des Mannes waren feucht, und seine Stimme zitterte merklich. »Der Treffer hat den Lukendeckel völlig verbogen. Er geht auch mit Gewalt nicht mehr auf.«

Willy befürchtete, dass die *Ariadne* zum stählernen Sarg für die darin eingesperrten Matrosen werden würde. Und wenn kein Wunder geschah, würden er und die Männer hier oben ebenfalls bald sterben. Helgoland war noch über fünfundzwanzig Seemeilen entfernt – und die Maschinen konnten bis dahin unmöglich durchhalten.

Als der Kommandant ein dreifaches Hurra auf den Kaiser ausrief, war allen Kameraden klar, dass er die letzte Stunde des Kreuzers für gekommen hielt. Der Steuermann stimmte das Flaggenlied an, die Männer fielen mit ein. Auch Willy sang aus voller Kehle. Das Gemeinschaftserlebnis hatte etwas Tröstliches angesichts der realen Gefahr, dass sie den heutigen Abend nicht mehr erleben würden.

»Stolz weht die Flagge schwarz-weiß-rot – von unsres Schiffes Mast …«

***

Edith bekam von Heidi ihren Platz in einem Zweibettzimmer des Wilhelmshavener Lazaretts gezeigt, wo sie rasch ihr Gepäck im Schrank verstaute. Die Oberschwester wartete draußen, damit die Nieland-Tochter sich ihre Uniform anziehen konnte. Danach brachte sie die junge Frau zu ihrer ersten Aufgabe in den Aktenkeller. Infektiologie, Hygiene, Ventilation, Ernährung und Seerecht – all das werde Edith ab Montag neben den Grundlagen der Verwundetenpflege lernen, kündigte sie unterwegs an. Für den Rest des Tages sollte sie jedoch erst einmal ihrer neuen Zimmergenossin helfen.

Im Aktenraum angekommen, stellte Heidi ihr Schwester Bärbel vor. Die atemberaubend schöne Frau war das Gegenteil ihrer burschikosen Vorgesetzten. Trotz ihrer schlichten Schwesternkleidung hatte sie sich geschminkt wie eine Filmschauspielerin.

»Bärbel wird dir alles erklären, ich muss zu Oberarzt Doktor Walz«, verkündete Heidi und ging davon.

Die neue Kollegin Bärbel kam aus Bremen, gestand aber, Edith für deren Heimatort zu beneiden: »Ich liebe Hamburg! Das Tor zur Welt!«

»Du siehst aus wie die junge Grete Berger«, befand die Reederstochter nun bewundernd, und die Krankenschwester war merklich geschmeichelt, mit der beliebten Darstellerin aus dem Film *Der Student von Prag* verglichen zu werden.

»Mir gefallen deine Sommersprossen«, machte sie der Nachwuchsschwester nun ihrerseits ein Kompliment.

»Ich war zu viel in der Sonne«, sagte Edith lachend. »Der Krieg hat mich aus Barcelona geholt.«

In ihrer theatralischen Art schlug Bärbel begeistert die Hände vor den Mund. »Barcelona! Wie ziehen sich die Spanierinnen an? Du musst mir nach Dienstschluss alles ganz genau erzählen!« Dann erklärte sie der Reederstochter ihre derzeitige Aufgabe: »Die Akten helfen uns dabei einzuschätzen, welche Art von Verletzungen auf uns zukommen.«

Seit 1873, erfuhr Edith nun, wurden jährlich Sanitätsberichte über die Kaiserliche Marine erstellt. Darin wurden die weltweit auf den Schiffen der Streitmacht angefallenen Verletzungen und Erkrankungen der Besatzungsangehörigen genau dokumentiert. Während sie sich an Bärbels Seite durch die Auflistungen schlimmster Verwundungen arbeitete, wurde Ediths Sorge um ihren Vater, Burkhard und Gideon immer größer. Wann würde die deutsche Flotte wohl den ersten Feindkontakt haben?

***

»Die *Danzig* kommt!«, rief ein aufgeregter Obermaat.

Die gute Nachricht kam buchstäblich in letzter Minute, denn länger wäre es angesichts der sengenden Hitze und des Qualms an Bord der *Ariadne* kaum auszuhalten gewesen. Hoffnung regte sich unter den verbliebenen Überlebenden.

Willy spähte skeptisch in den Dunst. Woher wollte der Kamerad wissen, dass es sich nicht um ein Schiff der Engländer handelte? Doch dann sah er den Kleinen Kreuzer mit eigenen Augen aus dem Nebel stoßen. Es war tatsächlich die *Danzig*. Sie stoppte ihre Fahrt, und Boote wurden zu Wasser gelassen. Ein Wettlauf mit der Zeit, denn die *Ariadne* wurde durch ihre zahlreichen Lecks weiterhin geflutet. Zudem war es nur eine Frage von Minuten, bis die unerreichbar gewordene Munition im hinteren Teil des Schiffes durch das beständig wachsende Feuer hochgehen würde.

Die Verwundeten waren die Ersten, derer sich die Retter annahmen. Sie wurden mit Transporthängematten in die

Boote gehievt, die sofort ablegten und Kurs auf die *Danzig* nahmen. Ehe die Kutter zurückkehren konnten, begann es im hinteren Schiffsteil bedrohlich zu krachen, offenbar fing nun die Munition an zu explodieren. Fregattenkapitän Seebohm erteilte den unversehrten Zurückgebliebenen den Befehl, die Korkwesten anzulegen und über Bord zu springen. Willy ließ sich als einer der Ersten in die Tiefe fallen. Als er auf das Wasser aufschlug, riss ihn der Schmerz, der dabei seine Ferse durchfuhr, beinahe in Ohnmacht. Prustend blickte er an der Schiffswand hinauf: Eine Feuersäule schoss aus dem hinteren Teil der *Ariadne* empor und schleuderte brennende Wrackstücke in die Luft, von denen einige neben den Kameraden ins Wasser prasselten. Nun nahmen auch die schlechteren Schwimmer ihren Mut zusammen und sprangen in die Fluten. Willy bemerkte schließlich unerwartete Freudenschreie von einigen Kameraden. Sie deuteten in Richtung Steuerbord – und dort erkannte nun auch er den Grund für die Begeisterung der Marinesoldaten: Weitere deutsche Schiffe waren aus dem Rauch erschienen, um zu helfen. Willy und seine Kameraden wurden nach und nach an Deck gezogen. Von dort aus konnten sie beobachten, wie Seebohm und dessen Adjutant als Letzte von dem glühenden Schiff in die Nordsee sprangen.

Kaum war der Kapitän an Bord der *Stralsund* gehievt worden, fragte er seinen dortigen Kollegen, Kommandant zur See Harder, ob sie die brennende *Ariadne* ins Schlepptau nehmen könnten. Offenbar hoffte er immer noch, sein Schiff retten zu können. Doch der qualmende Kleine Kreuzer fing nun vor ihren Augen an zu schlingern und bekam rasch Backbordschlagseite. Unmittelbar darauf kenterte die *Ariadne*, trieb aber zunächst noch kieloben. Die Torpedoboote gaben dem sinkenden Kreuzer schließlich den Gnadenstoß: Willy sah erschüttert dabei zu, wie sie Löcher in den rot glühenden Boden des Schiffes schossen, sodass die Luft daraus entweichen konnte. Um sechzehn Uhr fünfundzwanzig am Nachmittag des 28. August 1914 verschwand die SMS *Ariadne* vor seinen Augen gurgelnd in der Nordsee. Nun, da er selbst gerettet war, wurde der junge Heizer von der Trauer um die Kameraden überwältigt. Allen voran um seinen besten Freund Kalle, der hier sein Seemannsgrab gefunden hatte.

***

Sofie stieß Hinnerks Bürotür im Nieland-Firmengebäude mit der Hüfte auf. Eine Hand hatte sie nicht frei, in jeder hielt sie eine Tasse dampfenden Kakao – eine für Anna, eine für Hinnerk. Sie wusste, es war das Lieblingsgetränk der beiden. Und etwas Trost konnten sie gerade gewiss gut gebrauchen.

Hinnerk erhob sich hinter seinem Schreibtisch und nahm das warme Getränk dankbar entgegen. Anna, die wie ein Tiger im Käfig vor ihrem Cousin auf und ab ging, bedeutete ihr, die zweite Tasse auf dem Tisch abzustellen.

»Hat inzwischen irgendein anderes Land gegen die britische Seeblockade protestiert?«, fragte Sofie vorsichtig. Darauf hatten sie alle gehofft.

»Nein«, erwiderte Anna seufzend. »Diese verdammte Blockade bricht uns das Genick.«

»Nicht nur uns«, entgegnete Hinnerk. »Viele Betriebe müssen ihre Löhne kürzen und sogar Entlassungen vornehmen. Bei uns war das noch nicht der Fall.«

»Ja, aber nur, weil wir uns nicht trauen«, hielt Anna dagegen. »Bis jetzt zumindest. Eigentlich haben wir ja aber auch längst nichts mehr zu tun für die meisten Mitarbeiter.«

Sofie, der die Zahlen inzwischen bekannt waren, befürchtete, dass Anna recht hatte. Die Reedereien und alle Hafenunternehmen waren besonders schwer vom Kriegsbeginn betroffen. An den Anlegestellen und in den Speichern der Hansestadt herrschte gespenstische Leere, es fand so gut wie kein Schiffsbetrieb mehr statt. Lediglich schwedische Erze wurden noch ein- und Kohle ausgeführt. Waren vor dem Krieg noch weit über fünfzehntausend Menschen im Hafen ihrer täglichen Arbeit nachgegangen, gab es nun gerade mal noch Beschäftigung für dreitausend.

»Es sind doch schon so viele Männer ins Feld gezogen«, versuchte Hinnerk dennoch, das Unvermeidliche hinauszuzögern. »Die Hälfte unserer männlichen Belegschaft ist ja inzwischen nicht mehr bei …«

»Das reicht nicht!«, unterbrach ihn Anna. »Wir müssen auch viele der nicht eingezogenen Arbeiter entlassen, wir haben doch kaum mehr Einnahmen.«

Sofie wunderte sich zunächst über den scharfen Ton ihrer Freundin, wusste aber auch, dass diese nach Durchsicht aller Bilanzen und Lohnlisten lange mit sich um diesen Entschluss gerungen hatte.

»Es fällt mir ja auch schwer, Hinnerk«, gab Anna, nun sanfter, zu. »Du glaubst gar nicht, wie sehr. All die Menschen, die hier arbeiten, kenne ich seit meiner Kindheit. Vater oder sogar Großvater haben sie eingestellt. Und jetzt muss ich sie wegschicken.« Anna hatte Mühe, die Tränen wegzublinzeln, die ihr in die Augen gestiegen waren. Sofie legte ihr tröstend eine Hand auf die Schulter.

In der Tat war die Lage in Hamburg nicht nur am Hafen verzweifelt: Eine öffentliche Arbeitslosenunterstützung gab es nicht, gleichzeitig stiegen durch die Seeblockade die Preise an, sodass den Bürgern das Geld für Lebensmittel und Miete fehlte. Die Zahl der Obdachlosen hatte sich innerhalb nur weniger Wochen mehr als verdoppelt, wie Hinnerk von seinem Freund in der Stadtverwaltung wusste.

Obwohl sie sich selbst nicht ganz glaubte, sagte Sofie: »Vielleicht hört der Krieg ja doch schneller auf als gedacht.«

Hinnerk nickte traurig. »Ja, vielleicht. Zumindest eine Seeschlacht ist ja bisher ausgeblieben.«

15

»Es gab eine Seeschlacht!«, rief Oberschwester Heidi aufgeregt in den Archivraum des Wilhelmshavener Lazaretts, wo Bärbel und Edith gerade Feierabend machen wollten. »Dutzende Verwundeter sind angeblich zu uns unterwegs. Zum Teil schwerstverletzt. Kommt hoch, wir brauchen jede Hand!«

Edith hätte nie damit gerechnet, dass sie so schnell ins kalte Wasser geworfen werden würde. Was, wenn sich ihr Bruder, ihr Vater, ihr zukünftiger Schwager unter den Verwundeten befanden? Wenn sie vor ihren Augen sterben würden? Oder bereits gefallen waren? Großmutter hatte recht! Ich stehe das nie und nimmer durch!

Minuten später fand sich Edith inmitten schreiender Patienten wieder. Die Qualen der Verwundeten gehörten zu jenen Kriegsschrecken, von denen sie bisher nur gelesen hatte, deren Folgen sie nun aber in voller Härte zu sehen bekam: Brandwunden, zerfetzte Gliedmaßen, zerstörte Gesichter. Es roch pestilenzartig nach Blut, Schweiß und Rauch. Diese Männer mussten direkt aus der Hölle gekommen sein.

Wie in Trance und zugleich hellwach bewegte sich Edith durch die langen Bettenreihen und versuchte, das Stöhnen und Schreien der Verwundeten auszublenden, um einen klaren Gedanken zu fassen. »Was soll ich tun?«, fragte sie hilflos.

»Einfach mit anpacken!«, riet Bärbel hektisch.

Die Schrecklähmung, die sich Ediths zunächst bemächtigt

hatte, verflog nach einigen Minuten, und ihr gesunder Menschenverstand übernahm das Regiment. Sie verband, leerte Eimer mit Erbrochenem und assistierte dem Pflegepersonal. Obwohl sie eigentlich keine Erfahrung in diesem Beruf hatte, tat sie, was sie instinktiv für richtig hielt.

In dem geschäftigen Treiben wurde sie von einem etwa dreißigjährigen Oberarzt bemerkt. »Doktor Karl Walz«, stellte er sich ihr vor. »Sind Sie die Neue?«

»Ja! Edith Nieland!«, erwiderte sie laut, um einen vor ihr und Bärbel liegenden schreienden Verwundeten mit schlimmen Brandwunden zu übertönen.

»Angenehm.« Der Arzt signalisierte durch kurzes Anheben seiner blutigen Handschuhe, dass er sie gerade nicht offizieller begrüßen könne. Dann wandte er sich rasch dem gepeinigten Patienten auf der Bahre zu. »Diese verfluchte Seeschlacht hat den Leuten hier fürchterliche Verbrennungen beschert«, bemerkte er voller Mitleid. »Wie viel Morphium hat er bekommen?«

»Null Komma null sechs Milligramm subkutan in ganz kurzen Abständen«, erwiderte Bärbel.

Doch bei dem Mann war keine schmerzstillende Wirkung erkennbar.

Der Arzt furchte die Stirn. »Selbst das stärkste Schmerzmittel hilft bei ihm nicht mehr«, stellte er resigniert fest. »Trotzdem müssen wir die festgebrannte Kleidung von seiner Haut trennen. Das wird eine höllische Tortur für den Armen werden.« Er rief nach der Oberschwester. »Heidi, Sie kennen sich am besten mit Brandwunden aus. Seine Kleidung muss runter«, erläuterte der Mediziner hastig, nachdem sie herbeigeeilt war. »Notfalls Vollnarkose. Was haben wir noch?«

Heidi deutete auf sechs Liegen mit verrußten Matrosen. Ein Siebter saß mit schmerzverzerrtem Gesicht bei einem seiner Kameraden. »Sie haben Stauchungen des Rumpfes und Trümmerbrüche der unteren Gliedmaßen. Sind von der *Ariadne*. Die ist gesunken. Aber vielleicht sehen Sie zuerst nach denen da drüben. Männer von der *Seydlitz*. Bei ihnen befürchte ich Gasvergiftungen.«

Der Arzt reagierte entsetzt. »Gas?«

Die eng anliegenden Gasmasken und Flottenatmer – mit Nasenklammern und Mundstück versehene simple Gesichtsmasken – schienen nicht ausgereicht zu haben, um die Marinesoldaten zu retten. Bei einigen konnte der Arzt nur noch den Tod feststellen.

»Leopold!«, rief Walz nach einem Krankenträger. »Sorgen Sie dafür, dass die Leichen zur Sektion nach Wiesbaden gebracht werden. Wir müssen herausfinden, was die genaue Todesursache war. Wenn die Engländer Gase auf See einsetzen, wäre das eine Riesenschweinerei.« Dann wandte er sich an eine ältere Krankenschwester. »Schwester Martha, verabreichen Sie den Männern mit Rauchvergiftung bitte Sauerstoff. Alle anderen kommen mit rüber zu den Männern der *Ariadne*.«

»Keines dieser Symptome taucht in den Listen bisheriger Verletzungen auf, die wir gesichtet haben«, erklärte Bärbel Edith besorgt, als sie den Arzt begleiteten. »Dieser Krieg ist der erste mit all der neuen Technik; das müssen wir jetzt ausbaden.«

»Bei mir hat es nur den linken Fuß erwischt«, berichtete der einzig Sitzende der sieben überlebenden Soldaten des gesunkenen Kreuzers. »Kümmern Sie sich lieber erst um die Kameraden, bei denen hat's beide Beine getroffen.«

Dr. Walz nickte und legte ihm aufmunternd die Hand auf die Schulter. Edith musterte den Sitzenden fragend, während der Arzt dessen liegende Kameraden untersuchte. Der junge

Mann mit dem verrußten Gesicht kam ihr seltsam bekannt vor, doch sie konnte nicht sagen, weshalb.

Er bemerkte ihren Blick und riss erstaunt die Augen auf. »Frau Nieland? Edith Nieland?«, fragte er ungläubig.

Nun erkannte die Reederstochter ihn ebenfalls. »Wilhelm Brix!«

Der Heizer nickte zustimmend. »Ihr Buch habe ich mehrfach gelesen. Aber …« Seine Stimme versagte.

»Kalkaneus-Frakturen,« diagnostizierte der Oberarzt nun bei Willys Kameraden.

»Ihre Fersenbeine sind gebrochen«, übersetzte Bärbel für Edith, die sie Hilfe suchend ansah.

Der Arzt wollte wissen, wie die Verletzungen zustande gekommen waren.

Willy berichtete daraufhin stockend: »Im Inneren des Schiffes sind Granaten der Engländer detoniert. Die Druckwelle war enorm, hat mit voller Gewalt gegen die Deckplatten geschlagen – und gegen die Füße von uns Soldaten auf dem Oberdeck.«

»Verstehe«, entgegnete Walz nickend. »Wenn die Elastizität des Fußgewölbes nicht ausreicht, den Stoß aufzufangen, sind Kontinuitätstrennungen unvermeidlich.«

Edith verstand kaum ein Wort.

»Das ist, wie wenn man aus großer Höhe direkt auf die Füße fällt«, erklärte ihr Bärbel. »Zu viel Krafteinwirkung für die armen Knochen, so ein Bruch tut höllisch weh.«

»Kann man wohl sagen«, bestätigte Willy und blickte sehnsuchtsvoll auf die Morphium-Phiole in Ediths Hand.

Was für eine Ironie, dachte Edith. Vor gerade einmal drei Wochen hatte sie diesen jungen Mann davor gewarnt, in den Seekrieg zu gehen, und nun war er einer der Ersten, die sie als Schwester verarztete.

Vier Stunden später – die Sonne war längst untergegangen – waren alle Verwundeten endlich versorgt. Erschöpft lehnte Edith an der Hauswand auf einem Balkon des Lazaretts und rauchte die erste Zigarette ihres Lebens. Der Qualm brannte in ihrer Lunge, doch sie ließ es geschehen. Der Schmerz gab ihr das Gefühl, innerlich nicht vollkommen abgestumpft zu sein. »Wird das so weitergehen?«, fragte sie Bärbel, die neben ihr saß und ebenfalls rauchte.

»Schon möglich. Kommt darauf an, welche Strategie beide Seiten jetzt verfolgen.«

Edith nahm einen erneuten Zug und stieß den Rauch aus.

»Unseren Plauderabend verlegen wir wohl besser«, meinte Bärbel, ein Gähnen unterdrückend.

»Glaube ich auch.«

Die Balkontür öffnete sich, und Willy Brix kam auf Krücken hinausgehumpelt.

»Entschuldigung, ich wollte nicht stören«, sagte er schüchtern, als er die beiden Krankenschwestern bemerkte.

»Sie stören nicht«, beruhigte ihn Bärbel. »Ich geh schon mal vor in unsere Kammer, Edith, bis nachher.«

»Sind die Schmerzen in der Ferse besser?«, erkundigte sich die Nieland-Tochter, nachdem sie ihre Kollegin verabschiedet hatte.

»Ja, Morphium sei Dank«, bestätigte der junge Schiffsheizer. »Seit wann arbeiten Sie denn hier?«

»Seit heute. Das nennt man wohl den Sprung ins kalte Wasser«, entgegnete sie sarkastisch. »Wollen wir nicht Du sagen? Ich bin Edith.«

»Willy.«

Sie reichten einander die Hände. Edith drückte daraufhin ihren Zigarettenstummel aus, und Willy blickte hinauf in den nunmehr sternenklaren Nachthimmel. Er seufzte. »Heute während der Schlacht hat man vor lauter Nebel nicht die Hand vor Augen sehen können.«

»Würdest du mir von dem Gefecht erzählen?«, fragte Edith vorsichtig. »Oder ist das zu belastend?«

Willy schüttelte vage den Kopf. »Vielleicht tut es sogar ganz gut, jemandem den ganzen Wahnsinn zu berichten. Morgens um neun hab ich den ersten Geschützdonner gehört …«

Als er seine Erzählung nach einer knappen Viertelstunde beendet hatte, hoffte er, dass Edith die Tränen in seinen Augen nicht bemerkte.

»Das mit deinem Freund tut mir sehr leid«, kondolierte sie aufrichtig.

»Danke«, antwortete Willy bedrückt. »So richtig angekommen ist das immer noch nicht in meinem Bewusstsein. Dass er für immer weg sein soll. Es fühlt sich unwirklich an. Ich würde mich viel weniger wundern, plötzlich seine Stimme zu hören. Wenn er auf einmal um die Ecke kommen und loslachen würde.« Er stockte kurz. »Und es sind noch Dutzende andere gestorben heute. Wie viele Menschen werden dadurch ins Unglück gestürzt.«

»Stimmt, man kann gar nicht genug vor diesem Wahnsinn warnen«, sagte Edith bitter. »Das, was du heute erlebt hast, müssten die Menschen lesen. Da steckt mehr Wahrheit über diesen Krieg drin als in allen Zeitungsartikeln zusammen.«

»Ja, aber wer so was verbreitet, wird gleich erschossen«, gab Willy zu bedenken.

»Es ist eine Schande«, fand Edith. »Du kannst nämlich sehr gut erzählen, Willy. Richtig packend. Hast du dir mal überlegt zu schreiben?«

»Du meinst wie ein Schriftsteller? So wie Gorch Fock?«

Edith schmunzelte. »Nun, vielleicht nicht ganz so nationalistisch und patriotisch, aber ja: wie ein Schriftsteller.«

»Spaß bringen würde mir das vielleicht schon«, meinte er. »Bisher habe ich ja kaum etwas erlebt, aber jetzt ... Ich habe bloß gar nichts zum Schreiben.«

»Besorg ich dir«, versprach Edith. »Diese Ausrede zählt also nicht.«

Willy nickte. »Gut, dann darfst du meine Ergüsse als Erste lesen. Aber du musst ehrlich sein. Wenn es nicht gut ist, dann werfe ich es gleich in die Nordsee.«

»Ich versuche immer ehrlich zu sein«, scherzte Edith und ergänzte dann ironisch: »Und gelegentlich habe ich sogar Erfolg damit.«

Willy konnte nicht umhin, verhalten zu schmunzeln. Er hätte angesichts der schrecklichen Erlebnisse auf See nicht zu hoffen gewagt, dass das so schnell wieder möglich sein würde. Aber Edith hatte ihn bestens abgelenkt. Obwohl er die junge Frau erst zum zweiten Mal sah, vertraute er ihr instinktiv. Er war bei ihr so unverkrampft wie sonst nur bei seiner geliebten Schwester. Sofie! Was, wenn sie schon von der Schlacht erfahren hatte? Sie war sicher zu Tode besorgt.

Edith war Willys Gemütsänderung nicht verborgen geblieben, und sie fragte fürsorglich, ob sie ihn zurück zu seinem Krankenbett bringen solle.

»Nein, mir geht es gut. Ich musste nur gerade daran denken, dass meine Schwester vielleicht schon von der Schlacht gehört hat und nicht weiß, dass ich überlebt habe.«

»Vor morgen wird sie nichts von dem Gefecht erfahren«, meinte Edith. »Ein verwundeter Kapitän hat unserem Arzt erzählt, es sei für die Deutschen nicht so gut gelaufen heute Nachmittag. Darüber wird die Zeitung sicher erst verspätet und höchstens verharmlosend schreiben. Das Erste, was im

Krieg stirbt, ist nun mal die Wahrheit. Telegrafiere deiner Sofie doch morgen früh gleich. Dann weiß sie, dass du überlebt hast – bevor überhaupt von der Schlacht berichtet wird.«

»Ich habe kein Geld für ein Telegramm«, gestand Willy.

»Dann telegrafiere ich morgen einfach Anna«, bot Edith an. »Und lasse Sofie herzlich von dir grüßen.«

Nachdem Willy sich bedankt hatte, entschuldigte sich die todmüde Edith und ging hinauf in ihr Zimmer, wo Bärbel bereits friedlich schlummerte. Sie selbst fand jedoch keinen Schlaf. Gegenüber Willy hatte sie sich erfolgreich zusammengerissen, aber es kam ihr vor, als hätten sich all die Verletzungen und die Schreie der Verwundeten in ihre Gedanken eingebrannt.

16

Obwohl das Leiden und Sterben im Lazarett sie sehr mitnahm – vielleicht aber auch gerade deshalb –, lernte Edith Nieland in der Woche nach der Seeschlacht immer mehr Grundkenntnisse und Kniffe des Sanitätsdienstes. Ihre Kollegin Bärbel und Oberschwester Heidi lobten sie häufig. Auch Dr. Walz schien sie zu schätzen und war stets freundlich zu ihr. Edith fand den Arzt sehr attraktiv, wusste aber, dass der aus Frankfurt stammende, hochgewachsene junge Gehirnspezialist glücklich mit einer der ersten Medizinerinnen des Reiches verheiratet war.

Während die drei Krankenschwestern zusammen Operationsbesteck desinfizierten, verkündete Heidi ihren beiden Kolleginnen, dass sie demnächst mit Dr. Walz auf das soeben fertiggestellte Lazarettschiff *Sierra Ventana* wechseln wolle. Der Arzt hatte ihr erzählt, dass Arbeiter, Techniker, Ingenieure, Verwaltungsbeamte und Ärzte Hand in Hand und unermüdlich gearbeitet hätten, um in kürzester Zeit aus einem ehemaligen Handelsdampfer ein modernes schwimmendes Krankenhaus zu erschaffen. Es solle in wenigen Tagen vom Einladen der hochwertigen Sanitätsausrüstung in Kiel nach Wilhelmshaven kommen. Im Bedarfsfall sei dieser neue Lazarettdampfer, der auf seinen fünf Decks über tausend Schlafplätze bot, binnen vier Stunden bereit, in See zu stechen. »Die *Sierra Ventana* ist großartig ausgestattet«, schwärmte Heidi. »Man lernt nirgendwo mehr – und kann auch nirgendwo besser helfen.«

»Ich überlege mir, ob ich auch mitsoll«, offenbarte Schwester Bärbel ihrer Kollegin. »Willst du uns nicht begleiten, Edith? Dann könnten wir Zimmergenossinnen bleiben.«

Die Reederstochter überlegte. Es war verlockend, den Verletzten mit der bestmöglichen Ausrüstung helfen zu können – aber sich selbst mit einem Schiff ins Kriegsgebiet zu begeben, das hatte sie bisher nicht in Erwägung gezogen.

Oberschwester Heidi schien ihre Gedanken erraten zu haben und versuchte, sie zu beruhigen: »Die *Sierra Ventana* wird zwar zusammen mit den anderen Lazarettschiffen der Hochseeflotte folgen, aber sie wartet bei etwaigen Schlachten nahe der Basis im Schutz der Inseln, keine Angst.«

Edith blickte zu Bärbel, die ihr aufmunternd zulächelte.

»Also gut«, willigte sie schließlich ein. »Ich hoffe, ich enttäusche euch an Bord nicht.«

In diesem Moment kam Dr. Walz zu ihnen und gab bekannt, dass die Sektionsergebnisse aus Wiesbaden eingetroffen waren. Die Soldaten der *Seydlitz* seien tatsächlich an Nitrosegasvergiftungen gestorben.

»Also doch!«, erboste sich Edith. »Dabei behaupten alle Seiten, sie setzen kein Giftgas ein.«

»Das hat wahrscheinlich auch niemand«, mutmaßte der Oberarzt zum Erstaunen der Krankenschwestern. »Die tödlichen Gase sind wohl an Bord des deutschen Schiffes selbst entstanden – eine tödliche Mischung aus Detonationsgasen, Kartuschenbränden und der Beimengungen von Kohlenstaub. Ich werde beim Reichsmarineministerium eine Verbesserung der Gasmasken anregen«, verkündete er.

Edith erschauderte. Ihr Dienst auf einem Lazarettschiff würde kein Spaziergang werden, so viel stand fest.

***

»Oh, nein!« Anna wurde blass, als Sofie ihr auf dem Korridor der Reederei ein Telegramm überreichte. Solche Depeschen bedeuteten dieser Tage selten etwas Gutes. »Hoffentlich ist nichts mit Vater!«, stieß die jüngere Nieland-Tochter ängstlich hervor. Und dann fügte sie kaum hörbar hinzu: »Oder mit Gideon.«

In Sofies Kopf hingegen hämmerte nur ein Name. Burkhard. Zum Glück hatte Edith ihnen nach der großen Seeschlacht eine Woche zuvor telegrafiert, um Willys Grüße auszurichten und mitzuteilen, dass es ihm gut ging. Aber von Gideon, Christian Nieland und dessen Sohn hatten sie bisher nichts gehört.

Im Vergleich zu der Angst um ihre Liebsten, welche die beiden jungen Frauen befiel, war der Inhalt der Botschaft vergleichsweise harmlos. Und so war Annas Ächzen eine Mischung aus Erleichterung und Frustration, als sie die wenigen Zeilen zu Ende gelesen hatte.

»Und?«, drängte Sofie. »Was ist es?«

»Es geht um einen unserer Großsegler«, stieß die Reederstochter hervor. »Komm mit, ich erzähle es dir in Hinnerks Büro. Wir müssen gut überlegen, wie wir jetzt vorgehen.«

»Was ist denn passiert? Ich denke, unsere Schiffe laufen alle neutrale Häfen an«, rief die Gesellschafterin und beeilte sich, mit Anna Schritt zu halten. Im nächsten Moment zuckte sie verlegen zusammen. Sie hatte tatsächlich »*unsere* Schiffe« gesagt, obwohl sie gar nicht Teil der Familie war, doch Anna hatte dieses Detail wohl gar nicht bemerkt.

»Ich weiß auch nicht viel«, antwortete sie stattdessen und stieß die Tür zu Hinnerks Büro auf.

Der junge Reeder saß mit gerunzelter Stirn am Schreibtisch und brütete über einem Stapel Papiere. Sofie erkannte, dass es sich um die Personallisten handelte, die sie mit Fräulein Eisenhut zusammengesucht hatte – und dass manche Namen darauf durchgestrichen waren. Die Anzahl derer, die man entlassen musste, würde sicher noch wachsen, wenn der Krieg weiterging. Mit einem Mal wurde Sofie bewusst, dass auch *ihre* Stellung nicht unbedingt gesichert war. Sie war schließlich auch nur ein Mund mehr, den es zu füttern galt.

»Die *Persephone* ist in Chile interniert worden«, berichtete Anna. »Was machen wir jetzt? Wenn wir nun auch noch unsere Schiffe in Übersee verlieren …« Hinnerk sprang auf und fuhr sich frustriert mit beiden Händen durch das dunkle Haar.

»Aber wie kann das denn sein?«, wiederholte Sofie ihre Frage, die sie Anna zuvor schon hinterhergerufen hatte. »Ich dachte, die Schiffe laufen nur neutrale Häfen an.«

»Das bedeutet aber leider nicht, dass sie in Sicherheit sind«, klärte Hinnerk sie auf. »Der HAPAG-Dampfer *Pennsylvania* steckt in New York fest, die *Bulgaria* in Baltimore und die *Amerika* in Boston.«

»Und den riesigen Dampfer mit dem hübschen Namen *Vaterland* haben sie gleich nach der Jungfernfahrt festgesetzt«, ergänzte Anna.

»Ich gehe davon aus, dass wir bald auf noch mehr Schiffe verzichten müssen«, fügte ihr Cousin hinzu. »Die, die nicht von der Entente festgesetzt werden, zieht vielleicht unsere eigene Marine zur Verstärkung heran und setzt sie als Hilfskreuzer gegen unsere Feinde ein.«

»Aber dann werden sie bestimmt zerstört. Wer wird uns den Schaden ersetzen?«, rief Anna und warf die Arme in die Luft. »Die *Cap Trafalgar* der Hamburg-Süd-Reederei hat man in Südamerika auch umgerüstet. Und was ist passiert? Die Briten haben sie letzte Woche vor Trinidad versenkt.«

Ein Klopfen an Hinnerks Bürotür riss die drei aus ihren

trüben Gedanken. Zu ihrem großen Erstaunen führte Fräulein Eisenhut nach Annas »Herein« das Dienstmädchen der Nielands in das Büro.

»Ursel«, rief Anna verblüfft. »Was machst du denn hier?«

»Sie haben doch gesagt, ich soll Ihnen *sofort* Bescheid geben, wenn Post von Herrn Meseritz eintrifft«, sagte die Bedienstete verschüchtert. »Vorhin hat der Postbote den gebracht, da dachte ich …«

»Oh, danke dir!« Die junge Reederin riss der Hausangestellten den Umschlag aufgeregt aus der Hand und öffnete ihn mit zitternden Fingern.

»Gideon hat Landurlaub erhalten und kommt am 19. September«, verkündete Anna strahlend. »Er möchte mich am jüdischen Roscheschone-Fest endlich seinem Onkel vorstellen. Er ist doch Rabbiner, hoffentlich akzeptiert er mich. Oh, Sofie, du musst mich unbedingt ins Rheinland begleiten.«

»Natürlich«, beeilte sich die Freundin zu sagen.

»Es gibt noch mehr gute Nachrichten«, berichtete Anna, nachdem sie den Brief zu Ende gelesen hatte. »Gideon hat in Wilhelmshaven mit Edith gesprochen. Sie besucht uns kurz nach ihm! Sie wechselt nächste Woche auf ein Hospitalschiff und hat vorher noch einmal vier Tage Landurlaub bekommen.«

Sofie freute sich. Sie hoffte, Edith Nieland könne ihr Genaueres über den Gesundheitszustand ihres Bruders erzählen. Laut ihrem letzten Telegramm ging es Willy zwar gut – aber dennoch: Er war im Lazarett, und das musste einen Grund haben.

***

Edith suchte Willy Brix im Hospital auf, um sich von ihm zu verabschieden. Trotz seiner schmerzenden Ferse hatte er bereits nach zwei Tagen begonnen, bei der Pflege seiner schwerer verwundeten Kameraden auszuhelfen, und war bei diesen wie auch beim Sanitätspersonal inzwischen gleichermaßen beliebt.

»Ist es so weit?«, fragte Willy traurig.

Die Nieland-Tochter versuchte zu lächeln. »Wenn ich aus Hamburg zurückkomme, bin ich eine Schwester zur See.«

»Pass auf dich auf!«, bat er.

»Und du auf dich!«, entgegnete sie und überreichte ihm ein Notizbuch sowie einen Füllfederhalter. »Hier. Damit du all deine Gedanken und Erinnerungen aufschreiben kannst. Sie sind wertvoll.«

»Vielen Dank«, sagte Willy überwältigt. »Einiges muss ich allerdings verschlüsseln, sonst erschießt man mich noch«, meinte er dann grinsend, sah sich um und fügte mit gesenkter Stimme hinzu: »Patriotisch wird an meinem Text nichts sein. Der Obermaat, der sein Bein verloren hat – er hat mir einige Dinge erzählt, die wohl nicht publik gemacht werden dürfen. Außer meinem besten Freund Karl sollen noch über sechzig weitere Kameraden auf der *Ariadne* gefallen sein. Der Überraschungsangriff der Engländer in unserer Bucht war für sie ein militärischer Erfolg, Edith. Außer unserem Schiff haben sie noch zwei weitere Kleine Kreuzer und ein Torpedoboot zerstört. Und du hattest recht: Die deutschen Zeitungen verdrehen alles.«

Edith nickte ernst. So etwas hatte sie befürchtet. Sie wusste, dass Willys Ferse gut verheilte und seine Schonfrist dementsprechend bald vorbei sein würde. »Wo werden sie dich hinschicken, hat man dir das schon mitgeteilt?«, erkundigte sie sich.

»Nein, aber die finden schon einen Heizraum, in dem sie mich verheizen können«, antwortete er sarkastisch. »Angeblich werden neue Schiffe gebaut. Vorbei ist der Krieg also wohl noch lange nicht.«

17

»Roscheschone« war das jiddische Wort für das jüdische Neujahrsfest, das 1914 auf den 20. September fiel. Wie von Gideon erwünscht, sollte Anna aus Anlass dieser Feier endlich seine Familie im Rheinland kennenlernen. »Wenn Tante Emilie und Onkel Joseph zustimmen, kann ich endlich bei deinem Vater um deine Hand anhalten«, hatte Gideon erklärt. Sofie begleitete das Paar, wie von der aufgeregten Reederstochter erbeten.

Als die drei vor dem Haus der Rabbinerfamilie, das direkt neben der Synagoge von Elberfeld stand, ankamen, schmunzelte Anna beim Anblick des Straßenschildes. »Deine Familie muss ja sehr bescheiden sein, Gideon: Genügsamkeitsstraße sieben?«

Tante Emilie erwies sich als äußerst gastfreundliche, dunkel gelockte Zweiundvierzigjährige, die Anna und Sofie zur Begrüßung gleich herzlich in die Arme schloss. Ihr Gatte, Dr. Joseph Norden, war ganz anders, als sich die beiden jungen Frauen einen Gemeinderabbiner vorgestellt hatten. Der schlanke, Vollbart und Brille tragende Geistliche war zwei Jahre älter als seine Frau und erwies sich als fröhlich, offen, weltgewandt und modern. Als Anna ihm ihre bisherige Klischeevorstellung vom strengen Rabbiner gestand, erwiderte Dr. Norden amüsiert, dass er zwar eher orthodox erzogen worden sei, persönlich jedoch ein liberales Reformjudentum vorziehe.

»Ja, in diesem Hause wird das *Berliner Tageblatt* gelesen«, erklärte Gideon grinsend. Anna hatte von Edith erfahren, dass es sich dabei um die tonangebende Zeitung der »linken« Bourgeoisie handelte.

Den beiden Freundinnen gefielen die Ansichten, die Gideons Onkel beim Kaffeetrinken vertrat: »Die Monarchie ist etwas Schönes und Edles, sollte heutzutage aber nicht von Gottes Gnaden, sondern verfassungsmäßig regieren.« Der Rabbiner setzte sich für Aufklärung und Toleranz ein – und für die Ausschaltung der Antisemiten. Judenfeindliche Parolen hatte Sofie schon öfter zu Hause auf der Sonnenterrasse des Glücksburger Strandhotels gehört. Widerlich! Warum konnte man solch hochanständigen Menschen wie Gideon und seiner Familie nicht ihren Glauben lassen? Sogar Jesus war doch schließlich Jude gewesen!

Anna freute sich besonders, dass Dr. Norden sich wie sie selbst für allgemeines und gleiches Wahlrecht aussprach. »Frauen können genauso denken und arbeiten«, stimmte die Nieland-Tochter ihm zu. »Warum sollten sie also nicht auch wählen dürfen?«

Bei der Neujahrsfeier am Abend wurde traditionellerweise in ein Schofar, ein Widderhorn, geblasen. Drei der vier Kinder der Rabbinerfamilie waren zugegen: die beiden Töchter Bertha und Elfriede sowie der vierzehnjährige Albert.

»Unser ältester Sohn Hans ist im Krieg«, berichtete Gideons Tante Emilie schwermütig. »Obwohl er erst siebzehn ist, hat er sich freiwillig gemeldet.«

»Mein Bruder auch, und der von Sofie ebenfalls«, erzählte Anna.

»Ich bin stolz, dass Hänschen tapfer unserem ehrenwerten Kaiser dient«, verkündete Dr. Norden.

Gideon verriet nun: »Onkel Joseph verehrt den ollen Wilhelm sogar so sehr, dass er eine Broschüre über ihn veröffentlicht hat. *Unser Friedenskaiser* heißt die.«

Tante Emilie blieb ernst. »Heute an Neujahr beten alle deutschen Juden, dass die Gegner – die gemeinen Russen, Franzosen und so weiter – Schläge bekommen. Zur gleichen Zeit auf der anderen Seite beten die russischen und französischen Juden zu demselben Gott um Vernichtung der Deutschen. Eine seltsame Welt ist das.«

***

Edith Nieland ging nach ihrer Ankunft durch den Qualm und Ölgeruch des Hamburger Hauptbahnhofs. Zahlreiche Soldaten wurden von traurigen Frauen zum Zug gebracht oder von erleichterten abgeholt. In beiden Fällen flossen Tränen, waren die Umarmungen intensiv. Da rief eine vertraute Stimme Ediths Namen. Sie drehte sich um, und ihre jüngere Schwester Anna flog ihr in die Arme. Sie sah hübsch aus wie immer, ihre Kleidung war allerdings etwas weniger extravagant als gewohnt und von eher praktischer Natur. Hinter ihr wartete Sofie Brix, zurückhaltend wie eh und je, aber mit einer wachen Präsenz.

»Willy geht es gut«, erlöste Edith sie sofort von ihren Sorgen. »Er darf das Lazarett bald verlassen. Und er hat begonnen, einen Roman zu schreiben.«

Sofie atmete erleichtert aus. »Dann stimmt es also wirklich?«, freute sie sich. »Ich dachte schon, er wollte mich auf seiner letzten Postkarte nur foppen. Es war so nett von Ihnen, ihm Tagebuch und Füllfederhalter zu schenken. Er kann so einen Trost gerade gut gebrauchen.«

»Ja, den besten Freund zu verlieren ist hart.« Edith dachte

daran zurück, wie unfreundlich sie bei ihrem ersten Aufeinandertreffen zu der Gesellschafterin gewesen war. Ich habe mich wie ein unerträglicher Snob gebärdet, schalt sie sich im Stillen. »Nenn mich um Himmels willen endlich Edith«, bot sie ihr nun an.

Anna war überrascht und erfreut darüber, dass Edith Sofie nun doch noch ins Herz geschlossen zu haben schien, und hakte sich bei den beiden Frauen unter. »Wir müssen das Gepäck selbst nach draußen tragen.« Sie deutete mit dem Kinn auf die Leinentasche, auf der ein großes rotes Kreuz prangte. »Aber darauf kommt es ja in diesen Tagen wirklich nicht an.«

»Paul ist also eingezogen worden?«, interpretierte Edith die Abwesenheit des Fahrers.

Anna schüttelte den Kopf. »Nein«, erwiderte sie. »Er ist nur deshalb nicht hier, weil vor dem Bahnhof Parkverbot herrscht. Wahrscheinlich erwarten sie einen Lazarettzug und müssen alles freihalten, um die Verletzten schnell zu den Krankenhäusern bringen zu können. Paul musste jedenfalls in St. Georg im Wagen warten.«

»Zum Glück ist er überhaupt noch da. Ich hatte befürchtet, dass gerade er als einer der Ersten in den Krieg ziehen würde. Fühlt er sich uns so verpflichtet? Oder hat Vater ihn befreien lassen?«

»Er würde schon gern gehen – er hat sich sogar recht früh freiwillig gemeldet –, aber sie haben ihn ausgemustert«, erklärte ihre Schwester. »Sein rechtes Bein ist angeblich kürzer als das linke.«

»Er kann sich glücklich schätzen, dass er nicht an die Front muss«, meinte Edith. »Ein Tag in einem überfüllten Lazarett würde ihn von seinem Wunsch kurieren.«

»Das sieht Ursel sicher auch so. Wenn er im Krieg wäre, würde sie sterben vor Angst um ihn«, meinte Sofie.

»Würde sie?«, wiederholte Edith. »Wieso?«

»Ursel und Paul sind ziemlich … nun ja …«, stotterte Sofie verlegen. Sie fühlte sich unwohl dabei, vor Edith über die Liebeleien der Dienerschaft zu sprechen, ob sie sie nun duzen durfte oder nicht.

Anna rettete sie über die Klippe hinweg: »Paul und Ursel sind bis über beide Ohren ineinander verliebt – was jeder merkt, der sich mit ihnen im gleichen Raum befindet«, fasste sie grinsend zusammen.

»Das ist ja süß!«, befand Edith. »Na, dann ist sie natürlich dankbar für seine Untauglichkeit.«

»Und ich erst, immerhin fährt er uns jeden Morgen die zehn Kilometer zur Reederei«, ergänzte Anna.

»Ein Wunder, dass das noch möglich ist«, meinte Edith. »Ich gehe davon aus, dass wir den Wagen nicht mehr allzu lange behalten dürfen.« Den letzten Satz sprach sie nur sehr leise, denn inzwischen waren sie am Automobil angekommen, wo Paul auf sie wartete. Sie wollte dem Jungen nicht noch eine Illusion zerstören.

***

Großmutter Nieland bewahrte ihre Contenance, obwohl Edith während des gemeinsamen Fünf-Uhr-Tees unverblümt von ihren Erlebnissen im Lazarett berichtete und Anna deshalb ihr Sandwich bereits unangetastet von sich geschoben hatte – die Nieland-Patriarchin war eben mit jedem Zoll eine Dame. Als sie sich von Ursel Tee in die Tasse aus feinem Porzellan einschenken ließ und sich von den Schnittchen nahm, die auf einer Etagere bereitlagen, rümpfte sie die Nase und verkündete dann: »Gurkenschnittchen. Eigentlich dürften wir das nun auch nicht mehr essen. Kommt das nicht aus England?«

»Großmutter!«, rief Edith, während Anna sich ein Schmunzeln nicht verkneifen konnte. Sie ahnte, was für eine Debatte sich gleich zwischen den beiden Frauen entspinnen würde.

Gudrun Nieland hob den Blick und musterte ihre Enkelin streng. »Nun, Edith, du wirst dich daran gewöhnen müssen, dass sich gewisse Dinge verändert haben. Wer will denn schon an England und Frankreich erinnert werden, geschweige denn essen, was von dort eingeführt wurde? Insbesondere nachdem du uns von den schlimmen Folgen ihrer Gräueltaten erzählt hast. Ich habe Frau Dahlke schon gesagt, dass sie auf gar keinen Fall mehr diesen französischen Käse reichen soll, diesen *Camembert.*« Gudrun Nieland spie das Wort aus, als handle es sich um etwas Unanständiges. »Und auch Orangenmarmelade wünsche ich in diesem Haus nicht mehr zu sehen. Wie es allerdings mit diesen Gurkenhäppchen ist …« Sie betrachtete die Schnittchen misstrauisch und wandte sich dann unvermittelt an Sofie, die erschrocken zusammenzuckte. »Fräulein Brix, finden Sie doch bitte heraus, ob Gurkensandw … Weißbrote mit Gurke englischer Herkunft sind oder ob wir sie nach wie vor auf dem Speiseplan lassen können.«

Sofie hatte großen Respekt vor der Dame des Hauses und war stets in Habtachtstellung, wann immer diese direkt das Wort an sie richtete. »Sehr wohl, gnädige Frau«, antwortete sie hastig.

Edith betrachtete ihre Großmutter herablassend. Gleich nachdem sie mit Anna und Sofie in die Villa gekommen war, hatte Gudrun sie doch tatsächlich mit der gerade in Mode kommenden Floskel »Gott strafe England« begrüßt. Edith hatte auf die übliche Erwiderung »Er strafe es« verzichtet und stattdessen demonstrativ »Dir auch einen guten Tag, Großmutter« geantwortet. »Du willst den Speiseplan ändern, weil die Gerichte aus England oder Frankreich kommen?«, hakte sie nun nach und fügte hinzu: »Hat uns denn der Krieg nicht schon genug Einschränkungen auferlegt? Wer heutzutage noch satt wird, sollte eher dankbar sein, oder etwa nicht?«

Anna blickte beklommen auf ihren Teller. Hinnerk und sie würden die geplanten Kündigungen bald aussprechen müssen, und davor graute ihr jetzt schon. »Ich glaube, darüber, dass wir noch ausländische Waren in Hamburg haben, müssen wir uns dank der Seeblockade bald ohnehin keine Gedanken mehr machen«, mischte sie sich ins Gespräch.

»Es geht ja nicht nur um das Essen«, beharrte Gudrun Nieland. »Ist euch schon einmal aufgefallen, wie viele echte deutsche Traditionshäuser ausländische Namen getragen haben? Zum Glück haben sie das nun geändert. Das *Café Belvedere* heißt inzwischen *Kaffeehaus Vaterland*, und das *Moulin Rouge* haben sie in *Jungmühle* umgetauft. Und deshalb nennen wir unseren Butler jetzt auch Majordomus.«

»Na, dann kann ja nichts mehr schiefgehen«, kommentierte Edith zynisch. »Das wird der Wehrkraft Englands und Frankreichs mit Sicherheit enorm zusetzen.«

Anna und Sofie hatten Mühe, nicht loszulachen, Großmutter Nieland hingegen verzog keine Miene. »Unser Salon heißt übrigens auch nicht mehr ›Salon‹«, erklärte Anna ihrer Schwester mit zuckenden Mundwinkeln.

»Sondern?«

»Gute Stube!«, antwortete Gudrun Nieland mit einem tadelnden Blick Richtung Anna und stellte, für ihre Verhältnisse regelrecht stürmisch, ihre Tasse auf der Untertasse ab. »Hierbei geht es ums Prinzip!«, rief sie in einer etwas zu hohen Tonlage. »Unsere Männer kämpfen tapfer gegen diese Vandalen. Und wir sollen hier deren Marmelade und Käse verspeisen?«

Auch Edith musste sich nun ein Schmunzeln verkneifen.

Sie stellte ebenfalls ihre Teetasse ab, wobei sie dabei deutlich sanfter vorging als ihre Großmutter. Dann nahm sie sich ihr Sandwich und biss herzhaft hinein – dabei war es ihr völlig gleich, ob dessen Rezept nun englischen oder deutschen Ursprungs war. Vielmehr fragte sie sich, wie schlimm wohl das Essen an Bord des Lazarettschiffs schmecken würde. Und ob sie angesichts dessen, was sie dort erwartete, überhaupt einen Bissen hinunterbringen könnte.

***

Nach vier Tagen in ihrer Heimat kehrte Edith Ende September zurück nach Wilhelmshaven. Völlig außer Atem traf sie auf dem Steg ein, von dem aus ihre Kolleginnen Heidi und Bärbel bereits mit einem Fernglas nach der *Sierra Ventana* Ausschau hielten.

»Da ist sie!«, rief Bärbel, und Heidi drängelte: »Lass mich auch mal!«

Bald konnte Edith den Dampfer mit bloßem Auge erkennen. Die Reederstochter, die sich eigentlich nie wirklich für Schiffe interessiert hatte, fand ihn ausgesprochen imposant. Es war eben ein Unterschied, ob man nur bei Tisch über die Dampfer sprach oder ob man selbst auf ihnen hinausfahren sollte, um möglicherweise Menschenleben zu retten.

Der fast hundertvierzig Meter lange weiße Schiffskörper wurde von einem waagerecht verlaufenden, anderthalb Meter breiten grünen Streifen umzogen. Außerdem war auf beiden Seiten des Schornsteins ein rotes Kreuz aufgemalt. Auch in der Mitte des Rumpfes, oberhalb der Wasserlinie, prangte beidseitig ein großes rotes Kreuz. Diese international vereinbarte Kennzeichnung als Lazarettschiff war laut Heidi beim Umbau angebracht worden. Den gleichen Anstrich wiesen die beiden Dampfbeiboote sowie die Rettungsboote auf, die laut Bärbel im Notfall zusammen für etwa 800 Personen Platz boten. Von ihrer Kollegin hatte Edith auch erfahren, dass die *Sierra Ventana* 1912 als Passagierdampfer des Norddeutschen Lloyd gebaut worden war. Damals hatte bestimmt niemand damit gerechnet, dass das luxuriös eingerichtete Schiff zwei Jahre später ein schwimmendes Krankenhaus werden würde.

Die *Sierra Ventana* war etwas verspätet aus Kiel in Wilhelmshaven eingetroffen. Wie Bärbel von Dr. Walz wusste, hatte sich dort angeblich die Lieferung der hochwertigen Sanitätsausrüstung verzögert, die der Chefarzt persönlich aus Berlin bestellt hatte.

Nachdem sie mit dem restlichen Sanitätspersonal an Bord gegangen waren, freuten sich Edith und Bärbel über eine erstaunlich geräumige Zweierkabine im Oberdeck. Was den Wohnraum betraf, hatten die Krankenschwestern es auf dem Schiff eindeutig besser als die Mannschaft: Die wohnte in der vierten Abteilung auf dem Zwischendeck, ihre Schlafmöglichkeiten bestanden aus je zwei übereinander angebrachten Pritschen. Der fast fünfhundert Kubikmeter große Raum war eng und wurde durch eine eingebaute Vorratskammer sowie die Spinde zusätzlich eingeschränkt.

Noch besser als Edith und Bärbel hatten es die Offiziere. Diese schliefen in Einzelkammern, Stabsoffiziere und Stabsärzte wie Dr. Walz hatten sogar je zwei eigene Kajüten mit eingebauten Wäscheschränken zur Verfügung.

»Hier werden wir es aushalten können«, befand Bärbel zuversichtlich. »Das wird wie eine Kreuzfahrt.«

Edith bezweifelte es.

18

In der Küche der Villa Nieland herrschte bereits zehn Tage vor Weihnachten große Aufregung.

»Was sollen wir denn bloß kochen, wenn die Herren kommen?«, jammerte Frau Dahlke. »Man bekommt ja nirgendwo mehr etwas. Und ständig muss man Angst haben, die Herrschaft zu verärgern, weil irgendeine Zutat oder ein Rezept aus dem Ausland kommen könnte.«

Sofie verstand das Dilemma der Köchin bestens, doch Fräulein Flechsig musterte die zierliche Frau mit dem karottenroten Haar unter der weißen Haube erzürnt. »Wollen Sie sich etwa darüber beklagen, dass unsere Herrschaft sich patriotisch zeigt?«, fragte sie empört. »Wir sollten eher stolz darauf sein, im Haushalt einer so großartigen Familie arbeiten zu dürfen.«

Frau Dahlke errötete. Sie hatte, wie alle Angehörigen der Nieland-Dienerschaft, allergrößten Respekt vor Fräulein Flechsig. »Ich meine doch nur … Ich will alles besonders gut machen, wenn die Herren nach Hause kommen. Aber …«

»… Sie haben Angst, dass man Ihnen Vorwürfe machen wird, wenn das Weihnachtsmahl zu mager ausfällt«, sprang Sofie ihr zur Seite.

Die Köchin nickte beklommen. »Die wenigen Lebensmittel, die man noch kaufen kann, sind zudem völlig überteuert«, klagte sie. »Ich bin ja so dankbar, dass wir hier verpflegt werden. Wäre ich auf mich selbst angewiesen, ich müsste hungern.«

»Paul sagt, dass die Händler manche Waren absichtlich zurückhalten, um sie dann zu noch höheren Preisen weiterverkaufen zu können«, platzte Ursel heraus und bekam ganz rosige Wangen – wie immer, wenn sie von ihrem Geliebten sprach.

»Ursel«, mahnte Fräulein Flechsig, »du wirst nicht dafür bezahlt, dass du herumstehst und andere von der Arbeit abhältst.«

Das Dienstmädchen öffnete den Mund und schloss ihn dann wieder. Sie hatte lange schon begriffen, dass es besser war, Fräulein Flechsig nicht zu widersprechen.

»Na, worauf wartest du noch?«, fauchte die Zofe. »Richte schon endlich die Zimmer der Herren her. Sie waren so lange fort von zu Hause, haben unter so schlimmen Bedingungen gehaust – da verdienen sie es ja wohl, dass hier in der Villa alles, aber auch alles, perfekt ist. Hörst du, Ursel? *Alles* muss perfekt sein.«

Sofie musterte Fräulein Flechsig konsterniert, als diese nun vom Klingeln ihrer Herrin aus der Küche gerufen wurde. Streng war die Kammerzofe ja schon immer gewesen, jetzt aber wirkte sie nahezu panisch.

Diesen Verdacht Sofies bestätigte nun die Hausdame Frau Iwersen, die bisher schweigend Weihnachtsplätzchen auf einem Backblech dekoriert hatte: »Ihr dürft es Frau Flechsig nicht übel nehmen, dass sie so ungehalten ist. Sie fürchtet um ihre eigene Stelle.«

Nach dem Verschwinden der Zofe wagte auch Ursel wieder, sich am Gespräch zu beteiligen: »Herr Hinnerk und Fräulein Anna mussten viele alte Mitarbeiter aus der Reederei entlassen. Paul hat mir das verraten. Er hat vorgestern Abend in der Kneipe ein paar Männer getroffen, die gefeuert worden sind. Die waren richtig wütend auf Fräulein Anna. Sie hätten sie doch als Kind auf den Knien geschaukelt, haben sie gesagt.« Die Dienstmagd schluckte. »Was, wenn sie uns auch fortschicken? Wohin sollen wir denn dann gehen? Die Flechsig hat schon ganz recht, wenn sie meint, dass wir uns richtig anstrengen müssen.«

Frau Iwersen war derselben Meinung: »Schaden kann es nicht, der Herrschaft unsere Vorzüge noch mal vor Augen zu führen.«

Ursel nickte eifrig. Hastig öffnete sie den Schrank, in dem die gestärkte Leinenwäsche für die Herrenzimmer lag, nahm einen Stapel heraus und eilte die Treppe hinauf in Richtung des Schlafzimmertrakts der Nielands. Sofie ertappte sich bei dem Gedanken, dass sie Burkhards Zimmer gern selbst möglichst schön für seine Rückkehr hergerichtet hätte.

***

Dass sie im Herbst die vielen Mitarbeiter der Reederei hatten entlassen müssen, war für Anna schon traurig genug gewesen. Aber nun sollte es noch schlimmer kommen: Auch beim Personal in der Villa mussten sie laut Großmutter Nieland bald den Rotstift ansetzen. Beklommen sah sie aus dem Fenster des Automobils, mit dem ihr Cousin sie an diesem verregneten Montagabend nach Hause fuhr. Auf sie wirkte die allgegenwärtige idyllische Weihnachtsbeleuchtung angesichts der bevorstehenden Kündigungen sehr unpassend. Ihre Bediensteten zu Hause waren schließlich wie Familienmitglieder für sie.

Annas Stimmung besserte sich etwas, als Sofie ihr beim Betreten der Villa mit einem dicken Umschlag entgegenkam.

»Er ist von Edith«, kündigte die junge Gesellschafterin an.

Seit ihrem Besuch vor knapp drei Monaten hatten sie nichts mehr von ihrer Schwester gehört, deshalb riss Anna den Brief voller Vorfreude auf. Sofie blieb gespannt neben ihrer Freundin stehen. Sie hatte bei Krämerin Boldt Gerüchte gehört, dass es Anfang November scheinbar ein Minenunglück auf einem der deutschen Kriegsschiffe gegeben hatte. In der Zeitung hatte sie darüber nichts in Erfahrung bringen können. Diese Tatsache beunruhigte sie jedoch umso mehr. Hatte es sich vielleicht um Willys neues Schiff gehandelt? Oder das von Burkhard und dessen Vater? Die Länge des vierseitigen Briefes ließ darauf hoffen, dass Edith vielleicht etwas über den Vorfall zu berichten wusste.

»Sie kommt über die Feiertage nach Hause!«, berichtete Anna strahlend. Als sie zu Ende gelesen hatte, wirkte sie sehr gerührt. »Jetzt du!«, wandte sie sich an ihre Freundin und hielt ihr den Brief hin. Das ließ diese sich nicht zweimal sagen. Mit zunehmender Spannung flog ihr Blick über die eng beschriebenen Zeilen:

Wilhelmshaven, Lazarettschiff Sierra Ventana,
Sonntag, den 6. Dezember 1914

Liebe Anna,
es ist Nikolaustag (hat Dir Frau Iwersen etwas Leckeres in den Stiefel gelegt, Schwesterchen?), und Dr. Walz hat mir gestern noch ein schönes Geschenk gemacht: Ich bekomme über die Weihnachtstage Landurlaub! Letzten Monat wäre das nicht möglich gewesen, da fand ich nicht mal die Zeit, Euch zu schreiben! Ich hoffe, ihr seht mir das nach, aber am 4. November hatte er uns nach monatelanger Ruhephase auch ohne große Schlacht erwischt: der lang erwartete (und befürchtete!) Massenzugang – über 260 der Schiffbrüchigen des Großen Kreuzers Yorck *suchten auf unserer* Sierra Ventana *Unterkunft und Pflege. Diesmal allerdings hatten die Engländer bei der Katastrophe ihre Finger nicht im Spiel.*

Der Kommandant der Yorck, *Kapitän Waldemar Pieper, war auch bei uns in Behandlung, und er hat mir erzählt, dass es ein ganz blöder Unfall war, der ihnen da passiert ist! Laut Pieper bestand der Verdacht, dass das Wasser an Bord mit Paratyphus infiziert war. Als der dichte Nebel, der am Unglückstag auf der Außenjade herrschte, sich kurz etwas lichtete, wollte er das zum Einlaufen nach Wilhelmshaven nutzen und die Vorräte austauschen lassen. Doch unterwegs gerieten sie auf eine deutsche Mine, und beim Versuch, das Schiff zu drehen, gleich noch auf eine zweite. Der Kreuzer kenterte und sank. Kommandant Pieper und etwa 380 weitere Männer konnten durch die SMS* Hagen *gerettet werden, über 300 weitere ertranken jedoch.*

Nach der Entlassung des Kapitäns erfuhr ich, dass er die Fahrt nach Wilhelmshaven auf eigene Verantwortung befohlen hatte. Sein Lotse hatte diese durch die geringe Sicht und die hohe Minengefahr nicht übernehmen wollen.

Jetzt im Dezember wurde der Kapitän in Wilhelmshaven wegen des Untergangs vor das Kriegsgericht gestellt – und wegen Missachtung von Befehlen sowie Nachlässigkeit zu zwei Jahren Festungshaft verurteilt. Man hat ihn angeblich zur Bewährung in die Türkei beordert, wo er sich als Chef des Waffenamtes verdingen soll. Dort hat er gewiss viel zu tun, denn da das Osmanische Reich zu Deutschland hält, haben dem Land letzten Monat kurz hintereinander Russland, Serbien, Großbritannien und Frankreich den Krieg erklärt.

Die Ankunft der Männer der Yorck *hatte außerdem zur Folge, dass ich meine lieb gewonnene Freundin und Mentorin Schwester Bärbel verlor. Die erfuhr nämlich vor zwei Wochen, dass sie von einem der verwundeten Offiziere, in den sie sich verliebt hatte, schwanger geworden war. Rasch haben sie im Standesamt zu Wilhelmshaven geheiratet, und Bärbel ist gestern in die Familienvilla des Offiziers nach Berlin gezogen. Ich freue mich für die mondäne junge Frau, dass sie nun in einer Metropole lebt und ihr Kind in einem guten Umfeld aufwachsen kann, doch ich werde diese gesprächige und stets gut gelaunte Frau schmerzlich vermissen.*

Inzwischen hat der Großteil der Männer der Yorck *unser Schiff wieder verlassen, aber ich finde auch so sinnvolle Beschäftigung: Es wurde beispielsweise ein zahnärztlicher Dienst eingeführt, der für das Marinepersonal an Bord und das aus Wilhelmshaven täglich Behandlungen durchführt. Darüber hinaus bewältigt die Verwaltungsstelle auf der* Sierra Ventana *auch die Korrespondenz und Bilanzen der anderen Hilfslazarettschiffe, da dort keine Verwaltungskräfte eingesetzt sind. Auch in diesem Bereich bin ich eine gern gesehene Hilfe – und könnte an der Schreibmaschine Hinnerks Frau Eisenhut mittlerweile ernsthaft Konkurrenz machen.*

Liebe Anna, auch wenn es manchmal nur Zahnschmerzen sind, die wir hier behandeln, es ist sehr befriedigend, Menschen so unmittelbar zu helfen. Doch jetzt freue ich mich schrecklich auf Euch alle und komme am 22. Dezember, so Gott will, in Hamburg an. Das Essen hier an Bord ist nur mäßig gut und kann natürlich nie mit dem unserer lieben Frau Dahlke mithalten. Richte ihr das gerne aus! Und grüß bis zu unserem Wiedersehen bitte auch Großmutter, Hinnerk, Sofie, Frau Iwersen und all die anderen ganz herzlich von mir!
Deine Schwester Edith

»Was sie so alles stemmt, unglaublich«, sagte Sofie beeindruckt und dachte daran, wie viel sinnvoller Ediths Tätigkeit war als ihre eigenen Hilfsdienste in der Villa und der Reederei. Wenn Willy oder einer der Nieland-Männer auf See verletzt werden würden – Annas Schwester und ihre Kolleginnen wären in der Lage, ihnen und ihren Kameraden vor Ort beizustehen.

Auch Anna wirkte nachdenklich, doch der Grund war ein anderer: »Ich möchte Edith ein ganz besonderes Weihnachtsgeschenk machen«, verkündete sie unternehmungslustig. »Ein Geschwisterpaar, mit dem ich befreundet bin, hat vor vier Jahren eine Parfümerie in der Innenstadt eröffnet. Es ist ein wahres Paradies an Wohlgerüchen. Edith hat mir mal von einem Parfüm erzählt, das sie an eine englische Freundin erinnert, die sie in Barcelona kennengelernt hat. Ich will herausbekommen, ob die beiden Schwestern es im Sortiment haben. Solche Düfte sind ganz besondere Erinnerungsträger. Und gerade in der heutigen Zeit ist es wichtig, dass wir die schönen Augenblicke im Leben nicht vergessen.« Sie schwieg kurz und fuhr dann in verschwörerischem Tonfall fort: »Wenn ich einen … innigen Moment mit Gideon teile und dabei ein ganz bestimmtes Parfüm trage, dann wird er sich später daran erinnern, wenn er es wieder riecht. Ich möchte ein Taschentuch tränken, es in ein Glasdöschen geben, sodass der Duft nicht verfliegt, und es ihm mit an Bord geben.«

Sofie fragte sich, ob Gideon ein solches Döschen überhaupt mit auf das Kriegsschiff nehmen durfte. Aber falls ja – wenn sie nun auch für Burkhard …? Gleich darauf verurteilte sie sich selbst als naiv und größenwahnsinnig. Sie war mit dem Sohn der Nielands lang noch nicht so weit wie ihre Freundin mit Gideon und würde wohl auch nie bis zu diesem Punkt kommen. Außerdem war Burkhard gewiss nicht der

Typ, der unvermittelt ein parfümiertes Taschentuch herauszog und daran schnupperte. Sofie musste beinahe kichern bei der Vorstellung. Und ob Edith der Duft eines schönen Sommers in Spanien wohl wirklich über die Schrecken der Lazarettarbeit hinweghelfen konnte?

»Geschmacklos!« Anna deutete auf eine Schaufensterauslage voller Kriegsspielzeuge. »Das sind ja ganze Heere, die man da an die lieben Kleinen verschenken kann. Wer freut sich denn über so etwas? Zumindest an Weihnachten sollte man diesen weltweiten Massenmord doch einmal vergessen können.«

»Geht das denn?«, fragte Sofie beklommen, während sie mit ihrer Freundin am Arm die Einkaufsmeile am Neuen Wall entlangflanierte. »Nicht an den Krieg denken, meine ich. Der ist doch allgegenwärtig!« Sie deutete auf die Soldaten mit ihren schweren Rucksäcken, die das Straßenbild bestimmten. Viele der Männer hatten für die Feiertage Heimaturlaub erhalten, so auch Annas Vater, ihr Bruder und ihr Verlobter.

»Auf jeden Fall sollten wir alles versuchen, um unseren Männern das Vergessen zu ermöglichen«, meinte Anna. »Es grenzt ja schon an ein Wunder, dass alle drei gleichzeitig frei bekommen haben.«

Sofie war etwas nervös, weil sie Burkhard wiedersehen würde. Seit Tagen schon überlegte sie, was sie am Heiligen Abend tragen, wie sie sich das Haar frisieren und was sie sagen sollte. Doch würde er sie überhaupt wahrnehmen? Ein wenig kam sie sich auch vor wie eine Verräterin an ihren lieben, treuen Eltern. Denn um Burkhard sehen zu können, wollte sie an Weihnachten bei den Nielands bleiben. Selbst wenn sie bei dem attraktiven Reeders-Sohn vermutlich keine Chance hatte, das Glück seiner Gegenwart mochte sie sich dennoch nicht entgehen lassen. Da Willy keinen Heimaturlaub bekommen hatte, würde ihre Familie das Weihnachtsfest wohl erstmals ohne die Kinder verbringen müssen. Aber was, wenn wiederum die Nielands nach all der Zeit der Trennung zum Weihnachtsfest unter sich sein wollten und Sofie in der Küche beim Personal feiern musste? Das würde Burkhard den gesellschaftlichen Unterschied zwischen ihnen nur umso deutlicher machen.

»Woran denkst du?«, fragte Anna, der nicht verborgen geblieben war, dass ihre Freundin etwas umtrieb.

»An meine Familie«, rückte Sofie mit der halben Wahrheit heraus. »Mein Bruder hat nicht dienstfrei bekommen. Es ist ihr erstes Weihnachten ohne uns beide.«

»Möchtest du hinfahren?«, fragte Anna sofort. »Ich würde dich zwar schmerzlich vermissen, verstehe aber, wenn du dich verpflichtet fühlst.«

Nun hatte Sofie ein noch schlechteres Gewissen. Auch ihre Freundin fand, dass sie an die Seite ihrer Eltern gehörte, sie selbst hingegen gab ihrer blöden Schwärmerei den Vorzug. Doch Sofie konnte einfach nicht anders. Sie bat ihre Eltern innerlich um Vergebung. »Nein, meine Liebe. Mein Platz ist hier bei dir. Vielleicht darf ich meine Familie aber nach Weihnachten einmal besuchen?«

»Aber natürlich!«, rief Anna und drückte Sofie an sich. »Ich freue mich, dass du Heiligabend bei uns bist – schließlich kommt Gideon ja auch, und da musst du mich doch beraten. Sonst weiß ich nicht, was ich tragen soll. Vor allem aber musst du jedes seiner Worte hinterher mit mir gemeinsam auslegen.«

Inzwischen waren die beiden Frauen vor der Parfümerie Douglas angelangt, und Anna blieb stehen.

»Jetzt gehen unsere Nasen auf Abenteuerreise!« Die Reederstochter kicherte – wie so oft, seit ihr Gideon mitgeteilt hatte, dass er an Weihnachten nach Hamburg kommen dürfe. Sofie war froh, ihre Freundin so gut gelaunt zu erleben, denn in den letzten Wochen war diese vor lauter Kummer über die Trennung von ihrem Zukünftigen und die Kündigungen, die auszusprechen sie der Krieg gezwungen hatte, ganz still geworden.

»Und *du* suchst dir auch ein Parfüm aus!«, bestimmte Anna fröhlich.

»Das ist ein viel zu teures Geschenk, das kann ich nicht annehmen.«

»Ach, Unsinn«, widersprach die Nieland-Tochter und zog Sofie hinter sich her in die Parfümerie. »Schließlich ist doch Weihnachten!«

Im Inneren des Geschäftes kamen die jungen Frauen aus dem Staunen gar nicht mehr heraus. Schon beim Betreten des Ladens wurde man von einer betörenden Mischung aus Wohlgerüchen empfangen. Sofie sah sich fasziniert um. In den Regalen, die an der Wand angebracht waren, reihte sich ein hübsches Glasfläschchen an das nächste. Sogleich eilte eine Verkäuferin auf sie zu und bot den beiden ihre Dienste an. Zielstrebig zauberte sie jenen Duft, von dem Edith erzählt hatte, zutage und verpackte den Flakon liebevoll in ein mit Seidenpapier ausgelegtes Schächtelchen. Dieses Geschenk war also gesichert.

»Jetzt sind wir an der Reihe«, verkündete Anna zufrieden. Gemeinsam schnupperten sie sich durch die schier endlose Auswahl an Parfüms, bis sie sich für zwei entschieden hatten: Sofie für ein dezentes, nach Maiglöckchen riechendes, Anna für ein schwereres mit einer Hauptnote aus Vanille. Sofie dachte lächelnd an die Momente, welche die beiden Freundinnen mit diesen Düften für die Ewigkeit festhalten würden.

19

Heiligabend fiel 1914 auf einen Donnerstag. Am Spätnachmittag starrte Gideon Meseritz aus dem Zugfenster auf die vorbeifliegende Landschaft. Er war schlecht gelaunt, dabei hatte er eigentlich allen Grund, glücklich zu sein. Am Vortag hatte er endlich Gelegenheit gefunden, bei Christian Nieland um die Hand seiner jüngsten Tochter anzuhalten. Dieser hatte begeistert zugestimmt, ihn formell in der Familie willkommen geheißen und hinzugefügt: »Eigentlich gehörst du ja schon lange zu uns!«

Doch obwohl Gideon diese Worte stolz machten und er sich nach monatelangem Sparen darauf freute, später beim Juwelier seiner Anna genau das Weihnachtsgeschenk zu kaufen, nach dem sie sich so sehr sehnte, bereitete ihm das, was Christian ihm nach seiner Zusage erzählt hatte, tiefen Verdruss. Denn sie hatten nicht nur über Anna gesprochen, nein, sein künftiger Schwiegervater hatte auch berichtet, dass die deutsche Marineleitung sich als intern zerstritten und wenig effektiv erwiesen habe. Gideon wusste durch seine Arbeit in der Schreibstube der *Nassau* zudem, dass in den ausländischen Besitzungen schon jetzt, nur vier Monate nach Kriegsbeginn, ein Großteil des Geschwaders nicht mehr existierte. Es war somit fraglich, ob man den Feinden zur See wirklich die Stirn bieten konnte. Noch Schlimmeres hatte sein Schwiegervater über die Situation an der Westfront erfahren: Dort allein habe der Heeressanitätsbericht bislang über vierhunderttausend verwundete deutsche Soldaten verzeichnet. Und es war kein Ende in Sicht!

Auch Gideons Cousin Hans hatte – wie er aus einem Brief seiner todtraurigen Tante Emilie wusste – schwere Schussverletzungen erlitten, unter anderem war die Nase des jungen Mannes völlig zerstört worden. Ein schreckliches Siechtum ohne Hoffnung auf Wiederherstellung hatte für den Siebzehnjährigen begonnen. So sehr hatte Gideons Onkel Joseph den Kaiser verehrt – und nun hatte dessen Machtwahn das Leben ihres Sohnes ruiniert. Eines von Tausenden. Gideon fragte sich, hinter wie vielen der Fenster, an denen der Zug gerade vorbeifuhr, getrauert wurde. Wer heute wohl sein letztes Weihnachtsfest mit seiner Familie verbringen würde? Er schloss die Augen. Wie lange würde *er* wohl noch leben? Lange genug, um seine Anna zu heiraten? Um mit ihr glücklich zu werden?

***

Sofie, Anna und Edith hatten beschlossen, mit öffentlichen Verkehrsmitteln von Othmarschen zum Hauptbahnhof zu fahren. Automobile – insbesondere mit Chauffeur – waren in diesen Tagen nicht allzu häufig anzutreffen, und die drei Frauen befürchteten, durch die Zurschaustellung eines solchen Sonderstatus unnötiges Aufsehen oder Ärgernis zu erregen. Die Stadt war voller Menschen, darunter auch zahlreiche Soldaten in grauen Felduniformen sowie Matrosen und Marineoffiziere in Nachtblau. Auch am frühen Abend würden noch manche von ihnen unterwegs sein, um zu ihren Liebsten zurückzukehren. Wie dankbar sie waren, überhaupt nach Hause reisen zu dürfen, während Abertausende ihrer Kameraden in den Schützengräben oder auf See frieren mussten! Man war bestrebt, jenen, die an Heiligabend noch unterwegs waren, die Fahrt so angenehm wie möglich zu gestalten. An den Bahnhöfen fanden deshalb Weihnachtsfeiern statt, die von Helferinnen des Deutschen Roten Kreuzes ausgerichtet wurden. Auch Edith, Anna und Sofie hatten sich dafür gemeldet – zumindest bis zum Nachmittag, denn abends sollte das Festessen in der Villa stattfinden.

»Schau dir das an«, hauchte Sofie, als die drei jungen Frauen die Wartehalle des Hamburger Bahnhofs betraten, die ein riesiger Weihnachtsbaum schmückte. Sofie hatte am Morgen noch die Tanne im Salon der Nielands bestaunt und gedacht, dass sie nie zuvor einen solch schönen Christbaum gesehen hatte, doch im Vergleich zu dem majestätischen und prachtvoll geschmückten Exemplar vor ihr wirkte der in der Villa geradezu unscheinbar.

Anna und Edith beachteten die mächtige Tanne gar nicht. Ihre Aufmerksamkeit galt ausschließlich den Soldaten und Matrosen, die sich, ihre Tornister und Seesäcke in einer Ecke gestapelt, an den langen Tischen in der Bahnhofshalle eingefunden hatten. Die Mitarbeiterin des Roten Kreuzes, mit der sie verabredet waren, die Schwiegertochter Frau Iwersens, winkte ihnen erfreut zu. Bald halfen die drei jungen Frauen bei der Essensausgabe und ernteten dafür viele dankbare Blicke, vor allem von jenen, auf die zu Hause niemand wartete. Als alle etwas auf ihrem Teller hatten, ließ Anna ihren Blick über die Gesichter der Soldaten am Tisch schweifen und hoffte, ihnen zumindest ein wenig Weihnachtsfreude bereitet zu haben. Wer konnte nachvollziehen, was sie an der Front gesehen, wen sie verloren hatten? Ihr kamen die Tränen, als sie in der Ferne die melancholischen Töne eines Posaunenchors wahrnahm. Da hielt ihr jemand von hinten die Augen zu. Sie drehte sich um und strahlte. »Gideon!«

»Anna, meine Anna!«, flüsterte er mit belegter Stimme und schloss sie dann für einen leidenschaftlichen Kuss in seine Arme.

Noch vor wenigen Monaten wäre es undenkbar gewesen, dass eine junge, unverheiratete Frau sich einem Mann in aller Öffentlichkeit derart hingab! Aber heute schien niemand daran Anstoß zu nehmen. Im Gegenteil: Ringsumher spielten sich ähnliche Begrüßungsszenen ab.

»Wenn man um das Leben des Liebsten bangen muss, dann pfeift man auf gesellschaftliche Normen. Und das ist auch richtig so«, murmelte Edith Sofie zu.

Die schluckte. Gewiss hatten sich die Normen der Gesellschaft nicht weit genug aufgelöst, dass sie Burkhard je so würde begrüßen dürfen.

Schweigend standen sie und Edith nebeneinander, und Sofie konnte nicht umhin, Ausschau nach dem sehnsüchtig erwarteten drahtigen dunkelhaarigen Mann zu halten. Doch er war nirgends zu sehen.

Schließlich drehte die überglückliche Anna sich zu ihnen um. »Er ist endlich hier!«, erklärte sie triumphierend das Offensichtliche.

»Das ist nicht zu übersehen. Klein war er ja noch nie, dein Gideon«, entgegnete Edith ironisch und reichte dem Geliebten ihrer Schwester die Rechte zum formvollendeten Handkuss.

Zu ihrer Überraschung flüsterte er ihr danach ins Ohr: »Du hattest übrigens recht – der Krieg *ist* dämlich.«

Edith nickte. »Amen.«

***

Weil Anna sich so glücklich fühlte, ihren Gideon zumindest vorübergehend wiederzuhaben, wollte sie, dass an diesem Weihnachtsfest alle zufrieden waren. Deshalb drückte sie Sofie ein Kleid in die Hände, nachdem diese ihr dabei geholfen hatte, sich für das Abendessen umzuziehen. Die Freundin erkannte darin ihr erklärtes Lieblingskleid aus Annas Garderobe. Immer wenn die junge Reederstochter es trug, wirkte sie darin mondän und verführerisch.

»Ist es verschmutzt?«, fragte Sofie besorgt. »Sollen wir versuchen …«

Doch Anna unterbrach sie: »Nein, frisch gereinigt. Das wirst *du* heute Abend tragen, und es wird dir fabelhaft stehen!«

Die Reederstochter hatte ihrer Gesellschafterin inzwischen eine ganze Garderobe zur Verfügung gestellt, die kaum mehr in deren Hälfte des Kleiderschranks passte, doch dieses Kleid stellte alle anderen Stücke in den Schatten.

Sofie schlug verlegen die Augen nieder. »Danke, Anna«, wisperte sie. »Das ist … ich weiß gar nicht, was ich sagen soll.«

»Du sollst auch nichts sagen, du sollst dich *umziehen*«, half Anna der Freundin aus ihrer Verlegenheit. »Komm, wir müssen uns beeilen. Ich helfe dir mit dem Korsett.«

Das Gewand war von einem warmen Weinrot. Das Mieder bestand aus einem herrlich weichen Samtstoff, der mit Spitze in derselben Farbe bestickt war. Und auf dieser funkelten wiederum Abertausende kleiner roter Glasperlen. Der Rock fiel weit, das enge Mieder betonte aber ihre Taille – hier hatte Annas Schneiderin auf den schweren Samt verzichtet und stattdessen eine Mischung aus Seide und Organza gewählt. Der Stoff fühlte sich herrlich weich und luftig, gleichzeitig aber auch schwer und schmeichelnd an.

»Einfach atemberaubend«, kommentierte Anna strahlend, als sie Sofie zu dem großen Spiegel führte und ihr dann eine zum Kleid passende Kette und ein Paar funkelnder Ohrhänger anlegte.

»Das ist zu gefährlich! Was, wenn ich den Schmuck verliere?«

Aber Anna winkte lächelnd ab. »Es sind keine Rubine, nur Granate – nicht so schlimm, wenn da mal einer verloren geht. Außerdem weiß ich, dass du viel sorgsamer mit den Dingen umgehst als ich selbst.«

Ob nun Rubine oder Granate – die Steine gefielen Sofie ganz ausgezeichnet. Frisiert war sie zum Glück auch schon: Fräulein Flechsig, die inzwischen fast mütterliche Gefühle für sie hegte, hatte Sofies Haar am Hinterkopf geflochten und im Nacken zu einem Knoten geschlungen, was ihre feinen Gesichtszüge und die schimmernden Steine an ihren Ohren betonte.

»Jetzt könntest du noch etwas von deinem neuen Parfüm auftragen«, schlug Anna vor.

Das ließ sich Sofie, die sich gerade wie eine Prinzessin fühlte, nicht zweimal sagen. Sie ging hinauf in ihr Kämmerchen und tupfte sich etwas von ihrem Duft hinter ihre Ohren und auf die Handgelenke, wie Anna es ihr gezeigt hatte. Dann holte sie tief Luft, öffnete die Tür und eilte mit weichen Knien nach unten. Im Flur des Erdgeschosses angekommen, bog sie so schnell um die Ecke, dass sie mit einer Gestalt zusammenprallte. Sie verlor das Gleichgewicht und drohte zu stürzen, da wurde sie von starken Händen an der Taille aufgefangen.

»Hoppla!«, rief eine ihr wohlbekannte männliche Stimme.

Auch nachdem sie augenscheinlich ihr Gleichgewicht wiedererlangt hatte, vergaß Burkhard Nieland für einen Moment, sie loszulassen. Es störte Sofie nicht im Geringsten.

»Wo wollen Sie denn so schnell hin, Fräulein Sofie?«

Zu Ihnen, schrie es in ihr, doch das konnte sie natürlich keinesfalls laut aussprechen. »In den Sa… in die gute Stube.«

»Sie sehen wirklich wunderschön aus.«

»Wie ist es Ihnen in Wilhelmshaven ergangen?«, fragte sie, als sein Blick sie zu nervös zu machen drohte.

»Wir nennen es nur noch ›Wilhelmsschlafen‹«, sagte er. »Durch die ewige Warterei ist der Krieg langweiliger als erhofft, der Engländer ist eben von Natur aus feige. Aber leider sind drei meiner Kameraden aus der Studentenverbindung gefallen. Der verdammte Minenunfall der *Yorck.*«

»Oh, das tut mir leid«, sagte Sofie voller Mitgefühl. Der Tod von Willys bestem Freund Kalle hatte auch sie tief getroffen. Der arme Burkhard hingegen musste einen derartigen Verlust nun gleich dreifach verarbeiten. Er wollte das Thema aber offenbar nicht weiter vertiefen, denn statt einer Antwort auf ihre Beileidsbekundung bot er ihr nun galant den Arm an.

»Darf ich Sie in den Salon geleiten, Fräulein Sofie?«

Sofie fragte sich zwar, wie Gudrun und Christian Nieland reagieren würden, wenn der Stammhalter mit einem Mitglied des Personals untergehakt zum Weihnachtsmenü schritt, doch lange hielt sie sich mit dem Gedanken nicht auf. Burkhards aufregende körperliche Nähe lenkte sie von allen Zweifeln ab.

Sobald sie die Tür zum Salon geöffnet hatten, stürzte Anna auf ihren Bruder zu und drückte ihn liebevoll an sich. Auch Edith näherte sich, zwar etwas zurückhaltender, wie es ihre Art war, aber dennoch mit unübersehbarer Freude. Am anderen Ende des festlich geschmückten Zimmers stand Christian Nieland neben seiner Schwägerin Teresa und seiner Mutter. Sofie war sich nicht sicher, ob sie hinübergehen und den Patriarchen ansprechen sollte. Eigentlich, dachte sie, gehörte es sich so. Aber wäre es nicht unschicklich, von selbst das Wort an ihn zu richten? Sie konnte ihn ja schlecht in seinem eigenen Haus begrüßen! So viel Selbstvertrauen sich Sofie mittlerweile auch mit Anna und Hinnerk in der Reederei erarbeitet hatte, gegenüber den anderen Mitgliedern der Familie fühlte sie sich bisweilen noch immer unsicher und fehl am Platz.

Wieder einmal war es Anna, die Sofie zur Rettung eilte. Sie hatte inzwischen von ihrem Bruder abgelassen und mit einem Blick erkannt, wie es um ihre beste Freundin bestellt war. »Komm, meine Liebe«, sagte sie. »Du musst noch Papa frohe Weihnachten wünschen.«

Nachdem alle einander begrüßt hatten, schritt die Familie zum Abendessen, das an diesem Tag vor dem gemeinsamen Kirchgang serviert wurde. Frau Dahlke hatte sich selbst übertroffen: Es gab Grießklößchensuppe, Hähnchenbrust mit Orange, Kartoffeln, Gemüse und zum Nachtisch Bratäpfel mit Vanillesoße und Schokoladenraspeln. Ein Festmahl, für das manch verarmter Hamburger ein Verbrechen begangen hätte.

20

Inzwischen verabscheue ich die Marineführung! Diesen Satz schrieb Willy Brix – verschlüsselt in der nur ihm verständlichen Geheimsprache – in sein Kriegstagebuch. Er saß auf dem Feldbett in seiner Stube. Die drei Kameraden, die hier ebenfalls untergebracht waren, hatten sich auf den Weg zum Mittagessen gemacht, doch er hatte keinen Appetit. Das neue Schiff, dem er als Heizer zugeteilt worden war – die *Wiesbaden* –, sollte erst im Januar in Dresden vom Stapel gelassen werden. Aus diesem Grund gab es in Wilhelmshaven für ihn wie für so viele andere auch seit Monaten nichts zu tun. Dennoch hatte man den meisten in den niederen Rängen den Heimaturlaub über die Feiertage nicht gewährt.

Überhaupt ließen sich die Herren Offiziere ständig allerlei neue Schikanen einfallen, mit denen sie die ihnen unterstellten Männer drangsalieren konnten. Sinnloser Drill war an der Tagesordnung. So hatte Willys vorgesetzter Oberleutnant Greinbach ihn und seine Kameraden am Tag zuvor gezwungen, im Laufschritt durch die Stadt zu marschieren und danach im strömenden Regen über den Exerzierplatz zu robben. Gewiss, so ging es den Feldsoldaten im Grabenkrieg an der Westfront gerade auch. Aber die wussten jedenfalls, weshalb sie dies taten.

Und für solchen Unfug verpasste er nun Weihnachten mit seiner Familie. Er ärgerte sich darüber, wie leichtsinnig er sich im vergangenen Sommer freiwillig gemeldet hatte. Stolz wie ein Pfau war er damals gewesen, so erfüllt von Abenteuerlust, dass er keine Sekunde an den Kummer seiner Eltern gedacht hatte! Ihn hatte nur ein Wunsch beherrscht: gemeinsam mit Kalle auf See zu sein. Doch nun war sein bester Freund tot und von dem anfänglichen Hochgefühl nichts mehr übrig. Beengte Verhältnisse und die immer schlechter werdende Verpflegung sorgten für zusätzlichen Unmut unter den Mannschaften. Viele Seemänner hatten sich in ihrer Unzufriedenheit an die sozialistische Arbeiterpartei, die SPD, gewandt. Doch die hatte einen »Burgfrieden« mit der Militärführung geschlossen und allen Rüstungsausgaben zugestimmt.

»Die SPD hat sich vor den Karren des Militarismus spannen lassen«, hatte Edith Nieland bei einem ihrer nächtlichen Gespräche im Lazarett wütend festgestellt. »Und die militärische Führung Deutschlands agiert immer wirrer und unlogischer. Wenn der Kaiser einmal selbst dieses furchtbare Leiden und Sterben mitbekäme, den Geruch von Blut und Tod ertragen müsste, er würde gewiss augenblicklich das Ende dieses sinnlosen Mordens befehlen.«

Auch Willy spürte immer mehr den Wunsch in sich, aufzubegehren, aber das konnte dieser Tage tödlich sein. Kriegsgegner wurden als Feiglinge gebrandmarkt und verhaftet.

Er hörte, dass sich auf dem Gang Schritte näherten, und schloss rasch sein Tagebuch. Ausgerechnet der schikanöse Oberleutnant Greinbach kam herein. Zu Tode erschrocken, nahm Willy sofort Haltung an. Der Offizier sah auf das Notizbuch in Willys Händen und hob irritiert eine Augenbraue. Der junge Heizer geriet zunehmend in Panik. Hatte einer seiner Kameraden seine Texte entziffert und ihn angeschwärzt? Drohte ihm nun das Kriegsgericht? Barsch befahl sein Vorgesetzter: »Mitkommen, Brix!«

Viele derer, die sich an diesem Heiligen Abend zum Gottesdienst in der Christuskirche Othmarschens eingefunden hatten, schienen Trost bitter nötig zu haben. Sofie sah zahlreiche Frauen in Schwarz, Männer mit tränenverhangenen Augen und auch einige Kriegsversehrte. Während es seit August auf See zumeist ruhig geblieben war, hatte sich auf den Schlachtfeldern an Land das große Sterben unentwegt fortgesetzt. In Zeiten wie diesen schien dem Ritual des Kirchgangs eine besondere Bedeutung zuzukommen, alle lauschten andächtig der beginnenden Predigt.

»Klingt es nicht fast wie Hohn, von Engelsliedern, vom ›Friede auf Erden‹ zu sprechen, wo doch immer noch die Kanonen donnern und aus entsetzlichen Feuerschlünden furchtbare Blitze zucken?«, fragte der Pastor seine Gemeinde in jenem eigentümlichen Singsang, in den Geistliche bisweilen beim Predigen verfielen.

Großmutter Nieland sog die Luft scharf ein. Anscheinend empfand sie seine Rede als ungehörig, aber Sofie konnte in den vielen betroffenen Mienen der Gemeinde ablesen, wie sehr die Worte des Pastors den meisten zu Herzen gingen und wie groß inzwischen die Sehnsucht nach Frieden war. Doch genau diese verdammte der Prediger nun zu Sofies Enttäuschung: »Heute ist nicht fromm, wer nach Frieden ruft. An diesem Weihnachten heißt Frommsein nicht, sich Kopf und Herz an den Fragen zu zerquälen, wie Christentum und Krieg sich reimen. An diesem Weihnachten heißt Frommsein, unser selbst nicht zu schonen, sondern dem Vaterland nie ermattende Treue zu geloben. Und je nachdrücklicher wir unseren Feinden zeigen, dass wir bereit sind, durchzuhalten und für Recht und Freiheit zu streiten, desto eher werden die Friedensglocken läuten.«

Gudrun Nieland nickte zufrieden. Edith hingegen, die die

Folgen des Krieges zu oft mit eigenen Augen gesehen hatte, war verärgert über die Aussagen des Geistlichen. Sie verschränkte die Arme und schwieg, während die übrigen Teilnehmer des Gottesdienstes nun von der »fröhlichen« und »gnadenbringenden« Weihnachtszeit sangen.

Sofies Stimme brach bei dem Satz »Welt ging verloren«. Sie dachte an ihren Bruder Willy, der vielleicht gerade jetzt irgendwo auf See dem Feind ausgeliefert war. Tränen traten ihr in die Augen. Anna ahnte den Grund und griff tröstend nach der Hand ihrer Freundin.

Noch während sich alle nach Beendigung des Gottesdienstes von den harten Holzbänken erhoben, wandte sie sich an Sofie: »Ich wollte eigentlich bis zur Bescherung warten, aber ich kann dich einfach nicht länger auf die Folter spannen. Ich habe Vater überredet, seine Beziehungen spielen zu lassen und dafür zu sorgen, dass dein Bruder Sonderurlaub bekommt. Er kann also doch die Weihnachtstage bei euren Eltern an der Ostsee verbringen. Er müsste jetzt wahrscheinlich schon im Zug nach Hause sitzen.«

Sofie schlug in fassungsloser Erleichterung die Hände vor den Mund. Willy war in Sicherheit! Ihre Eltern waren nicht allein!

»Ich dachte, über dieses Geschenk würdest du dich noch mehr freuen als über Duftwasser«, strahlte Anna. Sofie fiel ihr dankbar um den Hals. Sie hätte ihre Freundin nicht mehr lieben können, wenn sie ihre leibliche Schwester gewesen wäre.

***

Willy Brix war schon völlig außer Atem, trotzdem rannte er weiter auf die kleine Bauernkate am Rüder See zu. »Sie haben wohl Freunde an der richtigen Stelle, Brix«, hatte der Oberleutnant in einer Mischung aus Spott und Bewunderung gesagt, nachdem er den jungen Heizer zu sich in die Amtsstube geholt und ihm zu dessen Verblüffung einen Sonderurlaubsschein ausgehändigt hatte, anstatt ihn, wie von Willy befürchtet, für seine wehrkraftzersetzenden Texte vor ein Kriegsgericht zu zitieren. Der sonst so sadistische Offizier hatte ihm zu allem Überfluss sogar eine Mitfahrgelegenheit besorgt: Ein Lastwagen mit medizinischen Utensilien war noch am Spätnachmittag nach Flensburg aufgebrochen. Dort angekommen, hatte der Fahrer, ein lustiger Kerl aus Schwaben, den kleinen Umweg von der Marineschule Mürwik gemacht und ihn schließlich in Rüde abgesetzt.

Willy lugte durch das Fenster zur Wohnstube, wo seine Eltern und Großeltern im Kerzenschein des Christbaums sangen. Egal, was morgen sein würde – dort drinnen leuchtete das Glück vergangener Tage. Es dauerte eine Weile, bis er sich genug gefasst hatte, um das Häuschen zu betreten.

***

»Eines muss ich dir aber leider noch gestehen«, sagte Anna, nachdem sie bei der Bescherung das Geschenk von Sofie – einen wunderschönen Seidenschal mit Blumenmuster, den diese sich offenbar vom Munde abgespart hatte – in großer Dankbarkeit bewundert hatte. »Wir werden Ursel wohl leider entlassen und Frau Iwersen in den Ruhestand schicken müssen.«

Sofie starrte sie entsetzt an. »Was?«

»Wir geben Ursel natürlich ein hervorragendes Empfehlungsschreiben mit, und Frau Iwersen bekommt eine kleine Pension. Sie ist Witwe, für sie allein wird es reichen. Fräulein Flechsig werden wir danach zur Wirtschafterin befördern.«

»Warum hast du mir das nicht schon früher erzählt?«

»Ich wollte dich nicht in einen Loyalitätskonflikt bringen«, erklärte Anna sanft.

»Aber ihr könnt doch nicht das Leben von drei Leuten ruinieren!«, platzte es aus Sofie heraus.

»Wieso *drei* Leute?«, fragte die Reederstochter, etwas verstimmt über die verständnislose Reaktion ihrer Freundin.

Doch Sofie ging nicht auf sie ein. »Die arme Ursel wird ihren Paul dann kaum noch sehen können. Und Frau Iwersen ernährt die Familie ihres Sohnes mit, seit er bei Blohm & Voss entlassen wurde und sich an die Westfront gemeldet hat.«

»Aber wieso *drei* Leute?«, wiederholte Anna ihre Frage unbeirrt.

»Wenn ihr Fräulein Flechsig von der Zofe zur Hausdame macht, kommt das auch einer Kündigung gleich«, antwortete die Gesellschafterin etwas kleinlaut.

»Weshalb denn das?«

Sofie kam sich wie eine Verräterin vor, als sie zugab: »Für diese Tätigkeit müsste Fräulein Flechsig rechnen und schreiben können. Sie ist aber Analphabetin.«

Nun war es an Anna, baff zu sein. »Warum hast du mir das nie gesagt?«

»Da wollte ich *dich* nicht in einen Loyalitätskonflikt bringen«, erwiderte Sofie tonlos.

»Anna, kann ich dich kurz entführen?«, unterbrach Gideon plötzlich die Diskussion der beiden Frauen.

Die Nieland-Tochter erhob sich und wandte sich noch einmal mit ernstem Gesichtsausdruck an ihre Gesellschafterin. »Wir unterhalten uns später weiter.«

Sofie sah hinüber zu Fräulein Flechsig, Frau Iwersen, Ursel und Paul, die, wie es die Tradition wollte, ebenfalls Geschenke von den Herrschaften bekommen hatten und diese nun glücklich bewunderten. Zu Beginn des neuen Jahres wäre ihr Leben ruiniert. Angespannt rieb sie sich das Gesicht. Schließlich fiel ihr Blick auf Edith Nieland, und ihr kam eine Idee. Sie ging zu Annas Schwester hinüber und erkundigte sich möglichst beiläufig, ob die Ausbildung zur Bordkrankenschwester sehr schwer sei.

»Anspruchsvoll sind eher die seelischen Anforderungen«, meinte Edith. »Rein fachlich geht das Einlernen heutzutage ruckzuck.« Sie begann der gespannt lauschenden Sofie zu erzählen, welche Kenntnisse sie erworben hatte.

***

»Lass uns heiraten!«

Als Anna dies sagte, lag sie aufgewühlt auf ihrem Bett – und in Gideons Armen. Beide waren nackt. Während ihres ersten Gesprächs unter vier Augen nach vielen Wochen der Sehnsucht hatte sie die Leidenschaft überkommen. Das entsprach freilich keinesfalls den gesellschaftlichen Normen – und würde Großmutter Nieland gewiss einen Herzinfarkt bescheren, sollte sie davon erfahren. Ohne Worte hatten sich Anna und Gideon geschworen, leben zu wollen, überleben zu wollen. Teilweise hatten sie sich dabei verzweifelt aneinandergeklammert wie Ertrinkende. Und nun stand der Antrag im Raum.

Gideon schmunzelte. »Sollte das nicht eigentlich der Mann fragen?«

Anna zuckte nonchalant mit den Schultern. »Ich sage ja immer, dass Frauen Wahlrecht haben sollten – und das in jeder Beziehung. Also, was meinst du?«

»Vielleicht würde es tatsächlich allen ganz guttun, wenn es mal wieder etwas zu feiern gäbe«, sagte Gideon gespielt beiläufig.

Die Reederstochter stieß ihn empört in die Seite. »Allen? Na, ich hoffe, *du* hast auch etwas davon.«

Gideon kletterte aus dem Bett und fiel unvermittelt auf die Knie. Anna wunderte sich, wo das Schächtelchen in seiner Hand plötzlich hergekommen war. Sprachlos schlug sie die Hände vor dem Mund zusammen, als sie sah, was sich darin befand. Dann stammelte sie: »Hat Papa etwa …?«

Ausgerechnet jetzt klopfte es heftig an der Tür. Gideon sprang erschrocken auf. Undenkbar, wenn jemand die beiden so sah!

»Schnell!«, zischte Anna und deutete auf ihren Ankleideraum, wo sich ihr Geliebter verstecken sollte. Sie selbst schlang sich ihren Morgenmantel um den nackten Körper, ging zur Tür, öffnete sie einen Spalt – und seufzte vor Erleichterung laut auf. »Sofie! Was gibt es denn?« Kaum hatte sie das ausgesprochen, fiel Anna auf, wie nervös ihre Freundin wirkte.

»Ich möchte dich bitten, mich freizugeben. Ich will Krankenschwester auf dem Lazarettschiff deiner Schwester werden. Dann können Ursel und Frau Iwersen bleiben!«, platzte die junge Frau heraus.

Anna starrte sie entgeistert an.

»Ich fühle mich so unnütz«, erklärte Sofie ihrer Freundin, als sie sich eine Viertelstunde später in der Bibliothek trafen. »Ich möchte endlich auch meinen Beitrag für das Land leisten. Und mit dem Geld, das deine Familie durch meinen Weggang spart, könnt ihr zumindest das Hauspersonal behalten.«

Anna warf die Hände in die Luft. »Aber ich brauche dich doch!«

»Bitte, versuch mich zu verstehen«, bat Sofie. »Ich halte es einfach nicht aus, untätig hier im Warmen zu sitzen und zu wissen, dass anderswo die Welt untergeht.«

»Ach, und wie willst *du* sie davor retten?«, fragte Anna zynisch. »Ich glaube, da überschätzt du deine Fähigkeiten etwas, meine Liebe.«

Sofie schluckte. Anna und sie hatten sich noch nie gestritten. »Natürlich kann ich nicht die ganze Welt retten«, erwiderte sie nun. »Aber ich kann für die Männer da sein, wenn sie Hilfe brauchen. Es zählt doch jede Hand.«

Anna merkte, dass sie ihrer Freundin die Idee nicht verleiden konnte, deshalb redete sie sich damit heraus, dass sie diese Entscheidung nicht alleine fällen könne. Sofie müsse zunächst Gudrun Nieland um Erlaubnis bitten. Anna kam sich sehr raffiniert vor, denn sie glaubte zu wissen, wie ihre Großmutter reagieren würde. Doch sie täuschte sich.

»Das ist eine sehr tapfere Entscheidung, mein Kind. Dank dir muss meine Zofe sich nun auch nicht als Hausdame verdingen«, lobte Gudrun, die sie noch wach mit ihrer zweiten Enkelin im Salon angetroffen hatten, die aufgeregte Sofie. »Edith, du wirst Fräulein Brix doch sicher helfen?«

»Natürlich. Gern sogar«, erwiderte diese lächelnd. »Es wird schön sein, nach Schwester Bärbels Abschied wieder eine gute Freundin an Bord zu haben.«

Sofie nickte dankbar. Annas Miene jedoch war traurig. Nun musste sie sich um einen weiteren geliebten Menschen Sorgen machen. Still ging sie aus dem Zimmer.

***

Anna sah nachdenklich vom Balkon ihres Turmzimmers auf die Elbe hinunter, wo in dieser wolkenverhangenen Nacht nur wenige Lichter zu sehen waren. Sie bemerkte ihre beste Freundin erst, als diese ihr einen warmen Mantel um die Schultern legte.

»Würdest du denn zumindest meine Brautjungfer sein?«, fragte Anna, ohne sie anzusehen.

»Braut?«, wiederholte Sofie, die eigentlich Anna von ihrem Plan hatte überzeugen wollen und nun von der Frage völlig überrumpelt wurde. Es dauerte deshalb einen Moment, bis sie begriff: »Gideon hat dir also endlich formell einen Antrag gemacht?«

»Na ja.« Die Reederstochter musste nun trotz aller Trauer um den bevorstehenden Weggang ihrer Gesellschafterin schief lächeln. »Er mir, ich ihm … Es war irgendwie … gleichzeitig.«

Sofie legte die Arme um ihre Freundin und zog sie an sich. Sie freute sich, dass deren sehnlichster Wunsch nun in Erfüllung ging. Vielleicht würde Anna als Verlobte ihre Entscheidung leichter verkraften können. »Natürlich werde ich deine Brautjungfer«, sagte sie liebevoll und schämte sich mit einem Mal ein wenig für ihr Vorhaben. So viele Menschen, die Anna am Herzen lagen, waren im Krieg und damit in Lebensgefahr. Und jetzt wollte Sofie sie ebenfalls verlassen.

»Du musst gehen«, sagte Anna nun jedoch. »Ich war egoistisch, es tut mir leid.«

»Aber meine Motive, auf dem Lazarettschiff anzufangen, sind in Wirklichkeit auch nicht ganz selbstlos«, gestand Sofie. »Natürlich will ich, dass ihr niemanden entlassen müsst, aber es ist auch wegen meines Bruders und …«

»Weil du in Burkhards Nähe sein möchtest?«

Sofie nickte beschämt. »Eigennützig, nicht wahr?«

»Aber verständlich«, befand Anna und wiederholte: »Ich will dich nicht daran hindern zu gehen, Sofie. Du hattest vorhin vollkommen recht: Papa, Gideon, Burkhard und Willy – sie und ihre Kameraden brauchen hilfsbereite Frauen wie dich! Ich komme hier schon zurecht. Und dass wir beide unsere Freundschaft auch durch Briefe aufrechterhalten können – na, das haben wir doch schon zwei Jahre lang bewiesen.«

Die beiden umarmten sich und sahen mit feuchten Augen auf die vereinzelten Lichter hinter den Fenstern der übrigen Häuser an den Elbhängen. Dort feierten deren Bewohner in gedämpfter Festtagsstimmung ihre erste Kriegsweihnacht. Das Jahr 1914 ging allmählich zu Ende, und keiner wusste, wann der Frieden wieder einkehren würde. Doch Sofie und Anna waren sich einig, dass sie trotz der räumlichen Trennung zusammenhalten wollten.

TEIL 2

1916

21

Der junge Matrose im Behandlungsstuhl stöhnte und schwitzte trotz der örtlichen Betäubung. Dr. Junginger, der neue Zahnarzt an Bord der *Sierra Ventana*, verpasste dem Obermaat gerade eine Krone, wobei er beruhigend auf ihn einredete und ihm gelegentlich Fragen stellte.

Sofie Brix, die dem Doktor assistierte, fragte sich, ob alle Zahnärzte während der Behandlung mit ihren Patienten sprachen, obwohl sie doch wissen mussten, dass diese mit weit aufgerissenem Mund nur sehr bedingt in der Lage waren zu kommunizieren. Auch der Zahnarzt bei ihr zu Hause in Flensburg hatte bei den Untersuchungen ununterbrochen geredet.

»Bitte weiter aufmachen, junger Mann. Sie wissen gar nicht, wie gut Sie es hier in Wilhelmshaven haben. An der Westfront hätten Sie keine so schöne Krone bekommen, da hatten wir nämlich kaum Zeit und nicht die richtigen Instrumente dafür. Sie werden hier also richtig verwöhnt.«

»Ah-haah« – mehr brachte der eher panisch als dankbar dreinblickende junge Patient nicht hervor.

»Mittel der Wahl für Zahnbrücken an der Front sind Plattenprothesen aus Kautschuk«, erläuterte Dr. Junginger. »Die harte Feldkost sorgt oft für Prothesenfrakturen. Manche Soldaten haben ihr Gebiss auch mutwillig zerstört, um der Front zumindest für ein paar Tage zu entgehen. Wer kann's den armen Kerlen verdenken? Wir hatten auch einige Kieferschussverletzte. Derbe Sache, kann ich Ihnen sagen.«

Sofie hatte gehört, dass der Arzt aus der Hölle von Verdun hierher versetzt worden war. Dr. Junginger hatte wirres, schütteres grau-blondes Haar, war schlaksig und dürr, auf seiner spitzen Nase saß eine runde Brille. »An der Front hatten wir Zahnmediziner wenig Zeit – und kaum Werkzeug, nur eine zerlegbare Bohrmaschine, verschiedene Füllungsinstrumente, Medikamente und vereinzelte chirurgische und zahntechnische Gerätschaften. Hat natürlich nie ausgereicht. Daher wird jedem Arzt das Mitführen eines eigenen Truppenbesteckes empfohlen«, hatte Dr. Junginger Sofie nach seiner Ankunft von seinem zahnmedizinischen Dienst an der Front erzählt. Hier an Bord der *Sierra Ventana* war hingegen das gesamte Spektrum der zeitgenössischen Zahnheilkunde möglich. Neben Füllungen, Extraktionen und Prothesen standen vor allem Nerv- und Wurzelbehandlungen im Vordergrund. Als Füllung kamen Amalgam und Zement zum Einsatz. Sofie hätte sich nie erträumen lassen, dass sie einmal so viel über Zahnmedizin lernen würde. Die Zahn- und Kieferheilkunde hatte sich zu ihrem Behandlungsschwerpunkt entwickelt, da in den vergangenen siebzehn Monaten, in denen sie sich an Bord des Lazarettschiffes befand, glücklicherweise keine Seeschlachten stattgefunden hatten.

»Aber auch ohne Schussverletzungen waren die Soldaten an der Front oft wund im Mundraum, zum Beispiel durch Mundschleimhauterkrankungen wegen Mangelernährung sowie der schlechten Zahn- und Prothesenreinigung«, setzte Dr. Junginger seine Erzählungen fort, während er weiter im Mund des immer verzweifelter dreinblickenden Matrosen herumfuhrwerkte. »Die meisten litten an akut nekrotisierender ulzeröser Gingivitis, auch Schützengraben-Krankheit genannt. Die brennenden Eiterherde machen das Kauen unmöglich.«

»Wie haben Sie das behandelt? Ambulante Inzision der Herde?«, hakte Sofie nach.

»Ja«, nickte der Dentist, »und anschließend Spülung mit Wasserstoffsuperoxyd oder einer Myrrhe-Tinktur.«

Edith tauchte in der Tür auf und winkte Sofie mit einem Brief zu. Wenn es wenig zu tun gab im Sanitätsbereich, half die rothaarige Nieland-Tochter in der Schiffsverwaltung aus und hatte daher den besten Draht zur Poststelle.

Augenblicklich wurde Sofie nervös. War dies das erhoffte Lebenszeichen ihres Bruders Willy?

»Ah, Schwester Edith, grüß Sie!«, rief Dr. Junginger, der Sofies sehnsüchtige Blicke in Richtung Tür bemerkt hatte. »Post für unser Fräulein Brix? Öffnen Sie den Umschlag ruhig. Wir beide kommen hier kurz ohne Sie aus, nicht wahr, junger Mann?«

»Aaa-haah«, nickte der Matrose schwitzend, während Sofie zu Edith hinübereilte und auf den Absender des Briefes blickte.

»Er ist von Ursel«, wunderte sie sich.

Bisher hatte das Dienstmädchen der Nielands auf keine ihrer Postkarten geantwortet. Aus der kindlichen Schrift schloss sie, dass Ursel generell nicht allzu häufig schrieb. Doch als Sofie den Umschlag geöffnet hatte, erfuhr sie den Grund für ihre Nachricht: »Sie und Paul heiraten am 3. Juni! Das ist ja schon am Sonnabend. Und ich soll ihre Trauzeugin sein!«

»Na, das sind ja nun ausnahmsweise mal wirklich erfreuliche Nachrichten«, befand Edith.

»Hast du Lust, mit mir nach Dienstschluss in die Stadt zu gehen und nach einem Geschenk für sie zu suchen?«, fragte Sofie. »Dann können wir auch in der Bibliothek vorbeischauen. Frau Dittus hat gesagt, sie bekäme heute jede Menge neue Bücher.« Lesen war für sie nach wie vor ein Schlupfloch in exotische Welten. Eine Leidenschaft, die sie mit Edith Nieland teilte – und mit ihrem Bruder Willy. Wann würde er ihr endlich schreiben? Wie es ihm wohl ging, da draußen auf der Nordsee?

***

Willy saß mit Oberheizer Hugo Zenne auf der SMS *Wiesbaden* beim Mittagessen. Es gab Salzhering mit Kartoffelsalat, und wider Erwarten schmeckte es sogar einigermaßen.

»Gut, oder?«, fragte er seinen älteren Kameraden. »Also im Vergleich zu sonst, meine ich.«

Zenne nickte nur mürrisch. Willy hatte schnell gemerkt, dass der Oberheizer kein sonderlich gesprächiger Zeitgenosse war. Für dessen Begriffe war sogar Willy selbst, den seine Schwester Sofie oft mundfaul genannt hatte, geradezu ein Plappermaul. Ihm fehlten Kalle und die Gespräche mit dem besten Freund nach wie vor jeden Tag.

Seit anderthalb Jahren war er nun schon Heizer auf diesem Schiff. Nie hätte er gedacht, dass er sein stilles altes Leben bei der Familie und die monotone Arbeit bei Bauer Petersen einmal derart vermissen würde. Immerhin hatte er schon sehr viele Seiten seines Buches über den Krieg zu Papier gebracht. Mittlerweile wurde er sogar von einigen Kameraden als »Dichterfürst« verspottet.

Gesättigt schritt Willy vor Ende der Wachpause auf das Oberdeck, um frische Luft zu schnappen. Dort traf er auf einen schmächtigen Matrosen, der Mitte dreißig sein mochte und eine Zigarette rauchte.

»Na, laufen die Kessel, Kamerad?«, fragte er Willy lächelnd.

»Bestens«, erwiderte der. »Und wo sind Sie eingesetzt?«

»Kannst gerne Johann zu mir sagen«, bot der Ältere an.

»Willy.«

Johann deutete auf den vorderen Mastkorb. »Bin oben im Krähennest. Tagsüber. Nachts arbeite ich beim ersten Artillerieoffizier am Leitstand.«

»Wo kommst du her?«

»Finkenwärder.«

»Oh«, rief Willy erfreut. Finkenwärder war der Schauplatz seines Lieblingsbuches. »Und, ist es dort noch heute so wie in *Seefahrt ist not*?«

Johann schüttelte verstimmt den Kopf. »Nicht mehr. Alles aufgeschüttet und vermauert für die dauernden Hafenerweiterungen. Statt zu fischen, musste mein Vater sogar bei den Bauarbeiten dort mithelfen. Es ist schwer, die neue Zeit zu lieben. Männer wie mein Klaus Mewes hätten es heute nicht leicht.«

Willy wunderte sich, dass der Matrose seine geliebte Romanfigur »mein Klaus Mewes« nannte. »Magst du das Buch auch so?«, fragte er ihn.

Johann sah ihn verblüfft an. »Du weißt es also tatsächlich noch nicht?«

Willy war verwirrt. »Was weiß ich nicht?«

»Ich bin Johann Kinau«, erklärte der Matrose lächelnd und fügte dann hinzu: »Besser bekannt als Gorch Fock.«

Willy war sprachlos: Hatte man tatsächlich seinen Lieblingsschriftsteller von der Front hierher auf »sein« Schiff versetzt? Ob er an Bord sogar auf Ideensuche für ein neues Werk war? In den höchsten Tönen lobte Willy nun Johann Kinaus berühmten Seefahrer-Roman, machte deutlich, wie sehr er sämtliche Figuren des Buches liebte: den stolzen Fischer Klaus Mewes, die furchtsame Gesa, Hein Mück, Kap Horn, Hund Seemann – und natürlich den jungen Klaus Störtebeker mit seiner unüberwindbaren Sehnsucht nach der See.

Der Schriftsteller bedankte sich geschmeichelt. Er erkundigte sich, wohin der Krieg Willy bisher getrieben habe, und ließ sich dann von dem jungen Heizer die Versenkung der *Ariadne* in allen Einzelheiten erzählen. Im Gegenzug verriet er ihm die Stationen seines eigenen Kriegsdienstes: »Der Kasernenstumpfsinn in Bremen ist mir gehörig aufs Gemüt geschlagen«, gab er zu. »Deshalb war ich froh, als ich vor einem Jahr endlich an die Ostfront kam. Aber was ich da sah, war schrecklich. Verstümmelte, blutende Russen, die wie lebende Tote umherliefen. Auf dem Weg nach Belgrad überquerten wir den Fluss Sau und wollten die Zigeunerinsel einnehmen. Leider hat es dabei viele meiner Kameraden erwischt. Nach sechsunddreißig Stunden hatten wir zwar gesiegt, aber alles war von Leichen übersät.« Er hielt kurz inne, atmete scharf ein und fuhr dann fort: »Wir haben diese Insel später bloß noch ›Teufelsinsel‹ genannt. Danach haben die da oben scheint's beschlossen, den ollen Schriftsteller Gorch Fock lieber nicht als Kanonenfutter zu opfern, und mich stattdessen als Fernmelder eingesetzt. Ab da war ich Soldat in zweiter Reihe, hab den Krieg nur noch wie im Kino erlebt.«

Willy gestand sich insgeheim, dass ihm selbst so eine sichere Tätigkeit an Land nicht schlecht gefallen würde.

Gorch Fock fuhr fort: »Im Januar kam ich an die Westfront, nach Verdun. War zwar nur Schreiber hinter den Linien, hat aber gereicht, um zu sehen, dass dort ein grässliches Massenschlachten praktiziert wird.«

»Und wie kamst du *hierher*?«

»Mein früherer Chef bei der HAPAG hat Großadmiral Tirpitz überzeugt, dass ein ausgesprochener Fahrensmann, wie ich es angeblich bin, viel besser zur Marine passt«, erzählte Gorch Fock.

»Recht hat er«, befand Willy.

Fock zuckte mit den Schultern. »Na ja, jetzt kann ich meinem Vater zumindest beweisen, dass ich die Seekrankheit überwunden habe.«

Willy lächelte. Das Leiden seiner Romanfigur Klaus Mewes junior kannte der Autor also aus eigener Erfahrung.

»Mein Bruder Rudolf dient auf der *Wolf*«, erzählte Fock nun. »Er sagte, ich solle mich zu ihm versetzen lassen, aber ich finde, es ist besser, wir fahren getrennt. Meinen Eltern zuliebe. So bleibt zumindest einer am Leben, wenn das Schiff versenkt wird.«

Willy nickte und wechselte dann zu einem erfreulicheren Thema: »Planst du einen neuen Roman?«, fragte er gespannt.

Fock runzelte die Stirn. »Anfangs dachte ich, die Kriegserlebnisse bescheren mir Ideen für hundert Bücher. Aber als ich im Feld war, habe ich so gut wie gar nichts geschrieben. Die Zeitungen wiederum wollten meine Aufzeichnungen über die Eroberung der Zigeunerinsel nicht veröffentlichen. Waren ihnen wahrscheinlich zu drastisch.«

Im Laufe ihres Gesprächs erfuhr Willy, dass selbst der einst so patriotische Heimatschriftsteller kriegsmüde war.

»Tod, Krieg und Gewalt«, seufzte er. »Wann die Scheiße wohl mal zu Ende ist?«

22

»Der neue Flottenchef hat beim Kaiser leider eine offensivere Kriegsführung auf See durchgesetzt. Trotz unserer Unterlegenheit will er die Briten mit Nadelstichen provozieren«, erklärte Gideon Meseritz seiner Frau Anna, während Chauffeur Paul sie zum Hamburger Bahnhof brachte. Der Heimaturlaub war wieder einmal viel zu kurz ausgefallen. Die vergangenen zwei Tage hatten sie hauptsächlich zum »Probieren« genutzt, wie sie es nannten. Ein Jahr waren sie bereits verheiratet, aber auf den ersehnten Stammhalter hofften sie bislang vergeblich. Gideon konnte nur die Daumen drücken, dass sie diesmal erfolgreich gewesen waren, denn angesichts der geplanten aggressiveren Flottenführung würden ihnen wohl auch in Zukunft nicht mehr als sehr kurze Besuche für die Vergrößerung der Familie bleiben.

»Wie sollen denn die geplanten ›Nadelstiche‹ gegen die Engländer aussehen?«, fragte Anna interessiert, und Gideon musterte sie liebevoll von der Seite. Kriegsführung war eigentlich kein Thema für Damen – die meisten interessierte es auch nicht. Doch seine Frau war nicht wie die meisten Frauen, dachte er stolz. Sie war offen, wissbegierig und modern.

»Seit Januar gab es immer wieder einzelne Vorstöße unserer Kreuzer auf englische Küstenstädte«, erläuterte er ihr. »Das blieb zwar bisher weitgehend ergebnislos, aber lange lassen die Briten sich das bestimmt nicht mehr gefallen.«

»Männer!«, stieß Anna verärgert hervor. »Es wird Zeit, dass

Frauen Regierungsämter bekommen statt dieser kampfsüchtigen Gockel!«

»Anwesende sind von deinem Urteil ausgenommen, hoffe ich?«, versicherte er sich mit gespielter Empörung.

Sie zog ihn an sich und küsste ihn leidenschaftlich. »Überzeugt?«, fragte sie nach einer guten Minute.

»Überzeugt!«, brachte Gideon außer Atem hervor. »Schade, dass wir nicht noch mal ›probieren‹ können.«

»Vielleicht geht unser Wunsch ja diesmal in Erfüllung«, erwiderte Anna, sie klang allerdings nicht sonderlich optimistisch.

»Es gibt Schlimmeres, als es weiter zu versuchen«, zwinkerte er ihr zu.

In diesem Moment hielt Paul den Wagen vor dem Bahnhofsgebäude an. Nachdem Gideon sich vom Fahrer verabschiedet und ihm alles Gute für dessen bevorstehende Heirat mit dem Stubenmädchen Ursel gewünscht hatte, bat Anna den Chauffeur, auf sie zu warten. »Ich bringe meinen Mann noch zum Gleis.«

Am Bahnsteig küsste Anna ihren Gideon erneut, bevor dieser seinen Waggon bestieg. »Pass auf dich auf!«, rief sie und winkte ihm nach, bis der Zug nicht mehr zu sehen war.

Während sie zurück zum Automobil ging, spürte sie wie so oft in letzter Zeit die feindseligen Blicke einiger Passanten im Rücken. Anna kannte die Ursache dafür. Es lag nicht daran, dass sie ihren Mann zum Abschied so wild geküsst hatte, nein, man hasste sie wegen ihrer teuren Kleidung und ihrer eleganten Erscheinung. Sie hatte sich zwar schon lange nichts Neues mehr geleistet, aber auch ihre alten, schon abgetragenen Stücke wirkten auf manche Zeitgenossen noch wie eine offene Zurschaustellung ungerechter Verhältnisse. Der Neid auf den durchaus immer noch vorhandenen Reichtum wuchs, und in der *Hamburger Woche* wurden trotz der desolaten Versorgungslage der Durchschnittsbevölkerung noch immer ungeniert Hummer, Austern und Kaviar beworben. Ein Schlag ins Gesicht all jener, bei denen es nicht mal mehr für das Nötigste reichte und Hunger an der Tagesordnung war. Die Anzahl der Suppenküchen zur Armenspeisung war in Hamburg auf über sechs Dutzend gestiegen. Auch an jener vor dem Bahnhof stand eine lange Schlange. Die Reederstochter empfand großes Mitgefühl für die verarmte Bevölkerung, besonders schlimm fand sie jedoch, dass auch viele Kriegsinvaliden unter den Notleidenden waren. Da hatten junge Männer die Unversehrtheit ihres Körpers für ihr Vaterland geopfert, und nun ließ man sie hungern. Anna ging schneller, die Blicke einiger Herumstehender waren ihr unheimlich und machten ihr Angst.

Plötzlich versperrte ihr ein hochgewachsener Mann mit zerfleddertem Mantel und ungepflegtem Schnurrbart den Weg. »Gott strafe England«, raunte er ihr zu, und Anna erwiderte die im Reich modern gewordene Begrüßungsfloskel mit »Er strafe es«, in der Hoffnung, er ließe sie dann durch.

»Wohin des Wegs, schönes Fräulein?«, fragte er jedoch, ohne von der Stelle zu rücken, und entblößte dabei eine Reihe schlechter Zähne.

Anna machte einen Schritt zurück und rempelte einen kleineren, untersetzten Mann an, der hinter ihr zum Stehen gekommen war. Der Größere trat auf sie zu und packte ihren Mantelkragen. »Schönes Stöffchen!«

»Fassen Sie mich nicht an!«, fauchte Anna.

»Sicher hat ein wohlhabendes Fräulein wie Sie ein wenig Kleingeld für uns übrig«, zischte der Untersetzte unbeeindruckt.

Zu Annas großer Erleichterung tauchte nun Chauffeur

Paul neben ihnen auf. »Gibt es hier irgendwelche Probleme, Frau Meseritz?«

»Verschwinde besser, Jungchen!«

Im Nu war eine Schlägerei im Gange, bei der Paul sich anfangs noch wacker schlug. Doch da er in der Unterzahl war, droschen seine beiden Gegner schließlich rücksichtslos auf ihn ein. Als der Fahrer dann zu Boden ging und der kleinere der beiden Angreifer ein Messer zog, schrie Anna auf. Zum Glück hörte sie in diesem Moment das Pfeifen und Rufen von zwei Schutzmännern. Die Unruhestifter nahmen Reißaus, Anna wiederum eilte zu Paul und kniete sich zu ihm nieder. Außer einer blutenden Nase schien er weitestgehend unverletzt zu sein.

»Danke, Paul. Sie haben mich gerettet«, sagte sie. Und während die Polizisten bei ihnen ankamen, setzte der Chauffeur tapfer sein übliches Grinsen auf.

»Oh!«, kam es erschrocken von Anna. Paul fehlte ein Schneidezahn.

***

Gabriele Dittus, die Bibliothekarin der Stadtbücherei Wilhelmshaven, freute sich immer, wenn Edith und Sofie vorbeikamen. Selten hatte sie mit Besuchern so gut über Literatur sprechen können wie mit den beiden Krankenschwestern. Besonders bewunderte sie Sofie Brix, die vom Lande und aus einer Familie von Hilfsarbeitern eines Großbauern stammte. Dass ausgerechnet dieses Mädchen derartig viel las und stets bemüht war, neues Wissen zu erlangen, war beeindruckend! Wie so oft saß sie mit Edith und Sofie bei einer Tasse Tee zusammen und legte ihnen einen Titel besonders ans Herz, den sie neu hereinbekommen hatte.

»Ich habe es Ihnen zurückgelegt«, verkündete die Bibliothekarin in verschwörerischem Ton. »Sie sollten es als Erste lesen. Dieser Franz Kafka schreibt verstörend und faszinierend zugleich. Ich verrate nicht zu viel, wenn ich Ihnen sage, dass die Hauptfigur dieses Romans eines Morgens aufwacht – und sich in einen Käfer verwandelt hat.«

»Einen Käfer?«, wiederholte Sofie konsterniert.

»Ungewöhnlich, nicht wahr?« Gabriele Dittus schob ihr das Buch hin. »Lesen Sie es unbedingt!«

Die junge Krankenschwester bedankte sich. Wie viele spannende Lesestunden sie der vierzigjährigen Literaturkennerin mit den braunen Locken bereits verdankte! Oft war die gebildete Dame abends sogar länger in der Bibliothek geblieben, damit sie und Edith sich nach Dienstschluss noch Bücher aussuchen konnten. Sofie blickte auf den Umschlag der neuesten Empfehlung. Darauf war ein aus einer Tür kommender Mann im Morgenmantel abgebildet, der verzweifelt den Kopf in seinen Händen vergrub.

»Willst du es zuerst lesen, Edith?«, fragte Sofie die Freundin.

»Ich lasse dir gerne den Vortritt«, bot die an. »Ich möchte mir erst mal einen Bildband über Spanien ausleihen. Wenn der Krieg schon verhindert, dass ich in mein Lieblingsland reise, bringt mich das Buch zumindest in Gedanken dorthin.«

Während sich die Nieland-Tochter nun auf den Weg in die landeskundliche Abteilung der Bibliothek machte, versprach Sofie Fräulein Dittus, gleich nachher mit Kafkas *Verwandlung* anzufangen.

Beim Durchstöbern der Regale im hinteren Teil der Bibliothek fiel Edith ein Kriegskochbuch mit einem merkwürdigen Titel ins Auge: *Des Vaterlandes Kochtopf.* Stirnrunzelnd nahm sie es in die Hand und blätterte in dem 1915 erschienenen Ratgeber, auf dessen ersten Seiten der Verlag deklarierte: *Die Küchenfrage ist jetzt eine Bewaffnungsfrage geworden, um dem englischen Aushungerungsplan wirksam zu begegnen.* Edith schämte sich ein wenig für den Luxus, in dem sie in der heimischen Villa am Elbstrand gelebt hatte. Die oberen Klassen konnten sich auf dem Schwarzmarkt auch jetzt immer noch fast alles kaufen. Mit einem traurigen Kopfschütteln schob sie das Buch an seinen Platz zurück und begab sich auf die Suche nach dem gewünschten Spanien-Bildband. Dabei bemerkte sie zwischen den Büchern auf der anderen Seite des Regals ein Paar funkelnder dunkler Augen.

Ein südländisch wirkender Mann, der Mitte zwanzig sein mochte, lächelte ihr verschmitzt zu. Er war braun gebrannt und trug ein bunt gemustertes Halstuch. Mit einem nonchalanten Schmunzeln versperrte Edith ihm mit einem dicken spanischen Wörterbuch die Sicht. Sie wusste aus Erfahrung, dass manche Charmeure zudringlich werden konnten, wenn sich eine Frau freundlich zeigte. Dennoch war ihre Neugier geweckt, und sie beobachtete verstohlen, wie der junge Mann nun zu einem im Umbau befindlichen Teil der Bibliothek ging. Er kletterte über ein Absperrband und ignorierte dabei ein Schild mit der Aufschrift »Frisch gestrichen – Zutritt verboten!«. Dann ging er an ein Regal mit Zeitschriften. Was er nicht bemerkte: Seine Schuhe zerrten an dem Stoff, der zum Schutz des Holzfußbodens ausgelegt worden war. Das leere Regal hinter ihm begann zu kippen. Edith stieß einen Warnschrei aus und stürzte vor. Sie packte den verdutzten Mann am Ärmel und riss ihn gerade noch rechtzeitig zu sich, sodass das Regal an ihm vorbei in das volle gegenüber fiel.

»*Gracias*«, murmelte der öläugige Herr erschrocken. »Sie haben mich gerettet.«

»Sie sollten lernen, was die Schilder hier bedeuten«, erwiderte Edith, die seinen Akzent erkannt hatte, in bestem Spanisch.

»Deutschland hat so viele Verbote«, erwiderte der Fremde seinerseits in seiner Muttersprache, und Edith bemerkte eine südamerikanische Sprachfärbung. »Aber Ihr Spanisch ist verblüffend gut, Fräulein …«

»Nieland, Edith Nieland«, stellte sie sich vor.

Nun kamen Sofie und Frau Dittus, die von dem Krach aufgeschreckt worden waren, besorgt um die Ecke. Der Fremde richtete schuldbewusst das leere Regal wieder auf.

»Ich bitte um Verzeihung«, wandte er sich auf Deutsch an die Bibliothekarin.

»Schon gut«, erwiderte diese. »Es ist ja zum Glück nichts passiert.«

»Ich muss leider zu einem Treffen«, sagte er bedauernd und sah Edith dabei eindringlich an. »Ich komme morgen noch einmal vorbei, *Señorita*. Danke nochmals für die Rettung.«

»Kennen Sie ihn?«, fragte Sofie die Bibliothekarin, nachdem der Fremde verschwunden war.

Frau Dittus schüttelte den Kopf. »Nicht wirklich. Er war gestern schon mal hier, hat sich lang umgesehen, ohne aber etwas zu leihen. Ich frage mich, warum ein Spanier einen Passierschein für die Stadt bekommen hat.«

»Seinem Akzent nach ist er eher Südamerikaner«, meinte Edith. Diese Vermutung machte den Aufenthalt dieses Mannes in ihrer strategisch wichtigen Küstenstadt aber nur noch geheimnisvoller.

23

»Ich bin sehr stolz auf Sie.« Paul Wessels errötete angesichts des Lobes von Gudrun Nieland. Als ihn die Patriarchin auch noch ins Ohrläppchen kniff wie ein Feldherr seinen besten Soldaten, wechselte seine Hautfarbe sogar zu dunkelrot. »Und den Zahnersatz bezahlen wir Ihnen selbstverständlich auch. Nun gehen Sie, und lassen Sie sich in der Küche von Frau Dahlke etwas Kräftigendes zubereiten.«

Der Chauffeur bedankte sich schüchtern und verließ dann den Salon.

»Und nun zu dir«, wandte Gudrun sich an ihre Enkelin. »Ich möchte nicht, dass du dich in Zukunft allein in der Öffentlichkeit bewegst. Nicht auszudenken, was passiert wäre, wenn Paul nicht Angst um dich bekommen und sich auf die Suche nach dir gemacht hätte!«

Anna nickte ergeben. Sie wusste, sie würde dieses Verbot auf Dauer nicht befolgen wollen, im Augenblick war sie jedoch viel zu erschöpft und durcheinander, um zu diskutieren. Einerseits war sie froh, dass ihre Großmutter sich nun in ihre Gemächer zurückzog, andererseits befiel sie eine ungewohnte Angst davor, alleine im Salon zurückzubleiben. Das Knacken eines Holzscheits im Kamin ließ sie erschrocken zusammenzucken. Der Vorfall am Bahnhof machte ihr offenbar doch mehr zu schaffen, als sie sich eingestehen wollte. Anna hatte sich nicht mehr so bedroht gefühlt, seit sie vor knapp zwei Jahren in die Prügelei im Alstercafé geraten war. Ach Sofie, dachte sie, warum hast du nur nach Wilhelmshaven wechseln müssen? Gewiss, dieser Schritt hatte verhindert, dass sie Ursel hatten entlassen müssen. Doch Frau Iwersen war aufgrund ihres Alters dennoch in den Ruhestand geschickt worden, und die gute Seele hatte nicht dagegen protestiert. Seither hatte Frau Dahlke die schriftlichen Verwaltungsaufgaben im Haushalt übernommen, was die arme Köchin an die Grenzen ihrer Belastbarkeit trieb. Gerne hätte Anna Fräulein Flechsig das Lesen und Schreiben beigebracht, um Frau Dahlke dadurch unter die Arme zu greifen, doch Sofie hatte sie vor ihrem Abschied angefleht, die Zofe nicht bloßzustellen.

»Gott sei Dank, da bist du ja!«, ertönte Hinnerks Stimme an der Salontür. Er kam herangeeilt, und Anna hielt sich Schutz suchend an ihrem Cousin fest.

»Großmutter hat mir ein Telegramm geschickt«, berichtete er besorgt. »Ich will alles über den Überfall wissen. Komm, ich sage Frau Dahlke Bescheid, sie soll uns Kakao machen. Wir haben uns beide ein bisschen Selbstmitleid verdient – mein Stadtrat hat mir heute den Laufpass gegeben.«

Anna lächelte dankbar. Scherze und Kakao – wenn sie mit ihrem Vetter zusammen war, fühlte sie sich, als wäre ihre Kindheit nie zu Ende gegangen. Sie unterhielten sich bis nach Mitternacht, dann schlief er im Gästezimmer, um sie am nächsten Morgen als »Begleitschutz« ins Büro zu bringen.

Beim Frühstück fragte Hinnerk Ursel, ob sie schon aufgeregt wegen ihres großen Tages sei. Das Dienstmädchen nickte strahlend. Am Sonnabend in der Christuskirche in Othmarschen sollte es so weit sein.

»Ist das romantisch«, knurrte Hinnerk, als sie gegangen war, und köpfte sein Frühstücksei. »Wenigstens *eine,* die vollkommen glücklich ist.«

Anna seufzte. »Manchmal finde ich es schade, dass Gideon und ich nicht kirchlich geheiratet haben. Aber sein Onkel Joseph hätte sonst wieder davon angefangen, dass in den jüdischen Gemeinden starke Frauen gebraucht werden und ich doch konvertieren soll.«

»Und spätestens dann hätte Großmutter zur Waffe gegriffen«, ergänzte Hinnerk grinsend.

***

»Fahren Sie doch schon morgen!«, bot Dr. Junginger Sofie an, als die beiden mit Edith in der Schiffsmesse der *Sierra Ventana* beim Mittagessen saßen. »Ihre Lieben in Hamburg werden sich freuen, und ich kann übermorgen ohnehin keine Patienten behandeln.«

»Oh, danke«, rief Sofie.

»Es standen aber trotz Himmelfahrt einige Termine für Donnerstag im Plan«, erinnerte Edith den Zahnarzt.

»Die musste ich verlegen, deshalb wollte ich ohnehin noch mit Ihnen sprechen, Schwester Edith. Ein Kriegskorrespondent aus Spanien wird uns übermorgen besuchen, und wir sollen ihn herumführen und ihm unser hochmodernes und bestens ausgestattetes Lazarettschiff zeigen«, erklärte Dr. Junginger mit leicht ironischem Tonfall. »Der Herr spricht zwar ein wenig Deutsch, mit Ihnen als Notfall-Dolmetscherin würde ich mich aber wohler fühlen.«

»Ich begleite Sie sehr gerne«, erwiderte Edith.

»Darf ein Spanier wirklich ein deutsches Militärschiff besichtigen?«, wunderte sich Sofie.

»König Alfonso hat zwar gleich nach Kriegsbeginn die Neutralität Spaniens erklärt, aber es gibt dort sowohl Anhänger der Alliierten als auch der Deutschen. Ihr Schlachtfeld sind die Zeitungen«, wusste Edith zu berichten. »Und in diesen Papierkrieg versuchen sich die anderen Länder natürlich einzumischen, um möglichst viele Journalisten auf ihre Seite zu ziehen.«

»Ganz genau«, bestätigte Dr. Junginger. »Und deshalb darf beim Besuch dieses Herrn Torres auch nichts schiefgehen.«

Edith schmunzelte. »Nicht, dass Spanien noch Partei für die Alliierten ergreift, weil wir uns hier blamieren.«

***

Anna und Hinnerk hatten einen frustrierenden Bürotag in der Reederei hinter sich, der ihnen klargemacht hatte, dass sie als Folge der fatalen englischen Seeblockade wahrscheinlich das große Firmengebäude würden aufgeben müssen. Danach waren sie noch gemeinsam in die Hamburger Innenstadt gefahren, um nach einem Hochzeitsgeschenk für Ursel und Paul zu suchen. Sie kamen an einer besonders langen Schlange vor einem Lebensmittelgeschäft vorbei.

»Was für eine Schande!«, knurrte Hinnerk. »Die Menschen stehen hier stundenlang an und hungern am Ende doch. Unsere Regierung nimmt all das für einen sinnlosen Krieg billigend in Kauf. Unser Kaiser ist ein Unmensch.«

Da brach eine ältere Frau in der Reihe zusammen, wurde gerade noch von den zwei hinter ihr anstehenden Kundinnen aufgefangen.

»O mein Gott«, brachte Anna entsetzt hervor. »Das ist ja Frau Iwersen!« Sie stürzte zu der Bewusstlosen.

»Frau Iwersen, können Sie mich hören?«, rief sie.

Die frühere Hausdame der Nielands schlug benommen die Augen auf und wisperte verwirrt: »Fräulein Anna? Bin ich zu Hause?«

»Hinnerk!«, rief Anna. »Hol den Wagen, schnell!«

Ihr Vetter spurtete los, und Anna wandte sich an die beiden Kundinnen, die Elfriede Iwersen stützten. »Können Sie sich bitte noch kurz um sie kümmern? Ich hole ihr in dem Geschäft etwas Milch.«

»Na, viel Glück«, erwiderte eine der beiden spöttisch.

Als Anna aufgeregt den Laden betrat, wurde sie angepöbelt, sie solle sich gefälligst hinten anstellen wie »Normalsterbliche auch«.

Der Ladenbesitzer erklärte der Reederstochter, es gebe keine Milch, heute sei nur Butter gekommen, und auch die sei bald alle. Ein Glas Wasser gab er ihr jedoch. »Kindchen, wenn Sie jedes Mal helfen wollen, wenn jemand vor Hunger umkippt, werden Sie viel zu tun haben.«

Anna eilte hinaus und flößte der immer noch verwirrten Frau Iwersen das Wasser ein, als Hinnerk mit dem Wagen heranschoss.

»Wo wohnen Sie denn?«, erkundigte sich Anna.

»Am Eichholz, bei den Landungsbrücken«, antwortete die ehemalige Hausdame. Eine der beiden Kundinnen half Anna und Hinnerk, Elfriede Iwersen in das Auto zu setzen.

Anna drückte der Fremden für deren Hilfe einen Fünf-Mark-Schein in die Hand, den sie fassungslos anstarrte und dann sofort, sich ängstlich umsehend, einsteckte.

»Sollen wir sie nicht lieber ins Krankenhaus fahren?«, fragte Hinnerk mit besorgtem Blick auf die bleiche alte Frau.

»Nein, nicht ins Krankenhaus«, flehte diese matt. »Meine Schwiegertochter wartet doch.«

Als sie bei den Landungsbrücken angekommen waren, ging es Frau Iwersen schon wieder so gut, dass sie es, von Hinnerk und Anna gestützt, in den ersten Stock zu ihrer Wohnung schaffte.

Ihre Schwiegertochter Karoline öffnete die Tür und stieß beim Anblick der ehemaligen Haushälterin einen besorgten Schrei aus. Gemeinsam mit der kurzhaarigen Dreißigjährigen brachten sie Frau Iwersen in das winzige Wohnzimmer und halfen ihr auf das abgewetzte Sofa.

Beschämt blickte sich die alte Frau um. »Es sieht so schlimm aus hier«, sagte sie leise. »Entschuldigen Sie, dass Sie das sehen müssen, Fräulein Anna.«

»Unsinn«, erwiderte die Reederstochter. »Es ist aufgeräumt und sauber. Wie immer, wenn Sie für etwas zuständig sind.«

Ihr Blick fiel zufällig auf das Foto eines jungen Mannes an der Wand. Es hatte einen schwarzen Trauerflor. Anna erschrak. War das womöglich Frau Iwersens Sohn? Fragend sah sie zu Karoline.

»Letzten Winter in Frankreich«, antwortete die Schwiegertochter ernst.

»Wie geht es den Herrschaften?«, fragte Frau Iwersen nun besorgt.

Anna verachtete sich plötzlich für das Selbstmitleid, das sie seit Kriegsbeginn gepflegt hatte. Dabei konnte sie sich in jeder Hinsicht glücklich schätzen: »Alle befinden sich wohl. Die große Seeschlacht ist bisher ausgeblieben.«

Als Anna sich wenig später an der Wohnungstür von Karoline Iwersen verabschiedete, flüsterte sie ihr zu: »Könnten Sie morgen Abend bei uns in der Villa vorbeikommen und ein paar Vorräte abholen? Ich weiß, Ihre Schwiegermutter wäre zu stolz, um sie anzunehmen. Aber vielleicht könnten Sie ihr erzählen, dass Sie Glück beim Einkaufen gehabt haben?«

»Das wäre sehr großzügig«, erwiderte Karoline dankbar. »Ich kann allerdings erst um acht Uhr abends bei Ihnen in der Elbchaussee sein. Ich putze bis sieben Uhr in Altona und um neun … gehe ich noch auf ein Treffen im Gasthaus *Krone.*«

»Ah, da findet doch übermorgen eine Versammlung zum Frauenwahlrecht statt?«, versicherte sich Anna interessiert.

»Genau, die bereiten wir morgen Abend vor«, bestätigte Karoline. »Woher wissen Sie davon?«

»Ich habe in der Zeitung darüber gelesen. Sehr spannend! Bisher habe ich mich bloß noch nicht hingetraut.«

»Sie sind auch für das Frauenstimmrecht?«, fragte Karoline verblüfft.

»Natürlich«, erwiderte Anna entschlossen. »Frauen müssen immer öfter männliche Arbeitskräfte ersetzen, die Rolle der Väter in den Familien übernehmen. All das wegen eines von Männern verschuldeten Krieges. Und dann sollen wir nicht mal wählen dürfen? Wenn wir kandidieren und wählen dürften, wäre es nie zu diesem sinnlosen Massenmorden gekommen!«

Karoline erwiderte: »Es ist noch nicht zu spät, jetzt etwas dagegen zu unternehmen.«

Anna wurde neugierig, doch Hinnerk räusperte sich. »Wir sollten los, sonst schließen die Geschäfte, bevor wir ein Hochzeitgeschenk für Ursel und Paul gefunden haben.«

»Könnten Sie also morgen gegen acht Uhr zu uns kommen?«, wandte sich Anna mit entschuldigendem Blick an Karoline.

»Gewiss, tausend Dank«, erwiderte die und drückte der Reederstochter innig die Hand.

24

»Der vorbereitete Flottenvorstoß gegen die britische Küste wurde abgesagt«, berichtete Christian Nieland seinem Schwiegersohn, als er ihn an dessen Arbeitsplatz in der Schreibstube der SMS *Nassau* aufsuchte. »Das Wetter ist zu schlecht, da funktioniert die Luftaufklärung durch unsere Zeppeline leider nicht.«

Hoffnung keimte in Gideon auf. »Und jetzt? Rückzug?«

Doch der Reeder schüttelte den Kopf. »Es geht Richtung norwegische Südküste. Vorstoß gegen die britischen Handelsschiffe dort«, verriet er. »Wenn etwas schiefgeht und wir uns zu weit nördlich befinden, ist das Skagerrak unser alternativer Rückzugsweg in die Ostsee«, erklärte er die strategische Planung für den Vorstoß gegen die Royal Navy.

Das Skagerrak war der Teil der Nordsee zwischen der Nordküste Dänemarks, der Südküste Norwegens sowie der Südwestküste Schwedens, und Gideon hoffte, dass es nicht nötig werden würde, über diesen zeitaufwendigen Umweg in die Ostsee zu fliehen. »Ich habe ein schlechtes Gefühl bei der Sache«, entgegnete er, während er besorgt zu dem Foto seiner Frau auf dem Arbeitstisch sah. Was, wenn seine Anna nun tatsächlich schwanger war – und er es nicht mehr erfahren würde?

***

»Diesen Fraß hier würden nicht mal Schweine mögen«, knurrte Oberheizer Müller angewidert.

Willy Brix saß mit seinem Kameraden in der Schiffsmesse der Heizer auf dem Zwischendeck der SMS *Wiesbaden*, und sie stocherten angewidert in ihrem Mittagessen herum.

»Das kannst du laut sagen«, stimmte ein Maschinist zu. »Kein Brot, kein Fett, dafür Klippfisch, Kartoffelschalensuppe und Steckrüben ohne Ende – Wasser mit ein bisschen Grün drin, mehr nicht. Wir schieben hier unten Kohldampf, und die Herren Offiziere in der Messe oben lassen sich's bei Braten mit Soße gut gehen. Hoffentlich gibt es morgen zu Himmelfahrt wenigstens etwas Anständiges.«

Da ihre Freiwache nach der kurzen, kargen Mahlzeit noch nicht zu Ende war, versuchte Willy, den Kopf auf die Arme gestützt, eine Mütze Schlaf zu bekommen, bevor er in den stickigen und unerträglich heißen Heizraum zurückmusste, um Kohle zu schippen. Doch die Backschaften, jene Kameraden, die in dieser Woche für die Reinigung ihres Tisches zuständig waren, klapperten derart lautstark, dass allenfalls ein Tauber hätte einnicken können.

»Mehr Lärm kriegen die Beefs auch nicht hin«, knurrte Oberheizer Hugo Zenne, der neben Willy auf der Bank gedöst hatte, im Dialekt seiner Heimatstadt Jena.

Ja, Krach machen konnten sie, die Engländer, das hatte Willy im August vor zwei Jahren selbst erfahren. »Was meinst du, ob wir bald auf die stoßen?«, fragte er Zenne.

Der zuckte nur mit den Schultern. »Das wissen allein die Herren Offiziere da oben.« Dann stand er auf und setzte sich hinüber zu einigen Kameraden, die Skat spielten.

Willy blieb alleine zurück. Ihm war bewusst, dass die meisten Männer an Bord ein Gefühl von Nutzlosigkeit plagte und sie dem Augenblick förmlich entgegenfieberten, da der Feind endlich aus der Versenkung auftauchte. Er selbst hingegen war dankbar für jeden Tag der Ruhe – im Gegensatz zu den meisten anderen hier wusste er ja nur zu gut, was so ein Seegefecht bedeutete.

Etwas später kam ein junger Heizer von seiner Freiwache auf Deck zu ihnen in die Messe heruntergepoltert und verkündete außer Atem: »Jungs, Kurswechsel nach Norden, ist nichts mit Wilhelmshaven! In der Funkerbude ist mächtiger Betrieb, und die Offiziere stehen alle oben auf der Brücke. Irgendwas braut sich da zusammen!«

Willy spürte, wie sich sein Magen vor Angst zusammenzog. Der Gedanke, bald wieder der übermächtigen englischen Flotte zu begegnen, hatte sich wie ein über ihm hängendes Damoklesschwert angefühlt. Es beruhigte ihn ein wenig, dass Oberheizer Müller, der bereits im fünften Jahr diente und als Respektsperson im Heizerzwischendeck galt, nun von seinen Skatkarten aufsah und harsch widersprach: »Ach was!«

Von seiner Position aus konnte Willy sehen, dass Müller einen Grand mit Dreien in der Hand hielt. Er kommentierte zweiflerisch: »Dat ist ja allens Quatsch, wat soll denn los sein? Der Kaptein wird die Offiziere wohl haben heraufholen lassen, dat kommt doch alle Tage vor.«

Doch kaum knallte Müller triumphierend einen Buben auf den Tisch, da sprang ein Heizer aus einer anderen Wache mit zwei großen Sätzen die Treppe herunter und rief: »Kinner, et jeht los! Wir kriegen se beim Wickel. Se sollen jar nich mehr weit ab sein!«

Im Nu war das ganze Zwischendeck in Aufruhr versetzt, die Karten flogen zu Boden, und jeder versuchte, auf Tischen und Bänken stehend, einen Platz in der Nähe der Treppe zu erlangen, wo der Kamerad stand, der die aufregende Nachricht überbracht hatte.

»Was ist los?«

»Wer ist da?«

»Mensch, erzähl!«

»Wehe, wenn du uns gefoppt hast!«

Der Heizer, der unverkennbar aus Berlin kam, brüllte: »Kinner, jetze seid ruhig und haltet's Maul! Man kann ja sein eijenes Wort nich verstehn!«

Nachdem er sich solchermaßen Gehör verschafft hatte, fuhr er mit seinem Bericht fort: »Also, ick stehe am vorderen Schornstein anner Backbordseite, da hör ick den akkuraten Berger hinter mir zum Bootsmann sagen: ›Nun geht's an Ihre neue Farbe heran! Die Engländer sind in der Nähe, etwa zwanzig Schiffe. In einer Stunde können wir sie zu fassen kriegen.‹«

Die letzten Worte gingen in großem Jubel unter. Die Heizer schrien und lachten durcheinander, die spöttische, abgestumpfte Stimmung der letzten Zeit war mit einem Mal ins Gegenteil umgeschlagen. Keiner bemerkte, dass Willy wie benommen sitzen geblieben war. Nun ging es also wieder los.

Um vier Uhr nachmittags übernahm die »Wache drei«, jene Schicht der Heizer, der auch Willy angehörte, wieder die Arbeit in den Heizräumen. Willy half Oberheizer Zenne dabei, die Turbolüfter zu versorgen. Diese Windmaschinen führten den Kesseln möglichst viel Luft zu, um Kohleverbrennung und Dampfentwicklung zu beschleunigen. Doch bereits nach einer halben Stunde drang plötzlich der schrille Klang der Alarmglocke durchs Schiff. Feindkontakt!

***

»Butter, Kartoffeln, Milch, Eier, Käse, Apfelsaft«, zählte Anna auf. Hinnerk hatte sie auf dem Weg von der Reederei zu seinem Wagen gefragt, was sie für den Besuch Karoline Iwersens am Abend vorbereitet hatte.

»Donnerwetter!«, staunte er. »Da wird sich die alte Frau Iwersen aber freuen.«

»Ich denke auch. Aber die Hilfe ist ja leider nur kurzfristig«, gab Anna zu bedenken, als sie das Automobil bestiegen. »Hätte ich gewusst, dass ihr Sohn gefallen ist … Für sie und ihre Schwiegertochter reicht ihre schmale Pension hinten und vorne nicht. Wenn ich sie nur zu uns in die Villa zurückholen könnte!«

»Hm«, machte Hinnerk und schürzte versonnen die Lippen. »Eure Frau Dahlke wird bald viel mehr zu tun haben, die muss nämlich demnächst zwei Mäuler mehr stopfen. Und Fräulein Flechsig wird als Zofe für *zwei* Damen agieren müssen.«

»Was soll das heißen?«

Hinnerk strahlte seine Cousine an. »Wir haben endlich Käufer gefunden.«

Anna horchte auf. Sie wusste, dass Gudrun und Teresa schon vor einigen Wochen entschieden hatten, Hinnerks Elternhaus in Blankenese zu verkaufen.

»Wir werden am ersten Juli zu euch in die Villa am Elbstrand ziehen. Nur so können wir alle unseren Lebensstandard noch eine Weile lang halten.«

Annas Gedanken rasten. »Aber das heißt ja …«

»Dass du unsere Großmutter fragen solltest, ob sie nicht ganz dringend ihre gute, alte Hausverwalterin wieder einstellen möchte!«, vollendete Hinnerk ihren Satz. »Die Kammerzofe meiner Mutter wird uns nämlich nicht begleiten, die wurde von der Käuferin unseres alten Hauses übernommen.«

Anna küsste ihren Cousin vor Freude auf die Wange. Sie würde ihre geliebte frühere Erzieherin wieder um sich haben, und diese musste nicht länger hungern. »*Das* wird ein Geschenk für Ursel und Paul! Sie lieben unsere Frau Iwersen doch auch wie eine Mutter.«

25

Gegen halb acht Uhr abends herrschten im Maschinenraum der *Wiesbaden* gefühlte fünfzig Grad, und Willy hatte schrecklichen Durst. Da die Ventilation bei Gefechtsbereitschaft abgestellt werden musste, konnte die von verbranntem Öl und Fett verpestete Luft nicht erneuert werden. Frischer Sauerstoff wurde hier einzig dem Feuer gegönnt. Willy reichte Zenne gerade die Ölkanne an, damit der Oberheizer seine Windmaschinen schmieren konnte, als das Schiff plötzlich einen äußerst heftigen Stoß abbekam. Willy flog mit dem Kopf hart an die gegenüberliegende Wand. Der Boden erbebte, die Lichter gingen aus – und tiefe Schwärze umgab sie. Benommen tastete Willy nach seiner schmerzenden Stirn und spürte etwas Feuchtes. Offenbar blutete er. Wenig später flammte das elektrische Licht wieder auf. Die Stromversorgung war wohl auf Akkumulatoren umgeschaltet worden. Willy betrachtete seine Finger – und tatsächlich: Sie waren dunkelrot. Der junge Heizer hob den Kopf und sah sich um: Auch Zenne war gestürzt und befühlte fluchend seine Knochen. Der Heizraum selbst schien keinen Schaden genommen zu haben. Das Geschütz musste an anderer Stelle eingeschlagen sein. Offenbar sanken sie auch nicht – zumindest noch nicht.

»Schwere Granate«, mutmaßte Zenne.

Die Schott-Tür wurde von achtern aufgerissen, und fünf weitere Heizer kamen aufgeregt hereingestürzt. »In Abteilung sechs ist alles kurz und klein!«, rief einer von ihnen dem Oberheizer zu. »Volltreffer in beide Maschinen! Hohe Dampfgefahr!«

Weg waren sie, und durch die offen stehende Tür hörten Willy und Zenne ein verräterisches, helles Zischen. Sämtliche hintere Räume waren bereits voll von Dampf, und die beiden Männer spürten die noch stärker ansteigende Hitze.

Schnell schloss Zenne die schwere Eisentür und wandte sich den Turbinen zu. »Au weia, die laufen schon ganz langsam«, klagte er – da kamen sie auch schon gänzlich zum Stillstand. Mit einem Schlag war es totenstill auf dem Heizerdeck. Beklemmung legte sich um Willys Herz. Die *Wiesbaden* war zu einer unsteuerbaren Zielscheibe geworden. Gleich mit ihrem ersten Treffer hatten die Engländer sie bewegungsunfähig geschossen.

Auch bei den anderen Männern unter Deck war es nun jäh zu Ende mit deren begeisterter Siegeszuversicht. Jetzt, da alle Maschinen standen, waren sie zur Tatenlosigkeit verurteilt. »Hoffentlich verkaufen die Jungs auf dem Oberdeck unser Leben wenigstens teuer«, murmelte Zenne niedergeschlagen.

Willy versuchte, ihn zu trösten: »Die anderen Kreuzer der Flotte lassen uns sicherlich nicht im Stich.«

Dumpf folgte von nun an Treffer auf Treffer. Jedes Mal erzitterte das ganze Schiff. Willy wusste, dass er bald erneut Verwundete und Tote sehen würde, höchstwahrscheinlich erwischte es ihn diesmal auch selbst. Die Bedienungsmannschaft an den Geschützen hatte schon schwere Verluste erlitten, hieß es. Sie wurden nun zum Teil durch die arbeitslos gewordenen Heizer ersetzt. Ob Gorch Fock auf seinem Ausguck wohl überlebt hatte, fragte sich Willy. Gas- und Brandgeruch durchzog die unteren Räume, und die Meldungen von Wassereinbruch und Verwüstungen häuften sich.

Willy und Zenne standen mit angehaltenem Atem an dem Platz, den man ihnen unter Deck zugewiesen hatte. Äußerlich ruhig und ergeben, warteten sie auf ihr letztes Stündlein. Wie es sich für einen deutschen Soldaten geziemt, dachte Willy bitter. Dieser gesamte militärische Befehlsapparat kam ihm inzwischen vor wie eine einzige, perverse Mordmaschine. Es war völlig klar, dass das Schiff verloren war, aber weil es ohne Gehorsam nicht funktionieren konnte – ohne Gehorsam auch kein Krieg je möglich gewesen wäre –, musste der Überlebenstrieb strategisch und systematisch zerstört oder umgelenkt werden. Würde Willy Befehle verweigern, weil diese seinem gesunden Menschenverstand widersprachen, er würde wohl selbst in ihrer jetzigen Lage noch von den eigenen Leuten erschossen werden. Nur so konnte dieses perfide System funktionieren, das sich mit Tarnnamen wie »Heldentum«, »Pflichtbewusstsein« und »Patriotismus« schmückte. Die völlig natürliche Angst vor dem Tod wurde dabei sanktioniert. Willy fürchtete sich dennoch. Denn er wusste, dass »kurz und schmerzlos« im Krieg meist ein vergeblicher Wunsch war. Sterben – das war ein so merkwürdiges Tunwort. Was *tat* man dabei denn genau? Vielleicht würde er nun Antworten auf diese Frage erhalten, denn rings um ihn herum schlugen die Granaten ein. Von überall waren grauenvolle, schmerzverzerrte Schreie zu hören.

***

Anna fand ihre Großmutter in der Bibliothek mit einer Fotografie ihres zweiten Sohnes in der Hand. »Onkel Philip?«, fragte Gudruns jüngste Enkeltochter leise.

»Heute vor genau zehn Jahren ist er gestorben«, sagte die Patriarchin mit belegter Stimme. »Wo ist nur all die Zeit hin?«

»Ich weiß noch, dass Hinnerk damals nichts mehr essen wollte«, erinnerte sich Anna. »Da war er gerade mal elf Jahre alt.«

»Aber du hast ihn mit Schokolade und Kakao ködern können«, erinnerte sich Gudrun lächelnd. »Ihr wart schon immer wie Geschwister.«

»Und bald wohnen wir sogar unter einem Dach«, ergänzte die Enkelin. »Großmutter, ich muss dich dazu etwas fragen.« Sie begann nun in allen Einzelheiten von ihrem traurigen Wiedersehen mit Elfriede Iwersen zu erzählen und von Hinnerks Idee. Zur großen Freude ihrer Enkelin stimmte Gudrun Nieland sofort zu, sie wieder als Hausdame einzustellen.

»So sparen wir uns die Annonce«, meinte sie. »Gutes Personal ist schwer zu finden, und eine fähigere Verwalterin als Frau Iwersen hatten wir nie. Alte Besen kehren eben doch am besten.«

Die junge Reederin wusste, dass ihre Großmutter keine besonders gefühlsbetonte Person war. Berührungen oder gar Zärtlichkeiten standen bei ihr nur selten auf der Tagesordnung. Sie war auch keine Frau, die man einfach so umarmte. Doch nun konnte Anna vor lauter Freude einfach nicht anders: Sie beugte sich vor, um Gudrun auf die zwar schon faltenreiche, aber ausgesprochen gepflegte Wange zu küssen.

Noch bevor die Großmutter Protest einlegen konnte, betrat Dienstmädchen Ursel die Bibliothek und kündigte den Besuch von Karoline Iwersen an.

»Na, für die habe ich ja nun mehr parat als Essensvorräte«, freute sich die Reederstochter und eilte überglücklich hinaus.

***

Um kurz nach acht Uhr gab es an Bord der SMS *Wiesbaden* eine ungeheure, dumpfe Detonation, die alle bisherigen Treffer in den Schatten stellte. Willy war es, als würden sie mitsamt dem Schiff in die Luft geschleudert. Das musste ein Torpedotreffer gewesen sein.

»Alle Mann vom Schiff!«

Dieser Ruf bedeutete die Auflösung sämtlicher Posten und Befehle. Für Willy war es die ersehnte Erlaubnis, sein bisschen Leben in die eigene Hand zu nehmen und das Beste daraus zu machen. Viel war das in dieser verzweifelten Situation gewiss nicht mehr. Scharen von Heizern und Maaten, die den Ruf gehört hatten und noch imstande waren, ihm zu folgen, strömten durch die engen Gänge in Richtung Oberdeck. Die nummeriert an den Wänden hängenden Korkwesten wurden nun verteilt. Einige waren zerschossen und unbrauchbar, was jedoch durch jene ausgeglichen wurde, deren Besitzer nicht mehr in der Lage waren, sie abzuholen. Zwei Matrosen schleppten sogar noch einen schwer verwundeten Kameraden mit sich – ob aus wirklicher Hoffnung auf Rettung oder um dem Verletzten draußen zumindest einen »echten Seemannstod in den Wellen« zu ermöglichen, wusste Willy nicht.

Hugo Zenne dauerte das Gedränge der Kameraden am Aufgang in Abteilung acht zu lang. Er deutete durch die offene Schott-Tür und erklärte: »In Abteilung sechs ist die Treppe frei, ich geh dort hoch.«

Willy ließ ihn zunächst ziehen, als sich jedoch abzeichnete, dass der Aufstieg mit den Verwundeten gewiss noch länger dauern würde, rannte er ebenfalls zur sechsten Abteilung hinüber. Kaum war er einige Schritte gegangen, warf ihn zeitgleich mit einem unfassbar lauten Krachen eine ungeheure Druckwelle zu Boden. Mit pfeifenden Ohren rappelte er sich auf und sah, dass in den Ausgang von Abteilung acht – da, wo er eben noch gestanden hatte – eine Granate eingeschlagen war. Statt der Kameraden war dort nur noch ein großes, klaffendes Loch.

26

Kurz nach acht Uhr abends vernahm Elfriede Iwersen endlich das ersehnte Geräusch des Schlüssels in ihrer Wohnungstür. Was hatte sie sich für Sorgen um ihre Schwiegertochter gemacht, die sonst immer ankündigte, wenn sie vorhatte, später als sieben Uhr von ihren Putzarbeiten zurückzukommen.

»Wo warst du denn so lang, Karoline?«, rief sie voller Erleichterung. Zu ihrer großen Verblüffung hatte ihre Schwiegertochter nicht nur einen großen Korb voller Lebensmittel dabei, nein, sie war auch in Begleitung von Anna Meseritz.

»Fräulein Anna!«, staunte die einstige Hausdame.

»Frau Iwersen, entschuldigen Sie die späte Störung«, sagte die Reederstochter. »Aber meine Familie hat eine ganz große Bitte an Sie.«

Nachdem sie ihr die Sachlage im Haushalt der Nielands erklärt hatte, brauchte Anna nicht mehr zu fragen, ob die alte Dame bereit sei, ihre ehemalige Stelle wieder anzutreten.

»Es geht zurück nach Hause«, murmelte die Haushälterin fassungslos vor Glück, und Tränen rannen über ihre Wangen. »Nach Hause.«

Man kam überein, dass Hinnerk und Anna Frau Iwersen gleich am kommenden Mittag mitsamt ihrem Gepäck abholen und zur Villa Nieland fahren würden. Danach mussten sie ohnehin zum Hauptbahnhof, um Sofie abzuholen.

»Das kleine Fräulein Brix kommt?«, versicherte sich Elfriede Iwersen überglücklich.

»Ja, sie ist Ursels Trauzeugin«, berichtete Anna. »Die heiratet am Sonnabend unseren Paul. Ach, Frau Iwersen, wir hätten Sie nie gehen lassen dürfen.«

Beim Abschied in der Wohnungstür bedankte sich auch Karoline nochmals herzlich bei der Reederstochter. Sie hatte Anna verlegen gestanden, dass sie nachts bisweilen als Kneipensängerin auftrat, um sich etwas dazuzuverdienen. Die fand das jedoch eher beeindruckend als verdammenswert. Sie hatte erklärt, ihr gern einmal zuhören zu wollen, wovon Frau Iwersens Schwiegertochter sehr geschmeichelt war. Schließlich drückte sie Anna ein Flugblatt in die Hand.

»Ich würde mich freuen, wenn Sie mich begleiten würden«, sagte sie. »Sie sind doch für unsere Sache!«

Anna blickte auf den Zettel. Der Deutsche Verband für Frauenstimmrecht lud darauf für den kommenden Abend zu der öffentlichen Veranstaltung im Gasthaus *Krone* in Altona ein. Anna beschloss, Sofie nach deren Ankunft zu überreden, mit ihr dorthin zu gehen.

***

Benommen kletterte Willy jene Stiege in Abteilung sechs hinauf, die zuvor Hugo Zenne genommen hatte. Auf dem Oberdeck bot sich ihm ein weiteres Bild der Verwüstung. »Herrgott im Himmel«, hörte er den Oberheizer fassungslos sagen. »Wie sieht unser schönes Schiff aus!«

Das ganze Deck war aufgerissen und bedeckt von glitschigem gelben Pulverschleim. Überall lagen Tote und Verwundete. Die beiden hinteren Schornsteine hingen in Trümmern über Bord, der vordere stand nur noch halb und war durchsiebt von Einschusslöchern. Aus den Luftschächten der Maschinenräume strömte weiterhin Dampf, der vordere Schiffsteil brannte, und von der Kommandobrücke waren nur noch zwei verbogene Eisenpfosten übrig.

Immer mehr Kameraden wurden dahingerafft, da die feindlichen Granaten unbarmherzig auf sie niedergingen und permanent Wolkenbrüche von Sprengstücken und Wrackteilen herabhagelten. Wo gab es noch Schutz? Willys Trommelfell hatte durch die zahllosen Detonationen derart gelitten, dass er kaum noch etwas hörte. Hugo Zenne signalisierte ihm und vier weiteren Heizern, die es rechtzeitig an Deck geschafft hatten, mit Handzeichen, sich nach achtern zum Schutzschild der Heckkanone durchzuarbeiten. Auf ihrem Weg über Trümmerhaufen und Leichen hinweg sahen sie auch den »akkuraten Berger«, ihren Ersten Offizier, der stets auf penible Sauberkeit und adrette Uniformen bestanden hatte, blutüberströmt und leblos unter den Trümmern der Brücke liegen. Akkurat war an Bord gar nichts mehr.

Schließlich erreichten Willy und seine Kameraden die Heckkanone, hinter deren Schild sie sich nun dicht aneinanderdrängten. Doch das dünne Panzerblech des Geschützes konnte nicht alle Geschosse aufhalten, und so schlug schließlich ein niederprasselnder Stahlsplitter hindurch und tötete drei der sechs dort kauernden Kameraden auf der Stelle. Willy, Zenne und Müller blieben auf wundersame Weise unverletzt. Schwarzer, beißender Rauch strich auch über die drei Heizer hinweg, ihre Hände und Gesichter waren dunkelgelb von den Geschossgasen, ihre Augen brannten.

Willy versuchte, nicht in Richtung der Getöteten zu sehen, und ließ seinen Blick stattdessen über das Schiff schweifen, das einer rauchenden Ruine glich. Von den Rettungsbooten waren nur noch glimmende, verkohlte Bruchstücke übrig. Eine Flucht war damit also auch nicht mehr möglich. Wenn ihn nicht vorher ein Geschoss erwischte, blieb am Ende wieder nur die See – und die war heute wesentlich kälter als bei seinem Schiffbruch vor knapp zwei Jahren. Außerdem würde diesmal wohl kein anderes deutsches Schiff in der Lage sein, zu ihrer Rettung zu eilen, dachte Willy mit zunehmender Verzweiflung.

Kurz nach neun Uhr hörte der Beschuss plötzlich auf. Die lange Reihe der britischen Schiffe fuhr, ohne zu schießen, an ihnen vorbei und schwenkte nach Norden ab.

»Lassen die uns jetzt in Ruhe?«, fragte Willy mit neuer Hoffnung.

Schnell verteilten sich die wenigen nicht Verwundeten übers Deck.

»Lasst uns alle Kameraden, in denen sich noch ein Funken Leben regt, da hinten zusammenbringen!«, schlug ein junger Unteroffizier vor und deutete auf das Heck. »Die Räumung des Schiffes muss bei einer Rettung schnell vonstattengehen.«

Da hörten sie Hilfeschreie aus dem Wasser. Mit den heruntergelassenen Ketten der Reling gelang es Willy, Müller, Zenne und dem Unteroffizier, die sechs Kameraden, die sie im Meer entdeckten, ans Oberdeck zu ziehen. Zu Willys großer Freude war auch Johann Kinau alias Gorch Fock unter ihnen. Dieser schüttelte dem jungen Heizer die Hand, allerdings musste er dazu die Linke verwenden, da sein rechter Unterarm verletzt war.

»Dank dir, Brix«, keuchte er, vor Kälte bibbernd.

Willy, dessen Ohren sich immer noch nicht erholt hatten, musste es von seinen Lippen ablesen. Er war beruhigt, dass der Schriftsteller überlebt hatte, obwohl dessen Ausguck längst weggeschossen worden war.

»Alles in Ordnung bei dir?«, erkundigte sich Kinau.

Willy nickte, und tatsächlich spürte er erstmals einen Hauch neuer Hoffnung, sogar ein Anflug seines Humors war zurück: »No See dörft blot welk, de nich bang sünd«, zitierte er schmunzelnd aus *Seefahrt ist not!*. Wie gut das auf sie passte – die Seefahrt war wirklich nur etwas für die Furchtlosen.

Der Schriftsteller lachte und musste husten.

»Ich glaub, da vorne kommen feindliche Torpedoboote auf uns zu!«, unterbrach Müller das Gespräch der beiden, da er etwas am Horizont entdeckt hatte.

»Die wollen ja wohl hoffentlich die Lebenden und Verwundeten von unserem Schiff holen«, meinte Hugo Zenne.

Willy zweifelte daran, obwohl er tatsächlich von der Regel gehört hatte, dass den Mannschaften wehrloser Schiffe die Möglichkeit angeboten wurde, sich in Gefangenschaft zu begeben, um dem Tod zu entgehen. Auch andere Kameraden schienen Zennes Zuversicht bezüglich einer Rettung durch den Feind zu teilen. Anders als in Gorch Focks Roman, an dessen Ende der heldenhafte Fischer lieber im Sturm ersoff, als sich von einem »Ingelschmann« retten zu lassen, überwog bei den Männern der *Wiesbaden* der Selbsterhaltungstrieb.

»Herrgott, die fahren ja wieder fort!«, schrie Müller jedoch schließlich empört in die noch fast tauben Ohren seiner Schicksalsgenossen.

Erschrocken blickten sich die Matrosen um und suchten die in der Abenddämmerung schon recht dunkel gewordene See ab. Ihr Kamerad lag richtig: Die englischen Torpedoboote hatten einen großen Bogen um ihr Schiff gemacht und rasten davon.

»Gefahr von backbord!«, rief Kinau schließlich.

Und dann eröffnete der Feind mit einem von links nahenden zusätzlichen Geschwader ein unbeschreiblich heftiges

Kreuzfeuer auf die *Wiesbaden*, die unter den furchtbaren Einschlägen erbebte.

»Die wollen uns mit Mann und Maus versenken«, sagte Zenne in fassungsloser Bestürzung.

Willy verkroch sich wieder unter dem Schild am Heckgeschütz. Angesichts all der blutroten Feuersäulen an Bord fühlte er sich an Beschreibungen des Fegefeuers erinnert. Obgleich er die Augen fest schloss, blendeten ihn die Blitze der krepierenden Granaten sogar noch durch die Lider hindurch. Allmählich wurde er gleichgültig gegenüber dem Grauen und den immer lauter werdenden Schreien seiner verletzten Kameraden um ihn herum. In den wenigen Augenblicken, bis endlich auch ihn ein feindliches Geschütz treffen würde, wollte er ganz intensiv an seine Lieben daheim denken: den Großvater, der seinen Arm an den Krieg verloren hatte, die Großmutter, an Mutter und Vater – und allen voran an seine geliebte Schwester Sofie.

***

Behutsam legte Sofie das Foto ihres Bruders Willy in ihren kleinen Koffer. Sie packte für ihre morgige Abreise nach Hamburg, während Edith in ihrer Koje *Die Verwandlung* las.

»Dieser Kafka ist wirklich merkwürdig«, stellte die Nieland-Tochter fest.

»Merkwürdig oder eher bemerkenswert?«, fragte Sofie.

»Definitiv beides.«

»Finde ich auch. Obwohl der Roman so skurril ist, habe ich ihn an einem Stück durchgelesen«, erzählte Sofie. »Unheimliche Vorstellung, eines Morgens als Käfer aufzuwachen.«

»Ich denke, der Autor meint das nicht wörtlich«, mutmaßte Edith. »Aber es erinnert mich etwas an die Männer, denen wir nach der Helgolandschlacht vor zwei Jahren Gliedmaßen amputieren mussten. Die wachten auch auf und waren plötzlich nicht mehr dieselben. Und ihr Umfeld, ihre Verwandten reagierten auch oft alles andere als liebevoll. Die Männer waren zur Belastung des Familienfriedens geworden. Einige von ihnen wollte man loswerden wie lästige Insekten.«

Sofie ergänzte bitter: »Und selbst wenn man ihnen noch so einfühlsam und fürsorglich begegnet, den Schmerz kann man ihnen trotzdem nicht nehmen. Mein Großvater hat im Deutsch-Dänischen Krieg seinen Arm verloren. Obwohl es über fünfzig Jahre her ist, schreit er noch heute manchmal im Schlaf.«

»Laut Doktor Walz ist das ein Mitgrund, warum die Marine Frauen an Bord zulässt – weil die verzweifelten Männer sich bei uns geborgen fühlen«, erzählte Edith. »Vor uns weinen sie sich eher aus als vor ihren Kameraden. Ein schwacher Trost für die Unversehrtheit, die ihnen unsere Regierung gestohlen hat.«

Sofie spürte immer größeren Unmut, je mehr sie über all dies nachdachte. »Anna hat mir geschrieben, wie viele Invalide in Hamburg betteln müssen.«

»Das ist wirklich eine Schande«, befand Edith. »Ich bin mir inzwischen nicht mehr sicher, ob wir diesen ganzen Kriegsapparat nicht durch unser Hiersein unterstützen. Vielleicht sollten wir lieber gehen und politischer werden. Im Grunde ist dieses Schiff wie alle anderen der Kaiserlichen Flotte doch nur eine große Geldverschwendung – Geld, mit dem man viele hungrige Mäuler stopfen könnte, statt die Todesmaschinerie zu ölen. Eine Schlacht, bei der wir wirklich Leben retten, wird es wohl ohnehin nicht geben.«

Sofie dachte an ihre heimliche Liebe Burkhard und ihren Bruder Willy und hoffte, dass sich Edith Nieland nicht täuschte.

27

Willy öffnete die Augen, mittlerweile war es Nacht geworden. Er musste trotz des Gefechtslärms kurz eingenickt sein. Dieser war inzwischen gespenstischer Stille gewichen, weshalb der junge Heizer sich traute, hinter dem Schutzschild hervorzukriechen.

»Mensch, Brix, du lebst ja doch noch«, rief Kinau hinter ihm und legte ihm die Hand auf die Schulter.

Willy lauschte angestrengt. Sein Gehör schien langsam wieder zurückzukommen. »Wo sind die Engländer hin?«, fragte er benommen. »Warum haben sie uns nicht den Rest gegeben?«

»Das weiß allein der Teufel«, erwiderte der Schriftsteller. »Vor knapp zehn Minuten hat das Schießen plötzlich aufgehört. Die haben dann einfach abgedreht und sind davongefahren.«

Willy konnte es noch gar nicht fassen. »Meinst du, sie kommen wieder?«

»Wer weiß«, meinte Kinau schulterzuckend und kündigte an: »Ich suche mir jetzt erst mal trockene Kleidung. Ich halte es vor Kälte nicht mehr aus.«

»Alle Mann hierher!«, rief ein Obermaat aus der Schreibstube. Dort verbrannten er und einige Kameraden die Akten, damit sie sich an dem Feuer ein wenig wärmen konnten. In dessen Schein versammelten sich allmählich alle, die noch konnten.

Hungrig, nass und frierend standen immer mehr Seemänner beisammen, schüttelten sich die Hände und sprachen einander Mut zu. »Unser Schiff wird schon durchhalten.«

»Tagsüber kommt bestimmt jemand, um nach uns zu suchen.«

Die Seeleute wollten herausfinden, wie viele ihrer zuvor mehr als fünfhundert Mann starken Besatzung übrig geblieben waren. Sie zählten sechzehn Unverwundete, darunter nur zwei Obermatrosen von der seemännischen Besatzung; die restlichen Männer waren Maschinenmaate und Heizer. Von den Offizieren und Ingenieuren hatte es scheinbar keiner geschafft, die meisten waren gleich zu Beginn der Schlacht gefallen.

Gemeinsam beschlossen sie nun, alle verwundeten Kameraden auf die Schanze, den hinteren Teil des Oberdecks, zu bringen und sie dort zu versorgen, so gut es ihnen noch möglich war. Während einige der Matrosen die vom Feuer verschonten Hängematten zusammensuchten, um daraus eine Lagerstätte für die Verletzten zu bauen, begaben sich Willy und Zenne in die Offizierskammern. Dort rissen sie die Wäsche aus den Spinden, um sie als Verbandszeug und Decken zum provisorischen Krankenlager zu bringen. Der in seiner leichten Heizerkleidung erbärmlich frierende Willy nutzte die Gelegenheit, seinen Mantel zu holen. In dessen Tasche steckte er sein Tagebuch, eingewickelt in ein schützendes Stück Leder. Das zerknitterte Foto seiner Familie verstaute er – wie bei seinem ersten Schiffbruch vor knapp zwei Jahren – unter seiner Mütze. So hatte er es griffbereit, sollte es mit ihm zu Ende gehen.

Oben an Deck bereitete vor allem die Unterkühlung der Verwundeten den Matrosen Sorge. Obgleich sie in drei oder sogar vier Lagen eingewickelt waren, bibberten sie und klapperten mit den Zähnen. Den Unverletzten erging es nicht anders. In der Anrichte des Kommandanten hatte Oberheizer Müller indes einen Laib Brot und etwas gekochten Schinken entdeckt. Brüderlich wurde der wertvolle Fund aufgeteilt und verschlungen. Auch Zigarren fanden sie und zündeten sie an glimmenden Holzteilen an. Willy selbst rauchte nicht, aber der Duft des Qualms der teuren Rauchware erinnerte ihn an andere, friedliche Tage.

Gegen elf Uhr nachts zuckte Willy zu Tode erschrocken zusammen. Über ihm stand im Halbdunkel plötzlich eine blutüberströmte Gestalt, die wie ein Geist aus dem Nichts aufgetaucht zu sein schien.

»Kapitänleutnant Berger!«, erkannte Gorch Fock erschrocken ihren Ersten Offizier. Dieser war am Kopf und an der linken Brust zwar schwer verwundet und hielt sich nur mühsam aufrecht – aber er lebte noch! Der Schwerverletzte schwankte, und Willy sprang auf, um ihn zu stützen.

»Möchten Sie sich zu den anderen Verwundeten auf die Schanze legen?«, fragte ihn Hugo Zenne.

Berger schüttelte den Kopf. »Holen Sie mir einen Sessel aus der Kommandantenkajüte«, befahl er.

Die beiden überraschten Heizer eilten sofort los. Sie kamen sich etwas seltsam vor, das bequeme Möbelstück über Trümmer und vorbei an zahlreichen Toten durch das sterbende Schiff zu schleppen.

Nachdem »der Erste« kraftlos im Sessel zusammengesunken war, hüllte Zenne ihn fürsorglich in Decken und Offiziersmäntel. Gorch Fock holte Schwamm und Handtuch, damit der Offizier sich das Blut aus den Augen wischen konnte. Die Kameraden kauerten sich, selbst ermüdet von den Strapazen des Tages, um den Sessel herum an Deck nieder.

Inzwischen war Mitternacht vorüber. Der Himmelfahrtstag brach an. Ausgerechnet. Welche Ironie, dachte Willy. Nun hatte also der Juni begonnen – jener Monat, in dem man sich zu Hause in Glücksburg schon auf das Feuer zur Mittsommernacht freute. Da wurde stets bei Großbauer Petersen gefeiert, die ganze Familie Brix war dabei und aß die leckeren auf dem Feuer gerösteten Frühkartoffeln. Die Erinnerung daran fühlte sich für Willy an wie aus einem anderen Leben. Wie viel Zeit blieb ihnen noch, bis ihr Schiff sank und sie alle mit in den Tod riss? Irgendwo da draußen befand sich die *Nassau* mit Anna Meseritz' Ehemann und ihrem Bruder an Bord, dachte Willy. Wenn deren Mannschaft ihnen doch nur zu Hilfe kommen könnte!

***

Gideon Meseritz stolperte hastig aus der Schreibstube der *Nassau*, um nachzusehen, was geschehen war. Gerade hatte ein heftiger Stoß ihr Schiff erfasst, direkt gefolgt von einem ohrenbetäubenden Krachen. Gideon war im Schreibraum mit Vehemenz gegen das Aktenregal geschleudert worden und blutete nun am Hinterkopf. Er sah auf die Taschenuhr, die ihm einst sein Onkel Joseph geschenkt hatte: halb zwei. Seit fünf Stunden lieferten sie sich nun also bereits Gefechte mit den Briten. Burkhard Nieland, der sich eine üble Fleischwunde an der Wange zugezogen hatte, kam ihm entgegen. Der Schwager erkundigte sich öfter bei Gideon nach Informationen zur Lage des Schiffes, an die dieser in der Schreibstube herankam. Dafür wusste Burkhard als Offiziersanwärter eher, was draußen an Deck vor sich ging.

»War das gerade ein Torpedo?«, fragte Gideon ihn aufgewühlt.

Doch der Reeders-Sohn schüttelte den Kopf. »Wir sind gerammt worden«, berichtete er erstaunlich gefasst, die blutende Wunde in seinem Gesicht schien er dabei gar nicht wahrzunehmen. »Der Navigationsoffizier hat einen großen englischen Vier-Schornstein-Zerstörer entdeckt. Kaum zweihundert Meter Abstand von uns. Das britische Führungsboot wollte der *Westfalen* an den Kragen. Die treibt wehrlos herum. Der Kapitän hat die *Nassau* neunzig Grad nach Backbord drehen lassen, um den Engländern den Weg dahin zu versperren. Doch die haben das bei der miesen Sicht zu spät gemerkt und sind mit voller Fahrt in uns reingedonnert!«

Vom furchtbaren Ausmaß der Kollision konnte Gideon sich nun mit eigenen Augen überzeugen. Der Bug des englischen Zerstörers war gut zwei Meter in das Vorschiff der *Nassau* eingedrungen und steckte noch dort fest. Bei dem ungeheuren Aufprall waren Burkhards Bericht zufolge die ausgefahrenen Torpedos des Engländers explodiert und hatten dessen gesamtes Vorschiff mit den Aufbauten weggerissen. Die Brücke des britischen Schiffs und alles, was an ihm nicht bombenfest war, sei aufs Deck der *Nassau* geschleudert worden. Die Explosionen erklärten auch die immer noch tobenden Feuersäulen und die dichten Rauchwolken. Der englische Zerstörer war in der Mitte durchgebrochen, der hintere Teil bereits halb gesunken.

Gideon und Burkhard versuchten, die schrecklichen Schmerzens- und Angstschreie der im Sterben liegenden englischen Soldaten zu ignorieren und weiter die Situation an Bord zu klären: Durch die Torpedoexplosionen auf dem feindlichen Schiff war auch ein riesiges Stück der Bordwand der *Nassau* weggerissen worden. Das über drei Meter breite Loch klaffte an ihrer Backbordseite von der Wasserlinie bis zum Deck hinauf. Auch ihrem Lazarett fehlte dadurch nun ein Großteil seiner Außenwand, wie Burkhard beklommen feststellte.

»Verdammt«, kommentierte Gideon.

Schließlich fielen ihre Blicke auch auf die Geschütze: Sie waren nur noch ein wüster Trümmerhaufen! Die vordere Kanone war aus der Verankerung gerissen worden und hing über Bord. Entsetzt starrten die beiden Männer sich an und erkannten im Blick des anderen die eigene Sorge. Christian Nieland! Er hatte ihnen beiden kurz vorher erklärt, er wolle die Matrosen an der Kanone unterstützen, da einer ihrer Kameraden gefallen war. Burkhard und Gideon stürzten los und trafen gleichzeitig mit Bordarzt Dr. Kosinski bei der Waffe ein. Die drei an der Kanone stationierten Schützen mussten mit ungeheurer Gewalt gegen die Panzerung geschleudert worden sein. Zwei von ihnen waren bereits tot, doch Christian Nieland war zumindest noch bei Bewusstsein. Dr. Kosinski kniete sofort neben dem Reeder nieder, um dessen blutüberströmten Kopf zu untersuchen. Gideon bemerkte entsetzt, wie schwer Christian Nielands Schädel verletzt war. Als er glaubte, Gehirnmasse zu erkennen, sog er scharf die Luft ein und kämpfte gegen die augenblicklich einsetzende Übelkeit an. Schließlich sah der Bordarzt zu dem verzweifelten Burkhard auf und schüttelte unmerklich den Kopf.

Christians Sohn kniete mit Tränen in den Augen neben dem sterbenden Patriarchen nieder. »Vater …«

Gideon hatte einige Geschichten gelesen, in denen Sterbende noch viele tröstende Worte formuliert hatten, allerlei Bekenntnisse abgelegt. Christian Nieland hingegen war kaum mehr in der Lage zu sprechen. Sein Blick ging ins Leere, er hatte zunehmend Schwierigkeiten zu atmen. »Henny«, brachte er noch hervor. Gideon wusste, dass es sich dabei um den Kosenamen seiner vor fast fünfzehn Jahren verstorbenen Ehefrau Henriette handelte. Er kämpfte mit den Tränen, während sein Schwiegervater immer panischer nach Luft japste – was für ein grausames Sterben!

Als Dr. Kosinski die Augen des Reeders für immer schloss, sank Gideon neben Burkhard nieder und versuchte, dem verzweifelten Bruder seiner Anna etwas Trost zu spenden. Schließlich befürchtete er, sich übergeben zu müssen, und stolperte in Richtung Reling. Er stieß mit dem Fuß gegen etwas auf dem Außendeck. Es war ein Offiziershandschuh, in dem eine abgerissene Hand steckte. Daneben lag ein englischsprachiger Brief mit einer Mädchenlocke.

***

Auf der SMS *Wiesbaden* wurde der Erste Offizier Berger durch den starken Blutverlust immer schwächer. Von seinem Sessel aus befahl er Willy und seinen Kameraden, die noch brauchbaren Flöße zu Wasser zu lassen.

»Zenne, Sie schauen im Inneren nach, wie lange unser Schiff uns bestenfalls noch seine Gastfreundschaft gewähren wird. Nach dem Ergebnis Ihrer Untersuchung wollen wir dann unsere Maßnahmen treffen.«

Der Oberheizer nahm eine kleine Lampe zur Hand und machte sich auf den Weg. Währenddessen untersuchten Gorch Fock, Willy Brix und zwei weitere Kameraden die Blechflöße. Bis auf zwei waren alle durch Einschusslöcher unbrauchbar geworden. Als sie dies dem Ersten mitteilten, nickte der erschöpft.

»Immerhin zwei. Wir brauchen aber noch ein drittes. Sammeln Sie alles Holz zusammen, das von den Granaten losgerissen wurde!«

Die Männer rannten los. Sie waren froh, endlich wieder eine Aufgabe zu haben, zumal davon auch ihr Überleben abhing. Hektisch trugen sie alles Holz, das sie finden konnten, zusammen. Die Holzruder der zerstörten Rettungsboote sollten das Gerippe der Flöße bilden, die sie mit vom Achtermast losgeschnittenen Signalleinen zusammenzubinden gedachten.

Als schließlich Hugo Zenne außer Atem zurück aufs Oberdeck kam, war rasch klar, dass Eile geboten war: »Kann nicht mehr lange dauern, bis wir endgültig absaufen. Das Wasser steht da unten schon knietief. Wenn wir erst so weit eintauchen, dass es bis an die großen Löcher in der Bordwand reicht, dann gute Nacht!«

Die langsam, aber stetig zunehmende Neigung des Schiffes ließ keinen Zweifel an der Aussage des Oberheizers zu. Das Schicksal der *Wiesbaden* war besiegelt.

28

Burkhard, Gideon und Dr. Kosinski hatten gerade begonnen, Christian Nielands Leiche von Deck zu tragen, da erfassten die suchenden Scheinwerfer der deutschen Schiffe einen feindlichen Panzerkreuzer, der vergeblich versuchte abzudrehen. Die Geschütze der *Nassau* feuerten ihm eine schwere Salve über das Heck entgegen. Und kaum hatte der englische Kreuzer ganz gewendet, erwischten ihn drei Volltreffer in die Bordwand. Das Schiff flammte erst rot, dann weiß glühend auf und rutschte mit unheimlicher Rasanz und Geräuschlosigkeit unter die Wasseroberfläche.

»Ersauft, ihr gottverdammten englischen Drecksschweine!«, knurrte Burkhard voller Hass.

Am Horizont wehrten deutsche Schiffe angreifende feindliche Zerstörer ab, es blitzte immer wieder auf. Wohin man auch sah, brannten Kriegsschiffe.

Plötzlich kippte Burkhard um wie ein gefällter Baum und ließ dabei die Füße seines verstorbenen Vaters aufs Deck fallen. Gideon schrie erschrocken auf, legte gemeinsam mit dem Arzt den Leichnam Christian Nielands ab und ging neben den beiden Körpern in die Knie. Erschrocken merkte er, dass die Uniformhose des bewusstlosen Burkhard am Oberschenkel blutgetränkt war.

***

Die erste Dämmerung half den Männern der *Wiesbaden* bei der Vollendung ihres dritten Rettungsfloßes.

Sie mussten ihre letzten Kräfte aufwenden, um das behelfsmäßige Holzgefährt neben den beiden Stahlflößen am Heck zu Wasser zu lassen. Ein unheimliches, dumpfes Gurgeln drang derweil bereits aus dem Inneren des Schiffes. Willy beobachtete erschaudernd, wie der Kleine Kreuzer plötzlich auf der Steuerbordseite bis zur Reling ins Wasser tauchte.

Hinter ihm erhob sich Offizier Berger mühevoll aus seinem Sessel und veranlasste lautstark »ein dreifaches Hurra auf seine Majestät, den Kaiser«.

»Hurra! Hurra! Hurra!«, folgten die Männer seiner Anweisung.

Dann sprang Willy, wie alle Männer, die sich noch rühren konnten, ins Wasser und schwamm zu einem der stählernen Flöße. Fast zeitgleich sank die *SMS Wiesbaden* sanft in die Tiefe. Zu Willys Erleichterung ging dies so langsam vonstatten, dass dabei kein Strudel entstand und die Überlebenden, die noch in unmittelbarer Nähe des Schiffskörpers trieben, nicht in Gefahr gerieten, ihrerseits in die Tiefe gesogen zu werden.

Da ging er dahin, ihr einst so stolzer Kreuzer. Beklommen starrten die Soldaten auf die Stelle, wo er verschwunden war – mit all ihren gefallenen Kameraden an Bord. Willy fröstelte. Schiffbrüchig! Und anders als beim Sinken der SMS *Ariadne* seinerzeit war diesmal keine Rettung in Sicht. Zu allem Übel hatten die Flöße jeweils nur die Größe einer Tür, sodass die Männer sich lediglich wie an einer Rettungsboje festhalten konnten. Daher waren sie dem trotz des Frühsommers noch recht kalten Nordseewasser ausgeliefert. Willys Zähne begannen zu klappern. Wie lange würden er und seine Leidensgenossen durchhalten? Oder waren sie nun einem qualvoll langsamen Tod preisgegeben? Der erste Offizier Berger erkannte, dass die Belastung der einzelnen Fahrzeuge zu ungleich verteilt war – und das Tragevermögen von Willys Floß mit zehn daran hängenden Männern überschritten. Es gelang ihnen auf Bergers Anweisung hin, die drei Flöße durch Schwimmbewegungen noch einmal zusammenzubringen, um einen Ausgleich vorzunehmen. Gorch Fock wechselte mit Oberheizer Müller von Willys Floß zum hölzernen, zwei weitere Kameraden schwammen zum zweiten Stahlgefährt. Nun waren sie am ersten Stahlfloß nur noch zu sechst. Bei der herrschenden Windstille trieben alle in östlicher Richtung einige Zeit weiter nebeneinander her, schließlich trennte aber die Strömung die drei Flöße.

»Lebe wohl und auf Wiedersehen«, rief Gorch Fock und winkte ein letztes Mal.

»Leb wohl«, brachte Willy mit versagender Stimme hervor. Er ahnte, dass er den berühmten Schriftsteller nie wiedersehen würde.

***

Edith eilte so schnell sie konnte die Gangway der *Sierra Ventana* hinauf. Eigentlich hätte sie an diesem Donnerstagmorgen um Punkt neun Uhr mit Dr. Junginger den angekündigten Korrespondenten der spanischen Zeitschrift *La Tribuna* an Deck empfangen sollen, aber sie hatte noch ihre Freundin Sofie am Wilhelmshavener Bahnhof verabschiedet und ihr genau auseinandergesetzt, wen diese aus der Familie und dem Personal in der Villa mit welchen Worten von ihr grüßen müsse. Deshalb kam sie nun zehn Minuten zu spät auf das Oberdeck gehetzt, wo sich Dr. Junginger bereits mit dem Journalisten unterhielt. Zunächst wurde dieser noch von dem Zahnarzt verdeckt, doch seine Stimme kam Edith seltsam bekannt vor. Als sie sich bemerkbar gemacht hatte und beide Männer sie ansahen, stellte sie erstaunt fest, dass es sich bei dem Gast um keinen Geringeren als den mysteriösen Fremden aus der Stadtbücherei handelte! Der Südländer erkannte sie seinerseits sofort wieder, obwohl sie diesmal ihre Schwesternuniform mit Haube trug. Er strahlte die junge Frau erfreut an.

»Ah, Fräulein Nieland, da sind Sie ja. Das ist Herr Ramiro Torres aus Spanien«, verriet Dr. Junginger Edith nun den Namen des Journalisten. Dieser erkundigte sich daraufhin auf Spanisch bei ihr, ob sie etwas mit der gleichnamigen Hamburger Reederei zu tun habe.

»Sie gehört meinem Vater«, antwortete sie, ebenfalls in seiner Sprache. »Sind Sie aus Südamerika? Ich meine, einen Akzent herauszuhören.«

»Ja, ganz richtig«, bestätigte er anerkennend. »Ich komme aus Chile, wo meine Familie auch noch lebt. 1910 bin ich zum Studieren nach Madrid gereist, und danach …«

Weiter kam Ramiro Torres nicht, denn Dr. Junginger, der ja kein Spanisch verstand, unterbrach ihn mit einem lauten Räuspern. »Ich denke, nun sollten wir mit unserer Führung beginnen.«

Der Arzt hatte sich offenbar akribisch auf den Besuch vorbereitet. Bei detailreichen Ausführungen wie »Das Schiff ist hundertneununddreißig Meter und dreißig Zentimeter lang, siebzehn Meter breit, achttausendzweihundert Bruttoregistertonnen schwer und hat einen Tiefgang von fünfeinhalb Metern« musste Edith schmunzeln. Dr. Junginger, der sie zum Zwischendeck führte, bekam davon aber nichts mit und fuhr unbeirrt fort: »Der Kohleverbrauch beträgt in Fahrt über sechzig Tonnen am Tag. Deshalb steuern wir jedes Vierteljahr

Bremerhaven an, um dort Nachschub zu besorgen. Natürlich ist nicht nur das Schiff technisch auf dem neuesten Stand, die medizinische Ausrüstung hier genügt ebenfalls höchsten Ansprüchen. Zudem wird auch das Seelenwohl der Patienten nicht vergessen. Jeden Sonntag werden sie durch Liebesgaben aufgemuntert – Rauchwaren und, wenn erhältlich, Süßigkeiten.«

Edith ergänzte: »Außerdem gibt es seit Neuestem auch Bücherspenden und Zeitschriften.«

Dr. Junginger legte ihr lobend die Hand auf die Schulter. »Das hat Schwester Edith mit der Bibliothekarin von Wilhelmshaven drüben selbst organisiert.«

»Bücher sind wohl eine Leidenschaft von Ihnen«, meinte Torres auf Spanisch.

»Und Sie lieben alte deutsche Zeitungen offenbar so sehr, dass Sie es sogar riskieren, sich den Hals dafür zu brechen«, erwiderte Edith ironisch in seiner Sprache.

Erneut räusperte sich Dr. Junginger und berichtete: »Wir haben auch einen katholischen und einen evangelischen Geistlichen an Bord. Ein Gottesdienst findet alle vier Wochen statt.«

Sie waren nun auf dem Zwischendeck angekommen.

»Hier werden kranke Mannschaften untergebracht«, erklärte der Mediziner. »Für Schwerkranke sind Schwingkojen vorhanden, welche auch bei starken Bewegungen des Schiffes ihre waagerechte Lage beibehalten. In allen Patientenräumen gibt es zudem Trinkwasserzapfstellen, eine Entnahmestelle für Seewasser zur Reinigung sowie Ausgüsse und Wasserabflüsse. Alles nach oberstem hygienischen Standard. Die Fenster liegen hoch über dem Wasser, so kommen Sonne und Seeluft als heilsame Faktoren einer modernen Behandlung ungehindert hier herein.«

»Offenbar nicht nur die. Sehe ich da etwa eine Ameise?«, fragte Torres mit gespielter Empörung und zeigte auf einen Stahlbalken. Dabei grinste er schelmisch und zwinkerte Edith zu.

Dr. Junginger zerdrückte das Insekt brutal mit dem Daumen und ging unbeeindruckt weiter. »*Monomorium pharaonis*. Diese an Bord vorkommende Ameisenart liebt leider auch Eiter. Man muss die Viecher bekämpfen, sonst wimmeln sie bald in Scharen unter den Verbänden herum. Das schadet zwar nicht wirklich, aber das Jucken stört die Patienten ungemein. Oh, ich sehe, es ist bereits zehn vor zwölf! Hier wird immer pünktlich zu Mittag gegessen«, unterbrach er sich selbst, und Ramiro schmunzelte mit der Nieland-Tochter über den drastischen Themenwechsel. Der Zahnmediziner versprach: »Für Kriegszeiten schmecken die Speisen bei uns gar nicht mal schlecht, das werden Sie sehen. Und nach dem Essen kommen wir zum Höhepunkt der Führung: meinem Reich, der zahnmedizinischen Abteilung.«

»Ich kann es kaum erwarten«, beteuerte Torres lächelnd.

Während sich Dr. Junginger beim Essen mit einem Assistenzarzt über die entzündete Wunde eines Patienten unterhielt, begannen Edith und der Journalist ein angeregtes Gespräch auf Spanisch. Dabei erfuhr sie, dass Ramiro nach seinem Studium und den journalistischen Anfängen in Madrid als Korrespondent der spanischen Zeitung *La Tribuna* zunächst nach London gereist war. In Deutschland war er erst seit zwei Wochen.

»Wie ist die britische Metropole denn so?«, fragte Edith. »Ich war selbst noch nie dort, aber sie soll wunderschön sein.«

»Da haben Sie recht«, räumte er ein und sah sich um. »Aber

vielleicht sollten Sie das als Deutsche derzeit lieber nicht zu laut sagen.«

Edith nickte grinsend. »Vielleicht. Zum Glück versteht hier aber kaum jemand Spanisch.«

»Ihre Freundin, die Bibliothekarin, muss wohl bald ihren Bestand überarbeiten«, meinte Ramiro Torres. »Gestern wurde hier in Deutschland ein Verbot von Schundliteratur erlassen.«

»Darüber, was Schund ist, gehen die Meinungen ja ziemlich auseinander«, entgegnete die Krankenschwester bissig. »Leider meinen die Herren vom Generalkommando sicher nicht all den nationalistischen Unfug, der seit einiger Zeit überall gedruckt wird.«

***

Sofies Zug fuhr um kurz vor ein Uhr mittags in Hamburg ein. Das emsige Treiben, das in der großen Bahnhofshalle herrschte, erinnerte sie an jenen Tag im Sommer vor knapp zwei Jahren, als sie voller Hoffnung in der Hansestadt eingetroffen war. Nie hätte sie gedacht, dass sie ein halbes Jahr später auf ein schwimmendes Krankenhaus ziehen würde. Sie blickte sich um und entdeckte im Qualm des Zuges diesmal nicht den Chauffeur der Nielands, sondern Anna persönlich. Neben ihr wartete zudem die liebe alte Haushälterin Frau Iwersen, von der ihr Anna geschrieben hatte, dass sie im Januar in den wohlverdienten Ruhestand verabschiedet worden war. Sofie umarmte die beiden Frauen herzlich, alle drei hatten Freudentränen in den Augen.

»Stell dir vor, Sofie, Frau Iwersen zieht wieder in der Villa ein!«, berichtete Anna aufgeregt. »Hinnerk und seine Mutter wohnen jetzt bei uns. Es gibt so wahnsinnig viel zu erzählen.

Hast du Gideon gesehen? Und Burkhard? Und Papa? Und was ist mit deinem Bruder?«

Sofie zuckte traurig mit den Schultern. Sie hatte ja selbst keine Ahnung.

29

Willy wusste nicht, wie lange er und seine verbliebenen Kameraden nun schon in der Nordsee trieben. Die selten zwischen den Wolken hervorschimmernde Sonne hatte ihren Zenit längst überschritten. Inzwischen klammerten sich nur noch vier der Überlebenden mit ihm an das schaukelnde Metallfloß, vor wenigen Minuten hatte der Verwundete rechts neben Hugo Zenne den schnellen Tod weiteren Qualen vorgezogen und sich in die Tiefen des Meeres sinken lassen. Willy fragte sich, ob sich die Männer an den anderen beiden Flößen wohl inzwischen hatten in Sicherheit bringen können.

»Kameraden, haltet durch! Denkt an eure Lieben zu Hause! Die haben sicherlich schon von der Schlacht gehört und sind voller Sorge um euch«, wagte Hugo Zenne einen letzten Versuch, seine vier verzweifelten Gefährten zu ermutigen. »Wir müssen alles dransetzen, dass sie uns lebend wiederbekommen!«

Gerne hätte Willy dem Oberheizer aufmunternd beigepflichtet, aber er war zu müde, endlos müde – und so blickte er Zenne nur teilnahmslos an. Seine Augen brannten, und seine Lider wurden schwer. Nur ja nicht einschlafen! Wieder und wieder sank sein Kopf vornüber, und es wurde immer anstrengender, sich auf das Festhalten zu konzentrieren. Falls doch noch Hilfe kommen sollte, dann musste es zeitnah geschehen. Doch Willy befürchtete, dass sie viel zu weit entfernt von den befahrenen Schiffsrouten trieben.

Da ließen nacheinander zwei weitere Händepaare, die sich zuvor noch ans Floß geklammert hatten, los. Hugo Zenne schrie erschrocken auf und versuchte, einen der abgeglittenen Kameraden am Ärmel zu fassen zu bekommen, doch eine Welle entriss ihm den Matrosen wieder. Nur mit Mühe schaffte es der Oberheizer selbst noch, das Gefährt mit einer Hand zu erreichen und sich wieder daran festzuhalten. Die Losgerissenen trieben schon weiter abseits, ohne Lebenszeichen von sich zu geben. Traurig schloss Willy die Augen. Nun waren sie nur noch zu dritt.

***

Hinnerk fuhr sein Automobil, in dem auch seine Cousine Anna, Sofie und Elfriede Iwersen mit ihrem Gepäck saßen, vor die Villa Nieland. Durch das Motorengeräusch wurden die Bediensteten angelockt: Zimmermädchen Ursel und die Köchin Frau Dahlke kamen aus dem Personaleingang geeilt, Fräulein Flechsig öffnete die Vordertür, und aus Richtung der Remise eilte der Chauffeur Paul herbei. Die Rückkehr Sofies und der Haushälterin sorgte für doppelte Freude bei der Dienerschaft.

»Hinnerk und ich müssen leider wieder zurück in die Reederei«, erklärte Anna ihrer besten Freundin. »Aber heute Abend möchte ich mit dir auf ein Treffen zum Frauenstimmrecht – nur wenn du magst, versteht sich.«

Sofie wunderte sich zwar, dass die junge Reederin an einer solchen Veranstaltung interessiert war – derlei, so fand sie, hätte eigentlich besser zur rebellischen Edith gepasst –, doch sie sagte gern zu. Mit einer herzlichen Umarmung verabschiedete sich Anna daraufhin von ihr und fuhr mit Hinnerk davon.

»Elfie, Sofie, kommt erst mal mit in die Küche!«, schlug Frau Dahlke nach der sentimentalen Begrüßung der beiden Heimkehrerinnen vor, »ich habe etwas Leckeres für uns alle vorbereitet.«

Auf dem Weg durch den Personalflügel erkundigte sich Sofie bei Ursel, wer alles zu ihrer Hochzeit komme.

»Pauls Familie natürlich, meine Mutter und mein Großvater, das ganze Personal, Herr Hinnerk und Fräulein Anna. Die hat sogar durchgesetzt, dass danach alle zum Kaffeetrinken in die Villa kommen dürfen«, berichtete das Dienstmädchen voller Stolz.

»Das hat die alte Frau Nieland wirklich erlaubt?«, wunderte sich Sofie.

Ursel grinste verschmitzt. »Du weißt doch: Wenn Fräulein Anna sich etwas in den Kopf gesetzt hat …«

In der Küche tischte Frau Dahlke ihnen Dorsch mit Salzkartoffeln auf, zum Nachtisch gab es Eierpfannkuchen, zurzeit eine absolute Rarität. »Es lohnt sich eben, einen Bauern zum Bruder zu haben«, erklärte sie zufrieden schmatzend.

Frau Iwersen konnte gar nicht aufhören, die Kochkünste der Kollegin zu loben, die sie so schrecklich vermisst habe.

»Die Verpflegung in den Suppenküchen soll furchtbar sein, sagt mein Großvater«, erzählte Ursel mitleidsvoll.

Die Haushälterin nickte, und ihr Blick verdüsterte sich. »Schon der Gang dahin ist eine Überwindung – die Warterei, das Gedränge … Aber dann die stinkende Graupensuppe, die ungewürzte Salzwasser-Reis-Suppe oder die sauren Pflaumen mit Wassernudeln – ohne Zucker. Es wird dort so schlecht gekocht, dass man diese Pampe an manchen Tagen nur mit Ekel und Brechreiz herunterwürgt.«

»Schweinefutter ist das«, stimmte Paul zu.

Fräulein Flechsig wollte verhindern, dass die Stimmung verdorben wurde, und wechselte rasch das Thema, indem sie sich an Sofie wandte: »Das Lazarettschiff ist laut Fräulein Ediths Briefen ja bestens ausgestattet. Wie ist denn dort die Kost?«

»Für Kriegszeiten nicht schlecht, aber sie kann es natürlich zu keiner Zeit mit der hier aufnehmen.« Die junge Marineschwester lächelte zu Frau Dahlke hinüber.

Und dann lauschte das Personal gebannt Sofies Erzählungen über ihre bisherige Zeit auf der *Sierra Ventana.*

***

Wie angedroht, setzte Dr. Junginger die Führung gleich nach dem Mittagessen in der zahnmedizinischen Abteilung des Schiffslazaretts fort.

»Das war in Friedenszeiten der Barbierraum«, übersetzte Edith die Ausführungen des Arztes für den Journalisten, während sie die kleine, holzvertäfelte Kajüte mit dem großen Behandlungsstuhl begutachteten. An diese Zahnarztpraxis grenzten zwei Wartezimmer – eines für die Offiziere und das zweite für die Mannschaften.

Als Nächstes besichtigten sie die Kammer, die Edith immer ein wenig Gänsehaut bereitete: den Obduktionsraum – laut des Zahnarztes der einzige Bereich auf diesem Schiff, der deutlich zu klein geraten war. Tatsächlich füllte ihn der ausladende Sektionstisch nahezu aus.

»Wo werden denn im Fall der Fälle die Verstorbenen untergebracht?«, fragte Ramiro vorsichtig.

»Dafür haben wir einen Raum achtern an Oberdeck«, erläuterte der Arzt. »Da passen etwa zwanzig Leichen hinein.«

Mit diesen Worten musste der Zahnmediziner die Führung beenden, da ihm in diesem Moment eine Kollegin Ediths mitteilte, dass ein Offizier mit unerträglichen Schmerzen im

Behandlungsraum auf ihn warte. »Bitte entschuldigen Sie, Herr Torres. Sie hören, die Pflicht ruft«, sagte Dr. Junginger bedauernd und verabschiedete sich. »Schwester Edith, wären Sie so nett, unseren Gast vom Schiff zu begleiten?«

Edith kam der Aufforderung mit Vergnügen nach. Doch kaum gingen sie los, spürten sie, dass das Schiff sich zu bewegen begann. Ein Blick der Krankenschwester durch eines der Bullaugen bestätigte den Verdacht. »Warum legen wir denn ab?«

Sie eilte mit Ramiro auf das Oberdeck. Dort bemerkten sie, dass eine ungewohnte Aufregung herrschte. Und sie erkannten auch schnell den Grund: Mehrere Kriegsschiffe waren soeben in die Jadebucht zurückgekehrt, und die *Sierra Ventana* nahm Kurs auf sie. Einige davon waren schwer beschädigt! Zu ihrem Entsetzen stellte Edith fest, dass sich auch die SMS *Nassau* darunter befand – das Schiff, auf dem ihr Vater, ihr Bruder und ihr Schwager dienten! Im hektischen Gewimmel von Matrosen, Offizieren und medizinischem Personal entdeckte Edith schließlich Oberschwester Heidi.

»Was ist passiert?«, fragte sie ihre Kollegin aufgeregt.

»Es gab gestern Nacht eine riesige Schlacht im Skagerrak«, berichtete die Frau, und ihre Stimme wirkte noch dunkler als sonst. »Hunderte von Verwundeten werden erwartet.«

Edith spürte, wie ihre Knie zu versagen drohten. Sie geriet leicht ins Schwanken, sodass Ramiro sie stützen musste.

»Ist Ihnen nicht gut?«, fragte er besorgt.

Edith, die Ramiro instinktiv vertraute, gestand ihm die Sorge um ihre Familienmitglieder.

»Die *Nassau* ist offensichtlich noch manövrierfähig«, versuchte er sie zu beruhigen. »Und ich habe ja nun ausführlich erfahren, wie hervorragend ausgestattet die *Sierra Ventana* ist. Es wird sicherlich alles gut werden.«

Edith nickte wenig überzeugt und blickte auf die sich nähernden Kriegsschiffe und die Begleitboote voller verwundeter Seeleute.

Die ersten Leichtverletzten kamen nun auf Laufplanken von Bord zu Bord. Schwerer Verletzte hatte man in Hängematten eingezurrt und in breitere Transporthängematten gelegt, und nun wurden sie mittels Dampfwinden an Bord der *Sierra Ventana* gehievt. Durch große Luken konnte ein Teil der Verwundeten direkt in die Krankensäle gebracht werden.

»Ich habe in Spanien an einem Erste-Hilfe-Kurs teilgenommen«, erklärte Ramiro. »Meinen Sie, ich kann mich nützlich machen?«

Edith bejahte. »Als ich vor zwei Jahren hier ankam, musste ich auch ohne Ausbildung sofort mit anpacken«, erzählte sie. »Kommen Sie, ich gebe Ihnen einen Kittel, Sie können mir bei der Vorbereitung helfen.«

Mit den Verwundeten waren markerschütternde Schreie und gequältes Stöhnen in den Rumpf der *Sierra Ventana* zurückgekehrt. Bei mehreren Patienten hatte man Hände und Füße festbinden müssen, um einen Transport ins Lazarett überhaupt möglich zu machen. Sie riefen nach Wasser, nach Morphium, nach Beendigung ihres Leidens.

Der Schlachtkreuzer *Lützow* hatte laut eines leichter verletzten Offiziers zwei Treffer schwersten Kalibers auf den hinteren Schiffsbereich erhalten. »Die Granaten haben das Oberdeck und das Batteriedeck durchschlagen. Da waren über vierzig Verwundete drauf, sie sind alle weg – alle weg. Zwei Ärzte und unser Krankenträger sind tot, der Stabsarzt und die beiden Sanitätsmatrosen schwer verletzt. Sie liegen da drüben.«

Ramiro stand etwas hilflos daneben, während Edith zu den besagten Bordsanitätern hinübereilte und sie auf die bevorstehende Operation vorbereitete. »Jetzt kommt unser neuer Sauerstoff-Äther-Narkose-Apparat zum Einsatz«, erklärte sie Ramiro. »Unser Doktor Walz war sehr stolz auf dessen Erwerb.« Edith betäubte nun die beiden noch in ihren Transportmatten hängenden Verletzten, sodass sie anschließend mit Ramiros Hilfe auf den OP-Tisch gebracht werden konnten.

Unter den Verletzten gab es zahlreiche, die an einer Gasvergiftung litten. Es tröstete Dr. Walz etwas, dass man die Gasmasken inzwischen verbessert und durch Schutzbrillensysteme ergänzt hatte. Dies hatte einigen das Leben gerettet.

Ein nach Luft japsender Matrose von der SMS *Prinzregent Luitpold* erzählte Edith: »Wir sind nicht mal getroffen worden. Aber gleich zu Beginn des Gefechtes sind im Turm ›E‹ mehrere Männer umgekippt. Munitionsgase. Weil die Ventilation nicht mehr korrekt funktioniert hat. Richtig gezuckt haben die Kameraden, die mehr von den Gasen abgekriegt haben.«

Der keuchende Kadett erschauderte bei seinem Bericht. Edith verabreichte ihm wohltuenden Sauerstoff, um seiner Atemnot entgegenzuwirken.

Der Strom der Verwundeten wollte kein Ende nehmen. Bei zweihundertfünfzig hörte Edith auf zu zählen. Sie konnte bald nicht mehr sagen, wie lange sie ohne Unterbrechung gearbeitet, wie viele Verbände sie angelegt und Wunden sie genäht hatte. Alle um sie herum waren vollkommen erschöpft – die Ärzte, die Pfleger, die Schwestern ebenso wie die einst so kräftigen Seemänner auf den Krankenlagern, die zermürbt waren vom Schneiden und Sägen an ihren Gliedern und vom Auskratzen und Tamponieren ihrer Wunden. Edith hatte einfach nur funktioniert wie eine Maschine. Erst später fiel ihr auf, dass ihr die ganze Zeit Tränen über das Gesicht gelaufen waren. Den Anblick zerschmetterter Gliedmaßen, mochte er noch so grauenhaft sein, konnte sie zwar mittlerweile von den Menschen abkoppeln – sie stellte sich meist vor, es handle sich um Gegenstände, die es zu reparieren galt –, doch die schmerz- und angsterfüllten Mienen der Matrosen erschütterten sie jedes Mal aufs Neue. Wie sehr es die hilflosen Männer nach ein paar tröstenden Worten oder einem beruhigenden Händedruck dürstete. Es blieb nur leider kaum Zeit dazu.

»Edith«, rief plötzlich ein großer blonder Mann, der neben Ramiro trat. Die Marineschwester fuhr herum und erkannte ihren Schwager: »Gideon!«

Sie drückte ihn kurz und erkundigte sich dann sofort, ob er verletzt sei.

»Nicht der Rede wert«, winkte er ab. »Nur ein paar harmlose Verbrennungen. Aber Burkhard ist am Bein verletzt.«

Edith hastete besorgt zu der Trage, auf die man ihren Bruder gelegt hatte. Sofort schnitt sie dessen Hosenbein auf, um die Wunde am Oberschenkel zu untersuchen. Als sie den Stoff fortriss, stöhnte Burkhard auf. »Da ist ein spitzes Metallstück drin«, erkannte sie. »Doktor Walz?«

»Wir müssen es schnell entfernen«, erkannte der herbeigeeilte Mediziner. »Es geht sehr tief in den Muskel. Die Wunde sieht nicht gut aus. Tetanusimpfung vorbereiten, ich ziehe den Splitter raus.«

Während Edith eiligst die vom Arzt gewünschten Utensilien zusammensuchte, fragte sie Gideon gehetzt, ob er ihren Vater gesehen habe.

Sein Zögern ließ sie stehen bleiben.

»Er …«, stammelte ihr Schwager.

Edith starrte ihn betroffen an. »Was ist mit ihm? Gideon, was ist mit Papa?«

»Er hatte keine Schmerzen«, sagte er vage. »Ich habe bereits eurer Großmutter telegrafieren lassen.«

Ediths geliebter Vater war also gefallen – zehn Jahre nach seinem Bruder. Diese schreckliche Erkenntnis brannte in ihren Eingeweiden, als hätte sie Säure getrunken. Doch sie zwang sich dazu weiterzumachen. Sie musste Burkhard helfen, das hatte absolute Priorität. Für ihren Vater konnte sie nichts mehr tun.

30

Der Seegang der Nordsee nahm merklich zu und machte den drei an ihrem Floß verbliebenen Matrosen mehr und mehr zu schaffen. Mit einem unheimlichen, posaunenartigen Ton heulte bedrohlich der Sturm. In unvorhersehbaren Abständen kamen immer höhere und heimtückischere Wellen angerauscht, die Windstöße fegten den Männern in die geplagten Gesichter. Willy musste an Gorch Fock denken. Wenn er noch irgendwo da draußen war, erging es dem Schriftsteller nun wie den auf Leben und Tod mit dem Sturm kämpfenden Fischern in seinem Buch: *Die See, die See! Wie gischt und schäumt sie! Sie kocht!*

Inzwischen war es sargdunkle Nacht, und klatschender Regen setzte ein. Durch den Aufruhr der Elemente waren der junge Heizer und seine letzten beiden Gefährten gezwungen, sich völlig auf das Floß und die mörderische Sturzsee zu konzentrieren, um sich weiter festklammern zu können. Da hörte er Hugo Zenne in den Sturm hinein nach ihrem Kameraden rufen: »Komm hierher! Nimm meine Hand! Ach, verdammt!« Den Kopf des Oberheizers konnte Willy immer wieder aus dem Wasser auftauchen sehen, der dritte von ihnen war jedoch nicht mehr zu entdecken.

Die riesigen Wogen ließen Willy und Zenne keine Zeit für Trauer. Sie schleuderten die beiden gebeutelten Heizer herum, zerrten derart an ihren Armen, dass es sich anfühlte, als würden sie ihnen aus den Gelenken gedreht. Willys Kräfte schwanden. Seit fast zwei Tagen hatte er keinen rechten Schlaf mehr bekommen, seine Gliedmaßen waren von dem kalten Nass durchlaugt und taub, Hunger wühlte ihm in den Eingeweiden und sein Durst wurde durch das viele geschluckte Salzwasser immer unerträglicher. Welle auf Welle wälzte sich weiterhin gnadenlos heran, begrub alles unter sich und kehrte das Unterste zuoberst. Die beiden Schiffbrüchigen hatten keine ruhige Minute.

***

Edith Nieland saß mit verweinten Augen an Burkhards Krankenbett. Ramiro Torres war zu Dr. Walz gegangen, um ihn über Ediths Verlust zu informieren, und der einfühlsame Oberarzt hatte sie aufgefordert, eine Pause einzulegen. Stumm trauerte sie seither an der Seite ihres schlafenden Bruders um ihren Vater.

Schließlich öffnete Burkhard die Augen einen Spaltbreit. Als er realisierte, wo er sich befand, griff er sofort nach seinem nunmehr verbundenen Oberschenkel.

»Alles gut, es ist noch dran«, versuchte Edith, ihrem Bruder Zuversicht zu vermitteln. »Doktor Walz meint, du wirst bald wieder normal laufen können.«

»Vater …«, murmelte Burkhard, und Tränen rannen über sein müdes Gesicht.

»Ich weiß«, flüsterte sie. Ihr Bruder war aber schon wieder eingeschlafen.

Schließlich kam Ramiro Torres mit einer dampfenden Tasse Tee in der Hand hinter den Trennvorhang. »Ich dachte, den könnten Sie vielleicht brauchen.«

Edith rührte diese einfache Geste so sehr, dass mit einem Mal sämtliche aufgestauten Gefühle aus ihr hervorbrachen.

Die zahllosen Verwundeten, die Trauer um ihren Vater, die Sorge um ihre Geschwister – alles war zu viel für sie. Halt suchend, ließ sie sich in die Arme des Journalisten fallen.

»Weine dich aus, du warst zu lange tapfer«, murmelte er auf Spanisch.

***

Irgendwann bemerkte Willy in der Finsternis ein winziges Licht. Durch den Regenschleier war es kaum zu erkennen.

»Siehst du das auch?«, stieß er keuchend hervor, doch sein Kamerad reagierte nicht. War er eingeschlafen? Tot? Das Licht bewegte sich, kam auf sie zu – oder träumte er nur?

»Leidensgenosse«, sagte da der wiedererwachte Zenne. »Guck mal, da kommt Rettung!« Der Oberheizer sah das Licht also auch!

Willys Augen versuchten die Dunkelheit zu durchbohren, doch außer dem kleinen hellen Schimmer war bislang nichts weiter zu erkennen. Er verschwand, tauchte wieder auf, schaukelte nach rechts und nach links, spielte das gleiche ermüdende Spiel wie die Wellen, die ihre Körper hin und her warfen. Jedes Rufen war zwecklos. Kein glücklicher Zufall würde sie in die Richtung des Lichts treiben. Noch lange blickten sie dem Glimmen hinterher, bis es schließlich auf Nimmerwiedersehen verschwunden war. Willy sackte verzweifelt in sich zusammen.

Irgendwann rüttelte ihn Zenne am Arm. Nach mühsamer Verständigung wurde ihm klar, was der Oberheizer vorhatte: Er wollte versuchen, ob sie sich jetzt, da sie nur noch zu zweit waren, nicht einander gegenüber mit dem Oberkörper auf das Floß legen konnten. Doch kaum waren sie unter äußerster Anstrengung oben angelangt, wurden sie auch schon zurück ins Meer gekippt. Mit dem Kopf war Willy bald mehr unter als über Wasser. Die Elemente waren zu seinem Folterknecht geworden, der alles daranzusetzen schien, auch sein Henker zu werden. Mehrmals noch kämpfte er sich panisch nach Luft schnappend an die Oberfläche, bis es für ihn kein Auftauchen mehr gab und er hinabglitt in die gnädige Schwärze.

***

Anna streifte ihre feinsten Handschuhe über und warf einen prüfenden Blick in den Spiegel. Sie war zufrieden mit dem, was sie sah – und heilfroh, dass die Veranstaltung zum Frauenstimmrecht in Altona Sofie und ihr etwas Ablenkung von ihren Sorgen bieten würde. Beide waren beunruhigt, da sie schon seit einigen Wochen nichts mehr von den Männern auf den Kriegsschiffen gehört hatten. Auf dem Flur kam ihr Sofie entgegen, die sich ebenfalls schön gemacht hatte. »Gut siehst du aus, meine Liebe«, kommentierte die Nieland-Tochter.

Die Freundin setzte gerade zu einer Antwort an, als sie von einer schneidenden Stimme unterbrochen wurde: »Anna!«

Die beiden jungen Frauen fuhren herum. Großmutter Gudrun! Diese bedachte sie mit einem strafenden Blick. Anna schloss reflexartig die Strickjacke um ihr Dekolleté.

»Ihr werdet heute nicht ausgehen«, bestimmte die alte Dame mit kalter Stimme.

»Und wieso nicht?«, fragte Anna kampfbereit.

»Weil dein Vater gefallen ist.«

Der Satz traf die Nieland-Tochter wie ein Dolchstoß. Noch während sie versuchte, den Gehalt der Nachricht und den in ihr aufflammenden Schmerz zu erfassen, fragte Sofie mit schwacher Stimme, ob man wisse, wie es passiert sei.

Gudrun schüttelte den Kopf. »Davon hat Herr Meseritz im Telegramm nichts erwähnt. Die Einzelheiten sind gewiss noch streng geheim.«

Anna rang nach Luft und dachte, dass das Gefühl des Verlustes ihre Brust zum Bersten bringen müsste. Die *Nassau* hatte doch monatelang sicher in Wilhelmshaven gelegen. Es konnte nicht sein, durfte nicht sein! In die Trauer um den Vater mischte sich nun eine ungeheure Wut auf ihre Großmutter. Nicht einmal jetzt, da sie ihren zweiten Sohn verloren hatte, zeigte sie auch nur einen Hauch von Gefühl! »Was bist du nur für eine kalte alte Frau?«, schrie Anna und musste alle Kraft aufbringen, um sich nicht auf sie zu stürzen und sie zu schütteln. Stattdessen wandte sie sich ab und rannte hinauf in ihr Zimmer.

Sofie wollte ihr folgen, doch Gudrun hielt sie am Arm fest.

»Jemand muss das Personal informieren«, sagte sie knapp. »Ich möchte, dass Sie das übernehmen.«

Die junge Frau nickte benommen. Obwohl die Patriarchin ihr mit diesem Auftrag großen Respekt zollte, freute Sofie sich nicht darüber. Hilflos wurde sie nun Zeugin, wie die Hausherrin auf dem Weg zu ihren Gemächern kurz stehen bleiben und sich an der Wand abstützen musste. Ihre Schultern bebten. Nach einem kurzen Moment richtete sie sich jedoch wieder auf und schritt mit gewohnt stoischer Haltung davon.

Sofies Weg führte sie nun in die Küche, wo sowohl Paul und Ursel als auch Fräulein Flechsig gerade beim Nachtessen saßen. Die Zofe ahnte beim Anblick der ehemaligen Gesellschafterin sofort, dass etwas geschehen war.

»Um Gottes willen, Kind, was ist denn los? Du bist ja ganz blass!«

Ursel begann bereits zu schluchzen, bevor Sofie antwortete: »Es geht um Christian Nieland.«

»Oh, nein«, flüsterte Paul und legte zitternd seine Gabel auf dem Tisch ab.

»Was ist mit ihm?«, ertönte es von der Küchentür her.

Sofie erblickte Hinnerk Nieland, den Neffen des Reeders.

»Er ist gefallen«, brachte sie stockend hervor. »Ein Telegramm von Gideon ist gekommen. Einzelheiten wissen wir noch nicht.«

»Wo ist Anna?«, fragte Hinnerk mit tränennassen Augen und brechender Stimme.

»In ihrem Zimmer«, antwortete Sofie und war dankbar, dass der Cousin sofort loseilte, um sich um ihre beste Freundin zu kümmern. Die beiden standen sich so nah wie Geschwister, sie würden einander gewiss ein wenig Trost spenden können. Sie selbst nahm indes die verzweifelt schluchzende Ursel in den Arm. Fräulein Flechsig trat ebenfalls auf die beiden jungen Frauen zu und strich ihnen beruhigend über die Köpfe. Paul stürzte schließlich aus dem Raum. Er wollte wohl nicht, dass die Frauen seine Tränen sahen.

***

Willys Körper schnappte ohne sein bewusstes Zutun nach Luft. Er hustete und erbrach Salzwasser, was er jedoch nur wie aus weiter Ferne wahrnahm. Der junge Heizer glaubte sich vage daran zu erinnern, wie Hugo Zenne ihn am Kragen gepackt und auf das Floß gezogen hatte. Nun ließ der Kamerad ihn auf dem türgroßen Gefährt ruhen, blieb selbst im Wasser und hielt sich weiterhin lediglich fest.

Als Willy irgendwann vor Hunger und Durst wieder aufwachte, zeigte sich am Horizont ein langer rötlicher Streifen – allmählich stieg der ersehnte neue Tag auf. War es womöglich ihr letzter? Der Sturm hatte zwar etwas nachgelassen, aber der

Regen prasselte nach wie vor nieder und bescherte Willy Schüttelfrost. Er spürte, dass er erneut das Bewusstsein zu verlieren drohte.

***

Anna Meseritz saß auf dem Balkon des Turmzimmers der elterlichen Villa und schaute mit verweinten Augen auf die in der Morgensonne glitzernde Elbe hinunter. Das sommerliche Bilderbuchwetter empfand sie als Hohn gegenüber ihrer tiefen, lähmenden Trauer. Nichts an dieser friedlichen Aussicht deutete darauf hin, dass sich Menschen anderswo gerade zu Tausenden auf bestialische Weise gegenseitig das Leben raubten.

Die Reederei-Erbin spürte die Anwesenheit Sofies in ihrem Rücken, noch bevor sie diese ansah. Die Freundin ließ sich auf dem Balkonstuhl neben der Vollwaise nieder und nahm wortlos deren Hand.

»Ich ertrage Großmutters Gleichgültigkeit nicht«, stieß Anna hervor. »Man könnte meinen, es sei ihr völlig egal, dass ihr Sohn nicht mehr lebt. Es ist so entwürdigend für Papa. Er hat doch nicht verdient, dass seine eigene Mutter ihm nicht einmal eine einzige Träne nachweint.«

Obwohl Sofie ahnte, dass es der Nieland-Tochter gerade guttat, jemandem Vorwürfe machen zu können, widersprach sie vorsichtig: »Stell dir vor, nun hat deine Großmutter ihren Mann und *beide* Söhne in Kriegen verloren. Innerlich trauert sie ganz bestimmt sehr, aber sie wurde eben dazu erzogen, ihre Gefühle zu verbergen und verantwortungsbewusst zu funktionieren. Du kennst sie doch.«

Anna nickte und wischte sich die Augen. »Ich weiß, aber das macht es auch nicht einfacher.«

Sofie blickte sie verständnisvoll an. Auch sie hatte Christian Nieland in den vergangenen zwei Jahren lieb gewonnen. Und nun saßen in tiefer Trauer um den Patriarchen zwei dunkel gekleidete junge Frauen schweigend auf dem Turm seiner Villa. Von Weitem sehen wir bestimmt aus wie große schwarze Vögel, dachte Sofie, als auf der Elbe ein Fischerboot vorbeifuhr.

»Gnädiges Fräulein«, fiepte plötzlich Ursel an der Balkontür. Das dralle Stubenmädchen war ganz außer Atem. »Der Herr Meseritz ist gerade eingetroffen.«

»Gideon!« Anna sprang sofort auf und eilte davon.

In der Empfangshalle fiel die junge Erbin ihrem Mann schluchzend in die Arme. Gideon wirkte müde, blass und überfordert, küsste sie aber sanft auf die Stirn. Was für furchtbare Dinge er erlebt haben musste, dachte Sofie, die ihrer Freundin gefolgt war und die beiden nun von der Treppe aus beobachtete.

Eine halbe Stunde später saß der Heimkehrer in frischer Kleidung mit dem Rest der Familie im Salon und berichtete zur Erleichterung aller, dass Burkhard trotz seiner Verletzungen wohlauf sei und sich bei Edith, ihren Kolleginnen und den Ärzten auf der *Sierra Ventana* in besten Händen befinde.

Wie seltsam, dachte Sofie wehmütig, jetzt ist Burkhard auf meinem Schiff, und ich bin hier.

»Es ging schnell«, kam Gideon schließlich auf die unangenehm im Raum stehende Frage nach den Umständen von Christian Nielands Tod zu sprechen. »Es war eine Explosion. Er hatte keine Schmerzen.« Diese Aussagen entsprachen zwar nicht ganz der Wahrheit, doch er gönnte der Familie und sich selbst diese Lüge über das Ableben des Reeders. Wem hätte die hässliche Wahrheit auch genutzt? So starben Helden nicht. Und die Legendenbildung war bereits in vollem Gange. Man erzählte sich, die *Nassau* habe das englische Torpedoboot absichtlich gerammt und zweigeteilt. Man habe sich eben todesmutig auf die solide Bauweise der deutschen Schiffe verlassen und damit selbstverständlich Erfolg gehabt. Was für ein gotterbärmlicher Schwachsinn das war!

Am frühen Abend beschloss Sofie, für Anna als kleinen Trost deren Lieblingsnachtisch zuzubereiten: Vanillepudding mit Karamellsoße. Während sie am Herd den Zucker schmolz, kam Gideon in die Küche. Er wollte sich ein Wurstbrot schmieren, nachdem er den ganzen Nachmittag nichts von dem süßen Kuchen angerührt hatte.

»Es ging nicht wirklich schnell, oder?«, fragte Sofie ihn vorsichtig. »Herr Nielands Tod?«

Er schüttelte den Kopf. »Aber Anna muss das nicht wissen.«

Sofie nickte stumm.

Gideon atmete tief durch. Er würde der armen Freundin seiner Frau nun noch etwas offenbaren müssen. »Fräulein Brix, ich habe leider …«

»Sofie!«, platzte Ursel in diesem Augenblick in die Küche und reichte ihr aufgeregt ein Telegramm. Die junge Frau nahm es mit zitternden Fingern entgegen. Es ging in der Depesche jedoch nicht wie befürchtet um das Schicksal ihres Bruders.

»Das war zu erwarten«, sagte Sofie auf Gideons fragenden Blick hin. »Mein Urlaub wurde gestrichen. Ich soll sofort zurück nach Wilhelmshaven.«

Einerseits wollte Sofie nur zu gern bei der Behandlung von Burkhards Wunden helfen, andererseits war sie nun ausgerechnet in diesen schweren Stunden gezwungen, ihre beste

Freundin wieder zu verlassen. Es beruhigte sie etwas, dass Anna zumindest Gideon und Hinnerk an ihrer Seite hatte. Aber als Trauzeugin von Ursel und Paul fiel sie nun natürlich ebenfalls aus.

»Jetzt verpasse ich deine Hochzeit«, sagte sie mit bedauerndem Blick zu dem Dienstmädchen.

Doch die strich ihr beschwichtigend über den Rücken. »Frau Iwersen hat sowieso schon bei Pastor Metz angerufen und das Ganze auf Juli verlegen lassen.«

»Es tut mir so leid für euch«, sagte Sofie aufrichtig.

»Danke, aber nach solchen Nachrichten ist ja keiner mehr in Stimmung für eine Hochzeit«, erwiderte das Stubenmädchen und verließ die Küche wieder, nachdem sie Gideons vielsagende Miene bemerkt hatte.

»Da ist noch etwas, was ich Ihnen sagen muss«, brachte er schließlich nach kurzem Zögern hervor.

Sofie, die gerade im Begriff gewesen war, den kochenden Zucker vom Herd zu nehmen, spürte augenblicklich einen sauren Geschmack im Mund. »Willy?«, hauchte sie.

»Ja. Die *Wiesbaden* soll nachts im Skagerrak angegriffen worden sein. Irgendwann hat sie keine Funksprüche mehr gesendet«, berichtete er ihr mit belegter Stimme das, was er in den Lageberichten der Schiffsschreibstube gelesen hatte.

Sofie ließ den Topf auf den Herd zurückfallen, ein Großteil des heißen und klebrigen Zuckers ergoss sich auf ihr schwarzes Kleid und fraß sich knisternd in dessen Stoff. Die junge Frau nahm es kaum wahr.

»Von der Besatzung fehlt jede Spur. Man hat bisher nur ein leeres Floß in der Nähe ihrer letzten Position gefunden«, fuhr Gideon fort und versuchte dann, etwas Hoffnung zu vermitteln: »Es ist aber durchaus möglich, dass jemand gerettet wurde und wir davon noch nichts erfahren haben. Wenn

Schiffbrüchige von britischen oder skandinavischen Schiffen aufgegriffen werden, dauert das natürlich etwas.«

Zu gerne hätte Sofie das glauben wollen, doch ihre innere Stimme flüsterte ihr etwas anderes zu.

31

Willy war inzwischen in eine Art fiebrigen Dämmerzustand verfallen. Er glaubte Zenne nach Hilfe rufen und bald darauf fluchen zu hören. Dann spürte er Stöße gegen seinen Körper. Begann ein neuerlicher Sturm? Es war ihm gleich. Er wollte die müden Lider nicht mehr öffnen.

»Vater unser, der du bist im Himmel…«, hörte er Zenne beten, doch es klang seltsam weit entfernt.

Plötzlich schluckte Willy wieder Wasser. Erschrocken riss er die Augen auf und stellte fest, dass er sich ohne Floß im Wasser befand! Weit abgetrieben entdeckte er schließlich den verzweifelten Oberheizer allein auf dem Gefährt. Ihm wurde klar, dass er nicht geträumt hatte. Er musste vom Floß gerutscht sein, und offenbar war Zenne davon ausgegangen, dass nun auch sein letzter Kamerad gestorben war! Deshalb hatte er wohl ein Gebet für Willy gesprochen. Rufe brachte er nicht zustande, wie in einem Albtraum versagte seine Stimme komplett. Schließlich waren das Floß und der Mann, der ihn so oft gerettet hatte, gänzlich aus seinem Sichtfeld verschwunden. Leb wohl, Zenne. Viel Glück!

Ein Gefühl schrecklicher Einsamkeit bemächtigte sich Willys. Als er instinktiv nach dem Familienfoto unter seiner Mütze griff, musste er feststellen, dass er beides verloren hatte. Allein seine Korkweste war ihm noch geblieben, und die hatte verhindert, dass er im Schlaf ertrunken war. Er musste unter allen Umständen wach bleiben, denn wenn ihn eine Welle auf den Bauch drehen würde, ohne dass er es merkte, wäre es vorbei mit ihm. Er flüchtete sich in eine Fantasiewelt, begann mit Sofie und seinen Eltern zu sprechen, erzählte ihnen, was er sich zum Essen wünschte, doch schließlich versagte wegen seiner ausgetrockneten Kehle die Stimme. Er drohte gerade erneut bewusstlos zu werden, als ihm etwas wieder und wieder gegen den Hinterkopf schlug. Es war ein Teil des Holzfloßes, das sie vor dem Sinken der *Wiesbaden* zusammengezimmert hatten. Der Sturm hatte es wohl auseinandergerissen. Beklommen dachte er daran, dass all die Kameraden, die sich daran festgehalten hatten, inzwischen bestimmt tot waren.

Nach einigen vergeblichen Versuchen gelang es Willy, auf die Überreste des Floßes zu klettern und sich hinzulegen, sodass er sich ein wenig ausruhen konnte. Er fiel in einen unruhigen Schlaf, geplagt von schlimmen Erinnerungsfetzen der beiden Schiffskatastrophen, deren Zeuge er geworden war.

Als er schließlich aufschreckte, wusste er nicht, wie viel Zeit vergangen war. Sein Kopf schmerzte unerträglich, seine Füße spürte er längst nicht mehr. Da hörte er von oben ein Kreischen und erschrak. Er blickte zum Himmel auf und erstarrte: Zwei Möwen segelten über ihn hinweg. Er wagte nicht zu hoffen, dass ihr Auftauchen ein Zeichen für Land in seiner Nähe sein könnte. Schließlich waren diese Vögel in der Lage, weite Strecken zurückzulegen, indem sie auf dem Wasser ausruhten. Er suchte das Meer nach weiteren Tieren ab, da stöhnte er wie vom Blitz getroffen auf. In der Ferne sah er ein Fischerboot – und es hielt Kurs auf ihn! Mit der wenigen verbliebenen Kraft rief er so laut er konnte um Hilfe.

Der Kutter trieb bald kaum drei Meter von ihm entfernt, und zwei mit Öljacken und Fischerhüten bekleidete Gestalten erschienen an der Reling. Sie riefen ihm unverständliche

Dinge zu. Willy konnte ein paar Brocken Dänisch und war sich deshalb sicher, dass die beiden in einer skandinavischen Sprache auf ihn einredeten. Vielleicht Schwedisch? Oder Norwegisch? In hohem Bogen wurde ihm schließlich ein Tau zugeworfen. Schwach, aber in verzweifelter Entschlossenheit, griff er danach und bekam gerade noch einen Knoten ganz am Ende des Seils zu fassen. Die zwei Gestalten begannen, den jungen Heizer hinaufzuziehen. Bald landete er auf dem harten Deck – und wurde vor Erschöpfung ohnmächtig.

***

Sofie traf gegen Abend mit dem Zug in Wilhelmshaven ein und ließ sich mit weiterem medizinischen Hilfspersonal auf einem Boot zur *Sierra Ventana* hinausbringen. Die ganze Bahnfahrt über hatte sie an ihren Bruder denken müssen. Gideon hatte sie zwar immer wieder damit zu beruhigen versucht, dass selbst die Feinde auf dem Meer treibenden Schiffbrüchigen helfen würden, sie war aber dennoch voller Angst um Willy.

Gleich bei ihrer Ankunft an Deck des Lazarettschiffs erblickte sie Edith, die rauchend neben einem Zivilisten stand, in dem Sofie den geheimnisvollen Lateinamerikaner aus der Bibliothek wiedererkannte. Als die Nieland-Tochter sie bemerkte, umarmten sich die beiden jungen Frauen stumm. Worte waren nicht nötig zwischen ihnen.

»Sofie, das ist Ramiro Torres, Korrespondent der Madrider Tageszeitung *La Tribuna*«, stellte Edith ihr schließlich den Südländer vor.

»Freut mich«, sagte Sofie und schaffte ein Lächeln. Dann erklärte sie, dass sie sich sofort bei Oberschwester Heidi melden müsse.

Während sie auf der Suche nach ihrer Vorgesetzten über das Krankendeck ging, schlug ihr der strenge Gestank von Blut, Fäulnis und Chemikalien entgegen, sodass sie gegen Brechreiz ankämpfen musste. Die Krankenwärter, die sich zwischen den Betten bewegten, um das Leiden der vielen Verwundeten zu lindern, wirkten übernächtigt und teilnahmslos. All das Elend um sie herum hatte sie wahrscheinlich abgestumpft. Einige Patienten unterhielten sich im leisen Flüsterton. »Kommst du heute noch unters Messer?«, raunte einer dem Kameraden neben sich zu.

Sofie entdeckte Oberschwester Heidi im Gewimmel und wollte gerade auf sie zugehen, als die Stimme eines Mannes sie jäh zusammenzucken ließ, die sie unter Tausenden wiedererkannt hätte.

»Sofie. Sofie!«

Nie hatte ihr Name für sie schöner geklungen. Vor Aufregung kribbelte ihr Magen, während sie sich nach Burkhards Bett umsah. Als sie ihn gefunden hatte und zu ihm ging, stellte sie mit Erleichterung fest, dass er, von einer Wunde an der Wange abgesehen, auf den ersten Blick nicht schlimm verletzt wirkte. Er sah sie voller Trauer, aber auch Zärtlichkeit an, griff nach ihrer Hand und drückte sie sanft: »Gut, Sie zu sehen.«

Sofie erkannte aus den Augenwinkeln, dass Oberschwester Heidi sich zu einem anderen Verwundeten gesetzt hatte, der ihr sein Herz ausschüttete. Sicherlich durfte sie das dann auch bei Burkhard tun. Als er ihre Frage, ob er etwas zu trinken wolle, verneinte, nahm sie an seinem Bett Platz.

»Ich habe gehört, Sie haben sich tapfer geschlagen?«, fragte sie. Über Christian Nielands Tod zu sprechen wollte sie zunächst vermeiden, da sie sich nicht sicher war, ob Burkhard bereits davon gehört hatte.

»Unsere Flotte war in der Unterzahl, als wir in den feigen britischen Hinterhalt geraten sind«, behauptete er wütend. »Trotzdem haben unsere heldenhaften Jungs gesiegt. Auch wenn es ihre Lügenpresse verheimlichen wird: Fast zehntausend Beefs sind gefallen. Dass es so gut für uns lief, verdanken wir auch unseren fantastischen U-Booten. Wir werden diesen Krieg gewinnen. Mein Vater ist nicht umsonst gestorben.«

Burkhard wusste es also. Und er flüchtete sich aus Trauer um den Vater in seinen Nationalstolz, wie Sofie voller Mitleid bemerkte. Auf sie wirkte er wie ein verletzter kleiner Junge.

»Gideon hat erzählt, dass eines der englischen Schiffe nicht mehr ausweichen konnte und die *Nassau* gerammt hat.«

»Ja, viele von den Drecksschweinen sind sofort gestorben, weil durch den Aufprall ihre eigenen Torpedos hochgegangen sind. Der Rest ist elendig ersoffen.«

Sofie erschauderte, doch Burkhard bemerkte es gar nicht. Beim Gedanken an Ertrinkende musste sie erneut an das ungewisse Schicksal ihres Bruders Willy denken.

***

Als sich die ersten Lebensgeister in Willy Brix regten, war er zunächst noch nicht sicher, ob er gerettet worden war oder alles nur geträumt hatte. Er schrie und stöhnte, Bilder der Hölle an Bord der Kriegsschiffe kämpften mit der Vision einer Frau, die besorgt auf ihn herabblickte. Ihr wettergegerbtes und sommersprossiges Gesicht glich mit seinen vielen Linien einer Landkarte. Er drohte erneut in einen Dämmerzustand zu versinken, doch diesmal rüttelte die Fischerin mit erstaunlicher Kraft an ihm.

»Wo bin ich?«, fragte Willy.

»*Er du tysk?* Deutsch?«, mutmaßte die Frau, und er nickte.

Sie ging zur Tür, rief »Morten!«, und keine halbe Minute später kam ein weißbärtiger alter Mann herein, der Willy an den Heiligen Nikolaus erinnerte.

»Guten Tag«, sagte er in gebrochenem Deutsch.

»Wo bin ich?«, erkundigte sich Willy.

»Vor Norwegen, bei Freunden«, meinte der Fischer. »Ich bin Morten Heger. Das mein Schwiegertochter Hedda. *Din* Name?«

»Wilhelm Brix. Willy«, stellte der Heizer sich vor. »Vielen Dank, vielen Dank. Ihr …«

»Alles gut«, beschwichtigte Morten ihn.

Alles gut? Nein! Siedend heiß fiel Willy sein Kamerad Hugo Zenne ein. Vielleicht war er noch irgendwo da draußen und kämpfte ums Überleben! »Zweiter Mann! Noch ein Floß!«

Hedda und Morten sahen sich hilflos an. »Wo?«

Willy wurde klar, dass er natürlich keine Ahnung hatte, wo und wann er vom Oberheizer getrennt worden war.

»Ich wache«, versuchte Morten ihn zu beruhigen, deutete nach oben und fügte hinzu: »Fernrohr.«

Willy nickte. Mehr konnten sie momentan leider wirklich nicht für Zenne tun. Erneut fielen ihm die immer noch todmüden Augen zu, und er versank einmal mehr in einem ohnmachtsartigen Schlaf. Aber anhaltender Schmerz in Händen und Füßen ließ ihn rasch wieder aufwachen. Es fühlte sich an, als durchbohrten Nadeln seine Gliedmaßen, doch er ahnte, dass es nur das Blut war, welches in seine abgestorbenen Finger und Zehen zurückströmte. »Durst! Trinken!«, flehte er nun krächzend und deutete auf seinen Mund, und schon kurz darauf brachte Hedda ihm eine große Kanne heißen Kaffee. Er trank sie binnen kürzester Zeit ganz aus. Daraufhin holte ihm der Alte milde lächelnd Tee. Auch davon ließ Willy fast nichts übrig. Mit jedem Schluck erwärmte sich sein geschundener Körper ein wenig mehr.

***

Als Sofie abends von einer Dienstbesprechung mit Oberschwester Heidi auf die Offiziersstation zurückkam, um noch einmal nach Burkhard zu sehen, war dieser bereits eingeschlafen. Sie streichelte ihm liebevoll über die unverletzte Seite seines Gesichts. Dann ging sie zu Edith hinüber, die gerade hinter einem Trennvorhang einen hünenhaften Offizier mit einer Kopfverletzung frisch verband.

»Burkhard ist sehr tapfer«, flüsterte sie ihr zu. »Und zuversichtlich, dass wir bald siegen.«

Edith seufzte traurig. »Das Blatt hat sich aber nicht wirklich gewendet. Doktor Walz meint, die überrumpelte deutsche Seite habe de facto allenfalls ein Unentschieden erreicht. Im Schutz der Dunkelheit konnte unsere Flotte zwar durch die britische Formation brechen, ansonsten hat die Schlacht aber nichts an der strategischen Ausgangslage geändert. Die Royal Navy wird die Seeblockade bestimmt weiter aufrechterhalten. Alles war vergeblich!«, klärte Edith die enttäuschte Sofie auf.

In diesem Moment begann der Körper des Mannes mit der Kopfverletzung unvermittelt heftig zu zucken, als würde er von Stromschlägen geschüttelt. Aufgeschäumter Speichel bildete sich vor seinem Mund. Sofie unterdrückte einen entsetzten Schrei, so etwas hatte sie noch nie erlebt.

»Hol einen der Ärzte!«, wies Edith Sofie an und sah sich ihrerseits nach Hilfe um, doch es war kein weiteres medizinisches Personal in Sicht. »Schnell! Sag ihnen, wir haben vermutlich einen tonisch-klonischen epileptischen Anfall infolge eines Schädel-Hirn-Traumas.«

Sofie eilte los. Kaum war sie fort, erschlaffte der Körper des zuckenden Offiziers aber wieder. Edith kontrollierte seinen Puls, nickte zufrieden und wandte sich ab, um sein Krankenblatt zu holen und zu begutachten. Plötzlich spürte sie, dass hinter ihr jemand stand. Sie fuhr herum und sah, dass es sich um den hochgewachsenen Offizier handelte, der gerade erst den epileptischen Anfall überstanden hatte. Er wirkte wie ein Schlafwandler, gab seltsam grunzende Geräusche von sich. Edith griff ihn an den Schultern und versuchte sanft, ihn aufs Bett zurückzudrücken.

»Sie dürfen nicht aufstehen. Kommen Sie, legen Sie sich wieder hin«, redete sie beruhigend auf ihn ein und blickte sich erneut nach Hilfe um. Doch statt sich den Anweisungen zu fügen, wurde der Mann von rasender Panik gepackt. Er stieß Edith brutal gegen die Wand und begann, sie mit entsetzlicher Kraft zu würgen. Vergeblich versuchte sie, sich zu wehren. Der Mann vor ihr wusste offenbar nicht, dass er im Begriff war, eine Krankenschwester zu töten. Wahrscheinlich dachte er, er sei noch in der Schlacht – wenn er überhaupt noch einen klaren Gedanken fassen konnte. Seine Hände drückten so fest zu, dass Edith nicht mehr atmen konnte und in Panik geriet. Vor ihren Augen bildeten sich schwarze Punkte, die das Sichtfeld schließlich vollständig verhüllten.

32

Sofie fand Dr. Walz im Operationssaal, wo er gemeinsam mit einem Assistenzarzt dabei war, den Unterschenkel eines Soldaten zu operieren.

»Herr Doktor, Schwester Edith hat einen Offizier mit einem tonisch-klonischen epileptischen Anfall!«

»Kollege, wir sind ja durch, machen Sie bitte alleine zu!«, wandte Dr. Walz sich an den Assistenzarzt. »Schauen wir uns diesen Anfall mal an, Schwester.«

Als die beiden auf die Krankenstation für Offiziere kamen, schrie Sofie erschrocken auf. Vor ihren Augen überschlugen sich die Ereignisse: Der Mann mit der Schädelverletzung hatte Edith im Würgegriff! Gerade sprang ihn Ramiro Torres von hinten an. Der Journalist war zwar zunächst nicht in der Lage, die Arme des Rasenden zu lösen, doch dieser wurde durch die Attacke so abgelenkt, dass er nun auf Torres losging – und Edith fallen ließ, die leblos zu Boden glitt. Sofie eilte zu ihr, um ihren Puls zu fühlen. Dieser war zwar schwach, aber vorhanden. Die Mundwinkel der jungen Frau waren zudem blutig.

»Edith, hörst du mich?«, rief Sofie laut. Dadurch lenkte sie die Aufmerksamkeit des Hünen auf sich, der in der Zwischenzeit rücksichtlos auf Ramiro Torres eingeprügelt hatte. Der Rasende stieß den Journalisten nun brutal von sich, sodass der mit dem Kopf gegen das Metallgestell eines Bettes stürzte und regungslos liegen blieb. Der Riese stolperte empört grunzend auf Sofie zu und holte mit der Faust aus. Die junge Frau fühlte sich, als hätte ein dahinrasender Zug sie am Wangenknochen erwischt, als sie von dem Schlag zu Boden geschleudert wurde – und ihre Welt in Düsternis versank.

***

Willy Brix erwachte am späten Vormittag unter einem Berg von Decken in der Kajüte des norwegischen Fischerboots. Er fühlte sich bis auf die Schmerzen in den Gliedmaßen ganz gesund. Nur sein Durst schien unerschöpflich zu sein. Glücklicherweise brachte Morten in diesem Moment eine Kanne herrlich duftenden Kaffees herein, die er sogleich leerte.

Sogar etwas Brot mit Spiegelei, das der Fischer ihm gereicht hatte, bekam Willy schon hinunter. Schließlich betrat auch Hedda die Kabine. Sie zeigte Willy einen Dorsch und kündigte an: »*Middag*. Dann fahren zu unser Haus.«

Morten wollte wissen, von welchem Schiff Willy komme und wie lange er im Wasser gewesen sei. Der Heizer ließ sich das aktuelle Datum geben und erfuhr, dass es bereits sechs Uhr gewesen war, als die Fischer ihn am Vorabend gefunden hatten. Er hatte also fast zwei Tage im Wasser zugebracht. In möglichst einfachen Worten erzählte der junge Deutsche nun von der Schlacht, der Vernichtung der SMS *Wiesbaden* und seiner Irrfahrt auf der Nordsee. Von der Stelle seines Auffindens war die norwegische Küste laut Morten noch gut zehn Seemeilen entfernt gewesen. Willy war klar, dass er ohne die Fischersfamilie nie überlebt hätte. Er fragte sich, wo Heddas Ehemann war, da Morten sie ja als seine Schwiegertochter vorgestellt hatte. Norwegen hatte bisher Neutralität gewahrt und keine Soldaten in den Krieg entsandt, seine Abwesenheit musste also einen anderen Grund haben.

Edith Nieland erwachte durch starke Schmerzen in ihrem Kiefer. Sie blickte in das besorgte Gesicht der an ihrem Bett wachenden Sofie. Erschrocken bemerkte sie, dass deren rechtes Auge blau angelaufen und geschwollen war.

»Was ist passiert?«, brachte Edith heiser hervor.

»Oh, endlich bist du wach!« Sofie seufzte erleichtert auf. »Der Offizier mit dem epileptischen Anfall ist gestern Nacht in eine Raserei verfallen.«

»Stimmt, ich erinnere mich«, murmelte Edith und erschauderte. »Er wollte mich erwürgen.«

»Das wäre ihm sicher auch gelungen, wenn der spanische Journalist den Zorn nicht auf sich gelenkt hätte. Der Kranke hat ihn niedergeschlagen und mir das hier verpasst.« Sie deutete auf ihr geschwollenes rechtes Auge. »Zum Glück hat ihn Doktor Walz dann mit einer Betäubungsspritze erwischt.«

»Du Arme«, sagte Edith voller Mitleid. »Und wie geht es Ramiro?«

»Sein rechter Arm ist angebrochen«, informierte Sofie sie. »Außerdem hat er eine Gehirnerschütterung und zwei Zähne verloren. Doktor Junginger hat aber versprochen, dass er sein Gebiss wieder hinkriegt – schöner als zuvor, versteht sich.«

»Was macht ihr Frauen bloß für Sachen?«, hörten die bei den Krankenschwestern plötzlich Burkhard Nielands Stimme. Er lehnte mit Krücken in der Tür der Frauenstation, deren einzige Patientin derzeit Edith war.

»Burkhard!«, rief seine Schwester verwundert. »Darfst du schon aufstehen?«

Er nickte. »Mein Oberschenkel schmerzt sicher weniger als dein Kiefer. Wenn ich den Mann zwischen die Finger kriege …«

»Er erinnert sich an nichts, und er macht sich furchtbare

Vorwürfe«, beeilte sich Sofie, Burkhard zu beschwichtigen. »Doktor Walz hat gesagt, dass nach einem schweren Grand-Mal-Epilepsieanfall solche Verwirrungszustände vorkommen können. Der Mann war nicht Herr seiner selbst, er war nicht mal bei Bewusstsein.« Dann wandte sie sich an seine Schwester. »Er fragt übrigens ständig nach dir. Will sich wohl entschuldigen.«

»Ich werde später mit ihm sprechen.« Edith richtete sich auf. Jetzt erst bemerkte Burkhard die Würgemale an ihrem Hals. In einer hilflosen Mischung aus Mitleid und Zorn schlug er mit der Hand gegen die Bordwand. Sofie sah, dass seine Augen schwammen. Sie konnte seine Gefühle nachvollziehen, auch sie hatte der Anblick der verletzten Freundin zunächst in Tränen ausbrechen lassen.

»Kann ich vielleicht etwas zu essen bekommen?«, fragte Edith, um ihren Bruder abzulenken. »Ich habe so einen Hunger.«

»Ich hol dir was«, riefen die Freundin und ihr Bruder unisono. Beide lächelten.

»Bis gleich«, sagte Sofie zu Edith. »Bleib brav liegen!«

Auf ihrem Weg über den Schiffskorridor ging Sofie bewusst langsamer, damit Burkhard mit seinen Krücken keine Schwierigkeiten hatte, mit ihr Schritt zu halten.

»Der Arzt hat mir verraten, dass Sie, ohne zu zögern, Ihr Leben riskiert haben, um auch noch meine zweite Schwester zu retten«, sagte er und sah sie liebevoll von der Seite an. »Meine Familie ist Ihnen mittlerweile wirklich etwas schuldig.«

»Edith hätte garantiert dasselbe für mich getan«, meinte Sofie, die mit Komplimenten nicht umzugehen wusste – insbesondere, wenn sie ausgerechnet von dem Sohn der Nielands kamen. Während sie durch die Schiffsmesse die Kombüse ansteuerten, bemerkte sie, dass Burkhard langsamer wurde und vor Schmerzen das Gesicht verzerrte. »Herr Nieland!«, sagte sie besorgt. »Bitte überanstrengen Sie sich nicht. Ich gehe schnell das Essen für Edith holen, und Sie setzen sich in der Zwischenzeit hierhin und warten auf mich.«

»Aye, aye, Kapitän.« Gehorsam ließ er sich auf einen Stuhl sinken und lehnte seine Krücken gegen den Tisch. Eine von ihnen rutschte allerdings ab und fiel zu Boden. Sofie ging in die Knie, um sie aufzuheben. Als sie ihm die Gehhilfe reichte, hob Burkhard die Hand und berührte vorsichtig ihr blaues Auge. »Ab jetzt werde ich dir immer gehorchen«, raunte er ihr zu und streichelte dann zärtlich über ihre Wange. Dann legte er die Finger unter ihr Kinn und zog sie zu sich heran. »Sofie«, hauchte er.

Ehe sie recht wusste, was sie tat, nahm sie sein Gesicht in beide Hände und küsste ihn sehnsüchtig. Zuerst seufzte Burkhard erschrocken auf, erwiderte dann den Kuss aber umso gieriger.

***

Vor dem Mittagessen brachte Morten Heger dem immer noch angeschlagenen jungen deutschen Heizer dessen Kleidung zurück, die er offenbar auf Deck des Fischerboots getrocknet hatte. Er überreichte ihm auch dessen Notizbuch. »War in Tasche«, erklärte der Fischer. Willy war überrascht und erfreut, dass das Geschenk Edith Nielands dank des Leders die zwei Tage in der Nordsee tatsächlich nahezu schadlos überstanden hatte. Der Umschlag war zwar etwas wellig, einige Tinte verlaufen, aber das meiste ließ sich noch gut entziffern. Er zog sich an, was ihn angesichts seiner geschwollenen Hände einige Anstrengung kostete. Schließlich genoss er mit seinen Lebensrettern in der engen Essnische den äußerst schmackhaft zubereiteten Dorsch. Solchermaßen gestärkt, machte er mit Mortens Hilfe erste Gehversuche. Obwohl ihn die Schmerzen in den Gliedmaßen noch peinigten, gelang es bereits ganz gut. Da kam Hedda kurz herunter und berichtete, dass Land in Sicht sei.

Voller Vorfreude kletterte Willy langsam die schmale Treppe zum Deck hinauf. Er wurde mit frischer Seeluft und dem Blick auf die Gebirgszüge der norwegischen Küste belohnt, die in der Ferne aus dem Nebel auftauchten. Während Hedda steuerte, bedeutete Morten dem noch merklich wackligen Willy, sich zu setzen. Pfeife rauchend zeigte der Alte auf einen der immer klarer hervortretenden Berggipfel und sagte dessen Namen. In der idyllischen Schärenlandschaft mit ihren saftig grünen Wiesenmatten sah Willy wunderschön blühende Bäume, der Frühling kam so weit im Norden offenbar wesentlich später. Er wusste, dass die wichtigsten Häfen der Skagerrak-Küste Norwegens Kristiania und Kristiansand waren, doch das Fischerboot steuerte ein kleines Küstendorf an, das aus wenigen weißen Holzhäusern auf einer kleinen Gruppe Schären und einem Leuchtturm bestand.

»Lyngør«, erklärte Morten mit einem zufriedenen Lächeln.

Nachdem der Kutter an einem der Inselchen angelegt hatte und vertäut war, luden die Hegers Willy in das einzige dort stehende Häuschen ein. Die kleine Wohnstube war etwas unaufgeräumt und mit zu vielen Möbeln vollgestellt, aber gemütlich. Überall lagen Bücher und Zeitschriften, was er bei einer Fischerfamilie nicht erwartet hätte. Unter dem Ölgemälde einer Fjordlandschaft hing ein Foto. Darauf war ein junger Mann in Willys Alter abgebildet, der ebenfalls blonde

Haare hatte. Ob das Heddas Ehemann war? Dann hätte das Foto jedoch älteren Datums sein müssen, denn die Fischerin war gewiss doppelt so alt wie der Mann auf dem Bild.

»Enkel«, sagte Morten, und sein Blick war plötzlich so leidend, dass Willy nicht nach dem Verbleib des Jünglings zu fragen wagte.

***

Als Sofie ihre Lippen schließlich von denen Burkhards gelöst hatte, strich sie sich mit rasendem Herzen eine blonde Locke aus dem Gesicht. Wie hatte sie sich nach diesem Mann gesehnt. Und nun, fast zwei Jahre nach ihrer ersten Begegnung, war es tatsächlich geschehen: Sie hatten sich geküsst. Doch in das überschwängliche Glück, das sie durchströmte, mischte sich sofort ein bitterer Beigeschmack, denn Sofie war klar, dass es keine gemeinsame Zukunft für sie beide geben würde. Dazu war der Standesunterschied zwischen ihnen einfach zu groß. Ihr Blick verdüsterte sich.

»Was ist?«, fragte Burkhard.

»Es tut mir leid. Ich hätte das nicht tun sollen«, warf sie sich vor.

»Doch«, widersprach er lächelnd und strich sanft über ihre Lippen. »Und du sollst es noch ganz oft tun!«

»Es geht nicht, Burkhard, das wissen wir doch.«

Sein Gesichtsausdruck wurde nun ebenfalls ernst. »Wer sollte uns hindern? Du wirst meine Frau werden.«

Ihr stockte der Atem. Hatte er ihr gerade einen Heiratsantrag gemacht? Doch gerade wenn er es tatsächlich ernst gemeint hatte, musste sie ihm klarmachen, dass es einfach unmöglich war.

»Ich bin die Tochter eines Melkers, Burkhard. Deine ganze

Familie wird zum Gespött, wenn du unter Stand heiratest«, flüsterte Sofie rau.

Er nahm ihre Hand und begann, mit ihren Fingern zu spielen. »Am Ende sind alle Stände gleich. Zumindest das lehrt einen der Krieg da draußen.« Er klang verbittert. Dann hauchte er einen Kuss auf ihre Handfläche und fuhr fort: »Ich habe mich in dich verliebt, weil ich gar nicht anders konnte. Vaters Tod hat mir klargemacht, dass das Leben jederzeit vorbei sein kann, man sollte keine Zeit mit Gedanken darüber verschwenden, was die feine Gesellschaft vielleicht unschicklich finden könnte.«

Sofie schluckte, ihre Stimme versagte. Er liebte sie wirklich!

»Auch wenn der Krieg nicht gekommen wäre, hätte ich dich eines Tages gebeten, meine Frau zu werden«, fuhr Burkhard unbeirrt fort. »Liebe hat noch nie nach gesellschaftlichen Ständen gefragt. Meine Mutter war die Tochter eines Werftarbeiters. Vater war das egal. Er hat immer zu ihr gestanden.«

Burkhard stockte in einem Anflug von Trauer, und Sofie streichelte tröstend seine Hand. Dann fasste er sich und fuhr fort: »Außerdem kannst du es mit jeder feinen Dame aufnehmen. Dafür gibt es mehrere Zeugen, einschließlich mir selbst.«

Ein Lächeln stahl sich um Sofies Mundwinkel.

Burkhard erwiderte es und erklärte nun: »Ich würde ja auf die Knie gehen, aber ich habe Angst, dass ich nicht mehr hochkomme. Mein Oberschenkel … Also, willst du meine Frau werden, Sofie Brix?« Burkhard sah sie erwartungsvoll an.

»Schwester, ich bräuchte Ihre Hilfe bei einem Patienten«, rief nun Dr. Walz vom Gang aus.

Sofie schenkte Burkhard einen letzten, liebevollen Blick

und huschte dann hinaus zu dem Mediziner. Ganz unrecht war ihr die Unterbrechung nicht. Sie brauchte dringend Zeit, um sich zu sortieren.

***

Vor dem Schlafengehen fragte Morten Willy, ob er für ihn die Behörden über seinen Verbleib informieren solle. Etwas weiter nördlich gebe es einen Stützpunkt der norwegischen Marine, wo ein Cousin Heddas als Funker arbeitete.

Bei dem Gedanken, zum dritten Mal auf ein Kriegsschiff gezwungen zu werden, wurde Willy schlagartig von Angst erfasst. Er wollte sich nicht mehr an diesem sinnlosen Morden beteiligen, geschweige denn sein Leben dafür geben. Dann war er eben ein Deserteur, Feigling, Bangbüx, Defätist oder Volksverräter – das Vokabular der gesellschaftlichen Ächtung, mit dem man das Menschenmaterial für den Krieg auf Linie brachte, war groß. Ihm war es aber lieber, ein lebender Angsthase als ein toter Held zu sein. Instinktiv schüttelte er den Kopf.

Morten nickte nur ernst. »Gut.« Auch ohne Worte verstand er, dass sein Gast in den Augen der deutschen Militärführung ab jetzt als Kriegsflüchtiger galt, auf den im Fall seiner Ergreifung die Erschießung wartete. Der Fischer rief nach seiner Schwiegertochter, die Willy daraufhin in eine kleine Kammer führte. Die Staubschicht auf den Möbeln darin verriet ihm, dass sie schon länger nicht benutzt worden war. Das gemachte Bett schien jedoch auf ihn zu warten. Die Fischerin öffnete einen Schrank, der Männerkleidung enthielt, und reichte ihm ein weißes Leinennachthemd.

»*Tak*«, bedankte sich Willy bei seiner Lebensretterin.

Hedda nickte nur und trat aus dem Zimmer. Bevor sie die

Tür schloss, musterte sie Willy nochmals mit seltsamer Wehmut im Blick.

Als er im Nachthemd in der Daunenbettwäsche lag, öffnete Willy aus einem Impuls heraus die Schublade des Nachttisches und fand dort eine angebrochene Tafel Schokolade, die bereits weiße Ränder aufwies, und das verstaubte Foto eines hübschen jungen Mädchens. Wahrscheinlich das Liebchen des Sohnes. Willy widerstand der Versuchung, das Bild herauszunehmen und näher zu betrachten. Das hier war das Leben eines anderen Menschen, es ging ihn nichts an.

Er ließ seinen Kopf auf das Kissen sinken und schloss die Augen. Nachdem ihm die vielen neuen Eindrücke an Bord des Fischerboots und im Häuschen an der idyllischen norwegischen Küste zunächst heilsame Ablenkung beschert hatten, kehrten nun im Dunkeln die schrecklichen Bilder der vergangenen Tage zu ihm zurück. Der Schlaf, in den er bald vor Erschöpfung fiel, war unruhig.

Mitten in der Nacht fuhr Willy hoch – ein markerschütternder Schrei hatte ihn geweckt. Keuchend blickte er in die Dunkelheit. Es dauerte ein paar Sekunden, bis ihm klar wurde, dass nicht er selbst, sondern jemand im Nachbarzimmer geschrien hatte. Leise stand er auf und öffnete die Tür zur Wohnstube, in der zu seinem Erstaunen der noch angezogene Morten im Schein einer Petroleumlampe saß, neben sich ein Glas und eine Buddel Rum. Willy sah ihn fragend an, als aus der Kammer nebenan Schluchzen zu hören war.

»Hedda«, erklärte der alte Fischer mit gedämpfter Stimme und zündete seine Pfeife an. »Schlimme Träume oft in Nacht.«

Willy wusste nicht, was er sagen sollte, und nickte nur. Morten, die Zunge vom Alkohol gelöst, schien jedoch in der Stimmung, sich seinen Kummer von der Seele zu reden. In seinem gebrochenen Deutsch erzählte er, dass Heddas Sohn Håkon im Frühjahr des vergangenen Jahres bei einem schweren Sturm von Bord gespült und nie wieder aufgefunden worden sei. Ihre Ehe habe diesen schweren Verlust nicht überstanden, kurz vor Weihnachten habe Mortens Sohn die trauernde Hedda verlassen. Er lebe nun in Kristiania, wo er hoffe, dass ihn nicht mehr alles an den Verlust Håkons erinnerte.

Hedda habe den Tod ihres Jungen bis heute nicht verwunden, sich bisher auch geweigert, sein Ertrinken den Behörden zu melden und ihn offiziell für tot erklären zu lassen.

»Das tut mir leid«, sagte Willy. Derartigen Schicksalsschlägen waren Menschen machtlos ausgeliefert. Umso schlimmer erschien im Licht solcher Katastrophen der Krieg, in dem »Schicksalsschläge« mit perverser Emsigkeit nach dem Plan mächtiger Menschen produziert wurden.

»Für Hedda du aussehen wie Håkon«, holte ihn Morten aus seinen trüben Gedanken. »Zweiter Vorname war sogar William, klingt auch wie du.«

Nun verstand Willy Heddas wehmütige Blicke in seine Richtung. »Sollte man sie wecken, damit die Albträume aufhören?«, fragte er Morten.

Der schüttelte den Kopf. »Heddas Albtraum ist nicht vorbei, wenn sie aufwacht.«

33

Sofie konnte nicht einschlafen. Zu ereignisreich war der Tag gewesen, zu aufgewühlt war sie durch Christian Nielands Tod, Willys Verschwinden, ihren allerersten Kuss – und Burkhards Heiratsantrag. Außerdem war sie es nicht mehr gewohnt, nachts allein in der Kajüte zu sein, ohne Edith kam ihr diese sehr leer vor. Dr. Walz hatte darauf bestanden, dass die verletzte Schwester zur Beobachtung noch auf der Krankenstation blieb. Obwohl es schon kurz vor Mitternacht war, beschloss Sofie, nochmals aufzustehen, um nachzusehen, wie es der Nieland-Tochter ging.

Da sie annahm, dass die meisten an Bord schon schliefen, zog sie sich nur einen Morgenmantel über und lief in Pantoffeln zur Frauenstation. Vorsichtig öffnete sie die Tür einen Spalt und stellte erstaunt fest, dass das Licht auf Ediths Nachttisch noch brannte.

»Sofie? Bist du das? Kannst du auch nicht schlafen?«

Wie zur Antwort schlüpfte Sofie leise ins Zimmer und setzte sich auf Ediths Bettkante. »Geht dir der Angriff noch nach?«, erkundigte Sofie sich bei ihrer Freundin.

Edith bejahte. »Vor allem mache ich mir aber Sorgen um Ramiro. Nur weil er mir geholfen hat, geht es ihm jetzt so schlecht. Er kann das Schiff vorerst nicht verlassen.«

»Doktor Walz meinte, dass er bald wieder ganz gesund wird«, ermutigte Sofie sie. »Und dass er dir geholfen hat, darüber sind wir alle froh – er selbst sicher am meisten.«

Edith lächelte verhalten – und sagte dann unvermittelt: »Burkhard hat mir vorhin von seinem Antrag erzählt.«

Sofie errötete. »Ich … ja …«

»So verliebt habe ich ihn noch nie erlebt«, meinte Edith. »Magst du ihn denn auch?«

»Schon seit ich ihn das erste Mal gesehen habe«, gestand Sofie.

»Wenn du Ja sagst, kann er sich wirklich glücklich schätzen. Mein Brüderchen ist wahrlich nicht immer einfach«, sagte Edith. »Wobei ich glaube, dass der Krieg ihn weicher gemacht hat. Wirst du seinen Antrag denn annehmen?«

Sofie zögerte.

Edith beeilte sich hinzuzufügen: »Du musst es mir natürlich nicht sagen, wenn du nicht willst.«

»Doch«, erwiderte Sofie. »Ich habe mir lange Gedanken gemacht wegen des Standesunterschieds. Ich will seinem Ansehen nicht schaden. Das Argument lässt er aber nicht gelten.«

»Recht hat er«, meinte Edith. »Das mit den Standesgrenzen ist lang überholt, das finde ich auch. Außerdem gehörst du einfach zur Familie – und peinlich wirst du ihm ganz sicher nicht sein. Im Gegenteil: Wer dich heiraten darf, kann sich als der stolzeste Mann der Welt schätzen!« Sie hob die Hand und strich Sofie über die Wange.

»Danke«, sagte diese gerührt. »Ich liebe ihn ja auch wirklich von ganzem Herzen und kann mir nichts Schöneres vorstellen, als seine Frau zu werden. Trotzdem könnte ich während dieses schrecklichen Kriegs unmöglich an eine Hochzeit denken.«

»Das kann aber noch ganz schön lange dauern, bis er auch wirklich vorbei ist«, mutmaßte Edith. »Warum willst du denn bis dahin warten?«

»Wenn Burkhard etwas zustößt, dann wäre ich als Ehefrau erbberechtigt«, erklärte Sofie, »und das will ich auf keinen Fall.«

»Weil die Leute dann reden würden?«

»Das werden sie ja sowieso. Aber ich will nicht von Geld leben, das ich nur habe, weil er tot ist. Wenn er nicht mehr lebt, will ich gar nichts mehr … Und Willy darf auch nicht tot sein.« Sie stockte.

Edith bemerkte Tränen in den Augen der Freundin und drückte ihr tröstend die Hand. In der Nieland-Erbin wuchs der Hass auf die deutsche Regierung und ihre ekelhafte, mörderische Machtgier. Sie hatte ihren Vater verloren, und es war sehr wahrscheinlich, dass die Nordsee Sofies Bruder ebenfalls behalten würde.

***

Hedda Heger ließ sich nichts von ihrer Nacht voller Albträume anmerken, als sie die Sonntagszeitung an den Frühstückstisch brachte und diese vergeblich nach Einzelheiten zum großen Seegefecht oder Nachrichten bezüglich etwaiger weiterer Überlebender durchsuchte. Morten fragte Willy währenddessen, ob er sie zum Fischen begleiten wolle. Dieser sagte freudig zu. Zwar war er immer noch nicht ganz stabil auf den Beinen, aber er sehnte sich nach etwas Bewegung. Hedda gab ihm regenfeste Fischerkleidung und Gummistiefel, von denen er vermutete, dass sie ebenfalls ihrem verstorbenen Sohn Håkon gehört hatten. Sie passten wie angegossen.

»Heute fischen wir nahe Küste«, kündigte Morten an.

Es war schon angenehm warm an diesem Morgen, und der wolkenlose Himmel ließ hoffen, dass sich dies im Laufe des Tages noch steigern würde. Sie hievten eine weiße Boje aus dem Wasser und holten das daran befestigte Netz ein. An Deck zogen Morten und Hedda es routiniert über eine Metallschiene, um es zu entwirren und so Fisch für Fisch herauszuholen. Willy war erstaunt, wie viele verschiedene Sorten sich im Maschenwerk verheddert hatten. Ein Heilbutt war dabei, ebenso wie ein großer Steinbeißer und ein bestimmt siebzig Zentimeter großer Leng. Einen über einen Meter langen Artgenossen dieses Fisches hatten die Hegers laut Morten im März erwischt – ihr Rekord! Kein Wunder, dass sie das Netz so schwer aus dem Wasser bekommen hatten, dachte Willy daraufhin.

Vor einem der Wassertiere ekelte er sich schon allein bei dessen Anblick. Es sah aus wie ein fettes Stück rosa Darm.

»*Slimål*«, erklärte Morten, und Willy lernte nun, dass diese glitschige Aal-Sorte bei den Fischern alles andere als beliebt war. Man dürfe volle Netze nie zu lange unter Wasser lassen, weil der Schleimaal sonst sein Unwesen darin treiben und den gesamten restlichen Fang angreifen und anfressen könnte. Laut Morten machten diese Aasfresser selbst vor Walkadavern nicht halt und skelettierten diese im Kollektiv. Schmarotzer gab es aber nicht nur am Meeresgrund: Eine Gruppe Möwen machte sich sogleich gierig über die ersten Fischreste an Bord her. Auch ein Seeadler kreiste neugierig über ihnen.

Willy empfand den Tag als äußerst spannend. Fast fühlte er sich wie eine Figur aus Gorch Focks Buch über die Fischer von Finkenwärder. Der Gedanke an den Kameraden schmerzte. Was wohl aus ihm geworden war? Doch als Willy dann nach getaner Arbeit das Boot zurücksteuern durfte, war er erstmals seit langer Zeit rundum zufrieden. Der Krieg wirkte in diesem schönen, neutralen Land so erfreulich weit weg – fast unwirklich. Als Morten ihn fragte, ob er sie ab dem nächsten Morgen auf eine mehrtägige Fischertour hinauf zum Fjord von Kristiania begleiten wolle, sagte er deshalb gerne zu.

***

Bei seiner Nachmittagsvisite hatte Dr. Walz Edith erlaubt aufzustehen, um nach Ramiro Torres zu sehen. Der Journalist strahlte, als er sie erblickte.

»Wie geht es Ihnen?«

»Nur wegen Ihres mutigen Eingreifens lebe ich noch«, sagte Edith. »Und jetzt kann ich Ihnen endlich dafür danken.« Sie küsste ihn sanft auf die Wange.

Er sah sie überrascht an – und hocherfreut. »Wie schön, dass Sie es noch rechtzeitig hierhergeschafft haben«, sagte er.

»Rechtzeitig?«, fragte Edith.

»Ich werde heute in ein Krankenhaus auf dem Festland verlegt. Und sobald es mir gut genug geht, muss ich Wilhelmshaven ganz verlassen. Wegen der Seeschlacht stellen sie keine Passierscheine mehr für Ausländer aus.«

Edith spürte ein starkes Gefühl des Verlustes. »Dann sehen wir uns heute vielleicht das letzte Mal«, stellte sie traurig fest. »Freitag muss ich auf der Beerdigung meines Vaters in Hamburg sein.«

»Das tut mir sehr leid«, erwiderte er mit tiefem Bedauern. »Was war er für ein Mann?«

Edith begann auf Spanisch zu erzählen. Und als Sofie nach einer halben Stunde vorbeikam, unterhielten die beiden sich noch immer. Sie freute sich für Edith und Ramiro. Wie sehr wünschte sie der Freundin, dass sie nach dem Tod Christian Nielands ein wenig Trost finden würde.

***

»Ich kenne Christians Testament bereits«, verkündete Gudrun Nieland.

Anna, Gideon und Hinnerk saßen mit ihr im Salon der Villa und sahen die selbst in dieser Situation erstaunlich gefasste Patriarchin aus rot geweinten Augen fragend an.

»Er hat es noch vor wenigen Monaten ändern lassen«, erläuterte sie. »Hinnerk, Anna, die Reederei wird zu gleichen Teilen an euch beide und Burkhard gehen.«

Anna war sehr gerührt über die nachträgliche Anerkennung ihres Vaters für ihre Bemühungen im Familienunternehmen. Gideon küsste sie stolz auf den Kopf.

»Zudem erhält jeder von euch achtzigtausend Mark«, fuhr Gudrun mit der Auflistung fort. »Edith bekommt hundertfünfzigtausend und unsere Ferienhäuser, da sie an der Reederei nie Interesse gezeigt hat. Hunderttausend Mark und die Villa gehen schließlich an mich.« Sie wandte sich an ihren Enkel. »Hinnerk, deine Mutter und du genießt hier selbstverständlich Wohnrecht auf Lebenszeit.«

»Das ist sehr großzügig von Onkel Christian – und von dir, Großmutter, danke«, murmelte Hinnerk.

»Was hat Papa sich für sein Begräbnis gewünscht?«, fragte Anna stockend.

»Er wollte in Nienstedten drüben beerdigt werden«, berichtete Gudrun. »Herr von Melle, der Erste Bürgermeister, hat sich angekündigt. Ich habe auch Vizeadmiral Scheer telegrafiert. Er wird natürlich kaum Zeit haben, aber ihn nicht einzuladen wäre unverzeihlich. Es sind mindestens fünfzig Gäste zu erwarten, Frau Iwersen muss mit Frau Dahlke bis Freitag eine angemessene Verköstigung hinbekommen.«

Bei der Erwähnung der Haushälterin fiel Anna etwas ein. Während sich das Gespräch im Salon nun um die »feigen Engländer« zu drehen begann, eilte sie in den Personaltrakt, um nach der alten Dame zu suchen. Sie fand sie mit der Köchin beim Aufräumen der Speisekammer.

»Frau Iwersen, könnten Sie Ihrer Schwiegertochter bitte etwas von mir ausrichten?«, bat Anna.

Die Hausdame schien sich etwas zu wundern. »Ja?«

»Ich war vorgestern Abend mit ihr beim Frauenstimmrechtsverband in Altona verabredet. Aber dann kam die Nachricht vom Tod meines Vaters, und ich habe unser geplantes Treffen einfach vergessen.«

»Das ist doch selbstverständlich«, befand die alte Frau mit mitleidsvollem Blick.

»Würden Sie Karoline ausrichten, dass es mir sehr leidtut und ich mich bei ihr melde, sobald wegen der Beerdigung alles geregelt ist?«

»Gern«, sagte Frau Iwersen.

Anna sah entschlossen aus. Am Ende hatte ihr Vater ihr doch vertraut. Die Seeschlacht hatte ihn ihr genommen, und deshalb würde sie sich jetzt gegen die männlichen Kriegstreiber erheben!

***

»Ich warte gern auf dich. Aber darf ich es zumindest der Familie verkünden?«, fragte Burkhard, als Sofie ihm eröffnet hatte, warum sie ihn erst nach dem Krieg heiraten wollte. »Ich möchte wenigstens zu Hause nicht mehr so tun müssen, als seist du nur Annas ehemalige Gesellschafterin.«

Sie standen auf dem Oberdeck der *Sierra Ventana*. Beide fröstelten, der Juni hatte sich bisher viel zu kühl und sehr feucht gezeigt.

»Deine Großmutter wird vor Wut toben«, mutmaßte Sofie besorgt.

»Das lass mal meine Sorge sein«, meinte Burkhard und legte den Arm um sie, damit sie einander wärmen konnten. »Ich möchte auch, dass du am Freitag auf Vaters Beerdigung an meiner Seite bist. Kannst du um Landurlaub bitten?«

»Ich versuche es«, sagte Sofie. »Aber das Schiff ist voller Verwundeter, deshalb bin ich mir nicht sicher, ob ich gehen darf, bevor sie nach Kiel verlegt werden. Wenn es um Urlaub für die Beerdigung eures Vaters geht, hat Edith natürlich Vorrang.«

Burkhard nickte. »Ich werde mich für dich einsetzen. Unser neuer Kapitän schätzt mich sehr, er wird da sicher was deichseln können. Ich habe ihn übrigens auch gebeten, nach dem Verbleib deines Bruders forschen zu lassen.«

Sofie lehnte sich an ihn. »Danke, Burkhard!«

***

Am Mittwoch, den 7. Juni 1916, liefen die Hegers mit ihrem Fischerboot die alte Walfängerstadt Tønsberg an. Morten erklärte, dort Tabak, Medizin und einige ganz besondere »Süßigkeiten« kaufen zu wollen. Er fragte Willy, ob er nicht Lust habe, sie diesmal an Land zu begleiten. In den ersten zwei Tagen ihrer Reise hatte der Gast es vorgezogen, an Bord zu bleiben, wenn Hedda und Morten in den Küstenorten ihren Fang feilboten. Zu groß war seine Angst, als Deutscher erkannt zu werden. Doch dafür war dem alten Fischer nun eine Lösung eingefallen: Sie würden einfach behaupten, der junge Begleiter sei Mortens Enkel. Wenn Willy angesprochen wurde, schlug der Fischer ihm vor, solle er mit Gesten behaupten, er sei heiser und könne nicht sprechen. Willy stimmte zu. Mit dieser Idee fühlte er sich einigermaßen sicher, obwohl vor der Stadt auch ein norwegisches Militärschiff vor Anker lag.

Mit seiner neuen Identität hatte er eigentlich nichts zu befürchten: Er war schließlich nur ein Fischerssohn namens Håkon William Heger – und derzeit ohne Stimme.

Hedda erklärte, dass sie ihren Cousin auf dem hiesigen Marinestützpunkt besuchen wollte, um in Erfahrung zu bringen, ob dieser etwas über den Ausgang der Skagerrak-Schlacht wusste. Morten nahm Willy indes mit in einen Krämerladen. Dort wandte sich der alte Fischer verschwörerisch flüsternd an den hageren Ladenbesitzer, dessen wirre graue Haare mit Pomade kaum zu bändigen waren. Der Krämer winkte Willy über Mortens Schulter hinweg zu und sagte: »*God morgen*, Håkon.« Er musste Heddas Sohn also wirklich ein wenig ähnlich sehen, zumal er auch dessen Mütze auf dem Kopf trug. Wie verabredet, grüßte er stumm und deutete dann entschuldigend auf seine Kehle. Morten setzte dem Händler etwas wortreicher auseinander, dass sein »Enkel« derzeit keine Stimme habe. Schließlich verschwanden die beiden Männer in einem Hinterzimmer.

Während er auf den Fischer wartete, sah sich Willy im wilden Durcheinander des vollgestellten Lädchens um. Vor allem die Süßigkeiten lockten ihn, derlei hatte es an Bord der *Wiesbaden* für die Mannschaften nie gegeben. Beim Anblick der bunten Bonbons wurde ihm schmerzlich bewusst, dass er keinerlei Geld mehr besaß. Selbst die Kleidung am Leib war nur eine Leihgabe. Doch als Morten, eine Kiste unterm Arm, dem Krämer gut gelaunt zurück in den Verkaufsbereich folgte, erstand er für Willy zu dessen Unbehagen jede Menge Naschereien. Noch peinlicher war es ihm, dass ihm der angelogene Kaufmann zum Abschied auch noch ein Hustenbonbon für seinen angeblich rauen Hals schenkte.

Erst als sie den Laden verlassen hatten, gestand Willy Morten flüsternd, dass er doch gar keine Mittel habe, ihm etwas zurückzuzahlen. Dieser winkte ab, Kost und Logis seien Lohn für seine gute Mitarbeit an Bord.

Auf dem Weg zur Apotheke, wo sie mit Hedda verabredet waren, fragte Willy den Fischer, was sich in der Kiste befindet.

»*Meine* Lieblingsnaschereien«, erklärte Morten mit einem Augenzwinkern.

»Rum?«, versicherte sich Willy grinsend – und etwas zu laut. Morten sah sich sofort erschrocken um. Er wies mit gesenkter Stimme darauf hin, dass in Norwegen seit zwei Jahren ein *Brennevinsforbudet*, ein Alkoholverbot, herrsche. Verkauf und Erwerb seien daher nur unter der Hand möglich.

Was für eine verrückte Welt, dachte Willy. Noch vor einer Woche war er ein gehorsamer Heizer auf einem deutschen Kriegsschiff gewesen, jetzt ein norwegischer Fischer mit falscher Identität, der für seinen neuen großväterlichen Freund dessen getarnten illegalen Alkohol trug. Gedankenverloren wich er einem der Männer in norwegischer Uniform aus, mit dem er im Gewimmel der Menschen fast zusammengestoßen wäre – und starrte plötzlich fassungslos in das Gesicht des Oberheizers Hugo Zenne!

34

»Wo will meine Schwester denn hin?«, wollte Burkhard von Sofie wissen. Sie standen in deren Mittagspause auf dem Oberdeck der *Sierra Ventana* und beobachteten, wie Edith in Zivilkleidung von Bord ging.

»Sie hat ein Telegramm von dem Madrider Journalisten bekommen«, verriet Sofie. »Er wollte sie vor seiner Abreise noch mal sehen.«

Burkhards Gesichtsausdruck verdüsterte sich. »Mir gefällt es nicht, dass dieser Spanier ihr derart nachstellt.«

»Edith wollte ihn auch von sich aus gern zum Essen einladen – wo er sie doch gerettet hat«, verteidigte Sofie das Treffen der beiden.

Burkhard strich ihr eine blonde Locke aus dem Gesicht, die ihr der Wind in die Augen geweht hatte. »Du siehst immer das Gute in den Menschen, und das liebe ich an dir«, sagte er. »Aber hast du dir mal überlegt, dass, nur weil Spanien Neutralität erklärt hat, nicht automatisch auch jeder Spanier neutral ist?«

»Señor Torres ist ja auch eigentlich *Chilene*«, versuchte Sofie mit einem Scherz dem Gespräch eine neue Wendung zu geben, doch Burkhard ging nicht darauf ein.

»Immerhin hat dieser angebliche Schreiberling bis vor Kurzem in London gelebt«, echauffierte er sich. »Bei den Leuten, die Vater auf dem Gewissen haben. Dass die nur zu gern alles über unsere Lazarettschiffe wissen möchten, ist klar.«

Sie sah ihn skeptisch an. »Du meinst, dass er hier gar nicht für einen Artikel geforscht hat, sondern ein Spion ist?«

»Alle Ausländer müssen demnächst die Stadt verlassen«, antwortete er. »Die Behörden werden schon wissen, weshalb.«

Sofie glaubte keine Sekunde lang, dass Ramiro Torres ein Spitzel sein könnte, aber sie wollte darüber zu diesem Zeitpunkt nicht mit Burkhard diskutieren. Der Verlust seines Vaters war noch so frisch, da verstand sie, dass er die Engländer hasste und überall Verrat witterte. Bewusst wechselte sie deshalb das Thema: »Werden wir denn übermorgen rechtzeitig bei der Beerdigung sein?«

Er nickte zuversichtlich. »Um acht Uhr früh fahren wir mit dem Automobil los«, kündigte Burkhard an. »Dann schaffen wir es gut bis drei Uhr nachmittags auf den Friedhof von Nienstedten.«

»Hoffentlich kann mir Anna etwas Dunkles leihen«, sagte Sofie. »Ich habe mir in der Villa mein einziges schwarzes Kleid mit heißem Zucker ruiniert.«

»Im Notfall kaufe ich dir in Hamburg schnell etwas«, schlug er vor.

»Burkhard!«, rief Sofie streng.

Der Nieland-Erbe seufzte. »Ich weiß, dass du kein Geld von mir annehmen willst, aber die Beerdigung meines Vaters wird doch wohl eine Ausnahme sein.«

Sofie erwiderte, sie hoffe, dass es sich nicht lohne, eigene schwarze Kleidung zu kaufen, und es ihr reiche, etwas von Anna zu leihen. »Weil es die einzige Beerdigung bleibt.«

Er ahnte, worauf sie anspielte. »Es tut mir leid, dass wir noch nichts von deinem Bruder gehört haben.«

***

Willy bekam weiche Knie vor Schreck. Unter anderen Umständen hätte er sich riesig gefreut, Hugo Zenne lebend wiederzusehen. Doch da er selbst sich so lange nicht bei den Behörden gemeldet hatte, galt er ja als fahnenflüchtig. Deshalb fiel ihm auch ein Stein vom Herzen, dass der ehemalige Oberheizer den jungen Mann mit der Mütze offenbar gar nicht wirklich wahrgenommen hatte und weiterging. Aber warum in aller Welt trug Zenne eine norwegische Uniform?

Morten hatte bemerkt, dass Willy sich beim Anblick des kräftigen Matrosen erschrocken hatte. »Kennst du den Mann?«, fragte er, als der in der Menge verschwunden war.

»Das war der letzte Kamerad, der mit mir auf dem Floß war«, erklärte Willy flüsternd.

Vor der Apotheke trafen sie wie verabredet auf Hedda, die von ihrem Cousin in der Marinestation tatsächlich einige Neuigkeiten erhalten hatte: Ein norwegischer Dampfer habe Hugo Zenne vor einigen Tagen aus dem Skagerrak gefischt. Willy und Morten waren fassungslos, als Hedda ihnen den Namen jenes Schiffes mitteilte: Es hieß doch tatsächlich *Willy!* Jemand da oben schien sich wirklich über ihn lustig zu machen, dachte der einstige Heizer. Laut Hedda sei Zenne dann von jenem Dampfer aus mit einem Wachtfahrzeug auf das norwegische Flaggschiff *Ellida* gebracht worden, welches nunmehr die Übergabe des Matrosen an das deutsche Militär verhandele. Die norwegische Uniform hatte man Zenne nur vorübergehend zur Verfügung gestellt, damit er sich bis zu seiner Auslieferung unerkannt in der Stadt bewegen konnte – er sei nämlich durchaus ein wenig berühmt geworden, da er inzwischen als einziger Überlebender der SMS *Wiesbaden* galt. Diese Auskunft versetzte Willy einen Stich. Das hieß also, dass bis zu diesem Tag keiner seiner übrigen Kameraden lebend aufgefunden worden war, auch Gorch Fock nicht, und

Willy selbst für tot gehalten wurde. Einerseits erleichterte Willy die Vorstellung, dass niemand nach ihm suchen würde, andererseits sorgte er sich um seine Familie, der man früher oder später von seinem angeblichen Ableben berichten musste.

***

Edith Nieland und Ramiro Torres saßen Rotwein trinkend vor dem Konzerthaus im Kurpark Wilhelmshaven. Wie bei all ihren bisherigen Treffen unterhielten sie sich blendend, unter anderem über die spanischen Romanautoren Ramón Pérez de Ayala und Gabriel Miró, die beide sehr schätzten.

»Sie sind, glaube ich, eine der wenigen Deutschen, die beide Autoren kennt«, mutmaßte Ramiro. Er legte ihr auch einen chilenischen Roman besonders ans Herz: *El niño que enloqueció de amor* von Eduardo Barrios. »Ich bin mit dem Schriftsteller befreundet«, erzählte Torres. »Wir kennen uns aus Valparaíso. Er hat einen großartigen Schreibstil.«

»Ich glaube, es wird nicht leicht, hier an das Buch heranzukommen«, meinte Edith bedauernd.

»Ich schicke Ihnen von Madrid aus einfach mein Exemplar zu«, bot er an. »Ich hoffe, es dauert nicht allzu lang. Zurzeit weiß man ja nie …«

»Wann fahren Sie denn los?«, fragte Edith.

Sein Blick verdunkelte sich. »Spätestens in drei Tagen, Samstagfrüh. Mit dem Krieg in Frankreich wird die Reise eine Odyssee.«

»Eigentlich ist es ja eine Schande, dass ich bisher nur Barcelona kenne«, meinte Edith lächelnd. »Wenn endlich wieder Frieden herrscht, werde ich Madrid auch einmal besuchen.«

»Falls Sie einen Fremdenführer brauchen … «, bot Torres ihr an.

Edith lächelte. Doch obschon sie sich um den gewohnt heiteren Ton bemühten, war ihr Gespräch diesmal von Wehmut durchtränkt. Es stand zu befürchten, dass sie sich heute zum letzten Mal sahen.

***

Zurück im Fischerhäuschen auf Lyngør, sprach Willy mit Hedda und Morten offen über das Dilemma, in dem er sich befand. Er wollte zwar nie mehr in den Krieg zurück, hatte aber auch das Bedürfnis, seine Familie wissen zu lassen, dass es ihm gut ging. Ihnen zu schreiben war zu unsicher, wenn er für die Marineleitung weiterhin als tot gelten wollte. Schließlich herrschte in Deutschland Briefzensur.

Hedda und Morten begannen nun hitzig auf Norwegisch zu diskutieren. Die Fischerin rannte schließlich wütend hinaus.

»Ist sie böse auf mich?«, fragte Willy vorsichtig.

»Sie will dich nicht gehen lassen«, seufzte Morten. »Aber ich bestehen: Wir fahren nach Skagen – Nordspitze von Dänemark. Von da vierhundert Kilometer zu Flensborg-Fjord. Wir geben dir Håkons Fahrrad.«

Willy sah ihn verblüfft an. »Aber ich werde mich doch ausweisen müssen, und dann erfahren früher oder später auch die deutschen Behörden, dass ich lebe.«

Da drückte ihm Hedda, die von ihm unbemerkt wieder in die Tür getreten war, einen Reisepass mit einem Foto ihres Sohnes darin in die Hand sowie zwei weitere Papiere, deren Zweck Willy auf den ersten Blick nicht klar wurde.

»Geburtsurkunde und Schulabschluss«, erläuterte Morten.

Willy war gerührt. Hedda brachte dieses Opfer für ihn, obwohl sie sich gewiss nicht leicht von den Dokumenten ihres Sohnes trennte. Schließlich musste sie sich dafür ja eingestehen, dass Håkon diese nicht mehr brauchen würde, was bedeutete, seinen Tod zu akzeptieren.

Die Hegers betonten, dass Willy jederzeit zu ihnen zurückkehren könne. Er umarmte sie voller Dankbarkeit. Norwegen würde für ihn auf ewig der Ort seiner Rettung sein – und das Heim seiner liebevollen Ersatzfamilie. Und nun ermöglichten sie ihm, dass er seine leiblichen Eltern wiedersehen konnte. Zumindest solange man ihm glaubte, dass er Håkon William Heger war.

***

Zwei Gläser Rotwein hatten Ediths Zunge gelöst, bei Ramiro waren es sogar vier gewesen. Bei einem Verdauungsspaziergang durch den Kurpark sprachen sie nun auch über ernstere Themen. Ramiro erzählte der Nieland-Erbin, wie er seinen Vater vor zehn Jahren bei einem Erdbeben in seiner Heimatstadt Viña del Mar verloren hatte.

»Er wurde in seinem Büro verschüttet«, erzählte der Journalist. »Unser Haus blieb wie durch ein Wunder unbeschädigt. Daher waren meine zwei Brüder, meine Mutter und ich unverletzt.«

»Wie alt waren Sie da?«, fragte Edith.

»Fünfzehn«, erwiderte Ramiro. »Für mich brach damals eine Welt zusammen.«

Das konnte Edith nur zu gut verstehen.

»Und wann haben Sie Ihre Mutter verloren?«, fragte Ramiro sie nun.

»Damals war ich sechs Jahre alt«, antwortete Edith. »Seltsamerweise erinnere ich mich daran noch viel präziser als an manch andere Dinge, die erst ein Jahr her sind.«

»Können Sie darüber sprechen, oder ist es zu schmerzhaft?«, fragte er vorsichtig.

Edith blickte gedankenverloren in die Ferne. »Meine Mutter hat immer sehr gern gesungen. Sie wurde in Hamburg-Eilbek geboren und war bis zuletzt Mitglied im dortigen Arbeiter-Gesangsverein. Im Sommer vor vierzehn Jahren hat sie mich und Burkhard zu einem Ausflug des Vereins mitgenommen, auf dem Raddampfer *Primus*. Es ging nach Hamburg-Cranz, dort wollten die Vereinsmitglieder mit ihren Familien in einem Lokal feiern. Das waren alles Arbeiter und einfache Angestellte. Meine Mutter stammte ebenfalls aus diesem Milieu, sie hat ihre Herkunft nie verleugnet. Uns wurde beigebracht, dass vor Gott alle Menschen gleich sind und sich deshalb niemand etwas auf seinen Status einbilden solle, ganz gleich, ob er in der Werft arbeitet oder sie besitzt. Sie förderte ausdrücklich, dass Burkhard und ich uns unter die Arbeiterkinder an Bord mischten. Anna war damals erst fünf, deshalb war sie in Othmarschen bei meiner Großmutter geblieben. Im Nachhinein waren alle froh darüber.«

»Was ist geschehen?«, fragte Ramiro.

»Die *Primus* war völlig überladen. Aber das hat die über zweihundert Menschen an Bord nicht gestört. Es war ein schöner Sommertag, die Stimmung großartig, daher ging es erst sehr spät zurück. Um halb eins in der Nacht näherten wir uns endlich wieder dem Anleger in Nienstedten. Die Bordkapelle spielte noch ›Nach Hause, nach Hause geh'n wir nicht‹. Niemand hatte bemerkt, dass der Kapitän unseren Dampfer auf der falschen Seite des Fahrwassers hielt und auch nicht auf die Lichter entgegenkommender Schiffe achtete. Deshalb wurden wir von einem Schlepper gerammt.«

Ramiro, der ja wusste, dass die Erzählung kein gutes Ende nehmen würde, sah Edith voller Mitleid an.

»Burkhard hat nach dem heftigen Stoß unsere Mutter noch ängstlich gefragt: ›Wir gehen doch nicht unter?‹ Er war mit seinen zehn Jahren das älteste von uns Kindern …« Auch fast anderthalb Jahrzehnte später stockte Ediths Stimme noch bei der Nacherzählung des Geschehens.

Ramiro griff tröstend nach ihrer Hand und drückte sie kurz.

»Kaum hatte er das gesagt, sind die Fluten von allen Seiten auf uns eingestürzt. In der Panik wurde ich ins Wasser gestoßen. Zweimal ging ich unter, kam aber immer wieder hoch. Als ich zum dritten Mal versank, ergriff mich eine Hand und zog mich in ein Boot. Aber meine Mutter war verschwunden.«

»Und Ihr Bruder?«

»Der war am Schornstein unseres Dampfers hinaufgeklettert und von dort auf den Schlepper herübergesprungen. Eine knappe Viertelstunde später war alles vorbei: Schreie, Todeskampf gegen Feuer und Wasser – unser Ausflugsdampfer war gesunken. Fast hundert Opfer wurden geborgen, die meisten von ihnen hat man dann in einem Massengrab in Ohlsdorf beigesetzt.«

»Ihre Mutter auch?«, erkundigte sich Ramiro betroffen.

Doch Edith schüttelte den Kopf. »Meine Mutter und ein weiteres Opfer blieben vermisst. Sie war erst siebenundzwanzig.« Edith fröstelte.

Ramiro zog seine Jacke aus und versuchte, sie ihr um die Schulter zu legen. Doch mit seinem verletzten Arm gestaltete sich diese Bewegung nicht ganz so einfach und elegant, wie er sich das vorgestellt hatte. Edith wollte ihm behilflich sein, und plötzlich waren sie einander ganz nah. Einen Gefühlstaumel, wie er nun bei ihren nicht enden wollenden Küssen und der in beiden aufflammenden Leidenschaft folgte, hatte Edith noch nie zuvor erlebt. Das ist nicht gut, morgen bereust du es, flüsterte eine innere Stimme ihr zu, doch sie hörte nicht auf sie. Denn wer wusste in diesen verrückten Zeiten schon, ob es ein Morgen gab?

35

Am Tag des Abschieds war der Himmel über Skagen, der nördlichsten Spitze Dänemarks, stahlblau und wolkenlos. Außer Håkons Fahrrad überreichten Hedda und Morten Heger Willy auch einen prall gefüllten Rucksack mit Wurst, Eiern, Brot, Konserven und zwei braunen Saftflaschen. Allerdings war nur in einer der beiden Buddeln wirklich Saft, die zweite diente als Tarnung für Rum. Typisch Morten! Schließlich drückte der alte Fischer Willy auch noch eine Landkarte und eine stattliche Summe dänischer Kronen in die Hand. »Für übernachten, wenn kalt oder Regen.«

»Aber das kann ich doch nicht annehmen«, begann Willy zu widersprechen, woraufhin Morten ihm spielerisch mit dem Finger drohte.

»Du nimmst das, sonst gibt Haue.«

»Ich schreibe sofort – und komme noch dieses Jahr zurück, wenn ich nicht enttarnt werde«, versprach Willy gerührt. »Dann mache ich alles wieder gut, oder zumindest ein kleines bisschen.«

Zwei herzliche Umarmungen folgten. Willy schniefte, als er in die Pedale trat und das Rad Richtung Süden lenkte. Und er wusste, auch ohne sich umzudrehen, dass seine beiden Retter ebenfalls Tränen in den Augen hatten.

***

»Ihr seid jetzt traurig, aber ich werde euch wiedersehen. Dann wird euer Herz sich freuen, und eure Freude wird euch niemand nehmen. So heißt es in Johannes sechzehn, Vers zweiundzwanzig«, zitierte der Pastor an Christian Nielands Grab.

Anna wollte so gern glauben, dass es irgendwann ein Wiedersehen mit ihrem Vater geben würde, aber im Moment existierte für sie nur der Schmerz darüber, dass er fort war. Wie so oft seit der erschütternden Todesnachricht litt sie an Übelkeit. So schwach auf den Beinen war die Reederei-Erbin, dass sie bei Sofie und Gideon Halt suchen musste. Ihre Tränen wollten nicht versiegen.

Edith fühlte sich seltsam unbeteiligt, so als beobachte sie das gesamte Geschehen aus weiter Ferne. Die Vorstellung, dass in dem Sarg vor ihr die Leiche ihres Vaters lag, kam ihr unwirklich vor. »Leiche« – was für ein merkwürdiges Wort! Sie fragte sich, warum die Bezeichnung für tote Körper ausgerechnet weiblich war. Verweiblichte der Tod den Menschen etwa? Sie ließ ihren Blick über die große Menge der Trauergäste schweifen, es waren an die siebzig Personen gekommen. Die Erschütterung, die Trauer und die Tränen in ihren Gesichtern zeigten, wie beliebt der Reeder gewesen war. Dahinter, auf den zahlreichen, jüngst ausgehobenen Gräbern des Nienstedtener Friedhofs, lagen Kränze und Blumen in verschiedenen Verwelkungszuständen. Viele von ihnen zierten nur provisorische Holzkreuze. Bestatter sind wohl die Einzigen, die vom Krieg profitieren, dachte Edith bitter. Andererseits blieben viele Tote ja auch in der Ferne zurück. Sie wurde aus ihren Gedanken gerissen, als der Pastor zu ihrer Verärgerung nun anfing, das Vaterland zu loben.

»Deutschland ist an diesem Krieg unschuldig, es ist überfallen worden, und Gott ist aufseiten derer, denen Unrecht geschieht«, behauptete der Geistliche. »Wir stehen mit dem Herrn in diesem Krieg als seine Diener, deshalb ist es ein Heiliger Krieg – und für jeden ein Gottesdienst. Wer für das Vaterland kämpft und fällt, der wird in den Himmel emporgehoben.« Als Höhepunkt der Predigt sprach er nun ein abgeändertes Vaterunser: »Vater unser aus Himmels Höhen, eile den Deutschen beizustehen, hilf uns im Heiligen Kriege. Lass deinen Namen sternengleich uns vorleuchten; dein Deutsches Reich führ zum herrlichsten Siege.«

Anna stolperte daraufhin würgend davon, gefolgt von der fürsorglichen Sofie. Edith sah ihrer jüngeren Schwester mitleidsvoll nach. In der Trauergemeinde nahm jedoch kaum jemand Anstoß am plötzlichen Verschwinden der jüngsten Nieland-Tochter. Menschen in Trauer schien man einige Tabubrüche zu verzeihen.

Als Edith etwas abseits der Gesellschaft einen dunkelhaarigen Mann in einem schwarzen Anzug erblickte, zuckte sie erschrocken zusammen. Ramiro Torres! Er nickte ihr zu. Nun konnte sie sich noch weniger auf das Gerede des Pfaffen konzentrieren. Nach ihrem Kuss zwei Tage zuvor waren sie beide unsicher und hölzern gewesen, hatten sich beim Auseinandergehen in höflicher Zurückhaltung lediglich die Hände geschüttelt und versichert, einander zu schreiben. Doch irgendwie hatte sich dieser Abschied, bei dem mehr verschwiegen als ausgesprochen worden war, für Edith unpassend angefühlt. Dem Journalisten schien es ebenso ergangen zu sein, denn da stand er nun, um ihr an diesem für sie so schweren Tag beizustehen. Am liebsten wäre sie sofort zu ihm geeilt, beschloss aber, dass es schicklicher war, noch das Ende der Trauerrede abzuwarten.

Sofie stand besorgt hinter einem großen Ginsterbusch und hielt Annas Haare zurück, während diese sich übergab. Dann reichte sie ihr ein Taschentuch.

»Hast du dich so über den Pastor geärgert?«, fragte sie, doch ihre Freundin schüttelte den Kopf.

»Ich habe ihm gar nicht richtig zugehört, mir war so schlecht. Seit Papa tot ist, geht es mir die ganze Zeit schon so.«

Sofie wollte ihr sagen, dass die Trauer vorbeigehe, doch ihr Großvater weinte ja nach fünfzig Jahren immer noch um seine gefallenen Kameraden. Und eigene Erfahrungen mit dem Tod geliebter Menschen waren Sofie erspart geblieben – bisher zumindest, schränkte sie im Geiste ein und musste unweigerlich an ihren immer noch verschollenen Bruder Willy denken.

Während sie die vor Schwäche zitternde Anna vorsichtig zurück zur Trauergemeinde führte, beendete der Geistliche gerade seine Rede: »Und vor Gott ist Christian Nieland genau das – ein Held!«

Nun warfen alle Familienmitglieder nach und nach ein Schäufelchen Erde auf den Sarg des Patriarchen; als Erste Gudrun, deren breitkrempiger schwerer Hut mit seinem schwarzen Schleier einen Großteil ihres blassen Gesichts verdeckte. Nur zwei kleine Tränen, die sich an ihrem Kinn gesammelt hatten, deuteten darauf hin, was wirklich in der alten Dame vorging.

Als die Zeremonie beendet war und sich die Anwesenden darauf vorbereiteten, zum gemeinsamen Kaffeetrinken in die Villa am Elbstrand aufzubrechen, sah Burkhard wütend zu Edith hinüber, die sich zu dem spanischen Journalisten gesellt hatte und sich nun mit ihm unterhielt.

»Was macht der denn hier?«, fragte der Nieland-Erbe verstimmt.

»Wahrscheinlich will er sie einfach trösten«, mutmaßte seine Verlobte. »Ist doch gut, wenn jemand das tut.« Sie küsste Burkhard zärtlich auf die Wange, und sein Gesichtsausdruck wurde sofort etwas weicher.

»Na ja, sie wird ihn an so einem Tag ja wohl nicht mit nach Hause bringen.«

»Ich bin im Hotel *Atlantic*«, erklärte Ramiro Edith zur selben Zeit. »Vielleicht möchtest du ja nach der Trauerfeier dorthin kommen. Dann können wir zum Abschied noch zusammen zu Abend essen.«

»Ich werde um acht Uhr da sein«, versprach die rothaarige Nieland-Tochter.

***

Die Kaffeetafel für die Beerdigungsgesellschaft hatte Gudrun Nieland im Garten decken lassen. Diese Entscheidung war äußerst optimistisch, da die Sonne bisher nur kurze Gastspiele gegeben hatte. Anna fühlte sich dennoch an jenen Sommerabend zwei Jahre zuvor erinnert, als ihr Vater angekündigt hatte, mit Burkhard in den Seekrieg zu ziehen. Wie sehr hatte sich die Welt seit damals verändert! Die Reederei-Erbin stand etwas abseits gegen das Terrassengeländer gelehnt und beobachtete die Anwesenden nachdenklich. Jeder von ihnen schien unterschiedlich mit seiner Trauer umzugehen. Burkhard und Gideon diskutierten über die Kriegslage, wobei Annas Bruder sich deutlich zuversichtlicher zeigte als ihr Mann.

»Der Engländer wird kriechen, wenn sich Deutschland erst gerächt hat«, erklärte der Nieland-Sohn im Brustton der Überzeugung. »Unsere Marineleitung hat vermeldet, dass wir im letzten Monat über fünfzig feindliche Schiffe versenkt haben. Hundertzwanzigtausend Bruttoregistertonnen!«

»Na denn«, kommentierte Gideon skeptisch.

Hinnerk und seine Mutter Teresa versuchten indes, mit den anwesenden Geschäftspartnern harmlose Konversation zu betreiben, wobei das bisher zu kühle Juniwetter ein besonders dankbares Thema für belanglose Gespräche bot. Großmutter Gudrun ließ sich von ihrer Trauer weiterhin kaum etwas anmerken. Sie gab dem Personal scharfe Anweisungen und sorgte dafür, dass die Gesellschaft mit genug Essen und Getränken versorgt wurde. Chauffeur Paul schließlich stand mit einem Limonadenglas in der Hand am Rand des Gartens herum und beobachtete Ursel besorgt dabei, wie sie mit tränenverhangenen Augen Speisen für die Anwesenden auftrug.

Auch Sofie blieben die besonders niedergeschlagenen Mienen des Paares nicht verborgen, vor allem Ursel tat ihr leid. Das Mädchen hätte am vergangenen Samstag eigentlich heiraten sollen. Sofie ging zu Paul hinüber. »Die verschobene Hochzeit und Herr Nielands Tod haben der armen Ursel arg zugesetzt, nicht wahr?«

»Es ist nicht nur das«, erklärte Paul jedoch. »Sie haben mich letzte Woche noch mal zur Musterung einbestellt – und jetzt soll ich plötzlich doch tauglich sein. Ich muss am 15. Juli als Heizer in Wilhelmshaven anheuern.«

Sofie sah den jungen Chauffeur entsetzt an. »Das ist ja direkt nach eurem neuen Hochzeitstermin!«

»Ja… Ich war so überrumpelt von dem Musterungsergebnis«, erzählte er. »Und dann haben sie mich unterschreiben lassen, bevor ich recht wusste, was ich tat …«

Sofie sah betroffen zu Ursel hinüber, die nun traurig mit einem Tablett voller Häppchen zwischen den Gästen umherging. Anna griff geistesabwesend nach einem der Schnittchen. Vorsichtig roch sie daran, legte es dann aber angewidert beiseite. Dabei wurde sie von Edith beobachtet, die nun zu ihr kam.

»Ist alles in Ordnung? Stimmt etwas nicht mit dem Essen?«

Anna seufzte erschöpft. »Ich weiß es nicht. Mein Körper wehrt sich heute einfach gegen alles. Mir wird schon beim Anblick von bestimmten Gerichten übel, ganz zu schweigen von ihrem Geruch …«

»Das heißt, dir ist in letzter Zeit öfter schlecht?«, versicherte ihre ältere Schwester sich.

»Seit der Nachricht von Papas Tod, ja.«

»Spannen deine Brüste?«

Anna sah Edith verständnislos an. Doch als sie kurz darüber nachdachte, fiel ihr auf, dass sich ihr Oberkörper tatsächlich seit ein paar Tagen seltsam empfindlich anfühlte.

»Bei meiner Kollegin Bärbel auf dem Lazarettschiff war das im vorletzten Winter nämlich so«, erzählte Edith. »Und sieben Monate später hat sie in Berlin ihr erstes Kind zur Welt gebracht.«

Anna fiel es wie Schuppen von den Augen. Warum war sie darauf nicht schon selbst gekommen? Sollte sie nach all den vergeblichen Versuchen ausgerechnet jetzt …? Sie bemerkte, dass sie in Anbetracht der Möglichkeit, endlich schwanger zu sein, weniger Freude empfand als vielmehr vage Angst. Besorgt sah sie zu Gideon hinüber. Er würde Sonntagabend auf sein Militärschiff zurückkehren. Was, wenn der Krieg ihr Kind zu einem Halbwaisen machen würde? Und war sie selbst überhaupt bereit, Verantwortung für so ein junges Leben zu übernehmen? Sie beschloss, ihrem Mann keine falschen Hoffnungen zu machen, bevor sie den Verdacht von ihrem Arzt hatte bestätigen lassen.

***

Das Restaurant im Hotel *Atlantic* an der Außenalster bot legendär gute Kochkunst. Restaurantdirektor war der berühmte Franz Pfordte, dessen Name so bedeutsam war, dass auch dieser in riesigen Buchstaben neben dem Hotelnamen auf dem Dach thronte. Vor zwei Tagen waren reichsweit Bestimmungen über die »Vereinfachung der Beköstigung« in Kraft getreten. In Gastwirtschaften durften seither nicht mehr als zwei Fleischgerichte pro Tag angeboten werden. Der Chefkoch schien sich daran jedoch noch nicht zu halten, weshalb die Auswahl im *Atlantic* weiterhin üppig war.

Das Abendessen schmeckte Edith hervorragend, aber der wahre Grund für ihren großen Appetit war Ramiros Gesellschaft.

»War die Stimmung auf der Trauerfeier sehr schlimm?«, fragte der Journalist.

»Nein, auf eine seltsame Weise war es sogar schön«, berichtete Edith. »So viele Menschen haben über meinen Vater gesprochen, es lag so viel Anerkennung, Respekt und Liebe für ihn in der Luft. Fast fühlte es sich an, als wäre er mitten unter uns. Ich habe die Hoffnung, dass dieses Gefühl in unserem Haus erhalten bleibt.«

»Das wünsche ich dir«, entgegnete Ramiro und setzte sein Glas, das er zum Mund führen wollte, unbewusst wieder ab, da sie mit ihrem gerade dasselbe tat. »Könntest du dir eigentlich vorstellen, dauerhaft woanders zu leben als in Hamburg?«

»Wenn es dort gute Bücher gibt und friedlich und schön ist, ja«, erwiderte sie lächelnd.

Der Chilene erzählte ihr auf ihre Bitte hin von seiner Heimat: »Viña del Mar liegt am Pazifik. Es gibt wunderschöne Sandstrände mit kilometerlangen Dünen und malerischen Gärten«, schwärmte er. »Eine echte *Ciudad Jardín*, eine Gartenstadt. Wir haben auch einen Fluss namens Marga-Marga – und manchmal führt er sogar Wasser.«

Edith schmunzelte und erklärte ihm, dass auch sie eine Verbindung zu Chile besaß: »Unsere Firma hat vor dem Krieg einen Großteil ihres Geldes mit Salpetertransporten aus Chile verdient«, berichtete sie. »Aber seit zwei Jahren hängen unsere Schiffe leider dort fest.«

»Die Verluste deiner Familie müssen enorm gewesen sein«, vermutete Ramiro mitleidsvoll.

Edith bejahte dies. Sie berichtete vom Verkauf der zweiten Familienvilla in Blankenese und dass sie wohl bald das Firmengebäude würden aufgeben müssen. »Aber im Vergleich zu den Arbeitern und kleinen Angestellten geht es uns natürlich immer noch blendend.«

Wie immer, wenn sie zusammen waren, verging die Zeit wie im Flug. Im Nachhinein wussten beide nicht mehr genau, *wie* es dazu gekommen war, doch sie endeten in Ramiros Hotelbett. *Warum* es geschah, war jedoch beiden klar: Sie waren verliebt wie noch nie in ihrem Leben, es hatte keinen Sinn, dies länger zu leugnen.

36

Sofie tigerte nervös im Wartezimmer der Arztpraxis auf und ab, in der Anna am Montagmorgen abklären ließ, ob sie tatsächlich ein Kind erwartete. Nach einer halben Stunde kam die Nieland-Erbin schließlich aus dem Behandlungsraum und nickte ihr mit versteinertem Gesichtsausdruck zu.

Sofie umarmte sie überglücklich. »Ich freue mich so für euch beide!«

Doch Anna lächelte nicht. »Gideon ist nicht da, um das mit mir zu erleben«, erklärte sie bedrückt. »Ich habe Angst, Sofie.«

Das verstand diese nur zu gut. Auf dem Weg zum Automobil dachte sie deshalb ernsthaft darüber nach, in die Villa Nieland zurückzukehren, um der Freundin beizustehen. Die Verwundeten der Skagerrak-Schlacht sollten nächste Woche von der *Sierra Ventana* nach Kiel gebracht werden. Wenn es danach keine weiteren Schlachten mehr gab, würde an Bord des Lazarettschiffs wohl ohnehin wieder der geruhsame Alltag einkehren.

»Ich weiß nicht, wie Hinnerk in der Firma ohne mich zurechtkommen soll«, meinte Anna, während sie auf dem Rücksitz des Wagens Platz nahm. Sie senkte die Stimme, damit Paul ihr Gespräch nicht mithören konnte: »Ausgerechnet jetzt hat Fräulein Eisenhut ihm gekündigt. Sie hat sich klammheimlich anderweitig verliebt und will heiraten. Man sieht ihr zwar noch nichts an, es wird aber gemunkelt, dass es höchste Zeit dafür sei.«

Im Foyer der Villa trafen sie auf Burkhard, und die beiden jungen Frauen erschraken über seinen todernsten Gesichtsausdruck.

»Ist etwas geschehen?«, fragte Anna ängstlich. »Mit Gideon?«

Ihr Ehemann war doch erst am Abend zuvor in Wilhelmshaven angekommen. Sollte ihm etwa so schnell etwas zugestoßen sein?

Doch Burkhard schüttelte den Kopf. »Kapitän Klappenbach hat vom Flottenkommando endlich etwas über die SMS *Wiesbaden* herausbekommen«, sagte er, und Sofie fuhr die Angst in die Glieder. »Man hat in Norwegen einen Oberheizer namens Zenne aus dem Skagerrak gerettet. Er behauptet, er habe als Einziger überlebt. Es tut mir so leid, mein Liebling.«

Sofie spürte, wie ihre Beine unter ihr nachgaben. Burkhard fing seine Verlobte auf, drückte sie an sich und strich ihr über die Haare. »Es tut mir so, so leid«, murmelte er an ihrem Ohr.

Anna umschlang die Freundin von hinten. Ein Gefühl absoluter Hilflosigkeit stieg in Sofie auf. Das war nicht ihr Leben, das konnte doch alles gerade nicht wirklich passieren! Wie wohl ihr Vater reagieren würde? Und ihre Mutter? Ihre arme Mutter! Hastig löste sie sich aus der Umarmung der beiden Geschwister.

»Ich muss es meinen Eltern persönlich sagen, bevor man ihnen schreibt«, brachte sie mit trockener Kehle hervor und wandte sich Anna zu. »Darf ich zu ihnen fahren?«

»Selbstverständlich«, erwiderte ihre Freundin hastig. »Das musst du doch nicht fragen. Das müsstest du nicht einmal, wenn du noch meine Gesellschafterin wärst!«

»Ich sage deinen Vorgesetzten auf der *Sierra Ventana* Bescheid, warum du erst mal nicht zurückkommen kannst«, bot Burkhard bedrückt an und legte erneut tröstend den Arm um sie. »Ich würde ja mit dir kommen, aber ich muss unbedingt noch heute nach Wilhelmshaven zurück. Leider.«

»Ich begleite dich gerne«, sagte Anna.

Sofie sah sie mit Tränen in den Augen dankbar an. Die Freundin nahm ihre Hand und versprach: »Ich sage Paul Bescheid, wir fahren mit dem Automobil. Dann sind wir heute Abend schon an der Förde.«

***

Er war fort. Edith, die noch nichts vom Unglück ihrer Freundin Sofie ahnte, lief ein letztes Mal die Außenalster entlang, bevor es für sie zurück auf das Lazarettschiff gehen sollte. Ohne Ramiro war der Zauber, den hier am Freitagabend noch alles umgeben hatte, jedoch verschwunden. Ihre Umwelt kam ihr deprimierend und grau vor. Es gab nur einen Menschen, der den tiefen Schmerz in ihr verschwinden lassen konnte, aber dieser befand sich seit zwei Tagen auf der Rückreise nach Madrid. Wie gern wäre sie ihm hinterhergereist, der einzige Weg nach Spanien führte jedoch über Frankreich, mit dem sich Deutschland schon seit Monaten in einem zermürbenden Stellungskrieg befand. Die Telefonleitungen nach Spanien waren gekappt, daher würde sie nicht einmal mehr mit ihrem Geliebten sprechen können. Ihr einziger Trost blieb das Wissen, dass sie ihm schreiben konnte.

Aus diesem Grund beschloss sie, sich einen neuen Füllfederhalter und Briefpapier zu kaufen. Und sie wusste auch schon, wo. Sie suchte den kleinen Schreibwarenladen am Gänsemarkt auf, den Johanna Boldt, die Witwe des ehemaligen Krämers der Nielands, gerade neu eröffnet hatte. Ihr Mann Justus war im April des vorangegangenen Jahres in einem sibirischen Kriegsgefangenenlager gestorben. Doch die resolute junge Frau hatte nicht aufgegeben: Innerhalb kürzester Zeit hatte sie gelernt, die Geschäfte ihres Mannes weiterzuführen, und auch sonst alles getan, um ihren beiden kleinen Kindern ein stabiles Zuhause und einen vollen Magen zu bieten. Tapfer hatte sie Bestellungen, Preiskalkulation sowie Buchführung erledigt – und sich mit vielen Kunden herumgeschlagen, die unzufrieden waren wegen der schlechten Versorgungslage mit Lebensmitteln. Selbst als diese Johanna im vorigen Winter schließlich zum Verkauf des Geschäfts gezwungen hatte, war sie statt aufzugeben in eine Branche mit weniger Lieferproblemen eingestiegen. Als Edith Nieland nun das kleine Schreibwarengeschäft der Witwe Boldt betrat, freute sich diese sehr.

»Fräulein Nieland, wie schön!«, rief die Vierundzwanzigjährige. »Wie ist es Ihrer Familie denn ergangen?«

Da gab es viel zu erzählen.

***

In Rüde bei Glücksburg herrschte ein angenehmer Abendwind. Bienen summten und umschwirrten die Sonnenblumen im Garten. Die kleine Holzbank unter dem Kirschbaum lockte. Sofie allerdings nahm die sie umgebende Idylle kaum wahr. Sie konzentrierte sich darauf, an Annas Seite einen schweren Schritt nach dem anderen zu setzen – auf die ihr so vertraute, blau gestrichene Haustür zu. Noch nie war es ihr so schwergefallen, das geliebte Reetdach-Häuschen ihrer Familie zu betreten. Der Schmerz, den sie ihren Eltern nun würde zufügen müssen, verschlimmerte ihre eigene Trauer nur noch.

Durch das Fenster beobachtete sie, wie das Ehepaar Brix in der schattigen Wohnstube einer im Ohrensessel sitzenden Person lauschte. Wahrscheinlich war ihre Großmutter von

Holnis zu Besuch gekommen. Sofie fand es eine glückliche Fügung, dass alle da waren, so konnten sie immerhin versuchen, einander gegenseitig zu trösten. Wenn sie es erst hinter sich gebracht hatte. Sie starrte den Türgriff an wie einen gefährlichen Feind. Anna nickte ihr ermutigend zu, dann atmete Sofie durch und drückte ihn herunter.

»Mutti?«, rief sie vom winzigen Flur aus, um niemanden zu erschrecken. »Ich bin's, Sofie. Und Anna Nieland ist auch dabei.«

Die Reaktion ihrer Eltern beim Betreten der Stube war anders als erwartet. Sie wirkten zwar überrascht, aber eher seltsam überfordert als erfreut. Hatten sie die schreckliche Nachricht womöglich schon erhalten?

»Sofie«, sagte Hans-Uwe Brix mit matter Stimme, daraufhin erhob sich auch die Person im Sessel und drehte sich um. Es war nicht die Großmutter, sondern ein blonder Mann … Sofie schrie auf.

»Willy!« Der unerwartete Anblick ihres Bruders ließ sie spontan in Tränen ausbrechen. Männlicher, erwachsener sah er aus, doch er war immer noch ihr Willy. Als er seine Arme um sie schloss und sie hörte, wie er an ihrem Ohr ihren Namen flüsterte, dachte sie für einen Moment, dass doch noch alles gut werden würde, in dieser so verkehrten Zeit.

***

Gegen Abend kehrte Edith zurück in die Villa. Nachdem sie sich lange mit der frischgebackenen Schreibwarenhändlerin Johanna Boldt unterhalten und bei ihr Füllfederhalter und Briefpapier erstanden hatte, war sie zum Alsterpavillon am Jungfernstieg gegangen. Dort hatte sie Ramiro einen Brief schreiben wollen, der ihre Gefühle für ihn wiedergab, ohne kitschig zu klingen – doch besonders erfolgreich war sie bei ihren Bemühungen nicht gewesen. Auch der Lärm der Gäste des immer voller werdenden Cafés hatte zu ihrer Schreibblockade beigetragen, und so war ein neuer Versuch von ihr auf später vertagt worden. Nun wollte sie erst einmal rasch in ihr Zimmer, um für die morgige Rückreise nach Wilhelmshaven zu packen. Doch kaum hatte sie die Haupteingangstür geöffnet, eilte Ursel aufgeregt auf sie zu.

»Fräulein Nieland, in der Bibliothek ist ein Herr für Sie«, haspelte das Dienstmädchen. »Er wartet schon seit einer Stunde, und die gnädige Frau ist darüber gar nicht begeistert.«

»Wer ist es denn?«, erkundigte sich Edith.

»Den Namen habe ich leider nicht verstanden«, gestand Ursel errötend. »Er sagt aber, Sie kennen sich aus Wilhelmshaven.«

Edith hatte einen Verdacht. War es der Mann, der sie letzte Woche fast erdrosselt hatte? War er den weiten Weg gekommen, um sich persönlich bei ihr zu entschuldigen? Sofie hatte ja berichtet, dass den Offizier immer noch das schlechte Gewissen plagte und er sich unbedingt noch vor seiner Entlassung mit ihr unterhalten wolle. Edith hegte keinen Groll gegen den Offizier, er war ja nicht er selbst gewesen, als er auf sie losgegangen war. Aber ein wenig mulmig war ihr dennoch, als sie den Flur in Richtung Bibliothek durchschritt, denn gewiss würde sein Anblick in ihr die Erinnerung an das grässliche Gefühl wecken, einem Rasenden hilflos ausgeliefert gewesen zu sein. Doch sie wollte ihm Absolution erteilen, es war unnötig, dass der Mann sich weiter mit Selbstvorwürfen quälte. Sie atmete tief durch und schob die Tür auf.

***

In der Kate in Rüde erfuhren Sofie und Anna indes, dass Willy erst vor einer Stunde dort eingetroffen war. Er erzählte ihnen von seiner Skagerrak-Odyssee, seiner Rettung und wie er es schließlich mit dem Fahrrad in fünf Tagen von Skagen bis nach Hause geschafft hatte.

»Geschlafen habe ich meist in Scheunen«, gestand er. »Nur einmal, bei einem Gewitter, hat mich ein Bauer mit seiner Mistforke verjagt, da bin ich in eine Pension gegangen. Mit den norwegischen Papieren war das kein Problem; und die Geschichte mit der Heiserkeit hat man mir überall abgenommen. So hab ich's dann hergeschafft. Ich wollte unbedingt verhindern, dass sie euch erzählen, ich sei tot.«

Sofie wurde von unbändigem Zorn auf die Regierung ergriffen. In der Zeitung waren bezüglich der in Wahrheit verlustreichen Seeschlacht nur gloriose Erfolge der Deutschen vermeldet worden. Wie sehr hatte sie jeden Morgen mit zitternden Fingern nach Hinweisen geblättert. Die Vorstellung, dass man ihren Bruder trotz allem, was er durchgemacht hatte, womöglich ein weiteres Mal in einen sinnlosen Kampf schicken könnte, machte sie noch wütender. »Dein neuer Name ist ein Geschenk«, meinte sie schließlich. »Wilhelm Brix muss für die da oben tot bleiben. Du darfst dich auf keinen Fall noch mal als Kanonenfutter missbrauchen lassen.«

»Wie soll das gehen?«, fragte Hans-Uwe Brix zweiflerisch. »Wo soll der Jung denn leben? Hier kennen ihn die Leute doch – und in Norwegen kann er nicht für immer behaupten, er sei heiser.«

Willy wusste, dass ihr Vater recht hatte. Hierfür war ihm selbst noch keine Lösung eingefallen. Auch Sofie war zunächst ratlos.

»In Hamburg kennt ihn niemand«, mischte sich nun Anna

erstmals in das Gespräch ein. »Willy, kannst du ein Automobil bedienen?«

»Ja, ein Freund von mir hat mich früher öfter mal mit seinem üben lassen«, erwiderte er verwirrt. »Wieso?«

»Wir brauchen einen neuen Fahrer. Für das Haus, für die Firma«, erläuterte Anna. »Unsere Reederei ist kriegswichtig. Wenn wir sagen, dass wir den geeignetsten Chauffeur in Norwegen gefunden haben, dann ist das so. Und deutsche junge Männer werden ohnehin anderweitig gebraucht.«

Willy, Erna und Hans-Uwe Brix sahen die junge Frau verblüfft an. Sofie lächelte jedoch wissend. Anna fiel eben immer etwas ein.

Die Reederei-Erbin deutete nun auf die Dokumente, die Willy auf den Tisch gelegt hatte: »Håkons Zweitname war William. Du behauptest am besten, die Deutschen hätten Probleme damit, deinen ersten Vornamen auszusprechen. Daher würdest du dich eben einfach Willy nennen. So läuft auch keiner von uns Gefahr, dass wir uns aus Versehen einmal verplappern. Willy bleibt Willy.«

Sofies Bruder strahlte Anna dankbar an. »Jetzt weiß ich, warum mein Schwesterchen immer schreibt, du solltest die Reederei führen.«

Während Mutter Brix ihre Gäste mit frisch gebackenen Eierkuchen versorgte, überlegten Anna und Sofie sich, was sie mit Paul machen sollten, der nun schon eine ganze Weile im Automobil vor dem Grundstück wartete.

»Wir dürfen ihn nicht einweihen«, meinte Anna. »Paul ist loyal, aber je mehr Leute von Willys wahrer Identität wissen, desto gefährlicher wird es. Ich werde es nicht mal meiner eigenen Familie erzählen. Selbst Gideon und Hinnerk nicht.« Dann sah sie Sofie ernst an. »Und du darfst keinesfalls Burkhard einweihen!«

»Aber ich kann unsere Verlobung doch nicht mit einer Lüge beginnen«, warf Sofie skeptisch ein.

»Verlobung?«, riefen Sofies Eltern und Willy wie aus einem Mund.

»Ich wollte es euch nicht schreiben, sondern persönlich sagen«, gab die junge Frau verlegen zu. »Es ist noch ganz frisch. Annas Bruder Burkhard hat um meine Hand angehalten.«

Willy stürmte um den Tisch, um seine Schwester erneut an sich zu drücken. Ihre Mutter wischte sich die Freudentränen aus den Augen. Hans-Uwe Brix wandte ein, dass Sofie doch gar nicht standesgemäß für den »Nieland-Jungen« sei, doch Anna beruhigte ihn, indem sie ihm von der glücklichen Ehe ihrer eigenen so unterschiedlichen Eltern erzählte.

»Ich kann mir vorstellen, dass Sie alle nun am liebsten über die anstehende Hochzeit sprechen würden, aber erst mal müssen wir Willys Zukunft klären«, schlug sie vor und wandte sich an Sofie: »Du darfst wirklich nichts zu Burkhard sagen. Ich kenne meinen Bruder. Unter keinen Umständen würde er irgendwen ungestraft desertieren lassen. Er meint das gar nicht böse, er ist nun mal so. Patriotismus gehörte schon in seiner Studentenverbindung einfach zum guten Ton. Bringen wir ihn lieber nicht mit sich selbst in Zwiespalt.«

Sofie nickte. »Vielleicht hast du recht.«

»Aber was ist mit Edith?«, gab Willy zu bedenken. »Sie erkennt mich in jedem Fall wieder.«

»Sie würde dich niemals verraten«, sagte Sofie überzeugt.

»Der arme Mann da draußen im Automobil wird sicher Hunger haben«, mutmaßte Erna Brix, durchs Küchenfenster sehend.

»Ich bringe ihm Pfannkuchen hinaus«, schlug Anna vor. »Und sage ihm, dass ihr alle zu sehr um Willy trauert – und heute deshalb keine Fremden willkommen sind. Wir nehmen uns ein Zimmer im neuen Kurhotel, dort bereite ich ihn schon mal darauf vor, dass ich endlich einen Nachfolger für ihn gefunden habe und wir den gleich morgen früh mit nach Hamburg nehmen werden.«

Willy war äußerst nervös. Ob das gut ging – unter falschem Namen in die Großstadt? Und noch dazu als Chauffeur der Familie von Sofies Verlobtem, der Deserteure hasste! Er musste in jedem Fall beginnen, Norwegisch zu lernen. Schließlich ging es für ihn um Leben und Tod.

37

Als Edith die Tür zur Bibliothek öffnete und der vor dem Bücherregal stehende Mann sich zu ihr umdrehte, schrie sie auf – allerdings nicht vor Angst. »Ramiro!« Sie fiel dem Mann, von dem sie befürchtet hatte, ihn nie wiederzusehen, in die Arme und küsste ihn.

Endlich fühlte sie sich wieder ganz, und die schmerzhafte Sehnsucht der letzten drei Tage ließ nach. In Ramiros Augen sah sie, dass es ihm ähnlich ergangen sein musste.

»Aber wie …?« Mehr brachte Edith nicht hervor, ihre Stimme versagte.

»Weiter als Frankfurt bin ich nicht gekommen«, erzählte Ramiro und küsste ihre Hände. »Ich habe dem Chefredakteur von dort aus meine Artikel geschickt und telegrafisch angefragt, ob ich noch fünf Tage länger in Deutschland bleiben kann.«

»Fünf Tage«, wiederholte Edith. Eine neuerliche Trennung stand also bevor.

»Edith, ich rechne längst nicht mehr in Tagen«, erklärte Ramiro mit einer Entschlossenheit, die sie verwirrte. »Wir sind moderne Menschen, die es lieben, mit Traditionen zu brechen. Ich will keine Trennungen mehr vor mir herschieben – und vor allem keine mehr durchleben. Wir sind beide Realisten. Und es ist unrealistisch, dass man so etwas wie das zwischen uns häufig findet. Deshalb möchte ich es nicht wegwerfen. Willst du mich heiraten?«

Edith hatte derartige Szenen in Romanen immer als fürchterlich kitschig empfunden, doch nun fühlte es sich so logisch und natürlich an, dass sie spontan Ja sagte. Ramiro schloss sie überglücklich in die Arme.

»Aber wo sollen wir leben?«, fragte Edith nach einem zärtlichen Kuss.

»Zunächst in Spanien – wenn du magst. Ich könnte auch versuchen hierzubleiben, wenn dir das lieber wäre«, bot Ramiro an. »Du bekommst mit der Heirat automatisch die chilenische Staatsbürgerschaft und könntest damit problemlos in Spanien wohnen. Die einzige Schwierigkeit wäre der Weg durch Frankreich. Aber wir könnten über Freiburg, die Schweiz und dann auf der alten Schmugglerroute durch die Pyrenäen reisen.«

»Das klingt abenteuerlich«, befand die Nieland-Tochter lächelnd.

»Edith!«, ertönte nun scharf Gudruns Stimme von der Tür aus. »Möchtest du mir nicht unseren Besuch vorstellen?«

»Großmutter«, sagte die Enkelin erschrocken. Wie viel hatte Gudrun Nieland mitbekommen? »Das ist Ramiro Torres. Der Journalist, der mir an Bord des Lazarettschiffes das Leben gerettet hat.«

»Guten Abend, Frau Nieland«, begrüßte Ramiro die alte Dame und verbeugte sich formvollendet.

»Es tut mir leid, falls Edith Ihnen Unannehmlichkeiten bereitet haben sollte«, entgegnete Gudrun ironisch. »Meine Enkeltöchter scheinen beide ein Talent zu haben, in lebensgefährliche Situationen zu geraten, aus denen sie errettet werden müssen.«

»Ihre Enkelin hat mir noch nie Unannehmlichkeiten bereitet«, betonte Ramiro wahrheitsgemäß. »Im Gegenteil. Ich wollte die Gelegenheit nutzen, um …«

Da wurde er harsch von seiner heimlichen Verlobten unterbrochen. »Entschuldige uns bitte, Großmutter. Ich möchte Señor Torres von unserer Frau Dahlke noch einen Imbiss für den Rückweg ins Hotel zubereiten lassen.«

»Nun gut«, sagte Gudrun und musterte Ediths Freund argwöhnisch. »Gute Nacht, mein Herr.«

»Warum hast du mich unterbrochen?«, wunderte sich Ramiro auf dem Weg in die Küche. »Ich wollte bei ihr um deine Hand anhalten. Jetzt, da dein Vater nicht mehr lebt und dein Bruder wieder auf See ist …«

»Den Ärger können wir uns sparen«, meinte Edith. »Im Krieg jemanden zu heiraten und südlich der Front zu leben, dem wird Großmutter ohnehin nie zustimmen. Wir werden durchbrennen müssen.«

»Schade«, meinte Ramiro. »Ich hätte gern alles ganz offiziell gemacht.«

»Zumindest amtlich machen wir es«, erwiderte Edith. »Morgen früh können wir gleich nach einem Termin beim Standesamt fragen. Ich komme um acht Uhr zu dir ins Hotel. Heute werde ich leider hier schlafen müssen, damit Großmutter keinen Verdacht schöpft.«

»Das wird sehr schwer – zu wissen, dass du so nah bist«, erklärte Ramiro. »War das mit dem Imbiss ernst gemeint? Dann habe ich wenigstens einen kleinen Trost.«

Edith lachte und ging mit ihm in die Küche. Frau Dahlke war aber nicht aufzufinden. »Soll ich nach ihr klingeln – oder dir selbst etwas zubereiten? Ich kann aber nur zwei Dinge. Kochen ist nicht gerade meine Stärke.«

»Wie? Du kannst nicht kochen?«, versicherte sich Ramiro mit gespielter Empörung. »Dann kann ich dich leider doch nicht heiraten. Welche zwei Speisen kannst du denn?«

Edith schmunzelte. »Spiegelei – und Rührei.«

Wenig später saßen die Hamburger Reederstochter und der chilenische Wahlspanier bei Rührei mit Schinken in der Küche der Villa Nieland und schmiedeten glücklich lächelnd und mit gesenkten Stimmen Zukunftspläne.

***

Als Anna ihrer Großmutter am Dienstagabend Willy Brix vorstellen wollte, war dieser ähnlich aufgeregt wie seine Schwester zwei Jahre zuvor.

»Frau Nieland hat doch gerade ihren Sohn verloren«, gab er zu bedenken. »Sie wird in furchtbarer Stimmung sein.«

Doch Anna hatte wie so oft einen schlauen Plan. »Wenn die meine Neuigkeiten hört, wird sich das ändern«, erwiderte sie überzeugt. »Wartet hier.« Sie ließ Sofie und deren Bruder vor dem Salon zurück und ging hinein.

»Einen Norweger?«, fragte Gudrun verständnislos. »Wieso denn das?«

»Weil Herr Heger ein hervorragender Fahrer ist«, behauptete Anna. »Und weil er uns als Ausländer nicht wieder vom Militär entzogen werden kann. Außerdem werde ich bald so schlecht zu Fuß sein, dass ich ohne Chauffeur nicht mehr auskommen werde.«

»Das heißt Fahrer, nicht *Chauffeur*!«, korrigierte Gudrun Nieland erbost, da erst sickerte die Bedeutung der Aussage ihrer Enkelin in ihr Bewusstsein. »Wieso wirst du …?« Die alte Dame unterbrach sich selbst und erhob sich von ihrem Sessel. »Soll das etwa heißen …?«

»Urgroßmutter klingt eigentlich viel zu alt für dich«, befand Anna lächelnd. »Aber du wirst dich wohl ab Februar daran gewöhnen müssen.«

Anna sah ihre Großmutter zum ersten Mal mit feuchten Augen. Die Patriarchin nahm die Hände ihrer Enkelin und drückte sie fest. »Ein Kind«, murmelte sie, und die beiden Worte klangen für Gudruns Verhältnisse wie eine Liebeserklärung.

»Darf ich dir jetzt Herrn Heger vorstellen?«, insistierte ihre Enkelin. »Sofie kennt ihn aus Glücksburg, und er hat dort im Kurhotel einen sehr zuverlässigen Eindruck gemacht.«

»Ohne Fahrer geht es wirklich nicht«, befand Gudrun. »Bring ihn herein!«

Anna öffnete die Tür und winkte Willy und Sofie zu sich in den Salon.

»Großmutter, das ist Herr Håkon William Heger, auch Willy genannt.«

»Guten Abend, gnädige Frau«, sagte der junge Mann mit einem bemühten skandinavischen Akzent und verneigte sich höflich.

»Sie verstehen sich auf Automobile?«, fragte Gudrun schmallippig.

»Ich denke schon«, meinte Willy. »Paul Wessels hat mir schon erklärt, worauf man hier bei den Fahrzeugen achten sollte.«

»Ihr Deutsch ist sehr gut«, befand Gudrun und hob fragend eine Augenbraue.

»Ich habe viel Zeit im Norden Ihres Reiches verbracht«, erwiderte Willy errötend.

»Nun gut. Probieren wir es«, sagte Gudrun knapp. »Legen Sie Frau Iwersen Ihre Fahrerlaubnis vor, dann wird sie mit Ihnen den Vertrag abschließen.«

»Sehr wohl, gnädige Frau, vielen Dank«, murmelte Willy, doch Sofie bemerkte sofort, dass er eher bestürzt als erfreut wirkte.

»Danke, Großmutter«, sagte Anna. »Ich kümmere mich um alles Weitere.«

Die drei jungen Leute waren schon im Begriff, den Salon zu verlassen, da rief Gudrun: »Fräulein Sofie!«

Sie fuhr erschrocken herum. »Ja, Frau Nieland?«

»Sie wissen ja bestimmt bereits um Annas Zustand, nicht wahr?«

»Ja.«

»Könnten Sie sich vorstellen, Ihre ehrenvolle Aufgabe in Wilhelmshaven zu unterbrechen und meiner Enkelin hier wieder zur Seite zu stehen, bis sie aus dem Gröbsten heraus ist?«

Anna und Willy sahen sie überrascht an. Und sie waren noch überraschter, als Sofie spontan antwortete: »Gern. Darüber hatte ich tatsächlich auch schon nachgedacht. Ich muss natürlich Doktor Walz fragen, ob er mich aus dem Dienst entlässt. Aber er ist sehr nett, und die Reederei ist schließlich kriegswichtig.«

»Sehr gut«, befand Gudrun. »Dann ist wohl in Bälde alles geregelt.«

Vor dem Salon drückte Anna Sofie glücklich an sich. »Ich hab dich endlich wieder!«

Doch dann bemerkten beide Frauen, wie besorgt Willy immer noch dreinblickte. »Was ist mit dir?«, fragte Sofie. »Es hat doch alles geklappt?«

»Ich habe keine Fahrerlaubnis«, flüsterte ihr Bruder aufgebracht. »Und ich weiß nicht, ob es für einen Norweger in Hamburg überhaupt möglich ist, eine zu bekommen.«

»Wir fahren morgen früh in die Reederei und sprechen mit Hinnerk«, schlug Anna vor. »Er hat gute Verbindungen zur Polizeiverwaltung.«

Willy war sehr nervös, als Anna ihn am nächsten Morgen durch die Räume der Reederei führte. »Hinnerk löst das für uns«, versuchte ihn die junge Erbin zu beruhigen und öffnete, ohne anzuklopfen, die Tür zum Büro ihres Cousins.

Willy folgte der jungen Reederin schüchtern. Ein südländisch aussehender Mann schaute vom Schreibtisch auf.

»Hinnerk, das ist der neue Chauffeur aus Norwegen, von dem ich dir erzählt habe. William Heger.«

Ihr Vetter sprang auf und schüttelte Willys Hand. »Freut mich sehr«, sagte er, und Anna bemerkte an seinem Blick, dass das nicht gelogen war.

»Mich auch«, erwiderte der frischgebackene Fahrer schüchtern.

Anna berichtete Hinnerk nun, dass »Herr Heger« so schnell wie möglich eine deutsche Fahrerlaubnis brauche, um seine Tätigkeit offiziell aufnehmen zu können. Ihr Vetter verstand sofort: »Das sollte klappen. Geburtsurkunde und ein Foto sind die einzigen Voraussetzungen für die Beantragung. Ein Freund von mir ist ein amtlich anerkannter Sachverständiger bei der Gewerbe- und Verkehrspolizei. Ich rufe ihn gleich an.« Er schien Willys Nervosität zu spüren und lächelte ihm aufmunternd zu. »Vielleicht können wir das sogar heute noch erledigen.«

Tatsächlich stieß Hinnerk nach einer nur halbstündigen Führung, in der Anna Willy das Reedereigebäude zeigte, zu ihnen und verkündete: »Um ein Uhr hat mein Freund Kommissar Kreuzpaintner Zeit für Sie, Herr Heger. Ich fahre Sie gern hin.«

»Dann könntet ihr mich zum Gänsemarkt mitnehmen«, bat seine Cousine. »Ich muss noch eine Kleinigkeit für Gideon kaufen.«

Nachdem sie Anna um halb eins abgesetzt hatten und nun weiter durch die verregnete Innenstadt fuhren, bedankte sich Willy für Hinnerks Bemühungen bezüglich seiner Fahrerlaubnis.

»Reiner Egoismus«, sagte Annas Cousin ironisch grinsend. »Ich bin ja selbst heilfroh, dass wir einen neuen Chauffeur bekommen. Wenn es mit der Reederei weiter so bergab geht, werde ich früher oder später gezwungen sein, mein eigenes Automobil zu verkaufen. Dann muss ich ebenfalls auf Ihre Dienste zurückgreifen.«

»Die Blockade der Engländer schadet Ihrer Firma, Fräulein Anna hat davon erzählt«, erinnerte sich Willy.

»Allerdings. Und unsere Schiffe, die nicht im Ausland beschlagnahmt wurden, hat unser liebes Flottenkommando zu Kriegsschiffen zweckentfremdet und uns dafür lächerlich wenig Geld gegeben«, berichtete Hinnerk. »Und das ist auch bald aufgebraucht.«

Willy war so erzürnt über das Regime, welches so vielen seiner Kameraden das Leben geraubt hatte, dass er seinen antrainierten skandinavischen Akzent völlig vergaß und ohne diesen erklärte: »Wenn ich den Krieg nicht so hassen würde, hätte ich Ihnen geraten, auf den Bau von U-Booten umzusteigen.«

Die Skagerrak-Schlacht hatte Deutschland zwar taktisch gewonnen, strategisch jedoch verloren. Nun war die deutsche Admiralität scheinbar der Ansicht, Großbritannien sei nur durch einen uneingeschränkten U-Boot-Krieg zu besiegen. Dieses Gerücht hatte Sofie von ihrem Verlobten erfahren und Willy weitererzählt.

»U-Boote, was? Christian Nieland hat mir das kurz vor seinem Tod ebenfalls geraten«, sagte Annas Vetter nachdenklich. »Noch zu Beginn des Krieges ging die kaiserliche Militärführung davon aus, dass die Dinger keine nennenswerte Rolle spielen würden. Große Schlachtschiffe würden den Verlauf entscheiden. Was für ein Irrtum.«

Willy nickte. »Außer der Schlacht vor Helgoland und der im Skagerrak ist bisher nicht viel gekämpft worden über Wasser. Aber das war ja auch schon verlustreich genug.«

»Wir Deutschen haben uns in diesem Krieg ohnehin nicht mit Ruhm bekleckert«, gab Hinnerk bitter zu. »Im Frühjahr letztes Jahr hat eines unserer U-Boote vor der irischen Küste ein britisches Passagierschiff torpediert – die *Lusitania*. Über tausendzweihundert Opfer! Da habe ich mich furchtbar geschämt für uns.«

Willy war froh, dass Annas Cousin seine eigene Einschätzung des damaligen Angriffs teilte. Hinnerk erzählte nun bedrückt, er habe aus der britischen Presse erfahren, dass noch Wochen später Leichen aus dem Wasser geborgen worden seien. Auch Kinder.

»Kein anderes Ereignis hat die Welt bisher derart gegen uns aufgebracht wie dieser heimtückische U-Boot-Angriff. Und nun muss ich den Unterseekrieg womöglich unterstützen, wenn ich nicht noch mehr Arbeiter in den Hunger treiben will«, meinte der junge Reeder resigniert und wechselte dann unvermittelt das Thema: »Übrigens sprechen Sie unfassbar gut Deutsch.«

Willy bedankte sich zurückhaltend. Er hatte ein schlechtes Gewissen, diesen freundlichen jungen Mann anlügen zu müssen.

Hinnerk zeigte nach vorn. »So, da sind wir.«

Die Prüfung durch den Sachverständigen Kommissar Kreuzpaintner beschränkte sich darauf, dass Willy mit Hinnerks Automobil vor dem Amtsgebäude hin- und herfahren musste. Dann fragte er ihn noch: »Was ist bei Dunkelheit zu tun?«

»Die Karbidlampen anzünden«, antwortete der Prüfling artig, und schon bekam er seine Fahrerlaubnis ausgehändigt. Håkon William Heger aus Norwegen war nunmehr der amtlich anerkannte Chauffeur der bekannten Hamburger Reederfamilie.

»Danke Ihnen, Herr Nieland«, sagte er freudestrahlend.

»Wollen wir nicht Du sagen? Wir sind doch bestimmt gleich alt. Ich bin Hinnerk.« Er reichte ihm die Hand.

Der neue Fahrer ergriff sie und war erleichtert über Annas gute Idee mit dem Zweitnamen: »Meine Freunde nennen mich Willy.«

Wenigstens das war keine Lüge.

***

Auf dem Heimweg von der Reederei nach Othmarschen durfte Willy Hinnerks Wagen lenken. Der junge Chauffeur war etwas nervös. In einer Großstadt wie Hamburg zu fahren, war doch etwas anderes als seinerzeit die Übungsfahrten mit Kalles Automobil auf Feldwegen und durch die Dörfer seiner Heimat. Aber er schlug sich wacker. Anna zeigte ihrem Cousin währenddessen, was sie gekauft hatte: zwei Paar gehäkelte Säuglingssöckchen – eines blau, eines rosa. »Die schicke ich Gideon, und dann frage ich ihn, welches ihm besser gefällt.«

»Der wird vor Freude aus allen Wolken fallen«, war Hinnerk überzeugt.

Beim Betreten der Villa trafen die drei auf Edith, deren Gesichtsausdruck sich sofort aufhellte, als sie den Seemann wiedererkannte. Willy blickte erschrocken zu Anna. Sie hatten noch keine Gelegenheit gehabt, die Schwester bezüglich seiner geänderten Identität vorzuwarnen. Zu allem Übel trat im selben Moment ausgerechnet Gudrun Nieland auf den Flur hinaus. Nun würde alles auffliegen!

38

»Sie müssen Pauls Wessels' Nachfolger sein, Herr Heger«, tat Edith, als sehe sie Willy das erste Mal in ihrem Leben.

Dieser atmete erleichtert auf. Sofie hatte sie also offenbar doch noch rechtzeitig eingeweiht.

»Oder darf ich Willy sagen?«

»Gerne, gnädiges Fräulein …«

»Ich bin Annas Schwester Edith.«

»Frau Iwersen erwartet Sie bereits mit dem Vertrag in der Küche«, unterbrach nun die alte Patriarchin das Gespräch der beiden.

Willy warf Edith einen dankbaren Blick zu und machte sich auf den Weg in den Personaltrakt. Sofie hatte in ihren zahlreichen Briefen nicht zu viel versprochen: Die Hausverwalterin Frau Iwersen erwies sich als sehr freundliche alte Dame. Als er in der Küche den Arbeitsvertrag mit der mühsam einstudierten Unterschrift Håkon William Hegers signierte, hörte sie seinen Magen knurren und bat die Köchin Frau Dahlke, ihm etwas vom Mittagessen aufzuwärmen. Schließlich war er so satt, dass er den dritten Nachschlag ablehnen musste. Edith kam in die Küche und fragte, ob sie ihn kurz in der Bibliothek sprechen könne.

»Sofie hat erzählt, du warst mitten in der Skagerrak-Schlacht«, sagte sie mit gesenkter Stimme, während sie die Bibliothekstür hinter ihnen schloss. »Und dass du alles aufgeschrieben hast.«

»Das ist richtig«, bestätigte Willy. »Ich habe es aber bisher nicht korrigiert. Möchtest du es trotzdem lesen?«

»Die Frage meinst du nicht ernst, oder? Natürlich will ich!«, sagte Edith begeistert. »Endlich erfahre ich die Wahrheit darüber. In der Presse stehen nur Beschönigungen. Der Chef des Admiralstabes der Marine hat den Verlust der *Wiesbaden* überhaupt erst heute offiziell bekannt gegeben.«

Schon zwei Stunden später kam die Nieland-Tochter zu Willy in die Garage geeilt, wo dieser gerade mit Paul das Automobil polierte.

»Paul, ich muss Ihnen Herrn Heger kurz entführen.«

Sie lief mit Willy durch den regennassen Garten, gab ihm das wellige Notizbuch zurück und lobte seinen Schreibstil in den höchsten Tönen. »Mir war, als wäre ich selbst auf dem Schiff. Und dass du dein Idol Gorch Fock so kurz vor seinem Tod noch persönlich kennenlernen durftest – unglaublich.«

»Ja, er ist gestorben wie sein Romanheld Klaus Mewes«, sagte Willy traurig. »Hätte er bloß auf seinen Bruder gehört und wäre zu ihm auf die SMS *Wolf* gewechselt. Das Schiff blieb nämlich völlig unversehrt.«

Als Willy am Abend das Gästezimmer betrat, wo er bis zu Pauls Abreise schlafen sollte, fand er auf dem Nachttisch eine Schreibmaschine und einen Stapel Papier vor. *Weil das Tagebuch fast voll war. Hör nicht auf zu schreiben! Leb wohl, deine Edith*, stand auf dem eingespannten Bogen. Willy freute sich sehr über das Geschenk, wunderte sich aber, warum Edith »Leb wohl« geschrieben hatte. Das klang so endgültig. Hatte sie vor, Hamburg wieder zu verlassen?

Der junge Chauffeur fand kaum Schlaf in dieser Nacht, ständig musste er an Gorch Fock denken, an die schrecklichen Bilder aus den Gefechten, die er einfach nicht loswerden konnte. Er schloss die Augen und atmete mehrmals tief durch, doch die Anspannung wollte nicht weichen. Plötzlich glaubte er zu spüren, dass jemand im Raum stand und von irgendwoher Wasser hereinfloss. Willy konnte sich nicht bewegen, obwohl, wie er wusste, die Fluten immer höher stiegen und die Gestalt ihn töten wollte. Er konnte nicht mehr atmen, wollte um Hilfe rufen. Aber er brachte nur ein Wimmern zustande. Sein Körper gehorchte seinem Willen nicht mehr, und das versetzte ihn in Panik. Keine Luft! Schließlich gelang ihm ein Schrei – durch den er aufwachte.

Es klopfte, und ohne seine Antwort abzuwarten, riss jemand die Tür auf. Willy sah verschwitzt und mit zerwühlten Haaren vom Bett aus in das besorgte Gesicht Hinnerk Nielands.

»Alles in Ordnung?«

Der neue Fahrer war noch ganz benommen und brachte nur ein »Albtraum« hervor.

»Brauchst du etwas?«, erkundigte sich der junge Reeder mitleidsvoll. »Ein Glas Wasser?«

Willy schüttelte den Kopf.

Hinnerks Blick fiel auf die Schreibmaschine. »Deine?«

Willy nickte, und damit er nicht erklären musste, von wem er sie bekommen hatte und warum Edith einem ihr angeblich wildfremden Norweger so etwas Wertvolles schenken sollte, lenkte er rasch ab: »Ich glaube, ich möchte doch etwas trinken.«

Wenig später saß er in der Küche und sah Hinnerk dabei zu, wie dieser für sie beide Kakao zubereitete – oder es zumindest versuchte. Die Milch kochte über, und das Schokoladenpulver stäubte. »Was für eine Sauerei«, schalt Hinnerk sich selbst und kratzte sich verlegen am Hinterkopf.

Willy lachte. »Ich hätte Tee bestellen sollen.«

Nun musste auch Hinnerk lachen, hielt aber schon kurz darauf betreten inne. »Ich frage mich, ob man überhaupt noch lachen sollte – angesichts der vielen Toten«, sagte er mit belegter Stimme.

»Ich denke eher, man ist es ihnen schuldig, nicht darauf zu verzichten«, meinte Willy ernst. Er ahnte, dass der junge Reeder ein schlechtes Gewissen hatte, weil er sich selbst nie in Lebensgefahr befunden hatte.

So simpel seine Antwort war, sosehr brachte sie Hinnerk doch zum Nachdenken. Christian Nieland hätte dem klugen jungen Mann zugestimmt, da war er sich sicher. »Was hast du denn geträumt?«, fragte er, als er Willy endlich eine dampfende Tasse reichte.

»Vom Ertrinken in der Nordsee«, antwortete der und war froh, nicht lügen zu müssen, denn diese Aussage hätte ja auch zu dem Mann gepasst, dessen Name ihm geschenkt worden war. Da fiel sein Blick auf ein Foto, das der Cousin der Nieland-Schwestern auf dem Küchentisch abgelegt hatte. Es zeigte einen etwa vierzigjährigen Herrn mit Schnauzbart und einen schmächtigen Jugendlichen an einem Teich. Beide hielten Angeln in der Hand und präsentierten stolz einen stattlichen Hecht.

»Bist du das?«, fragte er Hinnerk interessiert.

»Ja. Ein ganzer Kerl dank Lebertran.«

Willy schmunzelte. Tatsächlich hatte es gewiss eher jahrelange Leibesübungen als nur Lebertran gebraucht, um aus dem schmalen Halbwüchsigen auf der Fotografie den muskulösen jungen Mann zu machen, der ihm nun gegenübersaß. »Und der Herr neben dir?«

»Das ist mein Onkel, Christian Nieland«, erklärte Hinnerk traurig. »Ich habe heute Nacht vor Sorge um die Firma so schlecht geschlafen, irgendwann bin ich aufgestanden und wollte meinen Arbeitstag vorbereiten. In seinem Sekretär hab ich dann nach seinen Plänen für den Einstieg in die Produktion von Unterseebooten gesucht – und da dieses Foto entdeckt. Es ist sechs Jahre alt. Sommer 1910. Da war ich fünfzehn. Onkel Christian hatte mich damals zu einem Angelausflug an den Bredenbeker Teich in Ahrensburg eingeladen. Wir sind mit Fahrrädern hin.«

»Stattlicher Fisch«, kommentierte Willy grinsend und fühlte sich an Norwegen erinnert, an Morten und Hedda. Seinen Albtraum hatte er inzwischen fast vergessen.

Hinnerk nickte gedankenverloren. »Wir hatten gerade in Erinnerungen an meinen Vater geschwelgt – der war vier Jahre zuvor in Afrika gefallen –, und plötzlich merke ich: Da zappelt was an meiner Angel. Ohne Onkel Christian hätte ich den Riesenburschen gar nicht aus dem Wasser gekriegt.«

»Und wer hat euch fotografiert?«, fragte Willy.

»Ein Schriftsteller«, erinnerte sich Hinnerk. »Zum Glück haben wir den getroffen! Kurz nach unserem Fang ist nämlich ein schlimmes Unwetter ausgebrochen. Dieser Herr hat unsere Räder aufgeladen und uns in seinem Automobil mitgenommen. Ein ulkiger Vogel war das. Die Natur um den See herum habe ihn derart inspiriert, dass er ein Kinderbuch über die Tier- und Insektenwelt beginnen wolle. Davon redete er ganz euphorisch – und draußen haben derweil die Elemente getobt. Platzregen, Blitze, Donner, Sturm … Aber Onkel Christian hat schützend den Arm um mich gelegt. Ich habe mich geborgen gefühlt – zum ersten Mal seit Vaters Tod.« Nachdenklich legte Hinnerk das Foto wieder auf den Tisch und rührte in seiner Tasse.

Willy bemerkte die Trauer in Hinnerks grünen Augen und unterdrückte das Bedürfnis, ihm eine widerspenstige schwarze

Haarsträhne aus dem Gesicht zu streichen. Stattdessen nippte er ernst an seinem Kakao. »Ich fühle mich *hier* geborgen.«

Der Nieland-Sohn wirkte von diesem unvermittelten Geständnis gerührt. Er setzte gerade zu einer Antwort an – da ertönte aus Richtung des Haupteingangs ein lautes Poltern. Die beiden wechselten einen fragenden Blick, dann erhoben sie sich in stillem Einvernehmen und traten vorsichtig auf den Flur hinaus. Dort trafen sie auf Edith Nieland, die hektisch einen zu Boden gefallenen und aufgesprungenen Koffer wieder einräumte. Daneben stand eine Reisetasche.

»Edith?«, wunderte sich Hinnerk, und seine Cousine fuhr erschrocken herum. »Fährst du so früh nach Wilhelmshaven zurück?«

»Nicht so laut«, zischte die und legte den Finger auf den Mund.

»Warum hast du denn diesmal so viel Gepäck mit?«, wunderte sich ihr Cousin.

Edith seufzte. »Weil ich heute früh einen Termin beim Standesamt habe und dann nach Spanien durchbrennen werde.«

Zunächst lachte Hinnerk auf, bemerkte dann aber Ediths ernsten Gesichtsausdruck, der ihm klarmachte, dass es sich bei ihrer Behauptung offenbar doch nicht um einen Scherz handelte.

»Wusste ich's doch!«, ertönte plötzlich Gudrun Nielands Stimme von der Treppe.

Edith sah ihre Großmutter erschrocken an, die bereits vollständig angekleidet war und mit zornigem Blick auf sie zukam. Wie zu erwarten tobte die Patriarchin wegen der von ihrer Enkelin geplanten »Nacht-und-Nebel-Aktion«, wie sie es nannte.

»Hast du so wenig Vertrauen zu mir, dass du mir deine

eigene Hochzeit verschweigen musst?«, rief die Hausherrin erbost.

»Ich wusste eben, wie du reagieren wirst, wenn du erfährst, dass ich einen Chilenen heirate und mit ihm nach Spanien ziehe«, konterte Edith.

»Na und?«, fauchte Gudrun. »Wenn du schon Angst hast, deshalb Kritik von *mir* zu ertragen, wie soll das erst sein, wenn du tatsächlich nach Spanien gehst – und dich dort die *Spanier* als Deutsche ablehnen? Wenn dein Bruder davon erfährt – oder deine Arbeitgeber in Wilhelmshaven?«

»Doktor Walz habe ich natürlich um Erlaubnis gefragt. Und die Verwundeten werden ohnehin nach Kiel gebracht«, rief Edith trotzig. »Er hat mir zu meiner Wahl gratuliert. Er kennt und schätzt Ramiro.«

»Das würden wir vielleicht auch – wenn du uns die Möglichkeit dazu gegeben hättest!«

Mit dieser Aussage hatte Edith nicht gerechnet. »Ich dachte, du …«

»Sorgen um dich muss ich mir in Deutschland ja offenbar ebenso machen, wenn dich hier rasende Patienten erwürgen wollen. Also, falls du diesen Journalisten wirklich liebst und er gut zu dir ist – geh von mir aus wieder nach Spanien. Aber geheiratet wird offiziell! Anna hat das bereits in kleinem Kreis und nur standesamtlich getan. Aber dein Galan ist ja Katholik, nehme ich an? Ihr könnt euch also in unserer evangelischen Kirche trauen lassen und standesgemäß in der Villa feiern.«

Edith war vollkommen überrumpelt von dieser Idee. »Aber wir sind doch noch in Trauer, Großmutter«, gab sie zu bedenken. »Und was das kostet!«

Gudrun machte eine abwinkende Handbewegung. »Nun rate mal, welche Art von Hochzeit sich dein Vater für dich gewünscht hätte.«

»Ich muss aber erst mit Ramiro sprechen«, meinte Edith.

Da kamen auch Sofie und Anna in Morgenmänteln die Treppe herunter.

»Wer heiratet?«, fragte Anna verschlafen.

»Wo wartet dein Herr Torres auf dich?«, fragte Gudrun, bevor Edith ihrer Schwester antworten konnte.

»Im *Atlantic.*«

»William, fahren Sie mit meiner Enkeltochter bitte zum Hotel«, ordnete die Patriarchin mit einer Stimme an, die keinen Widerspruch duldete. »Dann kannst du alles mit deinem Verlobten besprechen. Ich bin mir sicher, dass Pastor Metz eure Trauung vorzieht, wenn ich ihn bitte. Aber dein Korrespondent wohnt den Rest eurer Zeit hier in der Gästewohnung – und wird gefälligst nicht länger versteckt.«

Anna und Sofie sahen sich erstaunt an. Wer hätte das gedacht?

39

Anna Meseritz liebte Herausforderungen! Noch im Laufe des Donnerstagvormittags hatte Pastor Metz ihrer Schwester Edith tatsächlich einen Hochzeitstermin für den Sonnabend angeboten. Der Grund war leider typisch für die derzeitige Lage: Im Stellungskrieg in Frankreich war der Verlobte einer jungen Othmarscherin wenige Tage vor seinem Sonderurlaub für die Trauung gefallen. Edith hatte Bedenken darüber geäußert, das Unglück anderer Menschen für die eigene Familienfestivität zu missbrauchen. Doch Hinnerk hatte dem entgegengehalten, man sei es gerade den Toten schuldig, dass keine Gelegenheit zu lachen und zu feiern ausgelassen werde. Anna hatte sich gewundert, wie ihr Cousin plötzlich auf diesen weisen Spruch gekommen war. Edith jedenfalls hatte er überzeugt. Und natürlich war auch Ramiro einverstanden gewesen, da er sich ja ohnehin eine »offizielle« Hochzeit gewünscht hatte.

Nun galt es, binnen anderthalb Tagen ein unvergessliches Fest auf die Beine zu stellen. Und das bei der schlechten Versorgungslage! Anna hatte sich sofort bereit erklärt, zusammen mit der Hausdame Frau Iwersen »etwas zu zaubern«. Die Organisation der Trauungsfeierlichkeiten war für sie eine willkommene Abwechslung zu den eher tristen Tagen im Büro mit den immer neuen Hiobsbotschaften. Dass Hinnerk nun in die Produktion von Unterseebooten einsteigen wollte, mochte finanziell gut für die Firma sein, moralisch hingegen hatte Anna – wie ihr Cousin selbst auch – einige Bedenken.

»Kartoffeln könnten wir von Frau Dahlkes Bruder bekommen. Er hat einen Bauernhof bei Reinbek«, erklärte Frau Iwersen. »Allerdings müsste sie jemand dort abholen.« Laut der Hausverwalterin war es ein Wunder, dass der Bauer noch etwas für ihre Feier übrig hatte. Schon die Mobilmachung vor zwei Jahren hatte ihm die leistungsfähigsten Arbeitskräfte für die Erntezeit genommen. Frauen, Kinder und polnische Wanderarbeiter waren nie in der Lage gewesen, all die eingezogenen Männer vollwertig zu ersetzen, selbst als im Lauf der Zeit immer mehr Kriegsgefangene zwangsverpflichtet wurden. Außerdem waren durch die Seeblockade Düngemittel wie der früher von der Reederei Nieland aus Chile importierte Salpeter Mangelware. Seit Kriegsbeginn hatte sich so die Kartoffelproduktion halbiert. Umso erfreulicher war es, dass Frau Dahlkes Bruder bereit war, den Nielands seine eisernen Reserven zu verkaufen. Frau Iwersen hoffte sogar, dass sie bei ihm auch Geflügel erstehen konnten.

»Gut, ich werde mit Willy gleich morgen früh dorthin fahren«, kündigte Anna an. »Obst bekommen wir von Hinnerks Sekretärin, die hat von ihrer eigenen Hochzeit glücklicherweise noch etwas übrig.«

»Das ist so lieb, dass ihr euch um alles kümmert«, kam nun Ediths Stimme von der Küchentür. »Ich bin einfach zu überrumpelt. Ich hätte nie zu hoffen gewagt, dass Großmutter der Hochzeit ausgerechnet jetzt zustimmt, noch dazu mit einem Chilenen.«

Die alte Frau Iwersen schmunzelte wissend. »Nun, eure Großmutter war nicht immer eine Großmutter.«

Anna lächelte. »Da haben Sie natürlich recht. Wir kennen sie nur so, aber Sie haben ja schon hier gearbeitet, als sie noch jung war. Insgeheim ist sie noch heute eine Romantikerin, glaube ich.« Da bemerkte die junge Reederin, dass ihre

Schwester etwas umtrieb. Ediths Nachdenklichkeit hatte bestimmt nichts mit Gudruns sentimentaler Ader zu tun. »Alles in Ordnung bei dir? Kalte Füße?«

»Das nicht«, antwortete die. »Ich frage mich nur, ob es nicht eine gute Idee wäre, Burkhard ein Telegramm zu schicken. Er bekommt zwar so schnell nach der Beerdigung sowieso nicht noch mal Landurlaub, und begeistert wird er sicher auch nicht sein von meiner Wahl – aber zumindest wissen sollte er es trotzdem, oder?«

»Ja, schreib ihm. Er fühlt sich bestimmt ausgeschlossen, wenn er es im Nachhinein erfährt. Ich habe Gideon eine Postkarte geschickt, er wird auch nicht kommen können«, meinte Anna.

***

Gideon Meseritz hatte Tränen in den Augen, nachdem er in der Kaserne in Wilhelmshaven Annas Päckchen geöffnet hatte. Darin befanden sich zwei Paar gehäkelte Kindersöckchen – eines rosa, eines hellblau – sowie eine simple Notiz: *Welche gefallen dir besser? Probieren war endlich erfolgreich. In Liebe, Anna.*

Die Schrecken der Seeschlacht waren auf einmal weit weg. Gideon stellte sich vor, wie er und Anna zum ersten Mal ihr Kind in den Armen halten würden. Zeitgleich mit dem Päckchen war zudem eine weitere gute Nachricht über die bevorstehende Heirat Ediths in Form einer Postkarte eingetroffen.

Später, als er Burkhard Nieland vor der Kaserne antraf, teilte Gideon ihm überglücklich die beiden erfreulichen Neuigkeiten mit: »Du wirst bald Onkel! Anna ist endlich schwanger!«, rief er strahlend. »Und morgen heiratet Edith ihren chilenischen Journalisten.«

Doch sein Schwager reagierte völlig anders als erwartet. »Das kann nicht wahr sein!«, brüllte er zornig. »Woher weiß Edith denn, dass dieser Schreiberling nicht in Wirklichkeit ein Spion ist? Der war vorher monatelang in London!«

Gideon versuchte, den aufgebrachten Burkhard zu beschwichtigen: »Das ist reichlich unwahrscheinlich. Das Flottenkommando hätte ihn ohne vorherige Überprüfung doch nie auf die *Sierra Ventana* gelassen.«

»Glaubst du ernsthaft, Spione seien nicht raffiniert genug, solche Kontrollen zu bestehen?«, konterte Burkhard. »Was mich am meisten ärgert, ist, dass es keiner von unserer sauberen Familie für nötig befunden hat, mich zu informieren. Die werden schon wissen, warum. Vielleicht lässt sich dieser Fehler noch verhindern. Ich muss zum Chef, ich brauche noch mal Sonderurlaub.« Mit diesen Worten ließ er seinen Schwager stehen und stürmte davon.

Gideon befürchtete das Schlimmste. Er selbst würde für die Heirat seiner Schwägerin gewiss keinen erneuten Urlaub von der Schreibstube erhalten – wenige Tage nachdem er bereits für das Begräbnis Christian Nielands dienstfrei bekommen hatte. Er konnte also nur hoffen, dass man auch Burkhard den Antrag verweigerte. Andernfalls würden große Probleme auf Edith zukommen.

***

»Wie gefällt es dir hier?«, fragte Sofie ihren Bruder, als sie ihn in der Garage der Villa traf, wo er den Wagen »schlafen schickte«, wie er es nannte.

»Großartig«, erwiderte Willy. »Alle sind so freundlich. Edith hat mir eine Schreibmaschine geschenkt, Hinnerk hat mir mit der Fahrerlaubnis geholfen – und mir sogar angeboten, ihn zu duzen. Sogar Frau Nieland scheint mich unter ihrer ruppigen Schale zu mögen. Außerdem gibt es hier genug zu essen. Wir haben es wirklich gut getroffen, Sofiechen. Genau das werde ich nachher Hedda und Morten schreiben. Die fragen sich bestimmt schon, ob ich heil nach Deutschland gekommen bin.«

Sofie drückte ihren Bruder an sich. »Endlich ist es mit der Angst um dich vorbei«, sagte sie und seufzte erleichtert.

Nach ihrer Rückkehr ins Haus kam ihr die zukünftige Braut Edith entgegengeeilt. »Sofie, ich muss dich etwas fragen! Würdest du meine Trauzeugin sein? Du warst von Anfang an bei unserer Geschichte dabei, und ich hatte nie eine bessere Freundin.«

»Es wäre mir eine große Ehre«, brachte ihre Kollegin gerührt hervor.

***

Samstag, der 17. Juni 1916, war Ediths und Ramiros großer Tag! Leider wollte der Sommer einfach nicht recht in Gang kommen. Bei gerade mal zehn Grad fror die Braut etwas in ihrem schlichten weißen Kleid, während sie mit Großmutter Gudrun, Trauzeugin Sofie und Cousin Hinnerk zur Kirche von Othmarschen fuhr. Ramiro wurde von Willy chauffiert. In jenem Automobil saßen zudem Hinnerks Mutter Teresa und die zweite Trauzeugin Anna.

»Frierst du, oder bist du aufgeregt?«, fragte Sofie, die bemerkt hatte, wie Edith neben ihr plötzlich erschaudert war. Die Braut blickte etwas beschämt auf ihre Finger. »Letzteres. Ich werde das Gefühl einfach nicht los, dass irgendetwas schiefgehen könnte.«

»Alles wird gut«, versuchte Sofie sie zu beruhigen. »Da vorn ist schon die Kirche.« Sie musste an Burkhard denken. Wann würde der Krieg endlich vorbei sein und er sie ebenfalls vor den Traualtar führen?

Die Zeremonie wurde trotz des trüben Wetters sehr schön. Kurz vor dem Jawort bemerkte Sofie jedoch, dass sich Anna erschrocken in Richtung Kirchentür umgedreht hatte und ein »Oh, nein« hauchte. Sofie folgte ihrem Blick und stöhnte auf – da stand Burkhard mit zerzaustem Haar und hochrotem Gesicht! Anna starrte voller Angst zu ihrem Bruder, der langsam durch den Gang zum Altar schritt.

Doch als er auf ihrer Höhe angekommen war, erhob sich Sofie und packte ihren Verlobten am Arm. Burkhard funkelte sie mit solchem Hass in den Augen an, dass sie für einen kurzen Moment erstarrte. Er riss sich los. »Burkhard, setz dich hin!«, zischte sie daraufhin streng und erwiderte seinen Blick so wütend, wie er es wiederum bei ihr noch nie erlebt hatte. Burkhard leistete ihren Worten tatsächlich Folge. Seine Verlobte versuchte seine Hand zu nehmen, doch er entzog sie ihr sofort. Das versetzte Sofie einen heftigen Stich. Während sich Edith und Ramiro vor dem Pastor nun das Jawort gaben, sah sie im Augenwinkel, dass der Zorn nicht aus Burkhards Gesicht wich. Seine ungewohnte Härte nahm Sofie derart mit, dass Anna sie anstupsen musste, als der Pastor die Trauzeugen zum Unterschreiben an den Altar bat. Schließlich kam Sofie zurück zu ihrem Platz – und Burkhard war verschwunden.

Zu ihrer Erleichterung fand sie ihn nach Ende der Trauung vor der Kirche wieder. Doch als sie sich ihm näherte, wirkte er noch immer sehr abweisend.

»Warum musste ich von Gideon erfahren, dass meine Schwester sich in ihr Unglück stürzt?«, fragte er mit kalter

Stimme. »Warum hat meine *Verlobte* es nicht für nötig befunden, mir davon zu schreiben – oder davon, dass sie auch noch *Trauzeugin* bei dieser Farce ist?«

»Wieso Unglück?«, fragte Sofie mit zitternder Stimme. »Edith liebt ihn, und er sie. Ist das nicht alles, was zählt? Unsere eigene Liebe verstößt doch auch gegen die Regeln.«

»Das ist etwas völlig anderes. Ich kann dir Sicherheit bieten«, fauchte Burkhard. »Aber Edith will sich mit diesem Schreiberling nach Spanien durchschlagen. Das ist doch Wahnsinn!« Er sah Sofie durchdringend an, und sein Gesicht war vor Wut gerötet. »Der Weg dorthin ist für sie als Deutsche lebensgefährlich. Und wenn sie es tatsächlich schaffen sollten, ist die Gefahr längst nicht vorbei! Auch wenn ihr König ihnen Neutralität befohlen hat – viele Spanier haben sich freiwillig der französischen Armee angeschlossen. Die kämpfen in der Fremdenlegion gegen uns. In einer Allianz mit Vaters Mördern! Sie rufen zum Krieg gegen Deutschland auf! Selbst wenn dieser Journalist kein Spion ist, Edith ist da unten also dauerhaft in Gefahr, ganz zu schweigen von den Revolten, die dort wegen der Armut herrschen. Dieses Land ist ein Pulverfass, Sofie! Und du hilfst meiner Schwester dabei, in dieses Wespennest zu gehen. Ich bin sehr enttäuscht von dir.« Mit diesen Worten ließ er sie stehen.

Sofie zitterte, und gegen ihren Willen traten ihr Tränen in die Augen. Dass er sich wie ein herrischer Gockel aufführte und sie damit auch noch zum Weinen bringen konnte, ärgerte sie. Anna bemerkte, wie aufgewühlt ihre beste Freundin war, und führte sie rasch zum Seiteneingang der Kirche, fort von den Gratulanten.

»Das muss Edith nicht mitbekommen«, flüsterte sie. »Wir wollen ihr die Hochzeit nicht verderben.«

Verborgen vor Brautpaar und Gästen, erzählte Sofie Anna

nun von Burkhards respektlosen Vorwürfen. Ihr war klar, dass sich jedes Paar gelegentlich stritt, aber im Moment hatte sie keine Ahnung, wie sie sich ihm je wieder nähern sollte. Anna nahm ihren Bruder weit weniger ernst.

»Der wird sich schon wieder beruhigen. Nach so einem Wutanfall tut es ihm immer leid. Ich verspreche dir, er wird sich ganz kleinlaut bei dir entschuldigen«, kommentierte die Reederei-Erbin Burkhards Gefühlsausbruch. »Edith ist durch die Heirat vor dem Gesetz Chilenin. Und sie kennt Spanien, spricht die Sprache fast perfekt. Sie bringt sich aus Liebe in eine gewisse Gefahr, das stimmt. Aber aus Liebe zum Vaterland riskiert Burkhard sein Leben noch viel mehr. Lass dir von ihm bloß kein schlechtes Gewissen einreden. Er ist nur sauer, weil er denkt, man hätte ihn vergessen. Dabei hat ihn das Telegramm bloß nicht rechtzeitig erreicht. Männer! Edith wird dir ewig dankbar sein, dass du sie von Anfang an unterstützt hast. Weißt du noch, wie abweisend sie war, als du vor zwei Jahren hier ankamst? Ich finde es so wunderbar, dass ihr nun auch Freundinnen seid.«

Sofie schaffte es, sich zu beruhigen und eine fröhlichere Miene aufzusetzen. Für Anna. Für Edith. Sie konnten nun zu den gut gelaunten Hochzeitsgästen hinübergehen, ohne dass die glückliche Braut bemerken würde, was in ihrer Freundin vorging. Sorgen machte sie sich allerdings weiterhin. Nicht nur wegen der bevorstehenden Reise ihrer Freundin, Sofie fragte sich auch, ob Burkhard Nieland wirklich der Richtige für sie war. Erstmals hatte sie ihm etwas nicht sofort mitgeteilt, und er hatte gleich derart zornig und verletzend reagiert. Was sollte erst geschehen, wenn er irgendwann herausbekam, dass der neue Chauffeur aus Norwegen in Wahrheit ihr totgesagter Bruder war – und dass sie Edith und Anna in dieses Geheimnis eingeweiht hatte, nicht aber ihren Verlobten? Wo war er eigentlich? Sofie stellte bestürzt fest, dass Burkhard verschwunden war. Und nach der Rückkehr in die Villa erhielt sie traurige Gewissheit: Er war abgereist, ohne sich mit ihr zu versöhnen.

TEIL 3

1918

40

Bloß nicht erwischen lassen! Gideon Meseritz schlich durch das vor der Insel Wangerooge ankernde Großlinienschiff SMS *Helgoland* in Richtung der Heizräume hinab. Da er sich in der Schreibstube inzwischen zum Unteroffizier hochgearbeitet hatte, war es ihm gestattet, in der Offiziersmesse zu essen, für die noch wie zu Friedenszeiten gekocht wurde. Die dort servierte geradezu luxuriöse Kost war kein Vergleich zu dem »Schweinefutter«, das den unteren Rängen an Bord gereicht wurde. Wie so häufig in letzter Zeit hatte Gideon nur einen Bruchteil seiner Mittagessensportion selbst gegessen. Den Rest schmuggelte er, in einem leeren Aktenordner aus seiner Schreibstube versteckt, zu seinen hungernden Kameraden.

Auf dem Gang kam ihm ein Obermaat entgegen. Der grüßte zum Glück nur arglos und bemerkte nicht, dass der Aktenordner in der Hand des Schreibers durch das in ihm versteckte noch warme Essen ein wenig dampfte.

Unten im Heizraum drei angekommen, schlugen Gideon sogleich enorme Hitze und der typische Öl- und Kohlegeruch entgegen. Die beiden anwesenden jungen Heizer jubelten, als sie Gideon mit seinem Ordner erblickten, und hörten auf, Kohlen zu schippen. Der eine hieß Kurt Kahlbach, beim zweiten handelte es sich um Paul Wessels, den früheren Chauffeur der Nielands. Die beiden stürzten sich sogleich gierig auf das geschmuggelte Essen.

»Braten mit brauner Soße und Nudeln«, freute sich Paul. »Und echte Kartoffeln!«

Sechs Monate zuvor, im April 1918, war Gideon von der SMS *Nassau* auf die *Helgoland* gewechselt, wo auch sein Schwager seit Februar als Offizier diente. Paul hatte sogar bereits im Sommer 1916 seinen Dienst auf diesem Schiff angetreten. Anna hatte ihren Mann gebeten, sich besonders um den ehemaligen Fahrer der Familie zu kümmern, und tatsächlich hatte Gideon sich bald Sorgen um den jungen Mann gemacht. Durch das schlechte Essen und die Knochenarbeit im Heizraum war der einst so fröhliche Paul nämlich immer weiter abgemagert. Aus diesem Grund hatte Gideon schließlich damit begonnen, ihn heimlich mit dem Großteil seiner eigenen Ration aus der Offiziersmesse zu versorgen. Dadurch hatte er inzwischen selbst wiederum stark an Gewicht verloren. Sein Gesicht sah eingefallen aus, und seine Rippen traten hervor. Aber seit er und seine Anna Eltern geworden waren, war er einfach viel sentimentaler und fürsorglicher als früher geworden. Zu Paul hatte er inzwischen ein freundschaftliches Verhältnis, sie duzten sich. Und auch dessen dreiundzwanzigjähriger Kamerad Kurt Kahlbach mochte Gideon. »Bist der beste Schreibstubenbulle der Welt«, lobte er ihn immer wieder.

»Danke, Gideon«, meinte Paul mampfend. »Bei uns hier unten gab's heute mal wieder die scheiß Steckrüben!«

»Eigentlich nutzt man diese verdammten Dinger für die Schweinemast«, rief Kurt wütend.

Gideon wusste, dass es für die ärmere Bevölkerung seit dem Winter vor zwei Jahren kaum etwas anderes als diesen verhassten Kartoffelersatz gegeben hatte. In jenem »Steckrübenwinter« waren in Deutschland Tausende an Unterernährung gestorben.

»Laut meiner Ursel behaupten die Kochratgeber, dieser

Rübendreck sei für fast alles zu gebrauchen«, erzählte Paul. »Suppe, Auflauf, Pudding, Frikadellen, Koteletts, Klöße, Marmelade – widerlich!«

»Deutschland hungert an allen Ecken und Enden«, fasste Kahlbach zusammen. »Und die da oben haben keine Ahnung, was zu tun ist. Deshalb muss ihnen das jetzt mal gesagt werden!«

»Na ja, Russland exportiert eben nichts mehr, und seit Januar letzten Jahres haben auch die Amerikaner den über neutrale Staaten laufenden heimlichen Handel mit uns eingestellt. Das alles kommt noch hinzu zum verfluchten britischen Handelsembargo. Dagegen können ›die da oben‹ auch nichts ausrichten«, versuchte Gideon zu beschwichtigen.

»Papperlapapp!«, entfuhr es Paul. »Dänemark ist auch von der Seeblockade betroffen. Aber bei meiner Tante in Kolding oben hungert niemand. Da gibt es eben die schwachsinnige deutsche Bürokratie nicht.«

Gideon wusste, dass daran durchaus etwas Wahres war. Tatsächlich hatten sich die Maßnahmen der innerdeutschen Preis- und Verteilungspolitik – von der Lebensmittelrationierung bis hin zur Zwangsbewirtschaftung – als kontraproduktiv erwiesen. Laut Köchin Frau Dahlke, deren Bruder Landwirt war, brachte es den Bauern wegen der unsinnigen amtlichen Preisregelungen oft mehr, Kartoffeln und Getreide zu verfüttern oder an Brennereien zu verkaufen, als die hungernden Städte zu beliefern.

Der junge Familienvater war heilfroh, dass die Seinen zu Hause noch genug zu essen hatten. Von Annas Cousin wusste er aber auch, dass die Nielands bei Fortdauer des Krieges ihre Villa am Elbstrand würden verkaufen müssen, um sich auch weiterhin ausreichend Nahrungsmittel leisten zu können.

***

»Lele, Oma«, brabbelte das dunkelblonde kleine Mädchen und watschelte vergnügt auf Gudrun Nieland zu. Die nahm das Kind, ganz entgegen ihrer sonstigen Reserviertheit, auf den Arm und drückte es liebevoll an sich. Seit der Geburt der ersten Urenkelin schien die alte Dame regelrecht aufgeblüht zu sein.

»Na, kleine Helene? Wie war es am Strand?«

»Matsch, Gegen«, berichtete das Kind begeistert.

»Sie meint *Regen*«, erklärte Anna, die ihrem Töchterchen gefolgt war, lächelnd.

An diesem verregneten Oktobermorgen war der Reederei-Erbin und ihrer Kleinen eine trockene Stunde vergönnt gewesen, um ein wenig an ihrem heiß geliebten Elbstrand spielen zu können. Inzwischen ging draußen jedoch erneut ein Schauer nieder.

Anna hatte ihre Tochter nach Helene Lange benannt, der Führerin der deutschen Frauenbewegung. Das quirlige Mädchen war inzwischen einundzwanzig Monate alt, was hieß, dass ihr ganzes bisheriges Leben lang Krieg herrschte. Doch allmählich mehrten sich die Hinweise, dass dieser sich nach über vier Jahren dem ersehnten Ende nähern könnte, und Anna wollte an diesem Tag, wie schon seit einigen Monaten, aktiv für den Frieden demonstrieren. Gudrun war von den häufigen Abendterminen ihrer Enkelin im Frauenverein und mit den »dubiosen neuen Arbeiterparteien«, wie sie es nannte, nur wenig begeistert.

»Gehst du heute Abend wieder aus?«, erkundigte sie sich mit anklagendem Ton in der Stimme.

»Ja, Großmutter«, erwiderte Anna trotzig. »Und wieder wird unsere liebe Frau Iwersen gut auf Helene aufpassen – so wie sie es schon bei mir getan hat, als ich ein Kleinkind war.«

Dem konnte Gudrun zwar nicht widersprechen, Sorge

bereitete ihr das politische Engagement der Enkelin aber dennoch. »Ich will bloß nicht, dass du wie diese Rosa Luxemburg endest«, sagte sie. »Hinter Gittern!«

Die »Rote Rosa«, wie jene polnische Politikerin genannt wurde, saß wegen ihrer Reden gegen die Reichsregierung seit drei Jahren in Haft. Von Anfang an hatte sich die mutige Frau für Streiks als Mittel zur Erreichung gesellschaftlicher Veränderungen und zur Kriegsverhinderung eingesetzt. Den von ihr mitbegründeten Spartakusbund leitete sie mithilfe politischer Schriften sogar vom Gefängnis aus. Anna war aus Bewunderung für Rosa Luxemburg, aber auch in Gedenken an ihre eigene verstorbene Mutter, die ihre einfache Herkunft nie vergessen und sich stets für die Arbeiterklasse eingesetzt hatte, Mitglied in der neuen USPD geworden. Anfangs hatten einige Genossen dieser Partei, die als kriegsgegnerische Absplitterung der SPD gegründet worden war, die Nase über die wohlhabende Reederei-Erbin gerümpft und abfällige Bemerkungen geäußert. Doch Karoline Iwersen, die Anna mittlerweile eine treue Mitstreiterin und enge Freundin geworden war, hatte sie stets auf das Heftigste verteidigt.

Am 1. August 1917, dem dritten Jahrestag des Kriegsbeginns, hatte Frau Iwersens Schwiegertochter Anna und Sofie sogar heimlich zu einer Friedensdemonstration auf dem Heiligengeistfeld mitgenommen. Allen Drohungen der Regierung zum Trotz hatte bereits im Oktober 1916 eine Reihe von Werftstreiks begonnen, die bis in das darauffolgende Frühjahr gedauert hatten. War es zunächst noch um die Verschleppungstaktik der Arbeitgeber bei Lohnverhandlungen gegangen, so waren kurze Zeit später die Forderungen nach Frieden immer lauter geworden – auch von den Frauenvereinigungen. Fast zehntausend Fabrik- und Werftarbeiter hatten an der Demonstration teilgenommen und waren bis zum Alsterpavillon am Jungfernstieg marschiert, dem bevorzugten Café der hanseatischen Bürger. Anna erinnerte sich noch gut, wie viel Angst sie und Sofie dort 1914 wegen den fanatisierten und gewaltbereiten Kriegsbegeisterten ausgestanden hatten. Drei Jahre später waren die Emotionen nun für ein *Ende* des Krieges und gegen den Kaiser hochgekocht, und die Frauen hatten mit ansehen müssen, wie einige besonders zornige Streikende Steine in Annas früheres Stammcafé warfen.

»Die Prasser haben Schlimmeres verdient«, hatte Karoline erklärt, während sie, Anna und Sofie in den Reihen der Demonstranten mitmarschiert waren. »Stellt euch vor: Den Kriegsversehrten ist es verboten, über den Jungfernstieg zu gehen, weil die noblen Herrschaften den Anblick vielleicht nicht ertragen können!«

Damals war Anna klar geworden, dass die Schwiegertochter ihrer Haushälterin sie selbst nicht mehr als »Herrschaft« betrachtete, sondern als Verbündete – und es hatte sie stolz gemacht.

»Wir müssen kämpfen, Großmutter«, erklärte Anna nun beherzt. »Der Krieg muss endlich aufhören! Gideon soll seine Tochter aufwachsen sehen – und Helene darf nicht zur Halbwaise werden!«

***

»Streiks sind das Einzige, was die da oben aufhorchen lässt. So wie im Januar in den Berliner Pulverfabriken«, ereiferte sich Kurt Kahlbach im Heizraum drei der *Helgoland*. Zu Beginn des Krieges wären solch drastische Äußerungen gegen die Obrigkeit nicht möglich gewesen, dachte Gideon, damals war das Vertrauen in die Entscheidungen der Truppenführer noch ungebrochen. Doch wie er wusste, gehörte Kurt dem linksradikalen Spartakusbund an, und dessen Mitglieder waren ohnehin für ihre extremen Positionen bekannt. Gideon blickte immer wieder nervös zur Tür des Heizraums. Wenn einer der Offiziere Kahlbach so reden hörte, wären sie geliefert – alle drei! Er hoffte, dass Paul und dessen Heizerkamerad bald fertig gegessen hatten. Dann würde er umgehend das Geschirr – und sich selbst – in Sicherheit bringen.

»Über vierhunderttausend Streikende waren das damals!«, schwärmte Kahlbach. »So übt man Druck auf die Regierung aus. Wenn sie plötzlich keine Munition mehr haben für ihren Scheißkrieg. Dann hören sie zu.«

»Nützt aber am Ende gar nichts, wenn die SPD den Widerstand von innen heraus wieder sabotiert«, erwiderte Paul verärgert. »Die lässt ihre Funktionäre hübsch in die Streikleitung wählen – und schwups, ist der Aufstand schon wieder vorbei.«

»Klar, durch die Schuld der SPD-Schergen hat man die Arbeiterräte verhaftet und an die Front geschickt«, räumte Kahlbach ein. »Aber der Schuss ging zum Glück nach hinten los: Jetzt sind die Heere nämlich voll von Revolutionären!«

»Wir halten alle zusammen und beenden diesen Dreckskrieg!«, rief Paul euphorisch, nachdem er die letzte Soße vom leer gegessenen Teller geleckt hatte.

»Darauf kannst du Gift nehmen. Der Kaiser wird sich ganz schön umschauen«, knurrte Kahlbach.

»Ihr redet euch noch um Kopf und Kragen«, warnte der Schreiber die beiden zornigen Heizer. »Im Sommer letzten Jahres haben zwei Kollegen von euch gegen die schlechte Versorgung auf ihrem Schiff protestiert, die hat man verhaftet – und dann wegen Meuterei sogar erschossen!«, warnte Gideon.

Über jene Hinrichtungen wusste Kurt Kahlbach bestens Bescheid. »Die Sache mit Reichpietsch und Köbis ist die größte Schande der deutschen Seefahrt!«, erboste sich Kurt. »Zwei junge, hungrige Kameraden ermorden, bloß um ein Exempel zu statuieren! Aber das hat alle Kameraden bloß noch wütender gemacht, jetzt wehren wir uns erst recht!«

Statt wie von der Flottenführung erhofft als Abschreckung zu dienen, hatten die Justizmorde an jenen beiden jungen Heizern den Hass der Mannschaften tatsächlich nur noch geschürt. Die rebellische Bewegung verbreitete und radikalisierte sich weiter, davon las Gideon beim Einheften der Berichte in der Schreibstube fast täglich.

»In Russland war die Oktoberrevolution ja auch erfolgreich«, fügte Kurt Kahlbach trotzig hinzu und reichte dem Schreiber den leeren Teller und das Besteck, das er sich mit Paul geteilt hatte. »Warum soll das jetzt nicht auch in Deutschland gelingen?«

Paul stimmte zu. »Wer glaubt denn schon noch, dass ein Siegfrieden möglich ist?«

Gideon hörte die Stimmen der Kameraden nur noch gedämpft. Der Hunger und die Hitze in dem stickigen Keller ließen ihm schwarz vor Augen werden. Von ferne hörte er Paul noch erschrocken seinen Namen rufen, dann brach er völlig entkräftet zusammen und fiel schlaff und leblos in den Kohlehaufen vor sich.

41

Anna wollte endlich zur Frauenversammlung aufbrechen. Sie küsste ihr Töchterchen zum Abschied und gab es in die Arme ihrer Großmutter zurück.

»Bitte pass auf dich auf«, sagte Gudrun Nieland ernst. »Es reicht schon, dass man sich ständig um Burkhard und Edith sorgen muss.«

Wie aufs Stichwort kam in diesem Augenblick Sofie mit einem Brief hereingeeilt und verkündete aufgeregt: »Edith hat geschrieben! Der Brief ist aus Chile! Sie haben es also wirklich geschafft!«

Gudrun seufzte erleichtert auf. »Gott sei Dank.«

Nachdem es der älteren der beiden Nieland-Töchter und deren frisch Angetrautem Ramiro Torres tatsächlich gelungen war, sich über die Pyrenäen nach Madrid durchzuschlagen, hatten sie sich zunächst in der dortigen kleinen Wohnung des Journalisten niedergelassen. Doch vor gut einem halben Jahr hatte das junge Ehepaar Nachricht erhalten, dass Ramiros Mutter schwer erkrankt sei – und sich zu Gudruns Entsetzen entschieden, die Überfahrt nach Chile zu wagen, um der Frau beizustehen.

»Eine Reise über die Weltmeere!«, hatte die Patriarchin seinerzeit bei Anna gejammert. »Ausgerechnet jetzt, da Amerika in den Krieg eingetreten ist!«

Danach hatten sie lange Zeit nichts mehr von Edith gehört. Die transatlantischen Telefonleitungen waren gleich 1914 von den Engländern gekappt worden, und Sofie wusste durch ihre Brieffreundschaft mit Salpeterbaron Arévalo, dass auch der Postverkehr zwischen Deutschland und Südamerika die meiste Zeit komplett unterbrochen gewesen war. Erst kürzlich war er durch schwedische Vermittlung wieder in Gang gekommen, doch die Zensur verursachte große Verzögerungen in der Zustellung. Ediths Brief hatte offenbar über drei Monate nach Hamburg gebraucht.

Viña del Mar, den 25. Juli 1918

Liebe Großmutter, liebe Anna, liebe Sofie,
da ich auf meine letzten beiden Briefe keine Antwort erhalten habe, gehe ich davon aus, dass entweder meine Zeilen oder aber Eure Antwort darauf nicht zugestellt wurden. Verzeiht mir deshalb bitte, falls ihr etwas von dem, was ich Euch nun schreibe, bereits zuvor gelesen haben solltet. Ramiro und ich sind, wie ich Euch ja im Mai geschrieben hatte, aufgebrochen, um seiner kranken Mutter beizustehen. Was ich Euch vor unserer Abfahrt nicht erzählt hatte: Die einzige Reederei, die uns von Barcelona nach Südamerika bringen konnte, war die berüchtigte Dampfschifffahrtsgesellschaft Pinillos Izquierdo y Compañía. *Diese hat einen recht traurigen Ruf, weil ihr Luxusdampfer* El Príncipe de Asturias *im März 1916 nach der Überfahrt von Barcelona vor der brasilianischen Küste gesunken ist. Von den fast 600 Menschen an Bord überlebten nur knapp 150. Noch im selben Jahr sank ein weiterer Dampfer der Unglücksreederei vor den Kanarischen Inseln. Natürlich gingen wir deshalb mit einem etwas mulmigen Gefühl an Bord. Aber bevor ihr Euch nun nachträglich Sorgen macht: Unsere eigene Überfahrt lief, abgesehen von ein paar stürmischen Tagen, reibungslos. Das Schiff hatte sogar eine*

Bordbibliothek – Sofie, Du kannst Dir bestimmt vorstellen, wie gut es mir dort ging. Außer uns Passagieren beförderte der Dampfer auch kostbare Frachtgüter: Wein, Zinn, Kupfer und Gerüchten an Bord zufolge sogar Gold!

Bis nach Buenos Aires brauchten wir knapp drei Wochen. Von dort aus ging es für Ramiro und mich dann auf dem Landweg bis nach Santiago de Chile. Wie wunderbar dieses Land ist! Viña del Mar, Ramiros Geburtsstadt, ist traumhaft schön. Ursprünglich wurde sie als Weingut von Valparaíso gegründet, seit gut sechzig Jahren ist sie aber auch ein beliebter Badeort. Prachtvolle, strahlend weiße Herrenhäuser stehen hier am tiefblauen Pazifik. An der Kurpromenade wachsen Kakteen und Palmen. Es gibt keine Sperrstunde, stattdessen leuchten die Lichter und spielt die Tanzmusik bis zum Sonnenaufgang durch.

Die Villa der Familie Torres liegt außerhalb des Dorfes. Meine Schwiegermutter hat ihre furchtbare Grippe zum Glück gut überstanden. Und wir haben es nicht bereut, hergekommen zu sein. Ramiro arbeitet mittlerweile für die kleine Lokalzeitung, und ich selbst habe auch eine Beschäftigung gefunden: Ich kümmere mich als Gouvernante um die vierjährige Tochter unserer Nachbarin. Ein quirliges, liebes Mädchen ist die kleine Maria! Ihre Mutter, eine Diplomatengattin, erinnert mich an unsere Mama, sie singt genauso gerne und hat einen unfassbar schönen Sopran.

Eure Edith ist hier unter der Sonne Südamerikas also rundum glücklich. Und nun warte ich gespannt auf Nachricht darüber, wie es Euch allen geht. Grüßt mir all die Lieben in unserer Villa. Ich bete, dass ihr sie nicht wirklich verkaufen müsst.

Herzlichst,
Eure Edith

Tränen der Erleichterung rannen über Annas Wangen, als sie den Brief sinken ließ. Um ihre Schwester und Ramiro brauchte sie sich also keine Sorgen mehr zu machen! Nun musste sie nur endlich in Erfahrung bringen, ob es ihrem eigenen Ehemann draußen auf der Nordsee ebenfalls gut ging.

***

Gideon erwachte zum verführerischen Duft von gebratenem Fleisch. Benommen stellte er fest, dass er auf der Krankenstation der *Helgoland* lag und Burkhard Nieland ihm einen Teller mit Kartoffeln, einem großen Stück Schweinebraten und Soße vor die Nase hielt. Gierig machte sich Gideon über das Essen her, es schmeckte himmlisch.

»Du musst vorsichtiger sein«, ermahnte ihn sein Schwager. »Ich habe dich beobachtet. Du fütterst Paul Wessels mit deiner Ration durch. Abgesehen davon, dass du dadurch selbst hungerst, schürt das den Hass auf den unteren Decks bloß, wenn die sehen, was bei uns Offizieren auf der Speiserolle steht. Und solltest du erwischt werden, ist Anna bald Witwe. Wie kannst du das bloß riskieren?«

»Sie war es ja, die mich gebeten hat, ein Auge auf Paul zu haben«, erwiderte Gideon ernst.

»Ja, aber damals war noch nicht klar, dass die USPD das Thema Versorgung für Meuterei gegen unseren Kaiser missbraucht«, entgegnete Burkhard bitter. »Natürlich muss die Flottenleitung jetzt mit aller Härte durchgreifen, ist doch logisch. Lass Paul einfach die paar Tage noch Steckrüben essen. Bald ist es mit der Seeblockade und dem Hunger nämlich sowieso vorbei«, verriet er seinem Schwager in verschwörerischem Tonfall. Der horchte auf. Hatte Burkhard etwa von konkreten Friedensplänen erfahren?

Doch der Offizier enttäuschte Gideons Hoffnungen sofort wieder: »Admiral Scheer und das Flottenkommando arbeiten gerade einen Plan aus«, verkündete er mit einem Tatendrang in der Stimme, den Gideon seit Monaten nicht mehr bei ihm erlebt hatte. »Unsere mächtigsten Schiffe sollen übermorgen auslaufen und sich dem allerletzten großen Kampf mit der *Home Fleet* der Royal Navy stellen!«

Gideon ließ die Gabel auf halbem Weg zum Mund sinken und sah seinen Schwager fassungslos an. »Eine Schlacht? Jetzt noch? Der Krieg ist doch längst entschieden.«

Tatsächlich waren die verbliebenen deutschen Soldaten in den Schützengräben Frankreichs und Belgiens nach dem endlosen Stellungskampf an der Westfront erschöpft und kriegsmüde, die Armeeführung musste ihre Stellungen immer weiter zurückziehen, es gab mehr und mehr Befehlsverweigerer und Deserteure. Bereits im Sommer war die Situation von der Obersten Heeresleitung als aussichtslos erkannt worden, das hatte Burkhard ihm selbst erzählt. Seit auch noch die US-Armee auf dem europäischen Kriegsschauplatz aufmarschiert war, galt die deutsche Niederlage als endgültig besiegelt. Die Reichsregierung hatte die Heeresleitung daraufhin aufgefordert, über einen Waffenstillstand zu verhandeln. Für den Großteil der Öffentlichkeit war diese Nachricht überraschend gekommen, denn von der Propaganda war stets verkündet worden, dass ein »Siegfrieden« noch immer möglich sei.

»Die *Fleet* ist uns doch zahlenmäßig und technisch überlegen«, ereiferte sich Gideon aufgebracht. »Das ist ein Selbstmordkommando!«

Gideon ahnte, woher der Wunsch der Marine-Oberen nach der sinnlosen letzten Attacke zur See kam. Außer den beiden Schlachten auf der Doggerbank 1915 und im Skagerrak

1916 hatte sich die künstlich hochgerüstete deutsche Armada als reichlich nutzlos erwiesen. Die Offiziere, die sich in ihrem Stolz verletzt fühlten, drängten deshalb schon länger auf einen entscheidenden Schlag, um der Beschlagnahmung der gesamten Seeflotte und der damit einhergehenden Erniedrigung zu entgehen. Die Führung der Kaiserlichen Marine pflegte einen Grundsatz mit geradezu krankhafter Verbissenheit: Ein deutsches Kriegsschiff ergibt sich dem Feind nicht, vorher geht es mit wehenden Fahnen unter. Und nun planten die Entscheidungsträger offenbar dasselbe für die gesamte Flotte und all ihre Mannschaften.

»Wach doch auf, Burkhard!«, flüsterte Gideon eindringlich. »Die Niederlage ist unabwendbar!«

»Jetzt rede nicht wie ein Defätist!«, fuhr sein Schwager ihn verstimmt an. »Was du eine sinnlose Geste nennst, macht militärisch jede Menge Sinn: Ein tapferer Einsatz unserer Schiffe schützt die flandrische Küste und mildert den Druck auf die Landstreitkräfte. Das ist bitter nötig! Wir können die Kameraden an Land doch nicht feige im Stich lassen!«

»Der Großangriff zum jetzigen Zeitpunkt ist ein Putsch gegen die eigene Regierung«, beharrte Gideon. »Die ringt schließlich längst um Frieden. Und das wird auch höchste Zeit – das Volk verhungert! Man wird wohl oder übel alles unterschreiben müssen, was die Entente fordert.«

»Dieses Diktat der Alliierten wäre ein Schandfrieden!«, erwiderte Burkhard hitzig. »Da ist es doch nur legitim, alles auf eine Karte zu setzen.«

Frustriert schüttelte Gideon den Kopf. Aus Sicht der Admiralität mochte der geplante Einsatzbefehl ja konsequent gedacht sein, er klammerte die Situation an Bord allerdings völlig aus. Die Mannschaften waren kriegsmüde, überall gab es

Flugblätter, die zu Meuterei und Sabotageakten an elektrischen Leitungen und Waffen aufriefen – und damit immer öfter Erfolg hatten. Um die Moral in der Truppe wieder zu stärken, hatten die Offiziere einen »Vaterlandsunterricht« eingeführt. Doch über den machten sich die meisten nur lustig.

»Ich bleibe dabei: Das ist geplanter Massenmord«, sagte Gideon schließlich.

Burkhard sprang wütend auf und knurrte: »Eigentlich müsste ich dich für dein defätistisches Gerede verhaften lassen!« Er stürzte hinaus und ließ seinen Schwager allein mit dessen trüben Gedanken zurück.

***

Abends gegen halb zehn holte Willy seine Schwester und Anna Meseritz mit dem Wagen von der Frauenversammlung in Altona ab. Wie immer war er neugierig, was sie dort an politischen Gerüchten erfahren hatten.

»Aus Angst vor der Revolution hat die Regierung angeblich einen Verfassungsentwurf im Reichstag eingebracht«, berichtete Sofie ihm, nachdem sie losgefahren waren. »Sie fordern eine parlamentarische Monarchie.«

»Was heißt das konkret?«, hakte Willy nach.

»Dass der Kaiser seine Entscheidungen in Zukunft immer erst vom Reichstag absegnen lassen muss«, interpretierte Sofie.

»In die neue Regierung ist auch die Alt-SPD miteinbezogen«, ergänzte Anna skeptisch. »Und die Herren Ex-Genossen werden mal wieder kuschen und sich nicht wirklich für die Interessen des Volkes einsetzen. Sie spielen ja jetzt schon die Abwiegler und versuchen, die revolutionären Ideen niederzureden.« Mit übertrieben weinerlicher Stimme zitierte sie: »Je größer die Gefahr, desto unerschütterlicher muss die Ruhe der Volksmassen sein. Bla, bla, bla.«

»Die Ruhe wird aber nicht einkehren«, meinte Willy. »Ich treffe öfter auf einen Schutzmann, wenn ich Benzin holen gehe. Der hat mir heute Morgen gesagt, eine Revolution könne gar nicht mehr verhindert werden. Die Polizei in Hamburg wage es längst nicht mehr, gegen Versammlungen mit Waffengewalt vorzugehen.«

»Das wäre ja auch noch schöner«, erwiderte Anna. »Wenn Deutsche auf Deutsche schießen würden!«

Sofie sah besorgt in die verregnete Nacht hinaus und hoffte inständig, dass es so weit nicht kommen würde.

***

Am Dienstag, den 29. Oktober 1918, lagen mehrere Schiffe der Kaiserlichen Flotte auf Schillig-Reede, dem militärischen Vorposten am Westufer des Jadebusens vor Wilhelmshaven, vor Anker. Aller Geheimhaltung zum Trotz hatte sich das Gerücht über den Plan vom letzten großen Angriff gegen die englische Flotte in Windeseile herumgesprochen.

»Ich lasse mich nicht in einer sinnlosen Schlacht dem Ehrenkodex der Offiziere opfern«, erklärte Kurt Kahlbach seinem Heizerkameraden Paul, als Gideon sie entgegen Burkhards Anraten ein weiteres Mal mit unterschlagenem Kuchen aus der Offiziersmesse in deren Heizraum besuchte. Die Neuigkeiten, die er in Erfahrung gebracht hatte, zwangen ihn zur Kooperation mit den unteren Decks. Wenn die Flottenleitung sie alle in den Selbstmord schicken wollte, würde Gehorsam nicht dafür sorgen, dass Gideon Frau und Kind je wiedersah. »Unsere einzige Hoffnung zu überleben ist die politische Revolution«, fasste Kurt ihre Lage zusammen.

Paul stimmte zu: »Die morsche alte Ordnung muss gestürzt werden! Ich will nicht, dass meine Ursel daheim als Witwe hungert.«

»Der Kaiser ist ins Quartier der deutschen Heeresleitung in Belgien gefahren«, berichtete Gideon von einer Depesche, die ihm vorhin in der Schreibstube in die Finger gefallen war. »Ich frage mich wirklich, warum er ausgerechnet jetzt das Land verlässt ...«

»Der wird halt Angst haben, dass die Revolution Erfolg hat, und sich schon mal in Sicherheit bringen«, mutmaßte Kurt.

»Oder er will die Militärs vor Ort zum Frieden zwingen«, erwiderte Gideon. »Dann handelt die Flottenführung mit ihrem Angriffsplan gegen seinen Willen!«

»Ich schaufle jedenfalls keine einzige Kohle mehr ins Feuer!«, verkündete Paul.

»Du musst uns unbedingt weiter mit allen Neuigkeiten versorgen, die du oben erfährst«, forderte Kurt Kahlbach von Gideon.

Der nickte resigniert. Auf der Todesfahrt gegen die Engländer sterben oder riskieren, als Spion der Meuterer erschossen zu werden – er entschied sich für Letzteres. Seine Tochter sollte in Frieden aufwachsen.

42

Nachdem sich Anna mit ihrer kleinen Tochter für ein Mittagsschläfchen hingelegt hatte, nutzte Sofie die Zeit, einen Brief an ihre einstige Bordkollegin und gute Freundin aufzusetzen.

Villa Nieland, den 29. Oktober 1918

Liebe Edith,
wir sind alle so erleichtert zu hören, dass ihr beide wohlauf und glücklich miteinander seid. Bitte grüße Ramiro ganz herzlich von mir.

Burkhard und ich haben uns kurz nach Eurer Hochzeit wieder vertragen. Wie Anna es sich schon gedacht hatte, bekam er bald nach seinem Wutausbruch ein schlechtes Gewissen. Als er nämlich nach Wilhelmshaven zurückkehrte, wartete dort dein Telegramm mit der Hochzeitseinladung auf ihn. Da hatte er endlich den Beweis, dass ihm niemand irgendwas hatte verheimlichen wollen. Daraufhin hat er sich bei mir entschuldigt und versprochen, Dir zu schreiben. Kam etwas von ihm bei Euch an? Ich hoffe es!

Seit unserer Versöhnung haben Burkhard und ich uns allerdings nur wenige Male gesehen. Ich glaube, es macht ihm sehr zu schaffen, dass der Krieg für Deutschland nicht so läuft wie erhofft. Wenn die Flotte an die Alliierten ausgeliefert wird, hätten er und all seine Offizierskameraden vergeblich gekämpft. Er tut mir sehr leid.

Ansonsten geht es uns allen aber sehr gut. Anna, Frau Iwersen und ich kümmern uns abwechselnd um die kleine Leni – sie ist ein echter Sonnenschein. Auch deine Großmutter ist durch das Kind wie ausgewechselt. Ursel ist übrigens zurzeit deren Ersatz-Zofe, Fräulein Flechsig hat uns nämlich verlassen. Der Grund ist allerdings ein erfreulicher: Frau Iwersen und Anna haben ihr endlich das Lesen und Schreiben beigebracht. Das hat ihr so viel Spaß gemacht, dass sie sich sogleich per Annonce einen Brieffreund gesucht hat. Für »erbauliche Konversationen zu gesellschaftlichen und kulturellen Themen«. Irgendwann gab es das erste Treffen – und ein paar Monate später hat sie doch tatsächlich auf ihre alten Tage noch geheiratet. Hättest du das gedacht? Eure Großmutter, Anna und ich haben das gesamte Personal auf das Standesamt begleitet. Es war eine schöne Zeremonie, und Frau Flechsig, die jetzt Fastert heißt, hat sogar geweint, als sie mich zum Abschied gedrückt hat. Ihrem neuen Mann gehört eine Konditorei, sie kommt manchmal bei uns vorbei und bringt uns ein paar Leckereien aus eigener Herstellung mit.

Hinnerk versucht immer noch verzweifelt, die Firma zu retten. Das Geschäft mit den U-Boot-Teilen ging aber leider nicht lange gut, und jetzt hat er fast keine Angestellten mehr. Trotzdem können wir uns natürlich noch glücklich schätzen. Da draußen hungern schließlich so viele Menschen …

Ich bin auch sehr dankbar, dass mich Anna und Frau Iwersens Schwiegertochter mitnehmen, wenn sie für all die wichtigen Dinge kämpfen: mehr Brot, Frieden und das Frauenwahlrecht. So oft sagen Anna und ich uns, wie gut das zu Dir passen würde und was für eine Bereicherung Du für unsere Sache wärest.

Ach, liebe Edith, es fehlt mir so, mit Dir über alles reden zu können. Ich hoffe, dass der leidige Krieg wirklich bald aufhört und unsere Dampfer freikommen, sodass wir uns rasch wiedersehen.
Es grüßt Dich herzlich
Deine Freundin Sofie

Sofie faltete den Brief zusammen und ließ ihn in einen Umschlag gleiten. Edith die Situation zwischen ihr und Burkhard zu schildern hatte ihr einmal mehr verdeutlicht, wie merkwürdig sich gerade alles anfühlte. Zwar hatte er sich bei ihr entschuldigt, die Atmosphäre zwischen ihnen war nach seinem wütenden Abgang von Ediths Hochzeit jedoch weiterhin angespannt geblieben, ihre Küsse fühlten sich zurückhaltend und vorsichtig an. Das Thema ihrer einst für nach dem Kriegsende geplanten Hochzeit hatten sie nicht mehr angesprochen.

Was Sofie zudem nachdenklich stimmte, war die Tatsache, dass sie Edith alles mitteilen konnte, was sie bewegte und was ihr wichtig war. Burkhard hingegen hatte sie aus Angst vor dessen möglicher Reaktion noch nichts von ihren politischen Aktivitäten erzählt. Aber wenn der Krieg wirklich zu Ende ging, würde sie nichts mehr vor ihm verschweigen können. Dann wäre er immer vor Ort und würde ihr Leben mit all seinen Facetten mitbekommen. Würde seine Liebe dafür ausreichen?

***

Das konnte einfach nicht wahr sein! Diese Schweine! Gideon wäre beinahe gestürzt, als er am frühen Morgen des 31. Oktober durch die Gänge der SMS *Helgoland* rannte. Er war auf dem Weg in den Heizraum drei.

»Die wollen uns versenken!«, brachte er außer Atem hervor. Paul und Kurt, die sich wie alle Mannschaften im Streik befanden, starrten ihn fassungslos an. »Ihr müsst euren Kameraden sagen, dass sie ihre Arbeit wiederaufnehmen sollen! Die Offiziere haben vereinbart, auf jeden zu schießen, der Befehle verweigert! Sie haben sogar gedroht, unseren Pott zu versenken, wenn ihr euch nicht ergebt!«

Doch Kurt und Paul pfiffen nun endgültig auf jeden Befehl und begaben sich Gideons Warnrufen zum Trotz ohne Genehmigung auf das Oberdeck, wo bereits viele weitere Heizer, Techniker und Matrosen versammelt waren und den Offizieren gegenüberstanden. Gideon hastete den beiden verzweifelt hinterher. Oben trauten sie ihren Augen nicht: Mehrere deutsche Torpedoboote richteten ihre Schießrohre auf die *Helgoland!*

Da stürzte Burkhard von der Seite auf Gideon zu. »Du musst Paul und seine Genossen überreden aufzugeben, sonst werden wir beschossen!«, forderte er eindringlich. »Unter Wasser lauern auch noch ein paar U-Boote, die auf uns zielen.«

»Die bluffen doch«, mutmaßte Gideon.

»Darauf würde ich nicht wetten.«

Paul und seine übrigen Kameraden starrten beklommen auf die Kriegsschiffe und deren auf die *Helgoland* gerichteten Kanonenrohre. Gideon und Burkhard hörten voller Sorge, wie der Erste Offizier ein Ultimatum stellte: Eine Minute bis zum Feuerbefehl der auf sie zielenden Boote! Dann wäre es vorbei mit ihnen – von den Heizern über die Techniker und Matrosen bis hin zu den Offizieren. Binnen einer Minute wären sie alle dem Tod geweiht!

»Warum unternimmt denn niemand etwas? Wir können uns doch nicht einfach hinrichten lassen!«, rief Paul aufgebracht.

Dann endlich wurden sie Zeuge, wie einer der Matrosenräte zum stellvertretenden Kommandanten kam und mit ihm sprach. Schließlich gingen Kurt und Paul resigniert neben ihren Kameraden an Gideon und Burkhard vorbei zum Abstieg, um die Kessel wieder zu beheizen.

Gideon war erleichtert, dass die Mannschaften der *Helgoland* sich buchstäblich in letzter Minute vor dem Feuerbefehl ergeben hatten. Dafür kehrte nun die Angst vor dem geplanten letzten Angriff auf England zurück. Bezüglich dieses Plans gab es wenig später allerdings eine überraschende Wende: »Es geht durch den Kaiser-Wilhelm-Kanal«, verriet ein Funker Gideon, als er ihn nach dessen Wachende in der Schreibstube besuchte. »Die ganze Flotte soll nach Kiel rüber!«

Der Schreiber wunderte sich. Nach Osten? Fort von den Engländern? »Und was ist mit dem geplanten großen Entscheidungskampf?«, fragte er verwirrt.

»Die Schnapsidee haben die Herren Admirale wohl aufgegeben«, behauptete der Funker. »Sie haben offenbar verstanden, dass sie sich unseres Gehorsams nicht mehr sicher sein können.«

Gideon atmete erleichtert aus. »Diese Schlacht wäre ganz bestimmt völlig nutzlos gewesen, mit dem Sieg wird das nämlich auf keinen Fall mehr was. Selbst unsere Verbündeten geben auf oder wechseln die Seite. Zuletzt die Türken«, sagte Gideon, auf eine Depesche auf seinem Arbeitstisch deutend. »Das Osmanische Reich schließt heute noch einen Waffenstillstand mit den Staaten der Entente.«

»Mag sein, dass der Krieg bald wirklich vorbei ist«, erwiderte der Funker. »Aber die Offiziere sind immer noch bissig. Auf der *Markgraf* drüben haben sie angeblich über vierzig Kameraden wegen Meuterei verhaftet!«

Kaum war der Funker gegangen, wurde Gideon, der auch

für die Erstellung der Wachpläne zuständig war, vom Ersten Offizier aufgesucht. Zu seiner Verblüffung teilte dieser ihm mit, dass ein großer Teil der Mannschaften in Kiel Landurlaub erhalten solle.

Nach dem Ende seiner Wache begab sich Gideon zu Paul und Kurt im Heizraum, um sie auf den neuesten Stand zu bringen.

»Wenn ich wirklich Urlaub bekomme, fahre ich zu Ursel«, meinte Paul schließlich. »Ich hab sie so lange nicht gesehen.«

»Darauf spekulieren die Admirale und Offiziere doch«, erwiderte Kurt Kahlbach und stieß seine Schaufel wütend in den Kohlehaufen vor ihm. Das Missfallen, mit dem der Heizer seine Arbeit wiederaufgenommen hatte, war nicht zu übersehen. »Wir sind zusammen fast fünftausend Mann. Sie schicken die Hälfte nach Hause, damit sie den Rest von uns leichter wieder unter Kontrolle bringen können.«

»Vizeadmiral Souchon wird angeblich noch heute als Gouverneur nach Kiel versetzt«, teilte Gideon die Information, die er vom Funker erhalten hatte. »Wahrscheinlich, damit er vor Ort für Ruhe sorgt.«

Er sehnte sich zwar schrecklich nach Anna und der kleinen Helene, doch jetzt ging es auch um die Zukunft der Matrosen, daher schlug Gideon den Heizern vor: »Wir sollten wirklich noch nicht nach Hause fahren. Lieber erst mal für die Freilassung unserer Kameraden kämpfen.«

Da bemerkte er, dass Kurt und Paul erschrocken zur Tür starrten. Er folgte ihrem Blick und sah dort einen hünenhaften Offizier mit drei Schutzmännern stehen.

»Gideon Meseritz?«, schnauzte der Befehlshaber.

Gideon schluckte. »Der bin ich.«

»Sie sind verhaftet wegen Anstiftung zur Meuterei und Hochverrats.«

Vor den Augen seiner fassungslosen Kameraden wurden ihm nun Handschellen angelegt.

»Wir holen dich da raus«, hörte Gideon Paul noch flüstern, während man ihn schließlich abführte und an Deck brachte.

Es war kalt und nahezu sternenklar in dieser Nacht, in der jeden Moment der November anbrechen würde. Gideon erkannte, dass die *Helgoland* an der Holtenauer Schleuse vor Kiel angekommen war. Außer ihm wurden zahllose weitere Verhaftete unter vorgehaltenen Waffen von Bord geführt. Gideons Gedanken überschlugen sich. Anna! Helene! Würde er sie je wiedersehen? Hochverrat – das bedeutete standrechtliche Erschießung!

43

»Die Zeit der Revolution ist gekommen!«, rief der leicht korpulente Herr mit dem ausladend geschwungenen Schnauzbart am Rednerpult und Jubel brach im Publikum aus. Willy blickte sich um. Die Masseneuphorie, die bei dem Wort »Revolution« aufgebrandet war, bereitete ihm Gänsehaut. Sollte es mit dem Regime, vor dem er seine wahre Identität nun bereits seit über zwei Jahren geheim hielt, etwa wirklich bald zu Ende sein? Neben ihm sah er seine Schwester Sofie ihrerseits mit glänzenden Augen applaudieren. An diesem Freitagabend hatte Willy mit Hinnerk aufgrund der derzeit überall extrem aufgeheizten Stimmung seine Schwester, Anna und Karoline Iwersen sicherheitshalber auf die Hamburger Mitgliederversammlung der USPD begleitet.

Bei dem Herrn, der gerade seine Rede hielt, handelte es sich um Alfred Henke, Mitarbeiter der *Bremer Arbeiter-Zeitung*. Obwohl ein Beamter der Politischen Polizei dabeisaß und alles mitstenografierte, erklärte der Journalist nun, er schließe nicht aus, dass die Befehlshaber auch auf Deutsche schießen lassen würden. Willy wurde übel bei der Vorstellung, dass Waffen zum Einsatz gegen das eigene Volk kommen könnten. Trotz aller angedeuteten Gefahren und Zweifel war der Großteil der Zuhörer am Ende der Versammlung jedoch in Hochstimmung – sie fühlten sich zu allem bereit, um den verfluchten Krieg zu beenden! Auch Willys Schwester und ihre zwei Freundinnen waren ganz aufgekratzt.

»Das muss gefeiert werden. Wir gehen aus!«, entschied Anna und wandte sich herausfordernd an Hinnerk und Willy: »Und ihr kommt mit, Männer. Karo tritt nachher vor Freunden unserer Sache auf. Das könnt ihr euch nicht entgehen lassen.«

Ihr Cousin Hinnerk und Sofies heimlicher Bruder sahen sich kurz an.

»Ich muss meine Mutter zwar morgen in aller Frühe zum fünfzigsten Geburtstag ihres Bruders nach Buxtehude begleiten, aber wenn wir nicht zu lange weg sind ... Es ist vielleicht auch gut, wenn jemand auf die Damen aufpasst und ihre Freunde im Nachtleben mal näher unter die Lupe nimmt, nicht wahr?«, meinte Hinnerk augenzwinkernd.

»Sehe ich auch so«, stimmte Willy grinsend zu.

So kam es, dass die fünf jungen Menschen, nachdem sie sich in der Villa Nieland schick gemacht hatten, die verrauchte Kneipe auf der Reeperbahn aufsuchten, in der Karoline Iwersen des Öfteren unter dem Namen »Fräulein Karo« auftrat.

Sobald der kahlköpfige Pianist des kleinen Etablissements die Sängerin erblickte, zog er sie, begleitet vom Applaus der Gäste, auf die Bühne. Karoline hatte sich grell geschminkt und ebenfalls umgezogen. Sie trug ein moosgrünes, glitzerndes Cocktailkleid – ein Geschenk Annas. Der Stoff bildete einen aufregenden Kontrast zu ihren kurzen dunklen Haaren. »Als Erstes singe ich euch heute Abend eine Arie«, kündigte sie an und erntete anerkennende Pfiffe. »Sie ist aus der neuen Operette *La Rondine* von Puccini. Das Ganze ist auf Italienisch, aber ich verrate euch, worum es im Text geht: Da träumt eine junge Frau von der Liebe zu einem Studenten.« Sie zwinkerte Sofie vielsagend zu. »Und von seinem Kuss!«

Erneut brandete Applaus auf, da das Publikum aus mit

Karo befreundeten Kriegsgegnern bestand. Anderswo Lieder in der Sprache des Feindes zu singen hätte für sie lebensgefährlich werden können, dachte Sofie. Der Pianist begann die Einleitung zu spielen. Gebannt lauschten alle Fräulein Karos glockenheller, sehnsuchtsvoller Stimme, die jeden Gast in seiner eigenen Wehmut und dem Kummer über die vergangenen schweren vier Jahre zu erreichen schien. Willy beobachtete, wie ein Barmädchen sich verstohlen eine Träne von der Wange wischte, er sah es jedoch auch in den Augen vieler Männer verdächtig glänzen. Dann blieb sein Blick an Hinnerk hängen. Wie er selbst hatte sich der Halbportugiese herausgeputzt, und Willy fand, dass er in seinem schmucken Anzug äußerst schnittig aussah. Aber er bemerkte auch, dass Hinnerk ebenfalls mit den Tränen kämpfte. Willy vermutete voll Mitleid, dass sein junger Vorgesetzter einmal mehr an seinen verstorbenen Vater und seinen Onkel dachte.

Karoline Iwersen war eine Meisterin ihres Fachs: Bevor die Stimmung zu sentimental wurde, erhob sie sich von ihrem Barhocker und kündigte an: »Nun ein Stück von dort, wo einige unserer Matrosen festsitzen – Amerika. Machen wir es wie unsere Jungs da drüben: Lassen wir uns die Laune nicht vermiesen. Das Lied nennt sich *Tiger Rag.*«

Sofie sah sich erneut vorsichtig um. Auch die Amerikaner waren ja inzwischen zu Feinden Deutschlands geworden. Doch dem kriegsmüden Publikum schien dies heute Abend ebenfalls egal zu sein. Hinter Karo stimmte der Pianist auf ihr Zeichen hin die flotte, moderne Tanznummer an. Die Sängerin schnippte mit den Fingern, wiegte sich rhythmisch und sang in raschem Stakkato. Sofort ging ein elektrisiertes Raunen durch die Reihen der Gäste, die es nicht mehr lange auf ihren Stühlen hielt.

Willy wusste nicht, wie man sich zu dieser mitreißenden,

für ihn aber noch völlig fremden Musik bewegen sollte, als er aber in die nunmehr strahlenden Gesichter Sofies, Annas und Hinnerks sah, wurde auch er von einer Hochstimmung gepackt, die danach verlangte, sich in Tanzbewegungen zu entladen – und es war ihm völlig gleichgültig, wie er dabei aussehen mochte.

Ein junges, etwas zu stark geschminktes Mädchen – es konnte kaum älter als sechzehn sein – grinste ihm auffordernd zu. Doch in all dem ausgelassenen Durcheinander suchte er nur Hinnerks Blick.

***

Wider Erwarten war Gideon nicht in das Gefängnis in der Kieler Feldstraße gebracht worden, sondern in eine der kargen Arrestzellen der Kompanieunterkunft Waldwiese, wo er den gesamten Tag allein mit seinen trüben Gedanken verbracht hatte. Kurz vor Mitternacht wurde die Tür jedoch plötzlich aufgesperrt und ein angetrunkener junger Mann mit kurz rasierten Haaren unsanft hereingestoßen. Er stellte sich als Lorenz Rabeneck vor. Als er hörte, dass Gideon Schreiber auf der SMS *Helgoland* war, reagierte er begeistert. Er schüttelte ihm die Hand und erklärte, er sei Arbeiter in der Torpedobootsreparaturwerft in Kiel-Wik. Stolz erzählte er: »Wir waren auch zum Streik bereit. Die konnten euch Matrosen nur unter riesigen Sicherheitsvorkehrungen abführen. Hatten nämlich ganz schön Muffensausen, dass wir eingreifen.«

»Das ist aber nirgendwo passiert?«, vergewisserte sich Gideon.

»Nee, die Waffen der Gegenseite haben die meisten von uns ruhiggestellt«, antwortete Lorenz. »Bis jetzt.«

»Warum haben sie dich verhaftet?«, erkundigte sich Gideon.

»Ich hab vor einer Polizeistation rumgepöbelt«, berichtete der Werftarbeiter verschmitzt grinsend.

»Meine Kameraden, die auf freiem Fuß sind – weißt du, was die heute getrieben haben?«, fragte Gideon. »Hast du welche getroffen?«

»Und ob!«, bestätigte Lorenz. »Eure Admirale wollten euch scheint's mit Landurlaub beruhigen. Aber der Schuss ging mächtig nach hinten los. Innerhalb von wenigen Stunden haben wir uns alle verbrüdert – massive Anti-Kriegsfront!«

»Und die Offiziere und die Polizei sind nicht eingeschritten?«

Lorenz schüttelte den Kopf. »Musste die ganz schön anflachsen, bis die auf mich losgegangen sind. Ansonsten sind sie vorsichtig. Hab ein bisschen zu viel getrunken«, gab er zu. »Ich bin mit deinen Kumpels rumgezogen. Vor ein paar Stunden haben die sich im Gewerkschaftshaus in der Fährstraße getroffen. Zweihundertfünfzig Matrosen und Heizer. Wir haben Delegationen zu den Offizieren geschickt und eure Freilassung gefordert. Die hat man aber nicht angehört. Deine Kameraden haben dann mit den Gewerkschaften, der SPD und der USPD Kontakt aufgenommen. Die Obleute von denen haben einen Generalstreik beschlossen, soll nächste Woche losgehen.«

Diese Nachrichten beruhigten Gideon nicht unbedingt. Er befürchtete, dass ihr Regime einen solchen Streik mit Gewalt niederschlagen würde.

***

Beschwingt ließen sich Anna, Sofie, Willy und Hinnerk nach dem Tanzen an der Theke nieder. Schließlich gesellte sich auch Karoline zu ihnen, die sich unter großem Applaus von der Bühne verabschiedet hatte. Sie und Anna umarmten sich herzlich.

»Bravo, Karo, bravo!«, lobte die Reederstochter sie verzückt für ihre Darbietung.

Währenddessen kam das junge Mädchen, das Willy beim Tanzen ins Visier genommen hatte, zur Theke herübergeschritten. Sie rückte herausfordernd nah an den jungen Chauffeur heran, sodass er ihr aufdringliches Parfüm riechen konnte und ihre mit zu viel Rouge bemalten Wangen sein Gesicht berührten. Sie flüsterte ihm in Hamburger Dialekt ins Ohr: »Hallo, mein Schöner. Wie heißt du denn?«

»Willy«, presste der hervor. Die Situation war ihm merklich unangenehm, zumal ihn erst Hinnerk und dann auch seine drei Begleiterinnen grinsend beobachteten.

»Ich bin Emma, freut mich sehr, Willy. Ich hab dich hier noch nie gesehen«, sagte das Mädchen. »Wo kommst du denn her?«

»Aus Glü… aus Norwegen«, antwortete er widerwillig.

Sie legte ihre Hand auf sein Knie. »Ihr Wikinger sollt ja ganz verblüffend gebaut sein«, hauchte sie mit übertriebener Begeisterung. »Auch … untenrum, meine ich.«

»Oh, ich hatte keinen Zweifel daran, was du meinst«, knurrte Willy und sah beschwörend zur Decke, während er im Hintergrund seine Freunde leise lachen hörte.

»Dann sag mal, Willy: Auf was lädst du eine durstige junge Frau denn ein?«, fragte Emma.

»Apropos junge Frau«, mischte sich Hinnerk nun ein. »Wie alt sind Sie eigentlich, Fräulein Emma? Dürfen Sie überhaupt hier sein? Mein Name ist Kreuzpaintner und ich bin von der Sittenpolizei.«

Da musste sich auch Willy das Lachen verkneifen. Und obschon die junge Frau sicher wusste, dass Hinnerk sie nur foppte, trollte sie sich und schritt zu einem älteren Gast hinüber, der zwar nicht so gut aussah wie ihr erstes Opfer, dafür aber wesentlich wohlhabender wirkte.

»Emma Wenz ist die Tochter des Wirts«, erklärte ihnen Karo nun. »Das Mädchen ist erst sechzehn.«

Sofie sah sich nach dem Besitzer der Schenke um, einem feisten Glatzkopf mit buschigem Schnauzbart. »Wenn ihr Vater mitkriegt, was die in seiner Kneipe treibt …«

»Es ist wohl eher seine Idee, dass die Kleine den Gästen hier schöne Augen macht und sie so zum Geld Ausgeben bringt«, erwiderte die Sängerin. »Ihm rutscht auch oft die Hand aus. Wenn sie alt genug ist, will Emma ihn verlassen und in Amerika ein neues Leben beginnen. Die Träume von solchen bedauernswerten Dingern kennt man ja. So, ich muss dann mal wieder auf die Bühne.«

»Danke für die Rettung«, wandte sich Willy an Hinnerk, als Karo zurück in Richtung des kleinen Podestes ging, wo ihr Pianist bereits auf sie wartete.

»Ehrensache, Wikinger-Willy«, meinte Hinnerk mit einem Augenzwinkern und wandte sich Richtung Bühne, auf der Karo mit dem heiteren Text des plattdeutschen Couplets »An de Eck steiht'n Jung mit'n Tüdelband« die Gäste amüsierte.

Als Anna, Hinnerk, Sofie und Willy die Kneipe auf der Reeperbahn verließen, war es schon weit nach Mitternacht. Die Reederei-Erbin schlug vor, noch einen Spaziergang an die Landungsbrücken zu unternehmen, bevor sie sich auf den Heimweg machten, und so torkelten die vier jungen Leute feixend den Hügel zu den Anlegestellen hinab. Dabei summten sie die Melodien der zuvor gehörten Lieder und lachten über Scherze, deren Pointen sie zu anderer Tageszeit oder bei geringerem Alkoholpegel wohl weitaus weniger amüsiert hätten. An den Landungsbrücken angekommen, beschlossen Sofie und Anna in ihrer Sektlaune, die Schuhe von sich zu werfen und der Kälte zum Trotz in Strumpfhosen bis zum Pier zu rennen. Willy hob die Schuhe der beiden Freundinnen auf und folgte ihnen.

»In fünf Stunden werde ich mich selbst verfluchen«, meinte Hinnerk mit einem kurzen Blick auf seine Taschenuhr.

»Ich weiß, Buxtehude«, erinnerte sich Willy.

»Zigarette?«, fragte Hinnerk grinsend und zückte ein silbern glänzendes Etui mit Filterlosen.

Willy, der Zigarettengeruch eigentlich hasste und selbst nie geraucht hatte, erwiderte: »Gern, danke!« Doch als er nach dem Etui griff, waren die Damenschuhe hinderlich. Sie purzelten aus seinen Händen, das Etui schwebte, beide griffen danach – aber vergeblich. Die Schatulle fiel klappernd zu Boden, und statt der Zigaretten hielt Willy nun Hinnerks Hand in der seinen. Kurz trafen sich ihre Blicke, dann bückten sie sich gleichzeitig nach dem Etui – und stießen sich die Köpfe. Die Männer lachten. Hinnerk drohte das Gleichgewicht zu verlieren. Feixend und angeschickert kippte er zur Seite; und um nicht auf den Pflastersteinen zu landen, hielt er sich an seinem Chauffeur fest. Dabei warf er Willy einen intensiven Blick zu, der diesen völlig hypnotisierte. Plötzlich erschien es dem jungen Fahrer selbstverständlich und unausweichlich, den jungen Reeder am Nacken zu nehmen und ihn für einen leidenschaftlichen Kuss sanft, aber entschlossen zu sich zu ziehen. Als ihre Lippen sich wieder voneinander lösten, schoss Willy das Blut ins Gesicht. Wozu hatte er sich bloß hinreißen lassen? Was hatte er da angerichtet?

»Ich … schaue besser nach den Frauen«, hörte er sich sagen und rannte, ohne sich noch einmal umzudrehen, davon. Wie feige du bist, schalt er sich selbst.

44

»Wann sagen die uns endlich, was aus uns wird?«, brach es aus Lorenz Rabeneck hervor. Wütend wischte er seinen Teller von dem wackligen Tisch. Es schepperte, und Krümel landeten auf dem Zellenboden. Nur ein winziges, madenbefallenes Stück Kartoffelbrot hatte ihnen der Wächter am Abend zuvor gebracht, dazu etwas Wasser. Inzwischen war der Sonntagvormittag fast vorüber, und niemand hatte heute nach Lorenz und seinem Zellengenossen Gideon Meseritz gesehen. Ihnen war langweilig – allmählich hatten sie sich all ihre Kriegserlebnisse erzählt –, und sie waren gereizt, weil ihnen der Magen in den Kniekehlen hing. Irgendwann machte der Hunger sie so müde, dass sie wegdösten.

Gegen Abend wurden sie plötzlich durch das Aufheulen eines Lastwagens und ein lautes Krachen am Tor draußen aufgeschreckt. Viele Stimmen brüllten daraufhin vor der Kompanieunterkunft durcheinander, in der Ferne fiel ein Schuss. Lorenz und Gideon waren wie elektrisiert. Feuerten nun etwa wirklich Deutsche auf Deutsche?

»Holt uns raus!« Immer mehr Rufe ertönten aus den Nachbarzellen und schwollen zu einem rhythmischen Chor an. Gideon ließ sich von der Raserei anstecken und rammte zusammen mit Lorenz seine Pritsche mit Anlauf gegen die Tür. In den übrigen Zellen der Unterkunft hörte man bald ähnlichen Lärm. Und dann wurde tatsächlich der Schlüssel herumgedreht. Ein Wächter erschien in der Tür, allerdings nicht freiwillig: Zwei mit Gewehren bewaffnete Matrosen mit roten Armbinden, dem Zeichen des Aufstandes, standen hinter ihm.

»Schon gut, Jungs«, beschwichtigte der Wachmann die Seeleute. »Ich sag doch, wir glauben auch nicht, dass eure Kameraden hierhergehören.«

»Kurt!«, erkannte Gideon in einem der beiden Bewaffneten erfreut Paul Wessels' Heizerkameraden. »Wie kommt ihr hier herein?«, fragte er ihn, als er und Lorenz Rabeneck aus der Zelle eskortiert wurden.

»Wir haben die Posten überrannt«, berichtete Kurt stolz. »Paul hat sich einen Lastwagen geschnappt und ist durch das Tor gefahren.«

Gideon musste trotz der gefährlichen Situation schmunzeln. Wenn Paul Wessels wieder am Steuer eines Wagens saß, kündigten sich vielleicht wirklich bessere Zeiten an.

Während sie durch die Soldatenunterkunft in Richtung Ausgang eilten, berichtete Kurt, was alles geschehen war: »Wir hatten für fünf eine Versammlung auf dem großen Exerzierplatz anberaumt. Doch der saubere Herr Gouverneur hat Wind davon bekommen und dann noch auf den letzten Drücker eine Ausgangssperre verhängt. Wollte damit wohl die Teilnahme der Kameraden verhindern. Aber Pustekuchen – das hat alle nur noch neugieriger gemacht. Tausende sind gekommen! Vertreter der Gewerkschaft und der USPD waren da, haben richtig gute Reden gehalten. Frieden und Brot haben sie gefordert, und eure Freilassung! Tja, und dann sind wir eben alle hierhermarschiert. Auch Frauen dabei. Jede Menge! Hut ab, Hut ab!« Er hielt kurz inne und fuhr dann, etwas weniger euphorisch, fort: »Hier in der Waldwiese haben dann ein paar von uns die Waffenkammern geplündert.«

»Wir haben vorhin einen Schuss gehört«, sagte Gideon besorgt, als sie bei dem demolierten Lastwagen ankamen, der das Tor niedergewalzt hatte.

»Ach, da hat bloß ein Offizier in die Luft geschossen«, beruhigte Kurt. »Die trauen sich gar nichts mehr. Einige von denen haben sich uns sogar angeschlossen.«

»Mensch, Schreibstubenbulle! Geht es dir gut?« Paul rannte herbei und klopfte dem Mann seiner früheren Arbeitgeberin enthusiastisch auf die Schulter. »Du zitterst ja!«

Gideon wurde nun auch gewahr, wie sehr ihn fröstelte. Draußen in der Novemberluft war es tatsächlich noch deutlich kälter als in der Zelle. Paul reichte ihm aus dem ramponierten Lastwagen einen Marinewachmantel. Als Gideon ihn dankbar angezogen hatte, band ihm der ehemalige Chauffeur noch eine rote Armbinde um.

»Komm, lass uns lieber verschwinden, bevor die Wachleute es sich anders überlegen. Wir müssen die Revolution weitertragen. Wenn sie erstickt wird, geht es uns an den Kragen!«, mahnte Kurt, und die Männer rannten auf die Straße hinaus. Sie erreichten den gewaltigen Demonstrationszug wieder auf der Brunswiker Straße.

»Es geht jetzt zur Karlstraße«, erklärte Paul. »Die Kameraden befreien, die da im Knast hocken.«

Lorenz traf in der Menschenmenge auf seine zierliche Schwester Magda, die auf seine Schultern stieg. »Auf eine Frau werden die schon nicht schießen«, meinte sie. Gideon war sich in dieser Hinsicht jedoch nicht so sicher.

Tatsächlich erwartete die Demonstranten in der Karlstraße eine ganze Batterie Schützengrabenmörser. Offiziere und Polizei standen ihnen bis auf die Zähne bewaffnet gegenüber.

»Da ist Leutnant Steinhäuser – und daneben Polizeiwachtmeister Gittel. Zwei harte Hunde«, erkannte Magda Rabeneck von ihrer erhöhten Position aus.

Entsetzt bemerkte Gideon auch Burkhard Nieland in der Menge der Ordnungshüter – mit gezogener Pistole!

»Warum bist du nicht in der Waldwiese geblieben?«, schnauzte der Reeders-Sohn seinen Schwager an. »Da warst du zumindest sicher! Leutnant Steinhäuser hat Befehl, rücksichtslos von den Waffen Gebrauch zu machen.«

»Ich lasse mich nicht verstecken«, erwiderte Gideon entschlossen.

»Paul, nimm wenigstens *du* Vernunft an«, wandte sich Burkhard nun an den ehemaligen Chauffeur. »Fahrt nach Hause, um Himmels willen! Ursel und Anna warten doch auf euch!«

Paul machte einen wütenden Schritt auf Burkhard zu.

»Vergessen Sie es, Herr Nieland. Ich ...« In diesem Moment krachte es, und direkt neben ihm traf seinen Kameraden Kurt Kahlbach ein Schuss oberhalb der Nase. Paul und Gideon sahen mit blankem Entsetzen, wie der junge Mann mit zertrümmerter Stirnplatte und aufgerissenen Augen nach hinten kippte.

Selbst Burkhard schrie schockiert auf. »Halt!«, rief er. »Feuer einstellen!«

Doch die Patrouille schoss weiter in die auseinanderrennende, brüllende Menge. Lorenz' Schwester sprang kreischend von dessen Schultern. Zum Entsetzen Gideons wurde Paul Wessels nun von einer Gewehrkugel direkt in die Brust getroffen und sackte in sich zusammen. Während die Rekruten der Polizeipatrouille flohen, machten sich einige Demonstranten mit brutalen Kolbenhieben über Leutnant Steinhäuser her. Feuerwehrwagen rasten herbei. Paul spuckte Blut und röchelte verzweifelt, Gideon kniete hilflos neben ihm nieder.

Da spürte er, wie ihn selbst eine Kugel in die Schulter traf – mit solch beißender Gewalt, dass er zu Boden geschleudert wurde. Es fühlte sich an, als stünden seine Arme, der Rücken und die Brust in Flammen, er roch sein eigenes Blut, und dann glitt er in endlose Schwärze.

***

Warum um alles in der Welt hast du das getan?

Willy Brix saß in seiner Kammer über der Remise und starrte auf das Blatt, das er in seine Schreibmaschine gespannt und auf das er gedankenverloren diesen einen Satz getippt hatte. Eigentlich wollte er an seinem Kriegstagebuch weiterschreiben, doch seine Gedanken kreisten um Hinnerk, der gestern in aller Frühe mit seiner Mutter zu deren Bruder nach Buxtehude aufgebrochen war. Der portugiesische Tabakhändler feierte dort seinen fünfzigsten Geburtstag. Teresa Nieland hatte angekündigt, man werde im Alten Land nächtigen, daher hatte Willy sich nicht mehr bei Hinnerk für den Kuss entschuldigen können.

Dieser verdammte Kuss! Was war da bloß über ihn gekommen? Warum hatte er ihre schöne Freundschaft so beleidigen müssen? Erst jetzt fiel ihm auf, dass es schon viel zu dunkel geworden war, um zu schreiben. Er erhob sich, um zum Lichtschalter zu gehen, da hörte er draußen ein Motorengeräusch. Sofort eilte Willy aus der Kammer und die Stiege hinab. Er wunderte sich etwas darüber, dass er statt eines schlechten Gewissens eher Vorfreude empfand, Hinnerk wieder gegenüberzutreten. Als er fast bei der Villa angekommen war, blieb er kurz im Schatten stehen und beobachtete, wie Teresa Nieland der herausgeeilten Kammerzofe Ursel ihren Koffer in die Hand drückte.

»Wo ist meine Schwiegermutter? Ich muss ihr erzählen, was für eine wunderschöne Feier sie verpasst hat.«

»Die gnädige Frau ist in der Bibliothek.«

Kaum waren die beiden Frauen im Haus verschwunden, kam Hinnerk mit seiner kleinen Tasche von seinem Automobil herüber. Er strahlte den Chauffeur zu dessen Erstaunen an, als er ihn bemerkte.

»Kann ich dich kurz sprechen?«, fragte Willy nervös.

»Ich wollte auch mit dir reden«, erklärte Hinnerk seinerseits, nahm den Fahrer am Handgelenk, führte ihn in die Villa und dort in Christian Nielands ehemaliges Büro, das voller Angeltrophäen hing.

Willy fühlte sich ein wenig seltsam, das klärende Gespräch zwischen lauter an den Wänden prangenden präparierten Fischen zu führen.

»Es tut mir leid, was geschehen ist«, begann er daraufhin betreten. »Ich wollte dich nicht ... Ich weiß nicht, was in mich gefahren ist.«

»Ich schon«, erwiderte Hinnerk und wirkte ein wenig enttäuscht. »Du hast gespürt, was *ich* will. Ich habe mich dir quasi aufgedrängt. Du bist ja in einer Abhängigkeitsposition.«

»*Du* hast dich *mir* aufgedrängt?«, wiederholte Willy verwirrt.

»Ja, du weißt sicher von Anna, dass ich ... wie ich bin. Und irgendwann hast du aus Höflichkeit einfach ...«

Willy musste plötzlich schmunzeln. »Wer küsst denn jemanden aus Höflichkeit? Du sagst also, *du* hättest dir das auch gewünscht, habe ich das richtig verstanden?«

Hinnerk nickte und senkte den Blick. »Aber ich darf dich nicht in so ein Leben reinziehen. Es tut mir leid.«

»Mir tut etwas ganz anderes leid«, erwiderte Willy, plötzlich glücklich lächelnd. »Nämlich dass ich so lange gewartet habe. Ich wusste ja wirklich genug über dich. Aber offenbar zu wenig über mich selbst.«

Hinnerk sah ihn an, allmählich begreifend. »Aber wie soll … das weitergehen?«

»Vielleicht reicht es ja, erst mal einfach anzufangen und dann weiterzusehen?«

»Willst du es wirklich riskieren?«, fragte der junge Reeder und spürte, dass seine Stimme zu versagen drohte. »Immer im Geheimen leben zu müssen? In ständiger Gefahr, dass es aufgedeckt werden könnte?«

»Es mag vielleicht etwas komisch klingen, aber das bin ich längst gewohnt«, entgegnete Willy.

»Weil du aus der Norwegen-Geschichte nicht mehr herauskommst?«

Willy schoss das Blut in den Kopf. »Geschichte?«

»Na ja, komm schon«, erwiderte Hinnerk lachend. »Anna und Sofie fahren an die Ostsee hoch, um Sofies Eltern schonend beizubringen, dass ihr Bruder Willy im Skagerrak verschollen ist, und sie kommen nach nur einem Tag bei bester Laune und mit einem neuen ›norwegischen‹ Chauffeur zurück, der noch dazu im selben Alter ist, perfekt Deutsch spricht und zufällig genauso heißt? Außerdem hat dich Ursel vor vier Jahren schon mal kurz in unserer Bibliothek gesehen. Du musst einen bleibenden Eindruck auf sie gemacht haben, denn gleich nachdem du hier angefangen hast, hab ich sie zu Frau Iwersen sagen hören, wie ähnlich der neue norwegische Fahrer Sofies gefallenem Bruder sehe.«

»Warum hast du nie etwas gesagt?«

»Weil ich eure Strategie verstehe«, erklärte Annas Cousin. »Je weniger Leute von deiner wahren Identität wissen, desto weniger können sich verplappern. Aber woher du ausgerechnet norwegische Papiere hast, konnte ich mir nicht erklären.

Vielleicht möchtest du mir das mal erzählen – wenn du genug Vertrauen hast.«

»Ich weiß etwas Besseres«, meinte Willy. »Ich lasse dich meine Aufzeichnungen lesen.«

»Na endlich!«, freute sich Hinnerk. Das hatte ihm Willy aus naheliegenden Gründen ja bisher vorenthalten müssen.

»Ich hole schnell das Manuskript«, sagte er, doch Hinnerk legte ihm eine Hand auf die Brust und schloss mit der anderen die Bürotür ab.

»Meine Neugier auf die Herkunft deiner Papiere hat jetzt nicht die größte Priorität«, raunte er Willy zu.

»Na, so ein Glück«, entgegnete der lächelnd. »Ich h...«

Weiter kam er nicht, da Hinnerk ihn nun leidenschaftlich küsste.

***

Gideon erwachte durch Schmerzen in der Schulter. Er sah sich um und erkannte, dass er sich in einem Krankenhauszimmer befand. Eine sehr dünne Krankenschwester von etwa vierzig Jahren, deren kastanienbrauner Dutt von weißen Strähnen durchzogen war, begrüßte ihn mit einer unerwartet piepsigen Stimme: »Guten Morgen, Herr Meseritz. Keine Angst, Ihnen geht es gut. Die Kugel konnte entfernt werden, ohne bleibende Schäden zu hinterlassen.«

»Wie lange ... Welcher Tag ist heute?«, stammelte er verwirrt.

»Montag«, erwiderte die dürre Schwester.

»Wissen Sie, wie viele Opfer es gestern gab?«, fragte er.

Sie verneinte. »Draußen warten aber zwei Männer auf Sie – ein Herr Nieland und ein Herr Rabeneck. Vielleicht wissen die ja mehr. Möchten Sie sie sprechen?«

Gideon nickte. Zu seiner Verwunderung betrat nach kurzer Zeit jedoch nur Lorenz Rabeneck das Zimmer.

»Wollte mein Schwager nicht mit?«, erkundigte sich Gideon.

Der Werksarbeiter verneinte. »Als er gehört hat, dass du wohlauf bist, ist er gegangen, der Herr Offizier.«

Typisch Burkhard, dachte Gideon und fragte Lorenz nach der Anzahl der Opfer.

»Gut drei Dutzend Verletzte«, mutmaßte Rabeneck. »Mindestens fünf Tote, die meisten aus unseren Reihen. Aber auch Leutnant Steinhäuser liegt hier irgendwo schwer verletzt.«

»Und Paul?«, fragte Gideon vorsichtig.

Lorenz schüttelte den Kopf. »Hat es nicht geschafft.«

Gideon spürte einen metallischen Geschmack im Mund, er wurde spontan von Schwindel erfasst.

»Die Gewalt gegen uns, die Toten – das alles hat unsere Bewegung nur stärker gemacht«, versuchte ihn der Werksarbeiter zu trösten. »Die Matrosen ziehen bewaffnet von Kaserne zu Kaserne. Die Offiziere haben sogar ein Geschwader nach Travemünde geschickt, um der Unruhen dort Herr zu werden. Aber die Mannschaften haben keinen Finger gerührt, die Fähnriche und Deckoffiziere mussten die Leinen selbst losmachen.«

»Keine weiteren Schüsse mehr?«, versicherte sich Gideon.

Lorenz schüttelte den Kopf. »Heute früh um zehn haben die Kollegen in der Werft und in der Torpedoanstalt die Arbeit niedergelegt. Die Vertrauensleute haben sich im Gewerkschaftshaus getroffen. Bald können auch die Zeitungen unsere Sache nicht mehr ignorieren. Dann weitet sich die Revolution auf das ganze Reich aus.«

Trotz seiner Schmerzen richtete sich Gideon auf. Anna! Sie würde durch ihre Kontakte zur USPD auf jeden Fall von dem

Aufstand erfahren, sich schreckliche Sorgen um ihn machen. Und Ursel – sie musste doch erfahren, dass ihr Mann gefallen war.

»Ich will hier raus!«

45

Sofie war völlig verstört. »Ich muss mit Anna sprechen!«, sagte sie laut zu sich selbst und eilte in Richtung der Kinderstube. Sie wusste nicht, ob ihre Freundin schon wieder zu Hause war. Seit die Hamburger Soldaten und Arbeiter den Generalstreik ausgerufen hatten, besuchte Anna mit Karoline Iwersen noch häufiger als bisher Protestaktionen. Zu ihrer Erleichterung traf sie die junge Erbin aber tatsächlich im Zimmer des Töchterchens an, mit dem sie auf dem Fußboden spielte.

Anna bemerkte sofort, dass ihre Gesellschafterin etwas umtrieb. »Was ist passiert?«, fragte sie besorgt.

»Ich habe gerade Willy mit Hinnerk in der Bibliothek gesehen«, begann Sofie zögerlich.

»Und?«

»Sie haben mich nicht bemerkt. Willy muss Hinnerk sein Manuskript zum Lesen gegeben haben – du weißt schon, das von der Skagerrak-Schlacht. Hinnerk war richtig gerührt und hat gesagt, wie dankbar er der Familie Heger dafür sei, dass sie Willy gerettet hätten. ›*Meinen* Willy‹ hat er gesagt. Und der hat deinem Vetter daraufhin angeboten, nach dem Krieg mit ihm nach Norwegen zu fahren und ihm Hedda und Morten vorzustellen. Und dann …«

»… haben sie sich geküsst?«, mutmaßte Anna hoffnungsvoll, und Sofie sah sie entgeistert an.

»Ja, aber nicht wie Freunde. Wie … ganz verliebt.«

»Haben sie es also endlich hinbekommen«, kommentierte Anna, zufrieden lächelnd. »War ja langsam schon nicht mehr zu ertragen, dieses dauernde Schmachten.«

Sofie kam sich vor, als sei sie blind und taub gewesen. »Mein Bruder ist doch nicht auch …?«

»Und wenn? Wäre er dann nicht mehr dein Bruder?«

»Natürlich!«, rief Sofie sofort. »Ich wusste bloß einfach nichts davon.«

»Er vielleicht auch nicht«, meinte Anna. »Wichtig ist doch nur, dass jetzt beide glücklich sind, oder?«

»Ja, aber können sie das denn? Die Leute werden es nicht verstehen.«

»Ach, die Leute«, winkte Anna ab. »Du hattest Angst, die Leute würden deine Bindung zu Burkhard verachten. Und? War das je wirklich ein Problem für euch?«

»Nein«, erwiderte Sofie ernüchtert. »Unser Problem sind wohl eher wir selbst. Aber bei Willy und Hinnerk ist es doch auch strafbar …«

»Den Behörden etwas zu verheimlichen, darin haben doch beide Erfahrung«, beruhigte Anna sie.

In diesem Moment gellte ein Schrei aus dem Erdgeschoss. Anna setzte ihr Kind in die Wiege, um mit Sofie unten nach dem Rechten zu sehen. Zu ihrem Erstaunen und ihrer Erleichterung trafen sie in der Küche auf ihren Mann Gideon. Doch es war zu spüren, dass etwas Schlimmes geschehen sein musste. Er strich der bitterlich schluchzenden Ursel tröstend über den Rücken. Das konnte nur eines bedeuten. Anna sah ihrem Mann fragend ins Gesicht und formte mit den Lippen den Namen »Paul«. Gideon nickte nur traurig.

***

Sofie betrat den Salon der Villa Nieland, wo sich die gesamte Familie bereits versammelt hatte, um Gideons Bericht über seine Erlebnisse in Kiel zu lauschen. »Wie geht es Ursel?«, fragte er die hereinkommende Gesellschafterin.

»Doktor Hansens Spritze wirkt, sie schläft jetzt«, erklärte sie. »Frau Dahlke und Frau Iwersen wollen abwechselnd an ihrem Bett wachen.«

»Gut«, sagte Gideon ernst und fuhr mit seiner Erzählung fort. Als er bei der Schießerei angelangt war, zeigten sich alle gleichermaßen geschockt, dass deutsche Kugeln ihren treuen einstigen Chauffeur getötet hatten.

»Du meinst also, Burkhard hat dich im Stützpunkt Waldwiese einsperren lassen, um dich zu schützen?«, hakte Sofie mit belegter Stimme nach.

»Ich denke schon. Aber ich habe ihn seit den Unruhen am Sonntagabend nicht mehr gesehen. Als er am Montag erfuhr, dass ich überleben werde, hat er das Krankenhaus verlassen – ohne mit mir zu sprechen.«

»Was geschah denn, nachdem du dich selbst von dort entlassen hattest?«, wollte Anna von ihrem Mann wissen. Seine Hand ließ sie dabei keine Sekunde los.

»Am Nachmittag hatte sich ein erster Soldatenrat gebildet. Um weiteres Blutvergießen zu verhindern, war der Gouverneur sofort gesprächsbereit. Unsere Bedingungen hat er gleich um fünf Uhr an alle Marineteile in Kiel weitergegeben. Es gab einen unglaublichen Triumphzug von der Wik bis zur Arrestanstalt in der Karlstraße. Da haben wir zu mehreren Tausend auf die freigelassenen Kameraden gewartet. Und schon am nächsten Tag wurden all unsere Forderungen erfüllt!«

»Was habt ihr denn verlangt?«, begehrte Gudrun Nieland zu wissen.

»Freilassung aller politischen Gefangenen, Rede- und Pressefreiheit, Aufhebung der Briefzensur, bessere Behandlung der Mannschaften durch Vorgesetzte«, zählte Gideon auf, und Sofie bedauerte, dass ihr Bruder nicht im Salon war, um dies zu hören. Wie sehr hatte er immer unter den Schikanen der Offiziere gelitten! Nun sollte damit endlich Schluss sein. Annas Mann fuhr fort: »Keine Ausfahrt der Flotte, kein Blutvergießen mehr! Sämtliche zukünftigen Maßnahmen sind nur mit Zustimmung des Soldatenrates zu treffen!«

»Wie in Russland«, hauchte Gudrun Nieland fassungslos, betretene Stille folgte.

»Jemand muss Pauls Familie Bescheid sagen«, brach Anna schließlich das Schweigen. »Und wir müssen herausfinden, was mit seiner Beerdigung ist. Ursel wird dazu kaum in der Lage sein.«

Sofie machte sich bei aller Trauer um den armen Paul auch immer größere Sorgen um ihren Verlobten Burkhard. Warum hatte er das Krankenhaus verlassen, ohne mit Gideon zu sprechen? Und wo war er nun?

***

Der Große Krieg war endlich vorüber – fast vier Jahre später als zu Beginn erhofft!

»Wer hätte gedacht, dass diese Gottesgeißel hier für uns endet?«, sagte Anna bitter, während sie zwischen Gideon und Sofie im Fond des Wagens saß, der von Willy durch den Nieselregen gelenkt wurde. Sie waren unterwegs zum Kieler Nordfriedhof. Paul Wessels sollte dort mit den anderen Militärangehörigen, die beim Aufstand ums Leben gekommen waren, bestattet werden. Die zivilen Todesopfer waren bereits in Kronshagen beerdigt worden – unter enormer Anteilnahme der Bevölkerung. Um ihrem einstigen Chauffeur die letzte Ehre zu erweisen, reisten alle Bewohner der Villa Nieland an. Selbst Gudrun und ihre Schwiegertochter Teresa hatten sich auf die Reise in den Norden Kiels begeben. Die Köchin Frau Dahlke und Hausdame Frau Iwersen hatten den Zug genommen. Ursel war mit Pauls Familie schon am Vorabend nach Kiel gefahren.

Sofie las sich kurz vor der Ankunft am Gottesacker nochmals den Brief durch, den sie am frühen Morgen geschrieben hatte und den sie nach der Trauerfeier an Edith schicken wollte. Sie war das einzige Familienmitglied, das bei der Bestattung fehlen würde – mit Ausnahme des verschollenen Burkhard.

Villa Nieland, Montag, den 11. November 1918

Liebe Edith,
seit meinem letzten Brief, in dem ich Dir von Pauls Ableben und Burkhards Verschwinden erzählt habe, ist so viel passiert, dass ich einfach noch einmal schreiben muss. Die Ereignisse haben sich überschlagen in diesen fünf letzten Kriegstagen – ja, liebe Edith, es sollen diesmal tatsächlich die letzten sein! Heute wird zwischen den alliierten Mächten und dem Deutschen Reich endlich der Waffenstillstandsvertrag unterzeichnet. Das hat Hinnerk durch einen Anruf von einem Freund aus dem deutschen Komitee erfahren, das seit letzter Woche mit dem Beauftragten der Entente in einem Wald in Frankreich die Friedensbedingungen verhandelt.

Schon seltsam, wie das Leben spielt: Vor vier Jahren hatte Anna versprochen, mir einmal das Rathaus zu zeigen, aber wegen der Freude über den Kriegsausbruch wurde nichts daraus. Vorigen Donnerstag haben wir es nun zusammen mit Karo Iwersen und den hungrigen Volksmassen gestürmt. Am selben Tag wurde in München die Monarchie gestürzt und den bayerischen Freistaat ausgerufen. Die Protestbewegung hat nämlich inzwischen auch Mittel- und Süddeutschland erfasst. Arbeiterräte haben die politischen Funktionen übernommen. Einige von Gideons und Pauls Flottenkameraden sind mit Zügen nach Berlin gefahren, um die Nachricht vom erfolgreichen Widerstand gegen den Endkampfbefehl der Hochseeflotte in unsere Reichshauptstadt zu tragen.

Es heißt, am Sonnabend seien Soldaten mit roten Flaggen durch das Brandenburger Tor gefahren! Die Sozialdemokraten haben vom Balkon des Reichstags aus die Republik proklamiert. Kaiser Wilhelm hat auf Druck unserer Genossen schließlich abgedankt und ist ins Exil abgehauen. Kannst Du Dir vorstellen, wie sehr deine Großmutter vor Empörung aus dem Häuschen war? Unsere Bewegung hat den kriegstreiberischen Kaiser verjagt! Die Monarchie in Deutschland ist Geschichte! Mit einem Feuerwerk wurde vor den beleuchteten Flottenschiffen unsere neu erlangte Freiheit gefeiert.

Aber trotz der vielen Festivitäten können wir natürlich nicht vergessen, was uns dieser Krieg gekostet hat. Wie viele wertvolle Menschen sterben mussten! Heute fahren wir alle zu Pauls Beerdigung nach Kiel. In einer Schlacht gegen Feinde zu fallen ist schon schrecklich genug, aber kurz vor Kriegsende von den eigenen Leuten erschossen zu werden, ist an trauriger Sinnlosigkeit kaum zu überbieten. Zur Hölle mit dem Kaiser und seinem Militarismus! Es lebe das Neue, es lebe die Deutsche Republik!
Deine Sofie

»Wie voll es hier ist«, stellte Anna bei ihrer Ankunft am Kieler Nordfriedhof beeindruckt fest. Obwohl es Montag war, strömten die Menschen zu Dutzenden durch das eiserne Tor. Die Nielands parkten ihre Fahrzeuge und gingen ebenfalls in Richtung Haupteingang, wo sie mit Pauls Familie, Ursel und dem restlichen Personal verabredet waren.

»Er hat 1912 als Chauffeur bei uns angefangen, da war er gerade mal achtzehn«, erzählte Anna ihrer Freundin Sofie auf dem Weg. »Papa hat Paul damals vermittelt. Dessen Vater ist Werftarbeiter und war früher ein Nachbar meiner Mutter. Pauls Geschwister werden wohl auch dabei sein heute. Die Zwillinge Elisabeth und Albin. Sie sind Nesthäkchen, höchstens acht Jahre alt.«

»Schlimm, den großen Bruder zu verlieren«, entgegnete Sofie und blickte voller Dankbarkeit zu Willy, der neben ihr herging.

Die Begrüßung zwischen den Familien Nieland und Wessels verlief trotz des traurigen Anlasses sehr herzlich. Sogar die Tante des Chauffeurs war aus dem dänischen Kolding angereist, und Sofie unterhielt sich mit ihr über Flensburg und das Grenzgebiet, ihre Heimat. Danach machte sich die Gesellschaft auf, um die zahlreichen getöteten Matrosen und Heizer zu betrauern. Die Grabrede vor den Hinterbliebenen hielt der frisch gewählte Vorsitzende des örtlichen Arbeiter- und Soldatenrates.

Nach der Bestattungszeremonie luden die Nielands in das Kieler Gasthaus *Hamburger Baum* ein. Während des Essens wurden viele Erinnerungen an den so oft fröhlich grinsenden jungen Fahrer geteilt.

»Einmal hatte die ganze Familie nach einem misslungenen Kirschkompott von Frau Dahlke größte Probleme«, erinnerte sich Anna. »Man sollte jetzt bei Tisch nicht auf Details eingehen, aber ich sage mal so: Wir waren heilfroh, dass das Haus mehr als nur einen Abort hat. Es war Pauls zweiter Arbeitstag, und er sollte Burkhard zum Zug fahren. Da meinte er nur: ›Der gnädige Herr soll aber wissen, dass ich lieber fünfmal anhalte, als einmal den Sitz zu putzen.‹«

Die meisten Anwesenden lachten, wenn auch teils mit rot geweinten Augen. Sofie stimmte die Geschichte um ihren Verlobten jedoch nachdenklich. Ob sie Burkhard je wiedersehen würde? Er hatte sich weder bei ihr noch bei seiner Familie gemeldet.

Pauls achtjährigen Bruder Albin schienen die Anekdoten ebenfalls nicht aufheitern zu können, er brach erneut in bittere Tränen aus. Sein Vater, der ihm gegenübersaß, wies ihn mit steinernem Gesicht zurecht. »Ein Junge weint nicht, Albin!«

Willy ärgerte sich über den Mann. »Dein Papa irrt sich. Zurzeit heult selbst ein Kaiser«, flüsterte er dem Jungen zu, und der schniefte ihn dankbar an.

»Unser Kaiser ist wirklich kein guter Verlierer«, bestätigte Hinnerk neben Willy mit todernster Miene. »Mein Freund in der deutschen Kommission hat mir verraten, was der feine Wilhelm bei seinem Aufbruch ins Exil von sich gegeben hat.«

»Was denn?«, fragte der kleine Junge neugierig.

Hasserfüllt imitierte Hinnerk die Stimme des abgedankten Herrschers: »Ja, wer hätte das gedacht, dass es so kommen würde? Das deutsche Volk ist eine Schweinebande.«

»Und er ist das Oberschwein, das mit seiner Machtgier Tausende in Hunger, Ruin und Tod getrieben hat«, entgegnete Willy erbost.

»Du weißt gar nicht, wie recht du hast«, murmelte Hinnerk und nahm einen kräftigen Schluck Wein. »Mein Kontaktmann in der Kommission hat mir heute Morgen am Telefon erzählt, was die mit den Alliierten ausgehandelt haben: Dieser Waffenstillstandsvertrag ist die reinste Racheaktion gegen Deutschland. Wir werden geschröpft bis zum Sankt-Nimmerleins-Tag. Die Siegermächte werden verlangen, dass unsere Reedereien alle größeren Segler und Dampfer an die Siegermächte abgeben! So lange haben wir auf das Ende des Krieges gehofft, jetzt ist es endlich so weit, und wir bekommen kein einziges Schiff zurück!« Er senkte die Stimme zu einem Flüstern, und Willy bemerkte erschrocken, dass sein Freund Tränen der Verzweiflung in den Augen hatte. »Das heißt, wir verlieren nicht nur die Reederei und das gesamte Personal, sondern auch die Villa!«

Willy sah entsetzt von seinem Freund zu seiner Schwester und dann zur übrigen Familie Nieland und deren Bediensteten. Noch ahnte keiner dieser guten Menschen, dass sie vor dem Ruin standen, dass ihrer aller Zeit in der Villa am Elbstrand bald vorüber sein würde.

TEIL 4

1920

46

Edith saß im duftenden Garten der Villa Torres am Stadtrand von Viña del Mar. Es war ungewöhnlich warm für den Monat Juli, der heiße Hochsommer war in dieser Gegend erst von November bis März. Die Abenddämmerung hatte bereits begonnen, doch das Licht reichte gerade noch aus, um die Schreibmaschine auf dem Gartentischchen bedienen zu können. Seit Edith ihre Arbeit als Kindermädchen der Nachbarsfamilie aufgegeben hatte, schrieb sie gelegentlich für dieselbe Zeitung wie ihr Mann. Zurzeit arbeitete sie an einem Artikel über die Ureinwohner Chiles. Auf ihrem Tisch lagen Bücher zu diesem Thema aus der Stadtbibliothek, einige Mapuche-Indianer kannte sie mittlerweile jedoch auch persönlich. Eine Gruppe von ihnen lebte ganz in der Nähe des Torres-Grundstücks in ein paar einfachen Hütten.

Ediths kleiner Sohn hatte sich längst an das ratternde Geräusch der Schreibmaschinentasten gewöhnt. Er schlief friedlich in seiner Rollwiege, die mit einem Insektennetz überspannt war. Kurz nach Kriegsende hatte Edith überrascht und erfreut festgestellt, dass sie schwanger war. Und am gestrigen 19. Juli 1920 hatten Ramiro und sie bereits den ersten Geburtstag des Kleinen gefeiert, den sie zu Ehren ihrer zu früh verstorbenen Väter José Cristiano getauft hatten. Edith war froh gewesen, hier in dem chilenischen Küstenstädtchen nicht mehr so viel vom Großen Krieg mitbekommen zu haben, der ihr den Vater entrissen hatte. Von der Kapitulation

Deutschlands hatten sie jedoch auch hier erfahren – sogar noch bevor Sofies Brief eingetroffen war. Noch am Tag des Friedensschlusses waren Extrablätter verteilt worden, und die Bevölkerung hatte große Festumzüge veranstaltet, um den Sieg der Freiheit zu feiern. Gegen die bereits seit 1914 in Chile festhängenden deutschen Seeleute war man zu keiner Zeit mit Gewalt vorgegangen, aber viele von ihnen mussten sich auch nach Kriegsende noch in Geduld üben, denn die militärische Bewachung ihrer Schiffe dauerte weiter an.

Die Nieland-Tochter spannte gerade einen neuen Bogen Papier in die Maschine, als ihre Nachbarin Sofía Del Campo de la Fuente aufgeregt in den Garten geeilt kam. Die fünfunddreißigjährige dunkelhaarige Schönheit, von der Edith fand, sie habe die Anmut einer Madonna, war mit dem Diplomaten Héctor Aldunate Cordovés verheiratet. Aus der Verbindung mit ihrem 1908 verstorbenen ersten Mann hatte Sofía gleich vier Söhne und eine Tochter in die neue Ehe mitgebracht. Mit Héctor hatte sie schließlich noch zwei weitere Kinder bekommen: Luis und María. Die große Familie gehörte zu den vornehmsten Chiles.

»Hast du Chiquita irgendwo gesehen?«, fragte Sofía außer Atem.

Edith wusste, dass die Nachbarin ihre jüngste Tochter meist mit diesem Kosenamen rief. Er bedeutete »niedliches Mädchen« und passte hervorragend zu der quirligen Sechsjährigen. Edith hatte die Kleine und deren jüngsten Bruder zwei Jahre lang als Gouvernante gehütet, bis sie selbst im siebten Monat schwanger gewesen war.

»Immer dasselbe Spiel. Wenn die neue Kinderfrau unsere María auch nur einen Augenblick aus den Augen lässt, büxt die Kleine aus. Keines ihrer Geschwister hat sie gesehen, aber die Gauchos bei den Pferdeställen meinten, ihr Pony fehlt.

Deshalb dachte ich, sie wäre vielleicht zu euch herübergeritten«, erklärte Sofía resigniert.

»Sie wird bestimmt wieder bei den Indianern hinter unserem Grundstück sein«, mutmaßte Edith und nahm ihren Sohn auf den Arm. »Komm, lass uns dort nach ihr sehen.«

Tatsächlich fanden die beiden Frauen das Pony des verschwundenen Mädchens an einen Baum bei den ärmlichen Holzhütten angebunden, hinter denen Gitarrenklänge und Gesang zu hören waren. Edith und Sofía gingen zwischen den Gebäuden hindurch und sahen dahinter Indianerfrauen mit bunten Kopftüchern und deren Männer, Feldarbeiter mit breiten Hüten. Die Melodien und Rhythmen der uralten Weisen der Mapuche klangen für europäische Ohren sehr fremd. Die Texte enthielten nur wenige spanische Worte, waren ansonsten in einer Edith unverständlichen Sprache. Dennoch spürte sie die Wehmut, die sie verströmten.

Wie von ihr vermutet, stand inmitten der musizierenden Indianer Sofías Tochter María, klatschte im Takt und sang mit den Mapuche die ihr so vertrauten Lieder. Edith musste lächeln. Die Kleine hatte eindeutig das Talent ihrer Mutter geerbt. Diese nahm regelmäßig Gesangsstunden, und ihr glockenheller Sopran konnte es mit den besten Opernsängerinnen aufnehmen, die Edith in Europa gehört hatte. Sofía war wiederum so beeindruckt von der Beteiligung ihrer Tochter an der faszinierenden Indianermusik, dass sie das Mädchen später nur halbherzig rügte und ihr das Versprechen abnahm, nie wieder einfach davonzureiten.

»Wir machen uns doch Sorgen«, erklärte sie der Kleinen.

María versprach es. »Sie singen aber so schön, *mamá*.«

»Das tun sie auch, wenn du zuvor Bescheid gibst, wo du bist – und jemanden zur Begleitung mitnimmst, Chiquita.«

Edith freute sich, dass Sofía nicht wütend reagierte, sondern ihrem Töchterchen nun sogar versprach, sie bekäme ihrerseits bald Tanz- und Gesangsunterricht.

Noch beschwingt von den wohlklingenden Indianerweisen, spazierte Edith, ihren friedlich schlummernden Sohn auf dem Arm, zurück in den inzwischen dunklen Garten der Villa Torres, wo sie von ihrem Mann Ramiro mit einem liebevollen Kuss begrüßt wurden.

»Ich habe eine Überraschung für dich, *mi amor*«, verkündete er und präsentierte einen Briefumschlag. »Von Sofie Brix.«

Edith freute sich ungemein. Seit Monaten hatte sie keine Post mehr aus Hamburg bekommen. Dem Datum nach zu urteilen, war dieses Schreiben zwei Monate lang unterwegs gewesen:

Villa Nieland, den 10. Mai 1920

Meine liebe Edith,
ich hoffe, Euch dreien geht es gut im fernen Chile – doch wenn ich mir die Fotografie mit dem süßen José anschaue, die Du uns geschickt hast, habe ich daran nicht den geringsten Zweifel. Was für ein Prachtknabe! Annas kleine Leni wächst und gedeiht auch ganz großartig, ein richtiger Sonnenschein.

Ansonsten gibt es in Deutschland derzeit leider nicht so viel Grund zur Freude. Wir Frauen können seit Ende des verfluchten Krieges hier nun zwar wählen, aber was nutzt es uns, wenn die zur Wahl stehenden »Volksvertreter« nichts hinbekommen? Dass die Politik auch weiterhin nicht in der Lage ist, gerechte Versorgungsverhältnisse zu schaffen, haben uns die Hungerunruhen letzten Sommer hier in Hamburg leider nur allzu deutlich gezeigt. Zu viele, die einen wirk-

lichen Umschwung wollten, sind inzwischen tot, darunter auch unsere tapfere Rosa Luxemburg. Was haben wir diese Frau bewundert! Doch einmal mehr ist die SPD dem linken Flügel der Sozialisten in den Rücken gefallen. Man will es kaum glauben, aber die Partei hat sich mit den reaktionären Freikorps verbündet, um die Unruhen niederzuschlagen. Rosa und der Kommunist Karl Liebknecht wurden im Januar vorigen Jahres während des Spartakus-Aufstandes von diesen Korpssoldaten getötet. Arme Rosa! Wie grauenhaft die Vorstellung ist – ihre Leiche im Landwehrkanal. Ihre Mörder kamen mit ganz harmlosen Strafen davon und waren nach kürzester Zeit wieder auf freiem Fuß. Anna und Karoline haben sich deshalb frustriert aus der Politik zurückgezogen.

Gideon ist auch nicht sehr glücklich. Hinnerk hat ihm eine Stelle in einer Registratur vermittelt. Aber in dem staubigen Aktenkeller verdient er nur sehr wenig.

Was hat unser Land nun von dem Krieg, den es so unbedingt wollte, in dem acht Millionen Menschen ihr Leben lassen mussten? Weniger als zuvor! Die Alliierten haben die Gebiete links des Rheins besetzt. Inzwischen ist der Versailler Vertrag in Kraft getreten, und obwohl die Waffen seither ja schweigen, spricht man hier vom »schlimmsten aller Kriegsjahre«. Deutschland muss fast fünfzehn Prozent seiner Fläche abtreten, schwere Waffen und die Hochseeflotte ausliefern und hohe Reparationszahlungen leisten.

Unsere liebe ehemalige Kollegin, Oberschwester Heidi, hat mir geschrieben, dass auch unser treues Lazarettschiff Sierra Ventana *gleich im November 1918 an die Siegermächte abgeliefert werden musste.*

Die Reedereizentrale befindet sich übrigens inzwischen im alten Büro eures Vaters in der Villa. Hinnerk war leider aus

Geldmangel gezwungen, das Firmengebäude in der Innenstadt zu verkaufen. Auch die restliche Firmenbelegschaft musste entlassen werden. Lediglich Willy, Anna und ich arbeiten noch an Hinnerks Seite. Willy hat sich vom Fahrer zu Hinnerks rechter Hand gemausert, all sein Wissen aus den Büchern über Nautik, die er in seiner Jugend verschlungen hat, kommt ihm jetzt zugute.

Wir hatten so sehr darauf vertraut, dass wir nach Kriegsende endlich unsere im Ausland festgesetzten Segelschiffe zurückbekommen und es mit der Reederei wieder aufwärtsgehen würde. Aber diese Hoffnung hat sich leider zerschlagen! Bezüglich der Handelsschiffe heißt es in Artikel 26 des leidigen Waffenstillstandsabkommens nämlich: »Deutsche Handelsschiffe, die auf offener See gefunden werden, unterliegen der Wegnahme.« Die Hälfte der Schiffe von 1000 oder mehr Bruttoregistertonnen und alle von 1600 BRT aufwärts müssen an die Siegermächte abgetreten werden. Hinnerk und die anderen Reeder Hamburgs und Bremens haben sich letztes Jahr zur Deutschen Segelschiff-Kontor GmbH zusammengeschlossen, um die Auslieferung der Dampfer und Großsegler vorzubereiten. Stell dir vor, für unsere Schiffe bekommen wir nach Ablieferung nicht mal Geld von den Siegermächten!

Aber es gibt einen kleinen Hoffnungsschimmer. Anna hat sich die Einzelheiten der Verträge durchgelesen und Paul Ganssauge, den Mitinhaber der Reederei Laeisz, auf eine Idee gebracht: Man könnte die Alliierten um Erlaubnis ersuchen, die Rückfahrt unserer Schiffe aus Chile zu nutzen, um ein letztes Mal Salpeter zum Verkauf mitzunehmen. Denn wie Anna herausgefunden hat, steht in den Verträgen nichts davon, dass die mitgebrachte Fracht gemeinsam mit den Seglern in Beschlag genommen werden darf. Herr Ganssauge hat sich

dann mit dem Gesuch an die Siegermächte gewandt. Nun warten wir auf deren Entscheidung, aber die Alliierten lassen sich leider Zeit damit. Drück uns die Daumen, liebe Edith! Ich denke an Euch!
Deine Sofie

Edith ließ den Brief mit einem unguten Gefühl sinken. Nicht nur, dass sich Sofie so bitter anhörte wie nie zuvor, viel mehr Sorgen machte ihr, was die Freundin *nicht* erwähnt hatte. In einem ihrer früheren Briefe war die Rede davon gewesen, dass die Familie vielleicht gezwungen sein würde, auch die geliebte Villa am Elbstrand zu verkaufen. Davon hatte Sofie diesmal nichts mehr erwähnt. Noch wohnten sie ja offenbar dort, aber drohte der Verkauf in naher Zukunft? Verschwieg sie diesbezügliche Entwicklungen vielleicht, um Ramiro und sie nicht zu beunruhigen? Denn immerhin war der Firmensitz ja bereits verloren.

Außerdem hatte Sofie im Frühjahr noch voller Freude vom ersten Lebenszeichen ihres verschwundenen Verlobten Burkhard nach Monaten der Funkstille berichtet – einer Weihnachtskarte aus München. In dem Brief in Ediths Händen fand ihr Bruder jedoch keine Erwähnung mehr. Was war also aus ihm geworden? Edith beschloss, gleich selbst einen Brief aufzusetzen und ihre Freundin behutsam zu diesen Themen zu befragen.

***

Sofie war mit dem Fahrrad zu Schreibwaren Boldt am Gänsemarkt gefahren, um neue Tinte für ihren Füllfederhalter zu besorgen. Dort unterhielt sie sich wie so oft sehr angeregt mit der Besitzerin, der inzwischen achtundzwanzigjährigen

Johanna Boldt. Deren Geschäfte gingen recht gut, und auch aus ihrem Privatleben hatte die junge Witwe diesmal Erfreuliches zu berichten: Ein sehr freundlicher junger Stammkunde hatte wohl, ihrer Kinder aus erster Ehe zum Trotz, um ihre Hand angehalten. Johanna Boldt verriet Sofie, dass sie vorhabe, den Antrag anzunehmen.

»Fünf Jahre dürften der Trauer genug sein«, befand sie lächelnd.

»Das meine ich auch«, entgegnete Sofie. Dabei dachte sie daran, dass sie selbst nun schon vier Jahre vergeblich auf ihr eigenes Liebesglück wartete. Da kam nun wie aufs Stichwort Johannas Verlobter in den Laden. Die Gesellschafterin zuckte bei seinem Anblick erschrocken zusammen: Es handelte sich bei dem Mann um keinen Geringeren als ihren alten Bekannten Franz Thomsen, den früheren Pagen aus dem Glücksburger Strandhotel! Er bemerkte die Jugendfreundin zunächst nicht und begrüßte stattdessen seine Verlobte mit einem überschwänglichen Kuss. Es dauerte ein wenig, bis er seine Aufmerksamkeit von ihr abwandte. Als er Sofie dann erkannte, reagierte er ebenso überrascht.

»Sofie …«

»Gratulation zur Verlobung, du hast großes Glück«, sagte sie etwas zu hastig.

»Danke«, murmelte er artig und starrte sie weiter unverwandt an. »Ich hoffe, es geht dir auch gut? Man hat ja gar nichts mehr von dir gehört.«

Das konnte Sofie nicht leugnen. Sie hatte schließlich seine Adresse gehabt, er aber nicht die ihre.

»Ihr kennt euch?« Johanna wirkte misstrauisch.

»Schon lang«, antwortete Sofie rasch, der all das Ungesagte zwischen ihr und Franz, das seine Verlobte gewiss spürte, sehr peinlich war.

»Seit Kindertagen eigentlich«, bestätigte der ehemalige Page, der immer noch vergaß, den Blick von Sofie abzuwenden, was Johanna nun merklich zu irritieren begann.

»Aber jetzt muss ich los«, platzte Sofie hervor. »Sonst schimpft unsere Gnädige noch. Alles Gute euch beiden.« So schnell sie konnte, packte sie ihr wieder aufgefülltes Tintenfass ein und ließ das Paar im Laden zurück. Ihr war zum Weinen zumute. Nicht, dass sie Franz und Johanna einander nicht gönnte – im Gegenteil: Sie fand es immer schön, wenn jemand dem Kriegsleid ein Schnippchen schlagen und eine neue Liebe finden konnte. Doch ihr wurde dadurch eben auch immer wieder schmerzlich bewusst, dass ihr selbst in dieser Hinsicht kein Glück beschieden war.

»Was ist los, Deern?«, fragte Frau Iwersen Sofie, nachdem diese durch den Personaleingang die Küche betreten und sie deren verweinte Augen bemerkt hatte. Schließlich erzählte ihr Sofie zögerlich von der Begegnung mit Franz – und der lähmenden Ungewissheit in Bezug auf Burkhard.

»Solange er die Verlobung nicht auflöst, kann ich auch keinen Neuanfang wagen«, sagte Sofie resigniert und setzte sich an den Küchentisch. »Und eigentlich will ich das ja gar nicht. Ich möchte, dass es wieder so wird, wie es vor vier Jahren bei uns angefangen hat.«

Die alte Haushälterin nickte ernst. Sie setzte sich zu Sofie und erzählte: »Weißt du, als die Nielands mir damals angeboten hatten, in den Ruhestand zu gehen, dachten sie, dass sie mir damit einen Gefallen tun. Ich wiederum bin davon ausgegangen, sie wollten mich nicht mehr, und war deswegen am Boden zerstört.« Sie sah Sofie in die Augen. »Was glaubst du, was damals falsch gelaufen ist?«

Sofie ahnte, worauf die Hausdame hinauswollte. »Sie haben der Familie nicht gesagt, dass Sie bleiben möchten – und Anna hat es nicht gewagt zuzugeben, dass sie Sie gern behalten würde.«

»Ganz genau«, bestätigte Frau Iwersen lächelnd. »Gedanken lesen können nur die Magier auf dem Jahrmarkt. Und auch das ist nur fauler Zauber. Wir dagegen sollten immer offen und ehrlich zueinander sein.«

»Das würde ich ja gern«, erwiderte Sofie resigniert. »Aber Burkhard gibt mir keine Gelegenheit, mich mit ihm auszusprechen. Auf der Weihnachtskarte war nicht einmal eine Adresse. Das ist so gemein!« Ihre Stimme versagte.

»Wein dich ruhig aus«, sagte die Hauswirtschafterin und nahm sie tröstend in den Arm. »Aber nachher fragen wir uns, ob dieser Mensch deine Tränen wirklich wert ist. Ob er nicht eher eine ordentliche Tracht Prügel dafür verdient hätte, ein so liebes Mädchen über Jahre im Unklaren zu lassen.«

47

Am nächsten Morgen lief Sofie entschlossenen Schrittes durch die Villa zum Büro Christian Nielands. Nach den Worten Frau Iwersens verspürte sie nunmehr einen vagen Zorn auf Burkhard. Sie musste ihn einfach endlich zur Rede stellen, koste es, was es wolle. Hinnerk kannte doch überall Leute, er sollte seine Kontakte spielen lassen, um nach ihrem Verlobten suchen zu lassen. Sie betrat das Büro, wo der Reederei-Erbe mit Anna und Willy wie so oft über diversen Stapeln Papier brütete, um Schadensbegrenzung bezüglich ihrer geschäftlichen Lage zu betreiben. Sofie wollte Hinnerk gerade ihre Bitte mitteilen, da kam unerwartet Gudrun Nieland in den Raum gestürmt. Sofies Wut auf ihren Verlobten war ein laues Maienlüftchen im Vergleich zu dem Zorn, der sich auf dem Gesicht der Patriarchin abzeichnete.

»Haben die Alliierten unserem Salpetertransport immer noch nicht zugestimmt?«, verlangte sie zu wissen.

Hinnerk schüttelte den Kopf. »Sie machen es weiterhin spannend.«

»Es reicht!«, bellte die Hausherrin daraufhin. »Ich werde augenblicklich in das britische Konsulat fahren und den Generalkonsul zur Rede stellen.«

»Bist du sicher, Großmutter?«, vergewisserte sich Anna erschrocken.

»Allerdings«, erwiderte Gudrun resolut. »Und ich möchte, dass du und das Fräulein Brix mich begleitet. Jetzt könnt ihr euch noch einmal politisch betätigen – für ein sehr hehres Ziel. Die Rettung der deutschen Handelsschifffahrt!«

Sofie und Anna sahen sich verdutzt an.

Das britische Generalkonsulat am Schaartor hatte erst Anfang des Monats seine Arbeit wiederaufgenommen. Vor dem Krieg waren die Engländer ein selbstverständlicher Teil der Hamburger Geschäftswelt und des gesellschaftlichen Lebens gewesen. Damit war es jedoch abrupt zu Ende gewesen, als man sie zum Kriegsfeind Nummer eins erklärt hatte. Für den neu eingesetzten Generalkonsul, Ralph Bernal, war nach der über sechsjährigen Zwangspause deshalb jede Menge Wiederaufbauarbeit zu leisten.

»Und ich soll wirklich nicht mitkommen?«, fragte Willy, der in der Nähe des imposanten Konsulatsgebäudes gehalten hatte und sich zu den drei Frauen auf der Rückbank umdrehte.

»Passen Sie nur auf den Wagen auf«, wies Gudrun ihn an und klang, als ginge es um einen Überfall. »Um die Engländer kümmere ich mich schon, keine Sorge.« Anna schmunzelte, doch Sofie war mulmig zumute. Schließlich hatte sich die ältere Dame in den letzten Jahren alles andere als diplomatisch über die Briten geäußert.

Die Frauen verließen das Automobil und schritten auf das Gebäude zu. Am Eingang wandte sich die Siebenundsechzigjährige an einen Wachposten – zum Erstaunen Sofies in fließendem Englisch: »*Good morning. I am Gudrun Nieland from the Nieland shipping company. I have to talk to the consul general on a very urgent matter of international importance.*«

Der Beamte erklärte höflich, dass dies ohne vorherige Terminvereinbarung unmöglich sei. Gudrun erwiderte daraufhin etwas weniger höflich, dass sie bereits vergeblich versucht habe, eine Verabredung mit dem Generalkonsul zu organisieren. Sie würde deshalb nicht fortgehen, bevor sie nicht mit dem Herrn gesprochen habe. Daraufhin explizierte der Wachposten mit provozierendem Grinsen, dass es ihr freistehe, so lange dazubleiben, wie sie wolle, er sich aber seinerseits nicht von der Stelle rühren werde.

»Großmutter, lass uns doch bitte gehen«, flüsterte Anna, der die Blicke der vorbeigehenden Konsulatsmitarbeiter zunehmend unangenehm wurden.

»Ich denke überhaupt nicht daran!«, rief Gudrun etwas zu schrill. »Deine Idee mit der Salpeterfahrt war hervorragend, Kind, und jetzt kämpfen wir dafür!«

Sie hatten die Aufmerksamkeit eines edel gekleideten Herrn mit Oberlippenbart erregt, der etwa Mitte dreißig sein mochte und gerade im Begriff war, das Konsulat zu verlassen. »Kann ich Ihnen helfen, gnädige Frau?«, fragte er in gebrochenem Deutsch.

Etwas besänftigt von seiner Freundlichkeit, erklärte Gudrun ihm, es sei ihr unmöglich, einen Termin mit dem Generalkonsul zu bekommen. Es gebe aber einen unglaublich wichtigen Aspekt der deutsch-britischen Beziehungen zu besprechen.

Der Mann stellte sich höflich als John Maynard Keynes vom King's College der Universität Cambridge vor. Sofie horchte auf: Als regelmäßige Zeitungsleserin kannte sie diesen Namen. Keynes war 1918 als Mitglied der alliierten Delegation bei den Versailler Vertragsverhandlungen dabei gewesen. Er hatte für ziemliches Aufsehen gesorgt, da er kurz vor Abschluss der Einigungsgespräche von seinem Delegationsposten zurückgetreten war – aus Protest gegen die scharfen Sanktionen, die Deutschland auferlegt werden sollten.

Der Engländer bat die Frauen um Nachsicht mit dem Konsul. Derzeit werde die ganze Arbeit, die vor dem Krieg noch auf fünfzehn Abteilungen verteilt gewesen sei, von nur zwei Departments geleistet. Er bot Gudrun Nieland aber an, selbst in der Sache zu helfen, und bat sie um weitere Informationen. Er ließ sich berichten, wie lange die deutschen Reeder nun schon vergeblich auf die Erlaubnis zu der letzten Salpeterfahrt warteten.

»Die deutsche Handelsschifffahrt derart zu gefährden ist geradezu grotesk«, erboste sich Keynes.

»Sie haben sich damals gegen die hohen Reparationszahlungen ausgesprochen, habe ich gelesen«, mischte sich nun erstmals Sofie ins Gespräch, und Gudrun hob überrascht eine Augenbraue.

»Wieder und wieder«, bestätigte Keynes. »Weil sie unsinnig sind – für alle Seiten! Die enormen Forderungen destabilisieren die internationalen Wirtschaftsbeziehungen.«

»Amen«, sagte Gudrun Nieland.

»Und sie sind sozialer Sprengstoff für Deutschland«, ergänzte Anna.

Keynes versprach den Frauen, noch am selben Tag seine Kontakte spielen zu lassen, um dafür zu sorgen, dass den deutschen Reedern zumindest die letzte Salpeterlieferung genehmigt wurde.

Sofie begann zu hoffen. Dieser einflussreiche Engländer wirkte sehr vertrauenerweckend …

***

»Großmutter, du hast es geschafft!«, rief Hinnerk begeistert, als er tags darauf in den Salon geeilt kam, wo die Patriarchin mit Anna, deren Gatten Gideon, der kleinen Helene und Sofie beim Tee saß. »Gerade kam die Zusage! Unsere Schiffe dürfen mit Salpeter nach Europa segeln – und sie müssen erst nach dem Löschen dieser Ladung an die Alliierten abgeliefert werden!«

Spontaner Jubel brach um ihn herum aus.

»Sir Keynes hatte also Erfolg!«, freute sich Anna. »Großmutter, du bist eine echte Heldin!«

»Bitte benutze dieses Wort nicht so leichtfertig«, rügte Gudrun ihre Enkelin, doch ihre Stimme klang etwas sanfter als bei derartigen Zurechtweisungen üblich. »Unsere Männer an der Front waren Helden, nicht ich.«

»Probleme gibt es freilich immer noch genug«, bremste Hinnerk die allgemeine Hochstimmung nun ein wenig. »Zum Beispiel haben wir in Chile nicht mehr genug Bordpersonal für diese große Lieferung. Nach fast sechs Jahren Wartezeit haben sich die Mannschaften zum großen Teil in alle Winde zerstreut.«

»Aber wie sind die Matrosen von dort nach Deutschland zurückgekommen?«, wunderte sich Sofie.

»Die Heimat haben nur die wenigsten erreicht«, meinte Hinnerk. »Viele haben sich in Chile oder andere Länder Amerikas abgesetzt und verdienen sich dort ihre Pesos oder Dollars.«

»Dann müssen sich die Reeder jetzt eben zusammensetzen und gemeinsam nach einer Lösung suchen«, forderte Gudrun. »Irgendwie kann man das fehlende Personal doch gewiss rechtzeitig nach Chile hinüberbringen, oder nicht?«

Hinnerk kratzte sich nachdenklich am Hinterkopf. »Das wird kein Spaziergang. Es fehlen etwa tausend Mann. Aber du hast recht, Großmutter: Gemeinsam fällt uns Reedern bestimmt etwas ein.«

Sofie und Anna blieben mit Helene im Salon zurück, nachdem die übrigen Familienmitglieder bereits zu Bett gegangen waren. Die Gesellschafterin fragte ihre Freundin, woher Gudrun ihre guten Englischkenntnisse habe. Daraufhin erzählte Anna ihr, dass ihre Großmutter bereits seit ihrer Jugend zahlreiche, oft monatelange Bildungsreisen in das britische Empire unternommen hatte. Einmal habe sie sogar eine etwas zu intensive Beziehung zu einem englischen Theaterautoren gepflegt. Damit hatte Sofie nicht gerechnet – die resolute Dame steckte wirklich voller Überraschungen!

Anna gab zu, dass dank der Beharrlichkeit ihrer Großmutter erstmals die konkrete Hoffnung bestand, mit dem Erlös aus einem letzten Salpeterhandel ein paar ihrer eigenen größeren Schiffe von den Alliierten zurückkaufen oder sogar neue erstehen zu können. »Vielleicht wird die kleine Leni doch noch hier in unserer Villa aufwachsen dürfen, oder was meinst du?«

Sofie antwortete darauf nicht, da sie ihrer besten Freundin nicht mehr richtig zugehört hatte. Eine Fotografie in der Tageszeitung vom 19. Juli, die Gideon auf dem Tisch hatte liegen lassen, zog ihre gesamte Aufmerksamkeit auf sich. »Das ist er!«, rief sie und riss die Zeitung an sich, um das Bild genauer mustern zu können.

»Wer ist was?«, hakte Anna verwirrt nach.

Sofie deutete mit zitternden Fingern auf die Fotografie. »Burkhard!« Sie reichte ihrer Freundin das Blatt.

»Das ist ein Foto der Versammlung dieser neuen Arbeiterpartei, der NSDAP«, erkannte Anna und studierte die Männer auf dem Bild genauer. »Hm, ja, der Mann ganz rechts sieht Burkhard schon etwas ähnlich. Aber sicher bin ich mir nicht, die Haare sind ganz anders.«

»Das *ist* Burkhard, ich weiß es«, beharrte Sofie. »Er ist also immer noch in München. Bei dieser neuen Partei. Die können mir bestimmt helfen, ihn zu finden. Ich muss dahin, Anna.«

»Mach dir aber bitte nicht allzu große Hoffnungen, meine Liebe«, warnte diese und nahm die Hand der Freundin. »Es ist nicht sicher, dass der Mann auf dem Bild wirklich Burkhard ist. Und selbst wenn, heißt das nicht, dass er zu uns zurückkehrt, nur weil du ihn suchen gehst.«

»Ich weiß«, gab Sofie zu. »Aber dann kann ich jedenfalls endlich erfahren, warum er die Brücken zu mir abgebrochen hat.«

48

Nach einer anstrengenden Reise von Hamburg nach München lief Sofie erschöpft mit ihrem kleinen Reiseköfferchen vom Bahnhof in Richtung Karlsplatz. Zum Glück hatte ihr Anna einen Stadtführer mitgegeben, denn mit der bayerischen Mundart hatte sie ihre liebe Not. Nach dem Weg fragen zu müssen hätte zu peinlichen Verständnisschwierigkeiten für die junge Frau geführt, deren Heimatdialekt Plattdeutsch war. Schließlich fand sie das Hofbräuhaus am Platzl dann aber doch. Im Reiseführer hatte Sofie gelesen, dass es in München schon seit über dreihundertdreißig Jahren einen Bierpalast gab. Vor dreiundzwanzig Jahren war das alte Gebäude abgerissen und durch ein neues mit hübscher Fassade und turmartigem Erker ersetzt worden. Seither diente die Gastwirtschaft auch den verschiedensten politischen Gruppierungen als Treffpunkt. Vor der Besetzung durch die Regierungstruppen im Mai 1919 hatten die Betriebs- und Soldatenräte hier die Kommunistische Räterepublik ausgerufen. In denselben Räumen war später auch die Nationalsozialistische Deutsche Arbeiterpartei gegründet worden. Bei diesem Anlass hatte einer der Parteigenossen, ein gewisser Adolf Hitler, vor etwa zweitausend Zuhörern das 25-Punkte-Programm der neuen NSDAP verkündet.

Mit klopfendem Herzen betrat Sofie das Lokal und sah sich suchend in dem hohen Schankraum mit seinen schönen Deckenmalereien zwischen den zahlreichen Gästen um. Einheimische und Touristen aus aller Welt ließen es sich hier bei Bier und Weißwurst gut gehen. Die grauen Maßkrüge wurden ihnen von drallen Frauen im Dirndl serviert.

Sofie wandte sich an den Wirt und fragte nach Burkhard Nieland. »Na, den kenn i ned«, entgegnete der.

Da sie nur erahnte, was er meinte, präzisierte sie: »Er gehört zur NSDAP.«

»Die ham ihrn Stammtisch da drübm«, erklärte der Mann und deutete mit dem Finger in eine Ecke des Raumes. »Vielleicht wissn die was.«

An besagtem Tisch, auf dem eine kleine Fahne mit einem seltsam geformten Kreuz aus rechtwinkligen Balken stand, saßen ein paar Herren in Anzügen, Trachtenjacken und Uniformen. Als Sofie sich näherte, erblickte sie ihren Verlobten unter ihnen. Sie atmete scharf aus. Schließlich erkannte Burkhard auch sie, sprang fassungslos vor Freude auf – und küsste sie, dass ihr die Luft wegblieb. Er schmeckte nach Bier und Zigarettenrauch, ganz anders als bei ihrem Treffen vor zwei Jahren.

»Wie schön du bist«, raunte er ihr entflammt zu. »Noch schöner als beim letzten Mal. Bist eine gestandene Frau geworden.« Prahlerisch stellte er sie nun seinen tuschelnden Parteigenossen vor: »Freunde, das ist Sofie Brix. Sie hat meinen beiden Schwestern das Leben gerettet. Ein echtes deutsches Prachtmädel – ganz aus dem äußersten Norden unseres Reiches.«

Applaus und Grölen folgten. Sofie wäre am liebsten im Boden versunken, so unangenehm war es ihr, von den Männern am Tisch angestarrt zu werden.

Dann flüsterte ihr Burkhard ins Ohr: »Komm mit! Ich zeig dir meine bescheidene kleine Wohnung.« Schließlich wandte er sich nochmals an seine Parteigenossen. »Ihr entschuldigt mich. Bis morgen, Männer.«

Erneut folgten Gelächter und anzügliche Bemerkungen. Sofie wollte so schnell wie möglich hinaus.

Schweigend führte Burkhard seine Verlobte zu einem kleinen Hinterhaus, in dessen Parterre sich eine Schusterei befand. Ja, formal war Sofie noch seine Verlobte, als solche hatte er sie aber nicht seinen Parteifreunden vorgestellt. Für jene war sie nur die Retterin seiner Schwestern, das »Prachtmädel«. Über ihre einst für nach dem Krieg geplante Hochzeit – oder ganz allgemein die Zukunft ihrer Beziehung – verlor er kein Wort.

»Wieso bist du nach dem Krieg einfach verschwunden? Warum hast du dich nicht mehr gemeldet?«, versuchte sie nun, das ersehnte klärende Gespräch zu beginnen.

»Ich war wütend, weil keiner in der Familie verstanden hat, was das wirkliche Problem Deutschlands ist, nicht einmal du«, erklärte er. »Aber jetzt habe ich selbst die Möglichkeit, die alten Fehler geradezubiegen. Seit März haben wir hier eine rechtsgerichtete Regierung. Das Gesetz zur Abschaffung der Arbeiterräte ist bald durch. Damit sind die fatalen Folgen der widerlichen Revolution endlich auch formal beseitigt. Wir sind auf einem sehr guten Weg. Und wenn ich dich so anschaue, kann ich dir ohnehin nicht mehr böse sein.«

Burkhard war ihr böse? Er war es doch gewesen, der ohne Erklärung verschwunden war, nach über einem Jahr lediglich eine Postkarte ohne Absender geschickt und Sofie mit ihrer Ungewissheit und Sorge völlig alleine gelassen hatte! Und jetzt sprach er allen Ernstes davon, *er* sei *ihr* nicht mehr böse? Wie dreist und fordernd er war! Doch obwohl sich ein Teil von ihr vor sich selbst dafür schämte – seine forsche Art erregte sie zutiefst.

Im ersten Stock des Gebäudes befand sich Burkhards Wohnung, die aus einem karg eingerichteten Salon und einem

Schlafzimmer mit einem Bauern-Doppelbett bestand. Sofie vermutete aufgrund des altbackenen Einrichtungsstils, dass ihr Verlobter die Zimmer möbliert angemietet hatte.

»Willst du etwas trinken?«, fragte er sie der Form halber, drückte sie aber, ohne eine Antwort abzuwarten, an sich, sodass sie spürte, wie sehr er sie begehrte. Und sie begehrte ihn! Zu viele Gefühle hatten sich im Lauf der fast sechs Jahre angestaut, in denen sie diesen Mann schon anhimmelte. Nichts stimmte zwischen ihnen, und doch passte in diesem Augenblick alles. Sie spürte seine gierigen Küsse an ihrem Nacken, auf ihrem Gesicht, und als er sie erneut auf den Mund küsste, öffnete sie bereitwillig die Lippen. Ihr Körper mit all seinen lange verweigerten Wünschen hatte das Kommando übernommen.

Oh. Mit diesem Laut begann die Realität eine halbe Stunde später in die zuvor noch von Lust umnebelte Wahrnehmung der beiden zurückzukehren. Burkhard hatte dieses Oh spontan von sich gegeben, als er den kleinen Blutfleck auf dem Bettlaken entdeckt hatte. Er war offensichtlich überrascht gewesen, dass seine Verlobte noch Jungfrau gewesen war.

Und sie erkannten, dass sie nackt waren. Beschämt schlang Sofie die Bettdecke um ihren nackten Körper. Ihr kamen die Worte des Pastors von Glücksburg über den Sündenfall Adam und Evas in den Sinn. Peinlich darauf bedacht, nicht mehr als nötig von ihrer Blöße preiszugeben, stand sie deshalb auf und griff nach den Kleidungsstücken, die wie eine Spur ihrer Lust auf dem Weg in das antiquiert aussehende Ehebett verstreut lagen. »Ehe« war allerdings ein Thema, das nicht im Raum stand. Burkhards Oh hatte ihn verraten. Er war davon ausgegangen, dass Sofie keine Frau war, die auf die Heirat wartete.

Während der Reeders-Sohn noch nachdenklich auf den

Blutfleck blickte und wohl über seinen Irrtum nachdachte, atmete Sofie durch. Sie hatte noch immer Hoffnung gehabt, wo Burkhards Schweigen doch eigentlich alles gesagt hatte. Nun wollte sie endlich das tun, woran ihre Sinnesempfindungen sie die letzten folgenreichen dreißig Minuten gehindert hatten: miteinander zu reden und Klarheit zu gewinnen.

»Burkhard, ich denke, du kannst keine Frau dulden, die eine andere politische Meinung hat als du«, wagte sie den Sprung nach vorn und setzte damit das Gespräch an der Stelle fort, an der er es zuvor mit seiner Verführung unterbrochen hatte.

Nun sah er sie in einem kurzen Aufflammen der alten Verliebtheit an. »Ach, Sofie, du wirst die Zusammenhänge schnell lernen, du bist doch klug. Edith und Anna haben dich bisher bloß mit ihrer Weltfremdheit geblendet. Gideon hat meiner Schwester den Geist mit bolschewistischen Ideen vergiftet. Dass das auch dich beeinflusst hat, ist nur logisch. Der Jude ist ein raffiniertes Biest.«

Sofie starrte ihn bestürzt an. »Wie kommst du darauf, Gideon hätte uns beeinflusst? Er war von uns allen doch der, der am meisten gezögert hat, Widerstand zu leisten. Anna und ich haben viel früher und entschlossener für das Ende des Krieges gekämpft – aus eigenem Antrieb.«

Die Liebe in Burkhards Gesicht wich jäher Fassungslosigkeit. »Du hast … gekämpft?«

»Zumindest protestiert. Gegen den Kaiser, der sein Volk verhungern lässt. Und Gideon hat bestimmt niemanden vergiftet – im Gegenteil. Er hat richtigerweise gegen eine Flottenleitung aufbegehrt, die Tausende von Männern in einen sinnlosen Tod schicken wollte. Auch dich!« Es tat gut, all das endlich auszusprechen. Burkhards Miene machte ihr nun jedoch Angst.

»Bist du verrückt geworden?«, rief er mit vor Zorn bebender Stimme. »Du hast den Engländern in die Tasche gespielt mit deiner Wehrzersetzung! Hast du mitbekommen, wie die Schweine uns jetzt erniedrigt haben? Unsere edle Flotte, der ganze Stolz des Kaisers, wurde von ihrer Royal Navy interniert! Danach haben sie uns gezwungen, unsere eigenen Schiffe zu versenken. Hast du damals darüber gelesen? Du liest doch so gern! Oder stand davon nichts in der Lügenpresse, die deinesgleichen bevorzugt?«

»Natürlich habe ich davon gehört«, erwiderte Sofie, nun ihrerseits etwas lauter, und sie wünschte sich, bereits angezogen zu sein. »Aber die Schiffe waren bei ihrer Zerstörung nicht bemannt, niemand ist dabei gestorben. Die deutsche Flottenleitung hatte da ja anderes vor. Und außerdem: Wie hätten wir denn im umgekehrten Fall reagiert? Wir hätten den Briten doch ihre Schiffe auch nicht gelassen. So ist es nun mal, wenn man einen Krieg verliert.«

»Tja, aber warum haben wir den denn verloren, Sofie? Warum? Bestimmt nicht durch die Überlegenheit des Feindes!«, behauptete Burkhard im Brustton der Überzeugung. »Vielmehr wegen der revolutionären Kräfte in den eigenen Reihen! Unsere Armee war vom Gift spartakistischer Ideen verseucht. Die Sozialdemokratie – Juden wie dieser Verräter Gideon – haben die Geschlossenheit der deutschen Gesellschaft systematisch unterminiert! Die Novemberverbrecher, die den Waffenstillstandsvertrag unterschrieben haben, gehören allesamt erschossen!«

In diesem Augenblick klopfte jemand mit Vehemenz gegen die Wohnungstür.

»Jetzt nicht!«, brüllte Burkhard aggressiv.

»Mach auf, Himmisakra!«, schrie eine hysterische Frauenstimme im Treppenflur.

Burkhard stand auf und wiederholte durch die geschlossene Tür, jetzt keine Zeit zu haben. »Wart im Hofbräuhaus auf mich!«

Sofie nutzte die Gelegenheit, ihre Kleidungsstücke zusammenzusammeln und sie eiligst überzustreifen. Sie wollte so schnell wie möglich fort aus dieser Wohnung.

»Wenn's du jetzt ned sofort aufmachst, dann soi di da Deifi hoin, du godvareckda Huanbeidl«, kreischte die Stimme vor der Tür, was Sofie nur sinngemäß verstand. Der Zorn in den Worten war eindeutig.

Burkhard warf sich einen Morgenmantel über und öffnete die Tür einen Spaltbreit, um die »Dame« abzuwimmeln. »Resi, schrei hier nicht so herum! Ich hab eine Besprechung. Ich komme nachher ins Hofbräuhaus runter.«

Die Frau warf sich mit Schwung gegen die Tür, um sie weiter zu öffnen, doch Burkhard stemmte sich dagegen, was sie noch wütender machte. »Besprechung, dass i ned lach! Der Rüdiger sagt, du bist mit am Fraunzimmer nauf!«, tobte sie.

Sofie war nun notdürftig angezogen. Sie beschloss, den Rest lieber im Hausflur zu richten, sie wollte einfach nur noch hier hinaus. Sie hatte sich schon lächerlich genug gemacht – sich nun im Kleiderschrank zu verstecken oder dergleichen hätte gerade noch gefehlt, um das Possenspiel, in das ihr Ex-Verlobter sie hier gezwungen hatte, zu vervollständigen. Sie ging zur Tür und signalisierte Burkhard, dass er sie hinauslassen solle – auch wenn ihm dies endgültig die Möglichkeit nahm, ihre Anwesenheit zu leugnen. Aber das war nun wirklich nicht ihr Problem!

Er schloss seufzend die Augen und öffnete die Tür. Davor stand eine vollbusige junge Dame mit blonden Locken, die Sofie wie zu erwarten hasserfüllt anstarrte. Diese eilte die Treppen hinunter und hörte im Gehen noch das schallende Klatschen einer Ohrfeige.

Die vergangenen Stunden fühlten sich für Sofie an, als gehörten sie nicht zu ihrem Leben. Entsprechend erleichtert war sie, als sie wieder auf die Straße trat. Zum Glück hatte ihr Anna genug Geld mitgegeben, sodass sie den nächsten Zug in Richtung Norden nehmen konnte. Das Kapitel Burkhard Nieland wollte sie einfach nur noch möglichst weit hinter sich lassen. Sie unterdrückte die in ihr aufsteigenden Tränen und versuchte, sich auf ihren Heimweg zu konzentrieren.

49

Als Sofie am darauffolgenden Tag nach Hamburg zurückkehrte, war sie sehr erschöpft. Dennoch wollte sie sich nach einem heiß ersehnten Bad gleich wieder in die Arbeit für die sterbende Reederei stürzen, um nicht an die seltsame Episode mit Burkhard zurückdenken zu müssen. Die soeben zu Ende gegangene Sitzung einiger Mitglieder der Deutschen Segelschiff-Kontor GmbH in der Bibliothek der Villa schien ihr deshalb die ideale Ablenkung.

Beim Betreten des Zimmers wurde sie freudig von Hinnerk, dessen rechter Hand Willy, Anna und Wilhelm Pohlig, einem Mitglied der Vereinigung, begrüßt. Der vierunddreißigjährige Kapitän war ein langjähriger Freund der Familie und blieb nach den Sitzungen des Segelschiff-Kontors gerne etwas länger da, um sich mit den Nielands zu unterhalten. Auch Ursel war in der Bibliothek zugange und räumte geschäftig das Kaffeegeschirr der Besucher ab. Sofie wusste, dass die junge Zofe sich auf ein Rendezvous mit dem neuen Briefträger von Othmarschen eingelassen hatte. Sofie wünschte sich, dass es klappen würde mit den beiden, denn der freundliche junge Mann, der Ursel immer so verliebt anhimmelte, tat der Zofe nach den vielen Monaten der Trauer um ihren Paul offenbar sehr gut. Sie kicherte erstmals wieder so viel wie in der Zeit vor dessen Tod. Wenigstens Ursel war Glück in der Liebe vergönnt, dachte Sofie traurig.

Anna bemerkte sofort, dass ihre beste Freundin an etwas

Unangenehmes dachte, sah sie fragend an und formte dabei mit den Lippen stumm den Namen ihres Bruders. Sofie nickte, signalisierte jedoch, indem sie den Zeigefinger auf die Lippen legte, dass sie über dieses Thema jetzt nicht sprechen wollte. Es gab ohnehin mehr als genug Geschäftliches zu erörtern: Die große Transportaktion stand nämlich unmittelbar bevor! Sofie fragte neugierig, wie der augenblickliche Stand der Planung sei. Kapitän Pohlig berichtete nun, dass das Segelschiff-Kontor bereits mit der Koordination des Transports von Ersatzmannschaften aus Hamburg und der Beladung der Schiffe in Chile begonnen habe. Insgesamt warteten vor der Westküste Südamerikas siebenundfünfzig deutsche Schiffe auf eine Rückführung und Übergabe an die Alliierten. Deren Fahrtüchtigkeit wiederherzustellen war laut Pohlig eine weitere Aufgabe, die das Kontor initiieren musste. Er selbst war als Kapitän für die geplante Überfahrt auch deshalb geeignet, weil er perfekt Englisch sprach. Er hatte nämlich volle vier Jahre in britischer Kriegsgefangenschaft auf der Isle of Man verbracht.

Willy berichtete, dass die chilenischen Hilfskräfte vor Ort bei der Instandsetzung gute Dienste leisteten. »Aber die Schiffe haben unter Wasser einen Muschelpanzer angesetzt, stellenweise mehr als zwanzig Zentimeter dick. Wir müssen Taucher einsetzen, um den entfernen zu lassen. Das macht alles noch viel teurer.«

»Es werden ja eigentlich fast tausend Mann gebraucht, aber so viele erfahrene Segelschiffsleute waren nicht zu finden – leider«, informierte sie Kapitän Pohlig bedauernd. »Deshalb können wir nicht wählerisch sein. Wer sagt, dass er steuern kann, wird als Matrose angenommen. Kaum ein Drittel dieser Leute hat Segelschiffserfahrung. Viele von ihnen wollen einfach nur aus Deutschland hinaus, weg von Hunger und Arbeitslosigkeit. Einige suchen auch das Weite, weil sie Straftaten begangen haben. Es sind tatsächlich ein paar schräge Vögel dabei.«

»Alle erhalten eine Monatsheuer als Vorschuss, das dürfte wohl auch die faulsten Eier unter ihnen bei Laune halten«, berichtete Willy. »Die Verteilung der Männer auf die Segler soll dann in Chile erfolgen. Das wird hier so kurzfristig bei all dem Trubel vor der Abfahrt nicht mehr möglich sein.«

»Das bekommen wir vor Ort schon organisiert. Der Kollege Petersen von der Reederei Laeisz ist zur Vorbereitung ja bereits seit November in Chile«, entgegnete Wilhelm Pohlig zuversichtlich. »Und wir kriegen auf dem Dampfer *Lucie Woermann* immerhin sechshundert Seeleute überführt. Wir fahren durch die Magellanstraße – oder, wenn wir die Erlaubnis bekommen, sogar den noch schnelleren Weg durch den Panamakanal, dann klappert die *Lucie* von Norden aus die chilenischen Küstenorte ab. Zweihundert weitere Männer werden mit dem nagelneuen Viermaster *Priwall* transportiert. Der Segler soll Valparaíso von Süden aus anlaufen – nach der Umrundung von Kap Hoorn. Wirklich geeignet für den Transport so vieler Menschen ist eigentlich keines der beiden Schiffe. Aber was bleibt uns anderes übrig? Die Zeit drängt, und die Mittel sind beschränkt.«

»Du bekommst das schon hin, da habe ich keinen Zweifel«, sagte nun auch Hinnerk zu Pohlig. »Schade, dass niemand von den Reedern vor Ort ist, um mit Arévalo zu verhandeln. Der alte Hund weiß, in welcher Situation wir stecken – er wird deshalb sicher einen astronomischen Preis für den Salpeter verlangen.«

»Arévalo?«, wiederholte Sofie. »Capitán Javier Esteban Arévalo aus Iquique?«

Hinnerk, Pohlig und Willy sahen sie erstaunt an.

»Ja«, bestätigte Hinnerk. »Sagt dir der Name etwas?«

»Er ist Sofies Brieffreund«, erläuterte nun Anna schmunzelnd.

Sofie nickte. »Ich habe ihn vor sechs Jahren in der Reederei kennengelernt – drei Tage vor Kriegsausbruch. Er fand, ich sähe seiner verstorbenen Tochter zum Verwechseln ähnlich.«

»Ja, und zwar so sehr, dass er sie adoptieren wollte«, erinnerte sich Anna.

»Wir schreiben uns zu Weihnachten und an unseren Geburtstagen immer noch Postkarten«, berichtete Sofie. »Ich glaube, wenn ich mit ihm verhandeln könnte, würden wir vielleicht einen angemesseneren Preis bekommen.«

»Dir würde er bestimmt *gar nichts* abschlagen«, bestätigte Anna.

»Ich habe ihm eigentlich ohnehin versprochen, ihn zu besuchen, wenn der große Krieg vorbei ist«, meinte ihre Gesellschafterin und fügte bedauernd hinzu: »Schade, dass auf solchen Transportfahrten keine Frauen zugelassen sind.«

»Na ja«, erwiderte nun Kapitän Pohlig, »meine Frau begleitet mich, und zwei Krankenschwestern als Unterstützung für den Bordarzt werden auch noch gesucht.«

Sofie war wie elektrisiert. »Wirklich? Ich war auch mal Krankenschwester – auf dem Lazarettschiff *Sierra Ventana*. Ich habe eine sehr liebe und erfahrene Kollegin, die wäre sicher auch bereit mitzukommen.«

Pohlig lächelte. »Wenn das eine Bewerbung sein soll, müssen Sie mich nicht mehr überzeugen.« Er sah Hinnerk fragend an, doch der blickte nur unsicher zu Willy.

»Sofie, das meinst du doch nicht ernst, oder?«, meinte Anna bestürzt. »Wochenlang auf hoher See mit einer Mannschaft verrufener Gestalten. Du hast doch gehört, was der Kapitän über diese Kerle gesagt hat.«

»Ich kann mich schon zur Wehr setzen«, entgegnete ihre Gesellschafterin. Sie dachte an die Worte, die Frau Iwersen an sie gerichtet hatte: *Wir sollten immer offen und ehrlich zueinander sein.*

»Ich will mitfahren, Anna! Du denkst doch auch, dass ich Arévalo seine Wucherpreise ausreden kann. Das könnte die Villa und die Reederei vielleicht endgültig retten. Ich bin es euch schuldig – nach allem, was eure Familie für Willy und mich getan hat.«

»Dann komme ich aber mit«, mischte sich nun ihr Bruder energisch ein. »Ich bin das Bordleben gewohnt, auch mit harten Jungs. Ich pass auf dich auf.«

»Kommt nicht infrage«, rief Hinnerk nun aufgebracht. »Dann bist du ja erst im Dezember zurück.«

»Aber so haben wir wenigstens vielleicht noch ein Heim, in das wir zurückkehren können«, gab Willy zu bedenken. Er wusste, dass sein Freund sich schon nach Käufern für die Villa am Elbstrand hatte umhören müssen.

Hinnerk wurde nun etwas ruhiger. »Ihr beiden meint das wirklich ernst, oder?«

»Absolut«, bestätigte Sofie.

»Können Sie nicht noch einen seefesten Fahrensmann mit Heizererfahrung gebrauchen?«, wandte sich Willy an Kapitän Pohlig.

»Heizer?«, wiederholte der abfällig. »Pah, Perlen vor die Säue. Sie werden mein Erster Offizier!«

»Aber … aber ich habe keine wirkliche Ausbildung in diese Richtung«, gab Willy verblüfft zu bedenken.

»Sie kennen die Seefahrt jedenfalls. Und bei unserem Gespräch neulich wurde mir klar, dass Sie von Nautik mindestens so viel Ahnung haben wie ich«, erwiderte Pohlig. »Wie gesagt: Viele der angeheuerten Kerle sind überhaupt keine Seeleute. Und Sie habe ich in den letzten Wochen als vertrauenswürdig kennengelernt.«

»Na gut«, wandte sich Hinnerk schließlich resigniert an Willy. »Dann bekommst du aber Prokura für die Reederei. Wenn ihr tatsächlich erfolgreich verhandelt, muss ja jemand vor Ort zeichnungsberechtigt für die Verträge sein.«

Sofie konnte es nicht fassen: Sie würde mit ihrem Bruder nach Südamerika reisen. Vielleicht würden sie in Chile sogar endlich Edith und Ramiro wiedersehen und deren kleinen Sohn kennenlernen! Was konnte ihr Besseres passieren, um Burkhard Nieland endgültig aus dem Kopf zu bekommen?

***

Am Sonntag, den 15. August 1920, verabschiedete sich Sofie in aller Frühe von Anna und Gideon Meseritz, dem Personal sowie Gudrun und Teresa Nieland. Hinnerk hatte sich bereit erklärt, sie von der Villa zum Hafen zu fahren, von wo aus sie die Barkasse zur *Lucie Woermann* nehmen würde. Willy und Hinnerk hatten sich bereits am Vortag in der Villa voneinander verabschiedet. Der frischgebackene Erste Offizier war nämlich mit den Inspektoren der anderen Reedereien schon am Sonnabend an Bord des Dampfers gegangen, um alles für das ordnungsgemäße Eintreffen der Mannschaften vorzubereiten.

Der junge Reeder war über die bevorstehende mehrmonatige Trennung von seinem Geliebten immer noch alles andere als begeistert. »Ich weiß, Willy fährt eigentlich mit, um dich zu beschützen«, sagte er, als er Sofie am Hafen absetzte. »Aber du bist doch etwas erwachsener als er. Also pass du bitte auch ein bisschen auf ihn auf.«

»Ich bringe ihn dir heil und am Stück zurück«, versprach

Sofie und umarmte Hinnerk zum Abschied herzlich. Es freute sie immer wieder, wie glücklich Annas Cousin ihren Bruder machte. Und ihr eigenes unglückliches Händchen bei der Männerwahl, nun, das würde sie auf der bevorstehenden spannenden Reise hoffentlich vergessen können.

In der strahlenden Morgensonne bestieg Sofie wie verabredet mit Kapitän Pohlig und seiner bildhübschen Ehefrau pünktlich um acht Uhr dreißig die Barkasse, die sie zum Schiff bringen sollte. Bei ihnen war auch Sofies ehemalige Kollegin Heidi, die sie erfolgreich als zweite Bordpflegerin empfohlen hatte. Die Oberschwester war für den Rest des Jahres von ihrem Posten im Krankenhaus von Wilhelmshaven beurlaubt worden. Eine halbe Stunde später erreichten sie den großen Dampfer. Er war laut Pohlig über hundert Meter lang und fast fünfzehn Meter breit. »Die *Lucie Woermann* wurde vor achtzehn Jahren für den Passagier-, Fracht- und Postdienst nach Deutsch-Südwestafrika gebaut«, erklärte der Kommandant. »Am 29. März wurde die Gute an die Siegermächte ausgeliefert, und bei denen haben wir sie jetzt für den Transport gechartert. Leider ist sie erst am 2. August aus England in Hamburg eingetroffen. Viel zu knapp, um sie vernünftig für über siebenhundert Passagiere herrichten zu lassen. Eigentlich ist der Dampfer nur auf ein Drittel an Fahrgästen und auf drei Klassen ausgelegt. Aber immerhin macht die gute *Lucie* 12,5 Knoten, eine durchaus achtbare Geschwindigkeit.«

An Bord des imposanten Dampfschiffes wurden sie vom pensionierten Großsegler-Kapitän Bock begrüßt, einem korpulenten altgedienten Fahrensmann mit weißem Rauschebart. Er sollte sich im Auftrag der Reederei Krabbenhöft & Bock, deren Teilhaber er war, als Inspektor und Transportleiter für diese Fahrt verdingen. »Der erste Schub der Mannschaft ist schon eingetroffen«, erläuterte der alte Seebär. »Da auf dem Hafenrundfahrt-Dampfer an der Längsseite wartet schon der nächste Pulk. Unser Erster Offizier Heger führt mit dem Kollegen von der Reederei Laeisz und der Hafenpolizei die Eintragung der Mannschaften durch.«

»Auf den Heuerscheinen finden die Männer ihre Kojennummer«, wurde dem Kapitän von Rollen-Offizier Seybold berichtet, der mit seinem Kollegen Tumult für Essen und Unterbringung verantwortlich zeichnete.

»Für zehn Uhr sind weitere zweihundertachtzig Mann angekündigt«, informierte Bock. »Der letzte Schwung soll um kurz nach elf kommen.«

»Dann kann es ja bald losgehen«, stellte Pohlig fest.

Da kam Willy herbei, um seine Schwester, Kapitän Pohlig und dessen Frau seinerseits zu begrüßen. Sofie fand, dass ihrem Bruder die Uniform eines Offiziers noch besser stand als die des Chauffeurs. »Ein paar Betrunkene haben das Schiff nach der Musterung auf der Steuerbordseite gleich wieder verlassen«, vermeldete er empört.

»Die wollten bestimmt nur den Vorschuss kassieren – oder haben Muffensausen bekommen«, ärgerte sich Pohlig. »Zum Teil haben wir uns da ein ganz schönes Gesocks angeheuert.«

Apropos Gesocks, dachte Sofie, die einen hageren älteren Matrosen bemerkt hatte, der in Sichtweite herumlungerte und sie selbst, Heidi und die hübsche Frau Pohlig fixierte wie eine Schlange drei Kaninchen.

Letztere wandte sich flüsternd an ihren Mann und erklärte, dass sie sich durch das Starren belästigt fühle.

»Das ist der alte Bootsmann Hauer, der elende Lustmolch«, erkannte Bock. »Gegen den hatte ich schon öfter Beschwerden.«

Er marschierte zu dem Matrosen hinüber und wies ihn an, sich zu trollen, was dieser dann auch tat – jedoch nicht, ohne Frau Pohlig zum Abschied schmierig anzugrinsen.

»Wir müssen hier wirklich besonders gut auf unsere Damen aufpassen«, befand Kapitän Pohlig gereizt.

»Es sind übrigens auch unangemeldete Frauenzimmer an Bord«, erklärte einer der Reederei-Inspektoren. »Ich habe von Weitem zwei in den Mannschaftsraum steigen sehen. Meine Männer haben sich schon auf die Suche nach ihnen gemacht.«

»Zumindest kommen blinde Passagiere nicht legal an Essen«, sicherte nun der zweite Rollenoffizier zu, der besonders ordentlich frisierte Herr mit dem gar nicht zu ihm passenden Namen Tumult. »Jeder erhält eine Karte für die Essensausgabe, die abgestempelt wird. Ohne Karte kein Futter!«

»Na, das scheint ja 'ne wilde Reise zu werden«, flüsterte Oberschwester Heidi Sofie zu. Diese nickte beklommen.

50

Um zwei Uhr nachmittags wurden die Leinen losgemacht, und die *Lucie Woermann* fuhr, unterstützt von zwei Schleppern, elbabwärts. Die Flussufer waren gesäumt von zahlreichen Schaulustigen, die sich die Ausfahrt des großen Dampfers nicht entgehen lassen wollten. Sofie und Willy standen mit Kapitän Pohlig, dessen Gattin und Transportleiter Bock auf dem Brückendeck und beobachteten das Geschehen an Land. Als sie Othmarschen passierten, sahen sie die Villa Nieland aus ihrem parkartigen Anwesen emporragen.

»Wie stolz sie dort über dem Elbstrand thront«, begeisterte sich Sofie. »Da oben ist der Turm, wo ich immer mit Anna sitze.«

»Wir müssen einfach Erfolg haben in Chile«, sagte Willy ernst. »Die Nielands sollen dieses schöne Haus behalten dürfen.«

Eine halbe Stunde nach Ablegen ließ der Dampfer die Schlepper hinter sich und setzte seine Fahrt aus eigener Maschinenkraft fort.

»Zum ersten Mal seit sechs Jahren weht unsere deutsche Flagge wieder friedlich auf dem Meer«, erklärte der Kapitän feierlich, und es machte Sofie und Willy ein wenig stolz, mit an Bord zu sein.

Plötzlich hörten sie eine schrille Frauenstimme keifen: »He, nicht so grob! Lassen Sie mich los!«

Die Reederei-Inspektoren waren offenbar bei ihrer »Aktion

Frauenzimmer-Suche« erfolgreich gewesen: Sie brachten Kapitän Pohlig eine sich sträubende junge »Dame«, die rußverschmiert wie ein Schornsteinfeger war. »Wir haben das Mamsellchen gefunden. Sie hat sich im Laderaum auf den Kohlen versteckt.«

»Bitte, Herr Kapitän, ich flehe Sie an«, rief das junge Fräulein melodramatisch. »Lassen Sie nach meinem Verlobten schicken, dem Matrosen Satze. Ich glaube, der Kohlestaub hat mich vergiftet, ich sterbe!«

»Den Satze kenne ich«, erklärte Bock. »Ist ein rechtes Muttersöhnchen.«

»Lassen Sie ihn holen«, wies Pohlig knurrend an, dem das Schluchzen der blinden Passagierin merklich auf die Nerven ging. »Er soll dieses hysterische Weib zur Vernunft bringen, bis wir sie absetzen können.«

Als der junge Matrose Satze gebracht wurde, begann er beim Anblick seiner »Braut« ebenfalls zu weinen. Pohlig verdrehte die Augen, Sofie und Willy hingegen kämpften mit dem Drang zu lachen. Sogleich stürzte der Liebeskranke auf sein kohleverdrecktes und wimmerndes Schätzchen zu, um es leidenschaftlich zu küssen – und die junge Dame fiel doch glatt in Ohnmacht. Sofie hastete zu ihr, konnte aber außer erhöhtem Puls keine körperlichen Auffälligkeiten feststellen.

»Wir geben das überdrehte Frauenzimmer in Cuxhaven auf den Dampfer *Alte Liebe*. Der fährt sie zurück nach Hamburg«, knurrte Kapitän Pohlig gereizt Willy zu.

»*Alte Liebe*«, amüsierte der sich. »*Junge Hysterie* würde da wohl besser passen.«

Bei Cuxhaven ging mit den Organisationsleitern der Schifffahrtsgesellschaften auch Pohligs Ehefrau von Bord, die nun doch zu viel Angst vor der großen Reise mit der teils sehr zwielichtigen Mannschaft bekommen hatte. Der Kapitän ließ sie gewiss mit einem lachenden und einem weinenden Auge zurück, dachte Sofie. Er war bestimmt erleichtert, die zierliche Dame in Sicherheit zu wissen, andererseits würde er sie nun vor Weihnachten nicht mehr wiedersehen.

Andere zeigten ihren Abschiedsschmerz wesentlich drastischer als der Kapitän: Als das noch immer bewusstlose Liebchen des Matrosen Satze an Land gebracht wurde, drohte der junge Mann von Bord zu springen, wenn man ihn nicht mit ihr gehen ließe. Willy und ein in der Nähe stehender Bordzimmermann mussten einiges an Kraft aufwenden, um den tobenden Seemann zurückzuhalten, während der Dampfer wieder ablegte. Plötzlich fiel der Jüngling zu Boden und begann krampfartig zu zucken.

»Ein epileptischer Anfall«, mutmaßte Rollen-Offizier Seybold besorgt. Doch Sofie schüttelte nach kurzer Untersuchung den Kopf. Sie hatte an Bord des Lazarettschiffs *Sierra Ventana* bereits Grand-Mal-Anfälle erlebt, der Matrose vor ihr zuckte allerdings viel zu gesteuert, und er hatte außerdem kurz die Augen geöffnet und sie hellwach angesehen.

»Er simuliert«, flüsterte sie Kapitän Pohlig zu.

»Soll er springen!«, rief der daraufhin wütend. »Dieses Menschen wegen wird das Schiff keine Minute gestoppt.«

Sofie wandte sich ihrem Bruder und dem jungen Zimmermann zu, der ihm geholfen hatte, den Matrosen festzuhalten. Er war hochgewachsen und hatte widerspenstiges, etwas zu langes Haar. Sie bemerkte, dass der braun gebrannte, in der Sonne glänzende Oberkörper des Schreiners makellos wie der einer Statue war.

»Guten Tag«, sagte er freundlich und entblößte seine weißen Zähne zu einem strahlenden Lächeln. »An Ihnen scheint ja eine Ärztin verloren gegangen zu sein.«

»Lazarettschwester«, korrigierte ihn Sofie höflich, aber distanziert. Sie wollte hier an Bord lieber vorsichtig im Umgang mit der Mannschaft sein.

Nun wandte sich Willy an den hochgewachsenen Zimmerer: »Danke für Ihre Hilfe, Herr …«

»Timmlein«, ergänzte der Handwerker. »Max Timmlein.«

»Ich frage mich, wo sich die andere Frau versteckt hält«, meinte Sofie. »Inspektor Opitz hat doch noch eine zweite gesehen.«

»Stimmt«, erinnerte sich nun auch Willy. »Irgendwo muss die sich noch rumtreiben.«

»Ich halte die Augen offen«, versprach Timmlein grinsend. »Jetzt muss ich erst mal wieder an die Arbeit. Die gute alte *Lucie* hat noch einige Macken.«

»Na, der ist ja auch nicht von schlechten Eltern!«, kommentierte Willy anerkennend, als Max Timmlein gegangen war.

»Das petze ich Hinnerk«, drohte Sofie scherzhaft. »Er hat gesagt, ich solle auf dich aufpassen!«

»Hat er?«, versicherte sich Willy und fügte, verliebt lächelnd, hinzu: »Der alte Spinner.«

Da sah Sofie den alten Matrosen Hauer übers Oberdeck gehen, ihre Blicke trafen sich, und er zwinkerte ihr zu. Sie erschauderte. Dieser Mann war ihr unheimlich.

***

Am nächsten Morgen suchte der Matrose Satze die Brücke auf, um sich beim Kapitän für sein Verhalten zu entschuldigen. Offenbar hatte er sich über Nacht wieder etwas beruhigt.

»Ah, Satze, haben Sie den großen Sprung nun doch nicht gewagt?«, empfing ihn Pohlig mit einem zynischen Grinsen im Gesicht, sodass auch Willy schmunzeln musste.

Satze errötete, beteuerte, wie leid ihm sein gestriger Ausbruch tue. Er sei äußerst dankbar, dass der Kapitän seine Braut habe in Sicherheit bringen lassen.

Leider lösten sich nicht alle Probleme so einfach in Wohlgefallen auf. Obwohl sie noch nicht einmal einen vollen Tag unterwegs waren, hatte sich schon ein sogenannter »Vertrauensrat« unter den aufrührerischen Matrosen gebildet. Einige Männer hatten sich beim Transportführer Bock gemeldet, um sich über die ihrer Meinung nach »unerträglichen Mängel« an Bord zu beschweren. Der alte Reederei-Inspektor war derart überfordert, dass er nun mit dem Pulk fluchender und zorniger Kerle auf die Brücke kam, um Pohlig hinzuzuziehen.

»Wir hören nur gewählte Obleute an! Alle Ränge und Berufsgruppen sollen je einen Vertreter wählen, der dann ihre Anliegen vorbringt«, rief der Kapitän bei seiner Ankunft mit donnernder Stimme in die larmoyante Gruppe. »Die Offiziere wählen dann ihrerseits einen Obmann, und *danach* wird diskutiert.«

Nachdem sich der chaotische Haufen des Vertrauensrats zurückgezogen hatte, um Obmänner zu wählen, erklärte Pohlig seinem Ersten Offizier: »Ich hoffe, dass eine gewählte Kommission uns bei der Aufrechterhaltung der Ordnung an Bord unterstützen wird.«

Willy war diesbezüglich eher skeptisch.

Am Dienstag, den 17. August 1920, passierte die *Lucie Woermann* bei herrlichem Sommerwetter die bis zu hundert Meter hohen, hellweißen Kreidefelsen von Dover. Weniger sonnig war die Stimmung, als um fünf Uhr nachmittags an einem langen Tisch im Schiffssalon die erste Besprechung der Offiziersvertreter mit den gewählten Obmännern begann. Die Offiziere hatten Willy zu ihrem Vertreter gewählt. Dieser war wiederum erleichtert, dass die Zimmermänner Max Timmlein als ihren Obmann bestimmt hatten, den er als verantwortungsbewusst, loyal und gewitzt kennengelernt hatte. Kapitän Pohlig hatte Willy auch erzählt, er selbst habe Timmlein bereits in ihrer gemeinsam verbrachten britischen Kriegsgefangenschaft schätzen gelernt.

Als Generalobmann hatte die Matrosenkommission allerdings einen eher windigen jungen Schiffskoch aus Lübeck namens Herrmann Kruse bestimmt. Er war ein Bär von einem Mann mit aufwieglerischem Geschick. Während er gegen die vermeintlich schlechte Unterbringung und Verpflegung wetterte, johlten die ihn umgebenden Kameraden. Sie wurden auch ausfällig gegen Transportleiter Bock. »Hau dem Fettwanst den Kopf ein!«

»Smiet ehm über Bord!«

»Ruhe jetzt!«, brüllte Willy. »Bei dem Gekeife wird hier gar nichts verhandelt!«

Er gab Obmann Max Timmlein ein Zeichen, und die Zimmerleute stellten sich schützend vor Bock. Der athletische Körperbau der Handwerker schien der restlichen Mannschaft Respekt einzuflößen. Doch Bock war in Panik geraten und zog einen Revolver, was mit empörten Rufen und Pfiffen quittiert wurde. Der merklich überforderte und schwitzende Transportleiter bat Willy, den Kapitän zu holen.

»Kruse, jetzt lassen Sie erst mal den Saal räumen und abschließen«, forderte Pohlig, als er den Salon voller schreiender Matrosen betrat. »Dann können wir vernünftig reden.«

Nachdem Pohligs Befehl Folge geleistet worden war und von der Kommission außer dem Matrosenobmann Kruse nur noch dessen Stellvertreter Bootsmann Hauer und Timmlein als Repräsentant der Bordzimmermänner im Salon blieben, herrschte endlich Ruhe.

»Na, so lässt es sich doch gleich besser diskutieren«, meinte der Kapitän zum Generalobmann.

»Ab morgen muss eine Erhöhung der Essensrationen in Kraft treten«, brachte Kruse nun seine Forderung nochmals leiser – aber nicht weniger bestimmt – vor.

»Ich habe beim Seemannsamt in Hamburg ganz bewusst erwirkt, dass an Bord nicht die karge Kriegsrationierung gilt, sondern die vom 3. März 1899«, erwiderte Kapitän Pohlig darauf. »Es gibt bei uns also völlig eindeutig eine Essensplanung auf dem höheren Vorkriegsniveau.«

Zur Bekräftigung las Pohlig die unterschiedlichen Speisepläne auch noch vor. »Sie sehen also, wie viel mehr Verpflegung die Reedereien schon freiwillig auszugeben bereit sind!«

Kruse ließ sich von dieser Demonstration jedoch nicht beeindrucken. Er forderte: »Wurst und Milch für alle! Keiner an Bord darf benachteiligt oder bevorzugt werden.«

»Da rennen Sie bei uns offene Türen ein«, erwiderte der Kapitän. »Genauso handhaben wir es schon seit der Abfahrt – jeder an Bord bekommt dasselbe. Wir geben so viel, wie wir haben. Mehr kann ich mir nicht aus den Rippen schneiden.«

»Ich will Einsicht in alle Proviantlisten«, verlangte Kruse nun. »Ich weiß doch, dass hier noch viel mehr lagert, sämtliche an Bord befindliche Vorräte müssen eben verwendet werden.«

»Die sind aber teilweise für die Schiffe bestimmt, die in Südamerika auf uns warten!«, erklärte Pohlig, allmählich verärgert über die Beharrlichkeit des Schiffskochs. »Sollen die Mannschaften auf der Rückfahrt etwa hungern?«

Doch auch dieses Argument ließ der nassforsche Kruse nicht gelten. »Dann muss man für die Rückreise eben neuen Proviant kaufen«, forderte er.

»Und wo?«, fragte Pohlig barsch. »Die Chilenen befürchten ohnehin, dass wir ihnen die Revolution ins Land bringen. Die werden einer Mannschaft wie der unseren ungern Proviant verkaufen.«

»Na, noch sind wir ja in englischen Gewässern, nicht wahr? Es findet sich bestimmt ein Hafen zum Nachkaufen«, schlug Kruse vor und schob gleich noch eine Drohung hinterher: »Wenn Sie uns weiter hungern lassen, brechen wir die ganze Aktion eben ab und gehen bei nächster Gelegenheit an Land.«

»Das ist doch kindisch. Sie wissen selbst, wie leichtsinnig das wäre.«

Willy war ebenfalls empört über Kruses Erpressung. Schon der Versuch, einen britischen Hafen anzulaufen, würde Unschuldige gefährden.

»Ein Blick der Engländer auf das Gesocks hier an Bord, und die wissen, woher der Wind weht«, erklärte Pohlig. »Sie werden eher auf uns feuern, als sich von solchem Pack eine Revolution ins Land tragen zu lassen.«

»Wenn Sie unseren Forderungen nicht stattgeben, haben Sie die Konsequenzen zu verantworten«, entgegnete Kruse mit eisiger Miene. »Die Mehrzahl der Mannschaften ist nur noch schwer im Zaum zu halten. Denken eben, sie haben nicht viel zu verlieren. Sie wissen ja genau, dass sie am Ende dieser Reise die deutsche Flagge niederholen müssen – und ihnen danach eine lange Arbeitslosigkeit bevorsteht.«

»Auch mit Drohungen lass ich mich nicht dazu zwingen, Ihnen Punkt für Punkt Ihrer Wunschliste zuzugestehen«, stellte Pohlig klar. »Dazu ist sie viel zu kurzsichtig und verantwortungslos. Ich bin bereit, die Rationen auf das Maximum zu erhöhen, das unser Bestand noch zulässt – und mittwochs und sonntags eine kleine Extraration Käse, Milch und Corned Beef dazuzugeben. Sollten Sie dann immer noch nicht satt werden, können Sie sich gern erneut bei mir beschweren.«

Kruses Starrköpfigkeit schien zu bröckeln. »Kann dann jedenfalls einer unserer Obmänner bei der Essens- und Proviantverteilung dabei sein?«

Pohlig zuckte mit den Schultern. »Von mir aus. Wir haben ja nichts zu verbergen, es bekommt hier an Bord von jeher jeder gleich viel. Überzeugen Sie sich also ruhig selbst davon!«

»Also gut«, knurrte Kruse, »aber die Kojen sind auch zu eng, keine genügenden Gänge dazwischen, die Spinde fehlen ganz.«

Willy merkte, dass der Kapitän um des Friedens willen zähneknirschend zu größeren Kompromissen bereit zu sein schien. Der wandte sich nun nämlich an den Vertreter der Bordzimmermänner: »Timmlein, ist es möglich, die Kojen so umzubauen und zu verlegen, dass es mehr Platz gibt?«

»Kriegen wir hin, Kaptein«, erwiderte der.

»Gut, wir schauen uns das nachher gleich mal an.«

Willy wurde indes immer nervöser, weil der alte Bootsmann Hauer dauernd mit dem Zeigefinger auf die Mündung von Bocks Revolver tippte, was natürlich nicht ungefährlich war.

»Warum hat der alte Bock eigentlich 'ne Waffe?«, fragte Hauer schließlich. »Sollen wir etwa abgeknallt werden wie die Kameraden in Kiel vor zwei Jahren, wenn wir nicht spuren?«

Willy sah sofort, dass Pohlig ob dieser Brüskierung beinahe der Kragen geplatzt wäre. »Hiermit beende ich die Sitzung!«, schnauzte er schließlich, stand auf und ging.

»Wie geht es dem Kapitän damit?«, erkundigte sich Sofie, nachdem ihr Bruder ihr später an Deck von den Verhandlungen erzählt hatte.

»Nicht gut. Die Bereitschaft, sich zu beschweren und zu meutern, ist gegen Kriegsende ja aus gutem, triftigem Grund unter den Mannschaften entstanden. Jetzt ist der Krieg vorbei, aber einige scheinen zu denken, es ginge auch generell ohne Disziplin.«

»Was wir hier vorgesetzt bekommen, ist doch eine völlig normale Bordverpflegung«, befand Sofie. »Klar ist die nicht sonderlich üppig oder schmackhaft. Aber wir sind ja auch nicht auf einer Kreuzfahrt.«

Willy nickte. »Wir können nur hoffen, dass uns Hamburg über die Telegrafenstation auf der Insel Fayal die Erlaubnis sendet, den Panamakanal anzusteuern. Durch die Abkürzung müssten wir ein paar Wochen weniger mit diesen Meuterern auf demselben Schiff ausharren.«

Gleich am folgenden Tag trat die Erhöhung der Essensrationen in Kraft. Willy machte sich nach dem etwas üppigeren Mittagsmahl auf den Weg zur Brücke, um dem Kapitän die von ihm festgestellte Stimmungsverbesserung innerhalb der Mannschaft mitzuteilen. Dazu trug auch bei, dass die Zimmermänner unter Anleitung Timmleins bereits mit dem Umbau der Kojen begonnen hatten. Er traf Pohlig auf dem Gang an, da sich dieser gerade zu einer Sicherheitsrunde unter Deck aufmachte. Der Kapitän war erfreut über Willys Bericht und erzählte, dass er selbst soeben ein weiteres Problem gelöst habe: »Unser einfältiger Maschinist Pinsky hat vor dem Start zu wenig Männer fürs Kohleschaufeln angefordert. Aber wie es der Zufall so will, haben sich gerade sechs blinde Passagiere freiwillig gemeldet. Hatten bestimmt Hunger. Pinsky kriegt drei von ihnen zum Schippen, die Küche einen als Kartoffelschäler und das Deck zwei als Reinigungskräfte.«

Willy wollte diese Aufteilung gerade loben, da flüsterte im Schatten des Ganges eine Stimme zischend: »Herr Kapitän.«

»Ja?«, fragte Pohlig, instinktiv ebenfalls leise.

Ein verängstigter und etwas verwahrloster Mann trat aus dem Schatten, blickte sich nervös um und erklärte, sein Name sei Fiebig.

»Ich bin hier, um Sie zu warnen, Herr Kapitän«, behauptete der Fremde. »Ich hatte mich mit zehn anderen im Kohlebunker versteckt. Zwei, die in meiner Nähe lagen, hab ich heimlich belauscht. Die Verbrecher planen einen Überfall auf Sie. Der eine hat einen Revolver und einen Totschläger, der andere einen Dolch!«

»Danke für die Warnung«, sagte der Kapitän zu dem blinden Passagier. »Sie haben sicher Kohldampf?«

Fiebig senkte den Blick und nickte.

»Gehen Sie zu Bootsmann Hauer, er soll Ihnen Arbeit geben und Sie zum Essen einteilen.«

Der blinde Passagier bedankte sich und warnte im Gehen nochmals: »Ich war früher mal bei der Berliner Kriminalpolizei, ich kenne solche Kerle. Die sind auf Krawall gebürstet, voller Hass, gierig – und in der Tat zu einem Mord bereit.«

Der Kommandant und sein Stellvertreter tauschten beunruhigte Blicke aus. Willy glaubte zwar nicht, dass der schwächlich wirkende Fiebig – so dies denn sein wirklicher Name war – jemals in irgendeiner auch nur ansatzweise bedeutsamen Position bei der Polizei gearbeitet hatte, genau wie Pohlig hielt er den Teil mit den bewaffneten Männern und deren Attentatsplan jedoch für wahr.

51

Nach der Erhöhung der Essensrationen und der großzügigeren Gestaltung der Kojen bemühte sich Generalobmann Kruse um Kooperation mit den Offizieren. Als Zeichen seines guten Willens führte er eine grell geschminkte junge Frau auf die Brücke, wo Willy, Pohlig und Timmlein gerade weitere Umbaumaßnahmen für das Schiff besprachen.

»Die habe ich gefunden, Kaptein. Sorgt für reichlich Aufruhr unter Deck, kann ich Ihnen sagen. Ich habe gehört, Sie lassen schon seit einer Weile nach ihr suchen?«

Willy glaubte seinen Augen nicht zu trauen, als er in dem Frauenzimmer, dem man seinen liederlichen Lebenswandel ansah, jene Wirtstochter erkannte, die ihn vor knapp zwei Jahren bei Karoline Iwersens Auftritt auf der Reeperbahn belästigt hatte. Er hoffte zunächst, dass sie sich nicht an ihn erinnerte, wurde aber rasch enttäuscht.

»Na, wir beiden Hübschen haben uns doch auch schon mal getroffen«, wandte sich die blinde Passagierin an ihn, kaum dass sie ihn entdeckt hatte.

Willy spürte, wie ihm die Röte ins Gesicht stieg, als Pohlig ihm einen verwunderten Seitenblick zuwarf.

»Name? Alter?«, erkundigte sich der Kapitän nun bei der jungen Frau.

»Emma Wenz heiß ich, und ich bin achtzehn Jahre alt.«

»Wie sind Sie hier an Bord gekommen?«

»Der Kontrolloffizier wollte mich erst nicht durchlassen,

aber am Ende konnte ich ihn doch noch überzeugen«, sagte sie mit süffisantem Lächeln. »Ich bin dann brav im Achterschiff geblieben. Aber vor zwei Tagen hat mich der Bootsmann, dieser Hauer … er hat mir unsittlich zugesetzt.«

Hauer! Na, das konnte Willy sich lebhaft vorstellen, dass der alte Lustmolch auf die Wenz flog. »Ein anderer Matrose hat mich gerettet und dann in den Mannschaftsraum von Luke eins gebracht«, erzählte Emma nun ihre Geschichte im Tonfall eines Kindermärchens weiter. »Zur Sicherheit! Dort habe ich zwei Nächte verbracht. Aber dann haben sich die Männer dort um mich geprügelt! Ich verstehe das ja, so auf hoher See, da verwirrt eine schöne junge Frau einen ausgehungerten Kerl natürlich. Aber da kann ich ja nichts für, Herr Kapitän.«

Pohlig verdrehte die Augen und wandte sich zu dessen Entsetzen an Willy: »Heger, ich stelle das Frauenzimmer unter Ihren besonderen Schutz – zumal Sie sich ja ohnehin zu kennen scheinen.«

»Mensch, Wikinger, jetzt klappt es ja doch noch mit uns«, flüsterte Emma augenzwinkernd Willy zu, der innerlich mit seinem Schöpfer haderte. Womit hatte er das verdient?

»Erst mal bringen Sie sie zum Arzt«, ordnete Pohlig an. »Er soll sie gründlich untersuchen. Und sie trägt ab jetzt Matrosenkleidung, in dem anzüglichen Fetzen kann sie hier nicht rumlaufen!«

Willy seufzte und nickte schließlich ergeben. Als er mit der Wenz in Richtung Krankenstation losging, hörte er noch, wie sich der Kapitän an den Zimmermann wandte: »Timmlein, Sie bauen einen provisorischen Verschlag auf der steuerbords liegenden Bootsdeck-Laube. Da bringen wir das Weib unter. Sie erhält eine normale Mannschaftsration. Nachts sperren wir sie ein – zu ihrem eigenen Schutz.«

Am Spätnachmittag erklärte Pohlig auf dem Brückendeck Willy und Inspektor Bock, dass er für den Abend aufgrund der Attentatswarnung durch den blinden Passagier ein Treffen aller Offiziere anberaumen wolle.

»Das kann ja wohl nicht wahr sein«, ereiferte sich da unvermittelt Bock. Offenbar hatte er etwas auf dem Bootsdeck erspäht. Willy und Pohlig folgten seinem Blick zu der gerade für Emma Wenz fertiggestellten Baracke. In Matrosenkleidung hängte das Fräulein dort ihr frisch gewaschenes Kleid und ihre übrigen Stofffähnchen in der Abendsonne zum Trocknen auf. Passenderweise sang sie dazu ein Lied von der »Pest an Bord«.

»Ironie des Schicksals!«, kommentierte Pohlig. »Da tun wir alles, um Schwester Sofie und Oberschwester Heidi vor den Männern zu verbergen, und jetzt hängen Frauenbüxen an Deck. Auf einem Schiff mit siebenhundertfünfzig Männern! Der Bordarzt Doktor Jepsen meint, sie habe Syphilis. Umso wichtiger, dass wir das Frauenzimmer nachts wegschließen.«

»Timmlein hat einen Aushang vorgeschlagen«, berichtete Willy. »›Es ist strengstens verboten, das Brückendeck zu betreten!‹ soll da draufstehen.«

»Versuchen wir's«, meinte Pohlig. »Aber viele dieser Kerle pfeifen auf Verbote, wenn die Begierde ›Weib‹ heißt.«

Das konnte Willy bestätigen. »Die Wenz durchs Schiff zu führen, war der reinste Spießroutenlauf. Alle sehen sie verliebt an oder raunen ihr anzügliches Zeug zu.«

»Und woher meint das Weib, *Sie* zu kennen?«, erkundigte sich nun der Kapitän bei seinem Ersten Offizier.

Willy war erleichtert, dies aufklären zu können. »Die Schwiegertochter unserer Haushälterin tritt öfter in der Hamburger Kneipe von Emma Wenz' Vater auf. Da hat die Kleine mich mal ins Visier genommen. Hat gesagt, ich sehe aus wie ein Wikinger, und wie gut die gebaut sind und all so ’n Quatsch.« Willy erzählte dies in spöttischem Tonfall, doch Pohlig verzog keine Miene.

»Gut gebaut, aha. Und? Durfte sie sich davon überzeugen?«

»Nein, natürlich nicht«, haspelte Willy aufgeregt. »Ich würde doch nie …«

In diesem Moment lachten Pohlig und Bock laut los.

»Keine Sorge, Heger«, erlöste ihn schließlich Bock. »Der Kollege Pohlig foppt Sie bloß.«

Weniger heiter ging es abends bei der Besprechung der Offiziere zu.

»Einige Subjekte in den Transportmannschaften haben eine unverblümt drohende Haltung. Nicht nur dieser blinde Passagier hat Warnungen ausgesprochen«, berichtete Pohlig den versammelten Männern. »Laut einem der Obmänner sind unter einigen rabiaten jungen Kerls eine stattliche Anzahl von Waffen vorhanden. Das Ganze muss also schon von Hamburg aus organisiert worden sein.«

Er wandte sich an Willy. »Heger, wir beide müssen ab jetzt ständig ein wachsames Auge haben. Sie sollten künftig zu jeder Tageszeit für mich verfügbar sein – wird natürlich extra bezahlt.«

Dann deklarierte er, man brauche nachts eine Sicherheitswache, was für zustimmendes Raunen unter den Offizieren sorgte. »Auf diese Weise erfahren wir rechtzeitig von Vorbereitungen zur Revolte – und können sie im Keim ersticken«, fuhr Pohlig fort. »Die Brücke erhält zwei Wachgänger, sodass dort immer jemand aufpasst. Jeder wachleistende Kapitän bekommt einen der Dritten Offiziere zur Seite, Süffler den Sand, Sulze den Weinrich, Herr Usram den Sapper. Alle werden zudem bewaffnet.«

Pohlig wandte sich an einen anderen Offizier: »Feld, Sie quartieren sich beim Telegrafen ein. Im Fall der Fälle vereiteln Sie mit Waffengewalt eine Zerstörung der Station. Wir dürfen den Kontakt nach außen keinesfalls verlieren!«

Er wandte sich an die Rollenoffiziere Tumult und Seybold, sie sollten tagsüber Augen und Ohren offenhalten. Die Nachtwache aus sechs jungen, entschlossenen Offizieren bekam von Pohlig Anweisung, sämtliche Decks zu beaufsichtigen und alles Verdächtige dem Ersten Offizier zu melden. »Wenn der die Gefahr als groß genug erachtet, begibt er sich auf die Brücke und schlägt mit der Dampfpfeife Alarm. Dreimal D für *danger!* Alle Waffentragenden beziehen dann unverzüglich Posten.«

Der Kapitän führte nun noch detailliert aus, wer im Notfall wo auf der *Lucie Woermann* Stellung zu beziehen habe. Durch diesen Plan seien dreizehn funktionstüchtige Waffen über das Schiff verteilt. Pohlig betonte, dass die Pistolen natürlich nur bei äußerster Gefahr zu benutzen seien, als er sie den Männern nun überreichte.

Auch Willy erhielt eine mit fünfzig Schuss Munition. Es fühlte sich seltsam an, über fünf Jahre nach den halb garen Schießübungen während seiner langweiligen Liegezeit in Wilhelmshaven wieder ein solches Mordinstrument in der Hand zu halten. Ein wenig war es ihm, als sei klammheimlich der Krieg in sein Leben zurückgekehrt. Hatte es ihm am Ende gar nichts genutzt, seinen Namen zu ändern? Würde er nun doch in einem sinnlosen Konflikt draufgehen? Und diesmal war zu allem Übel auch noch seine Schwester mit an Bord!

»Meine Herren, über all dies muss natürlich strengstes Stillschweigen herrschen«, forderte der Kapitän schließlich.

***

So beunruhigt Sofie Brix auch über die Berichte ihres Bruders bezüglich der rebellischen Mannschaft war, es gab auch schöne Momente auf dieser Überfahrt. Beispielsweise entschädigten die überwältigenden Sonnenauf- und -untergänge für vieles. Die See, der Himmel und die Wolken wiesen dabei immer neue Farbvariationen auf. Sofie versuchte, sooft sie konnte, sich diese Spektakel anzuschauen. Die Schönheit der Natur half ihr, den endgültig verlorenen Traum einer gemeinsamen Zukunft mit Burkhard Nieland weiter zu verarbeiten. Auch am Sonnabend eine Woche nach Reiseantritt stand sie an der Reling des Brückendecks und erfreute sich daran, wie das Meer nach einem warmen Tag in glühende Rot- und Orangetöne getaucht wurde. Irgendwer spielte im Salon Klavier, was die Stimmung noch intensiver gestaltete.

»Darf ich stören?«, fragte da plötzlich eine angenehme Männerstimme. Sofie drehte sich um und bemerkte Max Timmlein, der gerade sein Werkzeug zusammenpackte. »Ich habe gerade noch ein loses Brett an Fräulein Wenz' bescheidener Hütte befestigt.«

Sofie, die sich eingestehen musste, über seine Anwesenheit erfreut zu sein, nickte. »Das Licht und das Meer, das ist das Schönste an dieser Fahrt«, meinte sie.

»Ja, zumindest da draußen«, präzisierte er charmant, ohne den Blick von ihr zu wenden. »Die Seefahrt zeigt uns jeden Tag neue Wunder. Genau deswegen wollte ich Vatterns Schreinerwerkstatt in Poppenbüttel nicht sofort übernehmen. Hab mich gleich gemeldet, als ich gelesen habe, dass die Reedereien Zimmermänner für *Lucies* letzte Fahrt suchen.«

»Ist das Ihre erste Überfahrt?«, fragte Sofie ihn.

Er schüttelte den Kopf. »Ich bin 1913 als Siebzehnjähriger schon mal auf einem Salpetersegler nach Chile mitgefahren. Da ging es aber nicht durch den Panamakanal oder die Magellanstraße, sondern ganz unten ums gefährliche Kap Hoorn. Nach solchen Stürmen kann einen nichts mehr schrecken. Ich wäre gern noch mal gefahren. Aus Fernweh habe ich dann englische Matrosen besucht, die ich in Chile kennengelernt hatte. Als der Krieg kam, war ich dummerweise gerade in London. Ich kam auf der Isle of Man in britische Kriegsgefangenschaft. Da habe ich auch die Bekanntschaft unseres Kaptein Pohlig gemacht.«

»Sie waren jahrelang gefangen?« Sofie sah ihn mitleidig an.

»Ach, die Engländer haben uns gut behandelt«, erwiderte Max abwinkend. »Im Vergleich zur Lage unserer Kameraden an der Front oder der Arbeitslosen in Hamburg lebten wir wie im Schlaraffenland. Als Zimmermann war ich auf der Insel bald recht beliebt. Ich vermisse heute noch manchmal den englischen *Christmas pudding*. In welchem Lazarett waren Sie denn im Krieg als Schwester tätig?«

»Auf der *Sierra Ventana*«, erklärte Sofie. »Glücklicherweise gab es aber nur eine größere Schlacht während meiner Zeit dort, ansonsten war das Lazarettschiff bloß das schwimmende Krankenhaus von Wilhelmshaven.«

»Hier an Bord der *Lucie* haben Sie und Doktor Jepsen aber ganz gut zu tun, oder?«, fragte Timmlein.

»Ja, die Krankenziffer an Bord steigt ständig«, bestätigte Sofie. »Wir haben es vor allem mit Krätze zu tun. Immer wieder auch mit venerischen Krankheiten wie Syphilis mit ihren Folgeerscheinungen. Die unteren Hospitalkammern sind belegt. Ansteckende Fälle …«

»… sind in der provisorischen Isolierlaube hinterm Promenadendeck untergebracht«, ergänzte er ihren Satz. »Ich weiß. Hab das Ding selbst zurechtgezimmert.«

»Kapitän Pohlig hält ja große Stücke auf Sie«, wusste Sofie.

»Ansonsten besteht die Mannschaft wohl eher aus ziemlich vielen Jammerlappen und Knallchargen. Aber leider gibt es offenbar auch einige gewiefte, gewaltbereite Berufsverbrecher darunter. Das macht einem manchmal fast Angst.«

Max Timmlein musste über Sofies Wortwahl für die schwarzen Schafe an Bord grinsen. »Der Kapitän hat einen Plan gegen Revolten, machen Sie sich keine Sorgen, Schwester Sofie. Manches regelt sich bisweilen auch von selbst, und dann wird es lustig«, meinte er. »Sehen Sie die Jungs mit den Veilchen?«

Er deutete auf drei junge Matrosen, die weiter unten das Vorderdeck schrubbten – und alle Hämatome unter dem linken Auge aufwiesen.

»Wer hat die denn so zugerichtet?«

Max Timmlein holte etwas weiter aus: »Heute Morgen kamen die Bäcker zum Kapitän, um sich zu beschweren. Ihre Koje und ihr ganzes Bettzeug seien von Wasser durchtränkt. Die drei Holzköpfe, die jetzt da unten schrubben, hatten einen Zuber voll Wasser durch einen Ventilator in eine der Bäckerkammern geschüttet. Hielten sich wohl für besonders lustig. Wir haben uns die Bescherung in den Kojen dann selbst angeschaut: wirklich alles klitschnass.«

Sofie sah wütend zu den schrubbenden Halbstarken hinunter. »So eine Gemeinheit, die armen Bäcker. Haben Sie und der Kapitän die drei dann verdroschen?«

Timmlein schüttelte grinsend den Kopf. »Nicht nötig. An denen mach ich mir die Finger nicht schmutzig – und der Kaptein noch viel weniger. Nee, Pohlig hat den Obmann Kruse einbestellt und sagte dann bierernst zu ihm: ›Tja, Kruse, die armen Bäcker haben mir völlig zu Recht Streik angekündigt. Ernste Sache, das. Kein Brot mehr, nichts. Bis sich die Übeltäter freiwillig melden.‹«

Sofie schmunzelte darüber, wie treffend Max Timmlein die ruppige Stimme des Kapitäns imitieren konnte.

»Eine Stunde später ist der Hauptattentäter mit seinen beiden Komplizen auf der Brücke aufgekreuzt und hat um Entschuldigung gebeten«, fuhr der Zimmermann mit seiner Erzählung fort. »Die gesamte Mannschaft weiß jetzt also, wer schuld daran ist, dass es hier um ein Haar nichts Gebackenes mehr an Bord gegeben hätte. Die drei Trottel da unten werden für 'ne Weile kein schönes Leben haben hier auf der *Lucie.*«

Sofie wusste, dass Timmlein ihr diese Anekdote erzählt hatte, um ihr die Sorgen angesichts der angespannten Lage an Bord ein wenig zu nehmen und sie aufzuheitern. Und es war ihm gelungen! Dass der attraktive Zimmermann ihre Stimmung so günstig beeinflussen konnte, beunruhigte sie allerdings auch ein wenig. Verlieben wollte sie sich nach dem unrühmlichen Ende ihrer Verlobung nämlich ganz bestimmt nicht. »Ich muss jetzt wieder in meine Kabine zurück. Ich möchte noch meiner besten Freundin zu Hause schreiben, bevor wir das nächste Mal anlegen«, entschuldigte sie sich.

»Das kann schon früher passieren als gedacht«, meinte Timmlein. »Unser Maschinist Pinsky ist nämlich nicht der Hellste. Hat sich scheint's von den Engländern beim Beladen der Kohlebunker übers Ohr hauen lassen. Wir werden bald Nachschub brauchen.«

»Na, dann beeile ich mich mal mit dem Brief und suche mir gleich eine leere Bier-Buddel. Falls die Kohle nicht bis zum nächsten Hafen reicht, kriegt meine Freundin eben eine Flaschenpost.«

Max lächelte amüsiert. »Gute Nacht, Schwester Sofie.«

»Gute Nacht, Obmann Timmlein«, erwiderte sie und eilte davon.

Als Sofie gerade das Kapitänsdeck betreten wollte, bemerkte sie, dass in der Nähe von Emma Wenz' Baracke, vor der diese gerade ihre trockene Wäsche abhängte, der alte Bootsmann Hauer herumlungerte. Da trafen sich sein Blick und der Sofies wie Schwertklingen. Er kam mit schmierigem Grinsen auf sie zu.

»Haben Sie das Verbotsschild nicht gesehen?«, rief sie und versuchte dabei, ihre Angst vor dem Mann zu verbergen. »Wenn der Kapitän Sie hier erwischt, dann …«

Hauer stellte sich, von Sofies Warnung unbeeindruckt, so dicht vor ihr auf, dass sie mit dem Rücken gegen die Wand der Kapitänskajüte gedrängt wurde und seinen schlechten Atem auf ihrer Haut spüren konnte.

»Pohlig setzt mich höchstens auf Essensentzug, und bei dem Fraß an Bord bin ich mir nicht sicher, ob das eine Strafe oder Belohnung ist. Aber Essen ist ja nicht eines Mannes einziges Vergnügen. Ein Luder wie du weiß das doch bestimmt.«

»Lassen Sie mich durch – oder ich schreie!«, drohte Sofie. Sie spürte, dass ihre Knie zitterten.

»Glaube ich kaum«, raunte Hauer nun, hielt ihr mit einer Hand grob den Mund zu und riss mit der anderen ihren Rock nach oben. Sie schlug nach ihm, trat zu, wand sich – doch ohne Erfolg. Er drückte seine schwielige Hand so fest gegen ihr Gesicht, dass sie keine Luft mehr bekam.

52

Was danach passierte, ging so schnell, dass Sofie es kaum erfassen konnte. Mit einem Schmerzensschrei ließ Hauer plötzlich von ihr ab. Emma Wenz stand mit ihrem Waschzuber, den sie dem Bootsmann mit voller Wucht gegen den Kopf geschmettert hatte, hinter ihm. »Finger weg von Schwester Sofie!«, fauchte sie. »Du hast hier nichts zu suchen! Also lass deinen winzigen Stinkeschwanz in der Hose und troll dich.«

Fluchend rieb sich Hauer den Hinterkopf. Dann schnellte er unvermittelt vor und entriss Emma in rasendem Zorn den Waschzuber. Sofie fürchtete bereits um das Leben des Mädchens, als plötzlich Max Timmlein auftauchte. Mit einem Tritt gegen Hauers Handgelenk schlug er dem überrumpelten Bootsmann den Bottich aus der Hand. Dann packte er Hauer an den Hüften, kippte ihn über die Reling und hielt ihn an den Fußgelenken fest. Der kopfüber hängende Matrose begann sich kreischend zu winden.

»Halt still, oder du bist Haifutter«, rief Timmlein von oben. »Du schwörst mir jetzt, dass du dich nie wieder auf diesem Deck blicken lässt!«

»Ich schwöre«, keuchte Hauer in Panik.

»Lauter! Ich kann dich nicht hören!«

»Ich schwöre!«

Sofie und Emma beobachteten, wie Timmlein den Bootsmann wieder hinaufzog. Durch den Lärm angelockt, eilten nun auch Willy und Pohlig auf das Deck hinaus.

»Was ist hier los?«, rief der Kapitän wütend.

»Der Hauer wollte sich an Schwester Sofie vergehen«, rief Emma. »Ich hab sie gerettet.«

Als Willy das hörte, ging es mit ihm durch. Er stürzte sich in blinder Wut auf den lädierten Bootsmann. Ein rechter Haken, der einem Preisboxer Ehre gemacht hätte, krachte gegen dessen Kiefer, dann stieß Willy ihn zu Boden und begann, ihn mit erbarmungslosem Griff zu würgen. »Du Bastard!«

»Nein, Willy!«, keuchte Sofie entsetzt. »Du bringst ihn ja um!«

Pohlig und Timmlein nickten sich kurz zu und rissen Willy mit vereinten Kräften von dem Bootsmann herunter, der nach Luft japste.

»Verschwinden Sie hier, Hauer!«, brüllte der Kapitän. »Wenn Sie noch einmal auf dem Brückendeck auftauchen, wird von der Schusswaffe Gebrauch gemacht.«

Hauer richtete sich zögerlich auf und wischte sich Blut aus dem Mundwinkel. Im Gehen raunte er Willy zu: »Das wirst du noch bereuen.«

»Heger, Sie kommen mit mir zurück auf die Brücke!«, befahl Pohlig. »Timmlein, kümmern Sie sich um die beiden Frauen!«

»Ja, kümmere dich man um uns, Timmlein«, entgegnete Emma Wenz bemüht verführerisch und strich dem Zimmermann über seinen stattlichen Bizeps. »Du bist ja ein richtiger Kraftprotz.«

»Jaja«, sagte der knapp und schob sie zur Seite wie ein federleichtes – aber durchaus lästiges – Moskitoweibchen. Er hatte Wichtigeres im Sinn: »Alles in Ordnung, Schwester Sofie?«

Sie nickte, immer noch etwas zittrig. »Danke für deine

Hilfe, Emma«, wandte sie sich kurz an die Wenz und dann an Max Timmlein: »Und vielen Dank auch Ihnen, Herr Timmlein. Ich wüsste nicht, was ohne Sie passiert wäre.«

»Warum hat Offizier Heger Sie denn gerade so vehement verteidigt?«, wunderte sich der Zimmermann.

Sofie wollte den netten Zimmermann nicht anlügen. Daher erläuterte sie diplomatisch: »Wir kennen uns schon ewig, sind gute Freunde. Aber nur das. Platonisch, sagt man wohl.«

»Dann ist er gar nicht Ihr Verlobter?«, versicherte sich Max Timmlein aufgeregt. »Das dachte ich nämlich immer. Sie wirken so vertraut miteinander.«

Sofie schmunzelte. »Mein Verlobter? Willy? Nein. Wir sind wirklich … wie Geschwister.«

»Und Sie haben auch keinen anderen Verlobten?«, hakte der Zimmermann nach.

Sofies Blick verdüsterte sich kurz. »Nicht mehr.«

Max missverstand ihren Stimmungsumschwung. »Das tut mir leid.«

So reagierte man auf Kriegswitwen. Und die gab es dieser Tage ja mehr als genug.

»Nein, nein, er ist nicht gefallen«, stellte Sofie rasch klar. »Wir sind einfach nichts füreinander.«

»Sagt er das? Dann ist er ein Vollidiot«, platzte es ungewohnt gefühlsbetont aus Timmlein hervor. »Aber wenn das so ist, darf ich Sie dann für Freitag zum Ringkampf einladen?«

Sofie hob fragend eine Augenbraue.

»Also, nicht wir beide tun es … also ringen, mein ich«, stammelte Timmlein und musste über seine eigene missverständliche Wortwahl lachen. »Ein paar der Matrosen wollen kämpfen. Wir haben sogar den Trainer des berühmten Boxers Hans Breitensträter an Bord. Die beiden waren mit Pohlig und mir auf der Isle of Man in Gefangenschaft.«

Von diesem Boxer hatte Sofie bereits gelesen. Im Frühjahr war er deutscher Meister geworden, aufgrund der Restriktionen des Versailler Vertrages war er allerdings – wie alle deutschen Sportler – von internationalen Wettbewerben ausgeschlossen.

»Solche Kämpfe sind zwar für eine Dame wie Sie höchstwahrscheinlich nicht das Schönste, aber es hat sich auch eine Kapelle gebildet, die an dem Abend spielt«, warb Max Timmlein. »Kapitän Pohlig hat alles genehmigt. Außerdem werde ich an dem Tag fünfundzwanzig Jahre alt, die Jugend ist vorbei.«

»Also, *ich* finde Boxkämpfe prima«, meldete sich Emma nochmals zu Wort – und wurde erneut ignoriert.

»Und? Was sagen Sie?«, wandte sich Max erneut an Sofie.

»Ich bin mir nicht sicher, ob ich mich nach dieser Attacke wirklich unter die Mannschaften begeben sollte«, gab sie zu bedenken.

»Na, es wird sich bis dahin schon herumsprechen, dass Ihr brüderlicher Freund und ich nicht zimperlich sind, wenn man sich Ihnen nähert«, meinte Max. »Kommen Sie, geben Sie sich einen Ruck! Machen Sie einen armen Zimmermannsburschen glücklich an seinem Geburtstag!«

***

Willy fand in dieser Nacht keinen Schlaf. Ständig musste er daran denken, dass der miese Hauer um ein Haar seine Schwester vergewaltigt hätte. Er wälzte sich unruhig in seiner Koje hin und her. Obwohl er samstags keine Nachtschicht hatte, beschloss er gegen zwei Uhr morgens, aufzustehen und an Bord nach dem Rechten zu sehen. Zu seinem Erstaunen traf er auf der Brücke Kapitän Pohlig an.

»Können Sie auch nicht schlafen, Kaptein?«

Pohlig schüttelte den Kopf. »Ich werde mal die Nachtwache überprüfen. Wollen Sie mich begleiten?«

»Gern«, entgegnete Willy sofort.

Sie konnten bei ihrem Wachrundgang zunächst nichts Ungewöhnliches feststellen, hörten dann aber der fortgeschrittenen Stunde zum Trotz Lärm aus dem Speisesaal der dritten Klasse. Als Willy und Pohlig den Raum betraten, bot sich ihnen ein unbändiges Spektakel: Etwa fünfzig Mann saßen beim Glücksspiel, einige beschuldigten einander lautstark, falschzuspielen.

»Ruhe im Schiff!«, brüllte Pohlig.

»Kümmern Sie sich doch um sich selbst und Ihre feinen Herren Offiziere!«, grölte ein knochiger Mittvierziger mit gelben Zähnen.

Der Kapitän starrte ihn streng an. »Wie ist Ihr Name?«

»Steht in meinem Pass«, kam die freche Antwort.

»Mensch, gehen Sie den Jüngeren hier doch mit gutem Beispiel voran!«, appellierte Pohlig.

Der Mann lachte spöttisch. »Die Jüngeren? Das sind doch die Allerschlimmsten!«

Resigniert trotteten Willy und Pohlig schließlich davon.

»Das Licht der dritten Klasse lässt sich leider nicht separat ausschalten«, erklärte der Kapitän verstimmt. »Jetzt muss ich diesem Abschaum seinen Willen lassen!«

»Ärgern Sie sich nicht!«, riet Willy. »Das freut die doch bloß.«

»Es ist bitter, wenn man nicht mehr Herr auf seinem eigenen Schiff ist«, meinte Pohlig. »Und gefährlich zudem! Wenn die Disziplin nicht irgendwann zurückkehrt, kommt die deutsche Handelsschifffahrt nie mehr auf die Beine.«

»Morgen früh gibt es ja die erste Ration Extrakäse«, erinnerte ihn Willy. »Die meisten haben das zwar nicht wirklich verdient, aber dem Gehorsam könnte es förderlich sein.«

»Es sind nur noch hundertfünfzig Seemeilen bis zur Insel Fayal«, informierte Pohlig. »Sobald wir morgen früh in Funkreichweite kommen, werde ich dorthin telegrafieren. Ich will endlich Order von der Leitung in Hamburg, ob wir nun zum Panamakanal fahren und uns die lange Reise via Magellan sparen dürfen.«

Willy wusste, dass das Durchqueren des südamerikanischen Kontinents über die gut fünfhundert Kilometer lange Magellanstraße im Süden viele Wochen länger dauern würde, als bei Colón in den Panamakanal zu fahren und Chile dann auf der Westseite des Kontinents von Norden aus anzufahren. Daher hoffte er, dass Pohlig die Erlaubnis rasch bekommen würde. Die Vorstellung, mit diesen zwielichtigen Gesellen noch wesentlich länger an Bord bleiben zu müssen, war nicht sonderlich verlockend.

***

»Was ist denn nun mit unserer Route?«, fragte Sofie, als sie ihren Bruder am Montag gegen Abend auf dem Brückendeck traf.

Er zuckte hilflos mit den Schultern. »Gestern früh hatten wir Funkkontakt mit der Telegrafenstation auf Fayal, aber da lag noch keine Order für uns vor. Pohlig hat von denen dann in Hamburg anfragen lassen, ob wir nun die schnelle Route durch den Panamakanal weiterlaufen dürfen. ›An Bord alles wohl‹, hat er behauptet. Eine kleine Beschönigung, wenn man an all den Ärger mit der widerspenstigen Mannschaft denkt«, kommentierte Willy schmunzelnd die kühne Interpretation der Zustände auf der *Lucie Woermann*.

»Und wenn Pohlig unsere Route einfach nach eigenem Ermessen bestimmt?«, schlug Sofie vor.

Doch ihr Bruder schüttelte den Kopf. »Das geht nicht. Die Reederei hat ihm schriftlich eindeutige Instruktionen gegeben: Wenn er nicht rechtzeitig drahtlose Nachricht zur Route erhält, soll er Fayal oder Las Palmas anlaufen, um wegen des weiteren Kurses Verbindung mit Hamburg aufzunehmen. Er kann sich also unmöglich auf eigene Faust zum Panamakanal begeben, das wäre Befehlsverweigerung.«

Demnach hieß es weiter abwarten. Weil der Kapitän mit seinen aufsässigen und desertionslüsternen Passagieren aber keinesfalls einen Azorenhafen oder eine Reede anlaufen wollte, hatte er auf langsame Fahrt und zeitweise sogar auf Gegenkurs gehen lassen, um ja nicht außer Reichweite der Telegrafenstation zu gelangen. Tatsache war: Sie steckten fest, wenn sie nicht den erlösenden Funkspruch verpassen wollten. Willy machte sich auf den Weg zur Brücke, um nochmals nachzuhaken, ob er nicht doch schon eingegangen sei. Den ganzen Tag tuckerten sie nun schon mit langsamer Fahrt gegen den immer stärker werdenden Wind. Am Horizont wälzten sich graue Wolkenmassen heran und türmten sich zu riesenhaften, bedrohlichen Bergen auf, deren Farbe sich langsam zu Dunkelgrau und Schwefelgelb veränderte.

»Das gibt ordentlich Sturm«, argwöhnte Max Timmlein, der plötzlich neben Sofie auftauchte. Sie hatte sich inzwischen durchgerungen, ihm für den gemeinsamen Besuch des Boxkampfes zuzusagen – immerhin wünschte er es sich ja zum Geburtstag, und ein Vierteljahrhundert, das war ja schon ein beeindruckender Anlass. Seither war seine Laune noch besser als gewöhnlich.

»Selbst bei Sturm und Orkan verliert diese Natur nichts von ihrer ergreifenden Schönheit«, meinte der Zimmermann ungewohnt poetisch. »Dass sie lebensgefährlich sein kann, steht auf einem anderen Blatt.«

Die Wellen wurden immer höher, der Sturm wehte heulend, die gute alte *Lucie* wankte. Sofie hatte jedoch keine Angst. Aus einer seltsam gehobenen Stimmung heraus fing sie sogar an, die plattdeutsche Version des englischen Seefahrerliedes *Rolling Home* zu singen. Der Text handelte vom Leben an Bord eines heruntergekommenen Hamburger Segelschiffes, was, wie sie fand, hervorragend zu ihrer Situation passte. Timmlein stimmte mit ein. Weiter als zum Anfang des Refrains kamen die beiden jedoch nicht, da Sofie mit einem Mal schlecht wurde und sie sich spontan über die Reling erbrechen musste.

»Alles in Ordnung?«, fragte Max besorgt.

»Ja, jetzt wieder«, antwortete sie schließlich und blickte ihn entschuldigend und mit zerzausten Haaren an. »Wie peinlich.«

»Ach was! Es gibt alte Fahrensmänner, die nie richtig seefest werden«, entgegnete er lächelnd. »Ich bin mal mit einem Zimmermannskameraden gefahren, der jedes Mal, wenn er den Mast raufsollte, König Neptun Tribut zahlen musste.«

»Eigentlich werde ich nicht so schnell seekrank«, wunderte sich Sofie. »Mein Großvater hat mich öfter in seinem Boot auf die Förde mitgenommen. Selbst wenn es wackelig war, hat mir das eher Spaß gemacht.«

Wie um sie Lügen zu strafen, musste sie sich in diesem Moment erneut übergeben. Was war nur mit ihr los, verdammt?

53

Es regnete in Sturzbächen vom Himmel, als Willy am Dienstag um sechs Uhr morgens auf die Brücke ging. Dort traf er zu seiner Verwunderung auf Kapitän Pohlig, den er dort um Mitternacht zurückgelassen hatte.

»Sind Sie schon wieder auf – oder *noch*?«, erkundigte sich der Erste Offizier.

»Letzteres«, antwortete sein Kapitän müde. »Ich hab befürchtet, wir kommen zu weit von Fayal ab, und habe um vier Uhr früh noch auf Nordostkurs drehen lassen. Die Station da ist bei dem Unwetter selbst auf nur achtzig Seemeilen Entfernung kaum noch zu empfangen.«

»Es kam also immer noch nichts zurück?«, hakte Willy besorgt nach.

Pohlig schüttelte den Kopf. »Mir sind schon die dümmsten Gedanken gekommen: Haben die mein Telegramm überhaupt nach Hamburg befördert? Denken die Telegrafenämter vielleicht, dass es den Dampfer *Lucie Woermann* unter diesem Namen gar nicht mehr gibt? Keine Ahnung, was da los ist.«

Die beiden Männer hingen ihren trüben Gedanken nach und blickten in den Regen hinaus, bis sie um kurz vor neun Uhr endlich erlöst wurden: Der Telegrafist kam aufgeregt auf die Brücke gestürzt.

»Und?«, fragte Willy ungeduldig, während der Kapitän die Depesche überflog.

»Ja!«, rief Pohlig euphorisch. »Magellan können wir uns

schenken. Wir sollen die Reise in Richtung Panamakanal fortsetzen!«

Sein Erster Offizier stieß vor Freude die Faust in die Luft. Mindestens drei Wochen früher würden sie nun in Chile sein!

»Kurs in Richtung Panamakanal, volle Fahrt voraus!«, wies Pohlig erleichtert den Steuermann an.

***

Am Donnerstag, den 26. August 1920, behinderte eine steife Brise aus Südwest das Fortkommen des Dampfers.

»Wir machen nur noch achteinhalb Seemeilen die Stunde«, berichtete Willy seiner Schwester, als sie sich nachmittags auf dem Brückendeck trafen. »Pohligs Hoffnung auf eine schnelle Reise hat dadurch leider einen ziemlichen Dämpfer bekommen.«

Sofie war jedoch erleichtert, trotz des Windes nicht mehr seekrank zu sein.

»Schau mal!«, rief ihr Bruder in diesem Augenblick und deutete auf einen Schwarm fliegender Fische, die steuerbord neben dem Schiff herschwammen. In regelmäßigen Abständen erhoben sich ihre glitzernden Körper knapp einen halben Meter aus dem Wasser, um nach einem kurzen Segelflug wieder elegant einzutauchen. Sie hatten etwa die Größe eines Herings, doch ihre Brustflossen dienten ihnen auch als Flügel.

»Faszinierend«, kommentierte Willy begeistert.

Überhaupt war an diesem Tag die Stimmung an Bord fast verdächtig gut. Laut Kapitän Pohlig waren zudem auch Ordnung und Reinlichkeit erstmals auf einem zufriedenstellenden Niveau. Dank der Nachricht von der schnelleren Route – und der gestrigen Extraportion Corned Beef – waren die Matrosen bester Laune. Pohlig ließ nun sogar die Badesegel herausgeben und mit Wasser füllen, sodass bald große Planschbecken zur Verfügung standen. Sofie beobachtete die übermütig und mit ohrenbetäubendem Geschrei herumtobenden Männer. Unter ihnen entdeckte sie auch den Zimmermann Max Timmlein, und sie genoss heimlich einmal mehr den Anblick seines athletischen Körpers. »Wie kleine Jungs! Seltsam, dass Männer immer spielen müssen, dass sie sich gegenseitig umbringen«, sagte sie zu Willy, während sie dabei zusah, wie ein Matrose einem Kameraden auf den Rücken sprang und ihn unter Wasser drückte.

»Na, dann warte mal, bis du den Boxkampf morgen siehst«, meinte ihr Bruder. »Die üben schon jeden Abend. Wird eine blutige Sache, kann ich dir sagen. So, ich geh jetzt aber auch mal Mord spielen!«

Willy zog seine Uniform aus, rannte zum Badesegel und stürzte sich mit einem Kopfsprung hinein.

Doch nicht nur in den Badesegeln ging es ruppig zu. Als Sofie gegen Abend einen der Schiffsköche behandelte, der sich beim Herumtoben im Wasser einen Finger gebrochen hatte, wurde sie Zeugin eines noch wesentlich brutaleren Vorgangs: Bootsmann Hauer war mit drei Kumpanen an der Reling zugange und ließ einen Klumpen Salzfleisch an einem Tauende im Wasser auf- und abtanzen. Es erschienen kleine, blaugrau gestreifte Fische, von denen Sofie wusste, dass die Matrosen sie »Bonitos« nannten. Sie interessierten sich offenbar für die Beute. Sofie atmete erschrocken ein, als sie nun sah, wie sich dem Fleischbrocken eine wesentlich größere, dreieckige Rückenflosse näherte: ein Hai! In immer kleiner werdenden Kreisen umrundete der Unterwasserjäger die Beute. Als er nah genug herangekommen war, legte er sich auf die Seite und schnappte zu – eher vorsichtig und gar nicht so gierig, wie Sofie es von einem solch berüchtigten Raubfisch erwartet hätte. Aber der Biss war offensichtlich kräftig genug, dass sich der Fleischerhaken in dessen Gaumen bohrte. Kaum hatte der Hai zugebissen, zogen ihn die vier Männer am Tau bis an die Reling hinauf, warfen ihm eine Schlinge um den Schwanz und hievten ihn an Deck. Sie gingen dabei mit größter Achtsamkeit vor, denn der bestimmt zwei Meter große Fisch machte kraftvolle Sprünge und schlug mit seiner gewaltigen Schwanzflosse um sich. Schließlich gelang es den vier Seemännern, ihn zu fesseln, und dann stürzten sie sich voller Zorn mit ihren Bordmessern auf das Tier. Sie schnitten dem Hai – ohne ihn zuvor zu betäuben oder totzuschlagen – die Flossen ab. Sofie schrie vor Empörung auf und stürmte hinüber zu den Schlächtern. Als sie bei ihnen ankam, schlitzten sie dem noch zappelnden Haifisch gerade den Bauch auf.

»Jetzt schlagen Sie das arme Tier doch zumindest tot, bevor Sie es schlachten!«, schrie die empörte Krankenschwester die Matrosen an.

»Verschwinde von hier, Mädchen, das ist nichts für zarte Seelchen wie dich«, erwiderte Hauer spöttisch und schnitt dem Hai unbeirrt Leber und Herz heraus, nur um ihm die Organe dann in den eigenen Rachen zu stopfen. Als traurigen Abschluss ihrer Tierquälerei warfen die vier Seemänner den geschlachteten Raubfisch zu Sofies Entsetzen einfach wieder ins Wasser zurück. Das Unglaublichste war, dass der ermordete Hai kurz weiterschwamm. Es waren wohl die letzten Reflexbewegungen des bedauernswerten Tieres.

»Ihr Drecksschweine!«, rief Sofie, zitternd vor Wut über dieses völlig sinnlose Schlachten. Wenn Hauer und seine Kumpane den Hai wenigstens zu Essen verarbeitet hätten, aber diese Attacke war reine Mordlust! Sie ärgerte sich maßlos über sich selbst, da sie sich auf dieses grässliche Schauspiel hin erneut übergeben musste, worüber Hauer und seine Mittäter sich königlich amüsierten.

Max Timmlein kam hinzu, wies die Matrosen an, sich zu trollen, und legte fürsorglich den Arm um Sofie. »Der Seemann hasst den Hai«, erklärte er ihr. »Das ist eine uralte Fehde.«

Sofie nickte und wischte sich zitternd den Mund. Irgendwie schien es ihr Schicksal zu sein, sich vor Max Timmlein immer wieder als sich erbrechende Mimose zu blamieren.

***

Wie verabredet holte der Bordzimmermann Sofie am Freitagabend vor ihrer Kabine ab, um mit ihr den großen Herausforderungskampf der Boxer und Ringer zu besuchen, der an Bord stattfinden sollte. Er hatte sich für diesen Anlass besonders herausgeputzt. Mit seinem zurückgekämmten Haar und dem frisch gebügelten weißen Hemd auf der braun gebrannten Haut sah er beeindruckend aus. Zur Begrüßung gratulierte Sofie ihm herzlich zum Geburtstag, dann überreichte sie ihm ihr Geschenk, einen kleinen *Christmas pudding* auf einem Tellerchen.

Max war völlig überrascht. »Donnerwetter, wie um alles in der Welt haben Sie den aufgetrieben?«

»Ich habe dem Smutje seinen gebrochenen Finger und einen eingewachsenen Zehennagel behandelt«, erzählte Sofie lächelnd. »Das ist an sich ja nicht sehr appetitlich, aber im Gegenzug hat er mir die Zutaten gegeben und mich in seiner Küche kochen lassen. Ich dachte erst, es handle sich um eine Süßspeise, aber er hat mich eines Besseren belehrt. Zum Glück hatte er Brotreste, Eier, Zucker, Rosinen, Nüsse und sogar noch etwas Rindernierenfett da. Was man nicht alles für die Zubereitung von so einem Serviettenkloß braucht!« Augenzwinkernd ergänzte sie: »Und einen ordentlichen Schuss Brandy durfte ich auch hinzufügen.«

»Sie sind einfach unglaublich!«, sagte Timmlein und drückte überwältigt ihre Hand. »*Christmas pudding* im August – und auf See! Das ist wirklich ein ganz besonderes Geschenk, tausend Dank. Den teilen wir beide uns aber. Traditionellerweise müssten wir ihn eigentlich flambieren und einen kleinen Gegenstand darin verstecken.«

»Was für einen Gegenstand?«

»Zum Beispiel eine Silbermünze. Jeder Gegenstand hat eine eigene Bedeutung: Wer die Münze findet, dem schenkt sie angeblich Reichtum, wer einen kleinen Anker entdeckt, der wird wohlbehalten von einer Reise heimkehren. Und wer einen Ring findet, wird bald heiraten.«

»Ich glaube, die Engländer verzeihen uns, wenn wir ihn einfach so essen«, meinte Sofie, durch die Erwähnung eines Eherings etwas überfordert.

Wenig später betraten sie die Veranstaltung auf der abgeteilten Luke drei. Die Kämpfe waren bereits in vollem Gange, musikalisch untermalt wurden sie, nicht schön, aber laut, von der kleinen Bordkapelle. Obwohl – oder gerade weil – es blaue Augen, blutige Nasen und lose Zähne gab, war die Stimmung unter den Kämpfenden und im Publikum sehr ausgelassen.

»Sogar dem Käpt'n scheint es Spaß zu machen«, bemerkte Sofie, die sah, wie Pohlig, Bock und Willy die Kämpfer beherzt anfeuerten.

»Solche Kämpfe sind ihm lieber als Glücksspiele«, erklärte Timmlein. »Junge Burschen, manche kaum sechzehn Jahre alt, handeln hier an Bord nämlich mit Tabak und Zigaretten, weil sie ihr Geld immer wieder beim Spielen verjubeln. Und die Falschspieler an Bord profitieren. Bei dem Spektakel hier gehen diese Schweine zumindest leer aus, und das freut den guten Pohlig sehr.«

Sofie und ihr Begleiter achteten nur anfangs auf die Kämpfe, irgendwann standen sie etwas abseits am provisorisch aufgebauten Büfett, wo sie sich den *Christmas pudding* teilten und einander Anekdoten aus ihrem Leben erzählten. Der Zimmermann weckte ein solch großes Vertrauen in Sofie, dass es ihr schwerfiel, ihren Bruder Willy aus ihren Geschichten herauszuhalten. Als sie und Max sich gegen zehn Uhr schließlich das Du anboten, wurde sie jedoch in ihrer Funktion als Krankenschwester gebraucht: Ein Ringer lag, vor Schmerzen in der Schulter Zeter und Mordio schreiend, vor seinem ratlos wirkenden Gegner am Boden.

»Entschuldige mich kurz, die Pflicht ruft«, sagte Sofie zu ihrem Verehrer und ging zu den beiden Ringern hinüber, um den Verletzten zu untersuchen.

»Schulterluxation«, erklärte sie Dr. Jepsen, als der kurz darauf ebenfalls hinzukam. Sie half dem Bordarzt, die ausgekugelte Schulter wieder einzurenken, was für einen noch lauteren Aufschrei des Patienten sorgte.

»Das hast du prima gemacht«, lobte Max bewundernd, als Sofie zu ihm zurückkam. »Aber der arme Kerl hat fürs Erste bestimmt genug vom Ringen.«

Sofie lächelte nur kurz, denn nun wurde ihr plötzlich wieder übel. War mit dem *Christmas pudding* etwas nicht in Ordnung gewesen? Doch einen Sekundenbruchteil nach dieser Mutmaßung durchfuhr sie ein Gedanke wie ein Blitz. Just in dem Moment, als hinter ihr ein Boxer besinnungslos zu Boden ging, kam ihr der erschreckende Verdacht: Ich bin schwanger! Schwanger von Burkhard Nieland!

54

Willy saß, die Beine durch die Streben der Reling baumelnd, auf dem Brückendeck und begann, einen Brief, den er an Hinnerk Nieland geschrieben hatte, ein letztes Mal durchzulesen. Es war so heiß, dass ihm der Schweiß auf das Papier tropfte. Kein Wunder: Inzwischen hatten sie den Panamakanal durchquert und näherten sich aus nördlicher Richtung dem Äquator. Seine Vorstellung, dass die Sonne hier aus einem wolkenlosen Himmel auf sie herabbrennen würde, erwies sich allerdings als falsch. Durch die Hitze war nämlich auch die Verdunstung sehr stark, sodass die Sonne oft nur durch einen milchigen Nebelschleier schien. Streckenweise war es sogar stark bewölkt. Willy wischte den Tropfen vom Papier und ließ seinen Blick weiter über die fünf Seiten lange Nachricht an seinen Freund in der Heimat gleiten.

Pazifik, nördlich von Ecuador, 9. September 1920

Mein lieber Hinnerk,

ich hoffe, mein letzter Brief hat Dich erreicht.

Vor drei Tagen, am 6. September, drei Wochen nach Abfahrt aus Hamburg, haben wir um halb zehn Uhr morgens endlich, endlich Colón erreicht. Kapitän Pohlig hat unseren Dampfer nach anfänglichen Irrtümern der dortigen Behörden bezüglich unserer Fracht erfolgreich für die Kanalfahrt einklariert. Wir sind laut der Beamten Colóns übrigens das erste deutsche

Schiff, das den Panamakanal von Ost nach West durchquert. Er wurde eben erst 1914 eröffnet. Und was für ein unfassbar beeindruckendes Bauwerk er ist! Um sich die Bewegung von ungeheuerlichen Erdmassen zu ersparen, hat man einen künstlichen See angelegt, der vom Wasser des hiesigen Chagres-Flusses gespeist wird. »Lago Gatún« heißt dieses Gewässer, und seine Oberfläche liegt fast dreißig Meter über dem Meeresspiegel. Diese Erhöhung wird mithilfe von drei gewaltigen Schleusen überwunden, die jedes Schiff – ganz gleich welcher Größe – mit unglaublicher Schnelligkeit auf die Höhe des Sees heben. An der von Colón aus gesehen rechten Seite der Schleusen steht ein großes Elektrizitätswerk, dessen Turbinen durch das Wasser betrieben werden. Die so erzeugte Elektrizität reicht für den gesamten Kanalbetrieb – kein Stück Kohle wird gebraucht! Viele von unseren Mitreisenden wollten gleich zu Beginn der Kanalfahrt »aussteigen«. In ihrer naiven Vorstellung wartete dort eine bessere Zukunft auf sie als im hungrigen Deutschland. Kaum hatte das Schiff den Gatúnsee halb durchlaufen, bemerkten wir auf der Brücke, wie vom Heck des Schiffes schon eine beachtliche Anzahl Matrosen samt Gepäck über Bord sprangen. Trotz all unserer Warnungen und Drohungen! Sie hatten sich Schwimmwesten angezogen und ihre Seesäcke daran festgebunden. Wir haben achtundvierzig Deserteure gezählt, die Dunkelziffer war aber offenbar höher, schon am nächsten Tag brachte uns die Kanalpolizei nämlich insgesamt einundsechzig Flüchtige zurück. Fast alle hatten ihr Gepäck verloren und konnten sich glücklich schätzen, mit dem Leben davongekommen zu sein. Obwohl es dort Alligatoren gab, wurde niemand verletzt.

Bei denen beißen nicht mal die Krokodile an, meinte Kapitän Pohlig in der ihm eigenen bärbeißigen Art. Die

Deserteure hatten teilweise im Urwald nächtigen müssen und waren völlig von Moskitos zerstochen.

Vom sicheren Schiff aus ist die Fahrt durch die abwechslungsreiche Flora und Fauna äußerst interessant. Hinter Colón war an beiden Seiten des Kanals teilweise undurchdringliches Dickicht. Alte, abgestorbene Bäume ragten aus dem Wasser, wir sahen Mantelbrüllaffen und die buntesten Vögel, die du dir vorstellen kannst. Sie veranstalteten einen Heidenlärm.

Vorgestern kamen wir dann in Balboa an, dem Vorort von Panama-Stadt an der Pazifikseite des Kanals. Nach der Abfahrt von dort in Richtung Süden gab es leider wieder Tumult: Die Matrosen verlangten für den bald anstehenden Dienst auf den in Chile befindlichen Segelschiffen eine höhere Heuer als zuvor vereinbart. Unter Berufung auf § 74 der Seemannsordnung erklärten sie den in Hamburg geschlossenen Heuervertrag für hinfällig, weil man ihnen verdorbenen Proviant verabreicht habe. Da haben sie natürlich nicht ganz unrecht. Die Vorräte, die wir in Hamburg an Bord nahmen, waren ohnehin schon von schlechter Qualität. Aber je wärmer es wird, desto ungenießbarer wird das Essen an Bord. Der Käse wimmelt hier in den Tropen nur so von Maden – der Schinken ebenfalls. Auch das von unseren eigenen Bäckerburschen gebackene Brot ist binnen kürzester Zeit lebendig. Wenn man eine Scheibe abgeschnitten hat, klopft man sie besser erst mal auf den Tisch, damit die winzigen schwarzen Käfer darin herausfallen und davonfliegen können. Etwas genießbarer wird die Schnitte durch einen Esslöffel Margarine. Die ist bei den Temperaturen hier natürlich völlig flüssig. Tja, und angeblich wegen dieses schlechten Essens verlangen die aufgehetzten Matrosen jetzt den höheren englischen Heuersatz. In Dollar ausbezahlt. Mit amerikanischer Währung in den Taschen können sie nämlich jederzeit fliehen. Weder Kapitän Pohlig noch der Transportleiter Bock sind allerdings von den Reedereien befugt, über eine höhere Heuer zu verhandeln. Deshalb drohte die Mannschaft mit Gewalt. Die Promenadendecks und Salons wurden völlig verdreckt. Sogar die Elfenbeintasten des Klaviers haben sie herausgebrochen. Es kamen auch Fälle von Sabotage vor. Ich habe beispielsweise einen Irren erwischt, der sinnlos Essbesteck aus einem Bullauge ins Wasser geworfen hat. Ein echtes Narrenschiff!

Heute müssen Kohlen aus den Laderäumen getrimmt werden, aber unser trotteliger Maschinist Pinsky hat vorm Start in Hamburg zu wenig Personal kalkuliert und angefordert. Nach vielem Hin und Her haben sich ein paar Freiwillige gefunden – allerdings nur gegen üppige Extrarationen. Sehr geärgert hat der Kapitän sich aber auch über einige aus seiner eigenen Führungsriege: Ausgerechnet die Rollenoffiziere unseres Transports – Tumult, Seybold und deren Kollegen – haben nämlich ebenfalls Sonderrationen für die Übernahme einiger Verwaltungsaufgaben gefordert und geben damit den Mannschaften ein denkbar schlechtes Beispiel.

Apropos schlechtes Beispiel: Ich hatte Dir ja geschrieben, dass Emma Wenz an Bord aufgetaucht ist – und ausgerechnet ich mich um sie kümmern musste. Nachdem wir die Azoren passiert hatten, beschwerte sich das achtzehnjährige Mamsellchen beim Kapitän, sie könne die Einsamkeit nicht länger ertragen. Sie fragte ihn, warum Sofie und ihre Krankenschwesterkollegin nicht ebenfalls eingesperrt würden. Da ist dem Pohlig der Kragen geplatzt. Die beiden seien schließlich Damen, sagte er. Und die Wenz so: Ich etwa nicht? Darauf der Pohlig, wie aus der Pistole geschossen: Nein, Sie sind eine Nutte!

Das fand ich nun schon etwas gemein von ihm, zumal sie Sofie neulich recht beherzt und mutig gegen einen aufdringlichen Bootsmann verteidigt hat. Doch der Kapitän lässt kein gutes Haar an dem Fräulein. Sie hat jedenfalls tief beleidigt kein Wort mehr mit ihm gesprochen, worüber er ganz und gar nicht unglücklich wirkte. Am nächsten Tag war Emma aber aus ihrem Verschlag verschwunden! Der Kapitän tobte, zumal das Fräulein ein Notizbuch hinterlassen hatte, in dem es schrieb: Herr Kapitän, wollen Sie bitte so freundlich sein, dem Eigentümer das Herrenzeug wiederzugeben und meinen Eltern mein Zeug zu schicken, denn als eine Nutte bezeichnet zu werden, das kann ich nicht ertragen, wo ich doch keine bin. *Im Rest ihres selbstmitleidigen Briefs trug sie dann noch dicker auf: Zu Hause sei ihr Selbstmord aus heimlicher, unglücklicher Liebe in letzter Minute vereitelt worden. Dies habe sie dazu getrieben, sich an Bord zu verstecken.* Ich wollte drüben Vergessen suchen, doch bevor ich weiter als Nutte gelte, ziehe ich den Tod vor. Auch meinen Dank für all das Gute. Bestellen Sie die schönsten Grüße an meine Eltern. E. W.

Durch die Nachricht wollte das Frauenzimmer wohl den Anschein erwecken, es werde sich aus der Welt befördern, und Pohlig dadurch ein schlechtes Gewissen bescheren. All ihr Zeug, mit Ausnahme der Schuhe, hat sie demonstrativ auf dem Tisch zurückgelassen. Der Kapitän glaubte aber keine Sekunde an ihren Selbstmord; und inzwischen gibt es auch Gerüchte, sie sei wieder unter Deck gesichtet worden. Ich bin mir ebenfalls sicher, dass wir Emma spätestens dann wiedersehen, wenn wir in Chile ankommen. Pohlig ist zuversichtlich, dass wir Iquique in maximal einer Woche erreichen.

Mit der Aussicht auf schnellere Heimkehr macht die Arbeit an Bord manchmal sogar Spaß. Wenn ich auf dem

Brückendeck stehe, umweht von einer warmen und doch erfrischenden Brise, dann bin ich fast wirklich glücklich. Fast! Wenn Du nur hier wärst!
Wir sehen uns an Weihnachten!
Dein Willy

Der Erste Offizier faltete den Brief zusammen und steckte ihn in einen Umschlag. Er würde ihn frühestens beim Anlaufen des ersten chilenischen Hafens abgeben können, was bedeutete, dass das Schreiben Hinnerk höchstwahrscheinlich nicht vor Ende Oktober erreichen würde. Ein Brief in die Zukunft sozusagen. Was wohl aus ihm geworden war, wenn Hinnerk den Brief endlich öffnete? Willy hatte seit ein paar Tagen eine merkwürdige Stimmung unter einigen Matrosen festgestellt, fast so, als planten sie etwas Unrechtmäßiges. Viele Gespräche waren verebbt, sobald er in Hörweite gekommen war.

Da kam zu seinem Erstaunen Sofie auf das Brückendeck hinaus. Seit fast zwei Wochen hatte sie ihre Kabine kaum verlassen. Oberschwester Heidi hatte erklärt, ihre Kollegin habe sich einen Tropenvirus eingefangen. Niemand dürfe zu ihr. Darüber war insbesondere Max Timmlein enttäuscht gewesen, der nach seiner Geburtstagsfeier ganz offensichtlich gehofft hatte, mehr für Sofie zu werden als nur eine Bordbekanntschaft.

»Geht es dir besser?«, fragte der Erste Offizier seine Schwester.

Die nickte nur kurz. »Ich muss dir was sagen, Willy. Heidi hat mich nur gedeckt. Erst war ich mir nicht sicher, doch inzwischen hat sie mich eingehender untersucht, und es gibt keinen Zweifel mehr. Ich bin …«

Weiter kam sie nicht, denn in diesem Moment brach die Hölle los. Unter großem Geschrei stürmten mehrere Seemänner mit schwarz angemalten Gesichtern auf die Brücke. Sie packten den völlig überrumpelten Willy, der gegen ihre Übermacht keine Chance hatte. Sofie schrie erschrocken auf, die rasenden Matrosen sahen in ihrer düsteren Kriegsbemalung aus wie gruselige Ungeheuer. Sie entdeckte unter ihnen auch den Bootsmann Hauer, der Willy Rache für die Abreibung geschworen hatte. Die Männer überwältigten den sich mit Händen und Füßen wehrenden Ersten Offizier, Sofie versuchte vergeblich, Hauer am Hemd zu packen und festzuhalten, er befreite sich und stieß sie von sich, sodass sie nach hinten stolperte. Die vermummten Seeleute zerrten Willy dann unter unheimlichem, fast unmenschlich wirkendem Geheul mit sich. Sofie rappelte sich auf und stürzte hinterher. Was hatte diese Meute nur mit ihrem Bruder vor?

55

Edith und Ramiro Torres hatten nach Sofies letzter Postkarte beschlossen, sie und Willy bei deren Ankunft in Chile zu überraschen. Das Paar hatte den gemeinsamen Sohn in die Obhut von Ramiros Mutter gegeben und war die über tausendsiebenhundert Kilometer von Viña del Mar nach Iquique gereist, um ihre Freunde dort zu treffen. Am 16. September 1920 erreichten sie den Hafen der Salpeterstadt, wo fünf der deutschen Segelschiffe auf die Mannschaftsaufstockung von der *Lucie Woermann* warteten. Am Kai erfuhr Ramiro von einem zahnlosen alten Fischer, dass der Dampfer aus Deutschland zwar bereits am Vortag eingetroffen sei, bisher aber niemand das Schiff habe verlassen dürfen. Die Genehmigung zum Anlegen vonseiten der chilenischen Behörden war noch nicht erteilt worden.

In der Nähe der vor der Küste wartenden *Lucie Woermann* lag vorsorglich auch wie eine unausgesprochene Drohung der fast hundertzwanzig Meter lange, schwer bewaffnete chilenische Marinekreuzer *Chacabuco* vor Anker.

Ramiro lieh sich ein Fernrohr von dem greisen Mann und spähte hinüber zu dem Dampfer aus Deutschland. »Da sind chilenische Marinesoldaten an Bord – mit aufgepflanztem Bajonett«, stellte er fest und reichte seiner Frau das Fernglas. »Es muss etwas geschehen sein.«

»Hoffentlich geht es Sofie und Willy gut«, sagte Edith besorgt.

»Ich gehe mal zur Hafenleitung«, schlug Ramiro vor. »Vielleicht bringe ich ja etwas in Erfahrung.«

Tatsächlich konnte der Journalist seiner Frau einiges berichten, als er das Gebäude der Hafenverwaltung eine Viertelstunde später wieder verließ. »Die Behörden fürchten anscheinend, dass ihnen die Deutschen eine Revolution ins Land tragen«, erklärte er.

»Wieso denn das?«, wunderte sich Edith.

»Einige Aktivisten haben auf Deutsch und Englisch gedrucktes Propagandamaterial des kommunistischen Seemannsbundes auf die anderen Schiffe gebracht. Das muss offenbar schon von langer Hand in Hamburg geplant und an Bord versteckt worden sein. Es wird sogar behauptet, einige Provokateure seien in Moskau ausgebildet worden.«

Edith sah zu den deutschen Segelschiffen hinaus, die in weitem Abstand voneinander vor Anker lagen. »Wie konnten die das Zeug denn auf die ganzen Schiffe da draußen verteilen?«

»Ein gewisser Kapitän Petersen ist bereits letztes Jahr hierher entsandt worden, um die Überführung der Großsegler an die Siegermächte vorzubereiten. Jetzt soll er an Bord der *Lucie Woermann* die Musterung und Zuweisung der Matrosen auf die deutschen Schiffe vornehmen. Da der Dampfer ja nicht anlegen darf, ist Petersen mit einer Barkasse rübergefahren. Und während er unter Deck der *Lucie* fleißig gemustert hat, sind die Querulanten mit seinem Boot heimlich von Segelschiff zu Segelschiff gefahren, um ihre Flugblätter zu verteilen.«

»Frech«, kommentierte Edith.

»Das Schlimmste ist: Der Hafenkommandant verlangt deshalb, dass die *Lucie Woermann* die Reede wieder verlässt. Jeglicher Verkehr mit dem Land und den anderen Schiffen ist unterbunden. Wenn er bei diesem Befehl bleibt, gibt es eine Katastrophe. Das Schiff hat fast keine Kohle und keinen Proviant mehr an Bord. Wo sollen sie so denn hin?«

Edith, die noch voller Sorge mit dem Fernglas zum Schiff sah, stieß plötzlich einen kleinen Schrei aus. Sie hatte eine sich von der *Lucie Woermann* nähernde Barkasse auf dem Wasser entdeckt: »Sofie ist mit drauf!«, rief sie aufgeregt.

Ramiro ließ sich von ihr das Fernrohr geben. »Der Mann neben ihr muss dieser Petersen sein. Sieht ziemlich verstimmt aus. Und Sofie wirkt auch nicht sonderlich glücklich. Komm mit, sie halten auf den Landesteg dort drüben zu.«

***

Sofie freute sich innig über das unerwartete Wiedersehen mit Ramiro und Edith am Schiffskai.

»Warum durftest du denn von Bord?«, fragte Ramiro.

»Ausnahmegenehmigung. Kapitän Petersen hat die chilenischen Behörden überzeugt, dass sein Erster Offizier und eine Krankenschwester sicher keine Revolution anzetteln wollen«, erklärte Sofie. »Wir durften unseren Dampfer verlassen, damit wir mit Capitán Arévalo die Verhandlungen um den Salpeter durchführen können.«

»Und was wird aus der restlichen Mannschaft?«, erkundigte sich Ramiro.

»Kapitän Pohlig will den deutschen Botschafter in Santiago einschalten«, berichtete Sofie, »der soll verhindern, dass die *Lucie* aus den chilenischen Gewässern ausgewiesen wird.«

Da kam Willy Brix, den Edith und Ramiro vom Ufer aus nicht gesehen hatten, aus dem Führerhäuschen der Barkasse. Er war ebenfalls außer sich vor Freude über das Wiedersehen mit den Torres'.

»Hast du da Teer hinterm Ohr?«, wunderte sich Edith, als sie und Willy sich aus ihrer Umarmung lösten.

»Ja, das Zeug klebt überall und geht nicht wirklich ab. Ist eine lange Geschichte, erzähl ich euch später«, winkte er ab. »Erst mal muss ich zum Telegrafenamt. Wisst ihr, wo es ist? Ich will Arévalo unseren Besuch für morgen Mittag ankündigen.«

Ramiro zeigte ihnen den Weg durch die Hafenstadt. Iquique erwies sich als so schön, wie Arévalo es Sofie in seinen Briefen beschrieben hatte. Hinter der Stadt ragten die Küstengebirgsketten wie eine steile gewaltige Wand achthundert Meter in die Höhe. Die prunkvollen Fassaden der Straßenzüge im Herzen des Ortes erinnerten Sofie an die Siedlungen der amerikanischen Pionierzeit, die sie auf Fotografien gesehen hatte. In den kleinen Vorgärten blühten Blumen in allen Farben. Die Straßen waren zwar nicht gepflastert und ließen noch erkennen, dass die Stadt auf Wüstenboden gebaut war, aber die Bewohner hatten durch künstliche Bewässerung grüne Parkanlagen geschaffen.

Hier hatten die berühmt-berüchtigten Salpeterbarone vom Schlage des Capitán Javier Esteban Arévalo das Sagen. Der Traum vom schnellen Reichtum hatte die Menschen einst zu Zehntausenden in die weiten Grassteppen des chilenischen Nordens gelockt. Doch Sofie ließ sich nicht blenden. Edith hatte ihr geschrieben, was hinter dem schönen Äußeren verborgen lag: Die *Pampinos*, die einfachen Arbeiter, blieben arm, starben wie die Fliegen unter der Knochenarbeit im Wüstensand. 1907 waren Proteste der Belegschaften gegen die katastrophalen Arbeitsbedingungen in den Salpeterwerken von der Armee blutig niedergeschlagen worden – auch zahlreiche Frauen und Kinder hatte man dabei erschossen. Die Salpeterbarone und ihre Familien schien das Leid der Arbeiter jedoch wenig zu stören. Vornehm gekleidete Damen schlenderten mit Sonnenschirmchen die von Palmen gesäumte Calle Baquedano entlang, als gäbe es keine Sorgen.

Die deutschen Salpeterschiffe hatten während des Krieges auf der Reede festgelegen, und obschon deren Offiziere und Mannschaften interniert waren, durften sie sich dennoch frei in der Stadt bewegen. »In der Wüste«, so hatte Arévalo Sofie einst geschrieben, »kann ohnehin keiner davonlaufen.« Schon nach wenigen Wochen hatten sich die Deutschen schmucke zweistöckige Blockhäuser mit schönen Balustraden und einen Sportplatz errichtet.

Auf ihrem Weg zum Telegrafenamt ließen Ramiro und Edith sich von Sofie und Willy die Details ihrer aufregenden Überfahrt erzählen.

»Und woher stammt nun der Teer hinter deinem Ohr?«, hakte Edith schließlich nach.

»Von meiner Äquatortaufe«, antwortete Willy und kratzte sich verstimmt an besagter Stelle. »Ist zwar schon über eine Woche her, aber das Zeug ging fast nicht ab.«

»Ach ja, ich hab' von diesem Brauch gehört«, sagte Edith. »Ziemlich derb.«

Sofie nickte. »Einige Matrosen hatten sich dafür mit Schuhwichse und Öl schwarz angemalt. Ich habe einen Heidenschrecken bekommen, als die Kerle plötzlich bei uns auf dem Brückendeck aufgetaucht sind und Willy mitgezerrt haben.«

»Ich wurde mit Kettenschmiere eingesaut«, berichtete er. »Max Timmlein, unser Oberzimmermann, war dabei als Neptun verkleidet.«

»Ja, so richtig mit Dreizack und Bast und Seetang als Perücke«, beschrieb Sofie. »Max ist normalerweise so nett, ich habe ihn da kaum wiedererkannt.«

Willy berichtete: »Er forderte einen Taufschein, der belegt, dass ich den Äquator schon mal überquert habe. Ich und sechs weitere arme Hunde besaßen keinen, das hatten die Kameraden natürlich vorher schon rausgefunden. Nach König Neptuns feierlicher Ansprache wurden wir erst mal ›geimpft‹.«

»Was bei so einer Taufe bedeutet, dass man mit Rostkratzern gepiekt wird, bis man blutet«, übersetzte Sofie die verharmlosenden Worte ihres Bruders.

»Dann muss man vor einem als Pastor verkleideten Seemann niederknien, und der Taufname wird verkündet«, fuhr Willy fort. »Mich haben sie ›Schleimaal‹ genannt, weil ich Max mal verraten habe, wie eklig ich diese Fischart finde.«

»Willy Schleimaal«, ließ Edith sich auf der Zunge zergehen. »Hat was!«

Willy funkelte sie mit gespieltem Zorn an. »Danach mussten wir eine grässlich schmeckende, kirschgroße Pille schlucken. War aus den widerlichsten Bestandteilen zusammengesetzt.«

»Fischreste vor allem«, erläuterte Sofie angeekelt. »Medizin ist ja immer bitter. Aber zum Ausgleich durfte Willy sie mit verdünntem Petroleumwasser hinunterspülen.«

Willy schüttelte sich bei der Erinnerung. »Dann erschien ein angeblicher Friseur und kämmte uns mit einem riesigen ›Kamm‹ – einem Brett, eine Seite zu Zähnen ausgesägt. Dabei hatte ich sogar noch Glück: Einigen Täuflingen wurden die Haare zu grotesken Frisuren geschnitten. Danach wurde man gründlich mit Holzteer und Tran beschmiert, und dann erfolgte die eigentliche Taufe!«

»Wie sah die aus?«, fragte Ramiro, abgestoßen und fasziniert zugleich.

»Man wurde rückwärts in das Badesegel geworfen und

unzählige Male untergetaucht – bis man nur noch japsen konnte. Dann haben sie einen aus dem Becken aufs Deck geworfen, und es gab endlich den vermaledeiten Taufschein.«

»Was für eine Quälerei«, kommentierte Edith kopfschüttelnd. »Auf solche Rituale können wirklich nur Männer kommen.«

Vor dem hölzernen Amtsgebäude angekommen, erklärte sich Ramiro bereit, Willy als Übersetzer zu begleiten. Sofie wartete indes mit Edith in der Abendsonne. Die Nieland-Tochter hatte sofort bemerkt, dass der ehemaligen Kollegin etwas auf der Seele brannte, und nutzte die Gelegenheit, um sie unter vier Augen danach zu fragen. Sofie erzählte verzweifelt von ihrem folgenreichen letzten Treffen mit Burkhard.

»Natürlich will ich nicht wegen ungeplantem Nachwuchs eine Ehe mit einem Mann eingehen, der mehr als deutlich gemacht hat, dass ihm nichts mehr an mir liegt«, meinte Sofie. »Aber darf ich meinem Kind zumuten, Bastard genannt zu werden? Es um seine gesicherte Zukunft bringen?«

»Davon kann keine Rede sein«, erwiderte Edith. »Solange Anna und ich auf dieser Welt sind, wird es euch nie an etwas fehlen.«

»Danke, Edith. Das hat Willy auch gesagt«, berichtete Sofie gerührt. »Er und Hinnerk würden das Kind verwöhnen, bis es mir zum Hals heraushängt.«

Edith lachte auf. »Das kann ich mir vorstellen.« Dann drückte sie die Hand ihrer Freundin. »Ein Kind ist das Schönste auf der Welt, das kann ich dir versprechen. Und egal, welcher Mann ursprünglich bei der Produktion im Spiel war, es wird *dein* Kind sein!«

Sofie umarmte sie dankbar. Wie gut es war, Edith endlich wiederzusehen.

»Morgen wird es ernst«, kündigte Sofies Bruder an, als er mit Ramiro aus dem Telegrafenamt schritt. »Wir sind mittags um halb eins mit Arévalo in seinem Büro verabredet.«

Ramiro Torres hatte Willy und Sofie ein Zimmer in derselben Pension besorgt, in der er mit Edith abgestiegen war. Am nächsten Vormittag führte er seine Frau und das Geschwisterpaar durch die Innenstadt von Iquique in Richtung von Capitán Javier Arévalos Bürogebäude.

»Er ist ein Schlitzohr, mag die Deutschen aber«, wusste der Journalist. »Der Pensionsbesitzer hat erzählt, Arévalo habe die hier festsitzenden deutschen Offiziere jeden Freitag zum wöchentlichen Besuch im Freudenhaus abholen lassen. Auf seine Kosten, versteht sich.«

Sofie schmunzelte. Das passte zu dem Lebemann, der sie einst hatte adoptieren wollen. Mit diesem Hallodri verhandeln? Na, das konnte ja etwas geben.

Gerade als der Glockenturm auf der nahen Plaza zwölf Uhr mittags läutete, stolperte vor ihnen ein junger Mann aus einer Kneipe.

»Max!«, erkannte Sofie freudig überrascht.

Er sah sie aus glasigen Augen entzückt an.

»Sofie! Willy!«, rief er. »Habt ihr euren Salpeterbaron schon getroffen?«

»Wir sind gerade unterwegs zu ihm«, erklärte Willy. »Junge, du riechst nach Schnaps, bist du so früh am Saufen?«

»Wo denkst du hin, Schleimaal?«, empörte sich Max, Willys Seetaufnamen verwendend. »Ich habe gerade damit aufgehört. Denke mal, vierzehn Stunden ist pflichtbewusst genug. Ich saß mit ein paar chilenischen Matrosen zusammen. Die schimpfen auf Peru, und ich habe mitgeschimpft, als Gast muss man ja schließlich höflich sein.«

Edith mochte den Humor des angeschickerten Mannes.

Seine merklich verliebten Blicke in Richtung Sofie blieben ihr ebenfalls nicht verborgen. »Und wenn Sie mal in Peru vor Anker liegen?«, fragte sie Timmlein, worauf der augenzwinkernd erwiderte, dass er natürlich auch dort ein höflicher Gast sei – und bei Bedarf dann eben mit den Peruanern über die Chilenen lästere. Edith lachte, und dann stellten sich der Zimmermann, Ramiro und Edith gegenseitig vor.

»Wie bist du denn gestern von Bord gekommen?«, fragte Willy erstaunt.

»Na ja, einer der chilenischen Offiziere brauchte dringend einen Zimmermann für eine Reparatur«, erklärte Max Timmlein grinsend. »Ich habe ihm geholfen, und er hat schnell gemerkt, dass ich kein Revoluzzer bin.«

Willy fragte, ob Timmleins Landurlaub gestatte, sie zu Capitán Arévalo zu begleiten. Der Handwerker bestätigte dies. Kapitän Pohlig und der chilenische Befehlshaber hätten ihm ausdrücklich erlaubt, erst heute Abend zurückzukehren.

»Du warst lange krank«, wandte sich Max an Sofie, nachdem sich die Gruppe wieder in Bewegung gesetzt hatte. Er klang zurückhaltender als sonst und auch ein wenig verletzt. »Hab mir Sorgen um dich gemacht. Ich hoffe, es geht dir besser.«

Sofie nickte. »Oberschwester Heidi hat mir sehr geholfen.«

»Das hätte ich auch gern getan«, sagte Max, ohne den Blick von ihr zu lassen.

Sie kamen an bunten Plakaten vorbei, die ein Gastspiel der Broadway Company im *Teatro Municipal* ankündigten – und Sofie war froh, vom Thema ablenken zu können: »Ob das auf Englisch ist? Dann könntest du es dir ansehen. Du verstehst doch seit deiner Zeit auf der Isle of Man die Sprache so gut.«

»Nichts für mich«, meinte Max jedoch. »Theater macht mir keinen Spaß. Da schreien sich die Leute auf der Bühne ständig an. Und das ganze Drama entsteht nur, weil die Figuren nie offen und vernünftig miteinander reden.«

»Tja, mit einem Satz die gesamte Theaterkultur kaputtgeredet«, kommentierte Edith, die das Gespräch der beiden mitgehört hatte, amüsiert. »Hut ab, Herr Timmlein!«

Der Zimmermann grinste breit.

Sofie jedoch war ernst geworden. Sie dachte über seine Worte nach – dass Drama dadurch entstehe, weil Menschen nicht vernünftig und offen miteinander sprachen. Etwas Ähnliches hatte ihr die alte Haushälterin Frau Iwersen ja auch geraten. Doch wie offen oder nicht offen sollte, durfte sie sein? Was war hier vernünftig?

Willy erklärte erstaunt, dass er ein Theater in Iquique nicht vorzufinden erwartet hätte. »Die Stadt hier wirkt so …«, er suchte nach dem richtigen Wort, »zivilisiert.«

Sofie wusste schon aus Capitán Arévalos Briefen, dass die Infrastruktur in den chilenischen Städten verblüffend war.

»Es wirkt nicht nur zivilisiert, das *ist* es auch«, betonte Edith. »Chile ist außerordentlich gut erschlossen. Ein Gleisnetz durchzieht die Wüste von Nord nach Süd. Über fünfzehntausend Kilometer lang. Das Trinkwasser für die rund hunderttausend Bewohner hier kommt über Rohre aus dem entfernten Andenhochland. Schiffsladungen mit Lebensmitteln und Waren aus dem Süden stellen sicher, dass es den Menschen an nichts fehlt.«

»Wir sind da«, verkündete Ramiro und deutete auf ein sandfarbenes, zweistöckiges Bürogebäude mit Säulen.

Sofie atmete tief durch. Wenn es ihr nicht gelingen würde, Capitán Javier Arévalo zu einem akzeptablen Verkaufspreis für seinen Salpeter zu überreden, würde sich ihre lange und strapaziöse Reise als vergeblich erweisen! Dann wären die Villa der Nielands und die Reederei endgültig verloren.

56

Capitán Arévalo reagierte voll aufrichtiger Freude auf das Wiedersehen. Er umarmte Sofie herzlich wie ein Vater seine Tochter. Sie glaubte sogar, Tränen in seinen Augenwinkeln glitzern zu sehen. Seit ihrem letzten Treffen vor sechs Jahren hatte sich der Bauchumfang des Salpeterbarons noch deutlich vergrößert. Jede Faser an ihm schien zu sagen: »Ich habe es nicht mehr nötig zu arbeiten.«

Nachdem Sofie alle einander vorgestellt hatte, kündigte Arévalo an, die fünf Freunde zum Essen einladen zu wollen.

»Und morgen müsst ihr unbedingt die Atacama-Wüste mit mir besichtigen. Sie gehört zu den trockensten Gebieten der Erde, aber die Salpeterförderung ist einfach faszinierend. Ihr sollt schließlich auch mal sehen, wo das herkommt, was ihr kauft und weiterverkauft.«

»Kapitän Pohlig erwartet mich leider schon heute Abend wieder an Bord«, sagte Max bedauernd.

»Mich auch«, ergänzte Willy. »Wir sollen die Weiterfahrt vorbereiten. Wir müssen mit der *Lucie* ja noch die anderen Küstenstädte und Schiffe abklappern, bevor es Ende Oktober wieder zurück nach Europa geht.«

»Ich besichtige die Förderanlagen gerne«, erklärte Sofie. »Wann hat man denn entdeckt, dass es hier Salpeter gibt?«

»Von den Vorkommen in Pozo Almonte und Maria Elena weiß man schon seit fast hundert Jahren«, klärte Arévalo sie auf. »Aber den Wert hat man lange nicht erkannt.«

Edith nickte zustimmend. »Wir haben ja erst durch Justus von Liebig erfahren, was für ein nützliches Düngemittel Salpeter ist.«

»Und dass er für Sprengstoff verwendet werden kann«, warf Ramiro bitter ein. »Diese Erkenntnis hat vor etwa vierzig Jahren hier in Südamerika einen der blutigsten Konflikte ausgelöst.«

Arévalo wusste Einzelheiten: »Ja, an der Küste hier lagen sich während des Salpeterkrieges ein peruanisches Schlachtschiff und die chilenische *Esmeralda* gegenüber«, berichtete der Salpeterbaron. »Die *Esmeralda* versank mitsamt ihrem Kapitän Arturo Prat. Er gilt hier als großer Held.«

Willy reagierte allergisch auf diesen Begriff. »Tja, leider bedeutet der Ausdruck ›Held‹ meistens ›toter Held‹«, kommentierte er. Kalle, Christian Nieland, Gorch Fock, Paul – die Liste der gefallenen Helden in seinem Leben war lang.

***

Tags darauf bereiteten sich Sofie, Edith und Ramiro auf den Ausflug in die Atacama-Wüste vor. Sie nahmen ausreichend Wasser mit, und Javier Arévalo hatte Sonnenschirme, Kopftücher und Hüte für alle bereitstellen lassen. Im letzten Moment vor der Abfahrt kam unerwarteterweise auch Max Timmlein in den Wagen gesprungen.

»Pohlig hat mich vom Beladen freigestellt. Er hat eingesehen, dass man dich nicht vollkommen ohne Begleitschutz ziehen lassen sollte«, offenbarte er Sofie freudig. »Nicht auf rauer See – und in der Wüste erst recht nicht.«

Sofie konnte nicht anders, als angesichts der Fürsorge und Loyalität des Zimmermanns zu lächeln.

Ramiro lenkte das Fahrzeug, Capitán Arévalo wies vom

Beifahrersitz aus den Weg. Sofie blickte gespannt zum Horizont. Zum ersten Mal in ihrem Leben würde sie eine Wüste sehen! Statt vom blanken Himmel brennende Sonne erwartete sie dort allerdings eine Überraschung: dichter Nebel! Arévalo erklärte ihr, der Dunst entstehe dadurch, dass der westliche Teil der Atacama-Wüste direkt am Pazifik entlang verlief.

»Das Salz, aus dem wir das ›weiße Gold‹ gewinnen, lagert unter der Wüstenkruste«, verriet Arévalo, während der Wagen über die staubigen Straßen holperte.

»Natriumnitrat«, präzisierte Ramiro, »bei euch bekannt als Salpeter. In Chile und seinen Nachbarländern gibt es Hunderte von *Salitreras*, also Salpeterorte.«

Mit jeder weiteren Meile, die das Automobil über die staubige Straße holperte, lichtete sich der Nebel zusehends und gab den Blick auf eine karge Weite aus gelblichem Sand und weißem Salpeter frei. Die Gegend war furchtbar eintönig, kein Grashalm war in diesem trockenen Ödland zu sehen. Lediglich meterhohe, von Menschen aufgeschüttete Steinpyramiden standen in unregelmäßigen Abständen als Wegweiser am Straßenrand. Hier und da lagen Knochengerippe verendeter Rinder und Lasttiere herum. Der gelbe, fließende Sand erfüllte beim geringsten Windstoß die vor Hitze flirrende Luft mit dickem, salzigem Staub, der seinen Weg auch in das Innere des Wagens fand und vor allem Sofie immer wieder zum Husten brachte.

»Wir sind gleich bei der Mine«, verkündete der stark schwitzende Arévalo schließlich. Sein Rasierwasser überlagerte selbst den aufdringlichen Jodgeruch, der den Salpeterstätten eigen war.

Da erblickte Sofie in der Ferne einen Schornstein, der in

den vor Hitze flimmernden Himmel ragte. Wie eine baumlose Oase wirkte die Minenanlage, die sie nun erreichten – ein Komplex aus Maschinen und der dazugehörigen Arbeitersiedlung mit ihren einfachen Wellblechbuden. Neben den Werksgebäuden gab es zudem einen großen Kolonialwarenladen und eine Schenke, vor der ein uraltes Weiblein im Schatten hockte und eine Zigarre paffte.

Während Capitán Arévalo seine deutschen Gäste durch die Anlage führte, begegneten sie dem Maschinenmeister, und Sofie grüßte mit einem höflichen *»Buenos días«*. Er antwortete *»Buenas tardes«* und fügte hinzu: »Hier können Sie ruhig Deutsch sprechen!«

»Der Werksdirektor und alle leitenden Angestellten sind Landsleute von euch«, klärte Arévalo die Freunde auf und klopfte seinem Chefhandwerker jovial auf die Schulter.

»Das hier ist das Haus des Werksdirektors«, sagte der Salpeterbaron, als sie eine kleine Villa mit Veranda passierten.

»Die deutsche Werksleitung hat offensichtlich komfortablere Wohnungen als die Arbeiter«, stellte Edith fest und sah sich um.

Die Hauser der leitenden Angestellten sahen tatsächlich recht feudal aus, für sie gab es sogar den Luxus eines Tennisplatzes.

Javier Arévalo grinste und bleckte dabei auch einen Goldzahn. »Ihr kennt meine Hazienda in Iquique noch nicht, dagegen ist das eine Hundehütte.«

»Trotz der hübschen Häuser muss das Leben hier auch ziemlich eintönig sein«, warf Ramiro ein. »Ein Minenarbeiter hat mir mal erzählt, dass sie drei Monate am Stück schuften – ohne aus dieser Siedlung herauszukommen.«

»Das stimmt«, nickte Arévalo, »aber dann fahren sie alle zusammen nach Iquique herunter und feiern jeder für drei!«

»… und verjubeln all das Geld wieder, das sie in den drei Monaten verdient haben«, ergänzte Max grinsend. »Ich hab die Jungs vor dem Krieg in Iquique schon in Aktion erlebt.«

Schließlich besichtigten sie den eigentlichen Minenbetrieb.

»Die salpeterhaltige Schicht liegt in nur zwei Metern Tiefe, kann also im Tagebau gewonnen werden«, erläuterte der Capitán. »Die Deckschicht wird abgeräumt und der salzhaltige Belag dann in Klärbecken gereinigt. Danach wird er hier gelagert.« Er deutete auf die großen Halden gelblichen oder rosafarbenen Salpeters neben dem Werk.

»Ist das nicht gefährlich, alles so frei herumliegen zu lassen? Was passiert mit den Salzbergen, wenn es mal regnet?«, erkundigte sich Sofie.

Der Salpeterbaron schmunzelte. »Die Gefahr ist gleich null, hier kam seit Jahren kein einziger Tropfen runter.« Er führte sie weiter in eine Halle, in der eine große Anzahl Fässer gelagert war. »Da drin wird Jod aufbewahrt«, erklärte Arévalo. »Ein Nebenprodukt bei der Salpetergewinnung.«

Auf dem Weg zurück zum Fahrzeug begannen der Capitán und Sofie schließlich über Preise zu verhandeln. Max, Edith und Ramiro fühlten sich zunehmend zu Statisten degradiert. In dem Kampf, den die beiden Diskutierenden in der flirrenden Wüstenluft ausfochten, entfernten sie sich unmerklich immer weiter von den anderen. Bald gingen sie ihnen mit einigem Abstand voraus, um ungestört verhandeln zu können. Der Salpeterbaron wurde sogar laut, worauf Sofie ihm wutentbrannt etwas zuzischte. Die Nachfolgenden bekamen den vagen Eindruck, als verlange Arévalo, dass Sofie als Ersatz für seine verstorbene Tochter in Chile zurückbleibe, wenn sie den Salpeter billiger wolle.

Schließlich ließ die junge Frau den fluchenden Capitán

stehen und kehrte energischen Schrittes zu ihren Freunden zurück. »Ramiro, lass den Wagen an!«, bat sie. »Wir fahren.«

»Worüber hast du dich denn so erbost?«, fragte Max besorgt.

Doch Sofie raunte ihm nur zu: »Manche Männer brauchen eben etwas Drama und Sich-auf-der-Bühne-Anschreien, um zu einer vernünftigen Entscheidung zu gelangen.«

In diesem Augenblick rief ihr Arévalo hinterher: »Señorita Brix! Warten Sie!«

Mit einem siegessicheren Lächeln drehte sie sich um und schritt dem aufgebrachten Salpeterbaron langsam entgegen.

Noch am selben Nachmittag wurden in Arévalos Büro die Verträge unterzeichnet. Wie sich herausstellte, hatte Sofie dem Capitán die Salpeterladungen zu einem geradezu obszön niedrigen Preis abgeschwatzt. Während Willy als Zeichnungsberechtigter seine Unterschrift unter die Vereinbarung setzte, lächelte Javier Arévalo seine willensstarke Verhandlungspartnerin in väterlichem Stolz von der Seite an. Das war sein Mädchen: Sofie hatte es abgelehnt, sich adoptieren zu lassen, obwohl er ihr in diesem Fall Tonnen von Salpeter *geschenkt* hätte – ebenso sein gesamtes Erbe. Aber nach dieser Absage, die den machtgewohnten Capitán zunächst sehr verärgert hatte, hatte sie versprochen, bald wiederzukommen, und gelobt, dass er sie wie ein Vater zum Traualtar führen dürfe, wenn sie einst heiraten sollte – eine Vorstellung, in die Javier Arévalo sich sofort verliebt hatte.

Sofie hingegen rechnete kaum damit, dass sie je in die Verlegenheit kommen würde, ihr Versprechen erfüllen zu müssen – mit dem unehelichen Kind und bei ihrem Pech in der Liebe!

Aber Schmetterlinge im Bauch hatte sie auch jetzt, nur aus einem anderen Grund als Verliebtheit – Arévalo unterzeichnete seinerseits die Vereinbarung. Sie hatte es geschafft: Die Reederei und die Villa waren gerettet! Nun mussten sie es nur noch heil nach Hause schaffen.

»Und jetzt wird ein Fass aufgemacht, meine Freunde!«, rief Arévalo mit großer Geste. »Ich zeige euch meine eigene *Taberna Portuaria!* Nirgendwo weiß man besser zu feiern.«

Als Sofie, Willy, Max, Edith und Ramiro bei Arévalos Hafenkneipe ankamen, tönte ihnen bereits die fröhliche Musik einer Tanzkapelle entgegen. Der Capitán führte seine Gäste hinein und brüllte *»Amigos alemanes!«*, da spielten die auf einer Empore befindlichen Musiker: *Du hast ja keine Ahnung, wie schön du bist, Berlin!* aus der Operette *Polnische Wirtschaft*.

»Bestellt euch, was ihr wollt!«, rief Arévalo. »Mein Personal versteht Deutsch.«

Das Gespräch der feuchtfröhlichen Runde drehte sich bald um die berüchtigte spanische Reederei *Pinillos Izquierdo*, mit der Edith und Ramiro seinerzeit von Barcelona nach Chile übergesetzt hatten – und um das legendäre Unglücksschiff *El Príncipe de Asturias* mit seinen vielen Todesopfern.

Arévalo erklärte, er habe auf einem anderen Schiff jener berüchtigten Reederei selbst etwas sehr Unheimliches und Gefährliches erlebt, es sei ein Wunder, dass er noch lebe. Am 10. August 1919 habe er mit seinem Anwalt nach einer gemeinsamen Geschäftsreise in Barcelona das Dampfschiff *Valbanera* bestiegen, berichtete der Salpeterbaron.

»Es waren über zwölfhundert Menschen an Bord. Nach Zwischenstopps in Málaga, Cádiz und den Kanarischen Inseln überquerten wir den Atlantik und kamen schließlich in Santiago de Cuba an«, erzählte er. »Obwohl ich wie die meisten Passagiere für Havanna gebucht hatte, entschied ich mich, bereits dort das Schiff zu verlassen. Es gab an Bord nämlich

Gerüchte über einen aufziehenden Wirbelsturm. Außerdem hatte ich eine unheimliche Vorahnung: An dem Tag, als das Gerücht vom Hurrikan die Runde machte, sprang nämlich plötzlich das Glas im Medaillon meiner Großmutter – meinem Glücksbringer. Außerdem verlor unser Schiff einen Anker.«

»Oh, ja, das gilt unter Seemännern als schlechtes Omen«, bestätigte Willy.

»Eben. Auch das verbreitete sich an Bord wie ein Lauffeuer«, fuhr Arévalo fort. »Über die Hälfte der Passagiere hat daraufhin aus Sicherheitsgründen die Fahrt vorzeitig beendet. Mein Anwalt hat uns ausgelacht. Einen abergläubischen Feigling nannte er mich und ist an Bord geblieben.«

Sofie beugte sich gespannt nach vorn. »Und dann?«

Arévalo genoss ganz offensichtlich die Aufmerksamkeit, die die jungen Freunde seiner Erzählung entgegenbrachten, und kostete die Spannung daher besonders aus. Erst nachdem er einen tiefen Schluck Bier genommen hatte, fuhr er fort: »Was soll ich sagen? Der Hurrikan wurde der stärkste, den man jemals gemessen hat! Die *Valbanera* erreichte Havanna zwar noch, aber der Hafen war schon geschlossen. Dem armen Kapitän blieb nichts anderes übrig, als vor dem Hafen auf das Ende des Sturms zu warten.«

Edith hatte bereits von dem Unglück gelesen und nahm vorweg: »Das wurde ihnen zum Verhängnis.«

Arévalo nickte. »Der Hurrikan löste sich irgendwann auf, aber auch zwei Tage später war die *Valbanera* nicht im Hafen eingelaufen! Daraufhin begann eine groß angelegte Suche nach dem Schiff.«

»Hat man es gefunden?«, drängelte Willy, als Arévalo erneut eine dramatische Pause einlegte.

Sich den Bierschaum aus dem Schnauzer wischend, erzählte

der Chilene schließlich: »Ein U-Boot-Jäger entdeckte das Schiff über eine Woche später vor Key West. Mehr als hundert Kilometer nördlich von Havanna! Die *Valbanera* lag dort in seichten Gewässern, nur einer der Masten und zwei Rettungsboote ragten aus dem Wasser. Die hingen noch unbenutzt in den Davits. Das Wrack war vollkommen unbemannt, es wurden weder Überlebende noch Leichen gefunden. Alle waren verschwunden.«

»Verschwunden?«, wiederholte Sofie bestürzt.

»Allerdings. Die U. S. Navy und der Konsul von Kuba ließen erst kürzlich mehrere Tauchgänge zum Wrack durchführen«, berichtete Arévalo. »Das Unheimliche ist: Das Schiff ist so gut wie intakt. Es gab keine verstreute Ladung und keine Trümmer. Es wurden auch dort keinerlei menschliche Überreste gefunden. Fast fünfhundert Menschen. Spurlos verschwunden. Wie kann das sein?«

»Vielleicht wurden die Leichen ins Meer getrieben«, mutmaßte Willy, »oder schnell von Sand bedeckt, ehe man sie finden konnte?«

Arévalo schüttelte ernst den Kopf. »Die Taucher haben auch den Grund abgesucht. Nichts. Es gab Gerüchte, dass sich Überlebende in Florida niedergelassen hätten. Aber wie hätten sie das schaffen sollen, ohne dass man ihre Identität festgestellt hätte? Ich sage euch: Mich würde es nicht wundern, wenn eines Tages der Geist meines Anwalts neben meinem Bett stehen würde!«

Obwohl es in der Hafenkneipe alles andere als kalt war, fröstelte Sofie. Ihre Rückreise würde im Herbst stattfinden. Was, wenn die *Lucie Woermann* ebenfalls in einen Hurrikan geraten würde?

»Habt ihr auch so einen Mordshunger?«, platzte Arévalo unvermittelt in die nun etwas bedrückte Stimmung, und alle mussten lachen über diesen abrupten Themenwechsel. »Ich ordere beim Koch etwas besonders Leckeres für euch.«

Kaum war der Salpeterbaron in Richtung der Hinterräume verschwunden, kam ein etwas zu grell geschminktes Mädchen zu den fünf Freunden an den Tisch.

»Emma!«, erkannte Willy.

»Hallo ihr!«, rief die Wenz so erfreut, als treffe sie uralte Freunde wieder. »Euch werde ich wohl nie mehr los, was?«

Als die *Lucie Woermann* vor Iquique geankert hatte, war das Mädchen wieder an Deck erschienen, und Kapitän Pohlig hatte sie erneut im Verschlag wegsperren lassen. Dennoch war es ihr gelungen, von Bord zu entkommen. Sofie konnte sich schon denken, wie, denn sie hatte vorgestern mitbekommen, dass Emma Wenz einem der chilenischen Polizisten auf dem Dampfer schöne Augen gemacht hatte, als der ihren Verschlag untersucht hatte.

»Darf ich dich auf was zu trinken einladen?«, fragte Emma den wie immer in ihrer Gegenwart etwas überfordert wirkenden Willy.

»Musst du nicht, für mich geht hier alles aufs Haus«, erklärte der. »Aber weißt du was? Ich habe heute so gute Laune, ich lade *dich* ein.«

»Danke, Wikinger«, rief Emma strahlend und gab ihm ein erstaunlich unschuldiges Küsschen auf die Wange.

Einmal mehr trafen sich Sofies und Max' Blicke. »Gehst du kurz mit mir vor die Tür?«, bat sie ihn nun zu seinem Erstaunen.

»Natürlich!«, erwiderte er wie aus der Pistole geschossen.

Sofie war sehr gespannt, wie Max auf das reagieren würde, was sie ihm nun offenbaren wollte.

57

Während sich Sofie und Max mit Mühe durch die überfüllte Hafenkneipe Richtung Ausgang drängelten, wandte sich Emma Wenz wieder an Willy: »Na, und du? Vermisst du deinen Liebsten sehr?«

»*Meinen Liebsten*?«, wiederholte Willy überrumpelt.

»Na, der junge Mann in Papas Kneipe vor zwei Jahren«, präzisierte Emma. »Ihr habt euch so verknallt angeguckt.«

Willy wusste nicht, was er antworten sollte. Wie um alles in der Welt hatte dieses einfach gestrickte Mädchen ahnen können …?

»Keine Sorge. Bei mir ist dein Geheimnis sicher. Verschwiegenheit ist meine Hausmarke«, meinte Emma nun.

»Hab ich noch gar nicht bemerkt«, entgegnete Willy.

»Ich hab es eigentlich gleich gespürt, wegen der Art, wie du mich ansiehst. Oder eben nicht ansiehst, wenn du verstehst, was ich meine«, sagte Emma und zuckte dann mit den Schultern. »Ist nun mal so. Musst du schon keinen Unterhalt bezahlen für irgendwelche Fehltritte.«

In diesem Moment kam Arévalo zurück. »Ja, wen haben wir denn da?«, fragte er dümmlich-erfreut, als er Emma Wenz erblickte.

»Ja, wen haben Sie denn hier?«, erwiderte die keck. »Eine waschechte Emma Wenz haben Sie hier. Und mit wem hat die es zu tun?«

»Capitán Javier Esteban Arévalo, mein liebes Kind. Mir

gehört der Laden«, prahlte der chilenische Geschäftsmann. »Was trinken Sie, Emma Wenz?«

Willy schmunzelte kopfschüttelnd.

***

Sofie Brix und Max Timmlein standen vor der Hafenkneipe. Über ihnen funkelten majestätisch die Sterne in für sie immer noch ungewohnter Konstellation, und das Mondlicht spiegelte sich im Pazifik. Sofie sah in das fragende Gesicht des Zimmermanns, das von den vor der Taberna hängenden Laternen rötlich beleuchtet war und dessen Attraktivität sie immer aufs Neue durcheinanderbrachte. So viel Romantik um sie herum – und so ein profanes Geständnis vor ihr.

»Ich will nicht wie eine dieser Theaterfiguren sein, von denen du gestern gesprochen hast«, brachte sie schließlich hervor. »Ich versuche lieber, offen zu sein – auch wenn ich noch nicht weiß, wie vernünftig das ist.«

»Aha«, meinte Max, noch etwas ratlos.

»Edith Nielands Bruder hat 1916 um meine Hand angehalten. Ich wollte aber mit der Hochzeit bis nach dem Krieg warten. Später war er dann böse auf mich, weil ich Edith und Ramiro dabei geholfen habe, zu heiraten.«

»Warum denn das?«, wunderte sich Max. »Die beiden passen doch kolossal gut zusammen.«

»Burkhard denkt, Deutsche sollten lieber unter sich bleiben.«

Max verzog das Gesicht. »Ach, so einer …«

»Ja, nach der Revolution war er so enttäuscht von der Welt, dass er, ohne eine Adresse zu hinterlassen, nach München verschwunden ist. Einen Monat vor der Abreise der *Lucie Woermann* hab ich ihn aber gefunden. Ich wollte endlich Klarheit.

Als ich ihm gestand, dass auch ich gegen den Kaiser demonstriert habe, wurde er sehr zornig. Unser Streit hat uns endgültig gezeigt, dass wir nicht zusammenpassen. Hätte ich diese Erkenntnis man bloß eine halbe Stunde früher gehabt! Aber Burkhard hatte anfangs nicht wirklich reden wollen. Und ich habe den dümmsten Fehler überhaupt gemacht.«

»Er hat sich fast zwei Jahre nicht gemeldet, und du hast trotzdem auf ihn gewartet?«, vergewisserte sich Max.

Sofie nickte. »Dumm, was?«

»Dumm ist in der Geschichte wohl eher jemand anderes. Willst du, dass er eine Rolle spielt im Leben des Kindes?«

Sofie war erstaunt. »Woher weißt du, dass ich …?«

»Na ja, du hast gesagt, dass du eigentlich nicht seekrank wirst«, erwiderte Max lächelnd. »Und krank sahst du die ganze Zeit über auch nicht wirklich aus. Im Gegenteil. Du leuchtest irgendwie. Weiß dieser Burkhard davon?«

»Nein. Ich habe anfangs darüber nachgedacht, ob ich es ihm sagen soll. Schließlich ist es dem Kind gegenüber nicht gerecht, ihm den Vater vorzuenthalten«, gab Sofie zu. »Willy und Edith haben aber versprochen, mir zu helfen, damit es ihm oder ihr ansonsten an nichts fehlt. Ich muss also keine Lüge leben. Burkhard will ich auf keinen Fall mehr in meinem Leben haben. Auch wenn das heißt, dass ich in der Gesellschaft bald verpönt bin. Ich will einfach nicht, dass mein Kind dazu erzogen wird, zu denken, dass sein jüdischer Onkel nichts wert sei und dass Deutsche nur Deutsche heiraten sollten. Jeder soll lieben, wen er will.«

Max lächelte. »Gute Idee.«

Sofie blickte zu Boden. Sie hatte ihm gegenüber alle Schutzmauern aufgegeben, und fühlte sich sehr verletzlich. »Jetzt weißt du alles. Die Leute nennen jemanden wie mich wohl ›gefallene Frau‹.«

»Scheiß auf solche Leute!«, meinte Max lapidar. »Also, ich hab mir ja immer vorgestellt, dass einmal ganz viele Kinder um mich herumrennen, wenn ich die Schreinerei von meinem Vater übernehme. Wenn das erste da biologisch nicht von mir ist, passt das doch eigentlich ganz gut zu meinem verrückten Lebensweg. Aber natürlich hab ich mir dazu auch immer eine Frau vorgestellt, in die ich kolossal verliebt bin.«

Er sah Sofie in die Augen, und sie erwiderte seinen Blick fassungslos. Wie schaffte es dieser Mann nur, immer genau das Richtige zu sagen?

Wie sie nun erleben durfte, unterschieden sich seine Küsse von denen Burkhards: Sie waren verspielter und sanfter, weniger gierig. Er ließ Sofie den Freiraum, selbst aktiv zu werden. Und sie tat es, bis ihnen beiden ganz schwindelig war und sie sich bremsen mussten, um nicht von ihrer Leidenschaft übermannt zu werden.

Sie lösten ihre Lippen voneinander und sahen sich mit jener Bestürzung an, die Verliebte über die Tatsache empfinden, diesen einen Menschen nicht schon viel früher getroffen zu haben.

***

»Na, willst *du* dich jetzt von Arévalo adoptieren lassen?«, fragte Willy Emma Wenz grinsend, als der Capitán sie nach angeregtem Gespräch verlassen hatte, um bei der Kapelle Emmas Lieblingslied zu bestellen.

»Ich bin keine Frau zum Adoptieren, ich bin eine Frau zum Heiraten«, erklärte Emma selbstbewusst.

»Dann musst du ihn aber immer teilen«, warnte Willy. »Seine zweite Frau – auch eine Deutsche – soll ihn verlassen haben, weil er ein unverbesserlicher Schürzenjäger ist.«

»Das stört mich doch nicht, wenn andere Frauen mir die Arbeit abnehmen«, erwiderte sie. »Solange ich diejenige bin, die in seinem Palast wohnt.«

Willy lachte. »Du bist ’ne Marke, Emma Wenz.«

Als Arévalo zum Tisch zurückkam und Emma zum Tanzen auf deren Lieblingslied *O Mio Babbino Caro* auffordern wollte, tauchten Sofie und Max Hand in Hand und mit etwas zerzausten Haaren aus der Menschenmenge auf. Ihren glücklichen Gesichtern merkte man sofort an, dass sie etwas zu verkünden hatten.

»Javier, ich habe dir doch versprochen, dass du mich wie ein Vater zum Traualtar führen darfst«, wandte sich Sofie strahlend an den Salpeterbaron. »Das kannst du jetzt sogar schon tun, bevor wir nach Deutschland zurückfahren – nur wenn du willst natürlich.«

»Ja, ich will«, rief der rasch, und alle am Tisch jubelten.

»Es wird natürlich eine etwas ungewöhnliche Hochzeit«, kündigte Max strahlend an. »Wir werden Kapitän Pohlig fragen, ob er uns kurz vor der Abfahrt auf der *Lucie Woermann* trauen kann.«

»Edith, Willy, wir möchten, dass ihr unsere Trauzeugen werdet«, verkündete Sofie, und die beiden Angesprochenen bekamen vor Rührung feuchte Augen.

Dann wandte sie sich an Emma. »Und falls du möchtest, hätte ich dich gern als meine Brautjungfer. Wenn du mich nicht so mutig gerettet hättest, wäre mir dieses ganze Glück vielleicht nie vergönnt gewesen.«

Zum ersten Mal war die schlagfertige Emma sprachlos und begann zu weinen wie ein Kind, das sie im Grunde ja noch immer war.

Arévalo reichte ihr sein edles Taschentuch mit seinen eingestickten Initialen und verkündete gewohnt großspurig:

»Und nach der Trauung richte ich das größte Fest aus, das die Pazifikküste je gesehen hat!«

***

Am Sonntag, den 24. Oktober 1920, war die *Lucie Woermann* nach Iquique zurückgekehrt. Der Dampfer hatte zuvor auch die weiter südlich liegenden Salpeterhäfen angelaufen, wo die widerspenstigen Seeleute unter militärischer Bewachung auf die für sie bestimmten Segelschiffe verbracht worden waren. Deren Kapitäne hatten sich laut Pohlig wenig begeistert über die zwielichtigen neuen Besatzungsmitglieder aus der Heimat gezeigt und waren froh, wenn ihnen noch ein paar der disziplinierten Vorkriegsseeleute verblieben waren. Unter Anleitung Max Timmleins waren sämtliche durch Sabotage entstandenen Schäden am Schiff repariert worden.

Nun stand Sofie in der luxuriösen Kapitänskabine des Dampfers und atmete tief durch. Ihr Brautkleid, ein Traum aus weißer Spitze, in dem sie aussah wie eine Prinzessin, war gewiss sündhaft teuer gewesen. Dazu trug sie einen Schleier, weiße Seidenhandschuhe, die bis zum Ellenbogen reichten, und einen Strauß weißer Rosen. Javier Arévalo, der nun an Vaters statt neben ihr stand, hatte darauf bestanden, dass bei dieser Feier alles vom Feinsten war. Geld dürfe an diesem besonderen Tag keine Rolle spielen, hatte er mehrfach betont und Sofies Proteste damit im Keim erstickt. Nun gab es kein Zurück mehr, sie musste da hinaus!

»Ganz ruhig, *Chiquita*«, sagte Javier, als Sofie sich bei ihm unterhakte. Dabei merkte sie jedoch, dass der füllige Mann in seinem schwarzen Smoking ebenfalls vor Aufregung zitterte.

Sie traten aus der Kapitänskabine ins Licht der Oktobersonne, und augenblicklich begann die Kapelle aus Arévalos Hafenkneipe den Hochzeitsmarsch zu spielen. Sofie zuckte zusammen in dem Bewusstsein, dass diesmal tatsächlich sie selbst mit dieser Musik gemeint war. Sie seufzte auf beim Anblick des mit unzähligen weißen Rosen geschmückten Oberdecks der *Lucie*. Zunächst waren ihre Schritte den Gang zwischen der Hochzeitsgemeinde hinab langsam und verhalten, und sie traute sich kaum aufzublicken. Ihnen voraus ging strahlend Brautjungfer Emma Wenz, die zu diesem Anlass ihrerseits ein sündhaft teures weißes Kleid trug und Blütenblätter streute. Sie hatte Arévalo, der auch ihr das edle Kleidungsstück spendiert hatte, bei der Organisation der Feier geholfen – und all das einfließen lassen, was sie sich für ihre eigene Hochzeit erträumt hatte.

Je näher sie dem Altar kamen, desto fester umklammerte Sofie den Blumenstrauß in ihrer Rechten und Javier Arévalos Arm mit der Linken. In ihrem Bauch schienen unzählige Schmetterlinge zu flattern. Schließlich sah sie auf – und erblickte ihren Bräutigam. Er trug einen edlen schwarzen Anzug mit weißer Fliege – den bestimmt ebenfalls der Capitán besorgt hatte. Max sah seine Sofie mit so viel Liebe an, dass mit einem Mal sämtliche Nervosität von ihr abfiel und sie nun so zügig in Richtung Altar ging, dass Javier Schwierigkeiten hatte, an ihrem Arm noch passend zur Musik zu schreiten. Ein letzter Blick der Braut in die feuchten Augen des Salpeterbarons, dann küsste er sie wie ein Vater seine Tochter gerührt auf die Wange und legte ihre Hand schließlich in die Max Timmleins. Dieser führte seine Braut nun vollends bis zu Kapitän Pohlig, der am improvisierten, aber wunderbar mit Blumen geschmückten Altar auf sie wartete. Rechts und links neben ihm standen Willy und Edith, die Sofie gerührt zulächelten. Die Kapelle beendete ihr Spiel, nur das Plätschern des Pazifiks und das Geschrei der Möwen durchbrach die emotionsgeladene Stille. Kapitän Pohlig, der zu diesem feierlichen Anlass seine Gardeuniform trug, bedeutete den Anwesenden, sich zu setzen.

»Liebe Mannschaft, liebe Passagiere, wir haben uns heute hier versammelt, um meine Lieblingskrankenschwester und meinen Lieblingszimmermann miteinander zu vermählen. Ehe bedeutet, dass aus Liebe Verantwortung wird. Und ich kenne niemanden, der mehr Verantwortung für andere übernimmt als diese beiden hier. So frage ich denn dich, Maximilian Gustav Timmlein: Willst du die hier anwesende Sofie Luise, geborene Brix, zu deinem dir rechtmäßig angetrauten Weibe nehmen, sie lieben und ehren, in guten wie in schlechten Tagen, bis dass der Tod euch scheidet? So antworte mit: ›Ja, ich will.‹«

Max sah Sofie tief in die Augen und sagte ohne die Spur eines Zweifels in seiner Stimme laut und deutlich: »Ja, ich will.«

In diesem Moment ertönte irgendwo ein Schiffshorn – und eine Möwe ließ von weit oben etwas auf Pohligs Schultern fallen, was auf der nachtblauen Paradeuniform bestens zur Geltung kam. Alle mussten kichern, und sogar der Kapitän selbst grinste zerknirscht. »Soll ja Glück bringen«, knurrte er und fuhr dann lauter fort: »Und so frage ich dich, Sofie Luise, geborene Brix, willst du den hier anwesenden Maximilian Gustav Timmlein zu deinem dir rechtmäßig angetrauten Ehemann nehmen, ihn lieben und ehren, in guten wie in schlechten Tagen, bis dass der Tod euch scheidet? So antworte mit: ›Ja, ich will.‹«

»Ja, ich will«, sagte Sofie – etwas zu hastig, so kam es ihr vor. Aber sie hatte Angst bekommen, dass ihre Stimme in der Zwischenzeit versagen könnte. Denn obwohl sie erleichtert gewesen war, während der bisherigen Zeremonie nicht geweint zu haben, spürte sie beim Anblick des seinerseits mit feuchten Augen lächelnden Max nun doch Tränen auf ihren Wangen kitzeln.

Noch glücklicher sah ihr Bräutigam aus, als Kapitän Pohlig nun sagte: »Sie dürfen die Braut jetzt küssen.«

Max lüftete ihren Schleier, nahm ihr Gesicht in seine großen Hände, und ihre Lippen berührten sich. Für einen Moment vergaßen die frisch Vermählten alles um sich herum. Schließlich löste Sofie sich fast erschrocken von ihm und blickte von seinem verliebten Gesicht auf die Gäste. War der Kuss zu lange gewesen? Doch es wurde applaudiert, sowohl Oberschwester Heidi als auch Emma und Javier waren in Tränen aufgelöst. Kapitän Pohlig gratulierte herzlich und schüttelte ihnen die Hände. Willy und Edith fielen Braut und Bräutigam glücklich in die Arme.

Später, während das frisch vermählte Paar zu einem Walzer der Kapelle auf dem Oberdeck miteinander tanzte, wurde Edith jedoch von vager Sorge gepackt.

»Was hast du?«, erkundigte Ramiro sich, dem der Stimmungswechsel seiner Frau nicht verborgen geblieben war.

»Ich musste gerade an das Unglück der *Valbanera* denken«, erklärte Edith. »Übermorgen geht es für die *Lucie Woermann* zurück, und spätestens auf dem Atlantik wird sie in die Herbststürme geraten.«

Ramiro legte den Arm um sie und versicherte, es werde alles gut gehen auf dem Rückweg ihrer Freunde nach Hamburg. Doch auch wenn Edith nicht wusste, ob sie lediglich traurig war, dass Sofie, Willy, Max und Heidi bald wieder endlos weit von ihnen entfernt sein würden, oder ob sie eine dunkle Vorahnung drohenden Schicksals hatte – die Unruhe wich nicht von der älteren Nieland-Tochter.

Es war November geworden. Sofie Timmlein und Willy Brix standen auf dem Brückendeck und blickten in Richtung Westen zurück, um die glutrot untergehende Sonne zu bewundern. Am 28. Oktober war die *Lucie Woermann* nach einem tränenreichen Abschied von Emma, Javier, Ramiro und Edith wie geplant zur Heimreise aufgebrochen.

Der Tag der Schiffshochzeit war der schönste in Sofies Leben geworden. Als Max sie nachts über die Schwelle der von Pohlig zur Verfügung gestellten Kapitänskabine getragen hatte, war der Weg zum großen Bett mit roten Rosenblättern gesäumt gewesen. Dahinter steckt bestimmt wieder Emma, die kleine Romantikerin, hatte Sofie gerührt gemutmaßt. Überhaupt schien der Liebesgott nach all den traurigen Kriegstrennungen nun Überstunden zu machen. Am Ringfinger ihrer Brautjungfer Emma Wenz hatte am Ende des Abends nämlich ein teurer Verlobungsring von Capitán Javier Arévalo geprangt, und Bordarzt und Witwer Dr. Jepsen hatte bei der großen Feier in Arévalos Hafenkneipe erfolgreich um die Hand der burschikosen Oberschwester Heidi angehalten.

Sofies Hochzeitsnacht mit Max hatte sie allen Kummer mit Burkhard vergessen lassen. Im Gegensatz zu dem Nieland-Erben hatte der Zimmermann zuallererst ihre Freude im Sinn gehabt und nicht die eigene Befriedigung. Max hatte sie mit seinem für sie perfekten Körper ihren eigenen völlig neu kennenlernen lassen – und seither konnte sie nicht genug bekommen von seiner Liebe. Sie freute sich, dass sie nun ein Leben lang Zeit dafür haben würden – wenn weiterhin alles gut ging.

Es war zwar häufiger stürmisch geworden auf ihrer bisherigen Rückreise über den Atlantik, doch die *Lucie Woermann* hatte bisher keinen Schaden genommen. Der Dampfer beförderte nun nur noch rund hundert Passagiere, darunter heimzuschaffende Seeleute, Deserteure und von Chile abgeschobene Deutsche. Die Fahrt war wieder durch den Panamakanal gegangen und Kapitän Pohlig waren sogar noch fünf fehlende Geflohene der Hinfahrt zurückgegeben worden.

»Der Winter kommt«, stellte Willy angesichts der aufkommenden kühlen Brise fröstelnd fest. Gefroren hatten sie seit vielen Monaten nicht mehr, doch daran würden sie sich mit der Rückkehr nach Europa wieder gewöhnen müssen.

Plötzlich schrie Sofie auf vor begeistertem Staunen. Vor ihnen tauchte ein Wal von gut fünfzehn Metern Länge aus dem Atlantik empor. Er sprang mit erstaunlicher Eleganz aus dem Wasser, glitt dann weiter und blies eine fünf Meter hohe Fontäne empor, so als wolle er das Geschwisterpaar grüßen.

Max Timmlein kam zu den beiden aufs Deck, umarmte seine Braut von hinten und streichelte ihren Bauch, in dem ein neuer Erdenbürger heranwuchs. Dann beobachtete er ebenfalls den schwimmenden Giganten. »Wusstet ihr, dass Wale füreinander singen?«, fragte der Zimmermann. »Ihre Melodien sind aber wohl leider nicht für unsere Ohren bestimmt.«

»Vielleicht sind es ja geheime Liebeslieder«, mutmaßte Willy und lächelte das glückliche Paar neben sich an. Dann sah er sehnsüchtig zum Horizont, und Sofie ahnte, an wen ihr Bruder dachte.

»Wir sind noch vor Weihnachten zurück bei den Nielands«, erinnerte sie Willy und streichelte ihm liebevoll die Wange.

Die drei wandten sich wieder dem sich entfernenden Wal zu. Schließlich schwamm der Koloss außer Sichtweite, unterwegs zu neuen Abenteuern.

Epilog

Es war ein stürmischer Herbst gewesen, und das Heulen des Windes hatte bisweilen an Kinderkreischen erinnert. Anna Meseritz hatte deshalb oft besorgt von ihrem Turmzimmer der Villa Nieland aus auf die aufgewühlte Elbe hinabgesehen. Wie es wohl Sofie und Willy draußen auf dem Atlantik ergehen mochte? Wenn sie nur heil zurückkommen würden! Jeden Morgen blätterte die Reederei-Erbin die Tageszeitung nach Meldungen über Stürme durch und war jedes Mal erleichtert, wenn sie nichts dergleichen fand. Doch am Montag vor Heiligabend betrat Hinnerk Nieland mit düsterer Miene den Salon, wo Anna, Töchterchen Leni und dessen Urgroßmutter Gudrun beim Frühstück saßen. Seine Körperhaltung drückte so viel Besorgnis aus, dass Anna vom Stuhl aufsprang.

»Was ist passiert, Hinnerk? Sag schon!«, rief sie aufgebracht.

»Ich habe endlich meinen Freund in London erreicht. Er hatte leider keine allzu guten Nachrichten. Vor der englischen Küste herrschen seit Wochen schwere Wetter. Viele Schiffe und Menschenleben sind verloren«, sagte er mit belegter Stimme. »Ob die *Lucie Woermann* dabei ist, wusste er noch nicht.«

»Oh, nein«, flüsterte sie und nahm instinktiv ihre Tochter auf den Arm.

So wacker und erfolgreich hatten sich Sofie und Willy für Annas Familie nach Chile durchgeschlagen – und nun sollte ihnen die Rückreise zum Verhängnis geworden sein, Sofies Kind nie das Licht der Welt erblicken?

»Das heißt noch gar nichts«, meinte Gudrun. »Es ist ein solides deutsches Dampfschiff und hat schon vielen Stürmen getrotzt.«

Ihre Enkel schwiegen betreten.

Da kam aufgeregt Ursel hereingestürzt. Sie hatte einen Briefumschlag in der Hand, und aufgrund ihrer freudig geröteten Wangen schöpfte Anna neue Hoffnung.

»Er ist aus Belgien«, verkündete die Zofe.

Als die Reederei-Erbin die Schrift erkannte, stieß sie einen kleinen Schrei aus. »Von Sofie!«

Vor Aufregung zitterten ihre Finger so sehr, dass sie beim Öffnen des Umschlags den Brief mit anriss.

»Lies schon vor!«, drängte ihr Vetter nervös. »Vielleicht schreibt sie, wie es Willy geht.«

»Ganz ruhig«, mahnte Gudrun Nieland.

Mit bebender Stimme begann Anna die Worte ihrer Gesellschafterin wiederzugeben.

Gent, Freitag, den 10. Dezember 1920

Liebe Anna,

ja, wir sind noch am Leben! Vor einer Woche hatten wir daran berechtigte Zweifel. An dem Sonnabend fiel das Barometer, und Kapitän Pohlig sagte zu Willy, dass wir uns dem Zentrum eines Sturms nähern. Vorsorglich hat er Schotten vor die Kajütentüren bauen lassen. Doch als wir zwei Tage später dann mitten im Orkan waren, hat es die einfach fortgeschlagen. Die Wogen schwappten deshalb auch durch die Kesseltüren und Kohlepforten, sodass Wasser in den Heizraum und die Bunker drang. Die schweren Brecher haben außerdem zwei Treppen zum überfluteten Vordeck weggerissen. Und dann hat Willy auch noch festgestellt, dass wir kaum mehr Kohle hatten. Wir mussten auf halbe Fahrt gehen, und selbst so war noch nicht sicher, ob wir es bis an Land schaffen würden. Wir alle hatten deshalb schlaflose Nächte. Montag haben wir dann mit letzter Kraft die Halbinsel Portland an der englischen Südküste erreicht und konnten dort endlich Kohlenachschub an Bord nehmen. Was für ein Geschenk zum Nikolaustag!

Gestern sind wir nach unserer Fahrt über den Kanal zu guter Letzt hier im belgischen Gent eingetroffen. Dort wurde gleich mit dem Löschen der Ladung und der Ausschiffung der Passagiere begonnen. Die Alliierten warten nämlich bereits auf unseren treuen Dampfer. Deren Kommission hat ihn laut Kapitän Pohlig inzwischen den Franzosen zugesprochen. Mögen sie mit der Lucie *glücklich werden, wir freuen uns auf zu Hause.*

Wie wir hier bemerken mussten, hassen uns die meisten Belgier. Gewiss haben sie dazu allen Grund, aber ich traue mich hier kaum auf die Straße, Heidi und ich sind gestern am Hafen von einigen Frauen beschimpft und angespuckt worden. Und Willy wollten ein paar belgische Hafenarbeiter verprügeln, im letzten Moment hat er sie beruhigt, indem er ihnen seinen norwegischen Ausweis zeigte. Wir können es daher kaum erwarten, von hier wegzukommen. Die etwa hundert anderen Passagiere – Kapitän Pohlig nennt sie eine Saubande von Faulenzern, Deserteuren und Halunken – sind unter Polizeiaufgebot bereits ohne Proviant in verschlossenen Dritte-Klasse-Waggons in Richtung Heimat abgeschoben worden. Befreit von den Saboteuren und ständigen Störungen, soll das Schiff jetzt unter Pohligs und Willys Anleitung bis zum Wochenende vollständig geräumt werden. Sobald sie damit fertig sind, werden wir mit meinem Mann

(klingt immer noch seltsam, nicht wahr?), Dr. Jepsen und Oberschwester Heidi per Eisenbahn in Richtung Deutschland aufbrechen. Von Gent nach Hamburg sind es gut 600 Kilometer, wenn alles gut geht, schaffen wir es aber hoffentlich trotzdem, bis Heiligabend bei Euch zu sein. Und natürlich werde ich Dir dann meinen Max nicht vorenthalten, sondern ihn Dir wie gewünscht sofort vorstellen, versprochen!
Grüß mir alle schön, wir freuen uns unendlich auf Euch!
Deine Sofie

Anna ließ den Brief sinken und fiel ihrem Cousin wortlos um den Hals. Während die beiden sich mit feuchten Augen voneinander trennten, wandte sich Kammerzofe Ursel vorsichtig an ihre Herrin Gudrun Nieland: »Gnädige Frau, darf ich den anderen vom Personal davon erzählen?«

»Natürlich«, sagte die Patriarchin sofort. »Wir müssen die drei schließlich für Heiligabend einplanen.«

»Und ich muss noch etwas organisieren«, rief Hinnerk, aus dem Raum stürzend.

»Hoffentlich lassen diese Belgier sie auf der Zugfahrt in Ruhe«, murrte die Großmutter nun.

Anna wurde erneut von vager Sorge ergriffen und erwiderte: »Sonst bekommen sie es mit mir zu tun!«

***

Willy, Sofie und Max hatten es gerade noch rechtzeitig geschafft! Am Spätnachmittag des 24. Dezember 1920 saßen sie in einer Kutsche und ließen sich vom Hamburger Hauptbahnhof durch den Nieselregen in Richtung Elbchaussee fahren. Die Fahrt von Gent in die Hansestadt hatte mehrfaches Umsteigen und langwierige Zwischenaufenthalte erfordert, war aber ansonsten ohne größere Probleme verlaufen. Zwar hatten sie im Zug öfter böse Blicke von Belgiern und Franzosen geerntet, wenn diese sie Deutsch miteinander hatten sprechen hören, doch dabei war es glücklicherweise geblieben.

Beim Abschied am Hamburger Hauptbahnhof hatten Heidi und Dr. Jepsen allen das Versprechen abgenommen, im Frühjahr zur Hochzeit des Paares nach Wilhelmshaven zu kommen. Und nun ging es endlich zur Villa Nieland. Aus lauter Vorfreude rutschte Sofie nervös auf dem Sitz hin und her. Doch nicht nur sie war aufgeregt.

»Ist es wirklich eine gute Idee, dass ich an Heiligabend bei deinen Arbeitgebern hereinplatze?«, vergewisserte sich Max zum wiederholten Mal.

Sofie küsste ihren Ehemann lächelnd auf die Wange. So unsicher hatte sie den sonst so selbstbewussten Zimmermann noch nie erlebt.

»Anna hat doch schon telegrafiert, dass sie mich umbringt, wenn ich dich ihr nicht gleich heute vorstelle«, beruhigte sie ihn.

Schließlich fuhr der Kutscher auf die Villa zu – Sofie und Willy bekamen beim Anblick des festlich erleuchteten herrschaftlichen Gebäudes feuchte Augen. Als sie nach Verlassen des Fahrzeugs mit Max auf den Prachtbau zugingen, stellten sie voller Rührung fest, dass Anna und Hinnerk bereits in der Kälte am Haupteingang auf sie warteten. Die beiden Frauen stürmten einander sofort entgegen und fielen sich um den Hals wie Schwestern.

»Du darfst nie wieder so lange wegfahren!«, schluchzte Anna. »Nie wieder. Ohne dich macht das alles hier doch keinen Spaß!«

Auch Willy und Hinnerk vergaßen, dass jeden Moment

das Personal oder gar Gudrun Nieland aus der Villa kommen konnten. Von ihrer Wiedersehensfreude völlig überwältigt, küssten sie sich leidenschaftlich und schworen einander flüsternd, sich auf keinen Fall mehr zu verlassen.

Max stand etwas ratlos inmitten all des tränenreichen Glücks – bis die Reederei-Erbin ihn bemerkte.

»Sie müssen Herr Timmlein sein«, sagte Anna und reichte ihm die Hand. »Sie machen meine Sofie glücklich, also liebe ich Sie schon jetzt!«

»Danke«, erwiderte Max baff.

Nun kam auch Hinnerk heran, um dem Zimmermann die Hand zu schütteln. »Herzlich willkommen bei den Nielands!« Dann drückte er Sofie an sich. »Du Teufelsweib! Wie hast du das nur geschafft?«, rief er begeistert. »Ich hab alles durchgerechnet. Wegen deines Verhandlungsgeschicks machen wir so viel Gewinn mit dem Salpeterverkauf, dass wir fünf beschlagnahmte Großsegler von den Alliierten zurückkaufen können. Fünf! Die Reederei Nieland ist wieder im Geschäft!«

Sofie strahlte überglücklich.

»Aber jetzt kommt erst mal rein!«, schlug Anna vor.

»Genau, ihr habt vielleicht gedacht, dass ihr uns zu Weihnachten überrascht«, meinte Hinnerk. »Aber ich habe auch ein, zwei Überraschungen für euch.«

Der Empfang in der geschmückten Villa hätte festlicher nicht sein können. Alle waren sie da: die Köchin Frau Dahlke, die sich für das Essen mächtig ins Zeug gelegt hatte, Hausdame Iwersen mit Schwiegertochter Karo, die später singen sollte, Ursel mit ihrem Verlobten, dem schüchternen jungen Postboten, Hinnerks Mutter Teresa, Gideon und die bald dreijährige Helene sowie Gudrun Nieland.

Die Patriarchin hielt eine kleine Ansprache. »Meine liebe Sofie, 1912 haben Sie unsere kleine Anna gerettet. Jetzt, acht

Jahre später, unser Zuhause und die Firma. Die Nielands stehen für immer in Ihrer Schuld. Würde er noch unter uns weilen, mein Sohn Christian wäre so stolz auf Sie, wie wir alle es heute sind. Und obwohl mein Enkel Burkhard und Sie sich entschieden haben, getrennte Wege zu gehen, und Sie nun eine eigene Familie gründen: Sie haben immer einen Platz in diesem Haus!«

Sofie bedankte sich und senkte angesichts des aufbrandenden Applauses verlegen den Blick.

»Und nun zu Ihnen, Herr Heger«, wandte sich Gudrun an Willy. »Mein Enkel Hinnerk hat es nicht bereut, Sie vom Fahrer zum Prokuristen befördert zu haben. Und ich auch nicht! In Absprache mit ihm und meinen Enkeltöchtern möchten wir Sie nun dauerhaft zum zweiten Geschäftsführer der wieder erstarkten Reederei ernennen.«

Willy stand vor Überraschung der Mund offen. »Da… Danke«, stammelte er.

»Bevor ihr jetzt berechtigterweise alle wieder klatscht«, unterbrach nun Hinnerk, »möchte ich eure Überraschung nicht mehr länger warten lassen, Willy und Sofie.«

Er führte die beiden in die Bibliothek, wo sich vier Personen in den Sesseln am Kamin wärmten und sich trotz einiger Sprachbarrieren angeregt unterhielten. Es waren Sofies und Willys Eltern Hans-Uwe und Erna Brix sowie der alte Morten Heger mit seiner Tochter Hedda aus Norwegen. Die Geschwister waren fassungslos.

Viele glückliche Tränen wurden an diesem Weihnachtsfest noch vergossen und neue Freundschaften geknüpft. Wer hätte beispielsweise gedacht, dass sich Frau Iwersen blendend mit einem alten norwegischen Fischer wie Morten Heger verstehen würde? Oder dass sich Willys wirkliche und seine angebliche Mutter einmal treffen und auf Anhieb sympathisch sein würden?

Sofie fiel irgendwann auf, dass Anna nicht zurückgekommen war, nachdem sie die kleine Helene zu Bett gebracht hatte.

»Fahren wir denn heute noch nach Poppenbüttel, damit ich dich meinem Vater vorstellen kann?«, fragte Max seine Frau.

»Ich soll ja immer ganz offen sein«, antwortete sie liebevoll. »Ganz ehrlich gesagt, würde ich das lieber erst morgen tun – und heute noch ein wenig mit Anna plaudern. Wir haben uns so lange nicht gesehen.«

»Macht ihr nur«, meinte Max grinsend. »Vattern wird dich auch einen Tag später noch kolossal finden. Und ich halte dich sicher nicht von einer Dame fern, die mir gleich bei der ersten Begegnung sagt, dass sie mich jetzt schon liebt.«

Sofie küsste ihn sanft und ging los. Sie wusste, wo sie ihre Freundin finden würde.

Wie so oft standen die beiden jungen Frauen bald zusammen auf dem Turmbalkon der Familienvilla – jenem Haus, in dem dank Sofies und Willys abenteuerlicher Reise nun auch die kleine Helene würde aufwachsen dürfen. Während von unten der berührende Gesang Karoline Iwersens ertönte, erzählte Sofie Anna nun auch alles über das Kind, das unter ihrem Herzen wuchs – und über Max Timmlein, der nicht dessen Vater war, es aber werden wollte.

Sofie Timmlein und Anna Meseritz nahmen sich bei der Hand und sahen über die Elbe auf die Lichter der weihnachtlich geschmückten Häuser. Was immer die Zukunft auch bringen würde, die beiden Freundinnen versprachen einander, zusammenzuhalten. Und sie hofften, dass, wenn sie ihrem Nachwuchs einst von jenen wilden Tagen im Großen Krieg erzählen würden, dies allen wie eine unglaubliche Legende vorkäme – die Jahre, in denen aus einem sich euphorisch in eine weltweite Auseinandersetzung stürzenden Kaiserreich eine Revolution und schließlich eine Republik erwachsen war.

Jene Vergangenheit sollte mit der dann friedlichen Gegenwart ihrer Kinder wenig gemein haben. Und so stürmisch die Zeiten auch gewesen sein mochten in der abenteuerlichen Jugend ihrer Mütter, ihr gemeinsames Zuhause hatte immer auf sie gewartet: die Villa am Elbstrand.

ENDE

Danksagung

Wir danken unseren Partnern, Familien und Freunden dafür, dass sie uns so geduldig entbehrt haben, wenn wir wieder mal nächtelang in unser Werk versanken oder in stundenlangen Chats mitten in der Nacht den Plot entwickelten oder weiterspannen. Sie waren nicht nur geduldig, sondern haben auch dafür gesorgt, dass wir in dieser Zeit nicht verhungert oder im Chaos erstickt sind.

Ein großer Dank geht auch an unsere Autorenkollegin, die Historikerin Marita Grimke, die unser Werk gegengelesen und viele wertvolle Hinweise gegeben hat, sowie an Dr. Christian Ostersehlte vom Deutschen Schifffahrtsmuseum in Bremerhaven für Informationen zur *Sierra Ventana* und der berüchtigten Fahrt der *Lucie Woermann*. Von Venezuela aus hat uns Marco Murillo mit dem Spanischen geholfen, von Madrid aus David García. *Gracias!*

Und schließlich danken wir natürlich unserer lieben und großartigen Agentin Anna Mechler, die uns immer wieder Mut gemacht und von Anfang an stets an uns geglaubt hat. Ohne sie hätten wir nicht unsere einfühlsamen und kreativen Lektorinnen Diana Neiczer und Greta Frank kennengelernt. Durch deren Inspiration entstanden viele schöne neue Ideen – Danke dafür!

Literaturempfehlungen und Quellen

Blöss, Hans: *Bürger der Ozeane und Meere – Vom Schiffsjungen zum Kapitän und Lotsen. Band 2: Als Nautiker*, Norderstedt, 2013.

Burmester, Heinz: »Lucie Woermann und die Salpetersegler«, in: *Stallings maritimes Jahrbuch 1975/76*, S. 28–47.

Busch, Fritz-Otto: *Kleiner Kreuzer »Regensburg – Z vor!« am Skagerrak*, München, 1955.

Chronik 1914, Dortmund, 1985.

Chronik 1915, Dortmund, 1985.

Chronik 1916, Dortmund, 1985.

Chronik 1917, Dortmund, 1985.

Chronik 1918, Dortmund, 1985.

Chronik 1919, Dortmund, 1985.

Chronik 1920, Dortmund, 1985.

Deutsches Marinemuseum Wilhelmshaven: *Die Flotte schläft im Hafen ein. Kriegsalltag 14/18 in Matrosen-Tagebüchern*, Wilhelmshaven, 2014.

Fock, Gorch: *Seefahrt ist not!*, Hamburg, 1913.

Fritz, Astrid: »Ein Gang durch Geisterstädte«, in: *DIE ZEIT*, 06/1996.
URL: http://www.zeit.de/1996/06/Ein_Gang_durch_Geisterstaedte

Hamer, Berthold: »Als das Strandhotel brannte«, in: *Flensburger Tageblatt*, 20.08.2012.
URL: http://www.shz.de/lokales/flensburger-tageblatt/als-das-strand hotel-brannte-id206900.html

Hartmann, Volker: »Marinesanitätsdienst im Ersten Weltkrieg«, in: *Wehrmedizinische Monatsschrift 2016*, 60(2), S. 55–62. URL: http://www.wehrmed.de/article/2799-marinesanitaetsdienst-im-ersten-weltkrieg.html

Heise, Helene: »Matrosenaufstand und Novemberrevolution«, auf: www.ndr.de, Hamburg, 2008. URL: http://www.ndr.de/kultur/geschichte/chronologie/Matrosenaufstand-und-Novemberrevolution,novemberrevolution131.html

Hillmann, Jörg/Scheiblich, Reinhard: *Das rote Schloss am Meer: Die Marineschule Mürwik seit ihrer Gründung*, Hamburg, 2002.

Koch, Hans Jörg: *Roter Mohn. Das Leben der ›Chilenischen Nachtigall‹ Rosita Serrano. Eine Biographie*, Berlin, 2005.

Landeszentrale für politische Bildung: »Dr. Joseph Norden * 1870« auf: *www.stolpersteine-hamburg.de.* URL: http://www.stolpersteine-hamburg.de/index.php?MAIN_ID=7&BIO_ID=1798

Mielke, Otto: *S. M. Kleine Kreuzer ›Mainz‹ und ›Ariadne‹ – Der 28. August 1914*, München, 1957.

Mielke, Otto: *S. M. Panzerkreuzer ›Blücher‹ – Die Schlacht an der Doggerbank*, München, 1957.

Norddeutscher Lloyd Bremen: *Jahrbuch 1914/15*, Bremen, 1915, S. 114–117.

Oberkandler, Klaus: »Die Seeschlacht am Skagerrak 1916 – Aus dem Tagebuch von Rupert Berger/Teil II«, in: *Chiemgau-Blätter* Nr. 22/2016. URL: http://www.traunsteiner-tagblatt.de/zeitung/chiemgau-blaetter_ausgabe,-Die-Seeschlacht-am-Skagerrak-1916-_chid,1516.html

Ohlsen, Holger: »100 Jahre Sofienschule: Das rote Schloss des deutschen Kaisers«, erstellt am 13.10.2010. URL: http://www.shz.de/nachrichten/themen/100-jahre-marineschule/das-rote-schloss-des-deutschen-kaisers-id531261.html

Persius, Lothar [Mutmaßl. Verf.]: *Der Zusammenbruch: Die Seeschlacht bei Borkum und Helgoland; Von einem deutschen Marineoffizier*, Minden, 1913.

Pieper, R./Härtel, August: »Die Reise der LUCIE WOERMANN«, in: *Der Albatros* 2/1968, S. 32–34.

Plievier, Theodor: *Des Kaisers Kulis. Roman der deutschen Kriegsflotte*, Berlin, 1985.

Prager, Hans Georg: *REEDEREI F. LAEISZ – Von den Großseglern zur Containerfahrt*, Hamburg, 2004.

Precht, Jørn: »Walfischstein«, in: Bast, Eva-Maria/Precht, Jørn: *Flensburger Geheimnisse – 50 spannende Geschichten aus der Förderegion*, Überlingen, 2016, S. 172–175.

Schmidt, Martin: »Ein Wochenende als norwegischer Fischer«, auf: www.norwegenservice.net, 25.03.2015.
URL: http://www.norwegenservice.net/ein-wochenende-als-norwegischer-fischer

Schrödter, Herbert: *Tagebuch meiner Segelschulschiff-Reise mit der »Padua« (Der letzte Kap-Horner der Reederei Laeisz)*, 2008.
URL: http://www.vexilli.net/1HP/Padua/PaduaTagebuch.html

Schütt, Rüdiger: *Seefahrt ist not! Gorch Fock – die Biographie*, Darmstadt, 2016.

Ullrich, Volker: *Kriegsalltag – Hamburg im ersten Weltkrieg*, Köln 1982.

von Brauchitsch, Boris/Burk, Henning: »Eine deutsche Revolution – Berlin 1918/1919«, ZDF Mainz, 3Sat Kulturzeit, 2008.
URL: https://www.youtube.com/watch?v=VusRULKWQ3A

von Spiegel, Edgar, Freiherr von und zu Peckelsheim: *Oberheizer Zenne. Der letzte Mann der Wiesbaden*. Berlin, 1916.

Zur Verth, Max: *Das Lazarettschiff – unter besonderer Berücksichtigung der Erfahrungen des Krieges 1914/18 in der deutschen Marine*, Jena, 1920.